Mary Mackey

Aus Leidenschaft

Ein Ballett-Roman

Aus dem Amerikanischen von
Jürgen Abel

Wunderlich

Die Originalausgabe erschien 1986 unter dem Titel
«A Grand Passion» bei Simon and Schuster, New York
Schutzumschlag und Einbandgestaltung
Barbara Hanke
Foto von Dirk Degenhardt:
Natalia Bessmertnova und Alexander Bogatirev
in einem Grand Pas de deux. Mit freundlicher
Genehmigung Neufeld Verlag + Galerie, Lustenau

1. Auflage März 1989

Satz Garamond (Linotron 202)
Gesamtherstellung Clausen & Bosse, Leck
Printed in Germany
ISBN 3 8052 0460 4

Dank

Besonders danke ich dem Romancier Sheldon Greene, der alle Manuskriptfassungen dieses Buches las. Seine Vorschläge und Einwände waren sehr hilfreich. Großen Dank schulde ich auch Nolan T'sani, dem künstlerischen Leiter des *Capitol Ballet*, der mir erzählt hat, was er in seiner achtjährigen Tätigkeit als Tänzer beim *New York City Ballet* erlebte; Aleksander Chapkovsky und Irina Zaytseva, die mein Russisch korrigierten; meiner Agentin Barbara Lowenstein, ihrer Mitarbeiterin Eileen Fallon und meiner Lektorin Patricia Soliman, die mich immer wieder ermutigten. Mark Berger, Charles Dalton, Lily Hill und Misha Mirkovitch halfen mir bei den Recherchen – wie auch die Bibliothekare der *University of California* in Berkeley, der *California State University* in Sacramento, des *Mills College* in Oakland (Kalifornien) und des *Performing Arts Research Center* der *New York Public Library*. Schließlich möchte ich noch den vielen passionierten Künstlern danken, die mich mit ihren Aufführungen zu diesem Buch anregten: den Tänzern des *American Ballet Theatre*, des *Kirow*, des *Oakland Ballet*, des *New York City Ballet*, des *Königlich-Dänischen Balletts* und des *San Francisco Ballet*.

Für Charles, meinen Mann

Duscha: das russische Wort für Seele, Herz, Substanz, den innersten Kern unseres Wesens.

O Körper im Banne der Musik,
O Blick mit verklärtem Glanz,
Wie trennen wir den Tänzer
Vom Tanz?

William Butler Yeats

Dieses Buch ist ein Roman, kein geschichtliches Werk. Abgesehen von einigen bekannten Personen wie Diaghilew, Nijinsky und Balanchine sind alle Charaktere erfunden, ebenso die Geschehnisse selbst. Jede Ähnlichkeit mit lebenden oder verstorbenen Personen wäre rein zufällig.

New York, 1974

Das Lincoln Center zeigte sich von seiner schönsten Seite. Die drei Geschosse hohen Fenster der Metropolitan Opera blitzten in den letzten Sonnenstrahlen wie die Facetten eines gewaltigen Brillanten, und die Figuren der Chagall-Gemälde schienen auf die Plaza zu schweben wie Engel, die eine neue, ruhmreiche Epoche verkündeten. Als Natascha langsam am Arm von Winn, ihrer ältesten Tochter, über den Platz schritt, spürte sie zum erstenmal seit Jahren wieder die unvergleichliche Erregung, die mit einer Uraufführung verbunden ist.

Noch mit neunundsiebzig hatte Natascha Ladanowa eine Ausstrahlung, die die Menschen in Bann schlug. Wie vor über einem halben Jahrhundert, als sie bei der letzten Aufführung des *Schwanensee* im zaristischen Rußland getanzt hatte, war ihr inzwischen schlohweißes Haar im Nacken zu einem losen Knoten gesteckt. Sie hatte immer noch die unergründlichen dunklen Augen, die einen Großfürsten bezaubert hatten, und ihr Körper war so biegsam und fest wie damals an jenem Tag, an dem sie Sergej Maximow begegnet war, den sie so sehr geliebt hatte. Sie hatte ihn seit Jahrzehnten nicht mehr gesehen.

Eine jener Wendungen des Schicksals, an die eine Frau sich im Laufe eines langen Lebens gewöhnt, hatte es nun gefügt, daß Sergej ihre Enkelin Alysa heute abend in seinem neuen Ballett *Tristan und Isolde* zu einem Star machen würde, aber nicht aus mißverstandener Loyalität zu ihr, Natascha, sondern weil Alysa eine der vielversprechendsten jungen Tänzerinnen war, die er oder irgend jemand sonst seit langem gesehen hatte.

In der Met leuchtete alles rot und golden, so anders, dachte sie unwillkürlich, als die klassischen Blau- und Cremetöne des Marinskij-Theaters in St. Petersburg, aber auch das Ballett selbst hatte sich seit jener Zeit von Grund auf geändert. Es war schade, daß Alysa nicht im State Theatre an der anderen Seite der Plaza debütieren konnte. Natascha hatte gehört, daß die Bühne dort mit weichem Kiefernholz durchzogen und mit Schaumgummi abgepolstert war. Wie viele scheußliche Stürze eine solche Bühne abfedern mußte, was für Sprünge Nijinsky darauf hätte machen können! Schade, daß er nicht lange genug gelebt hatte, um seinen unvergleichlichen *Spectre de la rose* auf diesem Wunderwerk der Technik zu tanzen.

«Mutter, möchtest du ein Programm?» Winn beugte sich zu ihr und vergewisserte sich fürsorglich wie immer, ob sie bequem saß. Sie war ein gutes Kind, Winn, man konnte sich keine zuverlässigere Tochter wünschen. Sie war inzwischen über fünfzig und hatte eine schlanke Figur, aber Natascha sah sie immer noch als das pausbäckige kleine Mädchen, das nur einschlafen konnte, wenn eine Nachttischlampe brannte. Tatiana, ihre jüngste Tochter und Alysas Mutter, war ganz anders gewesen. Sie hatte die Leidenschaft und Seele einer wahren Russin besessen und eine völlige Unberechenbarkeit, die Natascha insgeheim dem gutmütigen Gehorsam ihrer Ältesten vorgezogen hatte.

Natascha empfand immer noch Schmerz, wenn sie an Tatiana dachte – all das vergeudete Talent, ein so schrecklicher, unerwarteter Verlust. Noch heute, sechzehn Jahre später, trauerte sie um sie. Manchmal fragte sie sich, was wohl geschehen wäre, wenn Tatiana einen anderen geheiratet hätte, aber Beziehungen zu den falschen Männern waren fast ein Familienmerkmal wie das Ballett. Winn – die einen Bankier geheiratet hatte, die nie das geringste Interesse für den Tanz gezeigt hatte – war offensichtlich die Vernünftigste von ihnen allen oder vielleicht, dachte sie ein wenig amüsiert, als ihre Tochter ihr das Programm reichte, nur die am wenigsten Phantasievolle. Aber Winns Redlichkeit und Offenheit hatten ihre Vorteile; es waren solide Charakterzüge, die keine tragischen Überraschungen heraufbeschworen. Wahrscheinlich mußte man in dieser Welt möglichst durchschnittlich sein, wenn man alt und zufrieden sterben wollte. Eine Laufbahn als Tänzerin kostet einen hohen Preis, mehr als man sich vorstellen kann, wenn man jung ist und gerade anfängt. Es war gut, daß Tänzer nicht in ihre Zukunft blicken konnten.

Natascha lehnte sich zurück und sah sich mit geübtem Auge im Publikum um, registrierte all die Berühmten und Begabten: George Balanchine, den Diaghilew ihr vor mehr Jahren vorgestellt hatte, als sie zählen wollte, Peter Martins, Merrill Ashley, Clive Barnes von der *Times*, Sandra Atwood, die in *Dance* über das Ereignis berichten würde, sogar Estelle Deveau von *Le Monde*. *Bosche moj!* So ungern sie es zugab, aber wenn Sergej etwas machte, machte er es richtig.

Ihre Gedanken wanderten zu Alysa, die sich nun, sicherlich ebenso nervös wie jede Tänzerin vor einer großen Aufführung, hinter der Bühne eintanzte. Natascha preßte unwillkürlich die Lippen aufeinander, denn sie meinte Alysas Spannung am eigenen Leib zu spüren. Sie und ihre Enkelin waren einander so ähnlich, fast wie Zwillingsschwestern. Sie dachten und fühlten ähnlich, und trotz der sechzig Jahre, die zwischen ihnen lagen, ähnelten sie sich sogar im Aussehen. Vor allem hatten sie und Alysa schon sehr früh in ihrem Leben etwas entdeckt, das andere Leute offenbar nie bemerkten: Tanz war mehr als nur eine Kunstform oder Unterhaltung.

Mit acht Jahren hatte Alysa ihr erzählt, daß sie beim Tanzen das Gefühl habe, alles ringsum, sogar die Bretter unter ihren Füßen, selbst zu erschaffen. Diese kindliche Illusion hätte jedem, der nicht tanzte, ein Lächeln entlockt, doch Natascha war sie auf beklemmende Weise vertraut. Ballett – das hatte sie unter vielen Entbehrungen gelernt – war mehr als ein Beruf, mehr auch als eine Berufung. Wer gut sein wollte, für den wurde es zu einer Besessenheit, welche die Kraft hatte, dem Leben einen Sinn zu geben oder es gänzlich zu zerstören.

Natascha blickte auf die Uhr; in zehn Minuten würde der Vorhang hochgehen. Die Garderobieren hatten Alysa sicher bereits in ihr Kostüm gesteckt und letzte Hand an ihre Maske gelegt. Hinter der Bühne herrschte das Chaos, einige Requisiten wurden in aller Eile umgerückt, und Sergej schrie wie üblich alle Leute an. Was für ein Temperament dieser Mann hatte, und nach dem, was Alysa erzählte, hatten all die Jahre nichts daran geändert. Sie hoffte nur, daß seine Ausbrüche Alysa heute abend nicht aus der Fassung bringen würden, aber wahrscheinlich hatte sie sich inzwischen daran gewöhnt.

Natascha kreuzte verstohlen Zeige- und Mittelfinger, eine Gewohnheit, die sie als Mädchen von den Bauern in Archangelsk übernommen hatte, und sagte stumm ein russisches Gebet auf: *Lieber Gott, laß meine Enkelin diesen Abend überstehen, mach, daß sie gut ist.*

So lächerlich es schien, aber sie wurde jede Minute nervöser, als debütierte nicht Alysa, sondern sie selbst. Doch was hatte sie erwartet? Schließlich waren weit über zwanzig Jahre vergangen, seit sie zum letztenmal jemanden von ihrer Familie tanzen gesehen hatte, seit Tatianas letztem Auftritt. Kein Wunder, daß schon der Anblick einer Bühne beunruhigend war.

Ihre Füße fest auf den Boden stemmend, atmete sie langsam dreimal tief durch und stellte sich vor, daß sich nun jeder einzelne Muskel ihres Körpers lockerte, ein Trick, den sie von ihrer ersten Tanzlehrerin gelernt hatte. Sie hatte damit gerechnet, daß sich heute abend viele Erinnerungen in ihr regen würden, angenehme und unangenehme, alle verbunden mit der Spannung, Alysa tanzen zu sehen, aber sie hatte nicht gedacht, daß sie so lebendig sein würden.

Sie lehnte sich zurück, und zu ihrer Überraschung erstand jener erste Tag in der Kaiserlichen Ballettschule von St. Petersburg vor ihrem inneren Auge, immer deutlicher, wie eine aus dem Entwicklerbad genommene Fotografie. Was für eine närrische alte Frau sie doch war, in der Vergangenheit zu leben, als ob die Gegenwart nur ein schaler Aufguß wäre. Sie war versucht, das Bild zu vertreiben, aber die Erinnerung verströmte einen Zauber und eine Unschuld, die ein unerklärliches Gefühl von Leichtigkeit in ihr auslösten. Sie kam sich beinahe wieder wie ein junges Mädchen vor.

Noch jetzt konnte sie, wenn sie die Augen schloß, das Sonnenlicht durch die hohen Fenster der Schule fluten sehen und hören, wie Madame Laurier, die schon so viele Jahre tot war, in die Hände klatschte, um die Klasse zur Ordnung zu rufen. Dort stand Anja, ihre erste Feindin, neben Katyrina, ihrer ersten Freundin. Und wenn sie ihre Gedanken weiter schweifen ließ, würde Großfürst Alexej hereinkommen, und dann würden Sergej und jene ganze geliebte, vergangene Welt aus dem Abgrund der Geschichte aufsteigen, und sie würde wieder ein Mädchen von sechzehn Jahren sein, das das ganze Leben noch vor sich hatte.

Erstes Buch

Natascha

I

St. Petersburg, 1911

Das blasse Licht der Frühjahrssonne fiel durch die hohen Fenster des barocken Palais in der Theaterstraße, erhellte den großen Übungssaal der Schule und wärmte die Finger und Zehen der fünfzehn jungen Mädchen, die sich an der Stange versammelten und auf ihre Lehrerin und den Beginn des morgendlichen Unterrichts warteten. Der Fußboden, der sich im selben Winkel neigte wie die Bühne des berühmten Marinskij-Theaters, bestand aus nackten Holzdielen, geglättet und abgetreten von den Füßen der vielen hundert Eleven, die in den letzten eineinhalb Jahrhunderten darauf gelernt und trainiert hatten. Unter Paul I. war das Bauwerk, das nun die Ballettschule beherbergte, eine Zarenresidenz gewesen, und es gab immer noch Säle, die mit edlen Hölzern getäfelt waren, aber in diesem Raum, wo die besten Tanzschüler der Welt jeden Morgen von den besten Lehrern der Welt unterrichtet wurden, war alles so spartanisch wie in einer Klosterzelle.

Die Mädchen, deren hohe und aufgeregte Stimmen bis auf die Straße hinaus zu hören waren, hatten allerdings nichts Klösterliches an sich. Sie hatten nun schon drei Tage hintereinander erregt über die kürzlich veröffentlichte Liste der Geschenke diskutiert, die die große Ballerina Matilda Kschessinskaja am 13. Februar, zu ihrem zwanzigjährigen Jubiläum auf den kaiserlichen Bühnen, bekommen hatte: eine Schatulle aus purem Gold, einen kleinen Elefanten mit Rubinaugen, ein Saphirdiadem, einen platingefaßten Adler aus Brillanten, den der Zar der großen Tänzerin zur Erinnerung an die Zeit geschenkt hatte, als sie seine Geliebte gewesen war – jede Gabe war ausführlich bewundert worden. Doch heute morgen hatten die Mädchen unvermutet ein neues Thema, eines, das sogar die Geschenke der Kschessinskaja in den Hintergrund drängte. Etwas gänzlich Unerhörtes war geschehen: Man hatte ein neues Mädchen in die Klasse aufgenommen!

Es gab nie neue Mädchen. Die Elevinnen wurden mit neun oder zehn Jahren in die Kaiserliche Ballettschule aufgenommen, bekamen sieben Jahre Unterricht in klassischem Tanz und kamen, wenn sie die gefürchtete Abschlußprüfung bestanden hatten, zum Corps de ballet des Marinskij-Theaters. Einige wenige wurden später große Ballerinen, vom Publikum bejubelt, von Aristokraten angebetet, manchmal sogar vom Herrscher persönlich ausgezeichnet. Aber *niemand* wurde mir nichts, dir nichts aufgenommen, schon gar nicht in die Fortgeschrittenenklasse.

Sechs Jahre lang hatten diese Mädchen zusammen gelebt, zusammen gearbeitet, sich gezankt und wieder versöhnt, intrigiert, sich einander anvertraut, ihre Träume von einer großen Zukunft als Ballerina miteinander geteilt. Sie waren eine Familie, und nun hatten sie plötzlich ein neues Mitglied, ein schlankes, dunkelhaariges Mädchen von sechzehn Jahren, das keine von ihnen jemals zuvor gesehen hatte. Man hatte ihnen gesagt, daß sie Natalja Jakowlewna Ladanowa hieß. Sie kam aus Archangelsk, einer Stadt im Norden, und es stand bereits fest, daß sie nicht zur schüchternen Sorte gehörte. Sie lehnte sich, beide Füße fest auf den Eichendielen, an die Stange und blickte die anderen, die sie mit unverhohlener Neugier musterten, freundlich an.

Wie die meisten Leute, die Natascha zum erstenmal sahen, fanden auch die Mädchen, daß sie etwas Unbändiges und Wildes hatte, vielleicht ein wenig von der Taiga. Ihre Wangenknochen wirkten tatarisch; ihr dichtes Haar hatte sich aus der rosaroten Schleife gelöst und rahmte das Gesicht mit widerspenstigen Locken. Ihre Augen waren so schwarz, daß sie fast farblos schienen, ihre Haut hatte die zarte Farbe des Blütenblattes einer Rose. Geübte Augen konnten erkennen, daß sie auf dem besten Weg war, sich zu einer klassischen Ballettschönheit zu entwikkeln, denn sie war schlank, hatte einen hohen Busen und feine Knochen und strahlte zugleich eine Gesundheit und Unbefangenheit aus, die alle nach wenigen Augenblicken für sie einnahmen, alle bis auf Anja Belinskaja, eine kleine Blonde, deren Zöpfe sie wie Sonnenschein umgaben. Anja, die anerkannt beste Schülerin der Klasse, war auf der Hut, um nicht zu sagen eifersüchtig. Was für ein Recht hatte diese Fremde, sich hier wie zu Hause zu fühlen, an der Stange zu lehnen, als ob alles ihr gehörte? Sie hätte wenigstens den Anstand besitzen sollen, sich durch die Gegenwart von vierzehn der besten Tanzelevinnen des Landes eingeschüchtert zu zeigen.

Anja konnte nicht wissen, daß Natascha in Wahrheit schreckliche Angst hatte. Aber sie war entschlossen, sich nichts anmerken zu lassen. Da sie praktisch auf sich gestellt, lediglich von einer alten Tante beaufsichtigt, herangewachsen war, trug sie eine scheinbare Unabhängigkeit zur Schau, die sie schon manches Mal in Schwierigkeiten gebracht hatte. Im Augenblick lächelte sie strahlend, während sie beschrieb, daß das Eislaufen auf der Dwina daheim in Archangelsk beinahe wie Tanzen war.

«Hast du hochgestellte Verwandte?» fragte Anja unvermittelt.

«Nein», antwortete Natascha ohne Zögern. «Meine Tante Marja war Schneiderin, aber sie arbeitet schon seit Jahren nicht mehr. Meine Eltern, Gott hab' sie selig, sind gestorben, als ich noch klein war.» Natascha kreuzte nach Art der russischen Bauern zwei Finger und bemerkte offensichtlich nicht, wie deplaziert die Geste hier wirken mußte.

Anja verzog ihr hübsches Gesicht. «Wie hast du es *dann* geschafft, in die Kaiserliche Schule aufgenommen zu werden?» fragte sie, mit einer graziösen Armbewegung auf den Raum ringsum zeigend. «Wenn du zum Beispiel die Tochter eines Grafen wärst, könnte ich es verstehen. Aber wie bringt es die Nichte einer armen Näherin aus der Provinz fertig, in die exklusivste Tanzklasse Europas aufgenommen zu werden? Kannst du mir das beantworten?»

Natascha sah keinen der vergifteten Pfeile, die Anja abschoß. «Ich weiß es nicht», erwiderte sie mit entwaffnender Offenheit, sich die Locken aus der Stirn streichend. Während Anja sie zusehends verdrossener musterte, erzählte sie, daß sie schon als Fünfjährige begonnen hatte, Tanzunterricht zu nehmen, bei einer Lehrerin, die kein Geld dafür verlangte. Die Lehrerin war offenbar schwer krank geworden; sie hatte kurz vor ihrem Tod einen Brief geschrieben und Natascha gebeten, ihn bei der Kaiserlichen Ballettschule in St. Petersburg abzugeben. Zu Nataschas Überraschung und zur Überraschung Tante Marjas hatte die Schulleitung den Brief gelesen, ihr einen Termin zum Vortanzen gegeben und sie mit einem Stipendium in die Fortgeschrittenenklasse aufgenommen.

«Wie hieß deine Lehrerin?» fragte Anja.

«Madame Rotschina.» Tränen traten in Nataschas dunkle Augen und drohten, ihre Wangen hinunterzulaufen. «Sie war eine wunderbare Lehrerin. Ich habe sie sehr geliebt.»

Ein verblüfftes Schweigen trat ein. Man konnte hören, wie draußen Kutschen über das Kopfsteinpflaster rollten.

«Meinst du etwa Maria Nikolajewna Rotschina?» sagte Anja endlich. In ihrer Stimme mischte sich Ehrfurcht mit Neid.

«Ja.» Natascha wischte sich mit dem Handrücken die Augen ab. Die Stille ringsum verwirrte sie. «Woher kennst du sie?»

«*Alle* kennen Maria Rotschina», sagte Katyrina Gorina. Katja war nur eine mittelmäßig begabte Tänzerin, doch ihr Vater war ein entfernter Vetter von Großfürst Alexej, einem großen Mäzen der Kaiserlichen Schule. Katjas rundes Gesicht glühte vor Begeisterung. «Maria Rotschina war eine der größten Tänzerinnen aller Zeiten!»

«Aber es gab einen furchtbaren Skandal», sagte Anja in einem dramatischen Bühnenflüstern. «Rotschina war auf dem Höhepunkt ihrer Karriere, und dann verschwand sie plötzlich von einem Tag auf den anderen, und niemand hat je wieder etwas von ihr gehört. Manche sagen, sie sei schwanger gewesen und habe sich geweigert, den Namen ihres Geliebten zu nennen. Der Zar selbst wurde verdächtigt.»

Den Mädchen entrang sich ein aufgeregtes «Ah!»

Anja betrachtete Natascha mit neuem Respekt. «Jetzt weiß ich, warum sie dich aufgenommen haben. Oh, ich wünschte, ich hätte Madame Lauriers Gesicht gesehen, als sie den Brief von Rotschina aufmachte! Wenn man sich vorstellt, daß sie all die Jahre in Archangelsk gelebt hat.»

«Achtung!» zischte Katja plötzlich. «Madame Laurier kommt!» Der Kreis löste sich auf, und die Mädchen liefen zur Stange. In Sekundenschnelle blickten vierzehn Augenpaare starr geradeaus, vierzehn Gestalten standen mit durchgedrücktem Kreuz, die Hände leicht auf der polierten Stange ruhend, die Füße in der ersten Position. Natascha, noch nicht mit der morgendlichen Routine vertraut, war nicht so schnell wie die anderen. Sie hatte kaum genug Zeit, die vorgeschriebene Stellung einzunehmen, als die Tür aufging und eine große, knochige Frau mit kastanienbraunem Haar und flinken blauen Augen hereinkam. Sie trug ein schwarzes Übungskleid und ein Seidentrikot.

«Guten Morgen, *mes enfants*», rief sie munter.

«Guten Morgen, Madame Laurier», ertönte es im Chor, natürlich auf französisch, denn zivilisierte Russinnen sprachen bei solchen Gelegenheiten ausschließlich französisch.

In Natascha stieg Panik auf. Ihr Leben lang, soweit sie zurückdenken konnte, hatte sie sich gewünscht, Tänzerin zu werden, und nun bekam sie die Chance, die sie niemals für möglich gehalten hatte. Die letzten beiden Wochen, seit sie wußte, daß man sie in die Kaiserliche Ballettschule aufnehmen würde, hatte sie unermüdlich in dem winzigen Zimmer geübt, das Tante Marja gemietet hatte, trotzdem zweifelte sie an ihrem Talent. Wie oft hatte sie gefürchtet, die Schulleitung habe sich geirrt und würde jeden Moment entsetzt die Hände heben, und sie würde ein kurzes Schreiben bekommen, in dem man sie unmißverständlich aufforderte, nach Archangelsk zurückzukehren.

Nun sollte sie tatsächlich in dem Raum, wo einige der größten Tänzer der Ballettgeschichte ihre Laufbahn begonnen hatten, unterrichtet werden. Nervös wie ein Vollblutpferd vor einem wichtigen Rennen stand sie an der Stange, doch ihr vollendet trainierter Körper strahlte nichts aus als den klassischen Ernst des Balletts.

«Lieber Gott», betete Natascha, «laß niemanden sehen, wie nervös ich bin.»

Madame Laurier klatschte in die Hände, um das Zeichen zum Beginn zu geben. Hinter ihr hatte Mademoiselle Balasowa, die Pianistin, bereits auf ihrem Schemel Platz genommen und den Deckel hochgeklappt.

«Bitte», betete Natascha und bekreuzigte sich verstohlen, «laß mich diese Stunde überstehen, ohne mich zu blamieren.»

Die erste Hälfte des Unterrichts war eine anstrengende Serie von *pliés* und *battements*. Während Natascha die vertrauten Bewegungen wieder und wieder ausführte, ließ ihre Nervosität allmählich nach. Sie hatte noch nie mit so begabten Elevinnen getanzt, aber sie merkte bald, daß Madame Rotschina sie gut unterrichtet hatte. Aufblickend sah sie, daß Madame Laurier sie beobachtete, aber die Ballettmeisterin korrigierte sie kein einziges Mal.

Als sie ungefähr eine halbe Stunde gearbeitet hatten, ging die Tür plötzlich auf, und ein großgewachsener, vornehm gekleideter Herr kam in den Raum geschlendert. Er war Anfang dreißig und hatte feingeschnittene Züge und eine dunkle Haartolle, die ihn romantisch und schneidig wirken ließ. Sein ungewöhnlich geschnittener Anzug mußte ein Vermögen gekostet haben, seine Handschuhe waren aus dem feinsten grauen Ziegenleder, das Natascha je gesehen hatte, und seine Schuhe waren so blank poliert, daß sie vor Bewunderung die Augen aufriß.

«Eure Kaiserliche Hoheit.» Madame Laurier, plötzlich ein errötendes und unsicheres Mädchen, führte den Herrn feierlich in die Mitte des Raums, und Mademoiselle Balasowas Klavier verstummte. Natascha wurde bewußt, daß sie zum erstenmal in ihrem Leben ein Mitglied der kaiserlichen Familie in Fleisch und Blut sah.

«Das ist Großfürst Alexej», flüsterte die neben ihr stehende

Katja. «Oh, ist er nicht wundervoll? Er ist einer der Förderer der Schule, ein wahrer Ballettomane. Alle Mädchen sind in ihn verliebt.»

«Er ist verheiratet und hat zwei kleine Kinder», zischte Anja. «Und er macht nie Seitensprünge. Gib auf, Katja.»

Katja kicherte. «Nein, das tue ich nicht. Eines Tages wird er mich bemerken!»

«Du meinst, er wird *mich* bemerken.» Anja kicherte ebenfalls. Dann hielten sich beide Mädchen die Hand vor den Mund, um ihr Lachen zu ersticken.

Natascha sah sie beeindruckt an. Sie konnten so vertraulich über einen Großfürsten sprechen! Natascha dagegen, unter den gottesfürchtigen kleinen Leuten von Archangelsk erzogen, würde sich niemals romantische Vorstellungen über einen verheirateten Mann erlauben, besonders nicht über einen, der so unendlich weit über ihr stand. Aber Anja und Katja hatten recht damit, daß der Großfürst blendend aussah. Ihr stockte fast der Atem, als sie ihn betrachtete.

«Natascha», flüsterte Katja, «weißt du, warum er hier ist? Oh, es ist so aufregend. Er will Madame Laurier helfen, ein Mädchen auszusuchen, das einen Teil des Pas de deux aus *Der Korsar* tanzt. Stell dir vor, die Glückliche wird eine wichtige Rolle im Marinskij tanzen! Oh, hoffentlich nimmt er mich.»

«Gib auf, Katja», tadelte Anja. «Du weißt doch, daß er mich wählen wird.»

«Das stimmt», murmelte Katja niedergeschlagen. «Anja ist die Beste in der Klasse. Er nimmt bestimmt sie. Ich habe keine Chance.»

«Wenn ich nur nicht mit Maximow tanzen müßte», stöhnte Anja theatralisch. «Puh.»

«Wer ist Maximow?» fragte Natascha.

«Ein eingebildeter, reicher kleiner Laffe. Ich habe schon einmal mit ihm getanzt. Er schreit einen jedesmal an, wenn man einen Patzer macht.»

«Du bist doch nur eifersüchtig», warf Katja ein. «Du hast Angst, daß er besser ist als du.»

«Silence, s'il vous plaît!» rief Madame Laurier scharf. Anja und Katja gefroren zu Statuen. Natascha kam sich verloren vor und hatte auf einmal wieder Angst. Es war schwer, sich an die eiserne Disziplin zu gewöhnen. Sie biß sich nervös auf die Unterlippe und gab sich Mühe, Madame Lauriers Blick nicht auf sich zu lenken.

Madame Laurier musterte die Mädchen auf eine Weise, die Natascha furchterregend fand. «Wie Sie wissen», sagte sie, die Hände in die Hüften stemmend, «werden wir heute eine Elevin aussuchen, die im *Korsaren* tanzen soll. Seine Kaiserliche Hoheit» – sie nickte zu dem Großfürsten hin, und dieser erwiderte das Nicken – «hat sich gütigst bereit erklärt, uns dabei zu helfen, und wir werden jetzt gleich anfangen. Ich werde Sie nacheinander aufrufen, und jede von Ihnen tanzt eine kurze Folge aus dem Stück, das wir die letzten beiden Monate geprobt haben.»

Natascha seufzte vor Erleichterung auf. Da heute ihr erster Unterrrichtstag war, konnte keiner von ihr erwarten, daß sie das Stück kannte, und sie konnte in Ruhe zusehen, wie die anderen tanzten. Der Großfürst hatte in der entfernten Ecke auf einem Lehnstuhl Platz genommen. Er zog gerade eine sehr schmale goldene Uhr aus der Tasche, knipste den Deckel mit seinem Daumennagel auf, warf einen Blick auf das Zifferblatt und steckte das wunderschöne Instrument wieder ein. Wie elegant. So etwas hatte man in Archangelsk noch nicht gesehen. Er fing Nataschas Blick auf, und sie errötete und sah schnell fort.

«Anja Belinskaja!» rief Madame Laurier.

Anja schritt zur Mitte des Raums, während Mlle. Balasowa eine Auswahl von Tschaikowsky-Stücken zu klimpern begann. Leicht wie eine Feder auf Spitze stehend, führte Anja eine Reihe atemberaubender *fouettés* aus. Sie war so gut, daß Natascha ihren Augen nicht traute. Mit ihren sechzehn Jahren war sie besser als all die erwachsenen Ballerinen der Provinzballette, zu denen Madame Rotschina sie gelegentlich mitgenommen hatte. Natascha sah ganz verzaubert zu, wie Anja in ihrem kurzen weißen Tutu über den nackten Boden schwebte, leicht und zart wie ein Distelflaum über eine Sommerwiese. Als Anja ihren abschließenden Knicks machte und die Musik verstummte, wurde Natascha von einem Gefühl der Unzulänglichkeit überwältigt.

Das war also der Standard der Kaiserlichen Ballettschule. Sie würde nie fähig sein, ihn zu erreichen, nicht in tausend Jahren. Sie hatte keine Ahnung, wie sie aussah, wenn sie tanzte, aber sie wußte, daß sie nicht so aussah wie Anja.

Ein Mädchen nach dem anderen tanzte zu Mlle. Balasowas seelenlosem Tschaikowsky-Geklimper, insgesamt über eine Stunde lang. Zu Nataschas Erleichterung war keines von ihnen so gut wie Anja, aber dennoch waren sie alle großartige Tänzerinnen. Machten sie denn nie einen Fehler? Es war beinahe unmenschlich, wie sie es schafften, exakt gleich zu tanzen, als wären sie nicht vierzehn verschiedene Tänzerinnen, sondern eine einzige in vierzehn verschiedenen Körpern.

Nachdem sich ihr Staunen über die unglaubliche technische Brillanz ein wenig gelegt hatte, mußte sie allerdings einräumen, daß es ein klein wenig langweilig war, dieselbe Schrittfolge so oft hintereinander wiederholt zu sehen. Madame Rotschina hatte immer die Ansicht vertreten, eine Tänzerin müsse sich so weit selbst ausdrücken, wie der Rahmen des klassischen Balletts es erlaube. Natascha erinnerte sich besorgt, daß sie nie exakt das gleiche getanzt hatte, wenn sie ein Stück wiederholt hatte – aber es war offensichtlich, daß Madame Laurier eben das von ihr erwarten würde. War sie überhaupt fähig, sich zu wiederholen? Sie war nicht sicher.

Sie war so sehr damit beschäftigt, sich über diesen neuen Beweis ihrer Unzulänglichkeit zu ängstigen, daß sie die beiden letzten Elevinnen kaum sah. Erst als Mlle. Balasowas Klavier verstummte, merkte sie, daß das Vortanzen beendet war.

Der Großfürst tastete nach seiner Uhrkette und schüttelte zweifelnd den Kopf. Madame Laurier zog die Augenbrauen hoch und zuckte mit den Schultern. «Keine von ihnen ist wirklich gut», sagte sie seufzend. «*Tiens*, Hoheit, ich hatte es befürchtet.»

«Die kleine Blonde dort wäre ganz passabel», bemerkte der Großfürst nach einer kurzen Pause ermutigend.

Madame Lauriers Gesicht hellte sich auf. «Ihr meint Anja Belinskaja?» Anja warf Katja und Natascha einen triumphierenden Blick zu.

«Ja, sie könnte es vielleicht schaffen», fuhr der Großfürst fort. «Wenn auch nur knapp. Sie hat eine Kraft und eine Reinheit in der Ausführung, die sie zu einer geeigneten Partnerin für den jungen Maximow machen könnte, wenn sie entsprechend gefördert würde.»

Anjas triumphierender Ausdruck verschwand, und Madame Laurier hob verzweifelt die Hände. «Aber, Hoheit, die Aufführung ist schon in einem knappen Monat.»

Der Großfürst musterte die an der Stange aufgereihten Mädchen, und Natascha spürte, wie sein Blick auf ihr verweilte. Sie schaute angestrengt auf ihre Spitzenschuhe und wünschte, er würde endlich woanders hinsehen.

«Was ist mit der kleinen Schönheit dort in der Ecke?» hörte sie ihn sagen. Sie blickte auf und sah, daß er sie meinte. Sie errötete bis an die Haarwurzeln. Noch nie hatte sie jemand als schön bezeichnet. «Ich habe sie noch nicht tanzen gesehen», fuhr der Großfürst fort. «Ich glaube, ich habe sie hier überhaupt noch nicht gesehen. Was für ein entzückendes Mädchen. Wie kann ich sie übersehen haben? Wer ist sie?»

«Natalja Jakowlewna Ladanowa», sagte Madame Laurier. «Eine neue Schülerin.»

«Eine neue Schülerin?» fragte der Großfürst erstaunt. Natascha krümmte sich innerlich zusammen. Vielleicht würde er gegen ihre Anwesenheit protestieren, sie in die Anfängerklasse versetzen oder darauf bestehen, daß sie die Schule verließ. «Pardon, Madame, aber wie konnte eine neue Schülerin aufgenommen werden, ohne daß ich vorher davon erfahren habe?»

Madame Laurier berührte den Großfürsten leicht am Arm, führte ihn außer Hörweite und fing an, schnell auf französisch zu flüstern. Natascha verstand nur die Worte *Maria Rotschina, ein trauriger Fall* und *Brief*.

«Dann hat Rotschina sie im klassischen Stil unterrichtet», sagte der Großfürst laut.

«Bis zur Vollkommenheit», sagte Madame Laurier. «Cecchetti selbst hätte es nicht besser machen können.»

Der Großfürst wandte sich um und blickte Natascha mit offensichtlichem Interesse an. «Wie bemerkenswert, eine Schülerin der göttlichen Rotschina hier unter uns!» Er schritt durch den Raum zu Natascha. Seine Nähe war so überwältigend, daß sie plötzlich den Drang verspürte, vor ihm davonzulaufen, aber sie zwang sich, starr geradeaus zu schauen, während er sie musterte. Nach einigen fast unerträglichen Augenblicken drehte er sich um und ging wieder zu Madame Laurier. «Ich *muß* sie tanzen sehen.»

«Selbstverständlich, Hoheit», sagte Madame Laurier achselzuckend, «wenn Sie darauf bestehen. Aber ich kann nichts versprechen. Natascha, kommen Sie bitte.»

Natascha glaubte ohnmächtig zu werden. Sie konnte nicht tanzen; es war unmöglich. Sie würde monatelang üben müssen, um die Schritte so zu beherrschen wie die anderen Mädchen. Er konnte nicht wissen, was er verlangte. Sie würde sich bestenfalls vor allen Anwesenden blamieren. Oh, warum hatte er nicht einfach Anja ausgewählt und es dabei bewenden lassen?

«Natascha?»

Sie hatte zwei Möglichkeiten: Sie konnte aus dem Raum laufen, oder sie konnte versuchen, die nächsten paar Minuten so gut es ging hinter sich zu bringen. Madame Rotschina hatte immer gesagt, man könne in den unerwartetsten Momenten Kraft in sich finden, indem man sich einfach vorstellte, man mache genau das, wovor man Angst habe. Natascha holte tief Luft und stellte sich vor, daß sie ebenso perfekt für den Großfürsten tanzen würde wie Anja. Der Trick funktionierte, wenigstens ein bißchen. Ihre Panik ließ ein wenig nach. Sie würde kein Feigling sein, nicht vor all diesen Leuten aus St. Petersburg; sie würde ihr Bestes tun und beten.

Natascha kontrollierte ihre Haltung, damit sie vollkommen ausbalanciert war, und ehe sie länger an das denken konnte, was ihr bevorstand, lief sie zu Madame Laurier und dem Großfürsten. Der weiße Chiffon ihres Tutus streifte ihre Beine, und durch das dünne Leder der Spitzenschuhe konnte sie die festen Dielen spüren. Es schien eine Ewigkeit zu dauern, bis sie die wenigen Meter zwischen der Stange und dem Klavier zurückgelegt hatte. Sie konzentrierte sich darauf, die Beine anmutig zu bewegen und den Kopf gerade zu halten. Zumindest würde sie nicht eher, bis es sich nicht mehr vermeiden ließ, linkisch aussehen. Als sie den Großfürsten erreichte, blieb sie unmittelbar vor ihm stehen und versank in einem tiefen Knicks.

«Sie haben also bei Maria Rotschina gelernt.» Seine Stimme klang freundlich. Sie hielt den Blick auf die Spitzen seiner Stiefel gerichtet. Wenn sie in Archangelsk Schlittschuh gelaufen war, hatte das Eis manchmal unter ihren Füßen geknackst, aber dies hier war unendlich schlimmer.

«Ja, Eure Majestät.»

«Der Großfürst wird mit ‹Euer Kaiserliche Hoheit› angeredet, Natascha», sagte Madame Laurier.

Gospodi! Nicht einmal seinen Titel beherrschte sie. Nun ja, wie sollte sie das alles auch so schnell lernen? Sie haßte es, sich zu blamieren, aber besonders haßte sie es, vor all diesen Fremden so töricht zu erröten. Tränen der Scham stiegen ihr in die Augen.

«Ich möchte, daß Sie für mich tanzen, Natascha», sagte der Großfürst gelassen. Er lachte sie wenigstens nicht aus. Mit einer heftigen Bewegung wischte sie die Tränen fort, und dann fand sie die Stimme wieder.

«Ich würde sehr gern für Sie tanzen, Euer Kaiserliche Hoheit, aber ich habe dieses Stück noch nicht gelernt.» Ja, nun würde er vielleicht einsehen, daß es unmöglich war, sie vortanzen zu lassen.

«Das stimmt», sagte Madame Laurier. «Die anderen Mädchen haben seit Ende letzten Jahres an dem Tschaikowsky-Werk gearbeitet. Natascha ist heute zum erstenmal bei uns und kennt es noch nicht.»

Der Großfürst nahm Nataschas Hand. Seine Berührung hatte etwas Beruhigendes, als stünde er doch auf ihrer Seite. «Welche Stücke kennen Sie?» fragte er.

Sie überlegte einen Augenblick und verwarf einige der Solonummern, die Madame Rotschina ihre Schülerinnen bei den jährlichen Weihnachtsfeiern in Archangelsk hatte vorführen lassen. Sie waren so einfach, daß Natascha sie im Schlaf konnte, aber der gesunde Menschenverstand sagte ihr, daß sie einer Elevin der Kaiserlichen Ballettschule nicht würdig waren. Nein, wenn sie schon tanzen würde, dann etwas wirklich Gutes – ihr mit Abstand bestes, ihr schwierigstes Stück. Madame Rotschina hatte sie einige Monate vor ihrem Tod beiseite genommen und ihr einige intensive Privatstunden gegeben, fast als ob sie wüßte, daß die Zeit knapp wurde. Dabei hatte sie eines der Glanzstücke des klassischen Balletts gelernt. Sie hatten zwar nie darüber gesprochen, aber Natascha hatte begriffen, daß diese Lektionen ein Geschenk der Liebe waren, das ihre Lehrerin ihr gab, weil sie an sie glaubte. Während sie die Möglichkeiten durchging, wußte sie instinktiv, daß dies das Stück war, das sie tanzen sollte.

«Meine Lehrerin, Madame Rotschina, hat mir den *pas seul* der Schwanenkönigin aus *Schwanensee* beigebracht.» Sie staunte selbst darüber, wie fest ihre Stimme klang, aber nun, wo sie sich entschieden hatte, war ihre Nervosität weitgehend verflogen.

Der Großfürst lächelte etwas belustigt. «Aber mein liebes Mädchen, das ist eine unglaublich schwierige Rolle. Sie können ihr in Ihrem Alter unmöglich gerecht werden.»

Von seinen Worten getroffen, zuckte Natascha zusammen. «Ich habe nicht behauptet, daß ich sie beherrsche», sagte sie, «aber ich kann einen Teil davon tanzen.»

Der Großfürst lachte, und Madame Laurier hob entsetzt die Hände. «*Tiens*, wie ungestüm. Hoheit, ich entschuldige mich für ihre Unhöflichkeit. Sie müssen bedenken, daß Mademoiselle gerade erst aus der wilden Taiga zu uns gekommen ist.»

«Sie möchten also die Rolle einer großen Ballerina tanzen?» fragte der Großfürst mit einem Schmunzeln.

«Ja, Euer Kaiserliche Hoheit», erwiderte Natascha. «Bitte … ich kann es. Und verzeiht, wenn ich unhöflich gewesen bin.»

«*Ma foi*, das sollte man meinen», zirpte Madame Laurier.

«Vergessen wir doch die Etikette», sagte der Großfürst. «Sie hat Feuer, und das ist bei einer Tänzerin das Entscheidende.» Natascha war so dankbar, daß er ihre Partei ergriff, sie hätte ihn auf der Stelle küssen können. Was für ein wunderbarer Mann. Er schenkte ihr ein strahlendes Lächeln, das ihn noch besser aussehen ließ. Sie lächelte schüchtern zurück. «Also», sagte er, «tanzen Sie den *pas seul* der Schwanenkönigin, wenn Sie unbedingt wollen. Ich nehme an, Mademoiselle Balasowa hat den Klavierauszug?»

«Ja, Euer Kaiserliche Hoheit», sagte Mlle. Balasowa, während sie fieberhaft in ihrem Notenstapel suchte. Sie zog ein abgenutztes Heft heraus. «Da ist er.»

«Gut», sagte der Großfürst und setzte sich wieder auf den Stuhl. «Dann können wir anfangen.»

Natascha klopfte das Herz bis in den Hals, und ihr ganzer Körper spannte sich vor Lampenfieber. Sie schritt schnell zur Mitte des Raums, nahm die Ausgangsposition ein und leerte ihren Geist von allem, bis auf die Worte, die Madame Rotschina ihr gesagt hatte, als sie das letztemal zusammen gearbeitet hatten: *Der Mensch hat immer gewünscht, er könne fliegen, Natascha. Dieses Ballett, das du einstudiert hast, erfordert mehr als bloße Technik; es dramatisiert die Liebesbeziehung in Form eines grenzenlosen Fluges. Du mußt jeden Augenblick die Schwanenkönigin sein. Dein Tanz muß jeden Augenblick reinste Liebe sein.*

Als die Musik begann, vergaß Natascha ihre Nervosität, vergaß, daß sie zum erstenmal in der Kaiserlichen Schule tanzte. Ihre Füße und Hände bewegten sich wie von selbst, und einige beseligende Minuten lang war sie nicht mehr Natascha Ladanowa, die neue Schülerin aus Archangelsk, sondern die Schwanenkönigin, die unter dem Fluch eines bösen Zauberers nur für wenige Stunden menschliche Gestalt annehmen durfte. Nur ein Prinz, der sie lieben und heiraten würde, konnte den Zauber brechen. Die Hände hoch über dem Kopf übereinander legend, den Hals streckend, eilte sie vor, bewegte die Arme wie zwei Schwingen, streckte das freie Bein zur Seite, stellte sich auf Spitze, führte eine lange, vollkommene *arabesque* aus.

Einige Male patzte sie, aber sie tanzte einfach durch ihre Fehler hindurch, und der Zauber hielt an. Als sie sprang, meinte sie den Boden mit sich nach oben zu ziehen, und dieses Gefühl des Fliegens, diese Illusion, die ganze Welt zu ergreifen und mitzunehmen, rührte sie zu Tränen. Ihr Gefühl teilte sich ihren Beinen mit, und sie tanzte weiter, obgleich der Teil, den sie einstudiert hatte, schon zu Ende war, und hielt dann taumelnd inne. Eine tiefe Stille senkte sich auf den Raum.

Wie aus einer Trance erwachend, merkte sie, daß alle sie anstarrten. *Bosche moj!* Wie schlecht war sie gewesen? Ihr Bein schmerzte ein wenig von dem letzten Sprung, und sie langte mechanisch nach unten, um den Muskel zu massieren. Kein Zweifel, sie hatte einmal böse gepatzt und einige Schritte durcheinanderbekommen. Natascha sah den Großfürsten an und fragte sich, ob sie so schlecht gewesen war, daß er darauf dringen würde, sie von der Schule zu weisen. Sie hatte so wenige wahre Ballerinen gesehen. War sie gut oder furchtbar? Sie hatte nicht die leiseste Ahnung. Erst als er ihre Hand ergriff und sie zu Madame Laurier führte, wurde ihr klar, daß es ein Erfolg gewesen war.

«Sehr bemerkenswert», sagte der Großfürst. Unfähig, ihren Ohren zu trauen, sah Natascha ihn an.

«Sie hat natürlich einige technische Fehler gemacht», stimmte Madame Laurier zu. «Aber...»

«Sie hat der Rolle Leben eingehaucht.»

«So ist es.» Madame Laurier musterte Natascha von oben bis unten, als ob sie bis auf ihre Knochen sehen könnte. «Sie ist allerdings ein wenig eigenwillig, finden Sie nicht?»

«Das war Rotschina auch – als ob sie ständig im Begriff war, sich explosionsartig in irgend etwas zu verwandeln, das kein Mensch voraussehen konnte. Wie Sie sich zweifellos erinnern werden, war eben das die Qualität, die ihrem Tanz Leidenschaft schenkte.» Der Großfürst legte die Hände auf den Rücken und blickte Natascha nachdenklich an. «Madame Laurier, Sie müssen zugeben, daß die junge Dame ausgezeichnete Anlagen hat.»

«Anja ist natürlich die bessere Tänzerin.»

«Natürlich – jedenfalls im Moment. Mademoiselle Ladanowa

fehlt der letzte Schliff, den ihr nur eine große Lehrerin der Kaiserlichen Schule geben kann.» Madame Laurier errötete vor Freude über das Kompliment. «Aber ich wäre keineswegs überrascht, wenn sie Mademoiselle Belinskaja eines Tages in den Schatten stellte.»

Natascha blickte hoch und sah, daß Anja sie bitterböse anstarrte. Oh, lieber Gott, jetzt hatte sie eine Feindin, und Anja würde sich kaum durch Entschuldigungen oder Freundschaftsbekundungen umstimmen lassen. Anjas Neid beeinträchtigte ihr Glück fühlbar. Warum konnten Tänzerinnen einander nicht ermutigen, statt immer so eifersüchtig zu sein? Daheim in Archangelsk war es genauso gewesen: Wenn die Listen der Teilnehmer für die Weihnachtsaufführung angeschlagen wurden, brachen die übergangenen Mädchen in Tränen aus. Aber Anja war nicht übergangen worden. Es stand fest, daß sie die Rolle bekommen würde.

«Sie können an Ihren Platz zurückgehen, Natascha», sagte Madame Laurier.

Natascha schritt gehorsam zur Stange. «Du Angeberin», flüsterte Anja, als sie an ihr vorbeiging. «Du bist eine elende Tänzerin. Du...»

«Anja.»

Anjas Gesicht verwandelte sich schlagartig in eine strahlende Maske, und sie machte einen tiefen Knicks. «Ja, Madame?»

«Seine Kaiserliche Hoheit und ich haben beschlossen, daß Sie und Sergej im *Korsaren* tanzen werden.» Der Großfürst berührte Madame Laurier am Arm, und sie redeten eine Weile leise mit dem Rücken zur Klasse. «Darja.»

«Ja, Madame?» Darja Denissowa, ein lebhaftes brünettes Mädchen aus Moskau, trat schnell vor und knickste anmutig.

«Ich nehme an, Ihr Knöchel ist jetzt ganz verheilt.»

«O ja, Madame.»

«Keine Beschwerden mehr?»

«Nein, Madame.»

«Dann werden Sie die Zweitbesetzung sein.»

«Danke, Madame.»

Nun, das ist nur gerecht, dachte Natascha. Darja war offensichtlich eine begabte Tänzerin. Sie fragte sich, was mit ihrem Knöchel los gewesen war. Tänzer verletzten sich häufig, aber wenn die Verletzung nicht wirklich ernsthaft war, setzte man stillschweigend voraus, daß sie so taten, als wäre nichts geschehen, und weiter trainierten und tanzten.

«Natascha.»

«Was?» Natascha war so überrascht, aufgerufen zu werden, daß ihr der barsche Ausruf entfuhr, ehe sie ihn zurückhalten konnte.

«Seine Kaiserliche Hoheit hat vorgeschlagen, daß Sie als neue Schülerin vielleicht davon profitieren könnten, den Proben zum *Korsaren* beizuwohnen, um gleichsam aufzunehmen, was Anja und Darja schon beherrschen.»

Natascha hörte, wie Anja schluckte, aber diesmal machte es ihr nichts aus. Sie bekam die Möglichkeit zu erleben, wie eine Produktion des berühmten Marinskij-Theaters entstand. Wäre sie nicht von Madame Rotschina gedrillt worden, hätte sie jetzt vielleicht ausgelassene Freudensprünge gemacht, aber statt dessen versank sie in einem tiefen Knicks. Dies mußte der schönste Augenblick in ihrem ganzen Leben sein. Sie war beinahe sprachlos vor Dankbarkeit und Glück.

«O ja, Madame. Vielen Dank, Madame.»

«Sehr schön», fuhr Madame Laurier trocken fort. «Das wäre somit geregelt. Ich hole jetzt Sergej. Er und Anja können ebensogut gleich mit den Proben beginnen.» Sie winkte Mlle. Balasowa zu, die sofort mit viel zu wuchtigem Anschlag eine Mazurka von Chopin zu spielen begann. «In meiner Abwesenheit wird Anja den Unterricht leiten.»

Anja trat vor die anderen und blickte Natascha wieder böse an. Es lag auf der Hand, daß sie ganz und gar nicht damit einverstanden war, bei den Proben von ihr beobachtet zu werden. «Mademoiselle Ladanowa», rief sie scharf, «fünfte Position, wenn ich bitten darf, nicht die dritte.»

Fest entschlossen, alles zu tun, um Anjas Gunst zu gewinnen, korrigierte sich Natascha eilig.

Mlle. Balasowa hämmerte die Mazurka weiter, und von Madame Lauriers kritischen Blicken erlöst, machten die Mädchen die Routineübungen ohne jede Begeisterung. Nach der Aufregung der letzten Stunde wirkte das gewohnte Training beruhigend. Natascha hörte nach einer Weile auf, sich um Anja zu sorgen, und konzentrierte sich darauf, die leichte Zerrung in ihrem Bein zu lösen. Es war eine Erleichterung, auf diese vertraute und praktische Weise an ihren Körper zu denken.

Sie hatte die Zerrung so gut wie behoben, als die Tür aufging und Madame Laurier mit einem großen, aristokratisch wirkenden Jungen in einer weißen russischen Bluse und hohen schwarzen Stiefeln hereinkam. Natascha wandte sich bei dem Geräusch um und hätte vor Staunen fast den Mund aufgesperrt. Der goldblonde und blauäugige Junge war das schönste Wesen, das sie jemals gesehen hatte. Sie sah ihn stolz in der Türöffnung stehen und fühlte ein sonderbares Kribbeln im Magen, als hätte jemand einen Schwarm von Schmetterlingen darin losgelassen.

«Sergej Maximow», sagte Madame Laurier zu dem Jungen, «das ist das Mädchen, mit dem Sie den Pas de deux aus dem *Korsaren* tanzen werden.»

Der Junge lächelte und trat selbstbewußt zu Anja Belinskaja, deren goldene Locken in einem Sonnenstrahl wie ein Heiligenschein aufglänzten.

«Ich bin entzückt, Mademoiselle», sagte er, sich höflich über ihre Hand beugend.

«Und das ist Anjas Zweitbesetzung», sagte Madame Laurier. «Darja Denissowa, mit der Sie meines Wissens auch schon einige Male getanzt haben.» Darjas schmales Gesicht überzog sich mit Röte, als Sergej ihr mit einem gemurmelten Kompliment die Hand küßte. Madame Laurier legte Natascha den Arm um die Schultern und drängte sie sanft zu der Gruppe. «Außerdem habe ich das Vergnügen, Sie mit Natascha bekannt zu machen, die bei den Proben zuschauen wird. Natascha ist eine neue Schülerin aus Archangelsk. Sie ist erst heute zu uns gekommen. Natalja Jakowlewna, Sergej Fjodorowitsch.»

Sergej betrachtete Natascha von oben bis unten, als wäre sie ein Pferd, das zum Verkauf anstand. Sie hätte niemals geduldet, daß ein Junge sie auf diese Weise taxierte, aber er hatte so viel Ähnlichkeit mit einem der Engel auf Tante Marjas Ikone, daß sie kein bißchen beleidigt war, sondern nur eine schreckliche Schüchternheit und den verzweifelten Wunsch spürte, ihm zu gefallen. Sie streckte zaghaft die Hand aus.

«Guten Tag.»

Der Junge blickte durch sie hindurch, als existiere sie nicht. Die Zurückweisung war für Natascha wie ein Schlag, und sie errötete und ließ die Hand schnell sinken.

«Guten Tag, Mademoiselle», sagte er kühl.

Verwirrt und ratlos nahm Natascha wieder ihren Platz an der Stange ein. Warum war er so unfreundlich gewesen? Katja bemerkte ihre Bestürzung und näherte sich ihr.

«Mach dir nichts draus», flüsterte sie. «Er gibt sich nur mit Leuten ab, die er für wichtig hält.»

«Katja und Natascha!» rief Madame Laurier zornig. «Zur Strafe, daß Sie beim Unterricht getuschelt haben, werden Sie nach dem Essen eine Stunde zusätzlich trainieren.»

«Oh, verflixt», murmelte Katja. «Ich werde jedesmal erwischt.» Sie lächelte Natascha verschmitzt zu. Wenigstens eine Freundin habe ich hier, dachte Natascha erleichtert.

2

Niemand nahm Notiz von Natascha, die auf einem unbequemen Holzstuhl in einer Ecke des Trainingsraums saß und immer mehr das Gefühl hatte, unsichtbar zu sein. Anja, Darja und Sergej waren mit ihren Lockerungsübungen fertig und warteten darauf, daß Mlle. Balasowa die Musik aus dem *Korsaren* zu spielen begann. Die drei fühlten sich bereits als Team, aus dem Natascha selbstverständlich ausgeschlossen war.

Trotzdem war es großartig, Madame Laurier bei der Arbeit zusehen zu dürfen. Bei der ersten Probe hatte sie Anja, Sergej und Darja nacheinander die komplizierten Schritte gezeigt, die den Kern des kurzen Pas de deux bildeten. Anja hatte angefangen und die neuen Sequenzen zuerst unsicher, dann fehlerfrei und schließlich mit einer Andeutung von Gefühl ausgeführt. Darja begriff ebenfalls schnell, obgleich Madame Laurier natürlich weniger Zeit auf sie verwendete.

Doch es war Sergej, dem Nataschas ganze Aufmerksamkeit galt. Schon sein erster Sprung raubte ihr den Atem. Natürlich hatte sie bei den Gastspielen der Provinztruppen in Archangelsk Tänzer gesehen, aber keiner von ihnen hatte Sergejs schier greifbare Selbstsicherheit. Er war noch jung, ohne den letzten technischen Schliff, aber er bewegte sich mit einer fließenden, katzenhaften Grazie; jeder Schritt, jede Haltung seines Körpers war so gut wie makellos. Natascha wußte, wieviel hartes Training dazu gehörte, um diesen Grad an Vollkommenheit zu erreichen. Ihr Respekt vor ihm wuchs, und sie sah wie gebannt zu.

Als Sergej fertig war, machte er atemlos eine knappe Verbeugung vor Madame Laurier. Es entstand ein unbehagliches Schweigen, und Natascha hörte nur, wie Mlle. Balasowa nervös hüstelte und mit ihren Noten raschelte.

«Sie haben das Stück also bereits einstudiert», sagte Madame Laurier schließlich.

«Ja, Madame. Ich habe mir vor ein paar Wochen erlaubt, Monsieur Nikalukin zu bitten, mir Unterricht zu geben. Monsieur hat den *Korsaren* früher einmal getanzt.»

Madame Laurier schien verärgert zu sein. Sie legte ihre Fingerspitzen ein paarmal aneinander und musterte Sergej kritisch. «Und woher wußten Sie, daß man Sie für die Rolle auswählen würde?»

«Offen gesagt...» begann Sergej mit einem entwaffnenden Lächeln. «Wen hätten Sie sonst nehmen können?»

Wie arrogant er war! Natascha konnte kaum glauben, was sie hörte. Aber er hatte die Gabe, unerhörte Dinge so nett und gewinnend zu sagen, daß man ihm nicht böse sein konnte. Anja und Darja kicherten, und nach kurzem, vergeblichem Bemühen, ernst zu bleiben, mußte selbst Madame Laurier lächeln. «Sergej, Sie sind unmöglich.»

«Ja, Madame, Sie haben recht.»

Sehr sonderbar, daß er es wagte, so mit Madame Laurier zu reden. Woher nahm er bloß den Mut? Den Rest der Probe konnte Natascha den Blick nicht von ihm losreißen. Er war offensichtlich interessanter als irgendeiner von den Jungen daheim in Archangelsk, und er tanzte so gut, daß sie beinahe geneigt war, ihm die Grobheit von gestern zu verzeihen. Wenn er Anja bei den *levés* hob, ertappte Natascha sich bei der Vorstellung, nicht Anja, sondern sie selbst wäre seine Partnerin. Welch ein Gefühl müßte es sein, mit jemandem zu tanzen, der ein so untrügliches Gespür für Tempi hatte und so umwerfend gut aussah?

Der Gedanke beschäftigte sie so sehr, daß sie am Abend – und in den nächsten beiden Wochen jeden Abend – nach dem Essen in den leeren Trainingsraum zurückkehrte, um die Schritte zu üben, die sie nachmittags gesehen hatte. Da sie ein gutes Gedächtnis hatte, konnte sie sich meist an fast alle Sequenzen erinnern, obgleich sie ohne Madame Lauriers untrügliches Auge natürlich einige Feinheiten ausließ. Sie arbeitete, bis sie schweißbedeckt und vollkommen erschöpft war, ruhte zehn Minuten aus und übte dann noch ein wenig, obwohl sie wußte, daß sie niemals eine Chance haben würde, die Rolle vorzuführen oder mit einem Partner zu tanzen.

Es war ein bißchen absurd, einen Pas de deux allein zu tanzen, doch ungeachtet der Freundlichkeit, die Katja ihr erwies, war Natascha einsamer als jemals zuvor in ihrem Leben. Sie hatte schon vor langer Zeit die Erfahrung gemacht, daß sie ihren Kummer kaum bemerkte, wenn sie sehr hart arbeitete, weil sie die Fähigkeit besaß, ihren Geist von ihrem Körper kontrollieren zu lassen. So tanzte sie in dem großen, leeren und stillen Saal, nicht nur, um Schritte zu lernen, sondern auch, um ihre Traurigkeit zu vergessen. Zuerst hatten ihre Bemühungen keinen Erfolg, doch nach einigen Tagen bemerkte sie erleichtert, daß das Tanzen sie so beschäftigte, daß sie darüber ihre Einsamkeit vergaß, wenigstens für einige Stunden.

«Mein Gott, Natascha, hast du es schon gehört?» Katjas rundes, tränenüberströmtes Gesicht schob sich über das Geschichtsbuch, in dem Natascha gerade las.

«Nein, was denn?» Als Natascha das Buch hinlegte, wurde sie sich bewußt, daß das Klassenzimmer seltsamerweise leer war. Von der Tür her erklang aufgeregtes Stimmengewirr. Es gab neuerdings so viele Streiks und politische Unruhen, daß sie zuerst dachte, der Zar sei vielleicht gestorben oder Ministerpräsident Stolypin sei einem Attentat zum Opfer gefallen.

«Anja ist für sechs Wochen suspendiert worden!» Katja wischte sich mit dem Ärmel die Nase ab und brach erneut in hilfloses Schluchzen aus. «Sie haben sie erwischt, wie sie sich mit einem Jungen aus der Schule geschlichen hat! Sie sagt, es sei ihr

Cousin, und sie wollten nur zu Conradi gehen und Kuchen essen, aber Madame ist außer sich vor Wut, und die Schulaufsicht ist bereits benachrichtigt worden. Anja muß heute abend ihre Sachen packen.»

«Das ist das Lächerlichste, was ich je gehört habe.» Natascha stand so abrupt auf, daß ihre Hefte zu Boden fielen. «Komm», sagte sie und packte Katja am Arm. «Es muß doch etwas geben, was wir dagegen tun können.»

Katja machte sich ängstlich los. «Aber verstehst du denn nicht? Die Schule ist sehr streng, und sie machen nie Ausnahmen. Letztes Jahr ist ein Mädchen von einem Tag auf den anderen geflogen. Wir mochten sie alle sehr gern, aber es hat nichts genützt. Selbst wenn man zum Ensemble des Kaiserlichen Balletts gehört, muß man die Leitung um Erlaubnis bitten, um heiraten zu können.»

«Sei nicht albern, sie tun doch alle nur so moralisch. Jeder weiß, daß die Ballerinen des Marinskij adlige Liebhaber haben. Denk nur an die Kschessinskaja – sie war jahrelang die Geliebte des Zaren, und inzwischen ist überall bekannt, daß Großfürst Andrej dort weitermacht, wo der Zar aufgehört hat.»

«Natascha!» sagte Katja entsetzt. «Du darfst so etwas nicht sagen.»

«Sie sind alle Heuchler. Es ist gemein von ihnen, Anja zu suspendieren, nur weil sie heimlich ins Café gehen wollte – mit irgendeinem Jungen, der wahrscheinlich nicht mal wüßte, was er mit einem Mädchen anfangen sollte, wenn er die Gelegenheit dazu hätte. Und ich würde es Madame Laurier am liebsten selbst sagen.» Natascha eilte aus dem Klassenzimmer und lief, zwei Stufen auf einmal nehmend, die Treppe zum Schlafsaal hinauf. Sie fand Anja neben einem unordentlichen Stapel von Kleidungsstücken auf ihrem Bett sitzend, und neben ihr saß Darja. Zu ihren Füßen stand ein großer aufgeklappter Reisekoffer. Die beiden Mädchen hatten offensichtlich geweint. Natascha vergaß alle Ressentiments, die sie gegen Anja gehegt haben mochte. Ungerechtigkeit hatte sie immer in Rage versetzt, und es *war* ungerecht, daß Anja für eine solche Lappalie so hart bestraft werden sollte. Am liebsten hätte sie Anja in die Arme genommen, sie zu Madame Laurier gezogen und um Gerechtigkeit gebeten.

«Anja», sagte sie atemlos. «Ich habe es eben gehört. Es tut mir sehr leid, und ich möchte dir nur sagen, wie gemein ich es finde, daß Madame Laurier...» Der Ausdruck in Anjas Augen ließ sie jäh verstummen. Anjas harter, kalter Blick war so haßerfüllt, daß sie unwillkürlich einen Schritt zurücktrat.

«Mademoiselle aus der Provinz konnte es also nicht abwarten, angelaufen zu kommen und zu frohlocken», sagte Anja. «Bitte, mach nur weiter – tanz auf meinem Grab, du Scheusal!»

Es war ein furchtbares Mißverständnis. Natascha versuchte zu protestieren, aber Anja hörte nicht zu. «Ich hasse dich», sagte Anja, stand auf und richtete sich zu ihrer vollen Größe auf. «Und Darja haßt dich auch. Du kommst hier hereingeschneit und lauerst wie ein Geier auf eine Chance, einer anderen eine Rolle wegzuschnappen. Aber dein Wunsch wird nicht in Erfüllung gehen, weil Darja an meiner Stelle tanzen wird.»

«Ich habe dir nichts Böses gewünscht», sagte Natascha.

«Ich beglückwünsche dich zu deiner Leistung. Madame hätte mich niemals so kurz vor der Aufführung suspendiert, wenn sie nicht gewußt hätte, daß du in den Kulissen nur darauf wartest, Darjas zweite Besetzung zu werden.»

«Ich habe nicht an die Rolle gedacht», sagte Natascha. «Wirklich nicht.»

«Oh, natürlich, und ich nehme an, auch nicht an Sergej.»

«Geh endlich», sagte Darja. «Laß uns in Ruhe.»

Darja probte die nächsten drei Tage eisern, während Natascha daneben stand und zuschaute. Sie empfand eine Mischung aus Bewunderung und Groll: Bewunderung für den Eifer, den Darja zeigte, und Groll, weil Darja sie so gründlich ignorierte. Der Gedanke drückte sie, daß ein Mädchen, das unter anderen Umständen ihre Freundin hätte sein können, sie offensichtlich nur als gefährliche Rivalin betrachtete, und sie haßte den Konkurrenzdruck, die kleinlichen Intrigen und die Eifersüchteleien auf der Kaiserlichen Schule mehr denn je.

Dann, am Morgen des dritten Tages, passierte plötzlich eine Katastrophe. Die Klaviermusik verstummte langsam, als Madame Laurier stirnrunzelnd in die Mitte des Übungsraums trat. Die hohen Spiegel vergrößerten und vervielfachten ihr Stirnrunzeln, bis es den ganzen Saal auszufüllen schien.

«Darja, was ist los mit Ihnen?»

«Nichts, Madame.»

«Sie landen zu schwer.»

«Ja, Madame.»

«Und nehmen Sie bitte nicht die Musik vorweg, die Mademoiselle noch gar nicht gespielt hat.»

«Ja, Madame.» Darja lächelte angestrengt und schob eine lose Haarnadel in ihre Zöpfe zurück. Einige Minuten tanzte sie gut, sogar wunderschön. Dann wurde sie unvermittelt wieder unsicher, verpaßte einen Takt und landete so ungeschickt, daß sie sich an Sergej festhalten mußte.

Madame Laurier gab der Pianistin ein Zeichen aufzuhören. «Darja, macht Ihr Knöchel sich wieder bemerkbar?»

«O nein, Madame, er ist vollkommen in Ordnung.» Darja tanzte einige Schritte und drehte sich dann anmutig auf Spitze. «Sehen Sie, es ist nichts.»

«Ich denke, wir sollten trotzdem mal nachsehen. Kommen Sie her, meine Liebe.» Darjas linken Fuß geübt mit einer Hand hochhebend, löste Madame Laurier die rosa Schleife, zog den Spitzenschuh aus und entblößte einen bedrohlich geschwollenen Knöchel. Natascha konnte einen Moment Darjas Zehen sehen, die so blau waren, als hätte man sie in Tinte getunkt. *Slawa bogu!* Wie hatte sie bloß mit einer solchen Verletzung laufen können, geschweige denn tanzen?

Madame Laurier seufzte und schüttelte den Kopf. «Warum haben Sie mir das nicht gesagt, Darja?»

«Aber es tut nicht weh, Madame, ehrlich nicht.»

«Es ist gut möglich, daß Sie sich einen bleibenden Schaden zugefügt haben.» Darja brach in Tränen aus und schlug die Hände vors Gesicht. «Kommen Sie», sagte Madame Laurier. «*Courage, mon enfant.* Es ist nicht das Ende der Welt.»

Einen Augenblick lang spürte Natascha die Enttäuschung der anderen so intensiv, als wäre es ihre eigene, und dann wurde ihr mit einer unsäglichen Freude bewußt, daß sie nun die einzige war, die den Pas de deux mit Sergej tanzen konnte. Der Gedanke, daß sie sich geradezu über Darjas Pech freute, beschämte sie zutiefst; war sie etwa auch nicht besser als die anderen? Sie versuchte ohne Erfolg, ihr Glücksgefühl zu unterdrücken. In weniger als zwei Wochen würde sie vielleicht vor ganz Petersburg auf der Bühne des Marinskij-Theaters tanzen. *Gospodi*, was konnte sie denn anders sein als aufgeregt und glücklich?

Drei Stunden später wurde Natascha wieder in den Übungssaal gerufen. Während sie an den Klassenzimmern vorbei durch den Korridor schritt, gab sie sich Mühe, nicht daran zu denken, was ihr bevorstand; die Erregung war zu groß, zu schmerzhaft. Wenn nun etwas schiefging! Wenn Madame Laurier beschloß, den Pas de deux einfach streichen zu lassen!

Sergej und Madame Laurier standen an der Stange und redeten aufeinander ein. Beim Geräusch ihrer Schritte fuhr Sergej herum und musterte sie zornig. «Sie wollen mir tatsächlich sagen, daß *dieses* Mädchen an Stelle von Mademoiselle Denissowa mit mir tanzen soll?» Einen Augenblick lang glitt sein Zorn an ihr ab, ohne sie zu berühren; sie sollte also seine Partnerin sein, sie sollte die Rolle bekommen. Sie wurde von einem Gefühl der Erleichterung ergriffen, die so grenzenlos war, daß sie am liebsten wie eine Närrin durch den Raum getanzt wäre.

«Ich sehe keine Alternative», antwortete Madame Laurier scharf. «Die Aufführung ist in knapp zwei Wochen, und ich weiß, daß Natascha die Rolle allein geübt hat.»

«Ich will aber nicht.» Sergej wandte sich mit zornblitzenden Augen zu der Ballettmeisterin. «Sie ist ein Nichts. Ich weiß nicht mal, ob sie tanzen kann. Sie ist nicht an unserer Schule ausgebildet worden. Verzeihen Sie, Madame, aber ich lehne das Risiko ab, mich im Marinskij-Theater von einer Dilettantin aus der Provinz blamieren zu lassen. Nein, sie ist unmöglich, sie ist absolut unmöglich. Sehen Sie sie doch nur an.»

Natascha ließ den Kopf hängen und war den Tränen nahe, als sie alle Vorfreude und Aufregung plötzlich verlor. Er hatte natürlich recht; sie hatte nicht die gleiche Ausbildung wie die anderen, aber es tat weh, daß er sie als provinziell bezeichnete.

«Sie steht da wie eine Kuh», fuhr er unbarmherzig fort. «Und ihre Füße... man mag gar nicht hinsehen. Man sieht mit einem Blick, daß sie nie etwas zustande bringen wird. Warum geben Sie die Rolle nicht Katyrina Gorina? Ich bin sicher, daß sie hundertmal besser ist. Oder, besser noch, Sie holen Anja wieder.»

Wie häßlich und gemein, sie mit einer Kuh zu vergleichen; wie taktlos, in ihrer Gegenwart Katja vorzuschlagen, selbst wenn es stimmen sollte, daß Katja die bessere Tänzerin war. Nataschas Niedergeschlagenheit verwandelte sich in Empörung. Ihr Atem brannte in ihrer Brust, und sie versuchte, etwas zu ihm zu sagen, sein niederschmetterndes Urteil über sie zu widerlegen, aber ihre Kehle war wie zugeschnürt. Sie drehte sich unvermittelt um, rannte aus dem Saal und lief den Flur entlang, der zum Schlafsaal der Mädchen führte.

Zum Glück war niemand dort. Natascha warf sich auf ihr Bett und schluchzte bitterlich vor Zorn und verletztem Stolz. Sie würde Tante Marja bitten, sie von der Schule zu nehmen. Sie haßte St. Petersburg und alle, die hier lebten; ihr lag nichts mehr daran, im Marinskij zu tanzen; sie haßte die Rivalität, aber am meisten haßte sie Sergej Maximow.

Als ihre Tränen nach einer Weile versiegt waren, ging sie hinüber zu den eisernen Waschtischen an den Fenstern und benetzte ihre Wangen mit kaltem Wasser. Beim Aufblicken sah sie ihr Gesicht im Spiegel, verweinte Augen, geschwollene Lider, was für ein Anblick! War es denn möglich, daß sie wirklich so häßlich und unfähig war, wie dieser arrogante Jüngling gesagt hatte? War es möglich, daß sie wirklich eine schwerfällige und unbegabte Kuh war? War sie, wie Anja behauptet hatte, nur eine billige kleine Opportunistin?

Alles in Natascha lehnte sich gegen dieses Urteil auf. Sie hatte Talent! Sie wußte, daß sie es hatte. Madame Rotschina hatte es ihr gesagt. Sie würde es diesem Sergej Maximow zeigen, und

Darja und Anja auch; sie würde es ihnen allen zeigen. Sie würde üben und trainieren, bis sie die beste Tänzerin der Kaiserlichen Schule war, die beste Tänzerin in ganz Rußland.

Natascha setzte sich auf ihr Bett, schlang die Arme um die Beine, ließ ihr Kinn auf ihre Knie sinken und fühlte sich gleichzeitig verlassen, wütend und verwirrt. Sie war hier so einsam. Sie schaute sich in dem ungemütlichen Zimmer um: die penibel aufgereihten eisernen Bettgestelle, die Holzpulte, die vorhanglosen Fenster. In Archangelsk hatte sie eine Daunendecke mit fröhlichen Baumwollbezügen gehabt, ein Bärenfell auf dem Boden, ein Bett aus rotem Holz, das wie ein Schlitten geformt war. In dieser Schule war alles praktisch und schmucklos, und sie fragte sich, ob sie jemals imstande sein würde, sich daran zu gewöhnen.

Die Erinnerung an Sergejs Worte durchfuhr sie wieder wie ein Dolch, und sie biß sich auf die Lippen, um nicht abermals zu weinen. Warum war er so bösartig gewesen? Anja und Darja hatten Grund zur Eifersucht, aber was war seine Entschuldigung? Hatte er einen Makel an ihr bemerkt, den sie nicht sehen konnte? Immerhin war er ein älterer, erfahrener Tänzer. War es möglich, daß er doch recht hatte?

Nein, es war unmöglich.

Doch, es war möglich.

Natascha grübelte weiter und weiter, bis sie vollkommen erschöpft war. An jenem Abend nahm sie beim Essen kaum einen Bissen zu sich, und nachdem sie endlich eingeschlafen war, wurde sie von unruhigen und beängstigenden Träumen gequält.

Als Sergej Maximow am nächsten Morgen zu seiner ersten Unterrichtsstunde erschien, bekam er eine Mitteilung, in der Madame Laurier ihn aufforderte, um halb zehn Uhr in ihr Büro zu kommen. Er las das Schreiben, erbleichte und steckte es hastig in seine Jackentasche. Zwanzig Minuten später stand er mit der Mütze in der Hand in Madame Lauriers Büro, so kleinlaut und unterwürfig, wie die Umstände es geboten erscheinen ließen, und fürchtete sich vor dem, was kommen würde.

Madame Laurier tippte mit der Metallspitze ihres Federhalters gegen das Messingtintenfaß und musterte ihn über ihren großen Eichenschreibtisch hinweg so durchdringend und kühl, wie er es noch nie erlebt hatte. «Sergej Maximow», sagte sie dann, ohne ihn auch nur begrüßt zu haben. «Treten Sie bitte näher.»

Er machte einige Schritte und wurde zunehmend verzagter. Madame Laurier hatte etwas Zwingendes, das keinem ihrer Schüler entging, nicht daß sie streng oder gar grausam wirkte oder laut sprach, nein, aber sie hatte ein Talent, den Blick zu fest auf ihre Eleven zu richten, daß diese die Überzeugung gewannen, sie könne ihre Gedanken lesen. Sergej merkte, wie er unter ihrem Blick schuldbewußt blinzelte.

«Sergej Maximow», sagte sie, «Sie sollten sich schämen.»

«Wofür, Madame?»

«Sie wissen sehr wohl, wofür. Die Art, wie Sie Natascha gestern behandelten, kann nicht toleriert werden. Natascha ist eine neue Schülerin, und ich erwarte von Ihnen wie von allen anderen Zöglingen der Schule, daß Sie sie nach Kräften dabei unterstützen, sich hier einzuleben und sich heimisch zu fühlen. Außerdem ist sie eine ungewöhnlich begabte Tänzerin, die bereit ist, eine schwierige Rolle in letzter Sekunde zu übernehmen. Sie braucht allen Beistand und jede Hilfe, die wir ihr bieten können. Haben Sie nicht gewußt, daß sie von Maria Rotschina ausgebildet wurde?»

«Nein, Madame.» Sergej hatte Mühe zu verhindern, daß sich seine Verblüffung auf seinem Gesicht abzeichnete. Er begann den nagenden Verdacht zu hegen, daß er vielleicht voreilig gewesen war, und all die klugen Worte, die er sich für Madame Laurier zurechtgelegt hatte – er wollte sie diplomatisch darauf aufmerksam machen, wie riskant es sei, Darja durch eine vollkommen unerfahrene Tänzerin zu ersetzen –, waren auf einmal wie fortgeblasen. Unterricht bei Madame Rotschina – warum hatte ihm das niemand erzählt? Er wurde rot und erinnerte sich plötzlich, daß er niemandem Zeit gelassen hatte, ihm irgend etwas zu erzählen.

«Sie waren nicht nur unhöflich zu ihr, Sie haben sich benommen wie ein Barbar aus der Steppe», fuhr die Ballettmeisterin unerbittlich fort. «Ein *Franzose* würde es nie wagen, so mit einer Dame zu reden. Ich weiß, daß Paris sehr weit von St. Petersburg entfernt ist, aber ich glaubte bisher, daß in der zivilisierten Welt überall die gleichen Anstandsregeln gelten.»

Ihre Worte trafen ins Schwarze, und Sergej senkte beschämt den Kopf. Er reagierte beinahe krankhaft empfindlich auf die leiseste Andeutung, daß er kein zivilisierter Europäer sei. Sein Onkel Gregor hatte ihm einmal erzählt, daß Ausländer die Russen oft für ungeschliffen hielten, und es hatte ganz den Anschein, daß er diesem Klischee gestern exakt entsprochen hatte. Er wurde blaß und verbeugte sich leicht zum Schreibtisch hin.

«Ich bitte um Verzeihung, Madame», murmelte er, unfähig, ihren Blick zu erwidern.

Madame Laurier war nicht so leicht zu besänftigen. «Bitten Sie Natascha um Verzeihung, Monsieur, nicht mich.» Sie legte ihren Federhalter neben das Tintenfaß, holte tief Luft und beugte sich ein wenig vor. «Überdies möchte ich Sie unmißverständlich darauf hinweisen, daß kein Talent der Welt einen Tänzer retten kann, mit dem sich nicht arbeiten läßt.» Sie hielt inne. «Ich kenne in dieser Schule mindestens drei junge Männer, die freudig die Chance ergreifen würden, zusammen mit Natascha im *Korsaren* zu tanzen, und die eine solche Rolle selbst zu diesem späten Zeitpunkt noch einstudieren könnten. Drücke ich mich klar genug aus?»

Ihre letzte Bemerkung traf Sergej so unvorbereitet, daß er drauf und dran war, die Fassung zu verlieren. Sie konnte doch nicht ernsthaft erwägen, ihm die Rolle fortzunehmen! Er suchte verzweifelt die richtigen Worte, um die Drohung zu entschärfen. Er brauchte die Rolle im *Korsaren*, um seiner Mutter zu beweisen, daß er recht daran getan hatte, dem Ballett soviel Zeit zu widmen. Die Gräfin, die verwitwet und leidend war, warf ihm immerfort vor, daß der Unterricht an der Kaiserlichen Schule ihn zu viele Stunden am Tag von ihr fernhielt. Nur die Tatsache, daß ihr verstorbener Mann ein leidenschaftlicher Anhänger des Balletts gewesen war, hatte sie bewogen, ihrem Sohn ein Studium zu erlauben, das so zeitraubend war, so sehr unter der Würde eines Maximows. In Anbetracht dieser neuen Wendung könnte seine Mutter darauf bestehen, daß er endgültig auf das Tanzen verzichtete, und selbst wenn sie es nicht tat, falls sich herumspräche, daß er unbeherrscht war, ein Tänzer, mit dem man schlecht arbeiten konnte, würde er unter Umständen Jahre auf eine neue Chance warten müssen, im Marinskij-Theater aufzutreten.

Madame Lauriers Stimme wurde freundlicher, als ob sie spürte, daß er Qualen litt. «Sie sind ein sehr guter Tänzer, Sergej, aber Sie müssen noch Bescheidenheit lernen.»

«Ich werde es versuchen, Madame.» Er meinte es ernst. Er würde alles tun, er würde dieses Mädchen wie eine Prinzessin behandeln, wenn sie es wollten. Er meinte zu spüren, wie jene drei jungen Männer sich hinter seinem Rücken drängten und schubsten, um die Rolle zu ergattern.

«Wenn Sie Natascha heute nachmittag sehen, werden Sie sich natürlich umgehend entschuldigen wollen.» Das Gesicht der Ballettmeisterin entspannte sich ein wenig, und sie lehnte sich in ihrem Armstuhl zurück.

«Selbstverständlich, Madame.» Sergejs Gedanken arbeiteten fieberhaft und machten tausend Pläne, um seine Stellung zu sichern: Wenn er Natascha sah, würde er mehr tun, als sich nur entschuldigen. Er würde freundlich sein, charmant, bestrikkend, er würde sie nicht allein dazu bringen, ihm zu verzeihen, nein, er würde sie verliebt machen. Und er würde nie, nie wieder Schwierigkeiten beim Arbeiten machen – wenigstens nicht, wenn Madame Laurier in der Nähe war. Es war viel zu gefährlich, mit dieser Lehrerin die Klingen zu kreuzen. Er wünschte sich die Rolle mehr als alles andere, und wenn er bescheiden sein mußte, um sie zu bekommen, nun, dann würde er eben der bescheidenste Eleve der Kaiserlichen Ballettschule werden.

3

Natascha war so aufgeregt, daß sie kaum atmen konnte. Sie war eine gute Stunde zu früh zu der ersten Probe mit Sergej gekommen, damit sie reichlich Zeit hätte, sich einzutanzen, doch obgleich sie eine Übung nach der anderen gemacht hatte, fühlten sich ihre Beine immer noch an wie zwei Holzklötze. Vor einigen Minuten war Mlle. Balasowa hereingekommen und hatte sich mit einer gemurmelten Begrüßung ans Klavier gesetzt, aber Natascha hatte sie kaum bemerkt.

Tief einatmend versuchte sie zu entspannen, als sie zu einem tiefen *plié* zusammensank. Sie wollte die Übung gerade wiederholen, als Madame Laurier mit Sergej den Raum betrat. Natascha ballte unwillkürlich die Hände und wandte sich zu ihnen.

«Guten Tag, Natascha», sagte die Ballettmeisterin freundlich und winkte zur Begrüßung mit einem Notenblatt, das sie in der Hand hatte.

«Guten Tag, Madame.» Natascha roch den Duft von Rosen, als Madame Laurier so rasch an ihr vorbeischritt, daß ihr seidenes Arbeitskleid sich um ihre muskulösen Beine bauschte. Sergej drehte sich wortlos um und warf sein schweres blaues Cape ab. Es war ein sonderbares Cape, so schäbig, als sei es in einer längst vergangenen Schlacht tatsächlich von einem Soldaten getragen worden, groß und weit, mit eindrucksvollen Messingknöpfen, auf die das kaiserliche Wappen graviert war. Darunter trug er ein weißes Trainingshemd, ein seidenes Trikot und die schweren schwarzen Stiefel, die Natascha von früheren Proben in Erinnerung hatte. Schweigend zog er die Stiefel aus und schlüpfte in seine Ballettschuhe.

Er würde sie also ignorieren. Sie hätte damit rechnen sollen. Drüben in der Ecke unterhielten sich die Lehrerin und Mlle. Balasowa, die beide den Kopf über den Klavierauszug beugten. Vielleicht sollte ich jetzt zu Sergej gehen, dachte Natascha, und mich mit ihm aussprechen.

«Fertig, Kinder?» Madame Laurier eilte zur Mitte des Raumes. «Sergej, haben Sie sich aufgewärmt?»

«Ja, Madame, ich komme gerade von einer Extrastunde bei Monsieur Nikalukin.» Sein ganzes Benehmen war überraschend unterwürfig, als er seinen Platz neben Natascha an der Stange einnahm.

Madame Laurier lächelte Natascha freundlich an. «Ich glaube, Sergej möchte Ihnen etwas sagen, ehe wir anfangen.»

«Mir, Madame?» Was konnte Sergej Maximow ihr wohl zu sagen haben? Natascha machte sich auf irgendeine neue Beleidigung gefaßt. Sergej räusperte sich und trat ein paar Schritte vor. Er wirkte entschieden nervös!

«Mademoiselle Ladanowa», sagte er ruhig und förmlich, «ich bin gestern sehr unhöflich zu Ihnen gewesen, und es tut mir schrecklich leid.» Er schenkte ihr ein Lächeln, ein strahlendes Lächeln, das seine Augen einige Schattierungen dunkler machte. «Ich ärgerte mich über den Verlust von Mademoiselle Denissowa als Partnerin, und ich fürchte, ich bin in meinem Ärger zu weit gegangen. Verzeihen Sie mir bitte. Es wird mir eine Ehre sein, mit Ihnen zu tanzen.»

Natascha war besiegt, hingerissen, beinahe sprachlos. Es war keine Rede davon, daß er sie ignorieren würde, er hatte sich sogar entschuldigt.

«Verzeihen Sie mir?»

«O ja, selbstverständlich.» Sie wußte kaum, was sie redete. Er lächelte wieder, und in seinen Augen war ein so freundlicher, bittender Ausdruck, daß Natascha viel älter und erfahrener hätte sein müssen, um ihm zu widerstehen.

«Gut», sagte Madame Laurier, «dann können wir ja anfangen.» Sie zog zwei Kreidestriche auf dem Boden. «Natascha, Sie beginnen hier.» Sie zeigte auf eine der beiden Linien. «Und Sie, Sergej, hier drüben.»

Sergej sah Natascha an und zuckte mit den Schultern, wie um zu sagen: «Hm, so ist das, nun geht die Arbeit los.» Es war eine natürliche, freundliche Geste, die etwas überraschend Vertrautes hatte; sie schien zu beinhalten, daß er und Natascha nun echte Partner waren. Natascha merkte, daß sie vor Freude glühte. Sie hatte sich in ihm geirrt.

Sergej nahm Nataschas Hand, und sein Griff war warm und fest, seine Haut wie keine andere Haut, die sie je berührt hatte, elastisch, mit Energie geladen. Während ihre beiden Arme einen Bogen bildeten, durchfuhr sie ein Strom, ein schneller, scharfer Puls, elektrisierend und erregend. Natascha wußte nicht, wie ihr geschah. Ihre Kopfhaut prickelte, und sie wurde von einem Kribbeln durchlaufen, das angenehm und zugleich ein bißchen unheimlich war.

«Natascha, hören Sie zu?» Madame Laurier wartete ungeduldig. Natascha murmelte eine Entschuldigung und riß sich zusammen, um sich zu konzentrieren, aber es wurde die ganze Stunde über immer schlimmer. Jedesmal, wenn er sie berührte, wurde sie von neuen Gefühlen überwältigt. Wenn er sie bei den *levés* hob, schienen seine Finger die dünne Seide ihres Mieders zu durchdringen, und seine Finger streiften ihr Fleisch und ließen Schauer der Erregung ihr Rückgrat entlanglaufen. Sie war plötzlich überzeugt, daß sie fliegen konnte, daß sie das Unmögliche tun konnte, solange er da war und achtgab.

Noch nie hatte sie sich jemandem so uneingeschränkt anvertraut. Sie ließ sich von Sergej drehen und bewegen, folgte ihm instinktiv und paßte sich seinem Rhythmus an. Infolgedessen tanzte sie, da Sergej das Stück bereits kannte, außergewöhnlich gut, machte ohne Zögern die richtigen Schritte und harmonierte uneingeschränkt mit ihrem Partner.

«Hm», machte Madame Laurier. «Ich hätte nichts Besseres

tun können, als euch zwei zusammenzubringen.» Ihre Stimme holte Natascha schlagartig in die Wirklichkeit zurück. Sergej stand schon in der anderen Ecke und zog seine Stiefel und sein Cape an. Die Stunde konnte doch noch nicht um sein; er konnte doch nicht schon gehen! Natascha beobachtete ihn verwirrt. Ein Teil von ihr wollte für immer mit ihm weitertanzen, aber gleichzeitig hatte sie ein Gefühl des Unbehagens. Was hatte er mit ihr gemacht? Oder vielmehr, was hatte sie mit sich selbst gemacht? Warum spürte sie so sonderbare Dinge, wenn er sie berührte? Vielleicht wurde sie krank. Aber sie fühlte sich kein bißchen krank; sie fühlte sich so gut wie noch nie.

«Auf Wiedersehen», sagte Sergej und knöpfte den letzten Knopf seines Capes zu. Natascha zunickend setzte er seine Mütze auf und verließ den Raum. Fast im selben Moment wurde ihr klar, daß sie ihn erst am nächsten Tag wiedersehen würde. Auf einmal fühlte sie sich unglücklich, verzweifelt, verlassen, und ihr Magen begann zu rebellieren. Sie lehnte sich erschöpft an die Wand und schnürte apathisch ihre Schuhe auf.

Das Orchester des Marinskij-Theaters stimmte die Ouvertüre des *Korsaren* an und füllte den Raum mit einem reinen Klanggewebe, das Natascha, die halb außer sich vor Lampenfieber in den Kulissen stand, vor Freude zittern ließ. Durch eine kleine Öffnung des großen blauen und goldenen Vorhangs konnte sie die cremefarbenen und blauen Logenränge sehen, die vergoldeten Flachreliefs, den gewaltigen Kristallkandelaber mit hundert funkelnden Lichtern. In der kaiserlichen Loge, hoch über einem Meer von Gesichtern, saßen die Zarenwitwe und ihre Tochter, Großfürstin Xenia, prangend vor Schmuck, in den elegantesten Roben, die sie jemals gesehen hatte. In der Loge links von ihnen saß Großfürst Alexej mit einer Dame, sicher seine Frau, und zwei kleinen Mädchen, die wohl seine beiden Töchter sein mußten.

Der Anblick des Großfürsten war beruhigend. Natascha seufzte erleichtert, denn nun kannte sie wenigstens einen Menschen im Publikum. Sie wünschte, daß Tante Marja dort unten im Parkett säße, aber sie hatte sich keine Karte leisten können, sie waren zu teuer gewesen und außerdem fast unmöglich zu bekommen – eine Generation der Aristokratie reichte sie gleichsam weiter an die nächste, hatte Madame Laurier erläutert.

«Bitte, junge Dame, treten Sie zur Seite», sagte ein Mann in einem blauen Kittel und gab ihr ein Zeichen, aus dem Weg zu gehen, damit die letzten Teile des Bühnenbilds heruntergelassen werden konnten. Zwei große Segelboote hingen an verdeckten Tauen über einer gewaltigen Tuchbahn, die das Meer darstellte. Wenn der Vorhang hochging, würden hundert Soldaten vom Finnischen Regiment des Zaren unter der Tuchbahn stehen und das Bühnenmeer in wogende Bewegungen versetzen, als braute sich in der Ferne ein Sturm zusammen. Die Männer kamen nun auf die Bühne und wirkten belustigt, als sie unter dem Stoff ihre Positionen einnahmen. Madame Laurier hatte beiläufig bemerkt, daß die Produktion des *Korsaren* über eine halbe Million Goldrubel koste – eine Summe, die so gewaltig war, daß Natascha sich diese gar nicht vorstellen konnte.

Links hinter Natascha tanzten sich die großen Ballerinen Olga Preobrajenskaja und Vera Trefilowa zusammen mit dem Corps de ballet ein. Michail Fokine, der Meisterchoreograph, der das Marinskij einem Geücht zufolge verlassen wollte, unterhielt sich angeregt mit einer großen, elegant wirkenden Tänzerin in einem steifen, klassischen Tutu, in der Natascha sofort Matilda Kschessinskaja erkannte, die berühmte Primaballerina, mit der der Zar vor seiner Heirat ein Verhältnis gehabt hatte und die, wie manche sagten, seine einzige Liebe gewesen war.

Natascha berührte die nackten Holzdielen der Bühne mit der Spitze ihres Schuhs und hatte Mühe zu glauben, daß sie wirklich darauf tanzen würde. Was hatte dieses Holz nicht schon alles erlebt! Sie dachte an die ersten russischen Tänzer, Leibeigene, die die Großgrundbesitzer auf ihren entlegenen Gütern unterhalten mußten. Vielleicht hatten die Leibeigenen genau wie sie das Gefühl gehabt, tanzend eine andere Welt zu betreten.

Manchmal, fiel ihr ein, waren sie für immer in dieser Welt

geblieben. Jede junge Tänzerin kannte die Geschichte von Pauline Kowalewskaja, dem Bauernmädchen aus Graf Tscheremetiews Corps de ballet. Als der Graf sie tanzen sah, verliebte er sich in sie und heiratete sie dann gegen den Willen Katharinas der Großen, die ihn für ihre Enkelin Augusta ausersehen hatte. Und dann die Taglioni, die große italienische Tänzerin, die bei ihrem Auftritt in St. Petersburg eine solche Sensation auslöste, daß eine Gruppe von Ballettliebhabern für zweihundert Rubel ein Paar ihrer Schuhe kaufte und in einer Brühe zerkochen ließ, die dann bei einem Bankett ihr zu Ehren feierlich getrunken wurde...

Elena Andrejanowa, Virginia Zucchi, Pierina Legnani, Anna Pawlowa – Natascha beschwor die Namen all der gefeierten Ballerinen herauf, die im Marinskij aufgetreten waren. *Ich möchte einmal dazugehören,* dachte sie.

«Alle zurücktreten, bitte die Bühne frei machen!» Oberst Teljakowskij, der Direktor der kaiserlichen Theater, gab das Zeichen, und Natascha hastete zurück in die Kulissen, um den ersten Akt zu beobachten, während der große Vorhang langsam hochging. Beim Anblick der getakelten Boote und des wogenden Ozeans brach das Publikum in begeisterten Applaus aus. Plötzlich drehte sich die gesamte Bühne und zeigte einen üppigen tropischen Garten samt duftenden Fontänen und Beeten mit Orchideen und Gardenien. Pfauen stolzierten über einen imaginären Rasen, an den Bäumen hingen vergoldete Käfige mit Paaren von Papageien. Das Corps de ballet trat auf; Trefilowa tanzte ein brillantes Solo; Kschessinskaja war atemberaubend.

Nataschas Bewunderung wuchs mit jedem Auftritt. Sie konnte auch hier sehen, daß die Tanzenden jeden Muskel ihres Körpers einsetzten, aber es wirkte wie ohne die geringste Anstrengung vollbracht.

Eine warme Hand nahm mit festem Griff die ihre. Natascha wandte sich zur Seite und sah Sergej in seinem Piratenkostüm. In dem dick geschminkten Gesicht blitzten die vertrauten blauen Augen.

«Lampenfieber?» fragte er.

«Ein bißchen.»

«Ich auch.» Er drückte ihre Hand noch fester. «Sie sehen wundervoll aus.»

Ihr Tutu war mit Goldflitter besetzt, in dem sich das Licht in unerwarteten Momenten brach, ihr schwarzes Haar fiel den Rücken hinunter und wurde nur von einem Kranz aus Rosenknospen gehalten. Sergej beugte sich vor und küßte sie kurz auf den Mund. «Hals- und Beinbruch.» Er gab ihr einen kleinen, zärtlichen Schubs. «Das ist unser Einsatz! Los – und tanzen Sie wie ein Engel.»

Als sie aus dem Schatten in die grelle Bühnenbeleuchtung trat und die verschwommene Masse von Gesichtern sah, die ihr erwartungsvoll zugewandt waren, spürte Natascha einen Moment lang den Drang, sich einfach umzudrehen und davonzulaufen, doch dann, als sie zu tanzen begann, schwand die Angst. Ohne einen Takt zu verpassen, schritt sie über die Bühne, und plötzlich war Sergej neben ihr, und wie durch ein Netz aus unsichtbaren Fäden miteinander verbunden, drehten sie sich, berührten einander, hielten im selben Augenblick inne. Als er sie beim Adagio hob, stellte sie fest, daß sie nicht mehr wußte, wo ihr Körper aufhörte und seine Hände begannen. Ihre Füße tanzten die vertrauten Schrittfolgen wie von selbst; wenn er sie ergriff, ließ sie in anmutiger Unterwerfung die Arme sinken; ihre Hände waren an seinen Schultern leicht und biegsam wie Federn.

Er war der Pirat, sie die Prinzessin. In einem Moment, der ewig zu währen schien, lebte sie ihre Rolle. Einen Arm zum imaginären Ozean hin ausstreckend, flehte Sergej sie stumm an, mit ihm zu kommen und das Leben der Korsaren zu teilen. Sie gab sich ihm und der Musik hin, lief zurück, drehte sich mehrere Male auf Spitze und beendete die Pirouette, indem sie die Arme ausbreitete, als wollte sie alles erfassen, was er ihr schenkte. Doch währenddessen nahm die Musik jäh eine andere Klangfolge an, und mit einer Vorahnung des kommenden Unheils hielt die Prinzessin inne und sank anmutig in sich zusammen.

Natascha verschmolz vollständig mit der Figur, die sie darstellte. Die lange, langsame Klage der Violinen ließ ihre Beine vibrieren und erfaßte ihr Rückgrat. Es gab kein Publikum mehr, nicht einmal Sergej, sondern nur noch einen großen, leeren Raum, das Innere des Marinskij-Theaters, ohne irgendwelche menschliche Zutaten. Sie hörte wieder, wie Madame Laurier ihr diesen kurzen, hellsichtigen Rat gab: *Vergessen Sie nicht, das Ballett handelt von schicksalhafter Liebe, gemischt mit Angst. Tanzen Sie Besessenheit und Leidenschaft, Natascha.* Sie erweckte die Worte zum Leben. Beifallsgemurmel erhob sich im Publikum und drang über die Rampenlichter bis zu ihr, aber sie nahm es nicht wahr.

Auf einmal preßte Sergej ihre flehenden Arme nach unten, packte sie, zerstörte den Fluß ihrer Bewegungen, die Linie ihres Körpers. *Der Pirat entführt die Prinzessin; ohne Mitleid und Barmherzigkeit, vielleicht sogar ohne Liebe.* Während er sie triumphierend hoch über seinen Kopf stemmte und mit ihr zu den Kulissen eilte, beschlich Natascha das Gefühl, daß die Worte der Ballettmeisterin einen tieferen Sinn hätten. Dann war die Szene vorbei, die Zuschauer applaudierten, und Sergej trat atemlos ab, ohne sie loszulassen.

«Wir haben es geschafft!» Er stellte sie behutsam hin und nahm sie in die Arme. «Sie waren wunderbar, vollkommen! Kein einziger Fehler.»

Madame Laurier kam strahlend auf sie zugelaufen. «Sehr gut gemacht, *mes enfants.*» Hinter ihnen, auf der Bühne, ging das Ballett weiter, und Preobrajenskaja hatte soeben ihren ersten Auftritt. Neue Kulissen wurden heruntergelassen. Natascha sah wie durch einen Glücksschleier zu, wie Bühnenarbeiter einen ganzen Bananenhain aufbauten und dann anfingen, weißen Sand aus Holzfässern auf ein blaues Segeltuch zu streuen. Großfürst Alexej bahnte sich mit drei großen Sträußen rosaroter Rosen im Arm einen Weg zwischen ihnen hindurch.

«Sie haben wunderschön getanzt, meine Liebe», sagte er und überreichte Natascha einen Strauß; ihr Duft überwältigte sie, und sie konnte die verschwenderische Fülle nicht fassen. «Anläßlich Ihres ersten Auftritts im Marinskij-Theater eigens aus unseren Treibhäusern!» Er schüttelte Sergej die Hand wie einem erwachsenen Mann. «Sergej Fjodorowitsch, erlauben Sie mir,

Ihnen zu Ihrer hervorragenden Leistung meine Glückwünsche auszusprechen.» Sergej errötete vor Freude. «Sie haben da ein begabtes Paar», bemerkte der Großfürst, zu Madame Laurier gewandt. Er lächelte Natascha an und belud sie mit den restlichen Rosen, so daß sie dachte, der Duft würde sie ersticken.

«Wenn Sie so weitermachen», fuhr der Großfürst fort und legte einen Arm um Sergej und den anderen um Natascha, «werden wir Sie nächsten Winter ins Corps de ballet aufnehmen müssen. Und nun eine kleine Überraschung. Ich habe einen Tisch im Theaterrestaurant für Sie reservieren lassen – unter den wachsamen Blicken unserer guten Madame. Wie ich höre, soll die neue Zigeunerkapelle dort recht gut sein. Und die *sakuski* sind die besten in St. Petersburg.»

Die *sakuski* des Theaterrestaurants waren unbeschreiblich köstlich. An einer Wand stand ein langer, mit weißem Leinen gedeckter Tisch, der sich unter allen erdenklichen Delikatessen bog. Geräucherter Lachs und Steinpilze in Sahnesauce drängten sich neben Beluga-Kaviar in einer großen Schale aus Silber und Kristall, die in den Rücken eines meisterhaft aus Eis gehauenen Schwans eingelassen war. Es gab eingelegte Gurken, nicht größer als Nataschas kleiner Finger, einen französischen Salat aus verschiedenen Gemüsen, die sie nicht kannte, italienischen Schinken, Würste, ganze glasierte Enten, von knusprigen Krusten umhüllte Pâtés und Wachteleier in Aspik.

«Der Stör soll sehr gut sein, habe ich gehört», sagte Madame Laurier und blickte nachdenklich auf die schweinsledergebundene Speisekarte, die ihr einer der befrackten Kellner gereicht hatte.

«Pardon, Madame», bemerkte Sergej. «Aber wenn ich hier mit Onkel Gregor esse, nehmen wir immer den Sterlet.» Natascha blickte ihn ehrfürchtig an. Ob es irgend etwas gab, was er nicht wußte? Auf einem kleinen Podium an der vorderen Seite des Restaunrants sang eine üppige, leidenschaftlich wirkende Frau mit einem roten Halstuch zu den sentimentalen Klängen einer Zigeunerkapelle ein Liebeslied nach dem anderen. Natascha war restlos glücklich. Sie saß in einem der besten Restaurants der Hauptstadt und aß die herrlichste Consommé, die sie je in ihrem Leben gegessen hatte. Und sie war mit Sergej zusammen.

Das Souper dauerte fast zwei Stunden. Als sie endlich die Schokoladentorte gegessen und jeder drei winzige Tassen mit duftendem, bitterem Kaffee getrunken hatten, gab Madame Laurier dem Kellner ein Zeichen und legte die Rubelscheine, die der Großfürst ihr gegeben hatte, auf den Tisch, ohne sie auch nur zu zählen. Sie stand auf und ging gefolgt von Sergej und Natascha zu dem prachtvollen walnußholzgetäfelten Garderobenraum am Eingang des Restaurants.

Als Natascha in ihren Mantel schlüpfte, wandte sie sich um, um Sergej etwas Nettes und Belangloses über das Essen zu sagen, aber die Worte blieben ihr in der Kehle stecken. Er sah auf einmal blaß aus, betroffen, beinahe krank. «Was ist los, Sergej?»

«Diaghilew.»

«Wie bitte?»

«Da kommen Diaghilew und Nijinsky.» Sergej zeigte auf zwei Herren, die soeben in das Restaurant getreten waren. Der eine war groß, ein bißchen massig, und hatte einen schwarzen Schnurrbart; der andere – er trug ein Hemd aus einem weichen Stoff, das am Hals offen war – war jünger, hatte exotisch anmutende Züge und einen sinnlichen Mund. Natascha erkannte in dem jüngeren Mann sofort Nijinsky, schon jetzt der berühmteste Tänzer des Jahrhunderts. Katja hatte drei Fotos von ihm über dem Bett, und sie schmachtete ständig nach ihm und lamentierte, daß er nicht mehr beim Kaiserlichen Ballett war. Nijinsky hatte vor einigen Monaten die unerhörte Kühnheit besessen, ohne das vorgeschriebene Suspensorium unter dem Trikot in *Giselle* aufzutreten, obgleich die Zarenwitwe und Großfürstin Xenia in der Herrscherloge saßen. Er war sofort entlassen worden. Katja, die gehofft hatte, eines Tages mit ihm zu tanzen, war untröstlich gewesen.

Diaghilew überraschte sie mehr. Nach allem, was sie gehört hatte, hatte sie sich ihn großgewachsen, schlank und etwas unheimlich vorgestellt. Er war schließlich der große Impresario, der das Pariser Publikum 1909 zum erstenmal mit dem russischen Ballett bekannt gemacht und Produktionen gezeigt hatte, die ganz Europa begeisterten und schockierten. Er hatte Nijinsky und Pawlowa weltberühmt gemacht, dem genialen Choreographen Fokine freie Hand gelassen und den bis dahin unbekannten jungen Komponisten Strawinsky engagiert. Die Lehrer der Kaiserlichen Ballettschule, die ihn früher angebetet hatten, bezeichneten Diaghilew nun als einen *décadent* und Revolutionär und warfen ihm Verrat an der klassischen Tradition vor.

«Madame!» Diaghilew schwenkte seinen Spazierstock, als winkte er eine Droschke her. Madame Laurier drehte sich um, und ihr Gesicht drückte alles mögliche aus, nur keine Begeisterung. Diaghilew trat zu ihr und machte eine merkwürdig steife Verbeugung, wobei er sich ein großes Taschentuch vor den Mund hielt. Natascha erinnerte sich, daß eines der Mädchen erzählt hatte, dieser angebliche Revolutionär fürchte sich so sehr vor Ansteckung, daß er aus Angst, sich etwas von den Pferden zu holen, nicht einmal in einer offenen Kutsche fuhr. «Madame», sagte Diaghilew, «was für ein reizender Zufall, Sie hier zu treffen. Ich habe gerade zu Slawa gesagt, wie gern ich mit einem Ihrer Schüler reden würde, nämlich mit Sergej Maximow, und nun, *voilà*... Die Vorsehung führt uns zusammen.»

«Monsieur Diaghilew», sagte Madame Laurier, «dies ist wohl kaum die rechte Zeit oder der rechte Ort...»

Er winkte den Einwand beiseite. «Ich weiß, ich weiß. Die Etikette und so fort. Ich müßte mich an Oberst Teljakowskij wenden, den Direktor der kaiserlichen Theater, und dann drei Wochen auf seine höfliche Ablehnung warten. Sie wissen natürlich, daß die Beziehungen zwischen Teljakowskij und mir nicht die allerbesten sind? Sie wissen, daß ich für ihn eine Stufe unter einem anarchistischen Bombenleger stehe. Aber ich lasse nicht locker, Madame. Die Aufführung, die ich eben im Marinskij gesehen habe, war wirklich bemerkenswert. Dieser Charme, diese Anmut! Ich habe seit Slawa keinen Tänzer mit solchen Möglichkeiten gesehen.» Nijinsky lächelte, als sein Name fiel. «Wie schrecklich, soviel Talent für ein bombastisches Melodram wie den *Korsaren* verschwendet zu sehen», fuhr Diaghilew ernst fort.

Madame Laurier erstarrte. «Ich denke, wir haben genug von diesem Unsinn gehört. Wenn Sie uns bitte entschuldigen würden, Monsieur, es ist schon spät, und ich muß diese *Kinder* zur Schule zurückbringen.»

Diaghilew ignorierte sie, trat zu Sergej und drückte ihm lange die Hand. «Auf Wiedersehen, Monsieur Maximow. Es war mir ein Vergnügen, Sie kennenzulernen. Ich habe Ihren Auftritt sehr genossen.» Er lächelte Sergej jovial zu. «Sie werden demnächst von mir hören.»

«Natascha, warte!» Katja blieb atemlos neben Natascha stehen, betrachtete sie von oben bis unten und seufzte. «Was ist neuerdings bloß mit dir los?» fragte sie, zog einen Schokoladeriegel aus der Manteltasche und biß nachdenklich eine kleine Ecke davon ab.

«Was meinst du damit?»

«Du bist so trübsinnig. Ich an deiner Stelle wäre im siebten Himmel.»

«Mir geht es gut.»

«Gut? Daß ich nicht lache. Ich sehe es dir genau an.» Katja packte dramatisch die Vorderseite ihres Mantels. «Von Amors Pfeil getroffen. Noch ein Opfer des schönen Maximow, das sein Leben für ihn hingeben würde.» Sie entließ ein schmerzliches Stöhnen und tat, als kippte sie hintenüber.

«Laß den Unsinn, Katja.»

«Warum fällst du bloß auf Sergej rein? Er ist nichts als ein eingebildeter und arroganter Jüngling.» Katja biß noch ein winziges Stück Schokolade ab. «Los, beichte. Tu einfach so, als wäre ich ein Pope.»

«Ich fürchte, Diaghilew wird ihm einen Platz in seiner Truppe anbieten.» Natascha zog unglücklich die Schultern hoch und kuschelte das Gesicht in den Pelzkragen ihres Mantels.

«Na und?»

«Und dann wird er St. Petersburg verlassen.»

«Das wäre nicht das Schlimmste, wenn du mich fragst.»

«Katja!»

«Meine Liebe, dich scheint es ja böse erwischt zu haben.» Katja feixte. «Hör zu, wenn es dich tröstet. Ich weiß zufällig, daß Gräfin Maximow, seine Mutter, irgendein schweres Leiden hat. Es gibt keine Chance, daß Sergej sie verläßt und nach Paris durchbrennt, Ballets Russes hin, Ballets Russes her. Glaub mir. Jeder weiß, daß sie ihn fest an der Kandare hat.»

«Wirklich?»

«Ja.»

Natascha nahm Katja in die Arme und hob sie hoch. «Katja, du bist die beste Freundin, die es je gegeben hat.»

«Vorsicht, Ladanowa. Du ruinierst eine der besten Schokoladen, die Conradi zeit seines Lebens komponiert hat.» Katja rückte ihre schwarze Samtbaskenmütze gerade und musterte Natascha besorgt. «Sergej bedeutet dir viel, nicht wahr?»

«Ich würde für ihn durchs Feuer gehen.»

«Und wie steht er zu dir, wenn ich fragen darf?»

«Oh, er mag mich ganz gern.» Natascha verstummte, aber sie war zu ehrlich, um bei Katja den Eindruck erwecken zu wollen, daß Sergej ihre Zuneigung erwidere. «Aber ich glaube nicht, daß er sich so viel aus mir macht wie ich mir aus ihm.»

«So ein Pech. Ich bin froh, daß ich mir noch nie etwas aus einem Jungen gemacht habe. Ich nehme an, es wird eines Tages kommen, allen scheint es so zu gehen. Aber soweit ich sehe, hat man nichts als Scherereien mit der Liebe.» Sie setzten den Weg zur Kapelle schweigend fort. «Weißt du», sagte Katja dann, «du bist wirklich töricht, dich so sehr nach ihm zu verzehren. Wenn er nun tatsächlich fortgeht? Ich werde immer noch da sein, und deine anderen Freunde auch.»

Natascha zwang sich zu lächeln. Sie schämte sich, daß Katjas Freundschaft solch ein geringer Trost für die Aussicht war, Sergej nie wiederzusehen. Ihre Sehnsucht nach ihm war wie eine Besessenheit und wurde täglich schlimmer. Seltsamerweise führte ihre innere Unruhe dazu, daß sie besser denn je im *Korsaren* tanzte.

«Ihr Tanzen wird ausdrucksvoller, reifer, meine Liebe», sagte Madame Laurier, ohne eine Sekunde lang zu ahnen, welchen Preis Natascha für diese neue Reife zahlte. Der Großfürst äußerte sich ebenfalls sehr positiv und sagte ihr nicht ohne Stolz, daß sie an höherer Stelle Aufmerksamkeit errege.

«Natascha, ich habe Sie überall gesucht.» Sergej faßte sie um die Taille und zog sie hinter die Kulissen. Es war die letzte Aufführung des *Korsaren*, und die Szenerie des nächsten Balletts stand bereits an der Wand oder hing halb fertig an Stahltrossen. Es roch nach feuchter Leinwand und frischem Leim.

Natascha fuhr hastig mit der Hand zum Mund und nieste. Wie idiotisch, ausgerechnet in einem solchen Augenblick zu niesen, dachte sie und errötete vor Verlegenheit unter ihrer Schminke. Zum Glück schien Sergej keine Notiz davon zu nehmen.

«Monsieur Diaghilew hat mich aufgefordert, seiner Truppe beizutreten, und ich habe beschlossen, es zu tun.» Seine Worte trafen Natascha mit der Wucht eines Steins, und sie schluckte krampfhaft. Sie hatte es gewußt, sie hatte sich seit Tagen davor gefürchtet, und dennoch war sie auf die Gewalt ihrer Gefühle nicht gefaßt. Sergejs Augen glänzten, und er schüttelte sich mit einer schnellen, nervösen Bewegung die Haare aus der Stirn, wie ein Hengst, der gegen den Zügel aufbegehrt. «Monsieur Diaghilew sagt, das Kaiserliche Ballett sei hinter der Zeit zurück, und alle aufregenden neuen Entwicklungen des Tanzes fänden im Ausland statt. Er sagt, daß es bei den Ballets Russes genügend Platz für Experimente und wahre Kreativität geben wird und daß man sich dort als begabter junger Tänzer schnell einen Namen machen kann. Er sagt sogar, daß er schon nächsten Herbst anfangen möchte, mich für Hauptrollen zu trainieren. Ist das nicht wunderbar?»

«Ja, wunderbar.» Natascha mußte alle Kraft zusammennehmen, um nicht zu weinen. Er war so glücklich. Wenn sie ihn wirklich liebte, müßte sie doch auch glücklich sein? Aber sie war es nicht. Am liebsten hätte sie sich an ihn geklammert und ihn festgehalten, und sie wußte, wenn es irgendein Mittel gab, ihn daran zu hindern, zu Diaghilew zu gehen, würde sie nicht zögern, es anzuwenden. Es war ihr gleich, wie groß die Chance war, die sich ihm bot; sie wollte ihn für sich – sie wollte, daß er in St. Petersburg blieb und mit ihr tanzte, nicht mit irgendeinem fremden Mädchen in Paris.

«Und was sagt Ihre Mutter dazu?»

«Oh, das ist alles arrangiert. Sie wird mit nach Frankreich kommen und dort leben. Sie liebt Paris, und unsere russischen Winter sind ohnehin nicht gut für ihre Gesundheit. Monsieur Diaghilew hat für alles gesorgt.»

Das letzte Hindernis, das seinem Fortgehen im Wege stand, war also fortgeräumt worden. Natascha fühlte, wie ihr Tränen in die Augen traten. Sie wollte sich abwenden, aber Sergej zog sie plötzlich an sich und küßte sie leidenschaftlich auf den Mund. Sie war so überrascht, daß sie aufhörte zu weinen. Seine heißen Lippen preßten sich auf ihre, seine Hände fuhren verlangend ihren Körper entlang, er streichelte ihr Haar, dann ihre Arme. Einen Träger ihres Gewands von ihrer Schulter streifend, liebkoste er ihre festen kleinen Brüste, und ihre Brustwarzen wurden unter der Berührung hart, als würden sie gleich bersten. Sie wußte, sie mußte sich von ihm losreißen, aber sie wollte nicht. Sie hatte das Gefühl, zu vergehen und zu explodieren, während er sie nun, ohne seinen Mund von ihrem zu lösen, nach hinten drückte. Er küßte sie noch einmal lange und erkundete mit der Zunge jeden Winkel ihres Mundes. Dann trat er zurück und sah sie mit einem triumphierenden Ausdruck an.

«Du wirst mich nicht vergessen?» Seine Stimme war unbeschwert, als rede er mit einem Hündchen oder einem kleinen Kind, dachte sie.

«Nein... nie.» Sie zitterte und war nicht fähig, seinen Blick zu erwidern.

Sergej lachte und küßte sie noch einmal, diesmal ganz kurz. Sein Gesicht war gerötet, und seine Wangen glühten, als hätte er Wodka getrunken.

«Wirst du mir schreiben?» Sie wußte, sie sollte nicht bitten, aber sie konnte nicht anders. Er *mußte* ihr schreiben. Wenn er ging und sie nie wieder von ihm hörte – sie würde es nicht ertragen können.

«Natürlich, sobald ich Zeit habe.» Sergej lächelte strahlend. «Hör zu, ich fahre in drei Tagen, und ich glaube nicht, daß Madame Laurier mich noch in der Schule sehen will, wenn ich ihr gesagt habe, daß ich nach Paris gehe. Wir sollten uns also gleich Lebewohl sagen.» Einen Finger unter ihr Kinn legend, hob er ihr Gesicht zu dem seinen und gab ihr einen letzten Kuß, der sie zu betäuben drohte. *«Doswidanja.»*

Er drehte sich um und ging. Natascha überlegte fieberhaft, um einen Grund zu finden, ihn zurückzurufen, einen Vorwand, hinter ihm herzueilen, aber ihr fiel nichts ein. Er hatte jedes Recht zu gehen. Kurz bevor er die letzte Kulisse erreichte, blieb er stehen, drehte sich um und winkte ihr fröhlich und unbekümmert zu. Dann war er fort.

Natascha stand eine lange Zeit wie angewurzelt da und starrte auf die Stelle, wo er stehengeblieben war, fragte sich, ob sie ihn jemals wiedersehen würde. Eine große Trauer legte sich auf sie, und sie fühlte sich unsäglich allein, so allein, als hätte sie einen teuren Angehörigen verloren. Sie trat hinter einen der großen Gipsbäume, setzte sich auf die kalten Holzbretter, legte den Kopf auf die Knie, und damit niemand sie weinen hören konnte, preßte sie beide Hände auf ihren Mund. Katja hatte recht; sie war eine Närrin, sich soviel aus Sergej zu machen. Aber sie machte sich etwas aus ihm, und sie schien nichts anderes tun zu können, als zu warten, bis der Schmerz nachließ, und zu hoffen, daß er vorbeigehen möge.

4

Paris, Rue de la Paix
12. Februar 1914

Meine liebe Natascha!
Wir werden eine sehr aufregende Frühjahrssaison haben. Du hast sicher gehört, daß Diaghilew mit Nijinsky gebrochen hat, natürlich wegen Nijinskys Heirat. Alle versuchen, sie miteinander zu versöhnen, aber D. ist unerbittlich und hat mit einem neuen Choreographen angebändelt, einem merkwürdigen Burschen mit riesigen melancholischen Augen, der Massine heißt und an einer ganzen Reihe von Stücken arbeitet. Ich bin schrecklich eifersüchtig, aber ich muß zugeben, daß der Bursche Talent hat. Wo findet D. bloß immer seine Wunderknaben?

Oh, und es gibt noch einen Skandal. Richard Strauss (der ein sehr schönes neues Ballett für uns komponiert hat) ärgerte sich so sehr über die Unpünktlichkeit unseres lieben unzuverlässigen französischen Orchesters, daß er einen Wutanfall bekam und ihnen ins Gesicht sagte, sie seien eine «degenerierte Rasse», ein Schimpf, der am nächsten Tag in allen Zeitungen stand. Eine Weile sah es so aus, als müßte das ganze Programm abgesagt werden, doch zu unserem Glück ist das Gedächtnis der Franzosen so kurz, wie ihr Temperament hitzig ist, und D. hat die Angelegenheit mit seinem gewohnten diplomatischen Geschick ins reine gebracht – ich nehme an, indem er den richtigen Leuten einen Umschlag zusteckte.

Wie schade, daß Du immer noch in St. Petersburg schmorst! Ich soll die Hauptrollen in *Papillons* und *Midas* tanzen, und danach geht es wieder nach London. Du hast keine Ahnung, was für ein herrliches Gefühl es ist, im Mittelpunkt der Welt zu sein und nicht in einem halbasiatischen rückständigen Land wie Rußland. Von dem Tisch, an dem ich jetzt sitze, kann ich zum Beispiel Cocteau auf der Bühne herumlaufen sehen, und Marcel Proust – auch ein ergebener Jünger von D. – lehnt todunglücklich an einem Pfeiler, weil sein Privatsekretär ihm gerade den Laufpaß gegeben hat.

Dann und wann treffe ich jemanden von daheim und bekomme unweigerlich Gerüchte von Streiks und Straßenunruhen und allen erdenklichen politischen Katastrophen zu hören. Hoffentlich verschwendest Du Deine Energie und Dein Talent nicht daran, auch nur eine einzige Zeitung zu lesen. Vergiß nicht: Ein Tänzer darf allein an seine Kunst denken.

A bientôt,
Sergej.

Natascha faltete den dünnen, hellblauen Bogen zusammen, steckte ihn in den Umschlag zurück und legte ihn sorgfältig in eine Lackschachtel zu Sergejs anderen Briefen. Wie immer wünschte sie, er hätte etwas Persönliches gesagt, und wie immer war sie dankbar, daß er überhaupt an sie gedacht hatte. Den dünnen Stoß in die Hand nehmend, dachte sie an die Hunderte von Briefen, die sie ihm geschrieben hatte, wenn sie gerade nicht trainieren mußte, wenn sie eigentlich Geographie oder die Geschichte des Balletts hätte lernen sollen. Er muß inzwischen schon einen großen Stapel davon haben, dachte sie wehmütig, vorausgesetzt, er hebt sie auf. Wahrscheinlich las er sie nur flüchtig und warf sie dann fort.

Sergej hatte ihr in den letzten drei Jahren nur selten geschrieben: kurz nach Verlassen St. Petersburgs eine Ansichtskarte aus Monte Carlo, auf der er damit prahlte, daß er bereits in dem Tableau des Unterwasserkönigreichs aus Rimskij-Korsakows Oper *Sadko* aufgetreten war; einen kurzen Brief, in dem er aufgeregt schilderte, welchen Skandal Nijinsky mit seinen anzüglichen Bewegungen im *Nachmittag eines Fauns* heraufbeschworen hatte; ein Telegramm, in dem er ihr zur Aufnahme ins Corps de ballet des Marinskij-Theaters gratulierte; eine lange, komplizierte Abhandlung aus Buenos Aires, in der er – zu ihrem unerklärlichen Ärger und Kummer – all die Gründe aufzählte, warum ein Tänzer kein Privatleben haben dürfe (später stellte sie fest, daß er sie kurz nach Nijinskys Hochzeit mit Romola de Pulszky geschrieben haben mußte).

Natascha klappte die kostbare Briefschatulle zu, ging mit ihr zur Frisierkommode, stellte sie links in die unterste Schublade und setzte sich hin, richtete sich kerzengerade auf und betrachtete ihr Gesicht im Spiegel. Was würde Sergej denken, wenn er sie jetzt sehen könnte? Sie hatte sich in den letzten drei Jahren sehr verändert, und aus dem hübschen Mädchen war eine gertenschlanke, beherrschte junge Frau geworden, die sich mit der vollkommenen Balance einer trainierten Tänzerin hielt, sogar im Sitzen. Ihr dichtes schwarzes Haar war glatt um den Kopf gewunden, und ihre Wangen glühten vor Gesundheit. Zwei blitzende schwarze Augen blickten unter ungewöhnlich langen Wimpern hervor. Mit ihren neunzehn Jahren entwickelte Natascha sich zu einer herben, leidenschaftlichen Schönheit, bei deren Anblick fremde Männer auf der Straße stehenblieben, um ihr nachzustarren.

Sie musterte sich kritisch im Spiegel und kam zu dem Schluß, daß sie bestehen würde. Sergej würde sie wahrscheinlich attraktiv finden, obwohl er zweifellos in einem fort von attraktiven Frauen umgeben war. Es war selbstverständlich töricht, daß sie sich nach all der Zeit immer noch so viel aus ihm machte. Es gab auf der Kaiserlichen Schule wenigstens ein halbes Dutzend Jungen, die ihr nur zu gern den Hof gemacht hätten, wenn sie sie auch nur ein klein wenig ermutigt hätte, doch weil sie im Gegensatz zu den anderen Mädchen nie bei den Proben flirtete, galt sie als kühl und unnahbar. Aber sie war nicht kühl, nicht im geringsten. Nachts lag sie oft wach und sehnte sich nach jemandem, der sie berührte und liebte, aber wenn sie versuchte, sich das Gesicht dieses Jemands vorzustellen, sah sie jedesmal Sergej.

Wäre sie imstande gewesen, ihre Gefühle zu kontrollieren, hätte sie Sergej Maximow schon lange vergessen, aber Gefühle schienen ein hartnäckiges Eigenleben zu führen. Warum konnte sie nicht jemanden lieben, der hier in St. Petersburg lebte? Sie, die in jeder anderen Beziehung so vernünftig war, hätte sich nie träumen lassen, daß unerwiderte Liebe einmal ihre starke Seite sein würde.

«Natascha.» Der Klang ihres Namens erschreckte sie so sehr, daß sie sich zu schnell umdrehte und einen Stapel Bücher von der Frisierkommode stieß. Die Bücher landeten mit einem Knall auf den nackten Dielen. Anja Belinskaja stand, die Hände in die Hüften gestemmt, in der Türöffnung. Die Zeit schien Anja nichts anzuhaben. Sie war immer noch die schlanke, goldhaarige Nymphe, die Natascha von jenem ersten Tag an der Kaiserlichen Schule in Erinnerung hatte, doch in dem täuschend fragilen Körper wohnten eine unglaubliche Willensstärke und genug Ehrgeiz für drei. Als sie nach der sechswöchigen Zwangspause zurückgekehrt war, hatte sie hart und unermüdlich gearbeitet, um die verlorene Zeit aufzuholen. Natascha respektierte sie dafür und hätte sogar versucht, Freundschaft mit ihr zu schließen, wenn Anja für solche Bemühungen empfänglich gewesen wäre. Aber Anja hatte ihr nie vergeben, daß sie an ihrer Stelle im *Korsaren* getanzt hatte, und obschon sie nach außen hin immer ausgesucht höflich zu ihr war, blieb zwischen ihnen eine Kluft bestehen, die Natascha unmöglich zu überbrücken fand.

Anja trat in das Zimmer, und dann schien ihr etwas einzufallen. «Madame Laurier erwartet dich in ihrem Büro», sagte sie.

Natascha bückte sich nach den Büchern und stapelte sie hastig wieder auf die Kommode. Es war ihr peinlich, ertappt worden zu sein, daß sie sich wie eine eitle dumme Gans im Spiegel angestarrt hatte. «Was will sie?»

«Madame pflegt mich nicht ins Vertrauen zu ziehen, falls du das noch nicht bemerkt haben solltest. Am besten, du gehst gleich hin und fragst sie selbst.» Anjas Stimme hatte einen gereizten Unterton, als vermutete sie, Natascha sollte ausgezeichnet oder gar befördert werden, und man habe sie selbst übergangen. Natascha drängte Anja ständig aus Rollen heraus, ohne es darauf abgesehen zu haben, und jetzt, da beide im Corps de ballet tanzten, war die Rivalität schlimmer denn je. Sie waren beide großartige Tänzerinnen, und es war offensichtlich nur eine Frage der Zeit, daß sie wichtigere Rollen bekommen würden. Leider schien Anja fest überzeugt zu sein, daß Natascha nur auf ihre Kosten Erfolg haben könnte.

Als Natascha das Büro betrat, trank Madame Laurier Tee aus einem Glas, das von einer filigranen Silbertasse gehalten wurde, und sah einen Stoß Papiere durch. Ein Messingsamowar dampfte, und vor ihr stand ein Tablett mit Erdbeerkonfitüre und dicken Scheiben Schwarzbrot. Sie hatte nicht einmal zu Ende gefrühstückt, ehe sie Natascha kommen ließ.

«Meine Liebe», begann die Ballettmeisterin, «ich fürchte, Ihre Tante ist erkrankt.» Sie zog einen Umschlag aus dem Stoß auf ihrem Schreibtisch und reichte ihn Natascha. «Eine ihrer Nachbarinnen hat uns heute morgen benachrichtigt, daß sie hohes Fieber hat. Bis jetzt war noch kein Arzt bei ihr, aber die Symptome weisen meiner Ansicht nach auf Typhus hin.»

«Typhus?» wiederholte Natascha, unfähig zu denken.

«Versuchen Sie, Fassung zu bewahren, liebes Kind», sagte Madame Laurier fest. «Vielleicht ist es etwas Harmloses. Ich werde sofort eine Droschke für Sie kommen lassen.»

Typhus. Nataschas Verstand weigerte sich, das Wort zu akzeptieren. Unsinn, es konnte nicht sein. Tante Marjas Nachbarinnen waren einfache alte Frauen, die noch an den bösen Blick glaubten. Was verstanden sie schon von Krankheiten. Tante Marja konnte von Glück sagen, wenn sie nicht versuchten, sie mit Knoblauch und Klistieren zu behandeln.

Als Natascha zehn Minuten später unruhig vor der Schule stand und auf die Droschke wartete, versuchte sie krampfhaft, sich an alles zu erinnern, was sie über Typhus gehört hatte. Sie hatte selbst als Kind einen leichten Fall von Typhus gehabt, aber sie wußte nichts mehr davon. Die Krankheit konnte tödlich sein, und der Gedanke daran machte ihr angst. Ein Junge namens Iwan, der eine Klasse über ihr gewesen war, war an Typhus gestorben. Warum hatten diese törichten Nachbarinnen nicht sofort einen Arzt geholt! Warum hatten sie nicht...

Ein lautes Hupen unterbrach sie in ihrem Grübeln. Sie blickte auf und sah ein prachtvolles Automobil, das wenige Meter entfernt am Bordstein hielt. Es war groß und weiß und glänzte wie die Eisfiguren, die sie als Kind in Archangelsk geformt hatte, das Auto beherrschte mit seinen polierten Beschlägen aus Messing und Gold die ganze Straße. Es hatte richtige Glasfenster und ein Faltdach, das man bei schönem Wetter öffnen konnte. Ein livrierter Chauffeur mit einem dichten schwarzen Bart öffnete einem großgewachsenen, gutaussehenden Herrn in einem taubengrauen Anzug den Schlag. Der Herr war Großfürst Alexej, der trotz des scharfen Winds keine Kopfbedeckung trug und seinen Pelzmantel lässig über die Schultern gelegt hatte. Er sah aus wie die personifizierte Selbstsicherheit.

«Mademoiselle Ladanowa!» Der Großfürst hatte Natascha erblickt und kam freundlich lächelnd auf sie zu. «Was tun Sie bei dieser Kälte hier allein auf der Straße?» Er musterte sie wohlwollend. «Sollten Sie nicht drinnen mit Anja und den anderen trainieren?»

«Ich warte auf eine Droschke, Euer Kaiserliche Hoheit.»

«Auf eine Droschke? Aber warum, um Himmels willen?»

«Meine Tante ist krank geworden.»

«Etwas Ernstes?» fragte er teilnahmsvoll.

«Ich fürchte, ja. Die Nachbarinnen glauben angeblich, es sei Typhus.» Die Furcht, die Madame Lauriers Worte in ihr geweckt hatten, drohte sie wieder zu übermannen, und sie biß sich auf die Lippe und wandte sich ab, damit er nicht die Tränen bemerkte, die ihr in die Augen traten. Großfürst Alexej hatte zweifellos wichtigere Dinge zu tun, als sich die persönlichen Sorgen einer kleinen Tänzerin anzuhören. Sie rang um Selbstbeherrschung. «Sie hat angeblich hohes Fieber», sagte sie mit einer Gelassenheit, die sie selbst überraschte.

«Dann müssen Sie sofort zu ihr.» Der Großfürst zeigte zur Straße hin. «Eine Droschke kommt gar nicht in Frage.»

«Wie bitte?»

«Die Kutscher fahren in dieser gottlosen Stadt wie die Teufel, vor allem außerhalb des Zentrums. Außerdem nehmen sie immer den längsten Weg. Ich bestehe darauf, daß Sie in meinem Automobil hinfahren.»

«Aber ... Euer Kaiserliche Hoheit!» sagte Natascha und starrte ihn verblüfft an. «Das kann ich nicht annehmen.»

«Unsinn, meine Beste. Sie können und Sie müssen. Mischa!» rief er den Chauffeur. «Fahr Mademoiselle zu der Adresse, die Sie dir sagt.»

«Aber...»

«Keine Widerrede. Ich möchte nichts mehr hören. Kommen Sie, steigen Sie ein.»

Der Großfürst half Natascha auf den Rücksitz seines Wagens und hüllte sie in eine Zobeldecke. «Wenn Sie etwas brauchen sollten, zögern Sie bitte nicht, sich an mich zu wenden. Ich werde heute eine Weile in der Schule sein, ich nehme an, bis gegen drei Uhr.» Sie dankte ihm überschwenglich. «Keine Ursache», wehrte er gelassen ab. «Sprechen Sie nicht mehr davon.» Dann gab er dem Fahrer ein kurzes Zeichen, und der große weiße Wagen setzte sich in Bewegung.

Das Automobil des Großfürsten rollte so leise über das Kopfsteinpflaster, daß man gar nicht das Gefühl hatte zu fahren, aber Natascha war zu aufgewühlt, um all den Luxus zu genießen. Ihr gingen hundert Dinge auf einmal durch den Kopf; sie würde Feuer machen müssen, dafür sorgen, daß Tante Marja warme Decken hatte und keinen Zug bekam, eine Bouillon zubereiten, damit sie etwas zu essen hatte, einen Arzt holen. Es würde natürlich Geld kosten, aber Madame Laurier würde ihr sicher ein wenig borgen, und wenn es sein mußte, würde sie sich sogar demütigen und Anja bitten, die sehr viel Taschengeld bekam.

Als sie jedoch die Wohnungstür aufriß und ihre Tante bewußtlos auf der Couch liegen sah, dachte sie nicht mehr daran, was sie alles hatte tun wollen. Abgesehen von zwei ungesunden roten Flecken auf den Wangenknochen war Tante Marjas breites Gesicht totenblaß, ihr Atem ging rasselnd, und ihr sauberes weißes Nachthemd war schweißgetränkt.

Natascha strich ihr das nasse Haar aus der Stirn, schlug das Kissen aus, eilte dann zum Ofen, tat einige Scheite von dem kleinen Holzstapel hinein, knüllte eine Zeitung zusammen und zündete ein qualmendes Feuer an. Sie wußte, daß sie auf der Stelle einen Arzt kommen lassen müßte, aber sie war vor Angst wie gelähmt und hatte das schreckliche Gefühl, daß ihre Tante sterben könnte, wenn sie die alte Frau auch nur eine Minute lang allein ließ.

Sie nahm einen Topf vom Regal und füllte ihn mechanisch mit Wasser, um Tee zu machen. Warum hatte Tante Marja die Nachbarinnen nicht eher gebeten, die Schule zu benachrichtigen? Wahrscheinlich hatte sie nicht gewollt, daß sie sich Sorgen machte. Diese unangebrachte Rücksicht sah ihr so ähnlich! Natascha kamen wieder die Tränen, und sie wischte sie mit dem Handrücken ab, suchte den Tee und tat zwei Löffel davon in den Topf. Aber das Wasser war noch viel zu kalt, und die Blätter schwammen nutzlos auf der Oberfläche. Wütend auf sich selbst, schüttete Natascha den Inhalt des Topfes in den Eimer mit dem Spülwasser und setzte neues Wasser auf.

Die meisten Leute genasen von Typhus. Es gab keinen Grund, die Fassung zu verlieren. Jeden Moment mußte eine Nachbarin hereinkommen, so daß sie einen Arzt holen lassen konnte.

Die Minuten schlichen dahin. Plötzlich wurde laut an die Tür geklopft. Natascha war so erleichtert, daß endlich jemand kam, um ihr zu helfen, daß sie durch das Zimmer lief, hastig den Riegel zurückschob und die Tür aufriß. Im Hausflur stand Mischa, der Chauffeur von Großfürst Alexej, in einer Hand seine Mütze und in der anderen ein großes flaches Päckchen.

«Mademoiselle Ladanowa.» Der Chauffeur verbeugte sich knapp und reichte ihr eine Schachtel Konfekt, die ein kleines Vermögen gekostet haben mußte. «Ein Geschenk von Seiner Kaiserlichen Hoheit.»

Natascha nahm sie teilnahmslos und linkisch entgegen; es war eine große Schachtel, sie hielt sie in beiden Händen und wußte nicht recht, was sie damit tun sollte.

«Seine Kaiserliche Hoheit macht sich große Sorgen um Ihre Tante», sagte der Chauffeur gemessen. «Als ich zur Schule zurückkehrte, befahl er mir, wieder hierher zu fahren und nachzusehen, wie es ihr geht. Ist alles in Ordnung?»

«Nein, gar nicht», platzte Natascha heraus, denn sie war viel zu aufgeregt, um ihn mit einer höflichen Lüge abzuspeisen. «Sie ist sehr krank. Sie dürfen nicht hereinkommen. Es ist Typhus, und es könnte ansteckend sein.»

«Keine Angst, Mademoiselle. Ich habe als Kind Typhus gehabt, und Seine Kaiserliche Hoheit hat ausdrücklich gesagt, daß ich mir Ihre Tante ansehen soll, damit ich ihm berichten kann, wie es ihr geht, wenn Sie also erlauben würden ... Ich bitte um Verzeihung.» Mit einer kleinen, höflichen Verbeugung trat der Chauffeur über die Schwelle, ging zu der Couch und schnalzte besorgt vor sich hin. «Ja, es scheint wirklich Typhus zu sein, aber haben Sie keine Angst, Mademoiselle. Ich habe schon viel schlimmere Fälle gesehen.»

«Sind Sie denn Arzt?»

Mischa lächelte zum erstenmal und entblößte dabei eine Reihe weißer Zähne. «Nein. Aber ich stamme aus einem Dorf im Kaukasus, und meine Mutter war dort Hebamme. Ich habe eine ganze Menge von ihr gelernt. Ihre Tante ist krank, das kann man nicht leugnen, aber mit Gottes Hilfe wird sie wieder gesund werden.»

Seine Worte erleichterten Natascha so sehr, daß sie ihn am liebsten umarmt hätte.

«Und jetzt werden wir für Ihre Tante sorgen, Mademoiselle.» Er beugte sich nach unten, hüllte die Kranke in eine Decke, hob sie hoch und trug sie zur Tür. Ihr langes weißes Nachthemd wallte wie eine Schleppe über den Boden.

«Was machen Sie, wohin gehen Sie mit ihr?» Erschrocken lief Natascha hinter ihm her, aber er war schon unten im Eingangsflur und schritt zur Haustür.

«Seine Kaiserliche Hoheit hat Anweisung gegeben, sie ins Hotel Venezia zu bringen, wo sie von seinem Leibarzt behandelt werden kann», rief Mischa über seine Schulter hinweg. «Achten Sie bitte auf die Stufen, Mademoiselle, sie sind viel zu hoch.»

Natascha erreichte ihn erst am Bordstein. «Aber Sie können sie doch nicht einfach mitnehmen», sagte sie atemlos. «Wenn sie herausfinden, daß meine Tante Typhus hat, werden sie sie nicht ins Hotel lassen, und außerdem habe ich nicht genug Geld, um einen so feinen Arzt zu bezahlen. Vielen Dank, aber Sie bringen sie am besten wieder nach oben.»

«Verzeihen Sie, Mademoiselle», sagte Mischa. «Aber Seine Kaiserliche Hoheit hat ausdrücklich gesagt, daß Sie sich keine Sorgen um das Geld machen sollen. Wenn Sie jetzt bitte einsteigen würden, damit wir Ihre Tante schnell fortbringen können?» Er hielt ihr den Schlag auf.

Natascha fügte sich, stieg ein und setzte sich verwirrt und gleichzeitig unendlich erleichtert neben ihre Tante. Vielleicht hätte sie nachdrücklicher protestieren sollen, aber die Kranke brauchte offensichtlich mehr Hilfe, als sie ihr geben konnte.

Fast zwei Wochen lang wollte das Fieber nicht sinken, und Tante Marja lag im Delirium. In der Gewißheit, daß sie sterben würde, wich Natascha keinen Moment von ihrer Seite, ließ sich Essen aus dem Speisesaal des Hotels nach oben bringen und schlief auf einem schmalen Notbett, das zwei Burschen auf ihr inständiges Bitten zwischen das Bett der Kranken und den hohen Kleiderschrank geschoben hatten. Erst nach einigen Tagen wurde sie sich bewußt, daß Großfürst Alexej im Hintergrund über sie wachte und Sorge trug, daß das Essen, das sie nur mit Mühe hinunterbringen konnte, gut zubereitet war, daß täglich frische Blumen kamen, daß rund um die Uhr eine Krankenschwester in der Nähe war und daß sein Arzt die Kranke jeden Tag aufsuchte.

Eines Nachmittags besuchte er sie sogar persönlich und

brachte eine große Schachtel Wiener Konfekt mit, aber er blieb nur kurz und sagte so wenig, daß Natascha entschieden den Eindruck gewann, er fühle sich in ihrer Gegenwart unbehaglich. Vielleicht hatte er auch Angst vor einer Ansteckung. Sie konnte ihm die Vorsicht nicht verübeln. Wer unter Typhus litt, bekam nicht oft Besuch. Wenn ihre Tante nicht so krank gewesen wäre, hätte Natascha die unausgesprochene Quarantäne als quälend empfunden, aber sie war zum Glück mehr als genug damit beschäftigt, den Schwestern zur Hand zu gehen, die Kranke mit Alkohol abzureiben und ihr Bettzeug zu wechseln.

Langsam, entgegen all ihren Befürchtungen, begann sich Tante Marjas Zustand zu bessern. Mit ihren dünnen Armen und den tiefen Schatten unter ihren Augen wirkte sie noch beängstigend zerbrechlich, und es würde offensichtlich Monate dauern, bis sie wieder ganz bei Kräften war. Aber sie lebte! Natascha staunte, wie sehr sie diese alte Frau liebte. Sie würde sie nie wieder vernachlässigen und nahm sich vor, von nun an alles für sie zu tun.

Madame Laurier kam wie ein Wirbelwind in die kleine Suite im Hotel Venezia, umarmte Natascha impulsiv und küßte ihre Wangen. «Sie sind ein Glückspilz, meine Liebe!» Sie umarmte sie wieder und dann ein drittes Mal.

«Madame?» Der unerwartete Überfall setzte Natascha in Erstaunen. Ein bißchen verlegen ließ sie die Umarmungen über sich ergehen.

«Was für ein Glück, *quelle chance*!»

«Glück, Madame?» Natascha trat verwirrt zurück.

Madame Laurier lachte, zog ihren Mantel aus und warf ihn achtlos über den nächsten Stuhl. «Sie wollen doch nicht behaupten, Sie wüßten nicht, was der Großfürst für Sie empfindet? Oh, es hat ihn böse erwischt. Ein Blick auf sein Gesicht genügt, um zu sehen, wie es um ihn steht.»

Das konnte nicht wahr sein. Natascha ging zum Grammophon hinüber und hob die Nadel abrupt von der Platte. Die Musik verstummte mit einem Kratzen, das ihr durch Mark und

Bein ging. «Seine Kaiserliche Hoheit hat mir nur gesagt, daß er mein Tanzen bewundert.» Ihre Stimme war ruhig, doch sie spürte, daß sich in ihr eine Erkenntnis regte, die sich nicht mehr lange unterdrücken lassen würde.

Sie sah ihre Lehrerin wieder an und suchte nach den richtigen Worten. «Ich hoffe, Sie irren sich, Madame, denn... Verstehen Sie, ich bewundere Seine Kaiserliche Hoheit sehr. Ich bin ihm unendlich dankbar für alles, was er für mich und meine Tante getan hat, aber er ist verheiratet, und es wäre eine Sünde, wenn er sich für mich interessierte.» Sie wurde sich bewußt, daß sie allzu direkt redete, aber da ihr nicht einfiel, wie sie es sonst sagen sollte, stammelte sie weiter. «Außerdem könnte ich nicht... Ich meine, ich mache mir nichts aus ihm – nicht auf diese Art.»

«*Tiens*, ihr Russen seid so schrecklich kompliziert!» Madame Laurier zog theatralisch die Schultern hoch. «Jedes französische Mädchen würde an Ihrer Stelle alles für solche Aufmerksamkeiten geben! Ein junger, attraktiver und reicher Mann wie der Großfürst ... *Mon Dieu*, was glauben Sie, wie oft sich eine solche Chance im Leben einer Frau bietet?» Sie verstummte und blickte Natascha scharf an. «Gibt es einen anderen?»

«Nein, Madame.»

«Sie sind eine schlechte Lügnerin, meine Liebe», sagte Madame Laurier freundlich. «Eine sehr schlechte Lügnerin. Nun ja, das spricht sicher für Sie. In Ihrem Alter können Sie nicht viel Übung haben. Aber Sie sollten versuchen, nicht so schrecklich zu erröten, wenn Sie eine Unwahrheit sagen, und Sie wären viel überzeugender, wenn Sie nicht auf etwas Unsichtbares starrten, das neben Ihrer Schuhspitze liegt.»

Die Ballettmeisterin nahm mit einstudierter Gelassenheit ihre Handschuhe und schlug diese leicht gegen ihr linkes Handgelenk. «Es *gibt* also jemanden. Das läßt die Sache natürlich in einem anderen Licht erscheinen.» Sie räusperte sich. «Meine Bewunderung für Sie wächst, meine Liebe. Woher haben Sie bloß die Zeit für eine Romanze genommen, und wie haben Sie es geschafft, unentdeckt zu bleiben? Wer ist es?»

«Sergej Maximow.» Natascha hob trotzig den Kopf. Sergej

war zwar kein Mitglied der Zarenfamilie, aber er sah gut aus, er war intelligent, er war ein hochbegabter Tänzer, und sie hatte jedes Recht, ihn zu lieben. In gewisser Hinsicht war es eine Erleichterung, ihr Geheimnis loszuwerden. Sie machte sich auf eine scharfe Rüge gefaßt, sogar auf eine Entlassungsdrohung, doch zu ihrer Überraschung setzte die Lehrerin sich auf den Stuhl und betrachtete sie mit einem Gesichtsausdruck, den man nur als erleichtert bezeichnen konnte.

«Aber Sergej tanzt schon seit *Jahren* in Diaghilews Truppe. Wie können Sie mit ihm liiert sein?»

«Liiert?»

Madame Laurier lachte, und ihre Miene entkrampfte sich. «Sie wissen noch nicht einmal, was dieses Wort bedeutet?»

«Nein, Madame.» Was spielte es für eine Rolle, ob sie es wußte oder nicht? Sie liebte Sergej – nur das zählte.

Madame Laurier hörte auf zu lachen, und ihre Augen wurden sehr ernst. «Natascha», sagte sie leise, «erlauben Sie mir, Ihnen einen guten, vernünftigen französischen Rat zu geben. Großfürst Alexej liebt Sie; er ist ein reicher und mächtiger Mann. Sie haben bereits beträchtliches Aufsehen erregt, das im Begriff ist, sich zu einem Skandal auszuweiten, und jetzt müssen Sie entscheiden, ob es ein ruhmreicher Skandal werden soll oder eine Katastrophe.» Sie hob eine Hand, um Nataschas Einwände zu verhindern. «Ja, ich weiß, Ihre Tante war krank, aber für die Öffentlichkeit wird das keinen Unterschied machen. Schon dadurch, daß Sie in dieses Hotel gezogen sind, haben Sie sich hoffnungslos kompromittiert. Sie sollten sich über eines klarsein: Wenn Sie den Großfürsten zurückweisen und seine Protektion verlieren, werden Sie wahrscheinlich umgehend vom Marinskij entlassen und aller Voraussicht nach nie wieder tanzen können, jedenfalls nicht in Rußland. Wenn Sie sich dagegen seine Zuneigung gefallen lassen, werden Sie in unbeschreiblichem Luxus leben, und es besteht eine gute Chance, daß Sie dann so berühmt werden wie Kschessinskaja oder Pawlowa. Sie sind eine außergewöhnlich begabte junge Frau – seien Sie keine törichte!»

«Vielen Dank für Ihren Rat, Madame», sagte Natascha

spröde. Sie würde den Großfürsten ohne Rücksicht auf die Konsequenzen zurückweisen, selbst wenn sie dem Ballett entsagen müßte. Er war sehr gütig zu ihr gewesen, aber sie konnte sich nie überwinden, einen Mann zu ermutigen, den sie nicht liebte, einen Mann, der gesellschaftlich so weit über ihr stand, daß eine aufrichtige Beziehung zwischen ihnen unmöglich war.

«Natascha, denken Sie um Himmels willen praktisch.» Madame Laurier stand auf und schritt ungeduldig durch das Zimmer zu den Fenstern, hinter denen ein Schneesturm tobte, der St. Petersburg wieder mit einer weißen Decke überzog. Das kalte Licht unterstrich ihre ausgeprägten, fast scharfen Züge. «Seien Sie ehrlich mit sich selbst. Wenn Sergej Ihre Liebe erwiderte, wäre er nicht in Paris, sondern hier bei Ihnen.»

Natascha wußte, daß sie die Wahrheit sprach. Sie hatte schon viele Male das gleiche gesagt – daß sie eine Närrin war, Sergej zu lieben. Er hatte ihr in diesen drei Jahren keinen einzigen zärtlichen Brief geschrieben oder den leisesten Wunsch nach einem Wiedersehen ausgedrückt. Wider besseres Wissen klammerte sie sich jedoch an die Erinnerung; ihre Liebe zu ihm war eine alte Wunde, eine Wunde, an die sie sich in ihrer Einsamkeit gewöhnt hatte. Noch jetzt war der Gedanke, ihn aufzugeben, furchtbar schmerzhaft, beinahe so, als verlöre sie einen Arm oder ein Bein.

«So schwer es mir fällt, dies zu erwähnen», fuhr Madame Laurier mit einem gequälten Ausdruck fort, «aber Sie müssen auch an Ihre Tante denken. Sie wird sehr lange brauchen, um sich wieder zu erholen. Ohne die entsprechende medizinische Fürsorge könnte sie leicht einen Rückfall erleiden.»

Ihre Worte trafen einen wunden Punkt. «Ich werde alles tun, damit sie wieder gesund wird», sagte Natascha schnell. «Ich werde tun, was ich nur kann.»

Die beiden Frauen standen eine Weile schweigend da und bedachten diese letzten Worte. Ihre Bedeutung war wie ein stummes Echo, das den ganzen Raum vibrieren ließ. Natascha spürte, wie etwas Kaltes ihr Rückgrat hinaufkroch, als würde ihr ganzer Körper mit eisigem Wasser gefüllt. Wie unfaßlich einfach: Der springende Punkt war nicht Sergej oder der Großfürst, auch nicht ihre Karriere, nicht einmal ihr leidenschaftliches Verlangen – oder ihr mangelndes Verlangen. Tante Marja brauchte regelmäßige ärztliche Fürsorge und gute Kost. Sie durfte sich, wenigstens in absehbarer Zukunft, keinerlei Sorgen machen, und es gab nur einen Weg, all das zu gewährleisten.

Vor dem Hotel Venezia stand eine schnelle Troika mit vergoldeten Kufenenden und roten Lederpolstern, vor die drei prachtvolle, ungeduldig stampfende Schimmel gespannt waren. Großfürst Alexej, der einen langen Zobelmantel trug, half Natascha hinein und deckte sie mit Pelzdecken zu, bis nur noch ihre Nase sichtbar war. Er wirkte heute abend wie ein aufgeregter junger Kavallerieleutnant. Oh, er sah in der Tat blendend aus, das war nicht zu leugnen, breitschultrig und dunkelhaarig, das Bild eines Mannes, und zugleich jeder Zoll ein Aristokrat.

Natascha verschränkte unter den Pelzen die Hände, um nicht zu zittern. Das war alles, was sie tun konnte, um nicht aus dem Schlitten zu springen und zu Tante Marja zurückzulaufen. Die Abendluft war so kalt, daß sie in ihre Lungen stach. In Archangelsk heulten an einem solchen Abend die Wölfe in der Taiga ringsum, aber hier war nur das Rauschen eines Zuges zu hören, der irgendwo auf der anderen Seite der Newa fuhr.

Der Großfürst, der dicke Handschuhe trug, nahm die Zügel und lenkte das Gefährt geschickt in den Strom der anderen Schlitten. Er schien bester Stimmung zu sein, und er verstand es offensichtlich, mit Pferden umzugehen, denn er zügelte sie mit einer kaum merklichen Handbewegung an den Kreuzungen und ließ sie, wenn die Straße frei war, nach Herzenslust laufen. «Sind Sie schon einmal auf dem Fluß gefahren?» Mit seinen Worten drang eine weiße Atemwolke aus seinem Mund, und fast im selben Moment wirbelten die Kufen eine Schneefahne auf, die die Felldecken mit einem feinen weißen Flaum überzog und Natascha ins Gesicht wehte.

«Nein, Euer Kaiserliche Hoheit.» Sie blickte fort, denn sie wollte nicht, daß er den Widerwillen in ihren Augen sah und bemerkte, wie ungern sie hier neben ihm saß. Das Leben ihrer

Tante konnte davon abhängen, daß es ihr gelang, liebenswürdig zu erscheinen, aber ... Wie sehr sie jede Art von Heuchelei haßte. Sie war eine miserable Lügnerin. Sie hätte ihm viel lieber die nackte Wahrheit gesagt: daß sie ihn mochte, daß sie ihn sogar attraktiv fand, daß er äußerst gütig gewesen war, daß aber jede weitergehende Beziehung zwischen ihnen nicht in Frage kam. Doch der Preis war zu hoch.

Natascha atmete tief ein, lehnte sich zurück und versuchte, sich zu entspannen. Wenn sie sich verkaufen würde, wollte sie es wenigstens gut machen. Sie zwang sich, dem Großfürsten zuzulächeln. Er lächelte so freundlich zurück, daß sie sich sofort schuldig vorkam.

«Möchten Sie eine Spazierfahrt auf dem Eis machen?» Mit einer schnellen Handbewegung lenkte er die Troika um ein hochbeladenes Fuhrwerk herum und schenkte ihr, offensichtlich stolz auf sich selbst, wieder ein Lächeln.

«Ja, gern.» Sie würde tun, was immer er wollte.

«Sehr gut. Sie sind ein mutiges Mädchen. Meine Frau würde vor Angst sterben.» Er lenkte die Troika gekonnt über die verschneite Uferböschung auf die Newa. Das Eis war mehrere Fuß dick und spiegelblank gefahren. Die Pferde trabten ins Dunkel und zogen den Schlitten so mühelos hinter sich her, als ob er kein Gewicht hätte. St. Petersburg war bald nur noch eine verwischte weiße Silhouette an der anderen Seite des Flusses.

Natascha fühlte, wie sich ihre Lebensgeister unwillkürlich hoben. Es war unzweifelhaft ein Abenteuer, neben einem so gutaussehenden Mann durch die Nacht zu fahren, und trotz ihrer Besorgnis wurde ihr bewußt, daß sie die Ausfahrt genoß. Es hatte keinen Sinn, Schwierigkeiten heraufzubeschwören. Vielleicht hatte Madame Laurier sich geirrt. Der Großfürst hatte sie lediglich gebeten, ihn zu begleiten, weil er sich irgendein Haus am Fluß ansehen wollte, das ihm gehörte, und vielleicht wollte er gar nicht mehr von ihr. Es war keine große Hoffnung, aber sie klammerte sich daran fest. Immerhin waren sie hier ganz allein, und er hatte kein Wort von Liebe gesagt. *Bosche moj!* Er hatte nicht einmal ihre Hand berührt.

Der eisige Wind peitschte ihren Atem fort, und die Schlittenglöckchen klingelten hell, um andere Fahrer zu warnen. Sie schienen stundenlang schwerelos über das Eis zu gleiten, und dann und wann schnitten die Kufen in eine neue Frostschicht und lösten ein Geräusch wie von brechendem Glas aus. Der Mond, der hoch über ihnen am pechschwarzen Winterhimmel stand, schien einen Hof aus Eiskristallen zu haben.

Plötzlich zügelte der Großfürst die Pferde, und die Troika hielt. «Dort ist es.» Er zeigte auf ein schieferverkleidetes großes Haus am Kai. Aus einem halben Dutzend Fenstern fielen helle, goldene Lichtteppiche auf das Eis.

«Wer wohnt hier?»

Der Großfürst lächelte wie über einen geheimen Scherz. «Kommen Sie, und ich mache Sie bekannt.»

Natascha passierte ein schmiedeeisernes Tor und sah einen Garten mit Hecken und Bäumen, die im französischen Stil gestutzt waren. Wie wunderschön es hier im Frühling sein mußte, wenn das frische Grün da war, zumal man unmittelbar am Wasser sitzen konnte. Das Haus hatte eine sorgfältig geschnitzte Tür mit einem Messingklopfer in Form eines trompetenden Engels.

«Gabriel», sagte der Großfürst, auf die kleine Figur zeigend. «Ein passendes Symbol für diese unruhige Zeit, finden Sie nicht auch? Er ist immerhin derjenige, der das jüngste Gericht ankündigt.» Statt zu klopfen, steckte er einen kleinen Messingschlüssel in das Schloß. «Treten Sie ein», sagte er aufmunternd.

Natascha trat über die Schwelle in die verblüffendste Eingangshalle, die sie jemals gesehen hatte. Überall waren Blumen verteilt, auf jeder erdenklichen Fläche, auf den Treppenstufen, an den Fenstern, sogar in Form von Girlanden an den Deckensimsen. Orchideen, Chrysanthemen, Rosen, Gardenien, Lilien, Veilchen, schlichte Steppenblumen, große, orangefarbene tropische Blüten, die sie noch nie gesehen hatte. Man konnte sich unmöglich vorstellen, daß es mitten im Winter in St. Petersburg so etwas gab. Sie mußten ein Vermögen gekostet haben.

Rot und Lila, betörende Düfte … Die Farben und Gerüche der Blüten drohten sie zu überwältigen. Aus irgendeinem Grund kam sie sich verloren vor, als hätte sie keine Eingangshalle betreten, sondern einen dunklen drohenden Wald. Sie zwang sich zur Ruhe. Warum benahm sie sich so närrisch? Es war ja nur ein Haus. Sicher, ein sehr schönes Haus, aber sie hatte schon andere schöne Häuser gesehen. Matilda Kschessinskajas Palais am Kronwerskij-Prospekt war viel prachtvoller.

Ihr Unbehagen spürend, nahm der Großfürst ihre Hand. Sie versuchte, bei der Berührung nicht zusammenzuzucken, das war alles, was sie tun konnte.

«Sie haben Angst?»

«Ja», sagte sie kurz. Ein anderes Mädchen hätte wahrscheinlich eine affektierte und kokette Bemerkung gemacht, aber sie war von Natur aus geradeheraus, hoffnungslos ehrlich. Zum Glück schien es ihn nicht zu stören.

«Fürchten Sie sich nicht, es besteht kein Grund. Kommen Sie, schauen wir uns ein bißchen um.»

«Werden die Leute, die hier wohnen, nichts dagegen haben?»

«Keine Sorge. Es sind alte Freunde von mir.» Er bot ihr seinen Arm und zog sie sanft weiter. «Soweit ich mich erinnere, geht diese Tür in den Salon.»

Sie nahm seinen Arm und ließ sich von ihm durch die einzelnen Räume führen, von denen einer schöner als der andere war. Sie waren geschmackvoll und kostbar eingerichtet, aber nicht protzig möbliert. Der Salon war mit rosaroter Seide bespannt; die Anrichten blitzten vor Silber und Kristall. Die Küche war mit den neuesten Errungenschaften bestückt. Es gab eine Bibliothek, einen Wintergarten mit vielen Pflanzen und eine finnische Sauna mit Zedernholzbänken. Sogar die Dienstbotenzimmer waren geräumig und hübsch möbliert.

«Und nun gehen wir nach oben.» Der Großfürst geleitete sie die geschwungene Treppe hinauf, vorbei an einigen herrlichen Gemälden in feinen, vergoldeten Rahmen. Boote schwammen auf dem blauesten Wasser, das man sich vorstellen konnte; roter Mohn blühte in einem Weizenfeld.

«Das ist ein Renoir», erläuterte der Großfürst, «und das Bild daneben ist ein Matisse.»

Natascha war ebensowenig mit den Namen der neueren französischen Maler vertraut wie die meisten ihrer Landsleute, aber sie fand die Bilder atemberaubend. Sie blieb eine lange Zeit vor ihnen stehen und betrachtete die Farben, die so intensiv leuchteten, als würden sie gleich von der Leinwand sprühen. In ihre Nervosität mischte sich großes Staunen. Sie dachte an die unperspektivischen, stilisierten Ikonen, die sie in der Kirche gesehen hatte, an die feierlichen Ölporträts in der Kaiserlichen Schule – wie anders diese Bilder doch waren. Der Großfürst wartete geduldig, bis sie sich fürs erste sattgesehen hatte, und brachte sie dann in den ersten Stock.

Oben war ein Badezimmer mit handbemalten Kacheln, und es gab ein gemütliches, ganz in Hellgrün gehaltenes Wohnzimmer. Am schönsten war aber das Schlafzimmer, das zum Garten ging. Die Tapeten waren mit winzigen Vergißmeinnicht bemalt, ein Motiv, das sich auf den Vorhängen wiederholte. Der dicke persische Teppich zeigte weitere Blumen, die mit vielerlei exotischen Vögeln abwechselten. Die Möbel waren schlicht, aber wunderschön: eine antike Frisierkommode mit einem geneigten Spiegel, ein Himmelbett mit einer bestickten Seidendecke, ein bequemer, mit altrosa Satin bezogener Lehnstuhl.

Natascha betrachtete den blauweißen Kachelofen, der eine wohltuende Wärme verbreitete. «Oh, es ist wie ein Traum!» sagte sie und zuckte beim Klang ihrer Stimme zusammen. Sie schämte sich fast ihrer kindlichen Reaktion.

«Ich freue mich, daß es Ihnen gefällt.» Die Stimme des Großfürsten hatte ein sonderbar heiseres Timbre. Er nahm ihre Hand und legte den kleinen Messingschlüssel hinein. «Dies ist Ihr Zimmer, Ihr Haus», sagte er einfach. «Ein Geschenk von einem Menschen, der Sie mehr bewundert, als Sie sich vorstellen können.»

Sie wollte protestieren, aber die Worte blieben ihr im Hals stecken. Er zog sie an sich, küßte sie leicht auf die Stirn, um seinen Mund dann leidenschaftlich auf ihren zu pressen. Sie auf die Arme nehmend, trug er sie zum Bett und legte sie auf die Decke. Die Seide fühlte sich unter ihren Händen kalt an, und sie hatte Angst. Sie dachte an ihre Tante und an Madame Lauriers Warnung. Sie konnte es nicht riskieren, ihn vor den Kopf zu stoßen.

Er spürte, wie sie zitterte, zog sie wieder an sich, küßte sie auf die Lider, den Hals, die Handgelenke, flüsterte, sie brauche keine Angst zu haben, überschüttete sie mit einem Strom von Liebe und Verständnis. Er bete sie an, er würde ihr nie weh tun.

Er zog sie behutsam aus, als wäre sie ein kleines Kind, streichelte sie, bis sie aufhörte zu zittern, und liebkoste sie so lange, bis sie erneut zitterte. Seine erfahrenen und geübten Finger glitten leicht über ihre Haut, als würden sie bereits jeden Zentimeter ihres Körpers kennen. Als sie nackt in seinen Armen lag, legte er sie über seine angezogenen Knie, bog sie nach hinten und küßte und neckte ihre Brustwarzen, bis sie unter seiner Zunge hart wurden, fuhr ihr mit den Händen durchs Haar und hörte die ganze Zeit nicht auf, ihr Liebesworte zuzuflüstern.

Sie hatte sich nicht vorgestellt, daß es angenehm sein könnte, sich ihm zu fügen, und die Lust, die nun über sie kam, raubte ihr den Atem. Allmählich entkrampfte sie sich unter seinen Berührungen, ließ ihren Verstand von dem Dunkel umhüllen, das er rings um sie wob. Seine Arme waren kräftig, sein Körper sehnig und überraschend muskulös. Er nahm sie, zog sie nach vorn, wie die Pferde den Schlitten über das Eis der Newa gezogen hatten, und sie meinte, nur noch aus Haut zu bestehen, bis sie an einem Punkt anlangte, wo die leiseste Berührung seiner Finger sie vor Verlangen erschauern ließ.

Als er ihre Brüste entzündet hatte, bis sie sich unter seinen Händen wand, liebkoste er ihre Beine, ließ seine Finger unendlich langsam auf und ab wandern, näherte sich den Schenkeln und wich zurück, bis sie ihn am liebsten angefleht hätte, nicht innezuhalten. Ihr ganzer Körper fühlte sich an wie eine Flüssigkeit, wie ein fließender Strom; sie schwamm darauf, wurde fortgetragen, trieb unter seinen Berührungen dahin, löste sich von ihm und kehrte, angezogen von der Männlichkeit in ihm, die so anders war als das Weibliche in ihr, wieder zu ihm zurück.

Als sie bereit war, drang er langsam, Zentimeter um Zentimeter in sie ein und bewegte sich erst ganz zuletzt kraftvoll in ihr. Sie schrie vor Schmerz, und er bedeckte sie mit Küssen, hielt sie, bis es nicht mehr weh tat, bis sie nur noch von Lust durchflutet wurde, hob sie an den Schultern und preßte sie an sich.

Sie hatte noch nie so grenzenlose körperliche Lust empfunden. Sie bildete sich ein, daß sie tanzten, daß er sie führte, wie noch kein Partner sie geführt hatte – daß dies der letztendliche Pas de deux sei, den man auf der Bühne nur unzureichend imitieren könne. Plötzlich begriff sie, daß das Fundament allen Tanzes sexuell war, daß Musik und Liebe und alle Künste darin und allein darin wurzelten.

Er umarmte sie leidenschaftlicher, bewegte sich schneller, atmete stoßweise. Er lastete auf ihr, zog sie in sich hinein, bis sie seine Rippen an den ihren spüren, den Umfang seiner Beinknochen messen konnte. Die Energie in ihrem Rückgrat staute sich und brach sich Bahn, breitete sich in einer heißen Woge bis zu ihrem Nacken aus, schüttelte ihren ganzen Körper. Sie schrie vor Lust, umklammerte seine Schultern, ließ sich selig und erschöpft zurückfallen.

Er blieb einen Moment liegen, ohne sich zu rühren, und fing dann an, sich langsam wieder zu bewegen, liebkoste ihre Brüste, wiegte ihren Rücken zwischen seinen Schenkeln vor und zurück. Er zog sie hoch, bis sie auf seinen Beinen saß, streichelte ihr Haar, küßte sie, atmete ihren Atem, füllte ihre Lungen mit dem seinen. Als sie diesmal aufschrie, schrie er mit ihr und zog sie so fest an sich, daß sie sich nicht mehr rühren konnte.

Danach hielt er sie lange fest und streichelte zärtlich ihr Haar. Dann legte er sie wortlos aufs Bett zurück, streckte sich neben ihr aus, nahm sie in die Arme und schlief ein. Natascha mußte lange auf den Schlaf warten. Die Glut der Leidenschaft, die sie in sich entdeckt hatte, verwirrte und beunruhigte sie. Überrascht bemerkte sie, daß sie, die in letzter Zeit angefangen hatte, alle Religionen als puren Aberglauben zu betrachten, nun das Gefühl hatte, gegen etwas gesündigt zu haben; schlimmer noch, während sie dort in dem warmen, weichen Bett lag, fürchtete sie sich zunehmend vor einer Strafe, die sie nicht benennen konnte, nicht einmal vor sich selbst. Lächerlich – oder vielleicht nicht. Wenn der Großfürst nun das Interesse an ihr verlor oder wenn sie feststellte, daß sie ein Kind von ihm bekam?

Die blauen Vergißmeinnicht an der Wand, die schweren Walnußpfosten des Bettes, die im Schein der Flammen hinter der kleinen Gittertür des Ofens leuchteten, beruhigten sie schließlich. Immerhin hatte er ihr dieses Haus geschenkt. War es vielleicht das Geschenk eines Mannes, der sie zu verlassen beabsichtigte? Er sagte, er liebe sie; warum konnte sie das nicht akzeptieren, ohne an ein Morgen zu denken? Zugegeben, sie erwiderte seine Liebe nicht, aber sie mochte ihn. Er sah gut aus, er war großherzig. Er würde für sie sorgen, sie beschützen, er würde, wenn Madame Laurier recht hatte, wahrscheinlich ihre Karriere fördern. Vor allem würde ihre Tante hier glücklich sein.

Der Großfürst drehte sich im Schlaf um und legte beschützend einen Arm über sie. Sein Arm war schwer und ungewohnt auf ihrer Brust. Wie sonderbar, mit einem Mann in einem Bett zu schlafen. Sie fühlte sich hundert Jahre älter als das Mädchen, das vor einigen Stunden in den Schlitten gestiegen war. Aus Furcht, den Großfürsten zu stören, lag sie regungslos da und bewegte keinen Muskel. Auf einmal dachte sie an Sergej. Sie spürte eine eigenartige Mischung von Trauer, Erleichterung und Trotz. Sie schloß die Augen und versuchte, ihren Geist von allem zu leeren, doch als sie endlich einschlief, färbte sich der Himmel im Osten bereits fahlgrau.

Am späten Morgen, im hellen Licht des Tages, wurde ihr bewußt, wie töricht es gewesen war, sich so zu sorgen. Alexej war beim Frühstück liebevoll und aufmerksam, bestrich ihren Toast mit Butter, schenkte ihr Tee ein, schob ihr Kissen in den Rücken, unterhielt sie mit geistvollen Bemerkungen, die sie wider Willen auflachen ließen. Dienstboten, die während der Nacht aus dem Nichts aufgetaucht zu sein schienen, bedienten sie diskret und räumten dann den Tisch ab. Als sie den Raum verlassen hatten, zog der Großfürst sie an sich und küßte sie leicht auf die Lippen.

«Bist du bereit für eine neue Überraschung?» Er benahm sich wie ein kleiner Junge, der ein Geheimnis hütete.

«Ja», sagte sie, aber sie war nicht sicher. Vielleicht hatte es schon zu viele Überraschungen gegeben.

«Ja, mein geliebter Alexej», soufflierte er.

«Ja, mein geliebter Alexej.» Es war eine Floskel, die zu wiederholen er sie in den nächsten Monaten oft bitten würde. Der Großfürst belohnte sie mit einem Lächeln. Ihre Taille umfassend, führte er sie in den obersten Stock, wo sieben hohe Fenster einen Blick auf die Newa boten.

Natascha starrte jedoch verblüfft auf die großen Spiegel längs den anderen Wänden und auf die lange, polierte Stange, die von einem Ende des Raums zum anderen lief. In einer Ecke stand ein Flügel, und darüber hing ein Degas mit zwei Tänzerinnen, die sich bückten, um die Schleifen ihrer Schuhe zuzubinden. Alles war perfekt, bis hin zu der schimmernden eichenen Tanzfläche.

Sie sah mit einem Blick, daß dieser Trainingsraum es mit allem aufnehmen konnte, was die Kaiserliche Schule zu bieten hatte.

5
Dezember 1916

»Brava! Brava!« – Blumen regneten an dem blaugoldenen Vorhang hinter Natascha herab, fielen zu ihren Füßen hin, begannen den Bühnenrand zu bedecken, bis sie in einem Meer roter, rosa und gelber Rosen zu stehen schien. Das Publikum vor ihr wogte hin und her, tanzte sein eigenes Ballett, bei dem die schwarzen Fräcke der Herren einen düsteren Kontrast zu den funkelnden Brillanten und farbenfrohen Seidenroben der Damen bildeten.

Natascha war heute abend ihre Droge, ihr Fluß des Vergessens. Die Realität draußen vor dem Marinskij-Theater war kalt und grimmig wie ein sibirischer Winter. Der Krieg tobte, die Regierung war im Begriff zu stürzen, es gab Engpässe, Hunger, Unruhen und Streiks, doch solange Natascha für sie tanzte, konnten wenigstens diese Menschen das Furchtbare vergessen. Sie konnten sich einige Stunden lang vorstellen, daß man 1786 schrieb und sie die Uraufführung von *La Fille mal gardée* miterlebten. Sie konnten so tun, als hätte die Französische Revolution nie stattgefunden, als wäre die ganze jüngere Geschichte Europas ein böser Traum, als stünden Adel und Königtum im Zenit, als gäbe es keinen Lenin, der in den Kulissen darauf wartete, das Zeichen zum Schlußvorhang zu geben.

Natascha wählte eine langstielige rote Rose aus einem der Sträuße, küßte sie und warf sie in einem weiten Bogen zu den vorderen Reihen hin, wo verwundete Soldaten saßen. Die Blütenblätter tupften die ihr zugewandten Gesichter wie Blutflekken, Arme flogen hoch, um die Blume aufzufangen, ein triumphierender Soldat drückte sie an die Lippen. Er lächelte zwischen den Verbänden, die sein Gesicht verunstalteten, blickte strahlend wie ein Kind und warf Natascha eine Kußhand zu. Sie schluckte und spürte einen Kloß in ihrer Kehle. Tränen zurückblinzelnd wandte sie sich schnell ab und verbeugte sich wieder graziös, während die Zuschauer nicht aufhörten, zu applaudieren und ihren Namen zu rufen.

Sie riefen sie zwölfmal vor den Vorhang, und sie hätten sie auch dreizehnmal oder sogar zwanzigmal gerufen, wenn sie dem Aufführungsleiter kein Zeichen gegeben hätte, daß sie nicht mehr wollte.

Natascha floh in ihre Garderobe, schenkte sich ein Glas lauwarmen Champagner ein und ließ sich in die Kissen auf dem weich gepolsterten Kanapee sinken. Auf dem Schminktisch stand ein Teller mit frischen Gurkenbroten neben mehreren Tiegeln Bühnenschminke, einem halben Dutzend Augenbrauenstiften, einem Gewirr von Schleifen, zwei kleinen Schalen mit Haarnadeln, einem Stoß Zeitungsausschnitten und einer weißen Federtiara, die schon bessere Tage gesehen hatte. Sie brauchte nur der Zofe zu befehlen, sie möge Ordnung schaffen, aber Natascha liebte das Durcheinander, das ihr zeigte, daß dieser Raum allein ihr gehörte.

Heute abend war Alexej bei seiner Familie, um den Geburtstag seiner ältesten Tochter zu feiern. Das Theater war praktisch leer – das Publikum war schon lange gegangen –, und in dem Gebäude herrschte eine fast greifbare Stille, die alles unter sich zudeckte wie unter Schneewehen. An solchen Abenden blieb Natascha oft bis ein oder zwei Uhr morgens in ihrer Garderobe und genoß den zunehmend seltenen Luxus, vollkommen allein zu sein. Dies waren die Stunden, in denen sie Bilanz zog und herauszufinden versuchte, was sie eigentlich tat, denn trotz des Erfolgs, der sie restlos glücklich machen sollte, wurde sie oft von einer unerklärlichen Unruhe heimgesucht.

Heute war sie jedoch guter Stimmung, und sie dachte befriedigt und zugleich erschöpft an die Aufführung zurück. Sie hatte gut getanzt, nicht so vollkommen, wie es hätte sein können, aber fehlerlos und ausdrucksvoll. Die Rolle der Lise in der *Fille mal gardée* war sympathisch, ausgelassen und heiter, ohne eine Spur jener morbiden Todessehnsucht, die zu den Merkmalen der Heldinnen so vieler klassischer Ballette zu gehören schien. Es hatte ihr Spaß gemacht, die leichten Schritte eines verliebten jungen Mädchens zu tanzen, doch es war auch sehr anstrengend gewesen. Die Rolle der Lise beanspruchte eine Tänzerin bis zur Erschöpfung. Im Moment schrie jeder Muskel in Nataschas Körper nach einer Massage und einem heißen Bad. Es wäre am vernünftigsten, ihren Wagen kommen zu lassen und nach Hause zu fahren, aber sie war offen gesagt zu müde, um sich zu bewegen.

Es klopfte, und Natascha erschrak und setzte sich schnell auf. Wer um alles in der Welt mochte das sein? Wahrscheinlich der Hausmeister. Sie schloß die obersten Knöpfe ihres Kleids, ging barfuß zur Tür, öffnete und starrte auf den jungen Mann im Korridor. Er war mittelgroß und trug einen Frack, der sich über den Muskeln seiner Brust und seiner Schulter spannte, und seine ganze Ausstrahlung signalisierte, daß er nur ein Tänzer sein konnte. Er stand lässig und unbefangen da, aber in seinem attraktiven Gesicht lag eine Frage, und sein Lächeln wirkte ein bißchen unsicher.

«Natascha?» Seine Stimme durchfuhr sie wie eine Messerklinge. Es mußte eine Halluzination sein: erst vor wenigen Wochen ein Brief aus Rom… der Krieg… Auslandsreisen so gut wie unmöglich… er mußte Tausende von Kilometern weit fort sein. Sie starrte ihn verwirrt an und versuchte endlose Sekunden lang, sein Gesicht mit dem des Jünglings in Einklang zu bringen, der vor fünf Jahren fortgegangen war. Sein Haar war dunkler, als sie es in Erinnerung hatte, er wirkte größer, aber diese Augen, blau und blitzend wie Eis, waren unzweifelhaft dieselben. Niemand sonst hatte solche Augen, niemand auf der Welt.

«Sergej?» Ihre Stimme war rauh und zögernd, kaum hörbar. Unter einem Ansturm widersprüchlicher Gefühle suchte sie nach Worten, fand aber keine.

Sergejs Lächeln wurde zu einem Feixen. «*Mon dieu*, du siehst aus, als hätte dich der Schlag getroffen. Ich wollte dich nicht erschrecken.» Er ergriff ihre Hände und umarmte sie, gab ihr einen Kuß auf beide Wangen und wirbelte sie im Walzertakt in die Garderobe zurück. «Laß dich ansehen, Natascha. Es ist so schrecklich lange her.» Er betrachtete sie mit freundlicher Vertrautheit, als hätten sie sich erst vor kurzem getrennt. «Du bist eine schöne Frau geworden.»

«Unsinn, ich sehe furchtbar aus.» Sie verstummte und ärgerte sich über die impulsive Bemerkung. Sie hätte ihn höflich begrüßen sollen, sich nach seinem Befinden erkundigen, nach Diaghilew fragen, etwas über den Krieg oder die Zeiten oder das Wetter sagen sollen. Aber sie schien von einem Teufel der Taktlosigkeit geritten zu werden. Schlimmer noch, sie hatte die Wahrheit gesagt, als sie erklärt hatte, daß sie furchtbar aussähe. Sie war erst zur Hälfte abgeschminkt, und an ihrem Handrücken klebten noch Puderreste. Sergej drehte sie zum Spiegel, und sie wurde sich ihrer bloßen Füße und strähnigen Haare bewußt und stand tausend Qualen aus. Großer Gott. Sie sah aus wie einer jener zerlumpten heiligen Männer, die vor der Kathedrale um ein paar Kopeken bettelten. Alexej hatte ihr mindestens hundert herrliche Kleider geschenkt, aber Sergej mußte sie in einem unmöglichen Aufzug überraschen.

«Du siehst großartig aus, einfach hinreißend», versicherte er lächelnd, und Natascha lächelte unwillkürlich zurück. Also hatte er im Ausland gelernt, ritterlich zu sein. «Ich habe die Aufführung vorhin gesehen. Du warst unglaublich gut. Ich habe noch nie eine bessere Lise gesehen.» Sein Lob machte sie glücklich, und sie lächelte und kam sich auf einmal wieder wie sechzehn vor. Die Berührung seiner Hände weckte alte Erinnerungen, die vielleicht besser irgendwo ganz hinten in ihrem Gedächtnis vergraben geblieben wären. Sie dachte plötzlich, wie schön es sein müßte, wieder mit ihm zu tanzen. Seit er gegangen war, hatte sie keinen wirklich erstklassigen Partner mehr gehabt. Nein, das war nicht fair. Sie hatte großartige Partner gehabt, aber sie hatte sich mit ihnen nie so eins gefühlt wie damals mit Sergej.

Sergej warf einen Blick auf die überall verteilten gelben Rosen, die vielen Tutus, die wie umgedrehte Sträuße großer, regenbogenfarbener Chrysanthemen an Haken hingen, die Reihen der Spitzenschuhe auf einem fast die ganze Wand einnehmenden Regal. «Du hast es weit gebracht.» Er schenkte ihr eines der strahlenden Lächeln, an die sie sich nur zu gut erinnerte. «Mein Glückwunsch.»

«Danke.» Sie wollte etwas Freundliches und Intelligentes sagen, aber ihr Verstand schien ausgesetzt zu haben. Sie mußte einfach etwas anderes tun, als dastehen und ihn anstarren, als wäre er von den Toten auferstanden, sonst würde er denken, sie hätte sich endgültig zu einer dummen Gans entwickelt. «Ich habe gehört, daß Diaghilew dich neuerdings choreographieren läßt.»

Sergej zuckte mit den Schultern. «Ja, aber nur ein bißchen. Nun ja, ich komme trotzdem ganz gut zurecht.» Er lächelte wieder, setzte sich auf das Kanapee und erzählte von der kürzlichen Amerikatournee der Truppe. Sie merkte, daß er nur redete, um ihr die Befangenheit zu nehmen, und war dankbar und ein wenig überrascht. Der Sergej, an den sie sich erinnerte, hatte es nicht einmal wahrgenommen, wenn anderen Leuten unbehaglich zumute war, geschweige denn, daß er etwas getan hätte, um ihnen zu helfen. Die Zeit im Ausland hatte ihm offensichtlich gut getan.

Fast zwanzig Minuten lang plauderte Sergej amüsant und geistreich über die letzten fünf Jahre. Er hatte so vieles erlebt, seit er sie zuletzt gesehen hatte, und wußte kaum, wo er anfangen sollte. Diaghilew sei ein sonderbarer Mensch, ein Tyrann und Genie zugleich; er habe eine so panische Angst vor der Fahrt über den Atlantik gehabt, daß er beim Klang der Sirenen kurz vor der Ankunft in New York in ein Rettungsboot gesprungen sei, weil er steif und fest geglaubt hatte, das Schiff gehe unter.

Aber man müsse ihm seine exzentrischen Gewohnheiten nachsehen, denn er inspiriere seine Tänzer und Choreographen dazu, Wunder zu vollbringen. Sergej war sicher, daß Natascha so etwas noch nie gesehen hätte.

Während er sprach, streichelten seine Finger ihr Handgelenk, zuerst ganz leicht, aber beharrlich, und dann allmählich auf eine vertraute, fast liebevolle Weise. Natascha achtete nur auf seine Worte und überließ ihm ihre Hände, ohne zu denken. Sie waren alte Freunde, die sich nach einer langen Trennung wiedersahen und versuchten, einander wieder nahe zu kommen. Plötzlich durchfuhr etwas wie ein Stromstoß ihren Arm, und verwirrt über die unangebrachte Reaktion entriß sie ihm ihre Hände.

«Möchtest du ein Glas Champagner?» fragte sie hastig. Sie riß sich zusammen, erinnerte sich an ihre Pflichten als Gastgeberin und ging zu dem kleinen Barschrank.

«Mache ich dich nervös?»

«Nur weil du auf einmal aus dem Nichts auftauchst.» Es gab noch andere Gründe, aber sie bemühte sich, sie zu verbergen. Die Regung, die sie eben gespürt hatte, war vollkommen unpassend, mehr noch, sie war unsinnig. Sergej war fast ein Fremder. Sie führte inzwischen ihr eigenes Leben, über das er nichts wußte. Alexej ... ihre Karriere – und da hatte sie auf der Couch gesessen und reagiert wie ein junges Ding, das sich vor Liebe verzehrte. Natascha schämte sich ein wenig über ihre mangelnde Selbstbeherrschung und wurde sofort wieder befangen. Was an ihm war es eigentlich, das sie so aufwühlte, wenn er in ihrer Nähe war? Es mußte irgendeine Erklärung dafür geben. Sie hatte einmal gelesen, was Stendhal über die verborgenen Mechanismen der gegenseitigen Anziehung geschrieben hatte; sie mußte die Passage suchen, wenn sie zu Hause war.

Natascha nahm die Champagnerflasche und schenkte vorsichtig ein, während sie krampfhaft nach einem unverfänglichen Thema suchte, das ihre Unruhe vertreiben konnte. «Wie um alles auf der Welt bist du durch die deutschen Linien gekommen?» sagte sie endlich.

«Ich bin über Sibirien gefahren.»

Sie dachte an die endlose Eisenbahnfahrt, den Schnee, die Langeweile, die unerbittliche Kälte. «Aber warum?»

«Um dich zu sehen.» Er griff wieder nach ihrer Hand, und sie reichte ihm beinahe abwehrend das Champagnerglas. «Ich komme ungelegen, nicht wahr?» fragte er ruhig.

«Ja, das heißt, nein... Ich meine...» Verwirrt und ärgerlich hielt sie inne. Falls er zu Spielen aufgelegt war, so hatte sie keine Lust mitzuspielen. Vielleicht hatte er sich im Westen an schnelle kleine Flirts gewöhnt, aber hier in Rußland galten andere Regeln.

Sergej schien ihre Gedanken zu lesen. «Ich fürchte, ich bin zu stürmisch gewesen.» Er reagierte mit einer Aufrichtigkeit, die sie noch nie an ihm bemerkt hatte, er wirkte fast demütig. «Ich habe in letzter Zeit Dinge erlebt, die mir vor Augen geführt haben, daß das Leben zu kurz ist, um mit törichten Gedanken daran verschwendet zu werden, was sich gehört und was nicht.»

«Was meinst du?»

«Du hast vielleicht gehört, daß meine Mutter gestorben ist?»

«Oh...» Sie wußte nicht, was sie sagen sollte. «Das tut mir furchtbar leid.»

«Ich bin in Wahrheit zurückgekommen, um den Nachlaß zu regeln, und als ich unser Haus schloß, mußte ich alle ihre persönlichen Sachen durchsehen. Ich weiß nicht, ob du verstehst, wie das ist, aber es geht einem unter die Haut und läßt einen nicht los.» Er griff wieder nach ihrer Hand und verschränkte seine Finger mit ihren. Sie wußte, daß sie es nicht dulden durfte, daß sie ihn am besten aus ihrer Garderobe weisen sollte, aber wie konnte sie das angesichts seines eben erwähnten Kummers? Sie fühlte, wie seine Finger in ihre Handfläche drückten, sie spürte die Ränder seiner Nägel, den kühlen Siegelring.

«Du bist also nicht gekommen, weil du mich sehen wolltest.» Nataschas Wangen brannten, und ihr Mund war wie ausgedörrt. Sie suchte nach einfachen, ehrlichen Worten.

«Doch», antwortete Sergej gelassen. «Ich bin im Grunde nur deshalb gekommen, aber es ist mir erst bewußt geworden, als ich hier war. Weißt du, du bist berühmt geworden, nicht nur in Rußland, sondern auch in Paris und New York und anderswo. Ich habe deinen Namen immer wieder von den unerwartetsten Leuten gehört. Du seist angeblich ein Phänomen, ein Wunder, auf jeden Fall aber die aufregendste Tänzerin seit Anna Pawlowa. Ich habe es offen gesagt nicht geglaubt, aber es interessierte mich. Ich wußte, daß du sehr gut bist, aber vielleicht doch nicht so unfaßbar gut, wie die Leute behaupten. Aber wie gesagt, ich war sehr neugierig, und als ich wegen des Todes meiner Mutter nach St. Petersburg zurück mußte, sagte ich mir: ‹Nun, ich gehe einfach zu ihr und stelle fest, was es mit dem Gerede auf sich hat.› Um die Wahrheit zu sagen, hatte ich bestenfalls mit einem kurzen Höflichkeitsbesuch gerechnet, bei dem wir einander eine recht langweilige und verlogene Zusammenfassung dessen auftischen würden, was wir inzwischen erlebt haben. Ich wußte natürlich von dir und Großfürst Alexej – alle Welt weiß es –, und ich stellte mir vor, daß du...»

Er verstummte und sah sie eigenartig an. «Darf ich offen reden?»

«Sergej, ich erinnere mich an nichts, was dich je davon abhalten konnte. Bitte, schieß deinen Pfeil ab.»

Er lächelte ironisch. «Nun ja, ich dachte offen gesagt, du hättest deine jetzige Position vor allem deshalb erreicht, weil du mit deinem Großfürsten schläfst.» Sie erstarrte und richtete sich kerzengerade auf. «Werde bitte nicht wütend, denn als ich dich vorhin tanzen sah, wußte ich, daß ich mich vollkommen geirrt hatte. Du bist sehr gut, du bist mehr als gut – eine Offenbarung. Es gab bei der Aufführung ein paar Momente, in denen ich Tränen in den Augen hatte. Du bist genausogut wie Pawlowa, vielleicht sogar noch besser, und während ich dich sah, mußte ich die ganze Zeit denken, daß du dein Talent hier nur verschwendest und wie gern ich wieder mit dir tanzen würde.»

Er drückte ihre Hände fester, und seine Augen glänzten vor Erregung. «Natascha, hör zu, ich habe schon lange eine Partnerin gesucht, jemanden, der allen meinen Erwartungen entspricht. Ich brauche eine Tänzerin, die es wert ist, für sie zu choreographieren, nicht bloß eine großartige Technikerin – alle Mädchen in der Truppe können *fouettés* ausführen, bis einem schlecht wird –, ich will eine wahre Tänzerin, eine mit *duscha*. Du hast keine Ahnung, was es bedeutet, wenn man als schöpferischer Künstler mit minderwertigem Material arbeiten muß. So als müßte Michelangelo auf Porzellan malen. Nein, das nehme ich zurück. Du weißt es; du mußt es wissen. Wie oft bist du hier im Marinskij schon auf die Bühne getreten und hast gewußt, daß du hundertmal besser sein würdest als dein Partner? Wie oft hast du schon an die alte Redensart gedacht, daß eine Tänzerin nur dann als wirklich groß gelten kann, wenn sie Teil einer großen Partnerschaft ist?»

Er hob ihre Hände an die Lippen und küßte sie leidenschaftlich. «Ich weiß, Natascha, das kommt alles viel zu plötzlich, aber hör mich bitte bis zu Ende an. Ich möchte, daß du mit mir kommst.» Er legte einen Finger auf ihre Lippen. «Sag nicht nein, weil ich das alles viel zu schnell und aufgeregt gesagt habe. Ich schwöre, ich könnte für dich Ballette choreographieren, die uns beide berühmt machen werden.»

«Du bist verrückt.» Sie war so verblüfft, daß sie nicht wußte, ob sie über seinen Vorschlag lachen oder ihn aus der Garderobe weisen sollte, und entzog ihm ihre Hände.

«Ist dir klar, was wir zusammen erreichen könnten?»

«Es kommt überhaupt nicht in Frage.»

«Ich habe gewußt, daß du das sagen würdest – was könntest du auch anderes sagen? Du siehst einfach nicht, was wir beide werden können: der größte Choreograph und die größte Tänzerin in Europa. Stell dir eine solche Kombination vor, und stell dir vor, daß wir Ballettgeschichte machen werden.»

«Sergej!» Sie versuchte, ihre Stimme nüchtern und unpersönlich klingen zu lassen. «Ich bin sehr geschmeichelt, aber...»

«Oh, verdammt, ich will dir nicht schmeicheln. Ich sage die Wahrheit.» Er nahm wieder ihre Hände und drückte sie. «Ich kann dich einfach nicht freigeben, nachdem ich dich heute abend als Lise gesehen habe. Du bist dazu bestimmt, das Werkzeug zu sein, durch das ich mich ausdrücken werde, das spüre ich so deutlich, wie ich je etwas in meinem Leben gespürt habe. Wir sind dafür geschaffen, Partner zu sein. Ich werde mein Genie in dich strömen lassen und dich zu einer der größten Tänzerinnen aller Zeiten machen. Dies ist nicht der Augenblick, um an deine kleinbürgerliche Moral zu denken. Vergiß deinen Großfürsten. Verschwende dein Talent keinen Tag länger an diese Narren, die dich kaum von dem Bühnenbild unterscheiden können. Komm mit mir und werde die Künstlerin, die du immer werden wolltest.»

Natascha stand so hastig auf, daß sie Champagner auf ihrem Kleid verschüttete. «Sergej, ich denke, du gehst jetzt besser.»

«Du gibst vor, dich über mich zu ärgern, aber ich glaube es einfach nicht. Du langweilst dich hier – es steht in deinem Gesicht geschrieben.»

«Das stimmt nicht!» fuhr sie ihn an. «Wie kannst du es wagen, nach fünf Jahren zurückzukommen und mir alle diese unsinnigen Vorschläge zu machen? Wir kennen uns kaum noch. Welches Recht hast du, so mit mir zu sprechen?»

«Ich bin es gewohnt, die Wahrheit zu sagen.»

«Mein Gott, du bist unmöglich. Du kommst hier hereinspaziert und erzählst, daß du wegen deiner Mutter in Trauer bist, weil du genau weißt, daß ich dich unter diesen Umständen nicht hinauswerfen kann, und dann machst du Annäherungsversuche und schlägst mir vor, meine Karriere aufzugeben, alles zu opfern, was von meinem guten Ruf übriggeblieben ist, um mitten im Krieg mit dir davonzulaufen. Du mußt von Sinnen sein.»

«Mache ich dich wütend?»

«Ja, und du weißt es.»

«Dann bitte ich um Verzeihung.»

«Spar dir die Mühe.» Sie hatte genug von ihm. «Geh jetzt bitte.»

Er stand auf und nahm seine Handschuhe. «Ich hatte die Absicht, dich zum Souper einzuladen.»

«Sergej, ich bin offen gesagt nicht sicher, ob ich irgend etwas hinunterbringen könnte, solange du am selben Tisch sitzt. Ganz zu schweigen davon, daß ich nach all dem, was du gesagt hast, keine Lust habe, mit dir unter Menschen zu gehen.»

Ihre Worte schmerzten ihn offensichtlich, und er erbleichte. «Natascha», sagte er, «alte Freunde können sich nicht auf eine so kühle Weise voneinander verabschieden. Entschuldige bitte. Ich war rücksichtslos, unverzeihlich rücksichtslos.» Er schritt, scheinbar um Fassung ringend, durch den Raum. «Du mußt verstehen, daß ich innerlich aufgewühlt bin, dein Tanzen hat mich überwältigt.» Sie merkte, wie seine Worte sie besänftigten, aber Sergej hatte schon immer die Gabe besessen, jemanden zu bezaubern, wenn er es darauf anlegte. Tat es ihm aufrichtig leid, oder war es nur ein Trick von ihm? Sie betrachtete ihn voll Unbehagen und wußte nicht, ob sie seine Entschuldigung akzeptieren oder darauf bestehen sollte, daß er ging. «Bitte, laß uns eine Kleinigkeit essen gehen», flehte er. «Wenn du einwilligst, verspreche ich dir, daß ich kein Wort mehr von meinem Vorschlag sagen werde.» Natascha konnte nicht verhindern, daß ihr Zorn verflog. «Es tut mir wirklich leid», fuhr Sergej fort. Es war eine aufrichtig gemeinte Entschuldigung, eine der wenigen, die Natascha je von ihm hören würde.

«Sergej!» Anja Belinskaja wirkte angetrunken. Ihre Wangen waren gerötet, blonde Strähnen hingen ihr die Wangen hinunter, und sie breitete beide Arme aus, um Sergej zu begrüßen. Dann hielt sie ihre schlanken weißen Hände trichterförmig vor den Mund und rief wie ein Fischweib durch das Restaurant: «Alle hersehen, seht nur, wer gekommen ist!» Zwei angesäuselte Offiziere an ihrem Tisch winkten ausgelassen, während drei Mädchem vom Corps de ballet, so jung, daß sie sich unmöglich an Sergej erinnern konnten, in die Hände klatschten und Gebäck und Blüten vom Tafelaufsatz durch den Raum warfen.

Sie hätten nicht ins Theaterrestaurant gehen sollen, dachte Natascha, aber sie hatte es unter den gegebenen Umständen nicht für angebracht gehalten, ein intimeres Lokal zu wählen, und außerdem hatte Sergej darauf bestanden. Nun sah sie, daß sie – genau wie sie befürchtet hatte – einen kleinen Skandal heraufbeschworen. Alle Köpfe wandten sich zu ihnen, als sie durch den großen Speiseraum gingen. Sollten die Leute sich das Maul zerreißen; es gab nichts, wessen sie sich schämen mußte. Auf einmal fand sie es sogar belustigend, so angestarrt zu werden. Sie holte tief Luft und schritt stolz, beinahe trotzig an den neugierigen Gesichtern vorbei. Heute abend würde sie tun, wozu sie Lust hatte.

«Werden Seine Kaiserliche Hoheit ebenfalls kommen?» fragte Viktor, der Oberkellner.

«Nein, heute nicht.» Viktors Gesicht blieb ausdruckslos, aber sie konnte seine Überraschung spüren. «Wir nehmen einen von den kleinen Tischen am Brunnen.»

«O nein», rief Anja. «Ihr kommt zu uns.»

Seufzend wurde Natascha sich bewußt, daß ihr kein ruhiges Mahl, sondern ein feuchtfröhliches Fest bevorstand. Aber vielleicht war es besser so. Dieses eine Mal dankte sie Anja dafür, daß sie so aufdringlich und besitzergreifend war. Zumindest bestand nun nicht mehr die Gefahr, daß Sergej gewisse Themen anschnitt.

Auf Anjas Tisch standen leere Cognacflaschen und volle Aschenbecher, und alle schienen mehr oder weniger betrunken zu sein. Die beiden Offiziere, in prächtigen weißen, goldbetreßten Uniformen, nickten unstet und beteuerten mit lauter Stimme, um die Zigeunerkapelle zu übertönen, wie sehr sie sich freuten, alle oder irgend jemanden oder auch niemanden kennenzulernen – sie hatten zuviel Cognac zu sich genommen, um sich entscheiden zu können, und baten, entschuldigt zu werden. Die Mädchen vom Corps de ballet starrten Natascha verwirrt und ehrfürchtig an, wurden immer blasser und schützten dann Müdigkeit vor, und erst, nachdem sie gegangen waren, wurde Natascha klar, daß sie Angst gehabt hatten, sie würde sie bei der Theaterdirektion verpetzen.

Anja lächelte Natascha auf eine Weise zu, die man fast als freundschaftlich bezeichnen konnte, setzte sich neben Sergej und legte ihm einen Arm um die Schultern. Der Alkohol schien zeitweilig Neid, Eifersucht und alle anderen niedrigen Regungen vertrieben zu haben.

«Na, was hast du die ganze Zeit gemacht?» fragte Anja und tippte Sergej neckisch auf die Wange.

«Ich habe getanzt.» Sergej schenkte ein Glas Cognac ein und reichte es Natascha, um dann Anja und sich einzuschenken.

«Getanzt, natürlich. Was soll unsereiner auch anderes tun.» Anja schlug des Nachdrucks halber auf den Tisch und trank ein paar schnelle, nervöse Schlucke von dem Cognac. Sie nahm eine Zigarette – Zigaretten waren inzwischen rationiert – aus einem kleinen goldenen Etui und beugte sich kokett vor. «Hättest du vielleicht Feuer für mich?» Sergej riß ein Zündholz an, dessen kleine Flamme ihre vollen Wangen hervorhob. Aus irgendeinem Grund bekam sie plötzlich einen Lachanfall und verschluckte sich an dem Cognac. Sie hatte heute abend etwas Grobes an sich, das zu einem anderen Menschen zu gehören schien. Irgend etwas ist nicht in Ordnung, dachte Natascha.

Anja atmete eine lange Rauchfahne aus, hustete und wedelte den Qualm mit ihrer Serviette fort. «Wir gehen», sagte sie unvermittelt. Sie legte die Hand auf seinen Arm. «Nein, bleib sitzen. Ich meine nicht, daß wir das Restaurant verlassen. Ich meine, wir gehen ins Ausland.» Sie drückte die Zigarette mitten auf ihrem Teller aus und sah die beiden triumphierend an. «Die Regierung wird stürzen, und deshalb holt mein Vater uns heraus, die ganze Familie. Er hat unser Land bereits verkauft und das Geld auf Schweizer Banken hinterlegt. Glaubt ihr, Kaiser Wilhelm wird die Schweiz erobern? Ich hoffe nicht, denn dann sitze ich in der Tinte.»

«Du verläßt das Kaiserliche Ballett?» Unfähig zu glauben, was sie eben gehört hatte, starrte Natascha ihre Kollegin an.

«Ja, ich will nach New York.»

«Wann?» fragte Sergej. Sein Gesicht war blaß, düster. Anja nahm noch einen Schluck und lachte.

«Seht doch nicht so trübsinnig drein, ihr beiden. Es ist niemand gestorben. Wir gehen nur. Wir verlassen das Land, solange es noch möglich ist, und nehmen alles Geld mit, das wir vor der Sintflut retten können.» Sie drückte einen Finger auf einen Eßlöffel und ließ ihn um die eigene Achse kreisen. «Nächstes Jahr um diese Zeit werden Rubel nicht mehr das Papier wert sein, auf das sie gedruckt sind.»

«Das ist lächerlich», sagte Natascha. «Sieh doch, wie normal alles ist.» Sie machte eine vage Handbewegung zu den Umsitzenden hin. «Du brauchst nicht zu gehen. Sicher, es ist Krieg, aber...»

Anja beugte sich vor und starrte sie mit fiebrigen Augen an. «Natascha, du lebst in einer Traumwelt, genau wie alle anderen. Sieh doch endlich die Realität. Der Zar hat die Kontrolle verloren. Die Soldaten desertieren zu Tausenden. Die Bolschewiken, die Deutschen...» Es folgte eine lange Liste potentieller Katastrophen.

«Trotzdem ist noch mehr als genug Zeit», unterbrach Sergej sie schließlich.

«Ich habe mich ein wenig mit Geschichte befaßt», sagte Anja. «Ich bin nicht dumm, und Vater auch nicht. Wißt ihr, wie viele französische Aristokraten von der Revolution überrumpelt wurden?» Sie lächelte Natascha zu, aber diesmal war es ein gefährliches, sprödes Lächeln, das nicht freundlich sein wollte. «Jetzt kannst du *alles* haben, Natascha, die lohnendsten Stücke, die größten Rollen. Tanz die Aurora, tanz die Odette und die Odile, tanz die Giselle. Ich überlasse sie dir samt und sonders und mit tausend Freuden.»

Sie leerte ihr Glas und stellte es mit unsicherer Hand auf das weiße Tischtuch zurück. «Ich schätze, du wirst vielleicht noch drei oder vier Monate tanzen können.» Sie stand jäh auf. «Auf Wiedersehen, Sergej», sagte sie, sich an seiner Stuhllehne festhaltend. Sie beugte sich zu ihm hinunter und fuhr eindringlich fort: «Du hast dir eine schlechte Zeit ausgesucht, um nach Rußland zurückzukommen.» Dann nahm sie Nataschas Hand und schüttelte sie in einer freundschaftlichen Geste. «Auf Wiedersehen, Natascha. Ich weiß, ich bin eben gemein gewesen, aber ich konnte nicht anders. Ich war immer gemein zu dir, und jetzt bin ich betrunken, und es tut mir leid, aber ich sage dir, was ich denke: Geh fort, solange du noch kannst!»

Sergej setzte sich auf das mit roter Seide bezogene Sofa, nahm einen Schürhaken und stocherte mit geübter Hand im Feuer, so daß ein Funkenregen hochstob und in den Abzug gesogen wurde. Anjas Warnung hatte einen Schatten auf den Abend geworfen, den er offenbar vertreiben wollte. «Wie geht es deiner Tante?» fragte er höflich.

Natascha streifte ihre Schuhe ab und lehnte sich an die Kissen. «Oh, sie ist vor ungefähr einem Jahr wieder nach Archangelsk gezogen. Sie sagte, sie habe Heimweh nach der Taiga und ihren alten Freunden gehabt, aber die Wahrheit ist, daß sie all das hier mißbilligte.» Natascha zeigte auf den Salon, die persischen Teppiche, die goldgerahmten impressionistischen Gemälde, die kostbaren chinesischen Vasen mit den frischen Schnittblumen und die Bronzestatuette einer in der vollkommmensten *arabesque* erstarrten Tänzerin – ganz offensichtlich ein Werk von Degas.

Sie schenkte sich eine Tasse chinesischen Tee ein und versuchte, das Pochen hinten in ihrem Kopf zu ignorieren. Es war nach drei Uhr, und der Cognac, den sie im Restaurant getrunken hatte, gab ihr das Gefühl, von der Wirklichkeit losgelöst zu sein, als ob sie in einer Welt schwebte, die nur in den Stunden vor Sonnenaufgang existierte. Sie sollte keinen Tropfen Alkohol anrühren; sie wußte es. Nicht, daß sie sich jemals betrank, aber sie wurde leichtsinnig und gab nichts mehr darauf, was die Leute über sie sagten oder dachten, was sie von ihr erwarteten. Es war leichtsinnig gewesen, sich von Sergej heimbringen zu lassen, und wahrscheinlich noch leichtsinniger, seinem Wunsch nachzugeben und ihm das Haus zu zeigen, doch all das war ihr im Moment offen gesagt gleichgültig. Sie genoß seine Gesellschaft, und Mischa mochte noch so sehr die Stirn runzeln, die anderen Dienstboten mochten sie noch so merkwürdig angucken, sie würde ihn nicht zum Gehen auffordern. Dies war schließlich ihr Haus; er war ihr Gast, und sie würde die Leute empfangen, die ihr paßten – und wann es ihr paßte.

Der rebellische Zustand, in dem sie sich befand, amüsierte sie. Sie lächelte Sergej zu und lachte über die Geschichten, die er von der Amerikatournee der Ballets Russes erzählte. Er verfügte offenbar über einen unerschöpflichen Vorrat an Klatsch und Anekdoten: Nijinsky stritt immer noch mit Diaghilew über eine halbe Million Goldfranc an rückständiger Gage, die der Impresario ihm angeblich schuldete; das Essen in New York war unglaublich, süßer Schinken und ein Getränk, das Coca-Cola hieß; die Ziegfeld Girls waren ein Schauspiel, das man gesehen haben mußte, langbeinige, halbnackte Mädchen, die mit zwei Meter hohen Kopfputzen aus Federn auf und ab schritten und die Beine in die Luft warfen – wie ein verrücktgewordener *Schwanensee*. Und der Jazz war entschieden die Musik der Zukunft. Er würde eines Tages gern ein ganzes Ballett nach Jazzmusik choreographieren.

Die Zeit verging unmerklich wie Wasser, das durch einen schmalen Spalt abläuft. Sie redeten und redeten, und dann trat Schweigen ein. Lange war im Zimmer nichts anderes zu hören als das Knistern des Feuers, und der Schein der Flammen huschte über das Rautenmuster der kleinen Brücke vor der Kaminplatte und erweckte die blauen und roten Hirsche und die phantastischen Blumen magisch zum Leben.

«Anja hatte recht», sagte Sergej plötzlich. «Du solltest gehen.»

«Sergej, bitte...»

«Sag nicht, daß ich nicht davon sprechen soll», unterbrach er. «Ich möchte, daß du mit mir kommst, aber nicht nur, weil du eine große Tänzerin bist. Ich mache mir auch Sorgen um deine persönliche Sicherheit. Hier kann jeden Moment alles einstürzen. Und außerdem... Großer Gott, ich weiß nicht, wie ich es sagen soll, ohne daß ich wie ein zweiter Aufguß von Puschkin klinge... Ich wollte es dir eigentlich erst viel später sagen, Natascha, aber heute abend ist mir klargeworden... Das heißt, ich habe erkannt...» Er verstummte, ergriff impulsiv ihre Hände, zog sie an sich und nahm sie in die Arme. Er beugte sich über sie und küßte sie, bis sie atemlos und benommen war.

Natascha versuchte, sich von ihm zu lösen. Jede Sekunde, die sie sich von Sergej berühren ließ, war ein Verrat an Alexej, dem Mann, der gut zu ihr gewesen war, den sie liebte. Sie hatte sich immer als eine treue Frau betrachtet, sie mußte Sergej befehlen, aufzuhören, auf der Stelle zu gehen, nicht zurückzukommen. Sie wollte böse auf ihn sein, doch je mehr sie sich bemühte, entrüstet zu sein, um so mehr schmolz sie unter seinen Küssen dahin. Seine Lippen preßten sich auf ihre, seine Zunge bohrte sich in ihren Mund, als wollte sie ihr Innerstes erkunden. Als er ihr Seidenmieder berührte, wurden ihre Brustwarzen unter seiner Hand hart.

Ich möchte, daß er bleibt. Ich möchte, daß er mich liebt. Der Gedanke war wie eine Offenbarung, wie eine Glocke, die in ihrem Kopf läutete und alles andere übertönte. Sie konnte sich nicht länger vormachen, daß er sie gegen ihren Willen verführte. Sie begehrte ihn, begehrte ihn so hemmungslos und uneingeschränkt, wie sie jemals in ihrem Leben etwas begehrt hatte. Sie nahm seinen Kopf zwischen beide Hände, zog ihn zu sich und erwiderte seine Küsse inbrünstig, beinahe wild, ließ ihn all ihr Verlangen spüren.

«Süße Natascha», murmelte er. Er beugte sie behutsam, als wäre sie etwas Kostbares und Zerbrechliches, auf dem Sofa zurück. Er knöpfte ihre Bluse auf, löste die Schleifen ihres Mieders, küßte ihre Ohren, ihre Lippen, die zarte Haut ihres Halses, ihre Lider und dann ihre Brüste, ihre Beine, ihre Kniekehlen, die Innenseite ihrer Ellbogen, bis sie nackt in seinen Armen lag, ihren brennenden Körper an seinen preßte, in ihm versank, keinen vernünftigen Gedanken mehr fassen konnte, nicht mehr wußte, was gut für sie war und was nicht – und welchen Preis sie vielleicht für all dieses würde zahlen müssen.

Sie hatte auch bei Alexej Leidenschaft gefühlt, doch verglichen mit dem, was sie nun bei Sergej spürte, war es blaß gewesen wie ein domestiziertes Tier in einem Käfig. Als er endlich in sie eindrang, nachdem er sie eine lange Weile, die ihr wie Stunden vorkam, liebkost hatte, hatte sie jedes Gefühl für Maß und Zeit verloren. Ihr war, als tanzten sie wieder wie vor langer Zeit, eine

Choreographie ihrer Arme und Beine, der geheimen Teile ihrer Körper, ein Tanz, so schön und anmutig, daß sie den Tränen nahe war.

Kurz vor dem Höhepunkt sprang etwas von ihr ihm entgegen, und er hob es – oder schien es zu heben – in einem unsichtbaren *levé*. Als er kam, kam sie mit ihm, und ihre Vereinigung war so total, daß sie ihr angst machte. Die Grenzen ihres Körpers und ihres Geistes barsten, sein Körper und sein Geist schienen in sie zu fließen, und zum erstenmal in ihrem Leben kannte sie einen Menschen bis in seine innersten Tiefen und wußte, daß auch sie erkannt wurde.

Als sie wieder zu sich kam, lag sie nackt in seinen Armen. Sergej streichelte ihr Haar, und das Feuer auf dem Kaminrost war niedergebrannt. Der Himmel im Osten tüpfelte sich mit rotem Licht. Unvermittelt, mit schmerzhafter Klarheit, wurde Natascha bewußt, was sie getan hatte. Sie setzte sich auf, schlüpfte in ihr Unterhemd und band es hastig zu.

«Wir müssen uns anziehen.»

«Was?» Sergej stützte sich auf einen Ellbogen und sah sie mit einem Ausdruck an, in dem sich Bestürzung und Zufriedenheit mischten. Er verstand offensichtlich nicht.

«Es ist fast Morgen. Einer der Dienstboten könnte jeden Augenblick hereinkommen.» Sie errötete bis zu den Haarwurzeln, weil sie sich unwillkürlich vorstellte, wie peinlich es gewesen wäre, wenn Mischa sie mitten... Nicht einmal denken konnte sie das, was sie vorhin getan hatten, doch während sie sich noch zwang, alles zu vergessen, spürte sie eine neue Welle des Verlangens. Sergej mußte es in ihrem Gesicht gelesen haben, denn er griff nach ihr.

«Beruhige dich, es ist mitten in der Nacht. Die Dienstboten schlafen bestimmt alle.» Er hob ihr Kinn, legte seine Lippen auf ihre und küßte sie, bis sie nach Luft rang.

«Nein, es ist Morgen. Sieh nur, die Sonne geht gleich auf.» Natascha zeigte zum Himmel, der jede Minute heller wurde. «Ich kann hören, wie die Jungen unten auf der Straße die Laternen löschen.»

«Das sind wahrscheinlich nur ein paar Betrunkene.»

«Nein, es sind die Laternenjungen. Sergej, bitte.» Seine Küsse waren süß und drängend. Sie wußte, wenn sie ihn fortfahren ließ, war sie verloren. «Du mußt gehen, jetzt gleich. Ehe jemand kommt.»

«Komm mit.»

«Ich kann nicht.»

«Warum nicht?»

«Sergej, bitte, zieh dich an.» Sie wurde immer nervöser. Hörte sie Schritte hinter der Tür? Natascha streifte ihr Kleid über und mühte sich mit den Knöpfen herum. Ihre Hände fühlten sich kalt und steif an, und ihre Kehle war vor panischer Angst wie zugeschnürt. Wenn nun Alexej selbst plötzlich ins Zimmer käme? Mein Gott, das wäre das Ende von allem. Alexej war ein eifersüchtiger Mann. Seine Ehre ging ihm über alles, und er würde einen Betrug nicht einfach hinnehmen. Es wäre das Ende ihrer Beziehung, wahrscheinlich auch das Ende ihrer Karriere. Alexej war sehr wohl imstande, dafür zu sorgen, daß sie die Bühne des Marinskij-Theaters nie wieder betreten durfte.

Sergej faßte sie um die Taille und zog sie auf das Sofa zurück. «Ich gehe erst, wenn du mir sagst, daß du mit mir kommen wirst.»

«Sergej, ich brauche etwas Zeit.» Seine Nähe war so berauschend, daß sie genügte, um sie wie trunken zu machen. Überlegte sie tatsächlich allen Ernstes, ob sie seiner Aufforderung, in den Westen zu gehen, folgen sollte? Sie wußte es nicht. Sie wußte nur, daß sie ihn dazu bewegen mußte, sich anzuziehen und das Haus zu verlassen.

«Zeit wofür? Man muß das Leben ergreifen, ehe es davonläuft. Man darf es nicht immerfort in kleine hübsche Käfige stecken.»

«Ich brauche Zeit, um zu überlegen.»

«Wie lange?»

«Ein paar Stunden.»

«Das stimmt nicht, Natascha. Du weißt schon jetzt, in dieser Stunde, was du tun mußt.»

«Sergej, bitte, wenn dir überhaupt etwas an mir liegt, gib mir Zeit zu überlegen.»

Vielleicht spürte er, daß er mit seinem Beharren das Gegenteil dessen erreichte, was er wollte, oder er begriff endlich, daß sie Gefahr liefen, entdeckt zu werden. Was auch immer der Grund sein mochte, er zog zu Nataschas unsäglicher Erleichterung endlich sein Hemd und seine Hosen an. «Mein liebes Mädchen», sagte er dann, «es ist nur, weil ich es einfach nicht ertragen kann, dich allein zu lassen.» Er band seine Krawatte, knöpfte den obersten Hemdknopf zu, zog seinen Frack an und stand eine Minute da wie jemand, der nicht recht weiß, was er als nächstes tun soll. Ein kurzes, verlegenes Schweigen entstand, und Natascha hörte deutlich, wie im ersten Stock jemand hin und her ging. «Ich wohne im Hotel Astoria.»

«Gut.» Sie war so aufgeregt, daß sie kaum aufnahm, was er sagte.

«Wann wirst du kommen?»

«Heute nachmittag.» Die Stunden hatten jede Bedeutung verloren; sie nannte auf gut Glück eine. «Gegen fünf.»

Er küßte sie noch einmal. «Ich werde auf dich warten.» Sie brachte es irgendwie fertig, ihn zur Tür zu begleiten, und dankte dem Himmel dafür, daß ihnen Mischa nicht in der Halle über den Weg lief. Als er sich zum Gehen wandte, spürte sie einen fast übermächtigen Impuls, ihn zurückzurufen und ihm die Wahrheit zu sagen, es wenigstens zu versuchen. Doch was war die Wahrheit? Erwog sie ernsthaft, Alexej wegen einiger Liebesstunden zu verlassen? Und was war mit Sergej – hatte er sie nur verführt, damit sie mit ihm kommen würde, oder hatte er das gleiche gefühlt wie sie? Was war an dieser verrückten Nacht wirklich gewesen, was eine gefährliche Phantasie?

Das leinene Laken in ihrem Vergißmeinnichtzimmer war so kühl, daß ihre brennende Haut erschauerte. Natascha war benommen, wie betäubt; ihr Verstand schien zu streiken. Sie ließ ihre zerknüllten Kleidungsstücke einfach am Fußende des Bettes fallen, schlüpfte unter die dicke, seidenbezogene Daunendecke und fiel in einen tiefen, traumlosen Schlaf.

Als sie erwachte, flutete das kalte Licht der Wintersonne ins Zimmer. Einen Augenblick freute sie sich wie sonst auf einen neuen Tag, aber dann fiel ihr wieder ein, was sie und Sergej gestern nacht getan hatten, und es traf sie wie ein Keulenschlag. Mischa *mußte* wissen, was im Salon geschehen war. Er hatte Alexej seit zwanzig Jahren gedient und war kein Narr. Und falls er keinen Verdacht geschöpft hatte, war sicher einer der anderen Dienstboten mißtrauisch geworden. Dies mochte tausendmal ihr Haus sein, aber Alexej hatte die Bediensteten alle sehr sorgfältig ausgewählt. Sie hatte noch nie bedacht, daß sie ständig beobachtet wurde. Vielleicht berichtete das Personal ihm sogar regelmäßig, was sie machte und was nicht. Nein, das war unmöglich. Alexej würde nie etwas so Niedriges tun.

Natascha ließ sich ein Bad bereiten, schüttete eine halbe Flasche süß duftendes Öl hinein und bürstete sich von oben bis unten ab. Dann zog sie sich schnell an und schlang ein kleines Frühstück hinunter, nur Brot, Käse und Tee. Alexej konnte jede Minute eintreffen; er war Frühaufsteher und überraschte sie häufig, wenn sie noch im Bett lag. Es war eigentlich sonderbar, daß er noch nicht eingetroffen war.

Der Vormittag verging ohne ein Zeichen von ihm. Natascha ließ für sich allein ein Mittagessen zubereiten und nahm kaum etwas davon zu sich. Wo war er? Er pflegte immer anzurufen oder eine Nachricht zu schicken, wenn er verhindert war. Sie versuchte, einen beliebten Roman zu lesen, aber die Worte schwammen vor ihren Augen. Dann fing sie an, Schleifen auf ein neues Paar Spitzenschuhe zu nähen, doch der Faden verhedderte sich immer wieder in ihren Händen. Die Stunden verstrichen, und sie kam zu der Überzeugung, daß Alexej absichtlich fortblieb, weil er von ihrem Seitensprung mit Sergej erfahren hatte.

Sie dachte an die vielen Freundlichkeiten zurück, die Alexej ihr erwiesen hatte, und schämte sich furchtbar, ihn betrogen zu haben. Sie liebte ihn. Er war aufmerksam und zuverlässig, ein wundervoller Mann. Sergej dagegen war verantwortungslos und leichtsinnig. Wie konnte sie auch nur eine Sekunde lang erwogen haben, mit ihm davonzulaufen? Sie war von Natur aus treu; sie war gestern nacht betrunken gewesen und hatte etwas Schändliches getan, das ihrem wahren Ich zuwiderlief. Sie würde es nicht wieder tun. Niemals.

Plötzlich wurde Natascha von einer Erkenntnis getroffen, die so unbezwinglich war, daß sie leise aufstöhnte. Sie *würde* es wieder tun. Sie warf ihren Stickrahmen hin und starrte wie vom Donner gerührt ins Feuer. *Sie würde Alexej wieder mit Sergej betrügen, wenn sie die Möglichkeit hätte.* O Gott, was für eine Frau war sie bloß? Sie hatte das Schändliche genossen, das sie gestern mit Sergej getan hatte, sie sehnte sich sogar danach, es noch einmal zu tun. Nein, das war verrückt; es konnte nicht wahr sein. Der gesunde Menschenverstand sagte ihr, daß sie Sergej nie wiedersehen sollte, daß sie ihm befehlen sollte, ihrem Haus fernzubleiben, daß sie den Dienstboten sagen sollte, ihm auszurichten, sie sei nicht da oder unwohl oder verhindert, falls er vorbeikam, um sie zu besuchen.

Natascha glitt aus dem Sessel und kniete sich auf die kleine Brücke, um zu beten, aber ihre Gedanken waren in Aufruhr. Sie versuchte, sich an die Ikone des heiligen Michael über dem Altar der kleinen Kirche in Archangelsk zu erinnern, in die ihre Tante sie als kleines Mädchen mitgenommen hatte, die Ikone, auf der Michael den Drachen erschlug. Vielleicht würde Gott ihr beistehen, diesen Drachen der Versuchung zu erschlagen. Doch statt die Ikone zu sehen, sah sie Sergej; sie stellte sich vor, wie seine Hände über ihren Körper wanderten, wie seine Lippen sich auf ihre legten – ein sonderbar erschreckendes Gefühl, beseligend und zugleich beängstigend.

Es war ein langer Nachmittag, einer der längsten ihres Lebens. Gegen drei Uhr hörte sie endlich, wie der Wagen vor dem Haus hielt. Sie warf sich eine dicke Kaschmirstola über die Schultern, lief hinaus, um Alexej zu begrüßen, und zermarterte sich das Hirn, was sie ihm sagen sollte. Sie spürte den Drang, alles auf der Stelle zu beichten, aber die Vernunft befahl ihr zu schweigen. Wie konnte sie zugeben, daß sie sich über Nacht in einen anderen Mann verliebt hatte? Großer Gott, es war undenkbar. Sie mußte von Sinnen sein. Sie griff nach einem Strohhalm: Wenn sie so tat, als wäre zwischen Alexej und ihr alles so wie vorher, würde es sich vielleicht erzwingen lassen; wenn sie ihre Gefühle für Sergej ignorierte, würden sie vielleicht verschwinden. Und... bitte, bitte, hoffentlich hatte Alexej es nicht erfahren.

Alexej sah mit seiner weißen Uniform und den hohen Stiefeln fast noch besser aus als sonst, als er, von den nackten Zweigen der Linden eingerahmt, den Gartenweg hochkam, aber sein Gesicht war blaß und erschöpft, und er lächelte nicht, als er sie sah. Einen Augenblick hätte sie sich am liebsten umgedreht, um davonzulaufen, aber sie zwang sich, ihm weiter entgegenzugehen.

«Alexej, ich habe mir solche Sorgen gemacht.» Natascha umarmte ihn voll aufrichtiger Dankbarkeit für seine Nähe. Er erwiderte die Umarmung kurz, und dann wurde sein Körper plötzlich starr. Nataschas Kehle war vor Angst wie zugeschnürt.

«Geh bitte ins Haus, du könntest dich erkälten.» Er trat etwas zurück, löste ihre Arme von seinem Hals und sah sie eigenartig an. Er wirkte fassungslos, es schien fast, als hätte er geweint. Er hatte eine leichte Alkoholfahne, und er hatte offensichtlich nicht die Zeit gefunden, sich rasieren zu lassen.

«Alexej, bist du, das heißt, ich...» Konfus und schuldbeladen stammelte sie ein paar Worte, aber sie schienen ihn nicht zu erreichen, denn auf einmal stand eine unsichtbare Schranke zwischen ihnen. Sie mußte es beichten, ehe er davon anfing, aber sie brachte es einfach nicht fertig, es auszusprechen.

«Sei bitte so freundlich und geh ins Haus. Ich muß ungestört mit dir reden.» Von widerstreitenden Regungen heimgesucht, starrte sie ihn an. Ihr Verstand formte ein Dutzend Sätze, aber sie verwarf sie alle.

«Bitte.» Seine Stimme war kalt und unpersönlich, als spräche er mit einer Fremden, doch sie hatte einen kaum wahrnehmbaren, bebenden Unterton. Voll schlimmer Ahnungen folgte sie ihm ins Haus. Er ging langsam, wie ein tödlich erschöpfter Mann, durch die Halle. Sie betraten den Salon, und er machte die Tür hinter sich zu und blieb einen Moment mit dem Rücken zu ihr stehen. Das Schweigen lastete unerträglich auf beiden.

«Mischa hat mir die Nachricht überbracht», sagte er endlich.

Er wußte also Bescheid. Unfähig, ein Wort zu ihrer Verteidigung vorzubringen, starrte sie ihn an.

«Verdammt.»

«Bist du zornig?» Ihre Stimme war so schwach, daß sie selbst sie kaum hören konnte, und ihre Knie fühlten sich an wie Brei. Sie traf Anstalten, sich auf das Sofa zu setzen, aber dann fiel ihr ein, was geschehen war, als sie das letzte Mal dort gesessen hatte, und sie zuckte zusammen und ging zu einem der Sessel am Kamin.

«Zornig, traurig, aufgebracht. Die letzten vierundzwanzig Stunden waren die Hölle. Oh, ich gebe zu, ich bin erleichtert, daß wir den Halunken los sind, es ist sogar ein Segen – aber er starb auf eine scheußliche Weise, vergiftet, angeschossen, unter das Eis geschoben. Es ist widerwärtig.»

«Sergej ist tot?» Natascha hatte das unheimliche Gefühl, einen Teil der Unterhaltung verpaßt zu haben.

«Sergej...?»

«Sergej Maximow.»

«Was hat Sergej Maximow mit all dem zu schaffen? Ich spreche von Rasputin. Man hat vorhin seine Leiche gefunden, und Fürst Felix Jussupoff und mein Vetter Dimitrij werden für die Tat verantwortlich gemacht. Du mußt es doch gehört haben?»

Er wußte es nicht, er wußte tatsächlich nichts über sie und Sergej. Natascha verging fast vor Erleichterung. Rasputin. Sie mußte sich auf die Lippe beißen, um nicht hysterisch loszulachen. Gott mochte ihr verzeihen, daß sie sich über den Tod eines anderen Menschen freute, auch wenn er so böse gewesen war wie der irrsinnige Mönch, aber sie war wie durch ein Wunder gerettet worden.

«Das ist der Grund, warum ich erst jetzt komme», fuhr Alexej fort. «Ich mußte nach Zarskoje Selo, um der Zarin zu kondolieren. Du weißt ja, daß der Verrückte ihr großer Günstling war. Zu all dem kam noch, daß die Straßen fast unpassierbar waren. Die Menschen jubelten, und Fremde umarmten einander und riefen, daß Rußland vom Antichrist erlöst sei. Du hättest die Menge sehen sollen, die sich vor der Kasaner Kathedrale drängte, um zum Dank Kerzen zu entzünden. Es sah aus wie Ostern.» Er verstummte und musterte sie besorgt. «Was hast du? Du bist so blaß. Verzeih mir, Liebste. Es war rücksichtslos, so mit der Tür ins Haus zu fallen, aber ich dachte, du hättest es schon gehört.»

Sergej wartete den ganzen Nachmittag auf Natascha, doch er war nicht besonders überrascht, als sie nicht kam, und es überraschte ihn auch nicht, daß man ihm, als er im Laufe der nächsten Woche mehrmals versuchte, sie persönlich zu sprechen, jedesmal mitteilte, sie sei nicht daheim. Es würde nicht leicht sein, sie zur Aufgabe all dessen zu überreden, was sie mittlerweile erreicht hatte. Aber Sergej war ein Mann, der gern schwierige Herausforderungen annahm. Er würde ihr Briefe schreiben, geistvolle und leidenschaftliche Briefe; einige davon würde er selbst verfassen, und andere würde er aus einem seiner Lieblingsbücher abschreiben, einem kleinen französischen Juwel mit dem Titel *Liebesbriefe für alle Gelegenheiten*. Natascha war dazu bestimmt, seine Ballette zu tanzen, daran hegte er keinen Zweifel, und eines Tages würde er sie bekommen.

Unter normalen Umständen hätte er vielleicht keine große Chance gehabt, sie zum Verlassen ihrer Heimat zu bewegen, aber nach all dem, was er seit seiner Rückkehr hier gesehen hatte, rechnete er fest damit, daß die zunehmend unhaltbare politische Situation die Waagschale zu seinen Gunsten senken würde. Anja Belinskaja hatte recht gehabt: Das Land stand am Rande des Chaos, was für ihn persönlich bedeutete, daß die Geschichte Natascha irgendwann in sehr naher Zukunft an seine Schwelle führen würde.

Inzwischen beschäftigten ihn andere Dinge. Er mußte den Nachlaß seiner Mutter regeln, er mußte über das Angebot nachdenken, zweiter Choreograph bei einer Balletttruppe zu werden, die ein wohlhabender Mann namens Fouchier in Paris auf die Beine stellte – und er würde einige kurzweilige Nachmittage mit Anja verbringen, die ihm viel Stoff für angenehme Erinnerungen bieten würden.

6

Auf der Bühne des Marinskij-Theaters tanzten weißgekleidete, fragil wirkende junge Mädchen, die inmitten eines verzauberten Waldes am Rande eines düsteren Sees mit den Armen den Flügelschlag majestätischer Schwäne nachahmten.

Schwanensee, das Werk, das Tschaikowsky ursprünglich zur Zerstreuung der Kinder seiner Schwester komponiert hatte, war von den großen Choreographen Marius Petipa und Lew Iwanow in eine Apotheose des weiblichen Leidens verwandelt worden. Nun tanzte Natascha es wie eine Frau, die von innen her zerstört wird. Alle Fasern ihres Körpers vibrierten, schienen sie zu zerreißen. Ihre Beine waren zwei unsichere Linien, ihre Arme nutzlos flatternde, gebrochene Schwingen. Sie war im dritten Akt eine großartige Odile gewesen – die Verführerin, die Prinz Siegfried von seiner wahren Liebe fortlockt. Sie hatte mit bewegender Leidenschaft getanzt und die berühmten und gefürchteten zweiunddreißig *fouettés* des Solos so mühelos ausgeführt, daß die Zuschauer sie ein halbes dutzendmal mit Applaus unterbrochen hatten, aber nun, im vierten Akt, hatte sie das Publikum als gequälte, verlassene Odette zum Schweigen gebracht. Alle hatten den *Schwanensee* schon oft getanzt gesehen, aber noch nie so wie heute. Die einzelnen Schritte waren von Petipa und Iwanow, aber Ausdruck und Gefühl waren von Natascha, aus den Tiefen ihrer Seele, vor aller Augen ausgebreitet. Sie offenbarte all den Schmerz, all die Ungewißheit, die sie fühlte, und überhöhte sie zu Kunst.

Ihr Leben hatte einen Wendepunkt erreicht, und sie wurde in zwei Hälften zerrissen. Einerseits gab es Alexej, den sie liebte und achtete, und andererseits gab es Sergej, nun wieder in Paris, nach dem sie sich mit einer Inbrunst sehnte, die sie fast krank machte. Er schrieb ihr jetzt fast jede Woche und flehte sie an, zu ihm zu kommen. Es waren wunderbare, leidenschaftliche Briefe, die sie begierig las und dann in Fetzen riß und verbrannte, weil sie fürchtete, einer von ihnen könnte Alexej in die Hände fallen.

Die Schwanenkönigin hofft, daß sie, von Prinz Siegfrieds Liebe erlöst, wieder ihre wahre menschliche Gestalt annehmen und das sein kann, was sie wirklich ist – eine Frau...

Aber was war eine Frau? Ein Wesen, das passiv litt und sich peinigen ließ, wie Odette gepeinigt wurde? Oder war eine Frau etwas anderes, etwas Leidenschaftliches und Explosives? Natascha tanzte gezielt in den Kern des Widerspruchs und sah, was auch Petipa gesehen haben mußte: Odette war Odile, und Odile war Odette. Seit Jahrzehnten waren die beiden Rollen immer von einer Frau getanzt worden, nicht allein als dramatischer Kunstgriff, sondern auch, um eine grundlegende Wahrheit zu zeigen: Die weibliche Natur war gespalten. Es war schmerzhaft, sich diese Spaltung vor Augen zu führen, doch noch schmerzhafter, sich vor ihr zu verstecken. Sergej konnte ihr wie Siegfried, ihren Körper wiedergeben, und doch...

Und doch wird Odette am Ende von Siegfried verraten und nimmt sich das Leben.

Eine Tragödie, vielleicht sogar eine Warnung, daß sie Sergej aus ihren Gedanken verbannen sollte, aber es gab eine andere, unkonventionellere Interpretation des Balletts. Die Odette, die sterbe, sei die falsche Frau, was getötet werde, sei ein Leben, das unter keinen Umständen lebenswert gewesen wäre. Natascha tanzte sie beide, die leidende Odette und die triumphierende Odile. Auf einer Bühne voll künstlichem Nebel und künstlichem Licht war ihre Unentschiedenheit so natürlich, so real, daß der Anblick fast Schmerzen bereitete.

An diesem Abend riefen die Zuschauer sie zwanzigmal vor den Vorhang, jubelten bis zur Heiserkeit, klatschten, bis ihre Hände taub waren. Noch viele Jahre später erinnerte man sich an Natascha Ladanowas abschließenden, atemberaubenden Auftritt mit dem Kaiserlichen Ballett. Während sie, die Arme voller Blumen, an der Rampe des Marinskij-Theaters stand, dem Beifall lauschte und über das Meer begeisterter Gesichter schaute, wurde ihr plötzlich bewußt, daß sie einen Entschluß gefaßt hatte. Sie würde Alexej verlassen und zu Sergej nach Paris gehen, komme was wolle.

Am nächsten Tag begann sie, Pläne zum Verlassen des Landes zu machen, mußte aber feststellen, daß es gut drei Monate zu spät war. Der Krieg wendete sich zugunsten des Feindes, die Züge fuhren nicht mehr fahrplanmäßig, Ausreisevisa waren so gut wie unerhältlich. Zwei Wochen lang ging sie nachmittags von einem Amtszimmer zum nächsten, nur um überall dasselbe zu hören: Für jeden verfügbaren Sitz gab es tausend Anträge. Zum erstenmal wurde ihr klar, wie sehr sie den Kontakt zu allem verloren hatte, was wirklich um sie herum geschah, und von der bösen Vorahnung gequält, daß bald etwas unsäglich Schreckliches passieren würde, fuhr sie wieder einmal erschöpft und frierend heim.

Natascha schob die Spitzengardine ein wenig zur Seite und betrachtete aufmerksam die Straße vor dem Haus. Etwa hundert Menschen mit roten Fahnen und Bannern marschierten den Kai entlang zu dem großen Demonstrationszug auf dem Newskij-Prospekt. Der Himmel hinter ihnen glühte vom Widerschein brennender Polizeireviere, und beißender, fettiger Rauch hing wie ein Leichentuch über den Häusern der Stadt.

Chleb, Mir, Semlja, stand auf den Transparenten: Brot, Friede, Land.

Die beiden Frauen, die ein Transparent mit der Aufschrift «Frieden» trugen, hatten nicht einmal eine Stola um, obgleich es zwanzig Grad unter Null war und die Temperatur immer noch fiel. An den Oberleitungen über den Köpfen der Menschen hingen lange Eiszapfen, und da der Verkehr seit fast einer Woche zum Erliegen gekommen war, lag der Schnee kniehoch auf den Straßen, so daß die Marschierenden nur im Schneckentempo vorankamen. Aber es schien ihnen nichts auszumachen. Von fernen Gewehrschüssen unterbrochene Fetzen patriotischer Lieder drangen bis zu ihr hoch. Sie wurde sich plötzlich bewußt, daß die «Marseillaise» ein bedrohliches Lied war, besonders wenn sie auf russisch gesungen wurde. Als die Leute die Strophe über das «unreine Blut» der Feinde sangen, das auf ihre Felder fließen sollte, schienen sie in Rage zu geraten, und einige reckten die Fäuste.

Natascha trat erschüttert vom Fenster zurück. Die Unruhen dauerten nun schon vier Tage an, und ein Ende schien nicht in Sicht. Die Versorgung der Stadt war seit Wochen mangelhaft. Man munkelte, daß ganze Waggonladungen Fleisch irgendwo auf Abstellgleisen verdarben und daß Butter und Sahne zu Seifenfabriken umgeleitet wurden. Anfang März waren die Schlangen der Wartenden vor den Bäckereien einen Kilometer lang gewesen. Vor einigen Tagen waren die Arbeiter der Munitionsfabriken in Streik getreten, und die Arbeiter der Stahlwerke und Hüttenwerke hatten sich am nächsten Tag angeschlossen. Die Regierung hatte versprochen, die Ordnung aufrechtzuerhalten, mehr Soldaten geholt, Maschinengewehre auf Häuserdächern und Glockentürmen aufstellen lassen und berittene Kosaken in Marsch gesetzt, um die Demonstranten zu zerstreuen, aber es war nur noch schlimmer geworden.

Bosche moj! Was geschah eigentlich! Natascha setzte sich auf das Sofa und versuchte sich einzureden, daß es unmöglich so schlimm sein konnte, wie es auf den ersten Blick schien. Ihre Sympathie war in vielerlei Hinsicht bei den Arbeitern, die zweifellos verdienten, was sie forderten, sogar noch mehr. Es war nicht zu leugnen, daß Menschen verhungerten, und wenn Aufstände nötig waren, um der Regierung die Augen dafür zu öffnen, dann sollte es vielleicht Aufstände geben. Nein, es waren nicht die Unruhen, die ihr angst machten, sondern die zunehmende Gewalt und Brutalität. Erst gestern abend war ein beschlagnahmtes Automobil voller Soldaten am Haus vorbeigefahren, und die Uniformierten hatten Beleidigungen geschrien und wahllos in die Menge gefeuert. Bis auf die Augenblicke, in denen die Neugier sie übermannte, war sie den Fenstern seitdem nicht mehr nahe gekommen.

«Tee, Madame?» Kolja, der Butler, schob den zierlichen englischen Servierwagen in den Salon, breitete eine Decke über den mit kostbaren Intarsien versehenen Tisch am Kamin und schürte die Glut im Samowar. Mit geübter Hand stellte er kleine Teller mit Appetithäppchen, Kuchen und Gebäck hin. «Wird Seine Kaiserliche Hoheit auch kommen, Madame?»

Natascha unterdrückte ein hysterisches Lachen. O ja, selbstverständlich, Alexej würde kommen, vorausgesetzt, er schaffte es, ohne daß der Pöbel ihn erkannte und seinen Wagen umstürzte oder Schlimmeres. Erst heute morgen waren vor der Kasaner Kathedrale kurzerhand fünfundzwanzig Offiziere erschossen worden. Madame Laurier, die wie durch ein Wunder mit einem Stoß wichtiger Dokumente gegen Mittag zum Haus durchgekommen war, hatte ein hastig gedrucktes Flugblatt mitgebracht, das die Exekution in grausigen Einzelheiten schilderte. Natascha warf einen Blick auf das Flugblatt und schaute dann auf die eilig eingepackten, mit einem Bindfaden verschnürten Dokumente. Das Packpapier war vom Schnee aufgeweicht. Madame Laurier zufolge waren die Dokumente unschätzbar wertvoll, sie hatte buchstäblich ihr Leben riskiert, um sie zu bringen, aber Natascha hatte sich noch nicht überwinden können, sie auszupacken. Sie nahm das Flugblatt und starrte wieder auf die ungelenken Buchstaben der Überschrift: «Offiziere erschossen». Ein Schauder durchlief sie. Würde Seine Kaiserliche Hoheit heute nachmittag zu Tee und Gebäck zu ihr kommen? Gewiß, wenn er lange genug lebte, um das Haus zu erreichen.

Sie riß sich zusammen und murmelte irgend etwas Höfliches, das Kolja mit einem leichten Nicken quittierte. Der Tee war stark und bitter, und sie trank drei Tassen, in die sie einen guten

Schuß Cognac getan hatte. Dann setzte sie sich in den Sessel, der am weitesten von den Fenstern entfernt war, und wartete auf Alexej.

«Natascha. Natascha, wach auf.» Eine Hand schüttelte sie. Sie öffnete die Augen und wußte im ersten Moment nicht, wo sie war. Dann begriff sie, daß sie im Salon eingeschlafen war. «Natascha!» Alexej beugte sich über sie; sie blickte zu ihm hoch und hätte beinahe aufgeschrien.

«Was haben sie mit dir gemacht?» Seine linke Wange war eine einzige Wunde, das Gesicht war blutverschmiert, ein Auge stark geschwollen.

«Ich hatte eine kleine Meinungsverschiedenheit mit einem Kosaken, und der Narr ist mit seiner *nagaika* auf mich losgegangen.» Die Peitsche hatte Alexej am Kinn getroffen und eine Gesichtshälfte fast bis zum Auge aufgerissen. Natascha griff nach einem Taschentuch und versuchte, das Blut abzuwischen, aber Alexej hielt ihre Hand fest. «Dafür ist jetzt keine Zeit. Ich möchte dich von hier fortbringen...» Er zog sie so schnell hoch, daß sie fast über seine Stiefel stolperte. «Zieh deine wärmsten Sachen an, aber nichts, was teuer aussieht, nichts, was diese Rasenden dazu bringen könnte, auf dich zu schießen – und beeil dich bitte. Ich würde sagen, wir haben noch eine Stunde, vielleicht sogar weniger, bis sie die Straße blockieren.»

«Wohin wollen wir?»

«Ich schicke dich außer Landes. Vor dem Haus wartet ein Lastwagen. Der Fahrer ist bestochen – mit einer großen Summe, glaub mir. Er bringt dich zu einem Bahnhof in den Vororten. Du steigst in den zweiten Zug, merk es dir gut, in den *zweiten*, weil der erste ein Truppentransport ist. Du hast eine gute Chance, über die finnische Grenze zu kommen, ohne daß irgendwelche Fragen gestellt werden. Ich habe schon eine Schiffspassage für dich. Kabine 123 auf der Sodersham, die übermorgen von Helsinki nach Stockholm in See sticht.»

«Alexej, um Gottes willen, wovon redest du?»

Alexejs Augen glänzten vor Erschöpfung wie im Fieber, seine

Uniform war oben am Kragen eingerissen. Er setzte sich hastig aufs Sofa, als hätte er Angst umzufallen, nahm eine Tasse Tee und trank sie in einem Zug aus. «Der Zar hat der Duma befohlen, sich aufzulösen, und sie hat sich geweigert. Die Soldaten weigern sich, in die Menge zu schießen. Das Gerichtsgebäude ist angesteckt worden und brennt soeben ab.» Er langte nach einem belegten Brot, aß es und nahm ein anderes. «Heute morgen hat der Mob die kleine Waffenfabrik und das Arsenal an der Litejnij-Brücke geplündert und das Gefängnis gestürmt und alle Häftlinge freigelassen. Die Stadt ist voll von Kriminellen und bewaffneten Straßenräubern. Ich möchte, daß du Rußland verläßt, solange es noch geht.»

«Aber was ist mit dir? Du bist ein Mitglied der Kaiserlichen Familie. Wenn es eine Revolution gibt...» Ein grauenhaftes Bild von Guillotinen und Erschießungspelotons trat ihr vor Augen, und sie verstummte mitten im Satz. «Alexej, bitte.» Sie klammerte sich besorgt an ihn und vegaß beinahe, daß sie die Absicht gehabt hatte, ihn zu verlassen. Sergej hin, Sergej her, sie liebte Alexej, und der Gedanke, ihn zurückzulassen, damit er massakriert wurde, war unerträglich. «Komm bitte mit.»

«Gott weiß, wie gern ich es täte, aber ich kann nicht. Ich nehme an, ich sollte dir jetzt einen Vortrag über Ehre und Pflicht und all das halten, aber ich weiß nur, daß eine Menge Leute auf mich angewiesen sind, und wenn ich davonlaufe, werde ich mir mein Leben lang bittere Vorwürfe machen.»

«Dann bleibe ich auch.»

«Nein, das tust du nicht. Du nimmst diesen Zug.»

Sie fuhr fort zu protestieren, aber er blieb eisern. Später hatte sie dann den schrecklichen Verdacht, daß sie sich, wäre Sergej nicht gewesen, mehr Mühe gegeben hätte, Alexej zum Fortgehen zu bewegen.

«Hier ist die Nummer eines Bankkontos in der Schweiz.» Alexej holte einen Fetzen Papier aus der Tasche. «Präg dir die Stadt und den Namen der Bank ein und lern die Nummer auswendig.» Als sie endlich in ihren wärmsten und unscheinbarsten Wollmantel gehüllt war, zog Alexej ein häßliches, schmuddeliges Halstuch aus der Tasche und band es ihr so um den Kopf, daß ihr halbes Gesicht bedeckt war. Dann küßte er sie lange, sehr lange. «Ich liebe dich so sehr», sagte er. «Ich glaube, ich würde sterben, wenn dir etwas widerführe.» Tränen liefen ihr das Gesicht hinunter. Alexej wischte sie mit einem Zipfel ihres Schals fort. «Es ist nur für kurze Zeit, Liebling.» Sie vermieden es, einander in die Augen zu sehen, weil sie wußten, daß es eine Lüge war, eine tapfere Lüge, aber doch eine Lüge.

Der Wachturm der Feuerwehrstation am Nikolai-Bahnhof schien die Flammen förmlich an sich hinaufzusaugen und brannte wie ein riesiges Kreuz am Himmel. An den Straßenecken zündeten die Menschen Freudenfeuer an und warfen Polizeiakten hinein. Schulden wurden gelöscht, ganze Vergangenheiten beseitigt. Der Pöbel plünderte das Hotel Astoria, und die großen Kristallglasfenster zerbarsten, während verängstigte Frauen und Kinder, Angehörige von Mitgliedern der britischen Gesandtschaft, die hier untergebracht worden waren, draußen in der Kälte erschauerten.

Natascha lag hinten unter der Deckplane des Lastwagens und spähte vorsichtig durch ein eingerissenes Ösenloch hinaus. Neben ihr lag ein Koffer mit einigen Garnituren Wäsche, den Dokumenten, die Madame Laurier ihr gegeben hatte, und dem Degas, den Alexej aus dem Rahmen geschnitten und liebevoll in schwarzen Samt gewickelt hatte. Sich mit einem Ellbogen auf den Koffer stützend, schaute Natascha durch das Loch. Es war ein sonderbarer Effekt, als sei alles von einem ausgefransten Ring umgeben. Als erstes bemerkte sie, daß aus den meisten Fenstern rote Fahnen hingen, die aus allen erdenklichen Dingen gemacht waren, aus alten Hemden, hastig eingefärbten Bettlaken und aus den roten Streifen der Kaiserlichen Flagge. Dann merkte sie, daß alle Leute Waffen zu besitzen schienen, sogar kleine Kinder.

Der letzte Anblick des Marinskij-Theaters war so gespenstisch, daß sie später glaubte, sie müsse es sich eingebildet haben. In der Nähe des Theaters war ein großes Gefängnis, voller Männer, die seit dem Russisch-Japanischen Krieg inhaftiert waren. Als der Lastwagen in die Theaterstraße einbog, sah Natascha, daß das Gefängnis brannte. Die Flammen wurden von den Säulen des Marinskij-Theaters zurückgeworfen, tanzten über dem Gebäude, schienen vor seiner barocken Fassade ihr eigenes Ballett aufzuführen. Auf den Stufen zum Theater standen vielleicht fünfzig zerlumpte Gestalten und sahen zu, wie ihr Gefängnis abbrannte, und ihre erschreckend mageren Gesichter leuchteten im Schein des Feuers blutrot.

«Anhalten!» sagte plötzlich jemand. Eine Faust schlug an die Seite des Lastwagens. Natascha blickte nach vorn und sah, daß zwei Soldaten in ihrem Weg standen. Der eine war noch ein Junge, nicht älter als dreizehn oder vierzehn Jahre, und der andere war ein pockennarbiger Mann mit einer schäbigen alten Pelzmütze. Beide richteten ihr Gewehr auf den Fahrer. «Was hast du da drin, Genosse?» fragte der Junge barsch. «Lebensmittel? Benzin?»

«Alte Lumpen.» Die Stimme des Fahrers war rauh, und sie hörte, wie er hustete und ausspuckte.

«Ach, wirklich?» Natascha verkroch sich in eine Ecke, während der Pockennarbige zur Rückseite des Wagens stapfte. Sein Atem bildete eine weißliche Dampfwolke. Natascha kauerte sich entsetzt in dem pechschwarzen Dunkel zusammen. Der Soldat stieß sein Bajonett durch die Plane und verfehlte ihren Kopf um wenige Zentimeter. Er stieß wieder zu, streifte ihr Bein. Sie preßte die Lippen aufeinander, um nicht zu schreien. Sie merkte, daß es keine schlimme Wunde war, aber wenn er nicht aufhörte? Früher oder später würde er sie mit dem Bajonett aufspießen.

«Hat er keinen Wodka?» rief der Junge.

«Wenn ich Wodka hätte, Genossen», schrie der Fahrer, «würde ich dann bei dieser Kälte durch die Gegend fahren?»

Der Soldat stieß noch einmal zu, ein ganzes Stück links von ihr, und stapfte dann wieder nach vorn. «Ich könnte deine Blechkiste beschlagnahmen», drohte er.

«Bitte», sagte der Fahrer, «tu mir den Gefallen. Ich sollte dir nur vorher sagen, daß die Lumpen vom Krankenhaus sind. Dekken von Cholerapatienten. Ich soll die ganze Ladung zum Verbrennen bringen. Das ist kein Spaß, glaubt mir. Wenn ihr sie haben wollt, gehört sie euch, Genossen.»

«Cholera! *Tschort wosmi*, scher dich hier weg!» Irgend jemand, wahrscheinlich ein anderer Soldat, trat gegen die Seite des Wagens, und er setzte sich wieder in Bewegung. Zitternd vor Erleichterung lehnte Natascha sich zurück.

Drei Tage später taumelte sie schmutzig, müde und immer noch seekrank, in ein Hotel in Stockholm. Der Empfangschef, ein freundlicher Mann mit einer schmalen Fliege, drückte ihr sofort eine russische Zeitung in die Hand. Sie faltete sie auseinander und las, daß Zar Nikolaus II. abgedankt hatte. Kurz danach bekam sie zwei Telegramme, ein langes, in dem Diaghilew sie aufforderte, zu den Ballets Russes zu kommen, und eines von Sergej, in dem nur eine Adresse stand – Hôtel Les Charmettes, Rue du Moulin-Vert 37.

Das Foyer des Hôtel Les Charmettes war wie ein türkisches Badehaus mit kleinen blauen und grünen Kacheln gefliest. Große Gummibäume in angelaufenen Messingtöpfen reckten sich zum Oberlicht und ließen ihre wie gewachst wirkenden Blätter schmachtend hängen. Natascha setzte sich in einen großen, mit grünem Plüsch bezogenen Sessel, vergewisserte sich, daß ihr Koffer dicht neben ihr stand, und faltete die Hände im Schoß. Sie sah Sergej, ehe er sie sah. Er trug einen eleganten hellbraunen Anzug, hatte sich eine zusammengerollte Zeitung unter den Arm geklemmt und schritt über den gefliesten Boden.

«Natascha!» Lächelnd eilte er zu ihr und streckte zu ihrer Überraschung die Hand aus, um die ihre zu schütteln. «Willkommen in Paris.»

In ihr stürzte etwas zusammen. Wie konnte er sie nach all diesen Briefen so kühl begrüßen? Sie stand auf und sah ihn an, rechnete immer noch damit, daß er sie küßte, aber er wirkte gleichgültig und distanziert. So unglaublich es scheinen mochte, aber er behandelte sie wie eine flüchtige Bekannte.

«Ich habe für morgen früh eine Probe für dich angesetzt», teilte er ihr sachlich mit.

«Eine Probe?» Sie dachte, sie müsse sich verhört haben.

«Ja, von meinem neuen Ballett, *Griselda*. Ein wunderbares Stück, die Franzosen sind einfach verrückt nach Ballett. Schatz, du würdest nicht glauben, wie sie vor Begeisterung toben. Wir haben bisher immer nur vor vollen Häusern getanzt. Das Ballet de la Cité ist der Erfolg der Saison. Jedermann möchte einen Abend lang den Krieg vergessen. Fouchier ist im siebten Himmel. Oh, ich hätte es fast vergessen, du weißt gar nicht, wer Fouchier ist, nicht wahr? Hm, wie soll ich ihn beschreiben? Er ist ein Aristokrat, ein Libertin, er mag hübsche Gesichter, ob bei Männern oder Frauen. Er hat Diaghilew ein halbes dutzendmal vor dem Gerichtsvollzieher bewahrt, und jetzt finanziert er das Ballet de la Cité. Ohne ihn hätten wir keine Woche durchgehalten. Und nun zu dieser Probe...»

«Ich glaube, du solltest sie absagen, Sergej.»

«Wie bitte?»

«Ich weiß noch nicht, ob ich in Paris bleiben werde.» Natascha stand auf und nahm ihren Koffer.

«Aber ich dachte, du hättest beschlossen, das heißt, ich habe angenommen...»

«Ich habe auch etwas angenommen.» Sie war verletzt und zornig und nicht in der Stimmung, es zu verbergen. «Ich nahm an, es sei etwas zwischen uns. Ich nahm an, alle diese Briefe bedeuteten, daß du mich haben wolltest, nicht nur als Tänzerin, sondern auch als...» Sie wurde zorniger und verlegener. «Ich bin offen gesagt nicht Tausende von Kilometern gereist, um in *Griselda* zu tanzen, oder wie immer du deine neueste Schöpfung nennst. Such dir bitte eine andere.»

«Natascha, Liebling...»

«Sag nie wieder Liebling zu mir, Sergej Maximow.» Sie wußte, es war kindisch, ihn so anzufahren, aber sie konnte nicht anders. Großer Gott, sie hatte Alexej allen möglichen Gefahren überlassen, und wofür? «Ein Händedruck ist nicht unbedingt das, was ich unter einer Begrüßung verstehe.»

«Natascha, Liebling, wovon redest du? Habe ich nicht zärtlich gewirkt? Du weißt, ich bete dich an, Chérie, verzeih mir, du kannst nicht gehen. Als ich dich eben wiedergesehen habe, war ich so überwältigt, daß...»

«So überwältigt, daß du nicht warten konntest, mir meinen Arbeitsplan zu erklären? So überwältigt, daß...»

Sergej streckte die Arme aus, zog sie an sich und bedeckte ihre Lippen mit seinen. Der Kuß war berauschend und löste ihren Zorn auf. Natascha widerstand einen Moment lang, entkrampfte sich dann in seinen Armen, spürte seinen Mund auf ihrem, trank den Duft seiner Haare und den Geschmack seiner Lippen. Natürlich liebte er sie; wie konnte sie nur daran gezweifelt haben? Binnen weniger Sekunden siegte ihr Herz über ihren Verstand, und als der Abend zu Ende ging, hatte sie Sergejs anfängliche Kälte vergessen und fragte sich nicht mehr, ob es klug gewesen sei, nach Paris zu kommen.

Paris war im Sommer 1917 eine ungleich düsterere Stadt als zu anderen Zeiten. Alles war rationiert, Butter, Benzin, Fleisch, Brot, Zucker. Kleidung konnte man nur auf dem schwarzen Markt bekommen, und Schuhe waren nicht einmal für Traumpreise zu finden. Der Krieg, der nun schon einige Jahre tobte, hatte einen furchtbaren Zoll gefordert. Die Straßen waren voll von Verwundeten und Versehrten, und wenn die Regierung nicht das Tragen von Trauerkleidung verboten hätte, wären wohl die meisten Frauen in Schwarz gegangen. Dazu kam die unsichere politische und wirtschaftliche Lage. Es herrschte eine galoppierende Inflation, und Teile der französischen Streitkräfte waren, entmutigt von steten Verlusten und der totalen Ungewißheit des Kriegsausgangs, in einer Meuterei begriffen.

Doch für Natascha war es ein wundervoller Sommer, vielleicht der schönste ihres ganzen Lebens. Sie wußte natürlich, daß Krieg war, und hatte sich sogar freiwillig gemeldet, um an zwei Abenden in der Woche Verbände zu wickeln und Krankenhausnachschub zu organisieren, aber der titanische Kampf zwischen Deutschland und Frankreich war wie ein fernes Gewitter.

Die einzigen Dinge, die in diesen drei Monaten wirklich für sie zählten, waren das Ballett und Sergej. Später würde sie Paris besser kennenlernen, sich in seine Boulevards und Cafés verlieben, doch im Juni, Juli und August jenes verzauberten Jahres existierten für sie nur zwei Orte, der Trainingsraum des Ballet de la Cité am rechten Ufer der Seine und das Hôtel Les Charmettes am linken Ufer…

Griselda war ein glänzendes Ballett. Natascha staunte, daß Sergej imstande gewesen war, etwas so Vollkommenes zu schaffen. Er arbeitete morgens und nachmittags mit ihr, unterwies sie in den einzelnen Sequenzen und bestand darauf, daß sie jeden einzelnen Schritt exakt so tanzte, wie er es sich vorgestellt hatte. Nachdem sie sich den ganzen Tag vor den Augen anderer berührt hatten, kehrten sie abends innerlich erregt ins Hôtel Les Charmettes zurück und liebten sich stundenlang.

Nach einiger Zeit schienen Liebe und Tanz ineinanderzufließen. Was Sergej ihr im Bett gab, gab Natascha ihm auf der Bühne zurück. Infolgedessen wurde *Griselda* mehr als ein Erfolg, es wurde ein Ereignis in der Geschichte des Tanzes. Selbst der Ballettkritiker des *Figaro*, der äußerst schwer zufriedenzustellen war, beschrieb die Partnerschaft zwischen Sergej Maximow und Natascha Ladanowa auf anderthalb Seiten und bezeichnete sie nur halb im Scherz als das Wichtigste, was dem Ballett seit der Erfindung des Spitzenschuhs widerfahren war.

Es war für sie das wahre Glück, neben Sergej zu liegen und im Dunkeln seinen Körper an ihrem zu spüren. Sie drückte die Wange an seinen Rücken, spürte seine Wirbelsäule, seine festen Schultern. Wenn der Krieg vorbei war, würden sie zusammen durch Eurpa reisen und in vielen, vielen Betten in ebenso vielen Städten schlafen, und solange Sergej neben ihr war, würde sie überall zu Hause sein.

Das graue Morgenlicht drang durch die weißen Gardinen vor den Doppelfenstern und nahm schnell ein strahlendes Hellblau an. Sergej bewegte sich im Schlaf und drehte sich zu Natascha, und sein hartes Geschlecht stieß an ihren Bauch. Sie strich ihm die blonden Haare aus der Stirn und trank die Schönheit seines Gesichts. Wie wunderbar er aussah, wenn er schlief. Natascha dachte gern daran, daß keine andere ihn so sehen konnte. Sie beugte sich über ihn, hüllte sein Gesicht in ihrem Haar ein wie in einem Zelt, deckte es mit der dichten Fülle zu und küßte ihn.

Sergej erwachte und griff nach ihren Brüsten. Er küßte sie zuerst langsam, dann rascher, verlangender, erst die eine, dann die andere. Natascha bog sich zurück, drängte sich an ihn, fühlte sich berauscht. Sie hatte den Eindruck, daß sie nie genug von ihm bekommen konnte. Die Zeit glitt in eine andere Dimension und blieb dann plötzlich stehen. Alle ihre Sinne schärften sich: Sie konnte den Duft der Kastanien fünf Stockwerke unter ihnen riechen, den feinen Hauch von Seife auf Sergejs Haut, den Tabak von gestern abend auf seinen Lippen; sie schien jedes einzelne Haar seines Körper zu fühlen, wenn er unter ihr lag. Seine Hände waren wie Landschaften, und seine Fingerspitzen glichen Bergketten, die langsam zu ihren Schenkeln hinunterglitten.

Sie senkte ihr Gesicht zu seinem, küßte ihn und nahm alle Aromen wahr, Salz, Apfelsinenschale, Zitrone und etwas Schweres und Bitteres wie ungesüßte Schokolade. Als Sergej endlich in sie eindrang, meinte sie mehr fühlen zu können als seinen Körper, etwas Unpersönliches und ein wenig Beängstigendes, das sie vollkommen befriedigte.

Später sollte sie begreifen, wie ironisch es war, in einem kriegführenden Land soviel Genuß zu finden, und sie fragte sich, ob es nicht zu allen Zeiten der Geschichte, selbst in den schlimmsten Perioden, selbst bei den Invasionen der Barbaren und den Pestepidemien, Liebende wie sie und Sergej gegeben hatte, die isoliert von den großen Katastrophen, unter denen alle anderen litten, glücklich in ihrer eigenen kleinen Welt lebten.

An einem denkwürdigen Nachmittag standen sie an der Seine und beobachteten ein halbes Dutzend ärmlich gekleidete Frauen und Kinder beim Angeln, und da redete Sergej plötzlich über seinen Vater. «Wir haben nie richtig miteinander gesprochen», sagte er in beiläufigem Ton und wandte den Blick nicht vom Fluß, aber Natascha wußte, wie aufgewühlt er sein mußte.

«Hast du es versucht?»

Sergej nahm einen flachen Stein, zielte und warf ihn so, daß er zum Pont Royal hin über das Wasser hüpfte. «O ja, wieder und wieder. Aber er war immer so distanziert, als ob er wichtigere Dinge um die Ohren hätte. Er war in der Armee, er war General, und ich glaube, er wollte, daß ich auch Offizier würde. Ich habe ihn wohl sehr enttäuscht.»

«Aber du hast doch gesagt, er hätte dich ermutigt, Tanzunterricht zu nehmen.»

«Ja, ist das nicht seltsam?»

«Nicht unbedingt, wenn du mich fragst.»

«Warum nicht?»

«Er muß dich sehr geliebt haben.»

«Das habe ich nie geglaubt.»

«Aber er hat dich bestimmt geliebt.»

Sergej schien erfreut und zugleich ein wenig verlegen. «Ein angenehmer Gedanke», sagte er.

«Weißt du...» Natascha hätte gern den Arm um ihn gelegt, begnügte sich aber damit, den Ärmel seines Jacketts anzufassen. «Du verschließt so vieles in dir, daß ich manchmal denke, du könntest eines Tages zerplatzen wie eine Luftblase.»

Später, im Charmettes, ließen sie eine große emaillierte Wanne in ihr Zimmer bringen. Sie hielten einander umschlungen, ließen sich von dem duftenden Schaum umspielen, bis alle Müdigkeit aus ihren Fingern und Zehen gesogen war. Als das Wasser lauwarm wurde, liebten sie sich, wie große schlüpfrige Fische, und dann, in dem breiten Bett, liebten sie sich noch einmal und dann – lachend und ausgelassen – ein drittes Mal vor den hohen Fenstern, damit Natascha das sich unter ihr erstreckende Paris sehen konnte.

Als es dunkel wurde, bestellten sie ein leichtes Abendessen aufs Zimmer und aßen es im Schneidersitz auf dem Bett, das Laken als Serviette benutzend. Anschließend probierte Natascha, einem Impuls folgend, einige Sachen von Sergej an. Sie lachten beide, als sie mit einem Oberhemd und Krawatte, eine Zigarette rauchend und seinen Spazierstock schwingend, vor dem dreiteiligen Spiegel stand.

«Ich habe also einen kleinen Bruder bekommen», sagte Sergej lachend, als Natascha sich an dem Zigarettenrauch verschluckte und hustend zurückkam. Sie nahm den Hut ab, wirbelte ihn in eine Ecke und warf sich so stürmisch in seine Arme, als wollte sie ihn erdrücken.

Später las Sergej ihr aus einem kleinen, in abgegriffenes blaues Leder gebundenen Band einige Gedichte Baudelaires vor. Sein Französisch war korrekt, und er hatte so gut wie keinen Akzent mehr. Während ihr Kopf in seiner Armbeuge ruhte, dachte Natascha an die Zukunft, die sich strahlend vor ihnen entfaltete, wie japanische Papierblumen, die man nur in Wasser zu legen braucht.

«Wohin gehst du?» Es war ungefähr eine Woche nach jenem Gespräch an der Seine, noch früh am Morgen, kaum hell, aber Sergej war bereits aufgestanden und angezogen. Natascha setzte sich auf und zog die Decke um ihre bloßen Schultern.

«Ich mache einen Spaziergang.» Sergej nahm seinen Hut vom Haken und holte seine geliebten italienischen Handschuhe vom Nachttisch.

«Was soll ich zum Frühstück bestellen?»

«Was du möchtest.»

«Wann kommst du zurück?» Sie konnte sehen, daß die Frage ihn aus irgendeinem Grund ärgerte, aber sie mußte fragen. In den letzten drei oder vier Tagen war er mehrmals einfach fortgegangen, ohne ihr zu sagen, wann er zurückkommen würde, und wenn er Stunden später wiederkam, hatte er erklärt, er habe über sein neues Ballett nachdenken müssen, das weit schwieriger sei, als er gedacht hatte.

«Ich werde bis heute abend fort sein.» Sergej holte ein kleines schwarzes Notizbuch aus der Tasche und schaute hinein. Er mied ihren Blick. *«Wot dosada.»* Er seufzte. «Einen ganzen Nachmittag für Geschäfte opfern. Denk daran, daß du um eins

Probe hast.» Er küßte sie flüchtig und ging, wieder in das Notizbuch schauend.

An diesem Morgen sah Natascha endlich der Tatsache ins Auge, daß etwas anders wurde, daß langsam, ganz langsam, eine Tür zwischen ihnen zufiel. Aber warum nur? Es ergab einfach keinen Sinn. Dort, wo ihre Liebe gewesen war, fühlte sie nun ein Vakuum, als ob Sergej nicht mehr die meiste Zeit mit ihr zusammen wäre, als ob er langsam aus ihrem Leben träte, aber soweit sie wußte, war nichts Bestimmtes vorgefallen, und er hatte nichts getan, was ihren Eindruck begründen konnte. Sicher, er war in letzter Zeit ein bißchen häufiger fort gewesen als vorher, aber das war kaum ein Grund, sich Sorgen zu machen. Sie arbeiteten immer noch regelmäßig zusammen.

Aber sie *machte* sich Sorgen. Sie ging nicht zum Morgentraining, sondern lief stundenlang die Seine entlang und versuchte sich einzureden, daß sie sich alles nur einbildete. Sergej hatte ja nicht aufgehört, mit ihr zu schlafen, und war nicht unvermittelt kühl und abweisend geworden. Es gab immer noch Augenblicke, in denen zwischen ihnen alles unbeschwert und beglükkend war, in denen ihre körperlichen und geistigen Wünsche einander ergänzten wie Teile eines Puzzlespiels, aber diese Momente wurden seltener.

Zuletzt kam sie zu dem Schluß, daß all das Grübeln lächerlich sei. Ihre Beziehung änderte sich, wie alle Beziehungen sich ändern. Jedermann wußte, daß Flitterwochen nicht ewig dauern. Sich an Sergej festzuklammern wäre ein verhängisvoller Fehler; er schien sehr sprunghaft, er hatte offensichtlich Angst davor, sich Fesseln anlegen zu lassen. Wenn sie einfach nicht mehr daran dachte und ihn tun ließ, was er tun mußte, würde alles gutgehen. Das Grübeln hatte keinen Sinn; sie mußte sich zusammenreißen.

Voller guter Entschlüsse fuhr Natascha zum Übungsraum und arbeitete. Sie tanzte, bis sie erschöpft und schweißbedeckt war. Dann nahm sie ein Taxi zurück zum Hotel, ließ sich ein heißes Bad herrichten und lag so lange im Wasser, bis sie vollkommen entspannt war. Als Sergej zurückkehrte, war sie hochgestimmt und voll neuer Pläne. Sie hörte seinen Schlüssel im Schloß und lief zur Tür, um ihn mit dem Vorschlag zu begrüßen, sie sollten zur Abwechslung in ein Konzert oder ins Theater gehen. Doch ein Blick in sein Gesicht genügte, um die Worte auf ihren Lippen ersterben zu lassen.

«Natascha, wir müssen der Realität ins Auge sehen.» Aber die Realität war genau das, was Natascha nicht wahrhaben wollte. Sie saßen im Tour d'Argent, einem bekannten Luxusrestaurant, während sie bisher intimere Lokale bevorzugt hatten. Als Sergej ihr gesagt hatte, er habe dort einen Tisch bestellt, hatte sie sich für kurze Zeit einreden können, daß dies seine Art sei, der Welt mitzuteilen, daß sie ein Paar waren. Jetzt begriff sie, daß er sie nur deshalb hierhergebracht hatte, weil er wußte, daß sie in der Öffentlichkeit keine Szene machen würde. Sie würgte an der Ente, legte das Besteck hin und trank voll Angst, was er als nächstes sagen würde, einen kleinen Schluck Wein. Er aß langsam ein Stück Brot. Selbst in diesem Augenblick sah er so verwünscht gut aus, daß sie ihm alles hätte verzeihen können.

Sergej räusperte sich. «Es ist neuerdings zu intensiv zwischen uns», sagte er dann unvermittelt. Seine Worte taten ihr weh, obgleich sie nur bestätigten, was sie seit Tagen vermutet hatte. Einen Moment lang war sie sprachlos und verblüfft, als hätte er sie geschlagen. Warum tat er das? Warum zerstörte er systematisch alles zwischen ihnen? Sie wußte, daß er sie geliebt hatte, sie wußte es ohne den geringsten Zweifel. Zuerst vielleicht nicht; sie hatte den Verdacht, daß er zuerst nur versucht hatte, sie in Paris zu halten, damit sie die *Griselda* tanzte. Aber in den letzten drei Monaten hatte es Momente gegeben, in denen er sie geliebt haben *mußte*.

«Wie kann Liebe jemals zu intensiv sein?»

Sergej schüttelte den Kopf und schenkte sich Wein nach. «Ich habe erwartet, daß du so etwas sagen würdest.»

«Sergej, bitte.» Sie hatte Angst, aber sie schaffte es, einen ruhigen Ton anzuschlagen. «Erklär mir bitte, was eigentlich los ist.»

«Ich glaube nicht, daß du es verstehen würdest.»

«Versuch es trotzdem.»

Sergej nahm einen Schluck und wischte sich mit dem Zipfel seiner Serviette den Mund ab. Wer ihn nicht kannte, würde meinen, daß er sich uneingeschränkt unter Kontrolle hatte, aber Natascha ließ sich nicht täuschen. «Ich kann nur sagen, daß du für große Gefühle geschaffen bist, Natascha, ich aber nicht. Das Leben sollte angenehm sein und amüsant, leicht und prickelnd wie Champagner. Du nimmst das Leben zu ernst, und wenn ich mit dir zusammen bin, nehme ich es auch zu ernst.»

«Sag mir die Wahrheit.» Sie war wütend; sie hätte sich am liebsten über den Tisch gebeugt und ihm das Glas aus der Hand geschlagen, aber sie zügelte sich. «Du bist meiner überdrüssig, nicht wahr? Du hast bekommen, was du wolltest, ich tanze in deinem Ballett, und nun bist du bereit zu neuen Taten.»

«Das stimmt nicht.»

«Lügner.»

«Natascha, bitte nicht so.»

«Du willst mich verlassen, nicht wahr?»

«Ich hatte befürchtet, daß du so reagieren würdest.»

«Ich bin verletzt, außer mir. Was hast du erwartet? Daß ich dir einen Kuß auf die Wange gebe und dir alles Gute wünsche, wenn du mir sagst, daß du mich verläßt?»

«Ich glaube einfach, wir müssen eine Zeitlang allein sein, um über alles nachzudenken.»

«Wie lange? Eine Woche? Ein halbes Jahr? Ein Leben lang?»

«Ich denke, ich sollte in ein anderes Hotel ziehen. Oder du solltest dir eine Wohnung suchen.»

«Und dann?» Ihr war bewußt, daß sie ihn ins Verhör nahm, aber sie konnte nicht aufhören.

«Ich werde weiter Ballette für dich choreographieren. Fouchier hat mir versprochen, daß er mir mehr oder weniger freie Hand lassen wird. Wir können weiterhin zusammen arbeiten, genau wie vorher.»

«Nur zusammen arbeiten?»

«Vielleicht auch mehr.» Ihren Blick meidend, sah er auf seine Hände hinunter.»

«Vielleicht?»

«Vielleicht.»

«Hast du mich je wirklich geliebt?»

«Natürlich habe ich dich geliebt, und ich liebe dich immer noch.» Er griff über den Tisch, nahm ihre Hände, drehte sie um und küßte sie zärtlich. «Du mußt immer alles überstürzen, Natascha. Du verlangst zuviel auf einmal. Du mußt dich entkrampfen und den Dingen zwischen uns Zeit geben, irgendeine Ordnung zu finden.»

«Ich habe das Gefühl, als ob alles, was wir uns je gesagt haben, eine Lüge gewesen sei.»

«Sei nicht töricht.» Er nahm ihr Kinn in die Hand, als ob sie ein kleines Mädchen wäre. «Bitte, lächle wieder.» Und da sie ihm nichts abschlagen konnte, nicht einmal jetzt, wo er sie verließ, lächelte sie tatsächlich. Später war dieses Lächeln eine bittere Erinnerung, wie eine Selbstverstümmelung, und jedesmal, wenn sie daran zurückdachte, schämte sie sich. Sergej lehnte sich zurück und nahm wieder sein Besteck. «So ist es besser», sagte er. «Das ist meine alte Natascha.»

Schon am nächsten Tag fing sie an, eine Wohnung zu suchen. Sie hätte Paris natürlich verlassen können. Diaghilew wollte sie nach wie vor, und nach *Griselda* gab es wahrscheinlich auf der ganzen Welt keine einzige Truppe, die nicht freudig die Chance ergriffen hätte, sich Natascha Ladanowa zu sichern. Aber zwei Dinge hielten sie in Frankreich. Zum einen hoffte sie – so lächerlich es scheinen mochte –, Sergej würde es sich anders überlegen, und zum anderen war er in der Tat der beste Choreograph, mit dem sie jemals gearbeitet hatte. In einem hatte er recht gehabt: Sie waren ein vollkommenes Gespann, und sie war viel zu sehr Tänzerin, um nicht zu wissen, daß sie im Fall ihres Fortgehens auf einige der besten Rollen verzichtete, die man je für sie schaffen würde. Sie konnte ihn einfach nicht verlassen.

Der Herbst, der auf jenen Abend im Tour d'Argent folgte, war eine Zeit des bohrenden Schmerzes, noch dadurch verschlimmert, daß sie Sergej weiterhin täglich im Übungssaal sah. Die

Erinnerungen an die schlechten Zeiten, die sie geteilt hatten, taten weh, aber die Erinnerungen an die guten waren kaum zu ertragen. Sie ertappte sich dabei, wie sie rückwärts zählte und gespenstische Gedenktage festlegte: Heute vor drei Wochen hatten sie sich in der großen Badewanne geliebt; vor zwei Wochen hatte er sie noch geküßt, als ob es ihm ernst wäre; vor acht Tagen hatten sie an diesem schrecklichen Abend im Tour d'Argent gegessen; vor einer Woche war er ausgezogen. Wie konnte in so kurzer Zeit so vieles geschehen sein? Wie konnte alles so schnell zerbrochen sein?

Fast am schlimmsten war, daß sie sich selbst nicht mehr kannte. Sie hatte nie zu denen gehört, die sich von einem Unglück besiegen ließen oder in Selbstmitleid schwelgten. Die Natascha Ladanowa, die sie kannte, hätte lange Spaziergänge gemacht, eine Reise an die Riviera geplant, um sich unter Palmen zu erholen oder alte Freunde zu besuchen. Statt dessen verbrachte sie jede Stunde nach den Proben allein in einem Hotelzimmer und überließ sich ihrem Schmerz.

Jetzt bereute sie auch, daß sie Alexej allein zurückgelassen hatte. Die Nachrichten aus Rußland waren furchtbar. Im Oktober fand eine zweite Revolution statt, und die Bolschewiken übernahmen die Macht. Alexej hörte auf zu schreiben, und Natascha erfuhr zum erstenmal, was Einsamkeit und Exil wirklich bedeuteten.

7
Paris, 1921

Kurz nach neun läutete Zazie Dupois, an einer Hand ihren dreijährigen Sohn Léonce, in der anderen ein Baguette, an der Wohnung auf der Ile Saint-Louis. Zazie Dupois war eine der angenehmen Überraschungen in Paris gewesen. Sie war eines schönen Morgens vor vier Jahren ins Büro des Ballet de la Cité gestürmt und hatte in Natascha sofort die perfekte Nachfolgerin für das Mädchen ausgemacht, das sie soeben aus der gemeinsamen Wohnung geworfen hatte. Ihre Logik war unwiderstehlich: Sie hatte gehört, daß Natascha eine Wohnung suchte, und sie hatte eine; Natascha kannte Paris nicht, und Zazie, die seit Jahren an der Rive gauche gelebt hatte, kannte die Stadt wie ihre Westentasche; sie konnte kochen, und ein Blick auf Natascha sagte ihr, daß Natascha sich wahrscheinlich von Milch und trockenen Keksen ernährte – was weitgehend zutraf. Zazie wollte Natascha kurz gesagt unter ihre Fittiche nehmen, wenn diese versprach, die Miete mit ihr zu teilen, das Geschirr zu spülen und zu dulden, daß sie, Zazie, rauchte.

Im Paris der Nachkriegszeit, wo man nur mit Beziehungen eine Wohnung fand, war es ein Angebot gewesen, das Natascha einfach nicht ausschlagen konnte. Sie war noch am selben Nachmittag aus dem Hotel gezogen und hatte ihre Koffer die fünf schmalen Treppen zu einer sonderbaren Wohnung hinaufgeschleppt, die fast zur Gänze aus einer riesigen Küche mit einem herrlichen Blick auf den Eiffelturm (hoffnungslos trivial, hatte

Zazie ausgerufen) und einer überdimensionalen Bratpfanne mit Kupferboden bestand. Die Pfanne hatte Zazie seinerzeit vom Restaurant ihrer Mutter in Lyon nach Paris mitgenommen.

Zazies Kenntnis der Stadt war in jenen ersten paar Wochen wirklich unschätzbar gewesen. Doch die Frage, wer sich um wen kümmerte, erübrigte sich bald, denn Natascha hatte kaum ihre Koffer ausgepackt, als ihre Vermieterin auch schon erklärte, daß sie schwanger sei und daß der Vater des ungeborenen Kindes, ein verheirateter Mann, plötzlich beschlossen habe, seine Frau doch nicht zu verlassen. Am Ende war es Natascha gewesen, die Zazie unter ihre Fittiche genommen hatte: Sie hatte ihr eine Wohnung gesucht, wo die Concierge nicht zu viele Fragen stellen würde, sie hatte dafür gesorgt, daß sie in einer kleinen Privatklinik entbunden wurde und daß Léonce genügend Windeln, warme Decken und kleine weiße Unterhemden hatte. In diesen Monaten waren die beiden Frauen, die sich zunächst nur aus praktischen Gründen zusammengefunden hatten, gute Freundinnen geworden. Daß Natascha für Zazie sorgte, war in vielerlei Hinsicht eine Medizin gewesen, die sie von den schlimmsten Depressionen über den Verlust Sergejs geheilt hatte, und dafür war sie immer noch dankbar.

«Er wird ja dick», sagte Natascha, hob den zappelnden Léonce hoch und gab ihrem Patenkind einen Kuß auf die Stirn. Léonce lachte und griff mit seinen Patschhändchen nach ihrem Haar. Er war ein temperamentvolles Kind und tat nichts lieber, als Nataschas verängstigte Katze bis weit unter das Sofa zu verfolgen.

Zazie ließ sich in einen Lehnstuhl fallen, schleuderte ihre lächerlich hochhackigen roten Pumps fort, schenkte sich ein Glas Mineralwasser ein und tat eine Zitronenscheibe und drei gehäufte Löffel Zucker dazu. Wer ihre etwas rundliche Gestalt betrachtete, wäre nie auf den Gedanken gekommen, daß sie einmal Tänzerin gewesen war. Ein wenig älter als Natascha, hatte sie knapp drei Jahre beim Ballett der Opéra getanzt, ehe sie zum großen Kummer ihrer Mutter zu dem Schluß kam, daß diese Beschäftigung zu anstrengend für sie sei.

Nachdem sie die Opéra verlassen hatte, studierte sie an der Sorbonne zunächst Kunstgeschichte und dann Literatur des Mittelalters, womit man draußen in der Welt herzlich wenig anfangen konnte. Aber Zazie dachte nicht sehr praktisch. Sie hatte beschlossen, das Leben zu genießen, und war gewillt, mit allem zufrieden zu sein, was sie gerade amüsierte. Sie zog sich schrecklich auffällig an und kombinierte schlichte Bauernblusen mit kurzen Röcken, großen silbernen Armreifen, Netzstrümpfen und Schuhen, die so hohe Absätze hatten, daß sie die meisten Frauen auf dem schnellsten Weg ins Krankenhaus gebracht hätten. Ihr Privatleben war eine Serie von kurzen und heftigen Affären, immer mit verheirateten Männern. Ihre wahre Liebe, behauptete sie, war Léonce, den sie grenzenlos verwöhnte. Im Augenblick arbeitete sie halbtags bei *Technique*, einem kleinen wissenschaftlichen Verlag am linken Ufer, wo sie Schriften über Tiermedizin und Chemie in der Landwirtschaft redigierte, eine Arbeit, die sie offenbar sehr befriedigend fand.

«Hoffentlich hast du dein Geld in der Schweiz gelassen», sagte Zazie, an ihren Armreifen fingernd. «Ich habe gerade gelesen, daß die deutsche Mark ins Bodenlose stürzt. Angeblich wird man in Berlin bald eine Schubkarre voll Scheine brauchen, um ein Brot zu kaufen.»

Natascha dachte an ihr langsam dahinschmelzendes Guthaben in Luzern, das zum Glück auf die angeblich sicherste Währung der Welt lautete. Wenigstens in diesem Punkt brauchte sie sich keine Sorgen zu machen. Wenn der Schweizer Franken fiel, würde er ganz Europa mit sich reißen. Es war ein Jammer, daß Alexej keine Zeit gehabt hatte, ihr mehr Geld zu schicken – was er zweifellos getan hätte, wenn man geahnt hätte, daß eine zweite, eine bolschewistische Revolution auf die Februarrevolution folgen würde. Aber niemand, der bei Verstand war, hätte damals das Chaos voraussagen können, das nach dem Krieg in Rußland ausgebrochen war. Erst im letzten Jahr, als Odessa fiel, war der Bürgerkrieg mehr oder weniger zu Ende gegangen, hatten die Roten endgültig die Weißen geschlagen, und immer noch kamen Flüchtlinge, die grausige Geschichten von Räuberbanden und Massenhinrichtungen erzählten, von Hungersnöten und Menschen, die einfach verschwanden, ohne daß man je wieder etwas von ihnen hörte.

Wenn man auf den Champs-Elysées in ein Taxi stieg, saß am Steuer manchmal ein russischer Aristokrat, und russische Gräfinnen arbeiteten als Putzfrauen im Nordbahnhof. Natascha konnte sich glücklich schätzen, daß sie überhaupt etwas mitgenommen hatte, daß sie genug Geld besaß, um die lächerlich geringe Gage aufzubessern, die Fouchier seinen Tänzern zahlte. Ihre jetzige Wohnung, in der zahlreiche Erinnerungsstücke von Europatourneen standen, mochte nicht besonders elegant sein, aber sie war behaglich. Die Ile Saint-Louis war nicht gerade die Rue de Rivoli, bot aber den Vorteil, daß sie paradiesisch ruhig war und am Fluß lag. Im Winter erinnerte die Seine sie sogar an die Newa, besonders wenn sie nicht zu Notre Dame, sondern in die entgegengesetzte Richtung blickte.

Natascha setzte sich neben Zazie, nahm Léonce auf den Schoß und fing an, ihn mit Madeleines zu füttern, kleinen Butterkeksen in Form von Muscheln, die er besonders gern aß. «Etwas Neues von deiner Mutter?» fragte sie. Die beiden jungen Frauen hatten sich in den letzten vier Jahren so gründlich kennengelernt, daß sie sich oft in einem Telegrammstil unterhielten: Sie sagten wenige Worte, die vieles beinhalteten. Madame Dupois, schon wenige Jahre nach Zazies Geburt verwitwet, klagte ständig über irgendein neues, nicht allzu genau beschriebenes Leiden. Zazie fragte sich immer wieder, ob sie nach Lyon zurückgehen sollte, um sie zu pflegen – ungeachtet der Tatsache, daß die Nachbarn sie und den niedlichen, unehelich geborenen Léonce wohl nicht sehr herzlich begrüßen würden.

Zazie schüttelte den Kopf. «Nein, nichts. Ich glaube, offen gesagt, sie schreibt nur deshalb nicht mehr, weil sie mich ärgern will, denn sie weiß genau, daß ich verrückt werde, wenn ich längere Zeit nichts von ihr höre. Eine Tante hat mir geschrieben, daß das Restaurant sehr gut geht, obgleich nach Mamas Briefen zu urteilen kaum ein Sou in der Kasse zurückbleibt. Sie lebt angeblich von der Hand in den Mund.» Zazie trank von ihrer

Limonade und fuhr sich durch die kurzen Locken. Die Farbe war auffällig wie Henna, aber Natascha wußte mit Sicherheit, daß sie echt war. «Reden wir über etwas anderes. Ich kann nicht länger als fünf Minuten an Mama denken, ohne vor Sorgen zu sterben. Was ist mit Alexej? Hast du etwas gehört?»

Natascha zuckte mit den Schultern. «Nein, nichts. Ich weiß immer noch nicht mehr, als daß er und seine Familie ungefähr zu der Zeit verschwunden sind, als die Regierung Kerenski stürzte. Man hört immer noch Gerüchte, daß sie versucht haben, das Land über Sibirien zu verlassen, aber es ist unmöglich, etwas Genaueres in Erfahrung zu bringen. Du weißt ja, wenn das Heimweh besonders schlimm wird, gehe ich manchmal in die Emigrantencafés und frage nach ihm, aber entweder traut mir niemand genügend, um mir zu sagen, wo er ist, oder er hat sich einfach in Luft aufgelöst.» Natascha reichte Léonce zu seiner Mutter, stand hastig auf und ging zu ihrem Sekretär, um einen vornehm wirkenden Büttenumschlag zu holen. «Da, sieh dir das an.»

Zazie betrachtete die englische Briefmarke, holte dann den Brief heraus, faltete ihn auseinander und legte ihn neben das Baguette und den Wasserkrug auf den Tisch. Ihre Augenbrauen sausten hoch wie Ausrufezeichen. «*Mon dieu!* Von Isadora Duncan!»

Natascha lächelte. Zazies natürliche Begeisterungsfähigkeit gehörte zu ihren liebenswerten Zügen. «Ich hätte nicht gedacht, daß du ihn so aufregend finden würdest.»

«Aber ich bewundere diese Frau! Du kannst dir nicht vorstellen, wie sehr. Mama fand ihre Theorien über den Tanz immer schrecklich, alle diese griechischen Posituren, die wallenden Gewänder, bloßen Füße, natürlichen Bewegungen und so fort. Und dann kam der Skandal mit ihren Liebhabern, und jener grauenhafte Autounfall, bei dem ihre beiden Kinder starben. Ich durfte ihren Namen zu Hause nicht mal aussprechen, aber ich fand sie trotzdem wundervoll, so lebendig… Und so mutig, weil sie trotz allem so tanzte, wie sie es für richtig hielt.»

«Die Bolschewiken haben sie anscheinend aufgefordert, nach

Moskau zu kommen und dort eine Schule zu gründen. Sie möchte, daß ich sie besuche und mir alles ansehe, wenn sie soweit ist.»

«Aber warum?» Zazie zupfte an einem ihrer großen silbernen Ohrringe und blickte verwundert. «Du tanzt völlig anders! Ich habe oft gehört, daß sie klassisches Ballett verabscheut.»

Natascha nahm den Brief und steckte ihn sorgfältig in den Umschlag zurück. «Sie hat sicher von dem Szenarium gehört, das Cocteau für mich geschrieben hat. Außerdem behauptet sie in ihrem Brief, sie habe schon immer einmal mit einer der großen Ballerinen des Kaiserlichen Balletts fachsimpeln wollen. Seit der Sowjet von Petrograd das Palais von Matilda Kschessinskaja zu seinem Hauptquartier gemacht hat und Pawlowa für immer gegangen ist, bin ich so ungefähr die einzige, die eine Chance hat, eine Einreiseerlaubnis zu bekommen. Da ist natürlich Alexej, aber abgesehen davon stamme ich aus der ‹Bauernklasse›, was Tante Marja sicher nicht gern gehört hätte. Das könnte mir unter den gegebenen Umständen nützen.» Tante Marja war vor über zwei Jahren gestorben, und Natascha wurde immer noch von einer schmerzhaften Trauer durchzuckt, wenn sie an sie dachte oder von ihr sprach. Aber sie hatte bis zum Schluß friedlich in Archangelsk gelebt, der einzige Ort auf der Welt, an dem sie sich je hatte wohl fühlen können.

Zazie gab Léonce einen Schluck Limonade, wischte ihm mit einer Serviette den Mund ab und ließ ihn laufen. Er wandte sich sofort zu dem Haufen mit Spielzeugsoldaten und Holzlastwagen, den Tante Natascha in einer antiken Truhe neben dem Sofa für ihn bereithielt. Bald veranstaltete er fröhlich irgendeine barocke Schlacht, bei der fast alle Soldaten erschossen und dann unversehens wieder zum Leben erweckt wurden. Natascha sah zu, wie er spielte, und wünschte, daß es auch in ihrem Leben so einfache Freuden geben möge.

«Du nimmst die Einladung doch an.» Zazies Stimme hatte einen winzigen gereizten Unterton, den nur eine gute Freundin wahrnehmen konnte.

«Ich bin nicht sicher.»

«Du weißt, daß du eine Närrin bist, nicht wahr?»

Natascha lächelte schmerzlich. «O ja, ich weiß.»

Zazie setzte sich so unvermittelt auf, daß ihre Armreifen klapperten und ihre roten Haare auf eine fast komische Weise abstanden. «Wie lange soll das eigentlich noch dauern, ich meine, daß du das Leben wegen dieses Mannes an dir vorübergehen läßt?» *Dieser Mann* war Sergej, den Zazie nicht ausstehen konnte, seit Natascha ihr von ihm erzählt hatte. Sie und Natascha hatten sich nur einmal richtig gezankt – als das Gespräch auf Sergej gekommen war. Daß er ein genialer Choreograph war, daß er praktisch ganz allein für Nataschas internationalen Ruhm gesorgt hatte, daß ganz Paris ihn anbetete, machte für Zazie keinerlei Unterschied. Für sie war er ein *salaud*, ein Schuft, ein *mauvais type*, ein übler Kerl, und wie die vielen französischen Schimpfworte noch alle hießen, mit denen die Freundin Sergej bedachte. «Wie oft siehst du ihn?» fragte Zazie. «Sei ehrlich.»

«Jeden Tag beim Training oder bei den Proben.»

«Ich meine, *richtig* sehen.»

«Ein- oder zweimal im Monat.»

«Das heißt, daß Monsieur Sergej Maximow dir ein- oder zweimal im Monat gestattet, ihm das Abendessen zu kochen, dir seine Probleme anzuhören und danach das Geschirr zu spülen?»

«Ich bin ganz glücklich so.»

«Verdammt, das bist du nicht!» Wenn Zazie wütend war, sah sie bedrohlich aus, wie einer von jenen französischen Racheengeln, die strickend neben der Guillotine gesessen hatten, während die Köpfe rollten. Ihre dunklen Augen wurden schmal, und sie beugte sich in ihrem Sessel weit vor. «Das ist doch kein Leben für eine Frau!»

«Zazie, fangen wir nicht wieder damit an.»

«Wie alt bist du?»

«Sechsundzwanzig.» Es hatte keinen Sinn, Zazie aufzuhalten, wenn sie auf Sergej zu sprechen kam. Natascha holte tief Luft und beschloß, es über sich ergehen zu lassen.

«Sechsundzwanzig und schön, begabt, berühmt.» Zazie fuchtelte dramatisch mit beiden Händen, als könnte sie noch ein halbes Dutzend weiterer Tugenden und Vorzüge aufzählen. «Und du verschwendest dein Leben für einen Mann, der dich nur als Vehikel für seinen Erfolg betrachtet, der nicht mal mehr mit dir schlafen will, der nach allem, was man so weiß, wahrscheinlich homosexuell ist.»

«Um Gottes willen, Zazie...»

«Schon gut. Es spielt keine Rolle, ob dein geliebter Sergej ein *pédé* ist oder aber das größte Glück, das den Frauen seit Don Juan widerfahren ist. Der springende Punkt lautet, daß er sich für *dich* nicht interessiert und daß du dich weiterhin an ihn klammerst, nur weil du vor tausend Jahren ein oder zwei schöne Wochenenden mit ihm verlebt hast. Das ist keine Liebe, Schatz, sondern nichts weiter als eine Art geistige Verwirrung. Du brauchst einen anderen, einen *vrai amant*, der dir Blumen mitbringt und nachts deinen Rücken massiert und dir sagt, wie göttlich du bist.»

«Wie der Apotheker.» Der Apotheker, Zazies gegenwärtiger Geliebter, lieferte ihnen in einem fort Stoff für Scherze. Er war verheiratet und hatte sechs Kinder und die Gewohnheit, Zazie die sonderbarsten Geschenke mitzubringen, zum Beispiel Fieberthermometer.

«Ja, genau!» Zazie fischte die Zitronenscheibe aus ihrer Limonade, lutschte daran und schnitt ein Gesicht. «Du brauchst einen festen Freund, meine Liebe. Das und nichts anderes. Wirklich.»

Drei Tage nach jenem Gespräch rutschten die Zuschauer in der Comédie des Champs-Elysées unruhig und gespannt auf ihren Sitzen hin und her, während sie darauf warteten, daß der Vorhang zu Cocteaus neuem Ballett, *Eurydike in der Unterwelt*, hochging. Seit Wochen hing ein Skandal in der Luft, seit Wochen hatte man in den Cafés getratscht und in den Salons der reichen Leute von Saint-Germain hinter vorgehaltener Hand getuschelt. Die verrückten Künstler, die vor Jahren mit dem Avantgarde-Ballett *Parade* beinahe Straßenunruhen ausgelöst hatten, planten wieder einen Angriff auf die französische Kultur, ein Ballett, so unsäglich schockierend, daß der Polizeichef überredet worden war, zusätzliche Beamte rings um das Theater zu postieren, falls die Menge außer Rand und Band geriet.

Alles, was im Programm stand, ließ Böses ahnen. Die Bühnenbilder für *Eurydike* waren von Picasso, einem Maler, der vor nichts Achtung hatte, besonders nicht vor dem menschlichen Gesicht, das er in abscheuliche graubraune Vierecke verwandelte. Die Musik stammte weitgehend von Erik Satie, einem älteren, bizarren Mann – manche bezeichneten ihn als Genie –, der den Direktor der Opéra vor vielen Jahren zum Duell gefordert hatte, weil dieser sich geweigert hatte, eine Produktion von Saties pseudochristlichem Ballett *Uspud* ernsthaft in Erwägung zu ziehen. Einmal war Satie sogar verhaftet worden, weil er einigen Musikkritikern obszöne, beleidigende Postkarten geschrieben hatte. Jetzt saß er zwischen eben diesen Herren in der ersten Reihe, ein Monokel ins Auge geklemmt, die Arme verschränkt, starr geradeaus blickend, ein zierlicher Vierundfünfzigjähriger mit einem kleinen Ziegenbart, der ihn ein bißchen dämonisch wirken ließ.

Neben Satie saß Coco Chanel, die berühmte Modeschöpferin, die angeblich eine Reihe von atemberaubenden Kostümen für das heutige Ballett kreiert hatte, und an ihrer Seite Jean Cocteau, der Dichter, der das Szenarium geschrieben hatte. Cocteau, ein kleiner, jungenhaft wirkender Mann, dessen Haare wie eine Flaschenbürste abstanden, trug eine grelle, getupfte Krawatte, die anscheinend allen, die einen Moment zu lange darauf sahen, auf die Nerven gehen sollte. Neben ihm, im vorschriftsmäßigen Frack, saß Emile Fouchier, der reiche Ballettomane, der die Rechnung für die Extravaganz des heutigen Abends zahlte, die sich auf Zehntausende von Francs belaufen sollte. Aber schließlich hatte er im Krieg mit Munitionshandel ein Vermögen gemacht und konnte es sich leisten.

Die Studenten auf den Rängen, die genügend angefaulte Früchte mitgebracht hatten, reckten die Hälse, um besser sehen zu können – nicht so sehr Fouchier, dessen Ausschweifungen zu bekannt waren, um noch irgend jemanden zu interessieren, sondern das neue Mitglied seines Hofstaats, Sergej Maximow, den jungen Russen, der mit Massine um den Titel des größten europäischen Choreographen rivalisierte.

Statt über Spenglers neue Theorie vom Untergang des Abendlands oder Jungs kürzliche Offenbarungen über das Unbewußte, hatte man seit nunmehr zwei Jahren in den Studentencafés des Quartier Latin die wahrhaft weltbewegende Frage erörtert: ob Sergej der Liebhaber von Natascha Ladanowa war oder nicht. Heute sollte Natascha die Hauptrolle in dem neuen Stück übernehmen.

Die Meinungen unter den Studenten war geteilt. Maximows anziehendes Äußeres und seine aristokratische Haltung veranlaßten die meisten zu dem Glauben, er habe ein Verhältnis mit Ladanowa. Diejenigen, die Natascha anbeteten – und das waren nicht wenige –, wiesen dagegen hoffnungsvoll darauf hin, daß Maximow nicht nur geschäftlich mit Fouchier verbunden war, sondern auch mit Diaghilew und Cocteau verkehrte, was immerhin die Möglichkeit offenließ, daß seine Begeisterung für Frauen an einem bestimmten Punkt haltmachte.

Die Studenten hatten genügend Zeit, das Problem zu wälzen, denn der Beginn der Vorstellung zögerte sich aus irgendeinem Grund hinaus. Als der Vorhang endlich eine geraume Weile nach neun Uhr im Anschluß an eine recht banale Ouvertüre hochging, verschlug es den Zuschauern, von denen die meisten nur gekommen waren, um ihrer Entrüstung über die ganze moderne Kunst Luft zu machen, den Atem. Wo waren die unerhörten Kostüme und die aufdringlichen Dekorationen, die man ihnen so gut wie versprochen hatte? War dies Cocteaus Vorstellung von einem üblen Streich?

Die in gedämpftes blaues Licht getauchte Bühne war bis auf drei große Spiegel, die den Prospekt bildeten, praktisch leer. Vor den Spiegeln führte Natascha einige Schritte aus, die auf den ersten Blick an *Giselle* erinnerten. Entgegen den Erwartungen trug sie einen klassischen weißen Tutu und ein enges, sparsam mit Zuchtperlen besticktes Mieder. Waren das die anstößigen Kostüme Coco Chanels? Dieses Trikot aus cremefarbener Seide, diese hübschen, mattweißen Spitzenschuhe? *Mon Dieu*, da hätten sie ebensogut zur Opéra gehen können.

Natascha bewegte sich schmachtend, schön und fern wie eine Statue, zu Saties Musik über die Bühne, und alle ihre Schritte waren technisch einwandfrei, doch eigenartig schlaff, als sei sie zu erschöpft, um ihren Auftritt gründlich zu gestalten. Die gewiefteren Kritiker sahen, daß sie Sequenzen aus verschiedenen klassischen Balletten miteinander kombinierte.

In der ersten Reihe zog Fouchier plötzlich eine große goldene Taschenuhr, klappte sie auf und fing an, stumm die Sekunden mitzuzählen, bewegte seine fleischigen Lippen dabei wie jemand, der ein erlesenes Diner genießt. Elf... zwölf... dreizehn... vierzehn...

Als er bei fünfzehn angelangt war, fiel der erste tote Schwan mit einem dumpfen Klatschen auf die Bühne, und es folgte ein zweiter, dann ein dritter. Ein ungläubiges Stöhnen entrang sich dem Publikum. Dann schrien Frauen zornig auf, und Männer sprangen hoch, aber das war erst der Anfang. Plötzlich barsten die Spiegel hinter Natascha alle auf einmal: Aus dem ersten traten zwei schwarze Saxophonisten in hautengen roten Anzügen, die Jazz spielten; aus dem zweiten eine Gruppe halbnackter Akrobaten und Jongleure; aus dem dritten zwei berühmte Pariser Preisringer, die als kubistische Roboter kostümiert waren. Ehe die Zuschauer so recht begriffen, was geschah, packten die Roboter Natascha und rissen ihr das Mieder und den Tutu vom Leib, so daß ein fleischfarbenes Ganztrikot sichtbar wurde, das Picasso mit üppigen Brüsten und einer Scham in Form eines Fisches bemalt hatte. Dann füllte sich der Zuschauerraum mit einer Kakophonie verrückter Geräusche: brüllende Löwen, kreischende Tukane, obszöne Nachrichten in klappernden Morsezeichen, Autohupen, Explosionen, zerbrechendes Glas.

«DER TANZ IST TOT!»

«DAS KLASSISCHE BALLETT IST TOT!»

«DER TANZ MUSS REVOLUTIONIERT WERDEN!»

Raymond Radiguet, Cocteaus neunzehnjähriger Schützling

und Liebhaber, war auf die Bühne geklettert und schrie in ein Megaphon. Natascha tanzte zu seinen Worten, zu hupenden Autos, zu den Saxophonklängen. Sie war ein Derwisch, eine Akrobatin und eine Ballerina, alles zugleich.

«LANGWEILIGE KUNST IST ETWAS FÜR LANGWEILIGE LEUTE!»

Nataschas Leistung war zweifellos bemerkenswert, aber die meisten Zuschauer achteten nicht mehr auf sie. Während Radiguet fortfuhr, sie zu beschimpfen, stiegen einige Kritiker auf ihre Sitze und schüttelten drohend die Fäuste zur Bühne hin; Studenten bewarfen die Tänzer mit faulen Äpfeln und Tomaten; Comtesse de Banville, seit langem eine große Schutzpatronin der Künste, bekam einen hysterischen Anfall und mußte in ein Krankenhaus gefahren werden.

Das letzte, was Natascha vom Publikum sah, ehe der Vorhang überstürzt heruntergelassen wurde, war ein Meer von wutentbrannten Franzosen in Abendgarderobe, das auf sie zu brandete, als gelte es, die Bastille ein zweites Mal einzunehmen.

Sie lehnte sich im strömenden Regen an einen Laternenpfahl und lachte so heftig, daß ihr Tränen die Wangen hinunterliefen. Sie war so schnell aus dem Theater geflohen, daß sie keinen Schirm mitnehmen konnte, und sie hatte nicht mal fünf Franc für ein Taxi dabei, auch keine Telefonmünze, um Zazie anzurufen, und nun stand sie in Spitzenschuhen aus Satin und mit einer lächerlichen und klitschnassen Federkrone auf dem Kopf an den Champs-Elysées. Zum Glück hatte sie schnell noch ihren Mantel vom Haken nehmen können, denn andernfalls hätte sie jetzt in einem fleischfarbenen Trikot mit einem Fisch an ihrer intimsten Partie durch die Stadt laufen müssen. Die Polizei hätte sie wahrscheinlich wegen Erregung öffentlichen Ärgernisses verhaftet – trotz oder vielleicht auch wegen Picasso.

Gospodi, wie leicht die Franzosen aus der Haut fuhren! Wer hätte gedacht, daß sie buchstäblich die Bühne stürmen würden? Sie hatten zuletzt nichts mehr von einem eleganten Uraufführungspublikum gehabt, sie hatten getobt wie der Pöbel, der Lynchjustiz üben wollte. Sie mußte wieder an Cocteau denken, der auf seinen Sitz gestiegen war und die Arme wie Windmühlenflügel geschwenkt hatte, und lachte erneut Tränen. Madame Laurier wäre in Ohnmacht gefallen, wenn sie gesehen hätte, wie die toten Schwäne auf die Bühne plumpsten. Paris war herrlich, unmöglich und lächerlich zugleich. Gab es eine andere Stadt auf der Welt, wo man die Kunst so wichtig nahm, daß man ihretwegen Tumulte anzettelte?

«Verzeihung, Mademoiselle», sagte jemand in einem stark akzentuierten Französisch. «Ist alles in Ordnung?»

Natascha blickte auf und sah einen Herrn mit Smoking und schwarzer Schleife, der sie besorgt musterte. Er mußte Ende Zwanzig sein, war großgewachsen und schlank. Seine Augen waren blaßgrün, seine Haare hellbraun, seine Nase ein klein wenig schief. Er hatte einen ordentlich gestutzten, distinguiert wirkenden Schnurrbart, der sie an die Fotos von amerikanischen Fliegern aus dem Krieg erinnerte.

«Ja, mir geht es gut», antwortete sie auf englisch und versuchte, ihr Lachen zu unterdrücken, aber das Gesicht, das er machte, als er auf ihre klitschnassen Satinschuhe blickte, ließ sie wieder losplatzen.

«Hm, ich will verdammt sein, wenn Sie nicht Natascha Ladanowa sind, die Tänzerin», sagte er verblüfft. «Das stimmt doch, nicht wahr? Ich habe Sie vor ein paar Monaten in Wien gesehen und letzten Herbst in London. Ich habe Anna Pawlowa als *Giselle* gesehen, aber ich finde, Sie waren besser. Sie sind auf dem besten Weg zur Spitze, kein Zweifel.»

«Vielen Dank, aber im Augenblick bin ich auf dem besten Weg, mir eine Lungenentzündung zu holen.»

«Oh, natürlich», sagte er schnell, «darf ich Ihnen meinen Regenschirm anbieten?»

Sie trat dankbar unter den schützenden Schirm. Gewöhnlich ließ sie sich äußerst ungern von Fremden ansprechen, aber die Vorstellung, den weiten Weg nach Hause in Spitzenschuhen gehen zu müssen, ließ die Sache in einem anderen Licht erscheinen. «Was ich wirklich brauche, ist ein Taxi», sagte sie nach kurzem

Schweigen. «Ich muß zur Ile Saint-Louis, und ich glaube nicht, daß ich es damit schaffe.» Sie nickte zu ihren Schuhen hin, die schon jetzt zwei nassen Lumpen glichen. Die roten Schleifen hatten abgefärbt, und ihre Knöchel schimmerten blutrot. «Das Problem ist, daß ich keinen einzigen Franc bei mir habe, und ich frage mich, Monsieur...?»

«Ward», stellte er sich vor. «Trey Ward aus Boston. Ich freue mich, Ihre Bekanntschaft zu machen.»

«Hm... Ich frage mich, Monsieur Ward, ob Sie mir das Geld für ein Taxi leihen könnten.»

«Selbstverständlich, ich bitte Sie», antwortete er lächelnd. «Ich bin Spezialist für Rettungseinsätze. Ich habe am Orinoko einmal ein ganzes Dorf ausgeflogen, ehe es von einer Flutwelle erreicht wurde, Männer, Frauen, Kinder und Federvieh. Aber es war nicht weiter schwer. Ich habe ein eigenes Flugzeug, eine wunderbare JN-4D, die ich nach dem Krieg für ein Butterbrot bekommen habe.» Er winkte einem Taxi, das sich näherte, und öffnete ihr die Tür. «Übrigens, hätten Sie etwas dagegen, wenn ich mitkäme und Sie sicher nach Hause brächte? In Paris kann man nachts die schlimmsten Überraschungen erleben.»

Sie nannte ihm ihre Adresse, und er setzte sich in respektvoller Entfernung von ihr auf den lederbezogenen Rücksitz und gab dem Fahrer genaue Anweisungen. Offensichtlich kannte er Paris sehr gut. Erleichtert, jemanden zu haben, der ihr diesmal alles abnahm, lehnte Natascha sich zurück.

Er stellte sich während der Fahrt näher vor. Er hieß Albert Waltham Ward III., sein Spitzname lautete Trey, und seine Familie war im Reedereigeschäft, seit die ersten großen Walfänger Mitte des 18. Jahrhunderts von Neuengland aus in See gegangen waren. Er hatte in Harvard studiert, ein Examen in Biologie gemacht, war dann über Frankreich geflogen, hatte ein paar Freunde verloren und war zweimal von den Deutschen vom Himmel geholt worden, hatte wie durch ein Wunder aber nur einen Nasenbeinbruch und einige Schnittverletzungen davongetragen. Nach Kriegsende hatte er immer noch nicht genug gehabt und ein Jahr lang Postflugzeuge in Südamerika geflogen.

Seine zweite Leidenschaft im Leben galt dem Ballett, über das er erstaunlich viel wußte. Er hatte mit fünfzehn Jahren Nijinsky gesehen und auf der Stelle beschlossen, Tänzer zu werden, aber seine Mutter hatte nichts davon wissen wollen, weil es kein Beruf für einen richtigen Mann sei.

«Wie schade», bemerkte Natascha und dachte, daß er ohnehin zu groß und dünn sei, um einen guten Tänzer abgeben zu können. Sein Körper hatte etwas von einem Windhund, das eher Geschwindigkeit als Ausdauer vermuten ließ. Ihr wurde plötzlich bewußt, daß er nur aus Rücksicht auf sie soviel redete. Er wollte ihr sicher die Peinlichkeit ersparen, ihm zu erklären, warum sie bei einem Unwetter halbnackt durch die Stadt gelaufen war. Dieses Feingefühl war rührend, zumal sie es von einem Amerikaner nicht unbedingt erwartet hätte.

Das Taxi hielt vor ihrem Haus, und Trey lächelte und drückte ihr herzlich die Hand. «Es war mir ein großes Vergnügen, Sie kennenzulernen, Miss Ladanowa», sagte er. «Wenn Sie jemals wieder gerettet werden möchten, rufen Sie einfach an. Oder wenn Sie sich Paris aus der Luft anschauen möchten.» Er gab ihr seine Visitenkarte: Albert Waltham Ward III., Adressen in Boston, London und Paris, alles in Prägedruck. «Ich finde, Sie sind reiner Zucker», sagte er. «Reiner Zucker.» Er tippte an seine Hutkrempe und stieg wieder in den Wagen, der sofort weiterfuhr.

Reiner Zucker? Als Natascha ihre Wohnung betrat, rätselte sie über den Ausdruck nach. Sie schüttelte lächelnd den Kopf, zog schnell ihre Spitzenschuhe aus und eilte ins Badezimmer, drehte den Warmwasserhahn auf und schüttete einen Badezusatz in die Wanne. Dann setzte sie sich vor den Spiegel und löste ihre Haare. Sie mußte immer noch an die Worte denken. Sie schien nicht mehr zu wissen, wie normale Leute redeten – und außerdem mußte sie natürlich ihr Englisch auffrischen. Gut, daß das Ballet de la Cité in weniger als drei Wochen zu einem Gastspiel in New York abfuhr.

«Dieser verdammte Fouchier!» Sergej stürmte im Wohnzimmer auf und ab, schwor, daß er zu Diaghilew zurückkehren, eine eigene Truppe gründen, alles tun würde, nur nicht einen Tag länger unter Fouchier arbeiten. *«Durak! Mersawez!»* Wenn Sergej fluchte, dann nur auf russisch, was sich ohnehin besser dafür eignete als die französische Sprache.

«Um Himmels willen, Sergej, erzähl mir endlich, was los ist.»

«Tschort wosmi!»

Eine halbe Flasche weißen Burgunder und drei Cognacs später hatte sie ihn endlich so weit beruhigt, daß er ihr sagte, was geschehen war. Die Amerikatournee der Truppe würde ein Fiasko werden, weil Fouchier (*sukin sijn*) in seinem Schock über die Pariser Reaktion auf *Eurydike* darauf bestehe, ausschließlich klassische Werke zu zeigen.

«Ich habe acht Monate dafür geopfert, ein Jazzballett für diesen *twar* zu schaffen, und jetzt läßt er es einfach in der Schublade.» Sergej schlug mit der Faust auf den Tisch. Seit er aufgehört hatte zu tanzen und nur noch choreographierte, war er etwas fülliger geworden. Seine Arme wurden dicker, sein Gesicht voller, russischer. Er war so attraktiv wie früher, vielleicht noch attraktiver, und er strahlte jetzt mehr Kraft und Selbstbewußtsein aus als vor ein paar Jahren. Natascha hielt es durchaus für möglich, daß er beschloß, Fouchier zu verlassen.

Zuletzt beruhigte er sich, und sie gingen essen, tranken danach im Café du Dome einen Pernod und schlenderten an der Seine entlang zurück zur Ile Saint-Louis. Als sie wieder in Nataschas Wohnung waren, wirkte Sergej ganz gelassen, aber das war nur äußerlich. Er blieb noch eine Stunde, in der er ein Glas nach dem anderen trank und düster vor sich hin starrte, stand dann abrupt auf, zog seinen Mantel an, murmelte eine Entschuldigung und ging, nachdem er auf dem Weg zur Tür fast über die Katze gestolpert wäre.

Natascha kehrte ins Wohnzimmer zurück, schenkte sich ein Glas weißen Burgunder ein und setzte sich nachdenklich aufs Sofa. Die Predigt, die Zazie ihr drei Tage vor der *Eurydike*-Uraufführung gehalten hatte, beschäftigte und beunruhigte sie mehr, als sie zugeben wollte. Sie stützte das Kinn in die Hände, blickte auf den Degas, den sie aus St. Petersburg mitgebracht hatte, und versuchte nicht zum erstenmal, Bilanz zu ziehen und sich darüber klarzuwerden, was ihr die letzten vier Jahre eigentlich gebracht hatten.

Es hatte im Herbst 1917 auf der Hand gelegen, daß Sergej nicht beabsichtigte, ihr Liebesverhältnis zu erneuern, doch sie hatte im Laufe der Zeit die Überzeugung gewonnen, daß er vielleicht für eine offenere Beziehung zugänglich sein würde, für so etwas wie Freundschaft. Was sie betraf, so hätte sie ihn immer noch am liebsten in ihren Armen, in ihrem Bett, in ihrem Leben («Oh, du Närrin», hatte Zazie gesagt, «*quelle bêtise*!»), und so hatte sich ein sonderbar doppelbödiges Verhältnis zwischen ihnen entwickelt, auf seiner Seite eher kumpelhaft, auf ihrer intensiv, obgleich sie es zu kaschieren versuchte. Sie hatte ihre Lektion gelernt. Sie bedrängte Sergej nicht mehr mit ihrer Zuneigung; sie war eine ausgezeichnete Schauspielerin geworden, tat nicht allzu erfreut, wenn er kam, und nicht allzu verärgert, wenn er sie anzurufen vergaß. Sie erwähnte niemals, daß sie ihn liebte, gab ihm keinen Anhaltspunkt, wie tief ihre Gefühle für ihn waren.

Es war eine verrückte, unausgeglichene Art zu leben, aber sie war die meiste Zeit ganz zufrieden. Sie und Sergej arbeiteten zusammen; sie waren Freunde; er kam mehrmals im Monat zum Essen, und wenn ihre Beziehung nicht unbedingt so war, wie sie es sich gewünscht hätte, schien sie doch das Beste zu sein, was das Leben ihr zu bieten hatte. Manchmal erwog sie dennoch ernsthaft, sich von ihm zu lösen, Zazies Rat zu befolgen und sich nach einem Mann umzusehen, der sich mehr für sie interessieren würde, aber sie merkte jedesmal schnell, daß andere Männer keinen Reiz für sie hatten – nicht den geringsten. Sie dachte an Trey Ward, der sie neulich nacht mit unverhüllter Bewunderung angesehen hatte. Es gab Hunderte von Treys in ihrer Welt, gutaussehende, intelligente, sehr sympathische Männer, die glücklich wären, sie näher kennenzulernen, aber sie hatte schon vor langer Zeit gelernt, daß es besser war, sie zu ignorieren. Sobald sie mit einem anderen Mann zusammen war, verglich sie ihn mit Sergej und war unweigerlich enttäuscht und gelangweilt.

Natascha ließ die Brotkrumen auf den Tisch fallen, trank ihr Glas aus und starrte aus dem Fenster, bis der graue Himmel einen opalfarbenen Ton annahm. Es war ein wunderschöner Morgen, frisch und kalt, mit einem Hauch von Herbst in der Luft. Die Seine war rauchig und blau, mit langsam dahinziehenden Kähnen getüpfelt. Paris war eine wunderschöne Stadt; sie machte eine phantastische Karriere. Wenn es mit Sergej nicht besser ging – na und? Es war besser, das zu genießen, was man hatte, als dem nachzutrauern, was man nicht hatte. Sie ging in die Küche, um sich ein gutes russisches Frühstück mit *kascha* und starkem Tee zu machen.

«Sergej, Natascha, ich bin hier!» Anja Belinskaja stand, in ein fast bodenlanges Rotfuchscape gehüllt, auf dem Pier und winkte Sergej und Natascha, die gerade die Gangway hinuntergingen, um endlich amerikanischen Boden zu betreten, heftig mit ihrer behandschuhten Hand zu. Ein Stück weiter entdeckten sie Fouchier, der das Entladen der Dekorationen überwachte und den stämmigen New Yorker Schauerleuten unverständliche Befehle auf französisch zurief. Ohne Notiz von ihm zu nehmen, warfen die Hafenarbeiter den teuren verspiegelten Teich aus *Giselle* auf die Ladepritsche eines Lasters, wo er mit einem ominösen Krachen landete, um sich dann einigen künstlichen Bäumen zuzuwenden, die in Mull und Segeltuch gehüllt waren. Das Ballet de la Cité hatte ein sechswöchiges Engagement in der Metropolitan Opera – falls irgendwelche Teile der Ausstattung überlebten.

Anja eilte um die Arbeiter herum, die sich gerade mit dem Dach der Hütte aus *La Fille mal gardée* abmühten, und ihre hohen, dünnen Absätze klapperten über den Beton. Mit all der Anmut, zu der nur eine großartige Tänzerin unter solchen Umständen fähig ist, flog sie auf Sergej zu und umarmte ihn, um anschließend Natascha nach russischer Art auf beide Wangen zu küssen. Natascha roch Anjas Parfum, einen ungewohnten und sehr amerikanischen Duft von Heu oder auch Klee. Die vergangenen Jahre hatten Anja noch schöner gemacht: Ihre modische Pagenfrisur gab ihr etwas Zerbrechliches und Jungenhaftes, und ihre Augen waren noch genauso blau und unschuldig wie an dem Tag, an dem Natascha sie zum erstenmal erblickt hatte. Unter dem Fuchscape trug sie ein kurzes, tief ausgeschnittenes Seidenkleid, besetzt mit Hunderten kleinen schwarzen Perlen, in denen sich bei jeder ihrer Bewegungen das Licht brach, ein Effekt, der den Schauerleuten nicht verborgen blieb. Sie hatten aufgehört, Requisiten zu entladen, und starrten Anja ungeniert an, und dann spitzte einer von ihnen die Lippen zu einem stummen Pfiff.

«Willkommen.» Anja umarmte sie wieder beide. «*Sdrastwujte*, meine Lieben. Ihr könnt euch nicht vorstellen, wie ich mich freue, euch wiederzusehen.» Tränen traten ihr in die Augen. «Unser armes, armes Land... Oder was die Bolschewiken daraus machen. Aber ihr seid wenigstens hier. Ihr seid wenigstens heil herausgekommen, und jetzt werdet ihr für diese amerikanischen Barbaren tanzen.»

Natascha hatte Anja noch nie so offen erlebt, so sehr darum bemüht, sympathisch zu wirken. Sie bestand darauf, jede Einzelheit von der Reise zu hören, und bedauerte die Verzögerungen, die sie bei den Einreiseformalitäten wegen der dicken Nansenpässe gehabt hatten, der Ausweise für politische Flüchtlinge, mit denen vor kurzem alle russischen Emigranten bedacht worden waren, die dank der neuen Sowjetregierung jetzt Staatenlose waren. Ob sie eine gute Überfahrt gehabt hätten? Ob sie seekrank geworden seien? Sie freute sich so sehr, sie zu sehen, sie könnten es sich einfach nicht vorstellen. Sie nahm Natascha wie eine Schwester am Arm und führte sie zu einem blitzenden, cremefarbenen Sportwagen, der einen halben Häuserblock lang zu sein schien.

«Ein Cadillac Sport-Phaeton», bemerkte Sergej anerkennend.

«Ich fahre selbst.» Anja gab ihnen ein Zeichen einzusteigen, setzte sich ans Steuer, griff es mit beiden Händen und betätigte etwas, das den Motor lossummen ließ. «Das einzig Dumme ist, daß ich immerfort Strafmandate bekomme. Als mein Vater noch lebte, hat er sich furchtbar darüber geärgert, daß er sie bezahlen mußte, aber jetzt, wo ich Halbwaise bin, kann ich fahren, wie ich will.» Anja lächelte ihnen freundlich zu, wie um ihnen zu verstehen zu geben, daß sie ihr nicht zu kondolieren brauchten. Natascha versuchte sich zu erinnern, wann Graf Belinskij gestorben war. Vor zwei Jahren? Oder vor drei Jahren? Sie wußte nur noch, daß es ihm in Amerika sehr gut gegangen war und daß Anja eine Menge Geld geerbt hatte.

Anja löste die Handbremse, und der Wagen machte einen Satz. Sie fuhr flott und schneidig, redete in einem fort und wich Lastern und Taxen atemberaubend lässig aus. «Du wohnst doch bei mir, Natascha, ja?» sagte sie plötzlich. «Fouchier hat dir ein Zimmer im Hotel Algonquin reservieren lassen, in der vierundvierzigsten Straße, was gut und schön ist, wenn du Dorothy Parker begegnen willst, aber die Zimmer sind winzig, und der Blick geht auf graue Mauern. Ich habe ein großes Haus am Sutton Place, wo meine Mutter und ich uns ganz verloren vorkommen. Bitte. *Poschaluysta.*» Ihr Tonfall ließ erkennen, daß sie Natascha wirklich bei sich haben wollte. «Sergej kann auf sich selbst achtgeben, aber du wirst bestimmt ganz benommen von der Hektik sein, die hier herrscht.» Anja lächelte Natascha bittend zu, schien ihr schüchtern ihre Freundschaft anzubieten, als fürchtete sie, sie könnte zurückgewiesen werden. Wie schön, daß sie die Rivalität, die immer zwischen ihnen gestanden hatte, endlich, nach all den Jahren, vergessen konnte. Natascha nahm sofort an, und Anja strahlte vor Freude. Es war verblüffend, wie sehr sie sich geändert hatte. Zum erstenmal seit jenem längst vergangenen Winter, in dem Anja für sechs Wochen vom Unterricht suspendiert worden war, tat sie Natascha leid. Offensichtlich fühlte sie sich seit dem Tod ihres Vaters einsam. Es konnte nicht leicht gewesen sein, sich in diesem neuen Land zurechtzufinden, wo alles hektisch und ungestüm zu sein schien.

New York war die erstaunlichste Stadt, die Natascha je gesehen hatte. Die Straßen waren gesäumt von Türmen aus Glas und Stahl, die in dem unwirklichen violetten Licht schimmerten. Die riesigen Neonreklamen am Times Square warben in grellen Farben für Dinge, von denen sie noch nie gehört hatte. Jedes Gebäude schien in seiner eigenen Nische der Geschichte zu stehen, als hätte man alle Baustile der Welt in ihre Bestandteile zerlegt und hier in Manhattan auf gut Glück wieder zusammengesetzt. Die Pennsylvania Station war ein antiker römischer Tempel; Banken sahen aus wie Kirchen, Kirchen wie Banken. Neben einer imitierten gotischen Kathedrale stand etwas Ägyptisches, und Wasserspeier starrten auf griechische Friese.

«Eines ist besonders schrecklich», sagte Anja, als sie vor einer auf Rot stehenden Ampel hielt. «Man bekommt nirgends etwas Alkoholisches – jedenfalls nicht legal. Mein Gott, kann es etwas so Unzivilisiertes geben wie diese Prohibition? Die Amerikaner sind besessen vom Alkohol, wie die Franzosen vom Sex besessen sind. Dieses Volstead-Gesetz ist lächerlich und barbarisch. Delmonico war fast hundert Jahre lang eines der besten Restaurants der Welt, und jetzt dürfen sie nicht einmal mehr mit Wein kochen.» Anja hielt plötzlich inne. «Ich rede zuviel, nicht wahr? Ich freue mich eben so sehr, euch zu sehen, ich bin völlig aufgeregt. Ich bin mir hier manchmal vorgekommen wie im Exil, wie in Sibirien.»

«Aber du hast doch sicher getanzt?» fragte Natascha.

«Getanzt? Wo denn? Und mit wem? In Amerika gibt es kein einziges Ballett, es gibt nur die ausländischen Truppen, die ab und zu gastieren, wie ihr jetzt. Sie haben natürlich Denishawn – Ruth St. Denis und ihren Mann, Ted Shawn –, aber sie bringen nichts als mystisches orientalisches Zeug, und von Technik keine Spur. Als ich die Denis das letzte Mal sah, stelzte sie wie eine Pharaonentochter auf der Bühne auf und ab. Könnt ihr euch vorstellen, daß jemand, der die Kaiserliche Schule besucht hat, solchen Mummenschanz mitmacht?»

Natascha überlegte, ob sie Anja von Cocteaus *Eurydike* erzählen sollte, beschloß aber, es sein zu lassen. Anja würde sich bestimmt nicht freuen, wenn sie hörte, daß Akrobaten und Jazzmusiker bei dem wichtigsten Pariser Ballett der Saison mitgewirkt hatten.

«Vor ein paar Jahren hatte Fokine sogar ein Ballett choreographiert, das in einer Kneipe spielt.» Anjas Stimme hatte einen scharfen Unterton. Sie lenkte den Wagen an den Bordstein vor einem großen Reihenhaus, stellte den Motor ab und lehnte sich mutlos zurück. «Ihr seht also, womit man hier leben muß. Ich habe natürlich daran gedacht, nach Europa zurückzukehren, ich habe sogar erwogen, bei Diaghilew zu tanzen, der mich oft genug gefragt hat, aber meine Mutter ist leidend, und es kommt einfach nicht in Frage, daß sie in ihrem Alter noch einmal in ein anderes Land geht. Also nehme ich Unterricht, ich trainiere, ich bleibe in Form, aber wofür?»

«Fokine hat also ein Ballett gemacht, das in einer Kneipe spielt», sagte Sergej. «Wie interessant.» Natascha meinte zu spüren, wie seine Gedanken arbeiteten – sein neues Jazzballett, eine Kneipe, Fouchiers Unnachgiebigkeit, die Möglichkeiten –, doch Anja war so sehr in ihre melancholische Selbstbetrachtung vertieft, daß es ihr nicht auffiel.

«Was den Tanz angeht, ist Amerika eine einzige Wüste», fuhr Anja wehmütig fort.

«Besser gesagt, ein brachliegender Acker», korrigierte Sergej.

«Ein brachliegender Acker?»

«Man braucht nur zu pflügen und die richtige Saat zu säen. Ich weiß, es ist ein abgegriffenes Bild, meine Liebe, aber mit genügend finanziellem Rückhalt müßte es doch möglich sein, hier wenigstens eine anständige Truppe zu gründen.» Sein Gesicht rötete sich vor Aufregung, und er redete schnell und eindringlich weiter. «Amerika ist schließlich ein riesiges Land. Man könnte eine monatelange Tournee machen, ohne je die Grenze zu überqueren.»

«Es würde Millionen kosten, auch nur eine kleine Truppe zusammenzustellen», gab Anja zu bedenken.

Sergej lächelte sie an, und Natascha dachte unwillkürlich, daß er, jedenfalls in ihrer Gegenwart, seit Jahren nicht mehr so strahlend gelächelt hatte. «Ja», sagte er nachdenklich. «Du hast sicher recht.»

In den sechs Wochen, in denen das Ballet de la Cité in New York gastierte, erwies Anjas Gastfreundschaft sich als ein wahres Geschenk des Himmels. Sie selbst war zwar nicht oft daheim, aber ihr Haus am Sutton Place war eine Insel des Friedens in diesem verrückten Land, wo feine Damen Silberflaschen mit geschmuggeltem Gin im Strumpfband stecken hatten und wo kein Mensch den Unterschied zwischen einer ernsthaften Tänzerin und einem Filmstar zu kennen schien. Zu welcher Zeit Natascha auch zurückkam, am Sutton Place erwartete sie stets ein dampfender Samowar. Die Dienstboten, die unauffällig durch die behaglich und teuer eingerichteten Räume gingen, waren alle Russen, und einige von ihnen hatten schon in St. Petersburg bei den Belinskijs gearbeitet. Sutton Place schien ein Stück zaristisches Rußland, das die Erschütterungen der Geschichte wie durch ein Wunder überstanden hatte.

Die Gespräche mit Anjas Mutter waren ein weiteres unerwartetes Vergnügen. Gräfin Belinskaja, eine zerbrechliche, gebildete Dame, die früher mit der Schwester des Zaren befreundet gewesen war, beherrschte vier Sprachen, in denen sie begierig las, und war ein lebendes Nachschlagewerk für alles Amerikanische. Sie berichtete über das andere Amerika, das man nicht auf den ersten Blick sah, sie erzählte von den Schriftstellern, Dichtern und Malern, von denen viele aus eigenen Stücken ins Ausland gegangen waren, um der amerikanischen «Wüste», wie Anja sich ausgedrückt hatte, zu entrinnen. Gräfin Belinskaja machte Natascha mit den Gedichten Ezra Pounds bekannt, mit Carl Sandburg, dessen «Smoke and Steel» die amerikanische Industriebesessenheit erklärte, mit dem jungen Romancier F. Scott Fitzgerald, der die neue Zeit, das «Zeitalter des Jazz», angeblich besser begriffen und eingefangen hatte als irgendein anderer zeitgenössischer Autor.

Natascha bedauerte in diesen sechs Wochen nur, daß sie so wenig von Sergej sah. Er kam zwar regelmäßig zu den Proben, verschwand aber oft, ehe sie vorbei waren. Sie fragte sich, ob er immer noch über sein neues Ballett nachgrübelte.

«Schenk mir bitte etwas Kaffee ein», sagte Anja, die eines

Morgens, als Gräfin Belinskaja und Natascha länger als gewöhnlich beim Frühstück saßen, unerwartet in den Wintergarten getreten war. «Ich habe die schlimmsten Kopfschmerzen, mit denen je ein Mensch gestraft wurde. Ich schwöre, sie haben mir gestern abend Motoröl als Scotch serviert.» Sie ließ sich in einen Korbsessel fallen, stützte den Kopf in die Hände und blinzelte in das winterliche Sonnenlicht, das durch die großen Scheiben fiel. Ihre Lippen waren blaß, und auf ihrer Wange war ein kleiner, bräunlicher Fleck, den Natascha noch nie bemerkt hatte.

Die Gräfin zog die Augenbrauen hoch. «Ich wünschte, du gäbest etwas besser auf dich acht, meine Liebe», sagte sie, während sie die schwere silberne Kanne nahm und Anja eine Tasse schwarzen, bitteren Kaffee einschenkte. «Ich bin sicher, du warst wieder in Harlem, in einer dieser furchtbaren Schmunzelkneipen.»

«Flüsterkneipen, Mama», verbesserte Anja. Sie nahm einige Schlucke, und langsam kehrte ein wenig Farbe in ihre Wangen zurück. «Ja, Sergej und ich waren im Cotton Club und haben Ethel Waters gehört. Es war ein Erlebnis. Ich schwöre bei Gott, eine russische Zigeunerin würde vor Neid erblassen, wenn sie diese Frau singen hörte.»

Während Anja den Abend schilderte, den sie mit Sergej in Harlem verbracht hatte, spürte Natascha einen eifersüchtigen Stich. Das war natürlich närrisch. Anders als sie kam Sergej nicht jeden Abend vom Tanzen erschöpft nach Hause, so daß es keinen Grund auf der Welt gab, warum er nicht das berühmte New Yorker Nachtleben kennenlernen sollte, und wenn Anja ihn begleiten wollte, nun ja, da sie die Stadt gut kannte, war das nur natürlich. Aber so behaglich es hier war und so lieb sie die Gräfin gewonnen hatte, sie ertappte sich trotzdem bei dem Gedanken, daß es wohl besser gewesen wäre, im Algonquin zu wohnen.

Eine Woche nach jenem Frühstück mit Anja gab das Ballet de la Cité vor einem nur mäßig begeisterten Publikum seine letzte Vorstellung. Natascha, der es immer schwerfiel, ihr Bestes zu geben, wenn die Zuschauer nicht mitgingen, war aufrichtig erleichtert, daß das Gastspiel in Amerika zu Ende war. In drei Tagen würde die Truppe nach Frankreich in See gehen, und sie freute sich schon jetzt darauf, in ihre Wohnung zurückzukehren, Zazie anzurufen und irgend etwas Dummes zu tun – beispielsweise einen ganzen Nachmittag in der Rue de Rivoli einzukaufen. Sie war ganz in Gedanken an ihre glückliche Heimreise vertieft, als Fouchier sie unvermutet beiseite nahm.

«Ich fürchte, ich habe eine schlechte Nachricht für Sie, Natascha.» Er schürzte seine dicken Lippen, als hätte er versehentlich von einem sauren Wein getrunken. «Maximow geht.»

«Er geht?» Natascha stand wie vom Donner gerührt mit einem Karton voller Spitzenschuhe da und weigerte sich, seine Worte zu begreifen.

«Er läßt uns sitzen. Ich nehme an, er will nicht nach Paris zurück.»

«Das kann nicht Ihr Ernst sein.»

«Doch, ich fürchte, ja. Er hat mir ein Kündigungsschreiben gegeben – dieser *cochon*. Aber keine Sorge, es gibt noch andere Choreographen auf der Welt. Wie ich höre, soll Massine sich nach etwas Neuem umsehen.»

Natascha ließ den Karton auf ihren Frisiertisch fallen, zog den Mantel an, stülpte sich ihren neuen schwarzen Glockenhut auf den Kopf und rannte aus dem Theater.

Sie beachtete den Fahrstuhl im Algonquin nicht und hastete drei Treppen hinauf. Die mit dicken Wolläufern – ein rotes und grünes Rautenmuster – belegten Korridore waren schmal und still. Sergejs Tür war ganz hinten, zwischen zwei großen Topfpflanzen. Natascha ballte die Hand zur Faust und klopfte so heftig, daß die Haut über den Knöcheln beinahe aufgeplatzt wäre.

«Wer ist da?» Sergej öffnete in einem gestärkten weißen Abendhemd mit zwei brillantenbesetzten Manschettenknöpfen. Sein Gesicht war zur Hälfte mit Rasierschaum bedeckt, und er hatte ein Rasiermesser in der Hand. Über dem Stuhl hinter ihm hing ein Cut mit einer Nelke im Revers, und auf dem Bett hinter ihm sah sie einen Zylinder und eine schwarze Schleife.

«Fouchier hat gesagt, du willst die Truppe verlassen!» Natascha sprudelte die Worte hervor, ohne zu überlegen, wie sie klingen mochten. Die Zeit, kühle Gleichgültigkeit zu heucheln, war vorbei. «Sag mir bitte, daß es nicht wahr ist.»

«Natascha! Beruhige dich», sagte er. Er schien überrascht und nicht allzu erfreut, sie zu sehen.

«Wie kann ich mich beruhigen?» Sie schritt zwischen Fenster und Bett hin und her. «Kommst du mit uns nach Frankreich zurück?»

«Nein.» Sergej wischte sich mit einem weißen Frotteetuch den Schaum aus dem Gesicht und sah sie hilflos an. «Ich bleibe in Amerika.»

«Mein Gott, warum? Du hast doch gehört, was Anja sagt. Es ist eine kulturelle Wüste.»

«Ich habe Pläne.» Er zuckte unbehaglich mit den Schultern, wie immer, wenn er außer Fassung war. «Ich habe ein bißchen Geld aufgetrieben, genug, um meine eigene Truppe zu gründen. Es ist vielleicht die Chance meines Lebens.»

«Gratuliere.» Sie wollte nicht so bitter klingen. Was für eine Freundin war sie, wenn sie sich nicht mit ihm freuen konnte? «Wirklich», sagte sie leiser. «Ich gratuliere, ich meine es aufrichtig.» Sie versuchte noch etwas zu sagen, aber sie hatte auf einmal einen dicken Kloß im Hals. Er forderte sie nicht auf, zu seiner Truppe zu kommen, so daß sie von nun an nicht mehr zusammen arbeiten würden, was vielleicht das Schlimmste war. Er würde über fünftausend Kilometer weit weg sein, durch den ganzen Atlantischen Ozean von ihr getrennt. Sie würde ihn bestenfalls alle zwei oder drei Jahre sehen. Aber es hatte keinen Sinn, daran zu denken. Sie mußte ihre Gefühle unter Kontrolle bekommen. Sie zwang sich, gelassen zu erscheinen, und setzte sich steif auf den Bettrand.

«Wer ist dein Geldgeber?» fragte sie mit einem Lächeln, das nicht sehr überzeugend geriet.

Sergej zögerte. «Jemand, der sich für Kunst interessiert.»

«Er muß sehr reich sein.»

«Ich glaube, das könnte man sagen.»

Natascha öffnete den Mund, um eine andere Frage zu stellen, aber dann brach sie zu ihrer Verlegenheit und zu ihrem Ärger in Tränen aus. *Gospodi*, sie machte eine Närrin aus sich. Zornig wischte sie mit dem Handrücken die Tränen ab, doch sie hörten nicht auf zu fließen. Was für einen Anblick sie bieten mußte, schniefend und rotnasig, wie ein Schloßhund heulend, aber sie konnte nicht anders.

Sergej setzte sich neben sie, holte ein Taschentuch aus seiner Gesäßtasche und schob es ihr in die Hand. «Bitte nicht, Natascha.» Er legte den Arm um sie. «Es ist nicht das Ende der Welt.» Zu unglücklich, um zu reden, barg Natascha das Gesicht an seiner Brust. «Wir werden Freunde bleiben.»

«Nein. Nicht richtig. Wir haben uns die letzten Jahre immer weiter voneinander entfernt, und jetzt gehst du einfach, ich werde dich nie wiedersehen.»

«Natürlich wirst du.» Plötzlich hob er ihr Gesicht zu seinem und küßte sie. Natascha war so überrascht, daß sie aufhörte zu weinen. «Ich mag dich, Natascha, ich mag dich sehr gern, aber es ist von Anfang an schwer mit dir gewesen. Du hast immer zuviel von mir gewollt.» Er küßte sie noch einmal. «Verdammt, ich sollte das nicht tun.»

«Warum nicht?»

«Nicht heute.» Er richtete sich auf, und sie hatte kurz den Eindruck, er wolle sie fortstoßen.

Natascha kniete sich ungeschickt auf die weiche Matratze, legte ihm die Arme um den Hals und zog ihn zu sich. Wenn sie jetzt nicht etwas sagte, würde sie ihn ganz verlieren, ganz und für immer. «Liebe mich, Sergej.» Es war absolut nicht das, was sie sagen wollte, aber die Worte kamen wie von selbst, und sobald sie sie gehört hatte, wußte sie, daß es ihr ernst war. «Liebe mich. Jetzt und hier.»

«Du weißt nicht, was du redest.»

«Doch, ich weiß es.» Sie legte die Lippen auf seine und küßte ihn mit all der Kraft ihres Verlangens. Einen Augenblick lang widerstand er, und dann begann er, ihren Kuß zu erwidern, und streichelte zögernd ihre bloßen Arme.

«Du willst wirklich, daß ich mit dir schlafe?»

«Ja.»

Er drückte sie auf das Bett, zupfte an ihren Strümpfen, zog sie ihr von den Beinen, küßte ihr Gesicht, fuhr über den dünnen Stoff ihrer Bluse mit der Zunge über ihre Brüste. Er löste die Manschettenknöpfe mit den Brillanten und warf sie auf den Boden. Schnell, ohne sie eine Sekunde lang loszulassen, streifte er seine Kleidungsstücke ab und preßte seinen Körper auf ihren, zwang sie auf das kühle Laken. Er nahm sie mit den Beinen in die Zange, zog sie näher und drehte sie so, daß sie ihm den Rücken zuwandte. Natascha drängte die Frage zurück, warum er jetzt bereit war, sie zu lieben, nachdem er sie jahrelang nicht mehr angerührt hatte. Sie schloß die Augen und zwang sich, nicht zu denken.

Sergejs Hände massierten ihre Schultern – die Hände eines Tänzers, so stark, so sicher und so sinnlich, daß sie unter seinen Berührungen am liebsten vor Lust aufgeschrien hätte. Während sie dort lag, schienen sich all die Jahre und die Distanz zwischen ihnen aufzulösen. Sein Körper war nicht mehr ganz so, wie sie ihn in Erinnerung hatte. Seine Arme waren dicker, seine Schultern schwerer. Nein, es war nicht mehr der Körper des Jünglings, den sie geliebt hatte, sondern der Körper eines erwachsenen Mannes. Die Gewißheit, daß die Zeit ihn angerührt und verändert hatte, bewegte sie zutiefst.

Als sie endlich kam, hatte sie das Gefühl, zu ihm hin zu fließen, so offen und verwundbar zu sein, daß ihre Haut in seine schmolz. Sergej hielt einen Moment inne, drehte sie zu sich und küßte sie. Dann kam auch er, so heftig, daß sein ganzer Körper erbebte. Danach lag er erschöpft und still auf ihrem Busen, und sie streichelte sein Haar.

Natascha schloß die Augen und lehnte sich unendlich zufrieden in die Daunenkissen zurück. Die letzten vier Jahre hatte sie in sich einen Knoten verspürt, den nichts lösen konnte, und nun empfand sie endlich einen tiefen inneren Frieden.

«Natascha.» Sie schlug die Augen auf und sah, daß Sergej nervös zu der Uhr auf dem Nachttisch schaute. Es war fünf nach halb zwölf. «Ich muß gehen.»

«Wohin?»

«Das ist nicht weiter wichtig.» Er stand hastig auf und ging ins Bad. Sie hörte das Wasser rauschen. Als er zurückkam, war er wieder angezogen, bis auf das Jackett.

«Wohin willst du denn?» Sie war verwirrt und konnte nicht glauben, daß er sie so überstürzt verlassen wollte.

Sergej schlüpfte in den Cut, zupfte die Blume im Revers zurecht und nahm den Zylinder. «Ich wäre ein Feigling, wenn ich es dir nicht sagte, aber ich weiß nicht recht, wie ich es sagen soll.» Er reichte ihr mit einer verlegenen Bewegung ihr Kleid. «Du ziehst dich jetzt besser an. Ich bin gegen Mittag verabredet.»

«Wo?»

«In der russisch-orthodoxen Kirche. Anja wartet dort auf mich.»

«Was meinst du damit?» Sie sah auf den Cut, die Nelke, den Zylinder, und plötzlich durchlief sie ein Frösteln.

Sergej setzte sich aufs Bett und nahm ihre Hand. «Es tut mir leid. Ich wollte dir nicht weh tun, aber nun mußt du es wissen: Anja und ich heiraten. Sie ist diejenige, die die Truppe finanziert. Und sie ist schwanger, so daß wir es so schnell wie möglich tun müssen...» Seine Stimme erstarb.

Natascha saß sprachlos da, benommen, unfähig, etwas zu denken.

In seinem Gesicht war Schmerz. «Ich liebe sie nicht. Es ist eine Zweckheirat. Ich tue es nur, um aus dieser Sackgasse herauszukommen, in der ich bei Fouchier gelandet bin.» Er ließ ihre Hand los. «Mein Gott, sitz nicht einfach da und starre mich nicht so an. Sag doch etwas.»

«Ich finde», brachte sie endlich hervor, «ich finde, daß du der mieseste Kerl bist, der mir jemals begegnet ist.»

Drei Tage später fuhr Natascha mit dem Ballet de la Cité nach Frankreich ab. Eine knappe Woche nach ihrer Ankunft in Paris saß sie in einem Emigrantencafé an der Rive gauche und zuckte ein wenig zusammen, als ein bärtiger Mann in einem schäbigen

Wintermantel an ihren Tisch trat und unaufgefordert Platz nahm. Es war Mischa, Alexejs Chauffeur. Der Großfürst, erfuhr Natascha, hielt sich mit seiner Frau und seinen Kindern in Semlo, einem seiner kleineren Güter, versteckt. Sie hatten kein Geld, sie hatten so gut wie nichts zu essen, und wenn man sie nicht aus Rußland hinausbrachte, würden die Bolschewiken sie früher oder später aufspüren und erschießen.

8
Moskau, 1922

Es war ein eisiger Februarnachmittag, fast zwanzig Grad unter Null, und die Temperatur fiel immer noch. Ein leichtes Schneetreiben ließ die neun exotischen Kuppeln der Basilius-Kathedrale wie in einen Schleier gehüllt erscheinen. Natascha, die auf dem Roten Platz stand, kniff die Augen wegen des scharfen Winds zusammen und vergrub die Hände noch tiefer in den Taschen. Anders als die meisten Leute, die mit hochgeschlagenem Kragen an der Kremlmauer entlangeilten, besaß sie wenigstens einen dicken Mantel. Er war sehr lang, einfach, schwarz, ein klein wenig abgetragen, und sie hatte ihn eine Woche vor der Abfahrt aus Paris in einem Laden für gebrauchte Kleidungsstücke gekauft. Er war schwerer, als ihr lieb war, viel schwerer. Zum Glück war keiner der Zollbeamten an der Grenzstation auf die Idee gekommen, ihn in die Hand zu nehmen und zu prüfen, denn sonst wäre sie jetzt nicht hier, sondern säße in einem sowjetischen Gefängnis. Natascha fuhr verstohlen über das dicke Wollfutter. Darin waren Goldmünzen und Banknoten im Nennwert von zehntausend Dollar eingenäht, alles, was von ihrem Geld geblieben war.

Das Geld und die Banknoten waren für Alexej bestimmt, aber sie wußte absolut nicht, wie sie zu ihm kommen sollte. Sie war seit Tagen von einem Amtszimmer zum anderen gelaufen, um eine Reiseerlaubnis zu irgendeinem größeren Ort bei Semlo zu bekommen, aber mißtrauische Bürokraten hatten überall abgewunken. Die Sowjetregierung, sagte man ihr, wisse es zu schätzen, daß eine Tänzerin von *gosposcha* Ladanowas Kaliber in ihre Heimat zurückkehrte, um die berühmte Miss Isadora Duncan zu besuchen, und vielleicht würde Natascha sogar einen Gastauftritt mit Jekaterina Gelser erwägen, die nun Rußlands erste Ballerina war. Aber ein Aufenthalt in einem anderen Ort als Moskau und St. Petersburg oder vielmehr Petrograd, wie es jetzt hieß, komme einfach nicht in Frage. Sie müsse verstehen, daß sie nicht für ihre Sicherheit garantieren könnten, und außerdem hätten sie ungleich wichtigere Dinge um die Ohren, sagten sie ganz offen: Die Lebensmittelversorgung sei nicht zufriedenstellend, es herrsche Wohnungsnot. Sie könne sich glücklich schätzen, daß sie, was Unterkunft und Verpflegung betreffe, eine Vorzugsbehandlung genieße.

Petrograd war ein Alptraum gewesen; Natascha konnte immer noch nicht daran zurückdenken, ohne zu erschauern. Was sie bedrückte, waren nicht allein die leeren Geschäfte, die mit Brettern vernagelten Fenster, die Einschüsse in den Häusern und Palais und die zerlumpten Menschen, nein, schwerer wog die Tatsache, daß so viele von ihren alten Freunden tot, vermißt oder vertrieben waren. In Paris hatte sie von dem «Großen Terror» gehört, den das neue Regime anzettelte, aber sie hatte die Geschichten von Verfolgungen und Massenausrottungen für maßlos übertrieben gehalten. Man konnte unmöglich glauben, daß die Tscheka, Lenins Geheimpolizei, nicht allein die Aristokratie, sondern auch die gesamte Mittelklasse systematisch vernichtete, daß Gefangene durch Folterungen zu Geständnissen gezwungen wurden und daß an einem Frühlingsmorgen alle in Sebastopol stationierten Offiziere zusammengetrieben und erschossen worden waren!

Während sie ohne Erfolg versuchte, sich mit alten Bekannten in Verbindung zu setzen, wurde ihr zu ihrem Entsetzen klar, daß die Flüchtlinge wahrscheinlich die Wahrheit gesagt hatten. Die Aristokratie war verschwunden, als hätte sie nie existiert, ein Teil der Gesellschaft vom Erdboden getilgt – Männer, Frauen und Kinder dahingemetzelt, die schönen Häuser in Kleinwohnungen unterteilt, die Bibliotheken verbrannt, die Automobile für das Militär requiriert. Matilda Kschessinskajas Palais war in das Hauptquartier des Petrograder Sowjets umgewandelt worden. Madame Laurier war entweder tot oder in einem Lager, niemand wußte es.

Nach einer Weile hatte Natascha einfach aufgehört, nach Leuten zu fragen. Zum erstenmal konnte sie ermessen, was für ein Wunder es war, daß Alexej und seine Familie überhaupt entkommen waren. Wie hatten sie es bloß geschafft, der Tscheka zu entrinnen? Wie hatten sie den weiten Weg nach Semlo zurückgelegt, ohne erkannt und erschossen zu werden? Sie hatte sich auszumalen versucht, wie es für Alexej gewesen sein mußte, ein Verfolgter zu sein, und der Gedanke hatte sie fast zur Verzweiflung gebracht. Sie *mußte* zu ihm, ehe die Bolschewiken ihn faßten, aber sie saß Hunderte Kilometer von ihm entfernt fest und konnte nichts anderes tun, als sich das Hirn zu zermartern.

Noch nie hatte sie sich solche Sorgen gemacht. Eine Woche nach der Ankunft in Petrograd war ihr Appetit verschwunden, und sie hatte angefangen, beim kleinsten Geräusch zusammenzufahren und sich auf der Straße unvermittelt und ohne Grund umzusehen. Der Gedanke, daß Alexej auf der Todesliste der Tscheka stand, ließ sie nachts nicht schlafen, woran auch ein paar Gläser Wodka nichts geändert hatten, und wenn sie morgens in den Spiegel schaute, um sich die Haare zu bürsten, bemerkte sie, daß ihr Gesicht ebenso grau, mutlos und erschöpft aussah wie das der meisten Menschen ringsum.

In Moskau ging es ihr etwas besser. Sie hatte hier früher niemanden gekannt. Das Hotelzimmer war so kalt, daß das Wasser – so es welches gab – im Waschbecken gefror, und es gab so viele Wanzen und offenbar auch Ratten, daß kaum an Schlaf zu denken war, aber sie zog eine Umgebung vor, die nicht voller Erinnerungen war. Das änderte freilich nichts an dem schrecklichen Gefühl, daß die Zeit verrann. Sie mußte unverzüglich etwas unternehmen, aber was?

Natascha blickte sich noch einmal auf dem Roten Platz um und begann dann, durch den Schnee zu stapfen. Da sie den ganzen Nachmittag kein Taxi gesehen hatte, würde sie wohl zu Fuß zu Isadora Duncans Schule gehen müssen. Aber sie hatte feste englische Stiefel, so daß es nicht weiter schlimm war. Wichtig war, daß sie mit Isadora Duncan sprach und sie um Hilfe bat. Die berühmte Tänzerin hatte bekanntlich ein sehr gutes Verhältnis zu Lunatscharskij, dem Volkskommissar für das Bildungswesen. Wenn Isadora sie mochte, könnte sie ihr vielleicht zu einem Visum für das Landesinnere verhelfen, oder zumindest zu der Erlaubnis, einen Ort bei Semlo zu besuchen. Andererseits galt Duncan wenigstens im Westen als eine glühende Kommunistin, und deshalb war es ebensogut möglich, daß sie ihre Bitte nicht nur abschlug, sondern sie auch an die Tscheka verriet. Natascha spürte das Gewicht der eingenähten Münzen, als sie am Fluß in nördlicher Richtung ging. Es war ein Hasardspiel, aber sie hatte keine andere Wahl.

Isadora Duncans Schule war in der Pretschistenka-Straße 20, in dem Haus, das einmal der inzwischen in den Westen emigrierten Moskauer Ballerina Alexandra Balaschowa gehört hatte. Das massive, geduckt wirkende Bauwerk, das von einem reichen Wodkabrenner errichtet worden war, brauchte nun wie viele andere Häuser in Sowjetrußland dringend einen neuen Anstrich. Von den Säulen, die den Eingang flankierten, bröckelte der Putz, und die schwere Eichentür war ohne Rücksicht auf die Maserung hastig ausgebessert worden.

Nachdem sie einige Male erfolglos geklopft hatte, ergriff Natascha die Klinke und stellte fest, daß die Tür nicht verschlossen war. Sie betrat eine eiskalte Eingangshalle, und ihr sank das Herz. Wenn die Sowjetregierung nicht einmal die Schule Isadora Duncans heizen ließ, war kaum zu erwarten, daß diese imstande sein würde, etwas zu tun, damit sie Alexej helfen konnte. Sie sah eine breite Marmortreppe und zwei nicht sehr einladend aussehende Bänke aus demselben Material. Sie dachte, die eigentliche Schule müsse wohl im ersten Stock sein, und ging zur Treppe.

Plötzlich wurde oben eine große Doppeltür aus Mahagoni aufgestoßen, und eine Schar von vierzig oder fünfzig Kindern in roten Samtjacken kam die Stufen hinuntergeeilt. Angesichts des allgegenwärtigen Grau im revolutionären Moskau waren diese Kinder wie die Vision einer besseren Welt. Sie umdrängten Natascha lachend, alle zugleich redend, tausend Fragen stellend. Hinter ihnen erschien eine etwa vierzigjährige große Frau mit kurzgeschnittenen dunkelroten Haaren, die ein langes blaues Gewand aus indischer Seide trug.

«Sie sind sicher Miss Ladanowa», sagte die Frau herzlich und schritt über den kalten Fliesenboden auf sie zu. «Ich bin Isadora Duncan.» Sie gab Natascha die Hand und lächelte so offen und strahlend, wie Natascha es seit Wochen nicht mehr erlebt hatte. «Ich freue mich, daß Sie endlich beschlossen haben, mich zu besuchen. Wir hätten uns schon vor langer Zeit in Paris kennenlernen sollen, aber das Schicksal hatte offenbar etwas anderes im Sinn. Glauben Sie an Schicksal, Miss Ladanowa? Wie dem auch sei, Sie brauchen nicht zu antworten. Ich möchte ganz offen zu Ihnen sein. Ich weiß, daß es ziemlich unhöflich ist, aber ich möchte Ihnen gleich zu Anfang sagen, daß ich nichts für Ballett übrig habe. Ich finde, der klassische Tanz zwingt den Körper zu unnatürlichen Verrenkungen. Ich begreife nicht, wie man in diesen lächerlich engen Kostümen atmen kann, und was den Spitzentanz angeht, nun ja, da sollte man besser gleich eine Giraffe sein. Andererseits habe ich aber die größte Achtung für Sie als Künstlerin. Willkommen in meiner Schule.»

Natascha starrte sie an und wußte nicht, was sie auf diesen überraschenden Monolog antworten sollte. Ihr erster Impuls war, zu einer leidenschaftlichen Verteidigung des Balletts anzuheben, aber dann dachte sie an Alexej. Es würde nichts nützen, wenn sie die Duncan schon in den ersten fünf Minuten vor den Kopf stieß. Ohne weiter zu überlegen, legte sie die Arme um zwei der Kinder und zog sie an sich. «Wie entzückend Ihre Schülerinnen sind, Miss Duncan.»

Isadora lächelte, als hätte man ihr eine Auszeichnung verliehen, und Natascha wußte, daß sie das Richtige getan hatte. Die beiden kleinen Mädchen schienen sie zu mögen und legten vertraulich den Kopf an ihre Taille. Sie waren wirklich reizend, die hübschesten und rosigsten Kinder, die sie seit Wochen gesehen hatte. Sie dachte an Alexejs Töchter, die vielleicht in dieser Minute verhungerten, und wurde sich wieder der ganzen Grausamkeit der Revolution bewußt.

«Ich liebe Kinder», sagte Isadora Duncan. «Sie müssen mindestens eine oder zwei Wochen bleiben und die beiden hier tanzen sehen. Sie bewegen sich wie Engel.» Die beiden Mädchen lächelten glücklich, obgleich sie offensichtlich kein Wort von dem seltsamen Kauderwelsch aus Englisch und Französisch verstanden, das ihre Lehrerin sprach. Isadora legte dem jüngeren zärtlich die Hand auf den Kopf und stand nachdenklich da, als hätte sie Nataschas Gegenwart völlig vergessen. Dann schien ihr plötzlich wieder einzufallen, daß sie einen Gast hatte. «Sicher frieren Sie und sind schrecklich müde, stimmt's?» fragte sie lebhaft.

«Ja, ein wenig.»

«Hm, ich kann Ihnen leider nichts anderes bieten als eine warme Wolldecke. Keinen Tee, keinen Kaffee, und heute haben wir nicht einmal warmes Wasser, weil wir nicht rechtzeitig Kohlen bekommen konnten. Aber kommen Sie. Wir reden einfach vom Tanz, bis uns vor Begeisterung warm wird.»

Sie ließ die Kinder gehen und führte Natascha in einen Raum mit niedrigen Sofas und blauen Behängen, die den größten Teil der Wände bedeckten. In einer Ecke saß ein gutaussehender junger Mann, der offenbar damit beschäftigt gewesen war, Wodka aus einer Flasche zu trinken. Als er Isadora und Natascha erblickte, stand er auf und ging wortlos hinaus. «Mein Freund Sergej Essenin, der Dichter.» Isadora zeigte auf eines der Sofas und holte eine große Wolldecke mit vielen Mottenlöchern.

«Bitte... *Dawaj pogoworim*», sagte sie in gebrochenem Russisch.

Die nächsten sechs Stunden redete Natascha mit Isadora in diesem Zimmer, in dem eine so eisige Kälte herrschte, daß sie es normalerweise keine fünf Minuten ausgehalten hätte. Es war ein ungeheuer anregendes und intensives Zusammentreffen, eine Begegnung, auf die Natascha später mit Staunen und Verblüffung zurückblicken sollte. Isadora schien keine der Hemmungen normaler Menschen zu haben. Sie war abwechselnd begeistert, mitreißend, gerührt und ekstatisch – sie sprang so leicht von einem Thema zum anderen, wie sie über die Bühne sprang. Sie kritisierte das klassische Ballett, erläuterte ihre recht schlichten Theorien von der natürlichen Bewegung, schilderte ihren Traum von einer Welt, in der man alle Kinder dazu ermutigte, spontan zu tanzen, fragte Natascha, wie man russische Zuschauer wohl am besten gewinnen könne, und vertraute ihr ohne ersichtlichen Grund an, daß sie unsterblich in den gut fünfzehn Jahre jüngeren Essenin verliebt sei.

Irgendwann im Laufe des Gesprächs fragte Natascha sich plötzlich, ob Isadora nicht vielleicht ein bißchen verrückt sei. Wie konnte man einer total Fremden so vieles anvertrauen? Aber gleichzeitig war sie so intelligent, so lebendig, daß sie das deprimierende, mißtrauische Sowjetrußland wie einen bösen Traum erscheinen ließ.

Natascha rang fast fünf Stunden lang damit, ob sie dieser sympathischen und impulsiven Frau die Wahrheit anvertrauen konnte. Alexej zu erwähnen, war ein entsetzliches Risiko, denn letztlich standen wenigstens vier Menschenleben auf dem Spiel. Zuletzt kam sie zu dem Schluß, daß sie noch ein wenig warten müsse, um Isadora besser kennenzulernen. Ein Fehler in diesem frühen Stadium konnte verhängnisvoll sein. Fröstelnd zog sie die dicke Wolldecke höher um ihre Schultern. Die Tscheka konnte überall sein, selbst in diesem eleganten Raum mit den mattblauen Behängen. Ein Wort am falschen Platz, und Alexej könnte – so wie Madame Laurier – für immer verschwinden.

Natascha ging über eine Woche lang jeden Morgen zu Isadora Duncans Schule und kehrte abends durch eisige, dunkle Straßen zu ihrem Hotel zurück. Trotz der schrecklichen Kälte war sie froh, etwas zu tun zu haben, das sie zwang, ihre Gedanken ab und zu von Alexej loszureißen. Außerdem lernte sie in diesen acht oder neun Tagen einige Dinge, die ihren eigenen Tanz gründlich beeinflussen sollten. Es war keine Technik, denn

Duncan hatte keine Technik im althergebrachten Sinn entwikkelt, sondern vielmehr eine vollkommen neue Einstellung zum menschlichen Körper selbst.

Isadora erläuterte ihre Theorien bei zahllosen Tassen Tee und nahm Natascha mit in den Übungsraum, um sie zu demonstrieren. An einem denkwürdigen Morgen tanzten sie sogar zusammen auf dem dicken Teppich, und ihr Atem bildete in der kalten Luft weiße Wölkchen. Natascha hatte Spitzenschuhe an, und Isadora tanzte barfuß, mit lose fallendem Haar. Danach zog Isadora sie impulsiv an sich und umarmte sie.

«Sie sollten das Ballett aufgeben! Sie könnten so wundervoll tanzen, wenn Sie nur nicht immerzu darüber nachdächten.»

«Aber ich denke gern. Wenn ich nicht denke, lasse ich mich schrecklich gehen.»

Isadora lachte. «Aber es macht Ihnen Spaß?»

«O ja, sehr.»

«Sie sind eine Gefangene der Technik.» Isadora ließ sich atemlos auf ein Sofa fallen. «Die Kaiserliche Schule hat Sie vereinnahmt, als Sie zu jung waren, um es besser zu wissen, und...» Sie machte mit den Händen eine drehende Geste.

«Aber Technik ist notwendig», erwiderte Natascha ernst. Sie suchte nach den richtigen Worten. «Sie ist doch das, was dem Tanz seine Form gibt, und ohne Form würde alles ein einziger Brei werden.» Sie setzte sich neben Isadora und zog sich eine Decke über die Füße. «Und es gibt noch etwas... Ich weiß, es klingt ein bißchen sonderbar, aber für mich spiegelt das klassische Ballett eine universelle Harmonie wider, eine Welt, in der alles in einem vollkommenen Gleichgewicht zueinander steht. Man kann es auch die Welt Gottes nennen, wenn man so will.»

«Solch eine Welt gibt es nicht, ebensowenig wie es einen Gott gibt.»

«Selbst wenn es so wäre, könnten wir sie in der Kunst schaffen, und sei es nur für ein paar Stunden, nicht wahr?» Natascha beugte sich eifrig vor. «Wenn es keine Vollkommenheit gibt, warum sollen wir sie dann nicht *schaffen*?»

«Ach, ihr Russen!» sagte Isadora lachend. «So ernst, und eure

Besessenheit mit großen Fragen: Gott, Tod, Vollkommenheit. Für mich ist Tanzen etwas Einfaches, etwas Spontanes. Ihr denkt zuviel.»

«Nein, ich nicht.»

«Doch, Sie auch. Übrigens denken Sie seit Tagen an irgend etwas sehr Schwerwiegendes. Nein –» sie hob eine Hand – «ich weiß, ich komme vom Thema ab, aber sagen Sie jetzt bloß nicht, daß ich mich irre, denn in solchen Dingen irre ich mich nie. Irgend etwas bedrückt Sie; ich sehe es an Ihrem Körper, wenn Sie tanzen. Sie machen sich Sorgen über irgend etwas, nicht wahr?»

In Natascha stieg plötzlich eine Angst auf, die sie zu ersticken drohte. Konnte man so leicht in ihr lesen? Wenn ihr die Gedanken wirklich im Gesicht geschrieben standen, hatte sie keine Chance – nicht in Sowjetrußland mit der Tscheka an jedem Schlüsselloch. Andererseits war jetzt vielleicht der richtige Moment, Isadora die Wahrheit zu sagen. Je länger sie es aufschob, um so größer wurde die Möglichkeit, daß sie zu spät kommen würde, um Alexej zu helfen.

«Nun, was ist es? Kommen Sie, wir sind zu gute Freundinnen geworden, um Geheimnisse voreinander zu haben.» Isadora verschränkte die Arme und lehnte sich zurück. In ihren Augen war Neugier, vielleicht sogar Mitgefühl, doch konnte sie ihr trauen? Sie mußte es darauf ankommen lassen. Sie holte tief Luft. Sie dachte noch einmal an alles, an Alexej, die Tscheka, die Gefahr, die nicht nur ihm, sondern auch ihr selbst drohte, und ehe sie es sich dann anders überlegen konnte, erzählte sie hastig von ihren erfolglosen Versuchen, eine Reiseerlaubnis für das Landesinnere zu bekommen, erzählte schnell und ohne Pause von Alexej und seiner Familie und sagte, warum sie wirklich nach Rußland gekommen war.

Isadora traten Tränen in die Augen, und ihr lustiges rundes Gesicht wurde todernst, als sie Nataschas Geschichte hörte. «Sie Ärmste. Das ist ja furchtbar!» sagte sie endlich. Der Gedanke, daß der Großfürst seine beiden kleinen Töchter bei sich hatte, brachte sie besonders aus der Fassung. Wie konnte jemand für etwas so Nebensächliches und Vergängliches wie Politik das

Leben von Kindern bedrohen? Kinder waren etwas Kostbares für sie – sie hatte kürzlich zwei ihrer eigenen verloren. Sie holte ein großes, makellos sauberes Taschentuch aus der Tasche ihres langen Gewands, wischte ihre Augen ab und schneuzte sich.

Natascha dürfe keinen falschen Eindruck bekommen. Sie, Isadora Duncan, befürworte die Revolution in fast jeder Hinsicht; sie sei ein wunderbarer Neubeginn für die Menschheit. Lenin sei genauso Gott, wie Jesus Christus Gott sei, denn Gott sei die Liebe, und Jesus Christus und Lenin seien nichts als Liebe. Ihr «Slawischer Tanz», mit dem sie das leidende Volk darstelle, habe die Zuschauer überall in Rußland gepackt. Aber die Bolschewisten seien nichtsdestoweniger Menschen, und diesmal hätten sie offensichtlich einen schrecklichen Fehler gemacht.

Isadora steckte das Taschentuch fort und sagte, sie sei sehr gerührt, daß Natascha sie in diese Angelegenheit eingeweiht habe, bei der es um Leben und Tod gehe, aber es sei vollkommen richtig gewesen. Sie seien immerhin beide Tänzerinnen, sie lebten für dieselbe Kunst. Es liege auf der Hand, daß Alexej und seine beiden kleinen Töchter außer Landes geschmuggelt werden müßten. Es sei ein Jammer, daß man im Leben manchmal zu solchen Tricks greifen müsse, aber sie wolle alles tun, was in ihrer Macht stehe.

Was Isadora Duncan tun konnte, wenn sie sich etwas in den Kopf setzte, war erstaunlich. Als Natascha am nächsten Morgen ins Hotelfoyer kam, gab man ihr an der Rezeption einen großen braunen, amtlich wirkenden Umschlag. Darin steckte eine von Lunatscharskij persönlich unterzeichnete Reiseerlaubnis für Wytschegda, einem kleinen, nur zehn Kilometer von Semlo entfernten Ort.

Wytschegda bestand aus zwei langen Reihen ärmlicher Häuser und Hütten zu beiden Seiten einer Schotterstraße. Es war ein Ort, den man als Fremder unmöglich passieren konnte, ohne Aufmerksamkeit zu erregen. Im Haus des *predsedatel* oder Vorsitzenden des Dorfsowjets – wie der Bürgermeister nun hieß – wurde sie von neugierigen zerlumpten Kindern umringt, die sie um Bonbons und Kopeken anbettelten. Nachdem der Vorsitzende ihren Paß untersucht und sie eingehend gefragt hatte, wer sie sei und wohin sie wolle, bestand er darauf, einen uralten Samowar anzuzünden und eine oft geflickte Decke auf den rauhen Holztisch zu legen. Dann servierte er ihr eine dünne Borschtschsuppe in einer Messingschale, die so zerdellt war, als stammte sie aus der Zeit Katharinas der Großen.

«Sie sind also Schulinspektorin, hm?» Der Vorsitzende beugte sich so nahe zu Natascha, daß sie seinen nach Kohl riechenden Atem spürte. Er war ein älterer Mann mit einem nikotingelben Bart und einer großen Knollennase.

«Ja. Die Partei wird in allen entlegenen ländlichen Gebieten Schulen gründen.» Die Rolle einer Schulinspektorin war nicht sehr einfallsreich, aber da sie eine Reiseerlaubnis vom Kommissar für Volksbildung hatte, bestand eine gute Möglichkeit, daß niemand auf die Idee kommen würde, sich an höherer Stelle zu erkundigen.

Der Dorfvorsitzende schneuzte sich mit zwei Fingern und wischte sie an seiner schmuddeligen Jacke ab. «Mein ältester Sohn kann ein bißchen lesen», sagte er stolz. «Ein Pope hat es ihm beigebracht.»

«Wo ist der Pope jetzt?»

«Oh, wir mußten ihn natürlich erschießen. Konterrevolutionäre haben in Wytschegda kein langes Leben, Genossin Inspektorin.» Natascha bezwang ihre Angst und löffelte in dem Bewußtsein, daß der Vorsitzende auf ihre Reaktion wartete, die Suppe aus.

«Ich werde Ihren Eifer in meinem Bericht erwähnen, Genosse», sagte sie gleichgültig. «Moskau wird es zu schätzen wissen.»

Der Vorsitzende griente, und sie sah, daß er viele Zähne verloren hatte. Er schien ihr die Rolle abzunehmen, aber sie konnte es nicht mit Sicherheit sagen. Sie nahm einen kleinen Schluck Tee und versuchte das Thema zu wechseln.

Es war später Nachmittag, als sie sich endlich loseisen konnte, und das Wetter war noch schlechter geworden. Von Norden her wehte ein heftiger, mit Schneeflocken durchsetzter Wind, der die zehn Kilometer eher wie zwanzig erscheinen ließ. Als sie, vom Schnee halb blind und so durchgefroren, daß sie kaum noch einen Finger bewegen konnte, endlich in Semlo ankam, war es beinahe dunkel. Während sie mit dem schweren Paket, das sie von Moskau mitgebracht hatte, über den letzten Hügel stapfte, hörte sie von einem Tannenwäldchen her das Geräusch von Axthieben. Auf einer Lichtung stand eine Hütte aus unbehauenen Stämmen, deren steiles Dach fast bis zum Boden reichte. Davor hackte ein großgewachsener Mann in einer schäbigen Schaffelljacke Holz, und bei jedem seiner Schläge flogen Späne durch die Luft.

«Guten Abend», rief Natascha, als sie sich durch eine Schneewehe kämpfte. Sie hatte als Kind in Archangelsk gelernt, daß Bauern im allgemeinen ein Mißtrauen gegen Fremde hegten und es vorziehen, wenn man sie aus gehöriger Entfernung begrüßte. *«Dobrij wetscher.»*

Der Mann richtete sich auf, ließ die Axt sinken und starrte über das vielleicht dreißig Meter breite Schneefeld, das sie voneinander trennte. Seine Pelzmütze war tief in ein wettergegerbtes Gesicht gezogen, dessen untere Hälfte ganz aus einem struppigen Bart zu bestehen schien. Vom Auge bis zum Kinn lief eine Narbe – eine Narbe, die nur von der *nagaika* eines Kosaken stammen konnte. «Wer sind Sie?» rief er mißtrauisch. Der vertraute Klang seiner Stimme ließ Natascha zusammenzucken, und sie blieb jäh stehen. O Gott, es war Alexej. In ihr wallte eine Freude auf, die sie wie trunken machte. Sie hatte seit Wochen der Tatsache ins Auge zu sehen versucht, daß er womöglich tot war, und nun stand er gesund und wohlbehalten wenige Meter von ihr entfernt. Geliebter Alexej. Natascha stand wie angewurzelt im Schnee und wußte nicht, ob sie lachen oder weinen sollte. Sie wollte etwas rufen, aber sie war so aufgewühlt, daß die Worte in ihrer Kehle steckenblieben.

«Wer sind Sie?» Alexej hob die Axt in Hüfthöhe und trat einen Schritt vor. Der Schnee knirschte unter seinem Stiefel.

«Alexej! Ich bin's, Natascha.» Sie ließ ihr Paket fallen und lief, immer wieder bis zu den Knien einsinkend, zu ihm.

Alexej kniff die Augen zusammen und spähte wie ein wachsamer Wolf durch das Zwielicht, und einen Moment lang sah es aus, als wollte er sich umdrehen und davonlaufen. Dann lockerten sich seine Züge, und er begann zu strahlen. «Tascha!» Er warf die Axt in den Schnee und stapfte ihr entgegen. Sie erreichten einander im Schatten der hohen Tannen und vereinten sich in einer inbrünstigen Umarmung, bei der Natascha jeden Halt unter den Füßen zu verlieren drohte. Sie lag in seinen Armen, und er preßte sie an sich, daß ihr der Atem stockte.

«Milaja, duschetschka!» Seine Stimme bebte vor innerer Bewegung. «Welch ein Wunder. Ich habe nicht geglaubt, daß ich dich wiedersehen würde.»

Natascha zog ihre Handschuhe aus und streichelte mit ihren warmen Handflächen sein Gesicht, fuhr mit den Fingern die Narbe entlang. Er war schmutzig und furchtbar abgemagert und hatte einen gehetzten Ausdruck in den Augen, doch er schien die Lumpen, die er am Leibe hatte, so stolz zu tragen, als wären sie seine alte weiße, goldbetreßte Uniform. Wie attraktiv er trotz allem noch war. Niemand würde ihn je für einen Bauern halten – was bei genauerem Überlegen gar nicht gut war.

«Du weinst ja», sagte er zärtlich. Er wischte mit dem Ärmel ihre Tränen fort und lachte dann leise auf. «Genauso wie an dem Tag, an dem du gegangen bist. Damals hast du auch geweint. Elena, meine jüngste Tochter, die verrückt auf Filme ist, würde es ein Remake nennen.» Natascha mußte lächeln. «So ist es besser», sagte er. «Wenn man bei dieser Kälte weint, kann man zu Eis werden.»

«O Alexej... Du hast mir so gefehlt.» Sie wollte ihm von der Einsamkeit des Exils erzählen, von den vielen hundert Malen, die sie an ihn gedacht hatte, die sie bereut hatte, daß sie allein fortgegangen war, aber es gab keine Worte, die stark genug waren, um die letzten vier Jahre zu überbrücken.

«Natascha, mein Liebling.» Alexej zog sie an sich und küßte sie, erst zärtlich und dann voll Leidenschaft. «Mein Gott», sagte er dann und trat schnell zurück. «Ich werde den Bolschewiken nie verzeihen, daß sie uns getrennt haben.» Er schwieg einen Moment und räusperte sich. «Weißt du, meine Frau ist hier, und die beiden Mädchen auch.» Er ließ die Arme sinken. «Wir sind in einer unmöglichen Lage.»

Die Hütte, in die Alexej sie führte, war mit getrocknetem Dung verfugt. Es gab keine Möbel, nicht einmal eine Bank. Eine einzige Petroleumlampe verbreitete einen wabernden Schein. Ein großer Lehmofen, an dessen einem Ende zwei Mädchen in alten braunen Kitteln unter einem Stapel von Wolldecken lagen, nahm das halbe Innere ein. Am anderen, heißeren Ende des Ofens stand eine kleine Frau in einem Herrenmantel und mit Filzstiefeln, die in einem Eisentopf rührte.

«Meine Lieben», sagte Alexej, «erlaubt mir, euch Mademoiselle Natalja Nikolajewna Ladanowa vorzustellen, die früher beim Kaiserlichen Ballett war.» Natascha bekam Angst, als Alexejs Frau sich zu ihr wandte. Anastasia mußte sie hassen. Sie machte sich auf einen kühlen Empfang gefaßt, auf Zorn und Verachtung. Es konnte Anastasia unmöglich Vergnügen bereiten, die Geliebte ihres Mannes kennenzulernen. Vielleicht befahl sie ihr sogar, die Hütte auf der Stelle zu verlassen, und es war ein langer und kalter Weg zurück nach Wytschegda.

«Meine liebe Mademoiselle Ladanowa.» Anastasias Stimme war leise und dünn wie die eines kleinen Mädchens. Sie wirkte unscheinbar, ihr Haar war mit grauen Strähnen durchzogen, und ihre Hände hatten Schwielen, aber in den sanften schiefergrauen Augen war keine Spur von Neid oder Groll, nur eine schüchterne Zuneigung. Sie streckte die Hand aus, als wäre sie noch in ihrem Salon in St. Petersburg, und lächelte zurückhaltend. «Es ist mir eine unerwartete Freude.»

Natascha entkrampfte sich unter ihrem warmen Lächeln und war erleichtert, daß sie nicht in der Dunkelheit zehn Kilometer zum Ort zurück marschieren mußte.

«Elena, Vera, das ist Mademoiselle Ladanowa, eine alte Freundin eures Vaters.» Elena, die nun knapp dreizehn sein mußte, hustete und versteckte das Gesicht hinter einer Decke, aber Vera, die ältere der beiden, zeigte sich der Situation gewachsen. Sie zog sich einen Zipfel ihrer Wolldecke um die Schultern und machte einen förmlichen Knicks.

«Guten Abend, Mademoiselle», sagte sie freundlich in akzentfreiem Französisch. *«Enchantée.»*

«Sie werden doch zum Essen bleiben, nicht wahr?» Anastasia schüttete den Inhalt des Topfes in eine große, unglasierte irdene Schüssel, die an vielen Stellen gesprungen war. Einige graue Kartoffeln lagen auf einem Stapel von ebenso grauen *kaschas*.

«Ja, vielen Dank.» Natascha blickte auf die wenigen Kartoffeln, und die hungrigen Mädchen beobachteten sie höflich. Dann stellte sie ihr Paket auf den Boden, öffnete es und fing an, den Inhalt neben die Schüssel zu legen: zwei leicht angeschimmelte Käse, fünf Laib Schwarzbrot, Würste, Pökelheringe, schwarzgebrannten Wodka, drei Päckchen Tee, Speiseöl, zwei Kilo Reis – alles unter großen Mühen und zu dem exorbitanten Preis von drei Goldmünzen und einer Handvoll Rubel in Moskau gekauft.

«Ich wußte nicht, daß es noch soviel Essen auf der Welt gibt», sagte Anastasia leise. «Gott segne Sie.» Sie ging zum anderen Ende des Ofens, nahm ihre Töchter in die Arme und streichelte ihr Haar. Dann richtete sie sich rasch auf, holte ein Messer und begann dicke, duftende Scheiben von dem Brot abzuschneiden.

Die nächsten drei Tage schlief, aß und lebte Natascha bei Alexej und seiner Familie und gewann seine Frau und seine beiden Töchter so lieb, als wären es ihre Angehörigen. Elena war schüchtern, aber sehr gescheit; Vera fröhlich und impulsiv; Anastasia unendlich gütig; Alexej so schlagfertig und unzähmbar wie eh und je, obgleich er nun von *kascha* und Kartoffeln hatte leben müssen. Drei Tage lang tranken sie heißen Tee und redeten, wegen der Kälte dicht nebeneinander kauernd, endlos miteinander, während der Wind draußen hohe Schneebänke anwehte und sie vollkommen von der Außenwelt abschloß. Am Ende dieser Zeit mochte Natascha Anastasia so sehr, daß sie es fast bereute, sich jemals mit Alexej eingelassen zu haben. Solange sie und Anastasia in verschiedenen Welten gelebt hatten, hatte es keinen großen Unterschied gemacht, aber nun konnte sie sehen, wie Anastasia gelitten haben mußte, als sie entdeckte, daß ihr Mann eine schöne junge Geliebte hatte. Sie fragte sich, ob Anastasia ebensoviel Schmerz empfunden hatte wie sie, als sie erfuhr, daß Sergej Anja heiraten würde. Hatte Anastasia geweint und das Gefühl gehabt, ihr Leben sei vorbei? Hatte sie so gelitten wie sie, Natascha? Natascha hoffte es nicht und vermied es in den nun folgenden Tagen sorgsam, ihr noch mehr Grund zur Besorgnis zu geben.

Die Flucht der Familie aus St. Petersburg grenzte ans Wunderbare. Sie waren zu lange geblieben, fast den ganzen schrecklichen Herbst 1917, während Kerenskis Regierung zerbrach und die Bolschewiken ihre Macht festigten.

«Es war meine Schuld», gestand Alexej. «Ich dachte, ich könnte etwas tun, ein bißchen Ordnung in das Chaos bringen, das über unser Land kam, und als ich dann sah, daß es unmöglich war, hielt ich es für meine Pflicht, zu bleiben und es dennoch zu versuchen.» Er wandte sich zu Natascha, und sein Gesicht war ernster, als sie es je gesehen hatte. «Weißt du», sagte er, «es ist eine sonderbare Sache mit Pflicht und Ehre. Ich habe mich mein Leben lang davon leiten lassen, aber jetzt gewinne ich den Eindruck, daß beides aus der Welt verschwindet. Vielleicht wird später, in der brutalen, praktischen Zukunft, die unser Land ansteuert, kein Mensch mehr wissen, was Pflicht und Ehre bedeuten. Ich bin hoffnungslos antiquiert, ein Museumsstück.»

Anastasia legte ihrem Mann zärtlich die Hand auf die Schulter. Er verschränkte seine Finger mit ihren und sah sie liebevoll an. «Anastasia wollte nicht ohne mich gehen», sagte er. «Sie hat sich kategorisch geweigert.»

«Selbstverständlich», sagte Anastasia lächelnd. «Wie hätte ich anders handeln sollen? Unser Platz war bei dir.» Natascha fühlte einen Stich der Eifersucht. Würde sie jemals einem Menschen so uneingeschränkt gehören, daß sie bereit wäre, das zu tun, was Anastasia getan hatte? Sie dachte an Sergej und verbannte ihn dann schnell aus ihren Gedanken. Was ihn betraf, konnte sie nicht mit Loyalität rechnen, mit ihm würde sie ihr Leben nie teilen können. Bei ihm gab es nur Enttäuschung und Schmerz.

Alexej trank einen Schluck Tee und fuhr nachdenklich fort: «Wir brauchten sicherlich mehr Demokratie, eine Regierung, die auf die Wünsche des Volkes hörte, aber was Lenin uns damals im Dezember gab, war die Tscheka.»

Sie hatten sich bereits in Petrograd versteckt, aber die gefürchtete Geheimpolizei konnte sie jeden Moment aufspüren. Die Angehörigen der Romanow-Dynastie standen ganz oben auf ihrer Liste, und selbst Anastasia und die Mädchen konnten es nicht mehr wagen, irgendwo nach Brot anzustehen. Ende Januar hatten Freunde sie gewarnt, daß ihre Verhaftung unmittelbar bevorstehe, und sie waren in letzter Minute mit Pässen der Dienstboten geflohen und hatten unterwegs in Güterwagen und Scheunen Zuflucht gesucht und in eiskaltem Wasser unter Brücken gekauert, während oben die Soldaten der Roten marschierten.

Nach unsäglichen Strapazen hatten sie im Februar den Besitz von Anastasias Eltern erreicht und feststellen müssen, daß er bis auf die Grundmauern abgebrannt war und daß die Bolschewiken alle Bewohner mit Ausnahme einiger alter Bauersleute niedergemacht hatten. Dann hatte Elena eine Lungenentzündung bekommen, und sie hatten kostbare Monate verloren, während sie sie in einem alten Güterwagen einigermaßen gesund pflegten. Nacht für Nacht war Alexej fortgegangen, um im Schutz der Dunkelheit Kartoffeln und andere eßbare Dinge zu stehlen, und Anastasia und die Mädchen hatten sich immer gefragt, ob er jemals zurückkommen würde. Stundenlang hatten sie auf Säcken mit moderndem Stroh gesessen und für ihn gebetet und Psalmen gesungen, um nicht den Mut zu verlieren. Irgendwie hatten sie es geschafft zu überleben. Aber sie hatten jeden Augenblick das Gefühl gehabt, gejagt zu werden, und in der Gewißheit gelebt, daß jede Stunde ihre letzte sein konnte.

Im Sommer 1918 waren sie schließlich nach Semlo gekommen und hatten erfahren, daß der Zar und seine ganze Familie ermordet worden waren. Anastasia und Alexej hatten sich mit den geborgten Pässen als ihre eigenen Dienstboten ausgegeben, aber sie hatten von Anfang an Probleme gehabt. Zum einen sprachen sie zu gepflegt und erregten jedesmal Verdacht, wenn sie nach Wytschegda kamen. Eine Zeitlang hatten auch hier unruhige Zustände geherrscht, so daß niemand sich die Mühe machte, Erkundigungen über sie einzuziehen, aber nun, wo der Bürgerkrieg zu Ende war und die Lage sich allmählich stabilisierte, fing der Dorfvorsitzende an, Fragen zu stellen. Da sie von einigen Bauern geschützt wurden, die Alexej schon als Jungen gekannt hatten, und da sie buchstäblich wie Eremiten lebten, hatten sie es bis jetzt geschafft, der Tscheka zu entgehen. Doch es war offensichtlich nur eine Frage der Zeit, daß man sie finden würde.

«Du siehst, du bist im richtigen Augenblick gekommen», sagte Alexej und legte einige Scheite nach. Die Mädchen reichten Schwarzbrot herum, das hauchdünn mit Käse belegt war, und schenkten Tee ein, in den die Erwachsenen dann ein paar Tropfen des kostbaren Wodkas schütteten. Das Gespräch wurde angeregter. Elena und Vera lachten, Anastasias bleiches Gesicht rötete sich vor Freude, und selbst Alexej schien sich zu lockern. Nun, wo Natascha da war, spürten sie, daß sie eine Chance hatten, vielleicht nur eine geringe Chance, aber immerhin. Zum erstenmal seit Monaten sprachen sie über die Zukunft. Was war die beste Art zu reisen? Welche Routen waren noch offen? Sollten sie versuchen, sich als Bauern zu verkleiden, oder sollten sie die Pässe benutzen, die sie hatten, und auf ihr Glück vertrauen? Sie saßen an dem großen Ofen und machten Plan um Plan, wie sie das Land am besten verlassen könnten.

Das Problem war Elena, die immer noch nicht richtig genesen war. Sie war offensichtlich zu leidend, um auf irgendeine Art zu reisen, bei der sie der Kälte ausgesetzt sein würde, und keiner von ihnen dachte auch nur daran, sie zurückzulassen und später zu holen. Nach vielen hitzigen Debatten kamen sie schließlich zu dem Schluß, daß es das beste wäre, wenn Natascha nach Wytschegda zurückginge. Sie sollte den Dorfvorsitzenden bestechen, damit er ihnen eine Reiseerlaubnis nach Odessa ausstellte, natürlich unter angenommenen Namen, und dort könnten sie einen Fischer dafür bezahlen, sie über das Schwarze Meer in die Türkei zu bringen.

«Sie wollen *was*?»

«Eine Reiseerlaubnis für vier Personen und vier Eisenbahnfahrkarten.»

«Und für wen, sagten Sie?»

«Meinen Onkel, meine Tante und zwei Nichten.»

«Hmmm, ich verstehe.» Der Vorsitzende zog einen Splitter aus der Tischplatte und fing an, damit zwischen seinen Zähnen zu stochern. Die winzigen, mißtrauischen Augen in seinem dikken Gesicht glichen zwei Korinthen in einem ungebackenen Laib Osterbrot. Natascha gab sich alle Mühe, nicht angewidert das Gesicht zu verziehen. Sie hatten bei dem Gespräch, das nun schon drei Stunden dauerte, immer wieder das gleiche gesagt, mit unendlichen Variationen. Sie wollte vier Eisenbahnfahrkarten und eine Reiseerlaubnis für vier Personen, und der Preis wurde immer höher.

Der Vorsitzende betastete die Goldmünzen, die vor ihm auf dem Tisch lagen. «Es ist ein Jammer, daß Ihre Verwandten keine vorschriftsmäßigen Papiere haben, Genossin Inspektorin.»

«Ich sagte Ihnen doch, ihr Haus wurde von Soldaten der Weißen niedergebrannt. Sie haben alles verloren.»

«Es ist trotzdem ein Jammer.» Der Vorsitzende lächelte trübe und nahm wieder einen Schluck aus einem kleinen Zinnbecher Wodka. «Ich sollte diese Angelegenheit einem Genossen vom Bezirkssowjet übergeben.» Er sah sie durchdringend an. «Ich nehme an, Sie hätten nichts dagegen einzuwenden?»

Natascha zwang sich, ihre ausdruckslose Miene zu behalten. «Natürlich nicht, aber das Problem ist meine kleine Nichte. Sie ist krank.»

«Und muß sofort in den Süden?»

«So ist es.» Widerstrebend nahm Natascha noch eine Goldmünze aus der Tasche und legte sie neben die anderen auf den Tisch. «Man kann doch sicher gelegentlich eine Ausnahme machen.»

Der Vorsitzende betrachtete das Gold mit unverhüllter Gier. «Ausnahmen können teuer sein. Es gibt da gewisse Risiken.» Er stocherte zwischen zwei Schneidezähnen. «Sehr teuer.»

«Das ist alles, was ich habe», log Natascha.

«Ein Jammer.»

Sie stand auf und nahm die Goldstücke zornig wieder an sich. «Wenn das nicht reicht, können wir auf die Entscheidung des Bezirkssowjets warten. Ich wäre Ihnen außerdem sehr verbunden, wenn Sie mich an den nächsten Vertreter der Tscheka verweisen könnten. Konterrevolutionäre tauchen manchmal an der unerwartetsten Stelle auf.» Großer Gott, was war, wenn er ihren Bluff durchschaute? Die Tschekisten würden Alexej und seine Familie auf der Stelle erschießen, und sie wahrscheinlich auch. Natascha umklammerte die Goldmünzen und zwang sich, nicht zu zittern. «Es gibt hier in Wytschegda einige Unregelmäßigkeiten, Genosse», sagte sie barsch.

Der Dorfvorsitzende erbleichte und legte seinen Zahnstocher auf den Tisch. «Beruhigen Sie sich, Genossin», bat er. «Vielleicht könnte man die Sache arrangieren. Sie sagten, das kleine Mädchen ist krank. Aus Rücksicht auf ihre Gesundheit, besondere Umstände...» Er streckte eine schmutzige Hand mit abgekauten Nägeln aus, und Natascha ließ die Goldmünzen wortlos auf die Handfläche fallen. «Hm», sagte er. «Sie verstehen sich aufs Verhandeln.» Er biß auf jede einzelne Münze, tat sie in seine Hemdtasche, nahm den Zinnbecher, trank einen großen Schluck Wodka, hustete und versprühte feine Tropfen in Nataschas Richtung. Dann wischte er sich den Mund mit dem Handrücken ab. «Sie müssen Bauernblut in den Adern haben, Genossin.»

Draußen, irgendwo tief in den Wäldern, stieß ein Wolf ein langes, unheimliches Heulen aus. Es war Vollmond, aber in der winzigen Hütte, wo alle Ritzen gegen die Kälte abgedichtet waren, herrschte Dunkel, und Natascha konnte kaum die Hand vor den Augen sehen. Elena, Vera und Anastasia lagen auf der warmen Ofenfläche, und ihr regelmäßiges Atmen sagte Natascha, daß sie schliefen. Sie und Alexej saßen mit dem Rücken am Ofen auf einigen Wolldecken, nahmen ab und zu einen Schluck heißen Tee und unterhielten sich flüsternd. Sie hatten eben das Geld aus Nataschas Mantel geschnitten, es gezählt und die meisten Münzen und Scheine dann in einem Gürtel aus geflochtenen Lumpen versteckt, den Alexej auf der langen Fahrt nach Süden, die morgen früh am Bahnhof von Wytschegda beginnen würde, unter dem Hemd tragen wollte.

Sie sprachen eine Weile über die Reise, die unvermeidlichen Verspätungen, Elenas Gesundheit und die Probleme, denen die Familie in Odessa, einer Bastion der Roten, begegnen könnte. Dann verstummte Alexej unvermittelt.

«Ist etwas nicht in Ordnung?» Natascha stellte das Teeglas vorsichtig hin, damit nichts von dem Inhalt überschwappte. Jetzt drang der Schein der Flammen durch die Ofenklappe und sein Gesicht schien in den tanzenden Schatten hin und her zu zucken.

«Natascha.» Alexej knöpfte seine Schaffelljacke langsam auf und starrte ins Feuer. «Es war sehr schön mit dir damals in St. Petersburg, und ich bin dir unendlich dankbar, daß du all die Gefahren auf dich genommen hast und hierhergekommen bist, aber ich meine, wir sollten die Tatsache ins Auge sehen, daß wir uns vielleicht nie wiedersehen werden.»

«So etwas darfst du nicht sagen.»

Alexej schüttelte den Kopf. «Ich habe das Gefühl – du kannst es auch eine Vorahnung nennen –, daß Anastasia, die Mädchen und ich vielleicht nicht aus Rußland hinauskommen.»

«Ihr schafft es bestimmt, Alexej.» Sie reichte ihm das Teeglas, aber er stellte es hin, ohne zu trinken.

«Glaub mir, ich hoffe, ich habe unrecht. Aber für den Fall, daß es doch so kommt, möchte ich dir etwas sagen...» Er räusperte sich, blickte zu Boden, fing noch einmal an. «Ich möchte dir sagen, daß ich dich immer sehr gern gehabt habe.»

«Alexej, willst du mir sagen, daß du mich geliebt hast?»

«Ich tue es immer noch.»

«Oh.» Sie war zutiefst bewegt und kam sich gleichzeitig schuldig vor. Er hatte soviel für sie getan, er hatte sie umsorgt wie kein anderer, und sie hatte die ganze Zeit an Sergej gedacht. Warum hatte sie Alexej nicht mehr von dem zurückgeben können, was er ihr gegeben hatte? Sie dachte an Anastasia, die nicht einmal einen Meter von ihnen entfernt schlief. War Alexej für Anastasia das, was Sergej für sie gewesen war? Warum mußte Liebe so einseitig sein?

«Du wirst mir fehlen, Natascha.»

«Rede bitte nicht so. Im Frühling werdet ihr in Paris sein. Wir werden zusammen im Café du Dôme auf eure Gesundheit trinken.»

«Haben sie dort guten Wein?» Er zwang sich zu einem Lächeln.

«Den besten Montrachet, den es gibt. Und du kannst meine Freundin Zazie und ihren Sohn Léonce kennenlernen. Du kannst dir nicht vorstellen, wie schön Paris ist, wenn die Kastanien blühen. Der Frühling ist dort die schönste Zeit.»

«Dann komm, damit ich dir bis zum Frühling auf Wiedersehen sagen kann.» Er zog sie an sich, hob ihr Gesicht zu seinem und küßte sie zärtlich auf den Mund. Er hielt sie lange an sich gedrückt, bis das Feuer im Ofen fast niedergebrannt war und die Schatten kalt wurden. Endlich ließ er sie ohne ein Wort los, und sie stiegen auf die Plattform, um zu schlafen, Natascha zwischen Vera und Elena, Alexej neben Anastasia.

Stunden später wurde Natascha von brutalen Schlägen an die Tür der Hütte geweckt. Holz splitterte, und eisige Luft strömte hinein. Grelles weißes Licht aus einem Dutzend Petroleumlampen fiel auf die Schlafenden, und Elena und Vera erwachten und setzten sich blinzelnd und verwirrt auf. Einen Moment lang konnte Natascha nur Schatten ausmachen.

«Alexej Romanow!» Ein kleiner, stämmiger Offizier der Roten Armee stand vor dem Ofen und richtete eine Pistole auf Alexejs Gesicht. «Sie sind verhaftet.» Als Natascha diese Worte hörte, empfand sie zunächst eine so unsägliche Angst, daß sie eine Hand auf den Mund preßte, um nicht laut zu schreien. Sie saßen in der Falle, rettungslos, ohne Ausweg. «Stehen Sie auf», brüllte der Offizier, «und heben Sie die Hände hoch.»

Elena und Vera fingen an zu weinen. «Psst, psst.» Natascha zog die Mädchen zu sich und versuchte, sie zu beruhigen, und dabei verwandelte sich ihre Angst in Zorn. Diese grausamen und verblendeten Barbaren, die nicht davor zurückschrecken würden, unschuldige Kinder zu töten. Hinter dem Offizier stand der Dorfvorsitzende von Wytschegda, ein häßliches Grinsen auf den Lippen, flankiert von vier schwerbewaffneten Soldaten. Sie waren allesamt Feiglinge. Sie hatten Angst, ihr schmutziges Handwerk im Licht des Tages zu verrichten.

«Auf wessen Anordnung werde ich verhaftet?» Alexej stand auf und ignorierte die Pistole.

«Auf Anordnung des Genossen Dserschinskij, des Vorsitzenden der Sonderkommission zur Unterdrückung der Konterrevolution.» Der Offizier sprach jedes einzelne Wort mit höhnischer Präzision. Natascha fiel zum erstenmal auf, wie jung er war, höchstens zwanzig. Er hatte das Gesicht eines Jünglings, mit Pausbacken und Aknepickeln, ein Gesicht, das harmlos und dümmlich gewirkt hätte, wäre es nicht so haßerfüllt gewesen.

«Es ist die Tscheka.» Anastasias Stimme war leiser als ein Flüstern, aber von einem solchen Grausen erfüllt, daß sich die Haare auf Nataschas Armen sträubten.

Alexej gab ihr ein Zeichen zu schweigen. «Und was wirft man mir vor?» fragte er.

«Konterrevolution und Spionage.» Der junge Offizier musterte Alexej feindselig. «Sie sind Feinde des Volkes.»

«Das ist lächerlich. Meine Familie und ich leben absolut zurückgezogen. Wir sind keine Spione. Wir wollen niemandem etwas antun. Wir haben nichts Böses getan.»

«Halten Sie den Mund.» Der Offizier gab den Soldaten ein Zeichen. «Bringt die Frauen nach draußen, alle außer Ladanowa.»

«O mein Gott», stöhnte Anastasia. «Sie werden uns töten, genau wie sie den Zaren und seine arme Familie getötet haben. Bitte... tun Sie meinen Töchtern nichts. Sie sind doch noch Kinder.»

Natascha griff nach Elena und Vera und drückte sie an sich. Beide Mädchen zitterten vor Angst. «Nein, das lasse ich nicht zu.»

«Beruhigen Sie sich, meine Dame», sagte der Offizier scharf. «Wir schicken die ganze Bande nach Moskau. Sie können sie dort in der Lubjanka besuchen.»

Natascha fixierte ihn. «Nein!»

«Wolodja.» Der Offizier machte eine schnelle Handbewegung, und einer der Soldaten trat zu Natascha und stieß ihr den Kolben seines Gewehrs in den Bauch, so daß sie nach hinten fiel. Während sie zusammengekrümmt am Boden lag und nach Luft rang, hörte sie, wie die Uniformierten sie auslachten.

«Die Kleine hat Mut», bemerkte der Dorfvorsitzende.

Ihr war übel, aber sie stand auf und atmete ein paarmal durch, um die Benommenheit zu vertreiben. Elena, Vera und Anastasia waren zur Tür gedrängt worden. Natascha wandte sich zu ihnen, aber der Soldat hielt sie auf, indem er drohend den Gewehrkolben hob.

«Hast du noch nicht genug, *baba*?» sagte er grinsend.

«Fahr zur Hölle», zischte Natascha zwischen zusammengebissenen Zähnen.

Anastasia stand, die Arme um ihre beiden Töchter gelegt, in der Türöffnung. Ihr Gesicht war gerötet, und sie fixierte die Uniformierten kühl. «Wir können nicht nach draußen, es ist zu kalt. Meine kleine Tochter ist krank.»

«*Tschort wosmi*», fluchte der Offizier. «Dieses dickköpfige Pack.» Er gab einem anderen Soldaten ein Zeichen, Elena eine Wolldecke um die Schultern zu legen. «Das Mädchen wird nicht frieren, halten Sie also den Mund, und machen Sie keine Schwierigkeiten mehr.»

«Wohin bringen Sie uns?»

«Ich sagte doch, zurück nach Moskau.» Er blickte unbehaglich fort, mied Anastasias Blick. «Keine Sorge, Sie werden in einem geheizten Abteil fahren. Die Kleine braucht nicht zu frieren.»

«Und mein Mann?»

«Wir möchten uns ein bißchen mit ihm unterhalten, und dann kommt er auch.»

Ein Ausdruck unendlicher Erleichterung huschte über Anastasias Gesicht, einer Erleichterung, die Natascha nicht teilte. Der Mann log.

«Gehen Sie nicht, Anastasia.»

«Sagen Sie ihr, sie soll endlich den Mund halten», sagte der Offizier, «sonst wird sie es bereuen.»

«Natascha, bitte», sagte Anastasia und wandte sich dann wieder zu dem Offizier. «Ich möchte mich von meinem Mann verabschieden.» Sie drängte sich an den Soldaten vorbei und küßte Alexej fest auf den Mund, und die beiden umarmten sich. Dann zog sie die Decke um Veras und Elenas Schultern und ließ sich und die beiden Mädchen von den Soldaten aus der Hütte führen.

Der Offizier zuckte mit den Schultern. Er setzte sich auf den Rand der Schlafstelle, zog einen seiner Filzstiefel aus und massierte seine Zehen. «Ihr Aristokraten macht nichts als Schwierigkeiten.» Sein Fuß war mit schmutzigen Lappen umwickelt, die einen scheußlichen Schweißgeruch verströmten. «Und jetzt wollen wir wissen, wo das Geld ist, Romanow», sagte er zu Alexej.

«Welches Geld?»

«Ladanowa hat gestern in ganz Wytschegda Goldmünzen verteilt, Gold, das die Romanows offensichtlich dem russischen Volk gestohlen haben, und ich habe Befehl, es zu beschlagnahmen.» Er kratzte sich an der Fußsohle, zog den Stiefel wieder an und gähnte.

«Er hat es niemandem gestohlen», sagte Natascha. «Es ist mein Geld.»

«Sei still.» Alexej wandte sich an den Offizier. «Sie lügt. Sie ist unschuldig. Da.» Er zog den Geldgürtel unter seinem Hemd hervor und warf ihn auf die Schlafstelle. Münzen rollten heraus, man sah Geldscheine, Dollars, Rubel, Schweizer Franken. «Da ist das Gold, von dem Sie gesprochen haben, aber tun Sie ihr nichts.» Alexej riß den Gürtel auf, und die Banknoten und restlichen Münzen fielen auf die Wolldecken. «Wenn Sie meine Frau und meine Kinder und Mademoiselle Ladanowa gehen lassen, können Sie alles haben, bis zur letzten Goldmünze. Ich werde Dserschinskijs Männern in Moskau einfach sagen, ich hätte alles für Bestechungen ausgegeben, und es sei nichts mehr davon übrig gewesen. Sehen Sie, Mann, es ist ein Vermögen.»

Der junge Offizier fegte die Münzen und Scheine mit der Hand zusammen und tat alles in seine Manteltasche.

«Gut», sagte er. Seine Pausbacken röteten sich. *«Otschen choroscho.»*

«Sie lassen sie also gehen?»

«Wladja, Kolja!» Zwei der Soldaten kamen mit gezogener Pistole in die Hütte zurück. «Bringt Alexej Romanow zu seiner Familie nach draußen.»

«Aber Sie lassen sie gehen?» beharrte Alexej.

Einer der Soldaten stieß ihm seine Pistole ins Kreuz. *«Poschli»*, brüllte er, «marsch.»

Alexej machte drei Schritte zur Tür und drehte sich dann abrupt um. Er schob die Soldaten zur Seite, lief zu Natascha, nahm ihre Hand und preßte sie an seine Lippen. Natascha sollte den Ausdruck, der in diesem Moment auf seinem Gesicht war, ihr Leben lang nicht vergessen. «Auf Wiedersehen, mein Liebes. Bete für uns. An mir selbst liegt mir nicht mehr viel, aber die Mädchen sind noch so jung.»

«Hören Sie», sagte der Offizier, «in diesem Land wird niemand ohne ordentliche Gerichtsverhandlung erschossen, kapiert?» Er gab den beiden Soldaten ein Zeichen. «Bringt Romanow nach draußen. Und Sie –» er zeigte auf Natascha – «Sie halten jetzt den Mund und machen nicht noch mehr Sperenzchen.»

Was würde er als nächstes tun? Sie erschießen? Sie foltern, um alles herauszubekommen, was sie wußte? Furcht ließ sie erschauern, und sie lehnte sich unwillkürlich fest an den Rand der Schlafstelle. Sie glaubte nicht, daß sie einer Folter lange widerstehen würde, aber sie wußte zumindest nichts, was wirklich von Belang war.

Vielleicht würde man sie einfach deportieren. Sie versuchte zu beten, aber ihr Verstand war wie ausgeleert. Sie konnte jetzt nur an eines denken – wie kalt es für Elena sein mußte. Das arme Mädchen.

«Rauchen Sie?»

«Was?»

«Ich habe gefragt, ob Sie rauchen.» Der Offizier lächelte schmierig, fast unterwürfig. Die Frage war so sonderbar, so fehl am Platz, daß sie ihn nur verblüfft anstarren konnte. Was machte er sich daraus, ob sie rauchte oder nicht?

«Nein.»

«Ihr Pech. Es tut gut, wenn man sich bei irgendeinem verdammten Auftrag kaputtmacht.» Er setzte sich auf die Schlafstelle, holte einen Beutel türkischen Tabak aus der Tasche und fing an, sich mit flinken Händen eine Zigarette zu drehen. «Wie ich höre, sind Sie eine berühmte Tänzerin.»

Natascha nickte nur, sie brachte kein Wort heraus. «Na ja, ich habe noch nie richtiges Ballett gesehen. Ich habe in einer Gießerei gearbeitet, und wir waren nach einem harten Arbeitstag so fertig, daß wir uns nur noch betrinken und mit irgendeinem Mädchen ins Bett fallen konnten.» Er machte einen langen Zug und atmete den Rauch durch die Nase aus. «Übrigens, ich nehme an, ich sollte Ihnen im Namen des Sowjetstaats danken.»

«Wofür?»

«Daß Sie uns zu Romanow und seiner Brut geführt haben.» Als er das Entsetzen in ihrem Gesicht bemerkte, fügte er hinzu: «Nehmen Sie es nicht so schwer, Mädchen. Die Tscheka hat Sie überwacht, seit Sie zum erstenmal ein Visum für das Landesinnere beantragt haben. Sie wußten, daß Sie sie früher oder später zu Ihrem Großfürsten bringen würden.» Er schlug an seine Brusttasche. «Ich habe einen Auszug aus Ihrer Akte dabei, ich kenne also die schmutzigen Geschichten über Sie.» Er drückte die Zigarette auf dem Ofenrand aus. «Ich habe Befehl, Sie nach Moskau zurückzuschicken, aber vorher...»

Der Rest des Satzes wurde von einer Salve übertönt. Natascha lief zur Tür. Draußen war es inzwischen hell geworden, der Himmel war purpurn und sah aus wie eine schwärende Wunde. Der Offizier packte sie roh von hinten und zog sie zurück. «Wo zum

Teufel wollen Sie hin?» sagte er wütend und drehte sie um, so daß sie ihn ansehen mußte.

Aber es war zu spät. Sie hatte bereits alles gesehen, die Soldaten, die ihre Pistolen einsteckten, und die vier Körper, die mit dem Gesicht nach unten im frisch gefallenen Schnee lagen.

9
Wien

Natascha stand vor dem Denkmal für die Opfer der großen Pest, einem eleganten Obelisken mit Engeln aus Granit und steinernen Wolken, der sich vor dem klaren blauen Himmel abzeichnete. Da sie sich ein wenig benommen fühlte, setzte sie sich auf den Bordstein. Drei vorbeigehende Nonnen, die ihre weißen Hauben wegen des frischen Winds festhalten mußten, sahen sie befremdet an, aber sie ignorierte sie. Ihr war nicht nach teilnahmsvollen Fragen, nicht nach einem Gespräch. Sie wollte allein sein, um Ordnung in ihre Gedanken zu bringen.

Sie war schon ein halbes dutzendmal in Wien gewesen, ohne die Stadt wirklich zu sehen, da sie immer nur von der Probe zur Vorstellung geeilt war, dann von der Oper zurück zu ihrem Hotel, und zwischendurch war sie höchstens den Ring entlanggeschlendert und dann und wann auf eine Tasse Kaffee und ein Stück Torte in eine Konditorei gegangen. Aber diesmal war es anders. Sie war die letzten sechs Tage wie besessen durch die Stadt gelaufen, hatte jede Straße gesehen, alle bekannten Bauwerke, Museen, Paläste und Kirchen, und nun fühlte sie sich wie eine entnervte Touristin, die den Auftrag hatte, einen neuen Stadtplan zu entwerfen.

Sie hatte das Bedürfnis gehabt, in einem Ort zu sein, der frei von Erinnerungen war, einem Ort, der nicht mit ihrer persönlichen Vergangenheit verbunden war, wo sie das zerschnittene und zerrissene Gewebe ihres Lebens wenn nicht flicken, so doch ungestört von belastenden Eindrücken in Augenschein nehmen konnte. Eine Bestandsaufnahme. Sie mußte den Tod von Alexej und seiner Familie verarbeiten, sie mußte sich zusammenreißen, um nicht hysterisch zu werden oder in Depressionen zu verfallen. Schaudernd dachte sie an Moskau zurück und erinnerte sich an das Gefängnis der Tscheka am Lubjanka-Platz, wo sie fast eine Woche lang allein in einer kalten, fensterlosen Zelle mit nackten Zementwänden festgehalten worden war. Durch den Belüftungsschacht waren die Schreie derer gedrungen, die in den Kellern verhört wurden, aber auch geflüsterte Worte der Ermutigung von anderen Gefangenen. Die ersten Tage hatte sie nur für Alexej und seine Familie gebetet, die eigenen Ängste zurückgedrängt und versucht, nicht jedesmal vor Entsetzen zusammenzuzucken, wenn sie Schritte im Korridor hörte. Dann war ihr bewußt geworden, daß sie mehr tun mußte, wenn sie nicht den Verstand verlieren wollte.

Am dritten Tag ihrer Gefangenschaft hatte sie mit einem rigorosen Trainingsprogramm begonnen. Sie stand von der Eisenpritsche auf, aß das Schwarzbrot und den wurmstichigen *kascha*, die sie ihr nachts durch die Türluke in die Zelle geschoben hatten, und trainierte angestrengt, als ob sie sich auf eine wichtige Aufführung vorbereitete. Zuerst waren ihre Gelenke steif, und ihr Körper schien ihr nicht mehr gehorchen zu wollen. Die Zelle war zu klein, um sich richtig bewegen zu können, so daß sie nicht viel anderes tun konnte, als wieder und wieder die Grundpositionen einzunehmen wie eine Anfängerin der Kaiserlichen Ballettschule: *demi-plié, grand plié, rond de jambe.* Die Arbeit bewahrte sie davor, in Verzweiflung zu versinken.

Wie sich herausstellte, waren ihre Befürchtungen unbegründet; sie wurde nicht verhört, nicht einmal zur Routinebefragung in den Verwaltungstrakt gebracht. Statt dessen erschienen eines Morgens zwei grimmig blickende Wärterinnen in ihrer Zelle und führten sie zum Aufnahmeraum, wo man ihr wortlos ihre Kleidung und ihren Paß aushändigte. Sie wurde offensichtlich freigelassen, aber warum? Hatte Isadora Duncan sich für sie verwendet? Hatte ihre Verhaftung im Westen Empörung ausgelöst? Hatte die Tscheka einen internationalen Skandal befürchtet, oder war man einfach zu dem Schluß gekommen, daß sie über keine wissenswerten Informationen verfügte? Man brachte sie in einem Militärfahrzeug zum Bahnhof und setzte sie, nachdem das sowjetische Visum für alle Zeit widerrufen worden war, in einen Zug nach Österreich. Sie sollte nie erfahren, warum man beschlossen hatte, sie freizulassen.

Sie stand vom Bordstein auf und ging schnell die Singerstraße und den Graben hinauf. Sie würde sich den Stephansdom noch einmal ansehen, und am Nachmittag würde sie dann mit der Stadtbahn nach Schönbrunn fahren und durch den berühmten Schloßpark spazieren. Und dann?

Während sie die breite, kopfsteingepflasterte Straße entlangschritt, spürte sie wieder einen Schwindel, hatte erneut das Gefühl, als finge alles ringsum an zu tanzen. Ihr kam ein Gedanke, den sie schnell zurückdrängte. Aber er kam wieder, mit der Beharrlichkeit einer Katze, die gefüttert werden will: *Warum war sie so oft schwindlig und benommen? Stimmte mit ihrem Körper etwas nicht?* Sie atmete tief ein und schritt weiter, schüttelte den Schwindel ab. Lächerlich. Sie war kerngesund, vielleicht noch ein bißchen blaß und mitgenommen von der Gefängnishaft, aber im wesentlichen gesund. Es waren die Nerven, sonst nichts. Sie bog die Arme und fühlte die Kraft in ihren Beinen. Sie brauchte nur eine Bühne, und sie würde stundenlang tanzen können, ohne Pause. Und doch...

Es hatte schon vor einiger Zeit begonnen, aber in der Lubjanka war es ihr am deutlichsten aufgefallen: Ihre Brüste waren empfindlich, ihr Bauch leicht angeschwollen. Ihr Urin hatte eigenartig gerochen, ihr Haar hatte den Glanz verloren. Sie hatte sich gesagt, daß sie einen Arzt aufsuchen müsse, sobald sie wieder im Westen sei, doch aus irgendeinem Grund hatte sie es nicht getan. In den sechs Tagen, die sie nun schon in Wien war, hatte sie nichts anderes gemacht, als von einer Sehenswürdigkeit zur anderen zu laufen. Warum konnte sie nicht einfach einen Termin vereinbaren? Es sah ihr gar nicht ähnlich, ihre Gesundheit so zu vernachlässigen – aber irgend etwas lähmte sie. Vielleicht sollte sie auf dem schnellsten Weg zur Bergstraße 19 und diesen Dr. Freud konsultieren, von dem neuerdings alle Welt redete.

Sie spürte eine neue Welle von Übelkeit und blieb stehen und hielt sich an einem Laternenpfahl fest, um nicht zu fallen. Die ganze Straße tanzte vor ihren Augen, Autos, Fußgänger, sogar die Schaufenster schienen sich im Dreivierteltakt zu drehen. Sie klammerte sich angstvoll an den Pfahl, bis der Schwindel nachließ, und dann ging sie langsam zum Ring und stieg in einen Bus zu ihrer Pension. Der Stephansdom würde warten müssen.

«Nehmen Sie bitte Platz, Frau Ladanowa.» Dr. Gruber war ein kleiner Mann mit Halbglatze, dessen Schreibtisch von Stapeln staubiger Fachbücher bedeckt wurde. Wie sich herausgestellt hatte, lag seine Praxis recht weit außerhalb. Natascha hatte dreimal umsteigen müssen, und mit jedem Umsteigen war ein Stück von dem Wien verschwunden, das sie kannte, bis die öden, häßlichen Straßen so aussahen wie in irgendeiner europäischen Stadt und nur noch Anonymität ausstrahlten. Trotz der umständlichen Fahrt war Natascha erleichtert. So bestand nicht die entfernteste Möglichkeit, daß irgendein Mitglied des Ballet de la Cité oder einer anderen Truppe sich bei einem Gastspiel mit einem verstauchten Knöchel oder einer Schienbeinprellung zu Dr. Gruber verirrte.

«Danke, Herr Doktor.» Sie setzte sich in einen Sessel, dessen abgewetzter grüner Bezug von der Tatsache zeugte, daß Dr. Gruber vielleicht kein wohlhabender, aber doch ein oft konsultierter Arzt war. Der Sessel war bequem und beruhigend, weil er sie zu umschließen schien. Sie legte ihre Hände – sie hatte makellose Handschuhe an – in den Schoß und fragte sich, wie viele Frauen hier schon auf das gleiche Urteil gewartet haben mochten.

Dr. Gruber räusperte sich geschäftsmäßig und nahm die braune Akte mit ihrer Karteikarte. «Die Testergebnisse sind da, Frau Ladanowa. Sie bestätigen meine Diagnose.»

«Oh.»

Dr. Gruber lächelte. «Ja, es ist so, wie wir gedacht haben.»

Natascha bemühte sich, mit gelassener Stimme zu sprechen, aber sie bebte am ganzen Leib. «Sind Sie ganz sicher?»

«Meine liebe Frau Ladanowa», sagte Dr. Gruber, «es gibt nicht den geringsten Zweifel. Ich schätze aufgrund meiner bisherigen Praxis, daß Sie kurz vor dem vierten Monat sind.»

«*Gaspodi.*» Ihre Hand fuhr unwillkürlich zum Bauch und betastete die Schwellung, die sie bisher geflissentlich ignoriert hatte. Sie zählte schnell die Monate zurück: Februar, Januar, Dezember. Sie hatte Sergejs Zimmer im Algonquin vor Augen, den Ausdruck in seinem Gesicht, als er ihr erzählt hatte, daß er Anja heiratete. Was für eine unmögliche Situation. Wie hatte er ihr außer allem anderen auch noch das antun können? Sie war einen Moment lang zornig, aber dann fühlte sie eine Liebe und Sehnsucht in sich aufsteigen, die ihr fast den Atem nahmen. In ihr lebte ein Kind, Sergejs Kind, und sie wollte es haben. Aber das war verrückt, es kam nicht in Frage. Sie konnte kein Kind ernähren. Tränen traten ihr in die Augen, und sie wischte sie hastig fort, sie war vollkommen ratlos, verwirrt, sie fühlte sich wie in einer Falle.

Dr. Gruber reichte ihr ein Taschentuch und machte hinten in seiner Kehle ein mitfühlendes glucksendes Geräusch, das unter normalen Umständen komisch gewesen wäre. «Aber Sie müssen doch etwas Derartiges vermutet haben, als Ihre Regel ausblieb?»

«Bei Tänzerinnen bleibt die Regel oft aus», zischte sie. Was für ein Narr dieser Mann war. Nein, sie war ungerecht. Er schien ein tüchtiger Arzt zu sein. Er konnte nicht wissen, daß ihr Körper nicht so reagierte wie der anderer Frauen.

«Oh», sagte Dr. Gruber ein bißchen erstaunt. «Das wußte ich nicht. Was tanzen Sie denn?»

«Ballett.»

«Oh.» Das klang nicht mehr ganz so mißbilligend.

«Herr Doktor...»

«Ja?»

Sie überlegte, wie sie es am besten sagen konnte. «Ich kann mir nur mit Tanzen meinen Lebensunterhalt verdienen. Aber ich kann in diesem Zustand nicht zu meiner Truppe zurück, und ich habe keine Möglichkeit, ein Kind aufzuziehen.» Sie stockte bei dem Wort Kind, zwang sich aber weiterzureden. Die Worte waren wie Messerstiche. Sie wollte um Hilfe oder Schutz bitten, um die Schwangerschaft durchzustehen. Ihr schossen die verschiedensten Gedanken zugleich durch den Kopf. Sie könnte sich Geld von Zazie borgen – nein, Zazie hatte keinen Sou; sie könnte nach Paris zurückgehen, aber es würde einen Skandal geben, und sie würde ohnehin nicht tanzen können; sie könnte sich in ein Kloster flüchten, wo die Nonnen Frauen in ihrem Zustand aufnahmen, aber sie würden wahrscheinlich verlangen, daß sie das Kind zur Adoption freigäbe. Sie könnte Sergej um Hilfe bitten, ihn anflehen, ihr so viel Geld zu geben, wie sie brauchte, um das Kind großzuziehen, aber da Anja im sechsten Monat war und die Hand auf dem Portemonnaie hatte, war die Chance, etwas von ihm zu bekommen, gleich Null. Natascha holte tief Luft und stellte eine Frage, die sie nicht hatte stellen wollen. «Wissen Sie einen Weg ... Das heißt, könnten Sie mir vielleicht jemanden empfehlen ... der mir aus dieser Lage heraushilft?»

Dr. Grubers Gesicht wurde starr. «Sie sind nicht verheiratet?»

«Nein.»

«Und der Vater?»

«Er ist mit einer anderen verheiratet.»

«Tja, das sieht nicht sehr gut aus. Sie hätten vorsichtiger sein sollen, Fräulein. Wer mit dem Feuer spielt, verbrennt sich allzu leicht.»

Natascha war so zornig über die ungerechte Bemerkung, daß sie ihn am liebsten angeschrien hätte. Sie wollte ihm sagen, wie sehr sie unter diesem Entschluß litt, welch grenzenloser Schmerz es war, wie wenig er sich vorstellen könne, was sie durchmachte, aber sie schaffte es, den Mund zu halten. Sie blickte auf ihre Hände hinunter, damit er nicht den Zorn in ihren Augen sah, und redete mit leiser, flehender Stimme. «Bitte, Herr Doktor», sagte sie. «Ich bin ganz allein in dieser Stadt, ich habe niemand anderen, an den ich mich wenden könnte.»

Dr. Gruber war offensichtlich geschmeichelt. Seine kleinen

Augen glänzten, und er tippte ruckartig die Fingerspitzen gegeneinander. «Sie sind also Künstlerin?»

«Ja.»

«Tänzerin.»

«Ja.»

«Hm, meine Liebe, sagen wir einfach, daß wir in Wien manchmal Ausnahmen für Künstlerinnen machen.» Er nahm einen Füllhalter und kritzelte etwas auf ein Blatt Papier. «Hier ist eine Adresse. Falls jemand Sie fragen sollte, woher Sie sie haben, wissen Sie es nicht – verstehen Sie?» Er musterte sie streng. «Ich könnte meine Approbation verlieren, weil ich Ihnen das hier gegeben habe.»

Natascha ging, den zusammengeknüllten Zettel mit der Adresse in der geballten Hand, über zwei Stunden vor dem abweisenden, grauen Haus auf und ab. In ihrem Portemonnaie waren fünfhundert Schilling, der Rest von dem Schweizer Konto, der ihr gestern morgen telegraphisch aus Luzern angewiesen worden war. Die Abtreibung würde vierhundert kosten, und dann hätte sie gerade noch genug Geld für eine Eisenbahnfahrkarte nach Paris, wo sie zum Ballet de Cité zurückkehren könnte, als ob nichts geschehen wäre. Fouchier hatte sie kürzlich in einem langen, überschwenglichen und amüsanten Brief gebeten, unverzüglich zurückzukommen. Das Publikum vermisse sie; es werde immer wieder nach ihr gefragt. Ihr Aufenthalt in Rußland habe sie zu einer Berühmtheit gemacht, und die bloße Nennung ihres Namens auf einem Programmzettel garantiere der Truppe ausverkaufte Häuser. Cocteau erkundige sich fast täglich nach ihr, und Gertrude Stein habe den Wunsch geäußert, sie kennenzulernen.

Natascha ging zu der massiven Haustür und betrachtete das polierte Messingschild. Der Eingriff werde sicher und vollkommen harmlos sein, fast so, als würde ihr ein Zahn gezogen, hatte ihr eine Frau mit einer freundlichen Stimme am Telefon gesagt. Sie solle Schuhe mit flachen Absätzen anziehen, Aspirin mitbringen und die letzten achtzehn Stunden vorher keine feste Nahrung zu sich nehmen.

So leicht, so einfach, aber seit zwei Stunden war sie wie gelähmt vor Unentschlossenheit. Sie malte sich alle erdenklichen Konsequenzen aus. Je mehr sie sich bemühte, alles logisch zu ordnen, desto unsicherer wurde sie. Dieses Kind, das in ihr wuchs, war alles, was sie noch von Sergej hatte, ein lebendes Bindeglied zwischen ihnen, das nicht einmal er zerbrechen konnte, aber warum sollte sie sich ein solches Bindeglied wünschen? Wie konnte ihr bloß so viel an dem Kind eines Mannes liegen, der sie offensichtlich nicht liebte? Es war alles so schrecklich verwirrend. Hatte sie ihre Gefühle für Sergej auf irgendeine Weise, die sie nicht verstand, auf das Baby übertragen? Oder war sie immer noch wegen Alexejs Tod in einem Schockzustand und wurde von jenem Urinstinkt getrieben, der nach großen Kriegen und Naturkatastrophen in Frauen den Wunsch weckte, ein Kind zur Welt zu bringen?

Und dann erhob sich die ebenso verwirrende moralische Frage. Sie war außer in Krisenzeiten nie ein besonders religiöser Mensch gewesen, aber nun nahm sie auf einmal Gewissensbisse wahr, die sie früher niemals gehabt hatte. Viele Leute betrachteten eine Abtreibung als Mord – der Staat tat es gewiß, da er sie unter Strafe stellte. Und die Kirche? Sie dachte nach, welchen Standpunkt die russisch-orthodoxe Kirche zur Abtreibung bezog, aber sie konnte sich nicht daran erinnern. Ihres Wissens hatte man in ihrer Gegenwart nie darüber gesprochen, nicht einmal während ihrer Kindheit und Jugend in Archangelsk.

Rational gesehen lag die Antwort natürlich auf der Hand. Sie sollte den Eingriff vornehmen lassen. Sie war jung; sie würde noch eine Menge Zeit haben, Kinder zu bekommen, wenn sie es wollte. Zu einem besseren Zeitpunkt ihrer Karriere.

Natascha ging die drei Stufen hoch und griff nach dem Türklopfer. Das Messing lag kalt in ihrer Hand. Ja oder nein? Wollte sie immer alles für den Tanz opfern, oder gab es in ihrem Leben noch andere Dinge, die sie sich wünschte, Dinge, auf die sie ein Recht hatte und die nichts mit dem Ballett zu tun hatten? Und was war mit der Liebe, die sie schon jetzt für dieses Kind empfand, verlor sie vielleicht deshalb an Wert, weil sie sie nicht erklären konnte, weil sie auf irgendeine irrationale Weise mit ihren Gefühlen für Sergej und ihrem Kummer um Alexej verbunden war?

Natascha dachte wieder an das Kind, das ein Teil von ihr und ein Teil von Sergej sein würde. Ein imaginäres Gesicht trat vor ihr inneres Auge, das Gesicht eines Babys mit Sergejs blauen Augen und ihrem eigenen dunklen Haar, ein winziges, niedliches Gesicht, fast real genug, um es berühren zu können. Sie drehte sich kurz zur Seite, da sie das Gefühl hatte, jemand stehe neben ihr, aber auf der Straße war kein Mensch zu sehen; der Wind trieb einen Fetzen Papier über das Kopfsteinpflaster vor sich her, und ein Hund kam um eine Ecke gelaufen. Sie schaute wieder auf den Türklopfer, und dann schaute sie in ihr Herz hinein.

Plötzlich wußte sie ohne den Schatten eines Zweifels, daß sie es ihr Leben lang bereuen würde, wenn sie hineinging.

Die Konditorei war so gut wie leer, und Natascha hatte die ganze hintere Ecke für sich allein. In ihrer Handtasche lag eine Eisenbahnfahrkarte nach Paris, die jeden Tag der Woche gültig war, aber sie hatte die Abreise aus irgendeinem Grund immer weiter vor sich hergeschoben. Sie legte die Hand auf den Bauch und lächelte zufrieden vor sich hin. Sie wollte im Augenblick gar nicht woanders sein. Ihr Bauch war wie eine hübsche runde Trommel, noch klein, aber er wurde jeden Tag sichtlich ein wenig größer. Sie hatte in der letzten Woche schrecklichen Heißhunger gehabt. Sie hatte Schokolade gegessen, bis ihr schon bei dem Anblick übel geworden war, und dann hatte sie sich Obst gekauft, zwei Kilo auf einmal. Sie schien gar nicht genug zu bekommen von all den Äpfeln und Birnen und Apfelsinen, und dann und wann lutschte sie sogar eine Zitrone aus. Eine sonderbare Diät, aber sie hatte sich noch nie in ihrem Leben besser gefühlt. Jetzt, wo sich die Schwindelanfälle gelegt hatten, schien die Schwangerschaft ihr so gut zu bekommen, wie ihr noch nie etwas bekommen war.

Sie bestellte eine Tasse Kaffee, faltete die Zeitung auseinander und las ein paar von den deutschen Worten, die ihr unendlich kompliziert vorkamen. Nach einer Weile seufzte sie und lehnte sich zurück. Es war entschieden Zeit, wieder nach Paris zu fahren. Die österreichischen Staatsfinanzen waren heillos zerrüttet, und Kanzler Ignaz Seipel, der mit dem Völkerbund um ein Darlehen verhandelte, hatte sich trotz des wachsenden Drucks der westlichen Landesteile erneut gegen einen Anschluß an Deutschland ausgesprochen. Die Sozialisten forderten eine gerechtere Verteilung der Wohnungen und Hilfe für die Arbeitslosen. Sie warf einen Blick auf eine Statistik und nahm wieder einen Schluck von dem bitteren schwarzen Kaffee.

«Miss Ladanowa!» Natascha blickte von der Zeitung auf und sah einen großgewachsenen Mann in einem moosgrünen Pullover und Sportsakko, offenbar ein Amerikaner, der neben ihrem Tisch stand und ihr strahlend zulächelte. Sein Schnurrbart und seine ein wenig schiefe Nase kamen ihr irgendwie vertraut vor, aber sie konnte ihn nicht unterbringen.

«Sie erinnern sich nicht mehr an mich, oder?» fragte er in munterem Tonfall.

«Ich fürchte, nein.»

«Ich bin Trey Ward. Erinnern Sie sich jetzt? Ich habe Sie damals in Paris gerettet, nach jenem Cocteau-Ballett, als das Publikum die Bühne stürmte und Sie in den Regen hinaustrieb.»

«Mr. Trey, ja, natürlich.» Sie freute sich, ihn zu sehen, *irgend jemanden* zu sehen, den sie kannte, und gab ihm die Hand. Heute morgen hatte sie sich zum erstenmal einsam gefühlt und gedacht, wie schön es wäre, Zazies Zigarettenqualm zu riechen und ihr endloses Geplapper zu hören. Fouchier wäre natürlich etwas anderes. Es würde nicht angenehm sein, ihm zu sagen, daß er seine Startänzerin für wengistens eine Saison verloren hatte. Die Aussicht auf die Unterredung mit Fouchier gehörte zu den Hauptgründen, weshalb sie in Wien geblieben war.

«Hätten Sie etwas dagegen, wenn ich mich zu Ihnen setze?»

«Aber nein ... Bitte.» Sie war froh, daß sie jemanden hatte, mit dem sie reden konnte, besonders jemanden, der wahrscheinlich nicht über den freien Fall des Schilling oder den Anschluß sprechen würde, und sie hatte Trey als einen sympathischen, unkomplizierten Burschen in Erinnerung, der vielleicht sogar recht amüsant sein würde.

«Danke.» Er setzte sich an den winzigen Tisch und bestellte bei einer der weißbeschürzten Kellnerinnen eine Tasse Kaffee und ein Stück Kuchen. Draußen, vor der Konditorei, schlenderten gutgekleidete Österreicher im bleichen Schein der Frühjahrssonne die Kärntner Straße auf und ab. «Ich nehme an, Sie sind zu einem Gastspiel hier, Miss Ladanowa», sagte er lächelnd. Seine Zähne waren erstaunlich weiß. Sie fragte sich, ob es damit zusammenhing, daß er Amerikaner war. Sie schienen alle so unglaublich gesund zu sein.

«Sagen Sie bitte Natascha zu mir.» Er lächelte wieder, als hätte sie ihm ein Geschenk gemacht. «Nein, ich habe kein Gastspiel. Ich bin hier...» Sie verstummte, da sie nicht recht wußte, was sie sagen sollte. Er mußte ihren Zustand doch bemerken! «Ich bin aus persönlichen Gründen hier», schloß sie lahm.

«Oh.» Trey lächelte und wechselte sofort das Thema. Sie hatte ganz vergessen, wie taktvoll er war. Er tat einen Löffel Zucker in seinen Kaffee, rührte um, probierte, zog ein Gesicht und tat mehr Zucker hinein. «Ich nehme hier an einem Wettfliegen teil.»

«Wirklich?» Sie lehnte sich zurück und machte sich auf einen Bericht gefaßt, der sie einigermaßen langweilen würde. Sie hatte sich noch nie besonders für Fliegerei interessiert, aber Treys Begeisterung war ansteckend. Es handelte sich offenbar um ein wichtiges Rennen. Sie erfuhr, daß Piloten aus der ganzen Welt nach Wien kamen.

Er trank seinen Kaffee aus und bestellte für sie beide noch einen, zusammen mit einem Stück Sachertorte. Während Natascha aß, beobachtete er sie aufmerksam.

«Hören Sie», sagte er, «ich würde Sie gern zum Mittagessen einladen. Das heißt, natürlich nur, wenn Sie nichts anderes vorhaben.»

Natascha blickte verlegen von dem Tortenrest auf ihrem Teller auf. Konnte man ihr ihren Heißhunger ansehen? Es war beinahe erschreckend, wie sie neuerdings aß – als hätte sie seit Wochen keine richtige Mahlzeit mehr bekommen. Sie stellte sich vor, daß das Baby in ihr satt und glücklich heranwuchs. Wenn sie sich nicht mäßigte, würde sie noch einen Rekord aufstellen: Die Frau, die in der kürzestmöglichen Zeit die größtmögliche Nahrungsmenge aufnahm. Sie dachte an die vielen Stunden, die sie vor Spiegeln damit verbracht hatte, ihren Körper zu prüfen und sich zu vergewissern, daß kein Gramm Fett zuviel auf ihren Hüften oder Schenkeln war. Sie war eine der Glücklichen gewesen, eine der Tänzerinnen, die von Natur aus schlank sind, aber sie hatte sich trotzdem zurückgehalten und kalorienreiche Desserts ausgelassen und möglichst wenig Sahnesoßen und Butter gegessen.

Jetzt aß sie einfach alles, worauf sie Appetit hatte, ohne zweimal zu überlegen. Eine Schwangerschaft schien den großen Vorteil zu haben, daß man jahrelange Disziplin für ein paar Monate vergessen konnte. Sie verstand nun, warum Zazie es so genossen hatte, sich gehenzulassen und dabei mollig zu werden. Wenn man tanzte, wenn man das Ballett zum Lebensinhalt machte, mußte man seinen Körper als Gegner betrachten und jede Minute mit ihm kämpfen.

Treys blaßgrüne Augen betrachteten sie ohne eine Spur von Belustigung. Er schien es ganz selbstverständlich zu finden, daß sie so über die Torte hergefallen war. «Ich kenne da ein nettes Restaurant am Schillerplatz, wo es das beste Wiener Schnitzel weit und breit gibt.» Er verlangte die Rechnung und gab der Kellnerin ein so großzügiges Trinkgeld, daß sie vor Staunen fast vergaß, sich zu bedanken. Als Natascha aufstand, um ihren Mantel anzuziehen, sah sie, daß er sie mit einem sonderbaren Ausdruck betrachtete. Er hatte es also endlich bemerkt.

«Im September ist es soweit», sagte sie schnell.

«Oh.» Trey errötete ein wenig und blickte fort. «Entschuldigen Sie, daß ich Sie so angestarrt habe. Es geht mich wirklich nichts an, aber ich habe nicht mal gewußt, daß Sie verheiratet sind.»

«Ich bin nicht verheiratet.»

«Oh.» Er schwieg einen Moment, als brauchte er Zeit, um eine unerwartete Neuigkeit zu verkraften. Dann lächelte er breit und zuckte mit den Schultern. «Hm, das ist eine gute Nachricht, denn ich würde mir ein bißchen seltsam vorkommen, wenn ich eine verheiratete Frau zum Essen einlüde.»

«Wie wäre es mit einer schwangeren?»

«Das schlägt alles.» Sie lachten beide, und er half ihr in den Mantel. «Aber ernsthaft, wenn Sie Hilfe brauchen sollten...» Trey war plötzlich sehr besorgt.

«Nein, vielen Dank. Es ist für alles gesorgt, aber ich weiß Ihr Angebot zu schätzen. Es ist wirklich sehr nett von Ihnen.»

Das Restaurant am Schillerplatz war sehr gut, aber nicht so elegant, daß Natascha sich ohne Hut und Handschuhe deplaciert vorgekommen wäre. Wieder wurde ihr bewußt, wie vorausschauend Trey war. Das Schnitzel schmeckte in der Tat ausgezeichnet, der Wein war leicht und frisch, mit einem schwer zu beschreibenden, blütenähnlichen Nachgeschmack.

«Wenn Spätsommer wäre, würde ich Sie einladen, zum Heurigen aufs Land zu fahren», sagte Trey.

«Was ist das, Heurigen?»

«Heuriger. Das ist junger Wein. Die kleinen Winzer schenken ihn bei sich in ihren Gärten aus, und meist trinkt man so viel, daß man einen Schwips bekommt und sich bis in die Nacht hinein herrlich amüsiert.»

«Das klingt vielversprechend.» Der Wein hatte sie gelockert, und sie lehnte sich zurück, fühlte sich so gut wie seit Tagen nicht mehr. Er war ein äußerst sympathischer Mann, und es war sehr angenehm, sich verwöhnen zu lassen.

«Schade, daß es im Frühjahr keinen Heurigen gibt.»

«Wahrscheinlich dürfte ich in meinem Zustand ohnehin nicht bis tief in die Nacht trinken.»

Er lächelte, sagte aber nichts. Die Art, wie er es vermieden hatte, ihre Schwangerschaft zu erwähnen, seit er gemerkt hatte, daß sie nicht davon sprechen wollte, beeindruckte sie. Seine grünen Augen blickten freundlich und aufmerksam, nicht neugierig. Es waren merkwürdige Augen, hell und ruhig – entweder sehr tief oder aber sehr ausdruckslos, sie konnte einfach nicht sagen, was. Sie hatte den Eindruck, daß er wohlhabend genug war, um nie hart arbeiten zu müssen, doch anders als die meisten reichen Leute schien er das Leben um ihn herum zu kennen. Sie dachte plötzlich daran, daß er im Krieg über Frankreich geflogen war und Freunde verloren hatte. Wahrscheinlich machte das den Unterschied.

Sie unterhielten sich lange und angeregt. Dann schützte sie eine Verabredung vor und verabschiedete sich schnell.

Trey lud sie die nächsten drei Tage zum Mittagessen ein, nachdem er sie jedesmal «rein zufällig» in derselben Konditorei in der Kärntner Straße getroffen hatte. Während sie Sauerbraten mit Spätzle oder andere nahrhafte Gerichte vertilgte und danach Linzer Torte aß, erzählte er mehr von sich. Sein Vater war gestorben, als er acht Jahre alt gewesen war, und seine Mutter lebte die Hälfte des Jahres im Haus der Familie in Cambridge, Massachusetts, und die andere Hälfte in London. Sie liebte Kunst und gab immerfort Leuten Geld, die sich als verkannte Genies hinstellten. Er selbst mochte den Kubismus wegen der geometrischen und dennoch bewegten Linien, wie er sagte, aber einige der anderen, wilderen Sachen, die jetzt in Paris gemacht wurden, ließen ihn kalt. Ob sie nicht auch finde, daß Kubismus eine gewisse Ähnlichkeit mit Ballett habe? Die gleiche Ausgewogenheit, der gleiche Grad an Abstraktion?

Sie stimmte zu, widersprach und langweilte sich keine Sekunde lang. Trey besaß eine Gabe, die offensichtlich immer seltener wurde: er konnte sich meisterhaft unterhalten. Und er hatte ganz entgegengesetzte Vorlieben, die es unmöglich machten, ihn in irgendeine Schublade zu stecken. Er liebte Jazz und klassische Musik, deutsche Philosophen und Kriminalromane; und vor allem liebte er natürlich Ballett. Als sie ihm erzählte, daß sie Isadora Duncan in Moskau kennengelernt hatte, war er fasziniert. Wie sie aussehe? Ob sie wirklich so eigenwillig und überspannt sei, wie jedermann behaupte? Und wie es jetzt um das Kaiserliche Ballett stehe, wo die Kommunisten es übernommen hätten? Ob sie Jekaterina Gelser tanzen gesehen habe?

Sie merkte, daß er gern mehr über ihre Reise gehört hätte, doch als sie unvermittelt das Thema wechselte, kam er mit keinem Wort wieder auf Rußland zu sprechen. Sie fragte sich nicht zum erstenmal, warum Trey soviel Zeit für sie opferte.

Am Ende jener Woche fuhr sie nach Paris zurück.

«Das ist ja... Sie sind *unmöglich*!» brüllte Fouchier. «Wie können Sie mir das antun?»

«*Ihnen* das antun?» Natascha unterdrückte den Impuls, einen Aschenbecher zu nehmen und ihm an den Kopf zu werfen. Dieser gefühllose, egoistische Kerl. Idiot, *durak*. Sie fluchte stumm, während der kleine, untersetzte Mann theatralisch mit den Armen fuchtelnd durch den Raum lief.

«Ich habe die ganze Saison auf Sie ausgerichtet.»

«Dann richten Sie sie auf jemand anderen aus.» Sie sah aus dem Fenster zur Seine hinunter und wünschte, sie wäre noch eine oder zwei Wochen in Wien geblieben. In Paris fing man bereits an, sich über sie das Maul zu zerreißen. Diese törichten Tänzer, die nichts Besseres zu tun hatten, als von morgens bis abends zu tratschen, dieser törichte Fouchier, der sich aufführte, als wäre ihre Schwangerschaft das Ende der Welt! Sie hatte die Absicht gehabt, sich ein wenig Geld von ihm zu borgen, um die Zeit bis nach der Geburt des Babys zu überbrükken, doch sobald sie sein Büro betreten hatte, war ihr klargeworden, daß daran nicht zu denken war. Fouchier gehörte zu den Leuten, die einem nur dann halfen, wenn man es nicht brauchte. Wenn man eines seiner Theater füllte, würde er einem Tausende von Franc in den entlegensten Winkel der Erde schicken, aber wenn man sich wirklich in einer Notlage befand und nichts zu geben hatte, würde er so tun, als hätte er keinen Sou mehr in der Tasche.

«Die Programme sind bereits gedruckt. Sie sollten in knapp drei Wochen in London den *Schwanensee* tanzen.»

«Die erste schwangere Schwanenkönigin, die es je gab.»

«Halten Sie den Mund. Wie können Sie auch nur wagen, über solche Dinge zu scherzen? Sehen Sie sich an, *mon dieu*, Sie sind eine fette Kuh geworden. Warum um Himmels willen sind Sie nicht früher zu mir gekommen, als noch etwas zu machen war?»

«Emile, zufällig möchte ich dieses Kind haben.»

«Na gut», sagte er. «Dann kriegen Sie es. Aber wenn Sie geworfen haben, rechnen Sie nicht damit, daß Sie einfach zurückkommen und wieder eine Primaballerina werden können. Ich kenne mich mit Tänzerinnen aus. Ich *weiß*, was passiert, wenn sie ein Kind bekommen. Sie werden Monate, vielleicht sogar Jahre brauchen, bis Sie wieder in Form sind.» Er ging zu seinem Schreibtisch, nahm einen Stoß Papiere aus der Schublade und winkte damit in ihre Richtung. «Ist Ihnen überhaupt klar, was für Unkosten ich habe, was für ein Vermögen es kostet, eine Truppe zu unterhalten? Die Leute kommen zum Cité, weil sie Natascha Ladanowa sehen wollen und nicht irgendeine halbtrainierte Zweitbesetzung. Wen soll ich bloß an Ihrer Stelle nehmen? Daran haben Sie sicherlich keinen Augenblick lang gedacht?»

«Ich werde nicht ewig ausfallen.»

«Wir werden sehen.» Fouchiers Gesicht war plötzlich kalt und geschäftsmäßig. «Es war ein schlechtes Jahr für uns. Zuerst ist Maximow gegangen, und nun gehen Sie. Sie scheinen nicht zu begreifen, daß ich nicht über unbegrenzte Mittel verfüge.»

«Ich werde in einem knappen Jahr wieder da sein.»

«Das ist mir im Moment egal.»

«Was soll das heißen?»

«Es heißt, daß ich Ihnen nichts versprechen kann. Sie sind die letzten Saisons eine der besten Tänzerinnen Europas gewesen, aber von nun an kann man nur raten, was aus Ihnen werden wird.» Er ließ sich in seinen dick gepolsterten roten Plüschsessel fallen und faßte sich mit einer übertriebenen Geste an die Stirn. «Warten Sie ein Jahr oder auch zwei, und dann sehen wir weiter. Wenn die Truppe bis dahin noch besteht, werde ich Sie vielleicht wieder nehmen können, vorausgesetzt natürlich, Sie sind wieder einigermaßen in Form.»

Als Natascha die Geschäftsräume des Ballet de la Cité verließ, war sie so wütend auf Fouchier, daß sie nichts um sich herum wahrnahm. Sie hätte es besser wissen sollen. Dieser Kretin. Was dachte er, was Tänzerinnen waren? Maschinen? In ihr geschah ein Wunder, so schön wie irgendein Ballett, das je aufgeführt worden war, und er war blind dafür. Ihre Karriere war also so gut wie vorbei? Sie würde es ihm zeigen. Wenn das Baby da war, würde sie sofort zu Diaghilew gehen.

Der Himmel war bleiern, und ein kalter Wind wehte. Sie holte tief Luft, nahm zwei Stufen auf einmal, als sie die Eingangstreppe hinuntereilte, und wäre um ein Haar mit einem großgewachsenen Herrn kollidiert, der gerade ins Haus wollte. Er streckte unwillkürlich beide Hände aus, um sie vor einem Sturz zu bewahren, und als sie aufblickte, sah sie Treys vertrautes Gesicht.

«Was machen Sie denn hier?» fragte sie verblüfft.

«Welch freundlicher Empfang», antwortete Trey. «Vielleicht sollte ich die Stufen hinuntergehen und es noch mal versuchen?»

«Entschuldigen Sie», sagte Natascha. «Ich bin außer mir, und es hat nichts mit Ihnen zu tun. Aber... was *machen* Sie hier, Trey? Sie tauchen immerfort dort auf, wo man Sie am wenigsten erwartet.»

«Ich verfolge Sie», erklärte Trey feixend. «Ich bin heute morgen mit dem Flugzeug aus Wien gekommen und sofort zu Ihrer Wohnung gefahren. Die Concierge sagte, Sie seien zur Rue de Trémouille gegangen, und da dachte ich, ich fange Sie einfach ab und sehe, ob ich Sie überreden kann, noch einmal mit mir essen zu gehen.»

«Wie wäre es statt dessen mit trinken?»

«Ist es so schlimm?»

«Sie haben keine Ahnung, wie schlimm.»

Er ging mit ihr in ein kleines Café in der Nähe, und sie bestellten einen Pernod. Natascha trank ihren in einem Zug aus, und Trey bestellte ein zweites Glas für sie. Der Anis schmeckte recht sonderbar auf leeren Magen, aber der Alkohol beruhigte sie wenigstens ein bißchen.

«Was haben Sie denn für Schwierigkeiten?» fragte Trey teilnahmsvoll.

«Geld.» Natascha stützte die Ellbogen auf den Tisch und legte das Kinn in die Hände. «Ich kann mindestens ein Jahr nicht arbeiten, und ich bin offen gesagt so gut wie pleite. Zazie – eine gute Freundin von mir – hat gesagt, ich könne zu ihr ziehen, aber ich hasse es, ihr zur Last zu fallen.»

Trey sah sie seltsam an und nahm einen Schluck von seinem Pernod. Natascha wurde plötzlich klar, daß es womöglich so geklungen hatte, als wollte sie ihn anpumpen. Wie peinlich. Diplomatie war heute morgen entschieden nicht ihre starke Seite.

«Natascha», sagte er nach einer langen, irgendwie unbehaglichen Pause. «Ich möchte Sie etwas fragen, aber ich weiß nicht recht, wie ich es ausdrücken soll. Ich wollte es schon in Wien tun, aber ich habe kalte Füße bekommen.»

«Fragen Sie einfach», sagte sie und wunderte sich, was so wichtig sein konnte, daß er die weite Reise von Wien hierher gemacht hatte. Ihr fiel ein, daß er die letzten beiden Flugwettbewerbe verpaßt haben mußte. Er mußte in der Tat einen wichtigen Grund haben.

Trey lehnte sich zurück und atmete tief ein. «Mein Gott», sagte er, «ich hätte nicht gedacht, daß es so schwer wäre...» Er verstummte und setzte dann wieder an. «Warten Sie... Ich glaube, ich habe Ihnen erzählt, daß ich im Krieg zweimal abgeschossen wurde.» Natascha nickte. Worauf er wohl hinaus wollte?

«Das erste Mal war es nur eine Bauchlandung.» Trey trank schnell etwas Pernod. «Ich hatte kaum einen Kratzer abbekommen. Das zweite Mal hatte ich nicht soviel Glück. Wir stürzten in Flandern ab, Gott sei Dank auf der Seite der alliierten Linien. Ich hatte einen Kopiloten, einen Jungen aus der Bronx, Mark Jacobs. Er starb vor meinen Augen. Er verblutete aus einer Wunde am Hals, und ich konnte nichts dagegen machen. Manchmal habe ich deshalb immer noch Alpträume.»

«Es tut mir sehr leid.» Was für ein sonderbares, irrelevantes Gespräch. Sie fragte sich, was ihn veranlaßt haben mochte, ihr seine Kriegserlebnisse anzuvertrauen.

«Ich war verletzt – ziemlich übel. Eine Menge Granatsplitter im Rücken und in den Beinen.» Er trank seinen Pernod aus, stellte das Glas heftig auf den Tisch zurück und holte tief Luft. «Als ich im Lazarett zu mir kam, wußte ich, daß etwas nicht in Ordnung war, weil die Schwestern mir nicht in die Augen sehen konnten. Dann erschien der Arzt und sagte es mir. Im Gegensatz zu Mark würde ich mit dem Leben davonkommen – aber etwas Wichtiges würde fehlen.» Sie wartete, daß er weiterredete, aber er schwieg und starrte düster vor sich hin.

«Was denn, Trey?» drängte sie freundlich.

«Betrinken wir uns», sagte er. «Wenn ich nicht sehr betrunken bin, werde ich es Ihnen nicht erzählen können.»

«Ich kann so früh am Morgen nicht viel trinken.»

«Okay, dann schauen Sie eben zu.» Er bestellte drei Pernods und kippte sie nacheinander hinunter. Sein Gesicht rötete sich, und seine grünen Augen begannen zu glänzen. Natascha mußte nicht zum erstenmal denken, was für ein gutaussehender Mann er war. Sie fragte sich, was ihn so sehr belasten mochte, daß er sich betrinken mußte, um es ihr zu sagen. Er hatte immer so unbeschwert gewirkt, aber man konnte nie wissen, was ein Mensch mit sich herumschleppte und nicht preisgab. Trey war offensichtlich vielschichtiger, als sie angenommen hatte.

Als er sein viertes Glas geleert hatte, reihte er die Untersetzer säuberlich vor sich auf und bestellte ein fünftes, trank es halb aus und schob es dann fort. «Meine liebe Natascha», sagte er. «Sie sind eine schrecklich schöne Frau, und ich bin schrecklich betrunken.» Er lächelte. «So betrunken, daß ich keinen Schmerz empfinde, ein Zustand, den ich mir seit einer Reihe von Jahren nicht mehr gestattet habe. Ich bin sogar betrunken genug, um Ihnen mein Geheimnis zu verraten, die Tragödie Trey Wards, nur ganz klein und sehr persönlich, aber so sind Tragödien nun mal – nicht Lear und nicht Othello, nur meine Wenigkeit, wie man so sagt.» Er beugte sich vor, und nun lallte er ein wenig. «Ich kann kein Kind zeugen. Ein böser Streich des Schicksals, nicht wahr? Beinahe komisch, wenn man darüber nachdenkt. Albert Waltham Ward, der dritte – und letzte. Die berühmte

Kriegsverletzung in Anführungsstrichen, alles andere als heldenhaft. Man kann vor einer Dame nicht darüber sprechen, es sei denn, man ist sehr, sehr betrunken.»

Sie brauchte einen Moment, um die Tragweite dessen zu erfassen, was er ihr gesagt hatte. Sie hatte den Wunsch, ihn zu trösten, aber ihr fiel nicht ein, was sie sagen sollte, und so saß sie einfach da, bis er den Kopf auf die Tischplatte legte und anfing zu schluchzen. «Verdammte Krauts», sagte er zornig, «ich wünsche sie alle zum Teufel.»

Bei Zazie roch es nach Blumen und Hefe. Auf dem Wohnzimmertisch stand ein Korb mit frischem Brot, eine Kaffeekanne und ein Strauß Osterblumen in einem Glaskrug. Natascha dachte wieder einmal, daß so vieles in Paris an ein impressionistisches Gemälde erinnerte. Léonce lag auf dem Bauch auf dem Fußboden und malte mit den Buntstiften, die sie ihm aus Wien mitgebracht hatte, phantastische Tiere.

«Trey ist bereit, *was* zu tun?» fragte Zazie. Sie hatten fast eine halbe Stunde lang geredet, ehe Natascha sich überwinden konnte, von Treys Vorschlag zu erzählen. Jetzt fragte sie sich, ob es eine gute Idee gewesen sei, zumal Zazie sie anstarrte, als wäre zwischen dem Tisch und dem Sofa eine Bombe hochgegangen.

«Er hat versprochen, hunderttausend Dollar auf ein unwiderrufliches Treuhänderkonto zugunsten des Kindes einzuzahlen, wenn ich ihn heirate.»

«*Mon dieu*», sagte Zazie und ließ sich auf das Sofa fallen. Ihre Armreifen klimperten aneinander, und ihr Glockenrock bauschte sich. «*Mon dieu,* mir bleibt die Spucke weg.»

«Er sagt, er möchte eine Familie haben.»

«Liebt er dich?»

«Er sagt es, aber er gibt zu, daß es noch zu früh ist, um sicher zu sein.»

«Wie stehst du zu ihm?»

Natascha schob die Katze von ihrem Schoß und strich die Haare von ihrem pflaumenblauen Kleid. «Ich weiß nicht recht. Wirklich nicht, ich bin ganz durcheinander. Es klingt sehr verlockend, aber ich habe ein bißchen Angst. Ich mag ihn sehr, aber es wäre gelogen, wenn ich sagte, daß ich ihn liebe. Ich wünsche mir offen gesagt immer noch, daß Sergej derjenige ist, der mir einen Heiratsantrag macht, aber selbst *ich* bin genügend bei Verstand, um zu wissen, daß das nie geschehen wird.»

«Tu mir einen Gefallen», sagte Zazie, sich eine Zigarette anzündend und tief inhalierend, «erwähne diesen Herrn bitte nie mehr in meiner Gegenwart. Ich bin allergisch gegen ihn, er reizt mich zum Äußersten.»

«Ich bin müde.» Natascha lehnte sich zurück und zog die Beine auf das Sofa. «Ich habe alles so satt. Als Alexej starb, hat sich etwas in mir verändert. Ich sehe die Dinge nicht mehr so wie früher. Ich habe mir immer vorgestellt, Sergej würde eines Tages auftauchen und gestehen, daß er ohne mich nicht leben kann, und wir würden heiraten und zusammen überall auf der Welt gastieren, vielleicht sogar eine eigene Truppe gründen. Ich dachte immer, daß wir eines Tages ein aufregendes und exotisches Leben führen würden, so etwas wie ewige Flitterwochen, und einander nie ein böses Wort sagen würden. Na ja, es ist nicht geschehen, und soweit ich sehe, wird es auch nie geschehen. Es ist nicht leicht, die große Liebe seines Lebens für immer aufzugeben, aber ich glaube, ich habe es endlich geschafft.» Sie breitete erleichtert die Hände aus. «Ich weiß, es klingt vielleicht melodramatisch, aber es ist die Wahrheit. Ich habe jetzt nur noch sehr einfache Wünsche. Ich möchte mich auf meine Karriere und mein Baby konzentrieren, und Trey könnte mir dies ermöglichen. Er ist ein guter Mann. Mein Kind braucht einen Vater.»

«Und der Sex?»

«Er sagt, ich könnte Abenteuer haben, aber die werde ich wohl kaum wollen.»

«Hunderttausend Dollar, Sicherheit, eine Vernunftehe. Du machst mir Sorgen, *chérie*», sagte Zazie und blies einen großen blauen Qualmring in die Luft. «Das klingt mir alles viel zu praktisch.»

Drei Wochen später heirateten Natascha und Trey Ward mit Zazie als Trauzeugin. In der Hochzeitsnacht zog Trey sie langsam aus und hielt sie, ihren Bauch zärtlich streichelnd, eine lange Zeit in den Armen. Sein Körper war sehnig und stark, aber auf seinem Rücken und an seinen Beinen waren Narben, die zeigten, daß die Ärzte ihn zusammengeflickt hatten wie eine zerrissene Decke. Natascha fühlte sein Geschlecht schlaff und klein an ihren Gesäßbacken und dachte an die Qual, die er durchlebt haben mußte, an das Leid und die Demütigung, seine Männlichkeit verloren zu haben.

Von diesem Augenblick an fühlte sie eine große Zärtlichkeit für Trey, als wäre er nicht so sehr ihr Mann wie ein weiteres Kind, das ihre Fürsorge brauchte.

10
London, 1933

Natascha trat zurück und betrachtete die Tauben, die um Lord Nelsons Säule auf dem Trafalgar Square flatterten. Die weißen Unterseiten der Flügel glichen Papierfetzen, die unter dem kalten Londoner Himmel hin und her geweht wurden, und als ein mit Schirm und Melone ausgerüsteter Engländer an der anderen Seite des Platzes entlangging, flogen rings um ihn herum zahlreiche weitere Vögel auf und bildeten Flugmuster, so kompliziert, daß man kein Schema ausmachen konnte. In all den Jahren, die Natascha ihnen zugeschaut hatte, hatte sie nie gesehen, daß zwei Vögel miteinander kollidierten. Wenn Tänzer auf einer Bühne das gleiche zu tun versuchten, gäbe es ein Chaos und diverse Knochenbrüche. Natascha lächelte vor sich hin, während ein neuer Schwarm zu ihren Füßen landete, um die Krumen aufzupicken, die Winn auf das Pflaster warf.

Winn gab den gierigen Vögeln noch eine Handvoll Krumen und lächelte selig. Sie war jetzt elf Jahre alt, ein drolliges und fröhliches Mädchen mit flachsblondem Haar und einem offenen Wesen, das am liebsten draußen unter freiem Himmel war und alles liebte, was schwamm, krabbelte, galoppierte oder flog. Mutter und Tochter fütterten die Vögel noch zehn oder fünfzehn Minuten lang, und viele Passanten musterten das auffällige Paar, das niedliche kleine Mädchen in Breeches (die hier, so weit von jedem Pferdestall entfernt, absolut fehl am Platz waren) und die schlanke Frau in dem eleganten schwarzen Crêpekostüm.

Die letzten elf Jahre waren eine gute Zeit für Natascha gewesen. Ihr Haar war noch genauso dunkel wie früher, ohne eine einzige graue Strähne; ihr Gesicht war ein wenig voller, sanfter; ihre Augen blickten weicher. Aber ihr Körper hatte nichts Weiches oder Schlaffes. Sie hatte keinen Bauch angesetzt, ihre Beine waren kräftig, die Arme sehnig. Sie war nun fast siebenunddreißig, aber sie tanzte noch mit dem Feuer und der Energie einer Zwanzigjährigen, was ein Glück für sie war, denn der Geschmack hatte sich neuerdings sehr gewandelt. Kindballerinen waren der letzte Schrei: dreizehnjährige Mädchen wie Irina Baronova!

Unfaßbar, wie schnell die Zeit verging. Natascha beobachtete, wie ihre Tochter freudig die Tauben fütterte, und dachte, daß man ein Kind haben mußte, um wirklich zu spüren, wie die Jahre verstrichen. Sie erinnerte sich daran, wie sie nach Winns Geburt zum Ballett zurückgekehrt war und monatelang viele Stunden täglich trainiert hatte, um wieder in Form zu kommen. Es war manchmal höllisch schwer gewesen, doch trotz Fouchiers düsterer Prophezeiung hatte sie ihre Karriere fortgesetzt. Mit Treys Geld und seiner moralischen Unterstützung hatte sie dann endlich wieder die Möglichkeit gehabt, all ihre Energie auf das Tanzen zu konzentrieren.

Elf Jahre, und es schien alles rasant schnell gegangen zu sein. Sie hatte sich ausgemalt, daß ein langer, gemächlicher Weg von der Jugend zu den reiferen Jahren führen würde, aber nun, im Rückblick, kam es ihr eher vor wie eine Rennstrecke. Das Leben ging schnell vorbei, und man mußte aufpassen, daß es nicht zu Ende war, ehe man es überhaupt begriffen hatte.

Winn schüttete die letzten Krumen aus der Tüte und blickte hinein. «Mama, können wir nicht ein paar Kekse für die Tauben kaufen?» fragte sie ungeniert, denn sie pflegte immer zu sagen, was sie dachte. Ihre Offenheit würde vielleicht nicht immer gut für sie sein, glaubte Natascha. «Oder wir gehen zu Harrod's zum Tee und nehmen ein paar Petits fours und Windbeutel für Sofie mit nach Hause!»

Sofie war Winns riesiger Schottischer Hirtenhund, dessen

einziges bekanntes Laster in dem unwiderstehlichen Drang bestand, Nataschas Ballettschuhe zu zerkauen.

«Aber Sofie mag keine Petits fours», bemerkte Natascha.

Winn griente. «Das stimmt, Mama, aber ich mag sie.» Es war schwer, ihrem Charme zu widerstehen, und sie bekam von Trey fast alles, was sie wollte, sie brauchte ihn nur flehend anzublikken, und Natascha bildete sich gern ein, daß sie selbst strenger und energischer sei. Kinder brauchten Disziplin, aber wie konnte man streng mit einem wunderhübschen kleinen Mädchen umgehen, das nie etwas Schlimmeres tat, als seine Reithosen schmutzig zu machen? Als sie so alt gewesen war wie Winn, hatte sie schon sechs Jahre mit Madame Rotschina gearbeitet und war jeden Morgen um vier aufgestanden, um an der Stange zu üben, ehe sie zur Schule ging. Winn schlug mehr nach Trey. Sie hatte unmittelbare und praktische Bedürfnisse: Liebe von ihren Eltern, ein hübsches Kleid, dann und wann etwas Süßes – ihr fehlte der nie erlahmende Ehrgeiz, die innere Unruhe der geborenen Tänzerin. Was wahrscheinlich nur gut für sie war, obgleich Natascha manchmal wünschte, ihre Tochter würde mehr Interesse für das Ballett zeigen.

Winns blaue Augen glänzten bei dem Gedanken an den Teesalon von Harrod's, mit den Tischen voller Petits fours und Eclairs. «Bitte, Mama», bettelte sie. «Wenn wir zu Harrod's fahren, verspreche ich dir, daß ich die ganze Woche nichts mehr haben will.»

«Wir werden ja sehen», antwortete Natascha. Winn pflegte zu halten, was sie versprach; wenn sie sagte, sie würde um nichts mehr bitten, konnte man sich so gut wie hundertprozentig darauf verlassen. Natascha nahm die Tüte, in der die Brotkrumen gewesen waren, faltete sie zusammen und steckte sie in ihre Handtasche. «Aber vorher müssen wir noch zu Freed.»

«Harrod's hat so herrliche Windbeutel.» Winn seufzte, schob ihre Hand in Nataschas und blickte beharrlich zu ihr hoch. Natascha lächelte amüsiert. Kinder hatten so einfache Wünsche. Wie schön mußte es sein, wenn man mit kleinen Dingen wie Windbeuteln zufrieden war.

Eine Viertelstunde später betraten Natascha und Winn den Laden, und Mr. Horner, der stellvertretende Geschäftsführer, kam mit fliegenden Rockschößen und einem strahlenden Lächeln auf sie zugeeilt. Tänzerinnen wie Anna Pawlowa und Natascha hatten Freeds Firmenzeichen – ein Paar geflügelte Ballettschuhe – weltberühmt gemacht, und so hielten die jungen Männer, die die Schuhe fertigten, und die alten Damen, die die Satinbezüge aufnähten, bei den seltenen Gelegenheiten, wenn Natascha das Geschäft betrat, einen Moment in ihrer Arbeit inne, und ein ehrfürchtiges Schweigen trat ein, als ob unvermutet ein Mitglied der königlichen Familie erschienen wäre.

«Freed of London», in der St. Martin's Lane, die vom Trafalgar Square abging, war in der Welt des Tanzes so berühmt wie Coco Chanel in der Welt der Mode. Seit Frederick Freed 1928 sein erstes Geschäft aufgemacht hatte, waren seine Ballettschuhe immer die besten der Welt gewesen, elastisch, strapazierfähig und vor allem bequem. Die Füße einer Tänzerin wurden unglaublich beansprucht, besonders wenn sie längere Sequenzen auf Spitze tanzte. Natascha hatte schon in den ersten Tagen der Kaiserlichen Ballettschule gelernt, daß selbst die besten Schuhe im Grunde nur eine Viertelstunde lang etwas taugten und dann reif für den Müll waren oder höchstens noch beim Training gebraucht werden konnten. Pawlowa hatte im Durchschnitt dreihundertfünfzig Paar im Jahr verbraucht, und die Ballets Russes gaben jede Saison rund 18 000 Pfund dafür aus, daß ihre Tänzerinnen und Tänzer anständige Ballettschuhe hatten. Natascha selbst bestellte nie weniger als dreihundert Paar im Jahr, was sie zusammen mit der Tatsache, daß sie nun zu den berühmtesten Ballerinen Europas gehörte, in Mr. Horners Augen zu einer enorm wichtigen Kundin machte.

«Ah!» rief Mr. Horner, und die blassen Augen hinter seinem Kneifer begannen zu leuchten. «Mademoiselle Ladanowa, Miss Winn, guten Morgen. Was für eine angenehme Überraschung.» Er holte einen großen roten Lutscher aus einem Versteck hinter dem Tresen und reichte ihn Winn mit einer Verbeugung.

Natascha wartete, bis Winn auf einen hohen Schemel nahe der

Tür geklettert war und dort stolz thronte, tauschte mit Mr. Horner einige belanglose Bemerkungen über das Wetter und folgte ihm dann in die Werkstatt, um mit Henry, «ihrem» Schuhmacher, zu reden. Der persönliche Schumacher war das Geheimnis, mit dem Freed eine phänomenale Paßform erzielte, die kein anderer Schuhmacher Europas erreichte. Wenn eine Tänzerin zum erstenmal das Geschäft betrat, nahm man einen Abguß von ihrem Fuß und übergab sie jemandem wie Henry, der von nun an für die gesamte Dauer ihrer Karriere persönlich für ihre Schuhe verantwortlich sein würde. Auf diese Weise konnte Freed ihr überall auf der Welt Schuhe zuschicken.

Natascha diskutierte eine Viertelstunde mit Henry über das kleine Problem, das sie neuerdings mit ihren Fersen hatte. Wenn es ihr möglich sei, nächste Woche wiederzukommen, könnten sie einen neuen Abguß von ihrem Fuß nehmen, und er würde rechtzeitig für die Vic-Wells-Produktion der *Coppelia* mehrere Dutzend Schuhe für sie fertig haben, erklärte er.

Natascha dankte ihm, seine Zeit für sie geopfert zu haben, und versprach, am nächsten Mittwoch vorbeizukommen. Als sie in den vorderen Teil des Geschäfts zurückging, um sich von Mr. Horner zu verabschieden, hörte sie, wie eine vertraute Stimme ihren Namen rief.

«Natascha! Natascha Ladanowa!» Anja Maximowa stand, in einer Hand ein Paar Ballettschuhe, in der anderen einen Pelzmuff, am Tresen. Aber war sie es wirklich? Natascha war sich zuerst nicht ganz sicher. Diese Frau wirkte viel älter. Es war Anjas Stimme, aber konnte das ihr Gesicht sein? Natascha hatte eine Madonna mit sanften Zügen in Erinnerung, aber diese Frau hatte spitze Wangenknochen und einen fahlen, ungesunden Teint. Sogar ihr Haar, das genau wie bei der Anja von damals zu einer Krone auf dem Kopf geflochten war, wirkte leblos. Das grüne Wollkostüm, das sicher einmal eine Menge Geld gekostet hatte, sah mit seinem zu kurzen Rock und der in den Schultern zu schmalen Jacke ein wenig altmodisch aus und saß zudem so schlecht, als wäre es für eine andere geschneidert worden.

Es war Anja, aber die Veränderung war erschreckend. Zuerst

dachte sie, Anja müsse schwer krank gewesen sein, aber wie war das möglich? Sie hatte erst vor wenigen Tagen in *Le Monde* gelesen, daß Sergejs Truppe mit Madame Maximowa in drei Hauptrollen im Théâtre des Champs-Elysées gastierte – doch wie konnte eine Frau, die so mager war wie Anja, überhaupt etwas getanzt haben? Dieser Körper war ausgepumpt, ohne Energie.

«*Prewjet*», rief Anja lässig, als wären zwölf Tage und nicht zwölf Jahre vergangen, seit sie sich zuletzt gesehen hatten. Sie legte die Schuhe auf den Tresen zurück, ging zu Natascha, nahm sie in ihre knochigen Arme und küßte sie nach russischer Art auf beide Wangen. Natascha roch ein starkes französisches Parfüm, Mundwasser und noch etwas anderes. Anja trat zurück und schob eine lose Haarsträhne in die geflochtene Krone, eine Geste, die so vertraut war, daß Natascha schmerzhaft zusammenzuckte. «*Kak dela?*» fragte sie munter. «Wie ist es dir ergangen?» Sie winkte mit ihrem Pelzmuff durch den Raum, als wollte sie alles in Besitz nehmen. «Ein Glück, daß ich dich treffe, Schatz. Sergej und ich sind gestern mit der Fähre herübergekommen, um unsere Gläubiger zufriedenzustellen. Freed bekommt anscheinend eine Riesensumme von uns, und *gospodin* Horner will uns erst dann neue Schuhe schicken, wenn wir alles bezahlt haben.»

Natascha war immer noch so verblüfft, daß sie kaum wußte, was sie sagen sollte. «Was macht das Ballet de la Cité?» war alles, was sie hervorbrachte. Sergej hatte es trotz Anjas vielem Geld nicht geschafft, sich in Amerika mit seiner eigenen Truppe durchzusetzen, und hatte irgendwann in den zwanziger Jahren von Fouchier das Ballet de la Cité übernommen. Sie, Natascha, hatte es über zwölf Jahre sorgsam vermieden, ihn und Anja wiederzusehen, was freilich nicht weiter schwer gewesen war, da sie viel reiste und seine Truppe nur noch relativ selten in Paris tanzte. Die Welt des Balletts war jedoch klein, und sie hatte gewußt, daß sie ihnen eines Tages über den Weg laufen würde. Dennoch war es ein Schock wie eine kalte Dusche oder ein jäher Sturz.

«Es ist praktisch am Ende», sagte Anja und schob eine andere vorwitzige Strähne in die Zöpfe zurück. «Hast du nichts davon gehört? Nachdem ich beim Börsenkrach den größten Teil meines Geldes verloren hatte, mußten wir Klinken putzen, um Mäzene zu finden. Ein deutsches Ehepaar namens Blumburg finanzierte uns ein paar Jahre, aber sie waren Juden, und als sich in Deutschland etwas zusammenbraute, bekamen sie es mit der Angst und setzten sich nach Brasilien ab. Und jetzt stehen wir da und haben keine *waljuta* mehr, um Freed zu bezahlen. Können Tänzer vielleicht barfuß tanzen? Wir haben die Möglichkeit, den ganzen Sommer in Berlin zu gastieren, die Visen sind erteilt und alle Formalitäten erledigt. Goebbels ist verrückt nach Ballett und hat sich verpflichtet, die ganze Truppe wie Arier zu behandeln, kannst du dir das vorstellen? Aber Mr. Horner will uns partout keine Schuhe mehr geben!»

«Wieviel brauchst du?» fragte Natascha.

«Keine Ahnung, Schatz.» Anja zuckte nonchalant mit den Schultern. «Ich glaube, etwa fünfhundert Pfund. Ich habe Mr. Horner schon gesagt, daß ich die Perlenkette versetzen werde, die Mama mir zur Hochzeit geschenkt hat, aber die Engländer sind so schrecklich gefühllos, wenn es um Geld geht, viel schlimmer als die Franzosen, die meist im letzten Moment einlenken.» Anja tätschelte ihren Muff, als wäre er ein lebendes Tier, holte ein verschrammtes Zigarettenetui aus der Handtasche und zündete sich mit einem kleinen silbernen Feuerzeug eine russische Zigarette an. «Ich habe deine Karriere in den Zeitungen verfolgt: Ballets Suédois, Diaghilew, Camargo Society, Vic-Wells Ballet – du hast einen großen Namen, und du hast auch noch einen reichen Mann geheiratet, aber du warst ja schon immer ein Glückspilz.» Sie sog den Rauch durch glänzende rote Lippen ein und atmete ihn langsam wieder aus. War eine winzige Spur von Neid in ihrer Stimme, oder bildete Natascha sich das nur ein? Sie erinnerte sich, daß es eine Zeit in ihrem Leben gegeben hatte, vor allem die Monate nach Winns Geburt, in der sie trotz Treys Fürsorge und Großzügigkeit stundenlang getrauert hatte, was sie alles verpaßte, in der sie innerlich überzeugt gewesen war, daß Anja das Leben führte, das eigentlich ihr zustand.

Anja griff nervös wieder nach ihrem Haar; die Zigarette hinterließ eine bogenförmige dünne Rauchfahne, dann noch eine. Sie war wie ein Vogel, wie eine der Tauben auf dem Trafalgar Square, die immerfort die Flügel bewegen, doch ohne deren Sicherheit und Kraft. «Ich habe gehört, du hast ein Kind bekommen, eine Tochter.» Sie hüstelte leicht, betupfte sich mit ihrer Manschette die Lippen und blickte Natascha mit unruhigen, glänzenden Augen an.

«Ja, sie sitzt dort drüben.» Natascha zeigte zu Winn, die sich ganz ihrem Lutscher widmete. «Winn, komm doch mal einen Augenblick her.» Winn kletterte widerwillig von ihrem Schemel und näherte sich, den Lutscher fest in der Hand. «Das ist Madame Maximowa, eine alte Freundin von mir.»

Winn betrachtete Anja mit dem unbehaglichen Ausdruck eines Kindes, dem eine gewaltige Portion Höflichkeit abverlangt wird. «Guten Tat, Madame», sagte sie leise.

Anja zog an ihrer Zigarette. «Sie sieht entzückend aus», sagte sie zu Natascha.

«Danke.»

«Tanzt sie?»

«Nein.»

«Schade. Aber sie scheint ohnehin nicht dafür gebaut zu sein, nicht wahr? Sie hat ja schon Brüste. Wie alt ist sie?»

«Elf.»

«Elf Jahre und schon Brüste! Nein, sie könnte gar nicht tanzen.»

«Sie sind aber nicht sehr nett», bemerkte Winn trotzig.

«Wie bitte?» Anja starrte das kleine Mädchen an, als könnte sie nicht fassen, daß es tatsächlich gewagt hatte, den Mund aufzumachen.

«Ich habe gesagt, es ist nicht sehr nett, etwas über die Brüste von anderen Leuten zu sagen, besonders dann, wenn sie nichts dafür können. Ich weiß, daß ich keine große Tänzerin werden kann wie Mama, aber es ist nicht sehr höflich, daß Sie vor mir darüber reden, als wäre ich taub. Wie würde es Ihnen gefallen, wenn ich mich über *Ihre* Brüste lustig machte?»

«Winn», unterbrach Natascha sie erschrocken. «Jetzt reicht es aber.» Sie wandte sich zu Anja. «Entschuldige bitte. Ich fürchte, meine Tochter ist noch etwas ungeschliffen.»

«Ach, Kinder.» Anja machte eine affektierte Handbewegung. «Man weiß nie, was sie als nächstes sagen werden. Sie ärgert sich anscheinend, daß sie dein Talent nicht geerbt hat, *chérie*.»

«Entschuldigen Sie», sagte Winn mit einem störrischen Stirnrunzeln, das Natascha nur zu gut kannte.

«Winn, du kannst jetzt zurückgehen und dich wieder hinsetzen. Wir werden später über diese Sache sprechen.»

Winn preßte die Lippen aufeinander, ging zu ihrem Hocker zurück, kletterte wieder hinauf, verschränkte die Arme und starrte entrüstet vor sich hin.

Anja warf ihre Zigarette auf den Boden und trat sie sorgfältig mit der Schuhspitze aus. Dann machte sie ihre Handtasche auf, wühlte darin herum, legte Bleistifte und Papierfetzen auf den Tresen, zog eine Brieftasche aus rotem Saffianleder heraus und entnahm ihr ein Foto. «Das ist Michail, mein Sohn. Sehr begabt.» Ihre Stimme hörte sich stolz an. Natascha betrachtete das kleine, an den Ecken eingeknickte Bild und sah einen schlaksigen blonden Jungen in Trikot und Hemd, der vor einem schwarzen Samtvorhang in einer steifen *arabesque* posierte. «Es ist letztes Jahr im Teatro Colón in Buenos Aires aufgenommen worden», erläuterte Anja. «Die Blumburgs hatten uns zu einer Südamerika-Tournee überredet.»

Das Foto war unscharf, aber Natascha erkannte trotzdem, daß Michail nach Sergej schlug. Sie warf einen schnellen Blick auf Winn. Die Ähnlichkeit der beiden Kinder war so verblüffend, daß sie sich fragte, ob Anja sie nicht bemerkte. Doch wenn Anja etwas aufgefallen war, behielt sie es für sich.

Als Natascha an jenem Abend nach der Probe heimkam, lag Trey schon im Bett und las H. G. Wells neuen Bestseller *The Shape of Things to Come*. Science-Fiction war seit drei oder vier Jahren seine große Leidenschaft, und manchmal verschlang er ein halbes Dutzend Bücher in der Woche, vorzugsweise Romane über Flüge zu anderen Planeten. Er scherzte oft, daß er eines seiner Flugzeuge gegen ein Raumschiff eintauschen würde, sobald das möglich wäre.

«Hallo, Liebes», sagte er. Er schenkte aus der Thermoskanne, die immer auf dem Nachttisch bereitstand, eine Tasse Kaffee ein und reichte sie ihr, nachdem sie ihre Schuhe abgestreift und sich müde und zerschlagen auf den Rand des Bettes gesetzt hatte. Ihr Schlafzimmer war ein Refugium mit rosaroter Tapete, rosa Seidenvorhängen und einem großen Himmelbett, das früher angeblich einer Geliebten Eduards VII. gehört hatte. Überall blühten tropische Gewächse, auf kleinen Tischen, auf den Fensterbänken, sogar in kleinen, von der Decke hängenden Körben, und füllten den Raum mit dem Duft von Jasmin und wildem Ingwer. Treys inzwischen verstorbene Mutter hatte vor langer Zeit darauf bestanden, das Haus in Belgravia mit dem uramerikanischen Luxus einer Zentralheizung zu versehen, wofür Natascha ihr jeden Tag aufs neue dankte. Nach stundenlangem Training in mangelhaft geheizten Übungssälen gab es nichts Angenehmeres, als nach Hause zu kommen, die dicken Wollstrümpfe in den Wäschekorb zu werfen und in ihren seidenen Morgenmantel zu schlüpfen.

Trey faßte sie um die Taille, zog sie nach unten und küßte sie leicht auf die Wange. «Hattest du einen schönen Tag?»

«Ja, nicht schlecht. Rate mal, wen ich bei Freed getroffen habe... Anja Maximowa!» Während Trey mit den Händen hinter dem Kopf verschränkt dasaß, schilderte sie die Begegnung mit Anja und war froh, sich alles von der Seele reden zu können. Trey lauschte interessiert, und Anjas Kommentare über Winns Brüste schienen ihn sehr zu amüsieren.

«Wie der sprichwörtliche Elefant im Porzellanladen.»

«Schlimmer.» Natascha schmunzelte.

«Aber was das betrifft, ist Winn auch nicht von Pappe. Ich wette, sie hat es ihr zurückgegeben.»

«O ja, das heißt, sie war drauf und dran. Wenn ich sie nicht weggeschickt hätte, dann hätte Anja die Überraschung ihres Lebens erlebt.»

Sie scherzten, redeten und tranken Kaffee, und nach ungefähr einer Stunde griff Natascha wortlos zu einer Flasche mit lauwarmem Öl, die auf dem Nachttisch stand, schüttete ein wenig davon in ihre Hand und fing an, Treys Brust und Schultern damit einzureiben. Vor sechs Jahren, im Sommer 1927, hatte er die berühmte Balmont-Klinik in St. Moritz aufgesucht und sich dort von Dr. Dietrich Schwartz, dem Pionier der modernen Hormonbehandlung, eine Reihe von Drüseninjektionen geben lassen. Die Ergebnisse waren zunächst enttäuschend gewesen, aber langsam hatte eine Veränderung in seinem Körper stattgefunden, und zwei Jahre später hatten er und Natascha nach einigen erfolglosen Versuchen endlich die Ehe vollziehen können.

Natascha fuhr mit den Händen über seine nackte Brust und fühlte die Konturen seiner Muskeln und den harten Kamm seines Brustbeins. Sein Fleisch war warm und fest, elastisch wie Gummi. Er war sehnig wie ein Windhund, gut proportioniert, mit einem flachen Unterleib, schmalen Hüften und langen, kräftigen Beinen. Sie schüttete wieder Öl in ihre Hand, verrieb es auf seinen Schenkeln und knetete sie, bis er leise seufzte und sich lockerte. Sacht strich sie zwischen seinen Beinen nach oben. Eine lange Weile liebkoste sie ihn leicht wie eine Feder. Dann beugte sie sich nach unten und begann ihn zu küssen, bewegte die Zunge schnell im Kreis.

Sein Geschlecht regte sich ein wenig, und er holte tief Luft. Ab und zu, wenn sie ihn so berührte, vielleicht jedes zehnte Mal, wurde er erregt und zog sie an sich. Zuerst war es sonderbar gewesen, ein bißchen peinlich, ihn auf diese Weise zu stimulieren, doch im Laufe der Jahre hatte sie sich daran gewöhnt. Wenn er einen Orgasmus hatte, ging es so schnell, daß sie es kaum spürte, aber sie hatte sich auch daran gewöhnt.

Anschließend hielt Trey sie gern in den Armen und liebkoste sie, solange sie wollte, doch ihr reichte es oft, nur gehalten zu werden und in seinen Armen einzuschlafen. Von dem ständigen Proben erschöpft, brauchte sie neuerdings nicht mehr viel. Es war fast, als hätte Treys Mangel an echtem Verlangen einen entsprechenden Mangel in ihr bewirkt, als gäbe es nichts, was sie zu den Tiefen der Sexualität lockte, keine brennende Leidenschaft, keine maskuline Energie, gegen die sie aufbegehren und kämpfen konnte, um ihr schließlich zu erliegen. Wenn Trey sich nicht unbedingt ein eigenes Kind gewünscht hätte, wäre sie offen gesagt ganz froh gewesen, überhaupt keinen Sex mehr zu haben.

Während sie ihn massierte, wurde ihr plötzlich klar, daß es heute nicht klappen würde. Wie sehr sie ihn auch küßte und liebkoste, seine Energie reichte nicht. Nach etwa zwanzig Minuten gab sie auf, und sie schliefen beide ein.

Eine Woche später saß Natascha im Wintergarten und nähte Schleifen auf die Spitzenschuhe, die ein Bote von Freed vorhin gebracht hatte, als das Telefon läutete.

«Hallo, Natascha! Ich bin's, Sergej.»

«Wer?» Er konnte es einfach nicht sein, nicht nach all diesen Jahren. Es mußte ein anderer Sergej sein, irgend jemand anders ... Nataschas Gedanken rasten, akzeptierten und verwarfen das Offensichtliche.

«Sergej Maximow. Hör zu, ich dachte, wir sollten uns mal zum Lunch treffen.» Natascha stand auf und ließ die Schuhe zu Boden fallen. Durch die offene Tür sah sie, daß Winn im Wohnzimmer auf dem Teppich kniete und ein Puzzlespiel zusammensetzte. Sie hatte in den vergangenen zwölf Jahren hundertmal einstudiert, was sie Sergej alles sagen würde, wenn sie sich endlich wiedersahen, und nun fiel ihr kein einziges Wort ein.

«Natascha, bist du noch da?»

Sie atmete tief ein, setzte sich wieder in den Korbsessel und starrte auf die winzigen schwarzen Löcher in der Sprechmuschel des Telefons. «*Priwjet*, Sergej», sagte sie endlich. «Ist das lange her.» Ihre Hände zitterten, und sie hatte das Gefühl, sie würde jeden Moment hysterisch loslachen. Was für eine törichte Reaktion. Sie war seit Jahren mit ihm fertig, aber der Klang seiner Stimme hatte ihr einen schrecklichen Schock versetzt. Es war, als sähe, nein, als hörte sie ein Gespenst.

«Angeblich ist es dem Royal Horse Guards Hotel gelungen, einen echten französischen Chefkoch über den Kanal zu locken. Wir wär's Natascha? Du kennst doch die alte Redensart: Die

Hölle ist dort, wo die Mechaniker Franzosen, die Liebhaber Amerikaner und die Köche Engländer sind. Nach all den Steaks und Nierenpasteten könntest du sicher eine Abwechslung gebrauchen.» Seine Stimme war unbeschwert und heiter, als hätten sie sich vor ein oder zwei Tagen in bestem Einvernehmen getrennt.

«Ich weiß nicht, das heißt...» Natascha dachte an Trey und Winn und kam sich sofort schuldig vor. Was war mit ihr los? Sergej hatte ihr doch nicht vorgeschlagen, zu ihm zu kommen und ihren Mann zu betrügen. Außerdem wäre es vielleicht interessant, ihn nach all den Jahren wiederzusehen. Einem Impuls folgend, nahm sie die Einladung an und sah ihr dann, als sie aufgelegt hatte, mit ebensoviel Freude wie Besorgnis entgegen.

Das Restaurant des Royal Horse Guards Hotel war um diese Zeit fast leer, da es zum Lunch zu spät, zum Tee aber noch viel zu früh war. In dem großen Raum saßen nur noch zwei andere Gäste, amerikanische Geschäftsleute, die genießerisch ihre Zigarren rauchten und nur dann und wann eine Satz wechselten.

«Anja trinkt», sagte Sergej unvermittelt. «Sie ruiniert ihre Leber und ißt nicht genug. Kein Mensch weiß, wie lange sie in diesem Zustand noch tanzen kann.» Er seufzte und stützte seine Ellbogen so heftig auf den Tisch, daß der Wein in den hohen Kristallgläsern fast überschwappte. «Ich mache mir Sorgen um sie, *konjetschno,* aber es ist eine unmögliche Situation.»

Die mit weißem Leinen gedeckten Tische breiteten sich wie endlose Rechtecke auf einem riesigen Schachbrett vor Natascha aus. Ihr Gericht stand unangerührt vor ihr: ein kleiner gedünsteter Lachs samt Kopf und Augen, auf einem Salatbett ruhend, drei Kartoffeln in Butter, eine fächerförmig aufgeschnittene Zitrone. Natascha war in einer Verfassung, die jede Nahrungsaufnahme verbot, hochgestimmt, durcheinander, so sehr von ihren Emotionen überwältigt, daß ihr schon der Gedanke, einen Bissen von dem Fisch in den Mund zu nehmen, absurd vorkam.

Die Gewalt, mit der ihre Gefühle sie nach zwölf Jahren überfielen, erstaunte und alarmierte sie. Als sie die Einladung annahm, hatte sie sich vorgestellt, es würde sein, als sähe sie einen alten Freund wieder, und sie würde höchstens eine leise Bitterkeit verspüren. Sie würden zweifellos Erinnerungen an die Vergangenheit austauschen, sich ein bißchen nach den alten Zeiten zurücksehnen und dann in der vagen Absicht auseinandergehen, irgendwann einmal wieder zusammen zu essen. Aber es lief ganz anders. Sie konnte es nicht fassen. Zwölf Jahre waren doch mehr als genug, um eine Liebe für immer einschlafen zu lassen. Wie konnte sie noch so viel für Sergej empfinden, besonders, wenn sie daran dachte, was er ihr angetan hatte, als sie zuletzt zusammen gewesen waren? Was war mit ihr los? Da saß sie, eine einigermaßen intelligente Frau mit einer glänzenden Karriere, verheiratet, mit einer elfjährigen Tochter, und Sergej gab ihr immer noch das Gefühl, sie wäre sechzehn, ein schüchterner und unerfahrener Backfisch, linkisch wie ein Füllen.

Eine lange Zeit war vergangen. Warum wollte ihr das bloß nicht in den Kopf? Wenn sie den kleinsten Zweifel hatte, daß sie nicht mehr in St. Petersburg waren, brauchte sie Sergej doch nur anzusehen. Er war voller geworden, er hatte Geheimratsecken bekommen, die blauen Augen schienen heller, wie von den Jahren ausgebleicht. Oh, er wirkte immer noch sehr anziehend, das konnte sie nicht leugnen. Aber er sah nicht mehr aus wie ein unschuldiger Engel auf einer Ikone. Er sah aus wie ein echter Mann mit echten Problemen – aber da saß sie und war verliebt in ein Trugbild aus der Vergangenheit, stand wahrscheinlich im Begriff, sich wieder einmal zum Narren zu machen.

Wenn sie heute abend nach Hause kam, würde sie alle Bücher über Psychologie hervorholen, die sie besaß, und herauszufinden versuchen, was mit ihr los war. Wahrscheinlich hing es mit ihrem Unbewußten zusammen; vielleicht hatte Sergej dort seinen Stempel hinterlassen, wie ein tintenbekleckster Daumen auf weißem Papier, oder es lag ganz einfach daran, daß sie nie einen richtigen Vater gehabt hatte. Freud hatte so viele Theorien entwickelt; eine davon mußte auf sie passen.

«In Paris hat sie in einem fort getrunken, und einmal hat sie um ein Haar eine Vorstellung verpaßt», sagte Sergej gerade. Nun ja, sie konnte ihm wenigstens zuhören, und was er über Anja erzählte, war wirklich erschreckend. Es hatte Zeiten gegeben, in denen sie Anja alles erdenkliche Unglück wünschte, weil sie ihr Sergej fortgenommen hatte. Doch das Verlangen nach Rache war offenbar von beschränkter Dauer, wie so vieles andere – außer ihrem Verlangen nach Sergej.

«Kann man nichts dagegen tun?»

Sergej schüttelte den Kopf und ließ mutlos die Schultern sinken. «Ich habe alles versucht. Ich habe den Wodka versteckt und sie in ihrem Zimmer eingeschlossen, und als alles nicht half, habe ich sie in eine Schweizer Privatklinik geschickt. Aber es hat nichts genützt. Wie du dich erinnern wirst, kann sie mit Engelszungen reden, wenn sie will, und selbst wenn ich dafür sorge, daß sie keinen Sou in der Tasche hat, bringt sie es fertig, die unwahrscheinlichsten Leute zu beschwatzen, daß sie ihr Alkohol besorgen. Ich habe herausgefunden, daß sie ihn in Parfümzerstäubern und Teekannen versteckte. Der erste Verdacht, daß es etwas Ernstes sein könnte, kam mir übrigens, als ich in einer von Michails Babyflaschen Wodka entdeckte.»

«Warum tut sie es?»

Sergej schüttelte den Kopf. «Wer weiß? Sie leidet unter Dipsomanie, wie die Fachleute sagen, was soweit ich weiß bedeutet, daß sie in regelmäßigen Abständen einen unbezähmbaren Drang nach Alkohol empfindet. Graf Belinskij, ihr Vater, hatte offensichtlich das gleiche Problem, das, wie man mir sagte, erblich sein kann. Hat ihre Mutter es dir gegenüber vielleicht irgendwann einmal erwähnt?» Natascha sah Gräfin Belinskaja in ihrer schwarzen Spitzenbluse und mit der dreireihigen Perlenkette vor sich, wie sie in dem schönen Salon am Sutton Place aus dem silbernen Samowar Tee einschenkte.

«Nein, nie.»

«Es war das Familiengeheimnis.» Sergej nahm einen Schluck Wein und stellte das Glas zurück. «Aber ich habe offen gesagt eine andere Theorie.»

«Und die wäre?»

Er beugte sich vor. «Ich glaube, sie trinkt meinetwegen!»

«Wie meinst du das?»

Er lächelte sarkastisch. «Hör mal, Natascha, kannst du dir das nicht denken? Du kennst mich doch – *du* weißt, wie ich bin. Meine Arbeit ist für mich alles. Ich versuche, etwas aus dem Nichts zu schaffen, und wie alle kreativen Künstler bin ich nie sicher, ob es mir gelingen wird. Ich habe die Vision von tanzenden Engeln, *Engeln,* verstehst du» – er machte eine schwungvolle Geste – «aber jedesmal, wenn ich ein Ballett choreographiere, leide ich Höllenqualen, weil ich weiß, daß die Wirklichkeit nie dem entsprechen wird, was ich vor meinem inneren Auge sehe.»

«Aber du bist einer der erfolgreichsten Choreographen Europas.»

«Das stimmt nicht. Ich bin ein berühmter Versager. Und selbst dafür habe ich einen gefährlich hohen Preis gezahlt. Ich sehe meine Familie kaum. Ich nehme an, ich liebe meinen Sohn mehr als irgend jemand anderen auf der Welt, aber es ist schon ein kleines Wunder, wenn ich einmal im Monat mit ihm allein bin. Und dann Anja. Sie braucht eine gute und feste Partnerschaft, und ich bin nicht der Mann, der sie ihr geben kann. Es gibt ein paar persönliche Eigenheiten, die ich in den letzten Jahren akzeptieren lernen mußte, und eine davon ist, daß ich einfach kein Talent für Vertrautheit und Intimität habe. Die Arbeit ist für mich das A und O. Es gibt auf der Welt keine einzige zwischenmenschliche Beziehung, die ich nicht für ein vollkommenes Ballett opfern würde. Ich nehme an, das macht mich zu einem eiskalten Egoisten, aber ich kann nichts dafür, und Anja kann sich nicht damit abfinden, und das ist der Grund, weshalb sie trinkt.»

Natascha konnte den Schmerz hinter den großen Worten heraushören. Seine Seele, seine russische *duscha,* ist wie eine mit Nägeln beschlagene und in Stacheldraht gewickelte Kiste, dachte sie, die irgend etwas Schönes und Verletzliches enthält, das er nie preisgeben will. Sie spürte den Drang, die Hand nach ihm auszustrecken, ihn zu trösten, aber sie wußte, Trost war etwas, das er nicht akzeptieren konnte. Mitleid war genau das, was er am meisten fürchtete. «Ein ziemlich unsympathisches Bild, das du da von dir zeichnest», sagte sie so sachlich sie konnte.

«Aber ein ehrliches.»

«Warum sagst du nicht für eine Saison alles ab und machst Urlaub, um mit Anja und Michail zusammen zu sein?»

«Weil ich nichts absagen will, verdammt noch mal! Ich bin jetzt siebenunddreißig, fast achtunddreißig, und ich *fühle,* daß das Leben immer schneller an mir vorbeiläuft. Ich kann keinen Tag verschwenden, keine Minute. Außerdem würde es auch gar nicht klappen. Anja haßt meine Kreativität, sie ist neidisch darauf, weil sie nie etwas anderes gewesen ist als eine großartige Technikerin, und das weiß sie. Du hattest immer Ausdruck und Leidenschaft, aber sie hatte nur Technik – die Fähigkeit zu imitieren. Anja Belinskaja, die perfekte Marionette. Ich war ein Idiot, sie zu heiraten.»

Er bemerkte ihr Befremden und änderte sofort den Ton. «Entschuldige bitte. Ich sollte nicht so grausam von ihr reden, aber ich nehme an, ich bin einfach verbittert. Ich habe nur auf meine taktlose Weise zu sagen versucht, daß ich dich hätte heiraten sollen.» Natascha lehnte sich ruckartig zurück, und Sergej streckte die Hand aus und schloß die Finger fest um ihr Handgelenk. «Warte, hör zu. Es ist mein Ernst. Ich habe nie eine Frau außer dir richtig gemocht, das heißt, soweit ich zu solch einem Gefühl überhaupt fähig bin, und wenn ich dich geheiratet hätte, hättest du meine Arbeit verstanden. Du hättest meine Besessenheit verstanden, weil du selbst besessen bist.»

Sie hätte sich kein weiteres Wort anhören sollen. Sie hätte aufstehen sollen und gehen, zu Trey nach Hause. *Deshalb* hatte er sie also angerufen. Weil seine Frau ihn nicht verstand, weil er in London war und sich einsam fühlte und ein Techtelmechtel brauchte. Eine klassische Situation und so voraussagbar.

Sergej neigte plötzlich den Kopf, drehte ihre Hände um und küßte die Handflächen. «Ich mußte dich wiedersehen, Natascha.» Seine Worte waren wie Sandpapier, sie schliffen ihren Widerstand ab. Als er die Lippen auf ihre Haut drückte, spürte sie seine enorme sexuelle Anziehungskraft, die sie ängstigte.

«Du bist verheiratet, denk daran.» Sie bebte am ganzen Leib. Sie wollte ihre Hände zurückziehen, aber sie konnte nicht.

«Anja und ich haben mindestens fünf Jahre nicht mehr zusammen geschlafen.»

Natascha entzog ihm ihre Hände, nahm ihre Jacke und warf sie sich über die Schultern. Es kostete sie enorme Anstrengung, sich nicht umzusehen, als sie das Restaurant verließ, aber sie schaffte es.

Einige Tage später kämmte sie Sofie im Wohnzimmer, als der Butler mit einem Strauß rosaroter Rosen, fast noch Knospen, in der Türöffnung erschien. Der Strauß war so riesig, daß Roberts wie ein wandelndes Beet wirkte. «Entschuldigung, Madam», sagte er und verzog wie üblich keine Miene, «aber dies ist eben für Sie abgegeben worden.»

Natascha stand auf, strich sich die Hundehaare vom Rock und nahm die Karte, die mit einer schmalen Silberschleife an einem der Stengel befestigt war.

Für meine geliebte Natscha stand auf dem Umschlag. Sie öffnete ihn, nahm die Karte heraus und las:

Zur Erinnerung an den Abend,
an dem wir zum erstenmal
zusammen tanzten.
Dein Sergej

Natascha mußte wider Willen lächeln. Seit gut sechzehn Jahren hatte sie so etwas nicht mehr erlebt, nicht seit sie mit Alexej in das Haus am Newakai gezogen war. Sergej erinnerte sich also, daß sie an dem Abend, als sie im *Korsaren* aufgetreten waren, rosarote Rosen getragen hatte. Sie stand einige Augenblicke da, roch an den Blüten und dachte an ihr Debüt auf der Bühne des Marinskij-Theaters, dachte daran, wieviel Lampenfieber sie gehabt hatte und wie Sergej ihr mit einem Kuß Glück gewünscht hatte. Sie schaute sich in dem luxuriös möblierten Wohnzimmer um, blickte auf Sofie, die sich wohlig auf dem Orientteppich rekelte, auf den Degas, der den Ehrenplatz über dem Flügel einnahm, und hatte plötzlich das Gefühl, sie lebte in einem Museum.

Das Nachmittagslicht brach sich in den kostbaren florentinischen Gläsern, die in den Schaukästen an den Wänden des Ausstellungsraums standen. Die feinen, unfaßbar dünnen und gewundenen Stengel blitzten, die Trinkkelche funkelten rot, grün und in dunklem Gold, fast wie Tänzerinnen eines phantastischen Balletts, die voll Ungeduld auf die Vorstellung warteten. Vor den Gläsern waren viktorianische Briefbeschwerer auf schmalen grünen Filzstreifen aufgereiht, kleine Wunderwerke aus klarstem Kristall, mit winzigen Blüten, kunstvoll gewundenen Schleifen und Tieren von der Größe eines Kiesels verziert.

Winn lachte vor Begeisterung, während sie von einem Schaukasten zum nächsten lief, hier ein Trinkgefäß in Form eines Bären entdeckte, dort eine Glasperlenschnur aus einem vorchristlichen ägyptischen Grab, die wie eine Kette aus erstarrten Seifenblasen aussah. Winn liebte Glas, und das Victoria and Albert Museum beherbergte eine der schönsten Sammlungen der Welt.

Natascha schlenderte langsam hinter ihrer Tochter her, betrachtete nichts Bestimmtes, sondern ließ sich einfach von der Harmonie der Farben und Formen bezaubern. Trey war nach Schottland geflogen, und was konnte man an einem regnerischen Nachmittag in London Besseres tun, als durch das Victoria and Albert zu schlendern? Sie erblickte ihr Bild in einem hohen Spiegel, das hellblaue Chiffonkleid, die dunklen, im Nakken mit einer blauen Schleife zusammengebundenen Haare, die schlanken Beine, die in nassen Überschuhen endeten. Als sie auf die Galoschen blickte, mußte sie lächeln. Was für ein lächerliches Schuhwerk; jemand mit Sinn für Humor sollte ein Ballett für Überschuhe machen! Zu schade, daß Cocteau dem Tanz untreu geworden war und nun beim Film war.

«*Priwjet*, Natascha!» Sergej stand hinter ihr. Er hatte einen dreiteiligen taubengrauen Anzug an und trug, ganz wie ein britischer Gentleman, einen Schirm über den Arm. «Kaum zu glauben, daß ich dich hier treffe, *milaja*», sagte er und lächelte durchtrieben. «Natürlich rein zufällig. Ach ja, die Launen des Schicksals. Du läßt dich seit zwei Tagen am Telefon verleugnen, und dann laufen wir uns unvermutet über den Weg, weil wir beide Briefbeschwerer lieben.»

«Sergej! Du bist unmöglich.»

«Stimmt.»

«Du bist uns gefolgt, nicht wahr?»

«Verehrte Gnädigste ... Ich habe mich des Verbrechens schuldig gemacht, in der U-Bahn wie eine Figur aus den bekannten Sherlock-Holmes-Büchern hinter Ihnen Platz zu nehmen.» Er verbeugte sich übertrieben tief. «Sprechen Sie Ihr Urteil – Sie können mich meinetwegen köpfen lassen, aber lassen Sie mich bitte nicht an die Wand stellen und erschießen, wie es die Bolschewiken gern täten, weil die Kugeln ein Meisterwerk der englischen Schneiderkunst ruinieren würden.»

«Kannst du nicht mal ernst bleiben?» Sie hätte zornig sein sollen, daß er ihnen nachgekommen war, zumal sie sehr deutlich gemacht hatte, daß sie ihn nicht sehen wollte, aber statt dessen wurde ihr bewußt, daß sie sich unbändig freute, als wäre eine dunkle Wolke fortgezaubert, die über dem Tag gehangen hatte. Aber sein Benehmen war dennoch unverschämt. Natascha sah nervös zum anderen Ende des Raums, wo Winn hingerissen vor einer Vitrine mit kleinen Kristallschalen stand. Ein Blick auf Sergej, und sie würde tausend Fragen stellen, die sie, Natascha, nicht beantworten konnte.

«Ist das deine Tochter?»

«Ja.»

«Ein kräftiges Mädchen. Sie sieht sehr russisch aus.»

Wie merkwürdig, zu wissen, daß Winn sein Kind war, und nicht den leisesten Verdacht in seinem Gesicht zu sehen. Natascha empfand einen schmerzhaften Stich, als würde ein Messer in ihr umgedreht. Die Freude, Sergej hier zu sehen, verflog. «Was willst du?» Er spürte ihren Stimmungsumschwung und wurde sofort ernst.

«Ich möchte dich allein sehen.»

«Warum?»

«Ich muß mit dir sprechen.»

«Worüber?»

«Über uns.»

«Sergej, es gibt kein *uns,* schon lange nicht mehr.»

«Dann besuch mich einfach, und wir reden über das, was *du* möchtest.» Er bat sie auf eine aufrichtige Weise, die sie rührte und zugleich verwirrte. «Ich werde dir von den Balletten erzählen, die ich für dich choreographieren möchte – die Ballette, bei denen Markova vor Neid erblassen wird. Bitte.» Was er sagte, war harmlos genug, doch in seinen Augen war etwas so Leidenschaftliches und Verlockendes, daß sie einen Moment lang nur noch den Wunsch hatte, sich von ihm in die Arme nehmen zu lassen. Sie mußte verrückt sein, von Sinnen. Der Gedanke, daß sie drauf und dran war, etwas so Unverantwortliches zu tun, war wie ein eiskalter Guß, der sie in die Wirklichkeit zurückrief.

«Sergej, wir hatten früher einmal etwas miteinander, und es ist vorbei. Warum lassen wir es nicht einfach dabei?»

«Du möchtest mich nicht sehen?»

«Nein.»

«Das glaube ich nicht.»

Aus den Augenwinkeln heraus sah Natascha, wie Winn auf sie zukam. Daß ihre Tochter den Mann vor ihr kennenlernte, war das letzte, was sie wollte. «Ich muß gehen», sagte sie hastig, wandte sich ab und eilte Winn entgegen.

«Mama, komm doch mal, da drüben sind kleine Elefanten aus Glas!»

«O ja. Sehr hübsch.» Sie wußte kaum, was sie sagte. Sie konnte fühlen, daß Sergej immer noch hinter ihnen stand und sie beobachtete. Sie rang sich ein Lächeln ab und fuhr fort: «Wir müssen jetzt heim, *solnijschko.*»

«Aber warum, Mama? Wir sind doch gerade erst gekommen.»

Natascha dachte an Winns kompromißlose Aufrichtigkeit und fragte sich einen Augenblick lang, ob es Sinn hätte zu lügen. Vielleicht sollte sie es hinter sich bringen und Sergej einfach als ihren ehemaligen Liebhaber vorstellen. Aber das war absurd. Winn war erst elf Jahre alt und konnte unmöglich etwas vermuten. Sie zwang sich, einen beiläufigen Ton anzuschlagen, und wählte die Worte mit Bedacht. «Wir müssen gehen, *ko-*

schetschka, weil wir noch *Pu der Bär* zu Ende lesen müssen, ehe ich zur Probe fahre.» Zwar konnte Winn sehr gut allein lesen und hatte es auch schon seit Jahren getan, aber sie lachte sich immer halbtot, wenn ihre Mutter mit starkem russischem Akzent den Esel Eeyore vortrug.

Winn strahlte unschuldig, und Natascha bekam heftige Gewissensbisse. «Au fein, Mama.» Natascha nahm sie an der Hand und führte sie schnell zu der Tür an der anderen Seite des Raums.

Drei Tage später ging Natascha ins Sadler's Wells Theatre, um zuzuschauen, wie Stanislas Idzikowski und Alicia Markova eine Sequenz aus *Les Rendezvous* probten. Das Werk war nicht sehr gehaltvoll, enthielt aber ausgesprochen reizvolle Passagen. Natascha hatte im Laufe der Jahre die Erfahrung gemacht, daß gute Tänzer – auch sie selbst – Geheimnisse hatten, die nicht gelernt, sondern nur abgeguckt werden konnten. Markova beispielsweise hatte ein Tempo und eine Eleganz, die einfach atemberaubend waren. Natascha hatte ihr die letzten acht Jahre, seit sie zusammen in Diagehilews Truppe getanzt hatten, immer wieder zugeschaut und immer noch nicht herausgefunden, wie sie es zuwege brachte.

«Entschuldigen Sie bitte, Miss Ladanowa.» Fiona Storey, die Gewandmeisterin, fuchtelte aufgeregt mit dem Arm. «Ein Anruf für Sie. Etwas Dringendes.»

Natascha lief so schnell, daß sie um ein Haar über die hinter der Bühne herumliegenden Kulissenteile gestolpert und hingestürzt wäre. Ihr erster Gedanke war, daß Winn etwas passiert sei, vielleicht ein Reitunfall, oder daß eines der verrückten Versuchsflugzeuge Treys abgestürzt sei. Sie riß Fiona den Hörer aus der Hand und drückte ihn ans Ohr.

«Hallo», sagte sie atemlos, «hallo.»

«Natascha? Ich bin's, Sergej. Warte, leg nicht auf.» Etwas in seiner Stimme ließ sie zögern. Er schien wirklich außer Fassung zu sein. «Ich weiß nicht mehr, was ich tun soll.»

«Inwiefern?»

«Anja hat wieder getrunken, schlimmer denn je.» In seiner

Stimme war keine Spur von der sonstigen Arroganz, nur Sorge und Ratlosigkeit. Sie hörte einen schrecklichen Bericht von versteckten Flaschen und Auseinandersetzungen, einem Zigarettenstummel, der beinahe einen Sessel in Brand gesteckt hätte, von lauten Schreien in der Nacht, weil Anja angeblich von unsichtbaren krabbelnden Wesen heimgesucht worden war, von einem häßlichen Auftritt in einem Restaurant, wo sie einen Teller mit heißer Suppe durch die Gegend geworfen hatte. «Sie ist fest davon überzeugt, daß ich etwas mit dir habe.»

«Aber das ist lächerlich.»

«Sie hat mich verlassen. Sie ist mit dem Jungen nach Frankreich zurückgegangen. Ich habe sie angefleht, noch eine Entziehungskur zu machen, aber sie hat mir ins Gesicht gespuckt und gesagt, ich wolle sie nur loswerden. Ich schwöre bei Gott, sie kann Gedanken lesen.»

«Sergej, du hast doch nichts *getan*?» Aber er war viel zu erregt, um zuzuhören. Er machte sich Vorwürfe, machte Anja Vorwürfe, ließ seinen schwärzesten Gedanken freien Lauf.

«Weißt du, was Gott meiner Meinung nach ist?» Jetzt schrie er fast; sie stellte sich vor, daß er in seinem Hotelzimmer auf und ab lief wie damals, wenn er wütend auf Fouchier war. «Gott ist nicht Tolstojs höchste Güte und Vernunft. Er ist ein Dämon, der uns böse Streiche spielt, ein Ungeheuer mit einem abartigen Sinn für Humor.»

«Sergej, beruhige dich. Du klingst wie eine Dostojewskij-Figur.» Sie wünschte sich, bei ihm zu sein, ihn an den Schultern zu packen und so lange hin und her zu schütteln, bis er Vernunft annahm. Es war beängstigend, ihn in diesem Zustand zu wissen.

«In der Bibel steht, daß das Königreich Gottes in uns ist. Ich blicke in mein Inneres, ich betrachte mein Leben, und was sehe ich? Eine endlose Kette von Enttäuschungen. Und weißt du, was ich höre? Ich höre, wie der liebe Gott mich auslacht. Dieses Monster.»

«Sergej, hör auf!»

«Er kann mein Leben meinetwegen wiederhaben. Ich sage ihm, sein Königreich ist etwas für Narren und Dummköpfe.»

«Sergej, gib mir deine Adresse.» Sie brauchte fünf Minuten, bis er ihr endlich sagte, daß er im St. George wohnte.

Sergejs Suite im St. George war eine sonderbare Mischung aus gediegener Eleganz und heilloser Unordnung. Die schweren Sitzmöbel im Neorenaissance-Stil, den die Luxushotels aller Länder ein halbes Jahrhundert zuvor so geliebt hatten, waren mit einem hübschen Blumenmuster bezogen, und die Wände waren in einem fröhlichen, entschieden unenglisch wirkenden Blau gestrichen. Durch die breiten Flügelfenster konnte Natascha ein Stückchen von der Themse sehen, ein breites, braunes Wasserband, gestochen scharf wie auf einer Architekturzeichnung, aber ansonsten herrschte das Chaos. Überall lagen Lederkoffer mit dem Wappen der Belinskijs herum, ließen ihren Inhalt auf den Fußboden quellen, bildeten Hindernisse vor Fenstern und Türen. Die mit Intarsien eingelegten Tische wurden von leeren Fish-and-Chips-Tüten verunziert; feine geflochtene Papierkörbe waren voll von Sardinenbüchsen und Flaschen.

Sergej saß mitten auf dem ungemachten Bett und hatte eine Flasche mit einem roten Etikett in der Hand, Stolitschnaja, wie Natascha sofort sah, der stärkste russische Wodka, den es im Handel gab. Er war unrasiert, hatte ein schmuddeliges weißes Hemd und zerknitterte Hosen an und wirkte krank und müde. Sie dachte unwillkürlich, daß sie ihn noch nie in einem solchen Zustand gesehen hatte – er hätte es nicht zugelassen. Zum erstenmal sah sie das Alter in seinem Gesicht, als ob plötzlich eine Maske abgefallen wäre und all die Verwundbarkeit und Schwäche zum Vorschein kämen, die er sonst so sorgsam verborgen hielt.

«*Sdrastwuyte,* Tascha.» Sergej nahm einen langen Zug aus der Flasche und stellte sie dann mit der übertriebenen Vorsicht des Betrunkenen auf den Nachttisch. «Willkommen im Irrenhaus. Die anderen haben gerade Ausgang, aber wenn du ein bißchen wartest, wirst du sie bald sehen können.» Er langte wieder zu der Flasche und trank einen neuen Schluck.

«Sergej, hör auf damit.»

«Was für eine Begrüßung von einer alten Freundin. Nicht einmal guten Tag. Nur ‹Sergej, hör auf damit.› Hast du es noch nicht gehört?» Er machte eine höhnisch-theatralische Geste. «Alle Probleme dieser Welt lassen sich letzten Endes mit Wodka lösen. Frag Anja. Frag die Russen. Ein Volk von Quartalssäufern, die unter dem Banner des Marxismus-Leninismus voranmarschieren. Laß mich einen Trinkspruch ausbringen. *Sa smerti, sa schisn* – auf den Tod und das Leben, in dieser Reihenfolge.»

Natascha nahm ihren Hut ab und warf ihren Mantel auf einen der Koffer. Er tat ihr leid, aber sie wußte von früher, daß Mitleid genau dasjenige war, was er nie ertragen würde. «Sergej», fuhr sie ihn an, «bist du dir klar, daß du mir eine Todesangst einjagst?»

«Tue ich das?»

Er stellte die Flasche wieder hin, diesmal sehr zittrig, so daß er ein bißchen von dem Inhalt verschüttete. Er wischte den Wodka schuldbewußt mit einem Zipfel des Kopfkissens ab. «Ich fröne gerade dem russischen Nationalsport: Verzweiflung.»

Natascha nahm einen Schlüpfer Anjas von einem Sessel, setzte sich und überlegte, was sie als nächstes tun sollte. Es war immer schwer zu sagen, was wirklich in Sergej vorging. Möglicherweise spielte er nur für ein unsichtbares Publikum eine Nummer der Selbstzerstörung, wie sie es früher häufiger erlebt hatte, als sie zählen mochte. Andererseits bestand jedoch die Möglichkeit, daß seine Verzweiflung diesmal echt war. Sie hatte irgendwo gelesen, daß man Leute, die von Selbstmord sprachen, immer ernst nehmen sollte, aber konnten Sergejs Anspielungen als selbstgefährdend verstanden werden? Sie wartete einen Moment und wählte sorgfältig ihre Worte. «Ich bin hergekommen, weil ich Angst hatte, du könntest dir etwas antun», sagte sie endlich.

«Keine schlechte Idee. Wie wär's mit einer Partie russisches Roulette? Ich glaube, hier liegt irgendwo eine Pistole herum, aber ich habe leider keine Kugeln. Vielleicht bringt uns der Zimmerservice welche, wenn wir mit einem großen Trinkgeld winken.»

«Sergej!» Sie wußte nicht, ob sie lachen oder weinen sollte. Er zwar zweifellos einer der begabtesten, unmöglichsten und exzentrischsten Männer der Welt.

«Entschuldige. Ich bin ein Schuft. Das ist mein wahres Talent.» Er schwang die Beine über den Bettrand und zog seine Krawatte zurecht. Die Wirkung war bemerkenswert. «Du bist gut zu mir, Natascha», sagte er ernüchtert. «Ich verdiene es nicht. Ich habe dir nicht viel gegeben, nicht wahr? Nichts als jede Menge Schmerz und Kummer. Komm, setz dich zu mir, und laß mich endlich einmal offen und ehrlich sein.»

Sie stand auf und ging zum Bett, wollte etwas Gescheites und Schlagfertiges sagen, doch ihr fiel nichts ein. Sergej nahm ihre Hände zart in seine und zog sie neben sich. Dann entstand ein Schweigen, das er erst nach einer langen Weile brach. «Weißt du, was ich möchte?» sagte er einfach. «Ich möchte die Gegenwart vergessen, als ob sie nie gewesen wäre. Ich möchte die Zeit um zwölf Jahre zurückdrehen.» Er hielt inne. «Ich möchte dich, Natascha.»

Seine Worte hinterließen eine Leere, die alle Geräusche im Raum zu schlucken schien. Natascha blickte auf die flachen, kräftigen Finger, die mit ihren verschränkt waren. Die unterschiedlichsten Gefühle überschwemmten sie und raubten ihr die Sprache. Zunehmend deutlicher stieg vor ihr das Bild auf, wie sie mit Trey zusammenlebte, sie empfand, wie die Zärtlichkeiten mit ihm sie im Laufe der Jahre taub gemacht, die Frau in ihr eingeschläfert hatten, und während sie an all die Nutzlosigkeit und Verschwendung dachte, wallte ein Verlangen in ihr auf, ein Verlangen, so intensiv, daß es unter ihrer Haut brannte, und ihr wurde klar, daß sie im Begriff war, ohne Rücksicht auf die Konsequenzen mit Sergej zu schlafen, egal wie verrückt es erscheinen mochte.

Er hob ihre Finger an die Lippen und hauchte einen Kuß darauf. «Möchtest du mich?» Voll Angst, was sie sagen könnte, nickte sie nur. Sergej beugte sich zu ihr, nahm ihren Kopf zwischen beide Hände und zog ihren Mund zu seinem.

An diesem Nachmittag löste sich etwas in Natascha, und sie wußte, daß sie, was auch künftig geschehen mochte, nie wieder uneingeschränkt glücklich mit Trey sein würde. Sergej entkleidete sie langsam, legte jedes einzelne Kleidungsstück behutsam zur Seite, küßte sie wieder und wieder, fuhr mit den Fingern in ihren Schlüpfer, an ihren Brüsten entlang. Jede Berührung weckte eine Flut von Erinnerungen: jene erste Nacht auf dem roten Seidensofa in ihrem Haus in St. Petersburg; das kleine Hotelzimmer mit den hohen Fenstern in Paris; die große Badewanne, in der sie sich nackt umschlungen hatten; der Abend, an dem sie zum Spaß seine Sachen angezogen hatte.

Als er sich auf sie legte, seine Hüften auf ihre drückte, ihre Lider und ihren Hals küßte, war ihr, als verbände sich die Gegenwart, ihrer beider Gegenwart, schlagartig mit dem Damals, als wären sie wieder zwanzig, als hätten sie einander nie weh getan und wären nie Feinde gewesen, als gäbe es weder Schmerz noch Verrat, keine Revolution, keine Jahre, die vergangen waren, nur noch diesen einen, ewig währenden Nachmittag.

Er erregte sie wieder und wieder, bis sie jedes Gefühl dafür verlor, wo sie war und was sie tat. Nach einer Weile hörten die Erinnerungen auf, und ihr Geist wurde eine Leere, ein Metronom ihres Körpers. Später, ihr kam es vor, als seien Stunden vergangen, zog Sergej sie plötzlich so heftig an sich, daß seine Nägel in ihr Fleisch drangen. Er war eine Kraft, die durch sie hindurch ging, statt sie nur zu berühren, und als er gekommen war, lag sie friedlich in seinen Armen.

Später sollte sie oft an jenen Frühling in London zurückdenken und die Tage an den Fingern abzählen, unfähig zu glauben, daß es nur dreizehn gewesen waren. Dreizehn Tage, eine Kette der Desillusionierung, säuberlich an einem Faden aufgereihte, hauchdünne Glasperlen wie die im Victoria and Albert Museum, jede ein klein wenig glanzloser als die vorige. Am häufigsten dachte sie an die ersten fünf Tage, als sie jeden Nachmittag nach dem Training zu Sergejs Hotel gefahren war, erfüllt von einem vibrierenden Gefühl zu leben – so unerträglich, daß sie manchmal meinte, sie müsse vor Glück bersten. Nach so vielen Jahren des Wartens war ihr Hunger nach Liebe grenzenlos, ihre Lust an den kleinsten Liebkosungen von einer Intensität, die sich nicht in Worte fassen ließ. Sergej brauchte nur mit der Fingerspitze über ihr Handgelenk zu fahren, und ein Beben durchlief sie, und so verbrachte sie Stunden damit, einfach neben ihm zu liegen und sich ihrem Glück hinzugeben. Wenn sie aber zu reden versuchten, ging es jedesmal so schnell schief, daß sie Angst bekam.

«Was wird mit Anja?» hatte sie ihn am Nachmittag des sechsten Tages gefragt.

Sergej hatte sie sonderbar angeblickt. «Was meinst du?»

«Wirst du ihr von uns erzählen?»

«Warum denn?»

«Aber...» Sie verstummte. Das, was ihr auf der Zunge lag, kam ihr auf einmal falsch vor.

Sergej betrachtete sie mit einem kühlen Ausdruck, wie jemand, der den Kauf eines neuen Autos erwägt. «Du machst dir zuviel Sorgen.» Er stopfte sich ein Kissen hinter den Kopf und lehnte sich voll Behagen dagegen. «Was hältst du von Frederick Ashton?»

«Wie bitte?»

«Von Frederick Ashton, dem neuen Choreographen vom Vic-Wells. Glaubst du, er ist so gut wie ich oder nur eine Eintagsfliege?»

Natascha staunte. Wie hatte er das Thema so unvermittelt wechseln können, als sie versuchte, über etwas so Wichtiges mit ihm zu reden? Vielleicht hatte er sie nicht richtig verstanden.

«Ich mache mir Sorgen um Winn», sagte Natascha. «Sie ist so aufgeweckt. Manchmal bin ich sicher, daß sie etwas vermutet, und sie ist nicht der Typ, der ein Geheimnis für sich behält.» Sie saßen an einem kleinen Tisch im Wohnzimmer der Suite, aßen mit Butter bestrichene Teekuchen und tranken Tee nach russischer Art, ohne Milch. Es war der Nachmittag des achten Tages. Sergej nahm sich einen neuen Kuchen und bestrich ihn sorgsam. Aller Schmerz, den er wegen Anja empfunden haben mochte, schien spurlos verschwunden zu sein. Er wirkte gesund und beinahe entnervend selbstzufrieden.

Natascha stellte ihre Tasse zurück. «Sergej, hast du gehört, was ich gesagt habe?» fragte sie ruhig. «Ich mache mir Sorgen, daß Winn etwas vermutet. Du hast keine Ahnung, wie geradeheraus sie ist. Und selbst wenn sie noch nichts ahnt ... ich fürchte, daß es sich sehr negativ auf sie auswirken wird, wenn ich Trey verlasse. Sie hat sich oft aus meinem Leben ausgeschlossen gefühlt, weil ich Tänzerin bin und sie sich überhaupt nicht zum Tanz hingezogen fühlt. Ich weiß nicht, wie sie auf eine so grundlegende Änderung reagieren wird.»

«Sie wird es überstehen.»

«Wie bitte?»

«Du weißt doch, daß ich daran gedacht habe, ein Ballett aus *Gegen den Strich* zu machen, dem berühmten Roman von Huysmans. *Da unten* wäre natürlich aufregender, aber die Kirche würde Alarm schlagen, und es würde in den meisten Ländern verboten werden.»

«Sergej, ich habe von meiner Tochter geredet.»

Er nahm die weiße Teekanne. «Möchtest du noch etwas?» Ohne eine Antwort abzuwarten, schenkte er ihr nach.

«Mama, was machst du da?»

«Nichts, Liebling.» Natascha knüllte die Nachricht, die sie geschrieben hatte, zusammen und zwang sich zu lächeln. Ihr Leben schien auf einmal beengt und vollgestopft zu sein, unsäglich kompliziert. Sie hatte nicht genug Zeit für Winn, für Trey, für ihre Arbeit. Sie mußte immerfort lügen und, schlimmer noch, ihre Lügen im Gedächtnis behalten. Keine leichte Aufgabe, besonders wenn Winn dabei war, die sich an die winzigsten Kleinigkeiten erinnerte. Sie hatte seit einiger Zeit den Eindruck, einen Liebhaber zu haben sei ungefähr so wie *Krieg und Frieden* auswendig lernen zu müssen – unglaublich strapaziös. Es hätte leichter sein können, wenn sie mit Sergej über das Problem reden könnte, doch sobald sie auf Gefühle zu sprechen kam, sah er sie an, als redete sie in einer fremden Zunge.

Winn schmiegte sich an sie, und Natascha streichelte ihr Haar und dachte schuldbewußt, daß sie ihre kleine Tochter in letzter Zeit vernachlässigt hatte. Winn war sich natürlich darüber klar, daß in der letzten Zeit vieles anders gewesen war; sie *mußte* sich dessen bewußt sein, aber sie hatte kein Wort gesagt, was für Natascha ein schlechtes Zeichen war. Wenn Winn plötzlich Taktgefühl zeigte, war sie sicher verwirrt, vielleicht sogar verängstigt.

Bei dem Gedanken, ihre Beziehung mit Sergej könnte Winn schaden, zuckte Natascha zusammen. Wie brachten andere Leute es nur fertig, zwei Leben zugleich zu führen? Das Problem lag wohl darin, daß sie sich ebensowenig verstellen konnte wie ihre Tochter.

«Das kann nicht dein Ernst sein.»

«Selbstverständlich ist es mein Ernst.» Natascha seufzte und versuchte es noch einmal. Das Wachsfigurenkabinett von Madame Tussaud war sicher der merkwürdigste Ort in London für ein solches Gespräch, aber sie hatte sich an einem neutralen Platz mit ihm treffen wollen, wo sie aller Voraussicht nach niemandem über den Weg laufen würden, den sie kannten – und ein Hotelzimmer kam in Anbetracht der Umstände nicht in Frage. Da standen sie nun, genau zwischen Eduard VII. und Königin Viktoria. «Es funktioniert einfach nicht.»

«Was soll das heißen, ich meine, was funktioniert nicht?» Sergej blickte sie in dem samtenen, gedämpften Licht besorgt an. Sein weißer Sportanzug leuchtete in dem bläulichen Schein ein wenig unheimlich. Sie hatten nun fast zwei Wochen lang jeden Nachmittag miteinander geschlafen, und er war ihr von Tag zu Tag weniger real vorgekommen. Bei Trey hatte sie sich an eine bestimmte Art der Intimität und Nähe gewöhnt, an einen ungehinderten Fluß der Gefühle zwischen ihnen, ein unausgesprochenes Verständnis, doch je öfter sie mit Sergej zusammen war, um so mehr hatte sie den Eindruck, gegen eine Wand anzurennen. Nur sein Körper war da. Sein Inneres war verschlossen und zugesperrt wie der Tower von London: Er sprach mit ihr von der neuen Truppe, die er gründen wollte, von den Balletten, die er für sie choreographieren würde, von allem und jedem, nur nicht von sich selbst. Nach kaum zwei Wochen fing sie an, Lampenfieber zu haben, ehe sie mit ihm ins Bett ging, wie vor einer wichtigen Premiere.

«Wir müssen an Anja denken.» Ihm einen einigermaßen triftigen Vorwand zu verschaffen, war das mindeste, was sie tun konnte, und seine Ehefrau gehörte zu den besten Vorwänden überhaupt. Außerdem wurde ihr, nachdem sie dreizehn Tage lang praktisch mit ihm zusammengelebt hatte, zunehmend klar, wie Anja die Dinge sehen mußte. Sie entwickelte sogar Verständnis für sie.

«Ich habe dir doch gesagt, daß ich mich von ihr scheiden lassen werde.» Aber er hatte kein Wort davon gesagt. Vielleicht setzte er voraus, daß sie es wußte, daß sie seine Gedanken lesen konnte, aber wie dem auch sein mochte, es spielte jetzt keine Rolle mehr. Sergej trat aus dem Licht, so daß sie sein Gesicht nicht mehr sehen konnte, doch sie hörte den Zorn und das Staunen in seiner Stimme. Nun ja, warum sollte er nicht erstaunt sein? Sie war jahrelang seine Fußmatte gewesen. Dies ganze Gespräch mußte ein Schock für ihn sein. Er stand wie ein weißer Schatten da und forderte sie stumm auf, sich näher zu erklären.

Natascha warf einen Blick auf die Uhr und sah, daß sie nur noch eine halbe Stunde hatte, ehe sie im Theater sein mußte. «Sergej», sagte sie so sanft sie konnte. «Ich habe einen schrecklichen Fehler gemacht. Sieh mal, ich weiß nicht, wie ich es diplomatisch ausdrücken soll, und werde deshalb ganz offen sein: Ich liebe dich nicht. Ich dachte, ich täte es noch, aber ich tue es nicht – jedenfalls nicht genug, um Winn und Trey weh zu tun.»

«Und die ganze Zeit, die wir im Bett verbracht haben... Ich nehme an, du wirst mir jetzt sagen, daß dir das auch nicht gefallen hat?»

«Im Gegenteil, es hat mir viel zu sehr gefallen.»

«Natascha, das kannst du mir nicht antun.»

«Dann bist *du* es, dem ich etwas antue?»

«Selbstverständlich.» Er klang aufrichtig überrascht.

«Sergej, eben das ist das Problem. Du beziehst alles auf dich.

Als ich jünger war, habe ich das nicht verstanden. Ich dachte, du bist der heilige Michael auf einem weißen Streitroß, der vollkommenste Mann der Welt. Ich dachte, du wüßtest alles, was es zu wissen gibt. Aber ich bin keine sechzehn mehr.» Sie fühlte sich plötzlich furchtbar müde. «Du verstehst nicht, habe ich recht?»

«Nein.»

«Du bist nicht fähig zu Liebe und Vertrautheit. Du bist wie die perfekteste denkende Maschine, die es geben kann: Du schaffst wunderbare Ballette, gibst eine großartige Vorstellung, aber was letztlich fehlt, ist *duscha*.»

«Du bist verrückt.»

«Ich glaube nicht.» Sie empfand Schmerz, eine bittersüße Trauer, aber kein Bedauern. Vielleicht würde das später kommen.

Sie beugte sich im Halbdunkel vor und küßte ihn leicht auf die Wange. Dann drehte sie sich um und schritt schnell an den Wachsfiguren vorbei, hinaus aus dem Museum von Madame Tussaud in die strahlende Frühlingssonne der Marylebone Road.

Zweites Buch

Tatiana

11
Cambridge, Massachusetts, 1951

Tatiana Ward saß in einem Flanellmorgenrock an ihrem Schreibtisch, trank eine Tasse Nescafé und blätterte in der neuesten Nummer von *Balance,* einer Zeitschrift, in der Studenten der Universität Harvard zweimal im Monat «unvoreingenommen und aus erster Hand» über Tanz in allen seinen Formen berichteten – doch die mit dem Herausgeber befreundete Tatiana wußte, daß wenigstens die Hälfte der Beiträge aus der *New York Times* geklaut war. Diese Ausgabe enthielt beispielsweise eine umgeschriebene Kritik über Balanchines kürzlich uraufgeführtes Ballett zu Ravels *La Valse,* eine wissenschaftlich aufgemachte Analyse von Maximows neuem Ballett *Quetzal,* in der der junge Autor – in Tatianas Augen erfolglos – versuchte, eine Verbindung zwischen Farbe und Bewegung zu ziehen, sowie eine überschwengliche Besprechung von *Dance,* Fred Lewis' neuem Musical, das seit kurzer Zeit in Boston lief.

Tatiana überflog die Kritik von *Dance* und kam zu dem Schluß, daß sie es gern sehen würde. Steptanz war natürlich nicht unbedingt ihr Genre, aber dieser neue junge Mann, der Michael Macks hieß, leistete offensichtlich wahre Wunder. Sie warf noch einen Blick auf die Sätze, mit denen er beschrieben wurde: «... atemberaubend... makelloses Timing... eine großartige Kombination von Rhythmen und Kontrarhythmen.» Zu blöd, daß die Eintrittskarten sage und schreibe fünfzehn Dollar kosteten.

Sie unterdrückte einen bedauernden Seufzer, klappte die Zeitschrift zu und blickte auf den Hof des Radcliffe College hinaus. Es war vier Uhr morgens, immer noch dunkel. Die Fahrräder in den Ständern vor der Cabot Hall wirkten bläulich umrandet, die Zweige schwankten leicht unter ihrer flaumigen Schneelast, und die Gehsteige vor den Studentinnenheimen glichen schmalen Pfaden, die zu dem langen Eisband der Straße liefen. Dank dem altertümlichen gußeisernen Heizkörper, der in einem fort zischte und kleine Dampfwölkchen ausspie, war es im Zimmer fast zu heiß zum Atmen, was auch Tatianas Zimmerkameradin Ruth White empfinden mußte, denn sie hatte im Schlaf alle Dekken von sich gestrampelt und schnarchte friedlich vor sich hin. Die Enden ihrer rosa Lockenwickler umgaben ihren Kopf wie eine Radioantenne.

Tatiana lächelte vor sich hin und nahm einen Schluck Kaffee. Ruths Seite des Zimmers sah aus, als wäre sie kürzlich von einem Erdbeben oder von einem Rudel trunkener Vandalen heimgesucht worden. Ein billiger Druck von van Goghs «Sternenhimmel» hing schief über dem Bett; drei oder vier seltene Leadbelly-Schallplatten teilten sich den Fußboden mit einem Stapel Flugblätter vom «Komitee zur Rettung der Rosenbergs», Ortsgruppe Harvard, mit bräunlich verfärbten Bananenschalen, zusammengeknüllten Zigarettenschachteln und einem Haufen Botaniklehrbücher. Ruths ramponiertes Sportrad, auf das ihrer Überzeugung nach die Hälfte der Diebe von Cambridge ein Auge hatte, stand, an eine wackelige Stehlampe gekettet, links vom Bett an der Wand. All das bewies letzten Endes nur, daß man eine Zimmerkameradin nicht nach der Zahl der Gegenstände beurteilen konnte, die sie als Stolpersteine in der Gegend herumliegen ließ.

Tatiana trank weiter von dem bitteren schwarzen Kaffee, betrachtete ihre Seite des Zimmers und dachte wieder mal, wie sehr Ballett ihre Auffassung von Raum beeinflußt hatte. Sie wußte noch nicht, in welchem Fach sie ihren Magister machen würde oder was sie später einmal tun würde, aber nach dreizehn Jahren Tanzunterricht würde sie zumindest nie Schwierigkeiten haben, ein Paar passende Socken zu finden. Da ihr Elternhaus nicht weit vom Wohnheim entfernt war, hatte sie sich angewöhnt, einfach hinzugehen, wenn sie etwas brauchte, und so kam es, daß in ihrem Wandschrank kaum Sachen hingen, daß die wenigen Bücher, die hier standen, systematisch geordnet waren und daß der Inhalt ihrer Kommodenschubladen an ein konstruktivistisches Gemälde erinnerte. Auf ihrem Bett schimmerte die hochrote Satindecke, die ihre Schwester Winn auf ihrer Hochzeitsreise in Hongkong zu einem Spottpreis gekauft und ihr mitgebracht hatte. An der Wand hinter ihr hing ihr kostbarster Besitz, ein kleiner Degas mit zwei Tänzerinnen, die sich bückten, um ihre Schuhe zuzuschnüren – eines der wenigen Dinge, die ihre Mutter aus Rußland hatte mitnehmen können, als sie vor der Revolution geflohen war. Ihre Mutter hatte ihr das Gemälde vor einem knappen Monat zum achtzehnten Geburtstag geschenkt, zusammen mit einem Foto ihres Vaters in einem schweren alten Silberrahmen.

Das Foto, das nun neben ihrer Reiseschreibmaschine auf dem Schreibtisch stand, zeigte Trey Ward, wie er vor gut sechzehn Jahren ausgesehen hatte, einen großen, kräftigen, blonden Mann, der vor einem schlanken, einmotorigen Flugzeug stand und in die Kamera winkte. Tatiana versuchte einen Moment lang, sich vorzustellen, wie er im wirklichen Leben ausgesehen hatte, aber sie konnte es nicht. Sie war erst zwei Jahre alt gewesen, als er in Indien, wohin er ihre Mutter anläßlich einer weltweiten Tournee begleitet hatte, an Gelbsucht gestorben war, und obgleich es zahllose Schnappschüsse von den beiden gab, hatte sie keinerlei Erinnerung an ihn. Nicht daß ich keinen Ersatz gesucht hätte, dachte sie wehmütig.

Sie seufzte leise und bemühte sich wie so oft am frühen Morgen, der Tatsache ins Auge zu sehen, daß sie gefährlich impulsiv war. Sie brauchte nur an die letzten Monate zu denken. An einem Tag war sie noch eine überzeugte Anhängerin der Demokraten gewesen, am nächsten (als sie Ruth kennengelernt hatte) eine glühende Anarchistin, dann plötzlich vollkommen unpolitisch. Und all die Jungen hier in Harvard, mein Gott, ganze Hörsäle voll von ihnen: gutaussehend, gutgebaut, mit einem schnellen Verstand und noch schnelleren Fingern. Es war erst Januar, und sie hatte sich schon ein halbes dutzendmal verliebt, nur um sich eine oder zwei Wochen später fragen zu müssen, was sie je in dem armen Wicht gesehen hatte.

Ihre Mutter hatte gelächelt und es auf zuviel russische *duscha* zurückgeführt, aber Tatiana sorgte sich manchmal über ihren Mangel an gesundem Menschenverstand. Sie stürzte sich immerzu in neue Projekte, verschenkte die Dinge, die sie am liebsten hatte, und war wahrscheinlich die einzige Studentin in der Geschichte von Radcliffe, die sich vor dem Ende des zweiten Semesters sechsmal für ein neues Hauptfach entschieden hatte.

Tatiana trank den Kaffee aus, spülte die Tasse mit Mineralwasser aus, trocknete sie und stellte sie aufs Fensterbrett. Dann ging sie zu ihrer Kommode, zog Trikothosen an, Wollstrümpfe und ein türkisfarbenes Trikotoberteil mit einem weiten Ausschnitt. Darüber zog sie ein wollenes Herrenhemd an, einen dicken Pullover, Bluejeans, Gummistiefel und dann – leise vor sich hin schimpfend – einen langen lila und grau karierten Rock, auch ein Geschenk von Winn, der so wundervoll geschnitten war, daß er wie eine schwerelose Glocke um ihre Beine zu schwingen schien.

Winn fing immer wieder davon an, daß sie sich weiblicher kleiden müßte und daß sie langsam zu alt dafür war, in Jungensachen herumzulaufen, aber Tatiana bevorzugte den Hepburn-Look, weite Pullover, Schlapphüte und ausgebeulte Hosen, in denen sie wunderbarerweise immer großartig aussah. Sie war zwar nur mittelgroß, hatte aber sehr lange Beine, volles kastanienbraunes Haar und die Grazie eines Fotomodells. Fremde verglichen sie immer wieder mit Suzy Parker, Amerikas berühmtestem Covergirl. Tatiana sah aus wie eine jüngere Ausgabe ihrer Mutter: die gleiche Haut, die an die Blütenblätter einer Rose erinnerte, und die gleichen tatarisch anmutenden Wangenknochen, doch in Wahrheit war sie noch schöner. Ihre Augen waren blau, aber es war kein gewöhnliches Blau, sondern ein tiefes, schimmerndes, meerhaftes Violett, wie die winzigen Blüten in dem viktorianischen Briefbeschwerer auf dem Schreibtisch ihrer Mutter. Es waren Augen, die unfreiwillig verblüfften und verführten, und sie brachten Tatiana immer wieder in Schwierigkeiten, zogen Männer an, die sie nicht interessierten und für die sie keine Zeit hatte, veranlaßten Professoren, unversehens den Faden zu verlieren, provozierten Einladungen zu Mittag- und Abendessen, von denen die Hälfte genügt hätte, um sie so dick zu machen, daß sie höchstens noch die Mutter Ingwer im *Nußknacker* hätte tanzen können.

Sie hantierte mit den Schnappverschlüssen des Rocks herum und verwünschte die lächerliche Radcliffe-Vorschrift, die Hosen in der Öffentlichkeit verbot. Wenn man darüber nachdachte, war es kompletter Unsinn, vor allem mitten im Winter. Die Studentinnen des Radcliffe College holten sich regelmäßig Frostbeulen an den unaussprechlichsten Stellen.

Sie knipste die letzte Schnalle zu, ließ den Rock über die Jeans fallen und kam sich vor, als wäre sie in einen Wäschesack gestiegen. Manchmal würde sie das Heim am liebsten verlassen und wieder zu Hause wohnen, doch andererseits lebte sie gern mit Ruth zusammen, und wahrscheinlich war es auch gesünder – in psychischer Hinsicht. Sie war immerhin ein Mädchen ohne Vater, das klassische Beispiel für ein gestörtes ödipales System. Oder wie nannten sie es? Mist. Sie hätte ihre Psychologiebücher aufmerksamer lesen und sich ein paar Notizen machen sollen. Dann hätte sie nicht nur eine bessere Prüfungsnote, sondern auch einen Hinweis darauf bekommen, ob ihr ein normales Leben bevorstand oder aber allwöchentliche Sitzungen bei einem Seelendoktor.

Na ja, es spielte ohnehin keine große Rolle. Tatiana wand sich einen Schal um den Hals und dachte nicht zum erstenmal, daß sie und ihre Mutter eine viel zu enge Beziehung hatten. Es war nicht leicht, die Tochter einer der berühmtesten Ballerinen der Welt zu sein, jedenfalls nicht, wenn man selbst tanzen wollte oder wenigstens glaubte, daß man es wollte. Tatiana beneidete Winn manchmal um die Fähigkeit, das Leben einfach so zu nehmen, wie es kam. Ihre Schwester tat immer nur alltägliche Dinge: sie ging in die Stadt, um irgendwelchen Schnickschnack zu kaufen, organisierte Sammlungen für das Rote Kreuz... Allerdings gab es Momente, in denen Tatiana den Verdacht hegte, daß Winn sich ausgeschlossen fühlte oder sogar ein bißchen eifersüchtig war, doch falls sie insgeheim von einer Bühnenkarriere träumte, ließ sie es sich nie anmerken. Winn war bei all ihrer Ernsthaftigkeit eine Dilettantin; sie hatte es sogar fertiggebracht, nach Paris zu gehen und sich vor aller Welt ein paar Monate als Malerin zu versuchen, ehe sie Drew kennenlernte und sich mit ihm verlobte. Eigentlich erstaunlich. Ihr, Tatiana, wäre es nicht im Traum eingefallen, nicht einmal, wenn irgend jemand verrückt genug wäre, ihr das Geld dafür zu bieten, sich jetzt schon als Tänzerin zu gerieren.

Sie knipste das Licht aus, nahm die grüne Büchertasche, in der ihre Spitzenschuhe steckten, und ging leise, um die schnarchende Ruth nicht zu wecken, aus dem Zimmer.

«Wie macht sie das bloß?» flüsterte Colin Wilson ihr zu, als sie nebeneinander an der Stange standen. Colin war der einzige Junge im Frühkurs, ein leidenschaftlicher Nachwuchstänzer, der die zehntausend Meilen weite Reise von Melbourne nach Boston einzig und allein deshalb gemacht hatte, um die Ladanowa-Schule für klassischen Tanz zu besuchen. Es war sechs Uhr, und die erschöpften und schweißgebadeten Eleven sahen zu, wie Natascha eine komplizierte Schrittfolge ausführte. Sie schien in ihrem seegrünen Trikot durch den Saal zu schweben, ohne den Fußboden zu berühren, glitt kerzengerade, mit anmutig ausgestreckten Armen und einem undefinierbaren Lächeln auf den Lippen, von einem Lichtkreis zum nächsten.

«Sie muß Räder statt Zehen haben», bemerkte Colin mit seinem starken australischen Akzent.

Tatiana betrachte Natascha mit einer Mischung aus Stolz und Verzweiflung. Es machte ihr nicht viel aus, bei nachtschlafender Zeit aufzustehen, um zum Tanzunterricht zu gehen, aber wenn sie sah, wie ihre sechsundfünfzigjährige Mutter mit der Grazie einer halb so alten Frau tanzte, voller Ausdruck und ohne eine einzige Geste, die nicht vollkommen war, kam sie sich vor, als hätte sie zwei linke Füße, die Balance eines Nashorns und kein nennenswertes Talent.

Natascha machte unvermittelt einen atemberaubenden *grand jeté* und landete leicht wie eine Feder. Tatiana empfand Verzweiflung. *Wer* konnte damit konkurrieren? Natascha hielt inne, und Tatiana wurde wieder nüchtern. Dies nahm langsam unerträgliche Ausmaße an. Sie war zu streng mit sich. Sie *war* gut; alle sagten, daß sie gut war. Letzten Sommer in San Francisco hatte Christensen sie buchstäblich angefleht, zu bleiben und in seiner Truppe zu tanzen, und als sie im November in der School of American Ballett vorgetanzt hatte, war sie ohne weiteres für den nächsten Sommerkurs zugelassen worden. Balanchine selbst hatte sie beiseite genommen und von den Jahren geschwärmt, die er und ihre Mutter unter Diaghilew gearbeitet hatten. Doch, bei genauerem Hinsehen, war das nun ein gutes oder ein schlechtes Zeichen? Balanchine war freundlich wie der Weihnachtsmann gewesen, aber zu den Problemen, die Tochter Natascha Ladanowas zu sein, gehörte es auch, daß man nie wußte, ob man wirklich Talent hatte oder ob die Leute einen nur wegen der berühmten Mutter für gut hielten.

Diese Sorgen plagten Tatiana nur dann, wenn sie an der Stange stand. Sobald sie angefangen hatte zu tanzen, war es schlagartig anders. Während sie die Sequenz wieder und wieder nachtanzte, bis ihre Beine schmerzten und sie kaum noch Luft bekam, verging die nächste Stunde wie im Flug.

Einige Straßen weiter, in einem großen Haus im Kolonialstil in der Salem Street, öffnete Winn die Tür des Wandschranks auf der Diele und begutachtete ihr Leinen. Jedes einzelne Stück wies ihr gesticktes Monogramm auf. Winn hatte die ordentlichsten Wandschränke in ganz Cambridge, oder sie stellte es sich jedenfalls vor. Die Laken in diesem waren zum Beispiel nach Farbe, Größe und Alter geordnet. Die ältesten lagen zuoberst (bereit, in den Lumpenkorb im Keller verbannt zu werden, sobald sie das erste Loch aufwiesen, das zu stopfen nicht lohnte), die Doppellaken waren mit einer Sicherheitsnadel in der linken oberen

Ecke markiert, die Kissenbezüge ruhten auf einem eigenen kleinen Sandelholzregal mit Elfenbeinleiste, das Winn für ein paar Cents in Kowloon gekauft hatte. Wenn sie ein bißchen deprimiert war, was nicht sehr oft vorkam, ging sie einfach durchs Haus, öffnete einen Schrank nach dem anderen und spürte beim Anblick all der ordentlichen Stapel förmlich, wie sich ihre Lebensgeister wieder hoben.

Vielleicht war es töricht, einem Dasein als guter Hausfrau soviel Befriedigung abzugewinnen. Es gab weiß Gott aufregendere Beschäftigungen, aber Winn hatte miterlebt, was sie aus einem machten, und was sie betraf, war all das den Preis nicht wert. Das Ballett hatte beispielsweise ihre Mutter total vereinnahmt und beanspruchte sie immer noch uneingeschränkt, physisch und psychisch, und ihrer Schwester schien das gleiche zu blühen. Die arme Tatiana war in ihrem ersten Studienjahr und sollte eigentlich all die tollen Sachen tun, die sie, Winn, in ihrem ersten Jahr in Wellesley getan hatte: mit attraktiven jungen Männern ausgehen, tanzen, sich zum Winterfest des Dartmouth College einladen lassen und zu den großen Football-Spielen der Columbia-Universität. Statt dessen lebte sie praktisch wie eine Gefangene, stand jeden Morgen zu einer unmenschlichen Zeit auf, um zum Tanzunterricht zu gehen, und hastete nachmittags nach den Kursen wieder zur Schule ihrer Mutter, um noch ein bißchen zu trainieren.

Wenn Winn tiefer in sich ging, mußte sie manchmal einräumen, daß sie bei aller Liebe zu Tatiana doch ein bißchen ärgerlich war, da ihre Mutter sich so ausnehmend um die jüngere Tochter kümmerte, aber sie hätte um nichts auf der Welt mit ihr getauscht. Nein, es füllte sie aus, für Drew da zu sein und für das Haus zu sorgen. Sie führten eine gute Ehe, sie reisten viel, und wenn sie eine Abwechslung brauchte, hatte sie jederzeit die *Sybelle,* Drews Segelboot. Sie hatte letzten Sommer gelernt, das schmucke kleine Ding, das schnell und leicht wie ein Korken über die Wellen hüpfte, allein zu segeln, und kreuzte dann und wann bei einer guten Brise, die ihr alles abverlangte, über die Bucht. Ja, mit Drew und der *Sybelle* war sie glücklich.

Na ja, um ehrlich zu sein, nicht ganz. Winn griff in den Wandschrank und zählte die Laken auf dem ersten Regal, obgleich sie genau wußte, wie viele es waren. Sie waren jetzt fast drei Jahre verheiratet, und trotz aller Bemühungen hatten sie immer noch kein Kind. Sie stand einen Moment da, beugte sich dann unvermittelt vor, legte das Gesicht auf den Wäschestapel und fühlte die kühle Oberfläche des Leinens. Die Laken dufteten nach Lavendel und Sonne, weil sie Mary, dem Hausmädchen, aufgetragen hatte, sie nur draußen an der Leine zu trocknen.

Winn schloß die Augen und dachte an den leerstehenden Raum oben, der ein so hübsches Kinderzimmer abgeben würde, an die bestickten Babysachen, die sie letztes Frühjahr heimlich in Luzern gekauft und nach ihrer Rückkehr in der untersten Schublade ihrer Frisierkommode versteckt hatte, wo Drew sie nicht sehen würde. Eine schreckliche Sehnsucht überkam sie, das Verlangen, etwas Idiotisches zu tun, einfach in den Schrank zu steigen, die Tür hinter sich zu schließen und ihre Verzweiflung vom Dunkel schlucken zu lassen.

Das wäre natürlich lächerlich gewesen. Sie richtete sich auf und schüttelte sich wie ein Hund, der aus dem Wasser gestiegen ist. Zweifellos mußten viele Frauen mit der Tatsache leben, daß sie keine Kinder bekommen konnten. Es hatte keinen Sinn, über das zu brüten, was das Leben einem nicht gab; die Lösung bestand darin, so weiterzumachen, als sei es einem gleichgültig, und zu hoffen, daß man sich eines Tages tatsächlich nichts mehr daraus machte. Wenn sie Kinder wirklich so sehr liebte, sollte sie vielleicht etwas Nützliches für sie tun, zum Beispiel für den Elternbeirat arbeiten – man brauchte kein eigenes Kind auf der Schule zu haben, um das zu machen – oder Sammlungen für karitative Vereine organisieren, die notleidende oder kranke Kinder unterstützten.

Sie verschloß ihren persönlichen Schmerz in ihrer Brust wie in einem inneren Wandschrank, wählte zwei Doppellaken aus dem Stapel vor sich, schritt schnell ins Schlafzimmer und machte das Bett, wie Drew es gern hatte, an den Seiten lose, mit fest unter die Matratze geschobenen Ecken.

«Haltet euch fest, meine Damen!» Dan kam in das Lokal gestürmt und brachte den halben Schnee von Cambridge mit. «Ich habe soeben das Ding des Jahrhunderts gelandet.» Die Studentenkneipe war fast leer, und die wenigen Anwesenden drehten den Kopf, als er an den Tisch der beiden Mädchen prallte. Ruths Kaffee schwappte auf Tatianas Pastrami-Sandwich, und die zwei kreischten empört.

«Dan!» Tatiana versuchte, ihr Sandwich zu retten, aber es war hoffnungslos.

«Du Trampel!» Ruth wischte hektisch die Tischplatte trokken, damit ihr nicht noch mehr Kaffee auf den Schoß tropfte.

Dan, der im vierten Semester an der Universität Harvard studierte, feixte und schlug den Kragen seines Jacketts von Brooks Brothers keck hoch. Er war klein und dicklich und hatte mit seinen kurzsichtigen braunen Augen etwas von einem Backenhörnchen, eine irreführende Ähnlichkeit, denn tatsächlich war er ein großer Organisator und hatte seine Finger gleichsam in jedem theatralischen Unternehmen, das mit der Universität verbunden war. In den letzten drei Jahren hatte er nicht nur *Balance* herausgegeben, sondern auch so gut wie allein drei Musicals auf die Beine gestellt, die jährlichen Weihnachtsstücke in Adams House geleitet und sich den Ruf einer grauen Eminenz hinter allen verrückten Streichen auf dem Campus erworben. Dan, ein Junge mit enormen Gaben und einem unerschöpflichen, schon ans Lächerliche grenzenden Optimismus, hatte offenbar nur zwei Probleme, seine schlechter werdenden Noten in Chemie (sein verhaßtes Hauptfach) und einen fortwährenden, meist brieflich ausgetragenen Kampf mit seinen Eltern in Cleveland, die unbedingt einen Börsenmakler aus ihm machen wollten.

Tatiana blickte auf ihr durchgeweichtes Sandwich und dann auf Dans Collegekrawatte, deren Spitze nun in einem Senftiegel hing. Er legte sehr viel Wert auf Kleidung – englische Tweeds und schicke seidene Halstücher aus Frankreich. Tatiana kannte keinen Jungen in Harvard, der ein besseres Gefühl für Farben hatte, aber das war keine Entschuldigung! Er war wie ein tapsiger Hund. Sie wischte mit ihrer Serviette den Tisch trocken, während Ruth ihre jiddischen Schimpfworte an Dan ausprobierte. Ruths weiße Bluse wies Dutzende von braunen Flecken auf, die sich bestimmt nur schwer herauswaschen ließen. Nicht, daß es ihr wirklich etwas ausmachte – wahrscheinlich konnte man Ruths Sachen mit Schwefelsäure überschütten, ohne daß es ihr wirklich etwas ausmachte –, aber es ging ums Prinzip. «Du hast soeben die Hoffnung meiner Mutter zunichte gemacht, daß ich mir in Harvard einen reichen Mann angele.»

«Wie wär's mit mir als Ersatz?» Dan machte eine Geste, als schnitte er sich die Kehle durch. «Ein Opfer deiner Keuschheit.»

Ruth schnaubte eher freundlich und steckte sich eine Zigarette an. Tatiana wußte zufällig, daß sie in der Tat noch unberührt war, aber das gehörte nicht zu den Dingen, die Ruth gern öffentlich erörtern würde, zumal sie das letzte Semester weitgehend damit verbracht hatte, ihr Image als anarchistisch-ruchlose New Yorkerin zu festigen. «Hör mal, Kleiner, dich würde ich nicht mal auf einem silbernen Tablett nehmen!» Sie blies eine Kette von Rauchringen in die Luft. «Obgleich andere dich vielleicht gern vernaschen würden.»

«Im Ernst», sagte Dan. «Ich habe Neuigkeiten.»

«Was für Neuigkeiten?» Tatiana gab jeden Gedanken an einen gemütlichen Kaffeeplausch auf, da sie aus Erfahrung wußte, daß Dan sie neun von zehn Malen mit seiner Begeisterung ansteckte.

«Ich habe meine Beziehungen spielen lassen, mit tausend Engelszungen geredet, manipuliert, charmiert, gefeilscht...»

«Ein wandelndes Wörterbuch.» Ruth blies Qualm in Tatianas Richtung. «Hörst du es, Tats? Er sollte es mit Philologie versuchen.»

«Um Gottes willen, unterbrich ihn nicht», protestierte Tatiana, «sonst erfahren wir es nie.»

«Kurz gesagt», fuhr Dan unerschütterlich fort, «ich habe drei Karten für *Dance* besorgt. Für uns drei natürlich.»

«Das neue Musical von Fred Lewis?» Tatiana konnte es

kaum fassen. *Dance!* Jedermann wußte, daß die Vorstellungen seit Wochen ausverkauft waren. Boston bekam nicht alle Tage einen Broadway-Hit mit der Originalbesetzung zu sehen. Erst letzte Woche hatte in der Zeitung gestanden, daß der Schwarzmarktpreis für die Eintrittskarten mittlerweile bei vierzig Dollar läge. «Welchen Platz? Letzte Reihe, Rang unter den Sitzen?»

«Rang erste Reihe, und wir werden sehr gut sehen. Du wirst alle Zähne in Michael Macks Mund zählen können.»

«Wer ist Michael Macks?» fragte Ruth mit gezwungener Gleichgültigkeit und gab sich alle Mühe, unbeeindruckt zu erscheinen.

«Oh, Ruthie, das kann nicht dein Ernst sein, Michael Macks ist ein einmaliges Phänomen: ein Weißer mit Rhythmus. Ich würde sagen, es besteht eine gute Chance, daß er sich als *die* Step-Sensation des Jahrzehnts erweisen wird, als Fred Astaire der fünfziger Jahre, und außerdem ist er absolut umwerfend, schön wie ein griechischer Gott.» Dan langte nach Tatianas Sandwich und begann todesmutig auf dem feuchten Brot herumzukauen. «Aber das ist noch nicht alles, meine Damen. Ich muß euch mitteilen, daß ich einen Plan ausgearbeitet habe.»

Ruth und Tatiana stöhnten wie aus einem Mund. Dans letzter Plan, sie hatten sich zu dritt abends im Peabody Museum einschließen lassen, war ein Reinfall gewesen. Es war nicht etwa faszinierend und interessant, wie Dan prophezeit hatte, sondern sterbenslangweilig. Sie hatten auf die Dinosaurierknochen gestarrt, bis sie blau im Gesicht wurden, und waren zuletzt hungrig und stocksauer auf einem altersschwachen Ledersofa vor dem Wandertaubenschaukasten eingeschlafen und am Morgen um ein Haar vom Hausmeister erwischt worden.

«Aber so hört doch zu!» protestierte Dan. «Nach der Vorstellung gibt es eine große Party für die Mitwirkenden – freie Getränke und so viele Krabben, wie man essen kann.»

«Ich trinke nicht», sagte Tatiana.

«Und ich esse keine Krabben», sagte Ruth. «Die armen kleinen Dinger. Wie Embryos zusammengerollt. In frühester Jugend dahingeschlachtet.»

«Haltet endlich den Mund», sagte Dan. «Ich habe die Adresse, und wir gehen einfach hin. Ich denke nicht daran, auf die Chance zu verzichten, Fred Lewis kennenzulernen, von Michael Macks ganz zu schweigen.»

«Du bist verrückt.» Tatiana schob ihm den Rest ihres Sandwiches hin und stützte die Ellbogen auf den Tisch. «Bei einer solchen Party paßt immer jemand auf, daß keine ungebetenen Gäste kommen. Große stämmige Kerle aus dem Süden, die auf den ersten Blick sehen, daß wir erstens nicht eingeladen und zweitens nicht volljährig sind, werden uns packen und hinauswerfen.»

«Gut, daß du davon sprichst.» Dan zog ein Blatt Papier aus der Tasche. «Ich habe das Altersproblem unter allen Gesichtspunkten erwogen. Wir tun folgendes. Du» – er zeigte auf Tatiana – «wirst diese unmöglichen Klamotten zu Hause lassen und dieses eine Mal etwas Schickes anziehen, vielleicht ein schwarzes Kleid, sehr sexy, sehr unterkühlt, und hochhackige Pumps – ich meine, *wirklich* hochhackig, die französischen Dinger, in denen man kaum gehen kann, mit schmalen Riemchen.»

«Aber ich hasse hohe Absätze. Als ich das letztemal welche trug, habe ich mir den Knöchel verstaucht und konnte einen Monat nicht tanzen.»

«Das spielt keine Rolle. Es geht um den Eindruck. Unpraktische Schuhe machen eine Frau reifer. Was mir für dich vorschwebt, ist eine Mischung aus Suzy Parker und Marlene Dietrich. Keine Sorge wegen der Haare und des Make-up, das werde ich übernehmen. Du kümmerst dich um das Kleid. Such zuerst bei Filene im Untergeschoß. Was Ruth betrifft...» Dan warf Ruth einen verzagten Blick zu. «Na ja, das wird eine Herausforderung sein.»

«Vielen Dank.»

«Vielleicht etwas Strenges. Ein Schneiderkostüm? Ein Hauch von Karrierefrau. Und eine Brille, damit die Pausbacken nicht so auffallen.»

«Du bist der erste, der sagt, ich hätte Pausbacken», protestierte Ruth.

«Und ich habe absolut keine Ähnlichkeit mit Marlene Dietrich, falls du es noch nicht bemerkt haben solltest», sagte Tatiana. «Besonders nicht an den Stellen, auf die es ankommt.»

«Keine Angst, ihr beiden.» Dan vertilgte den Rest von dem Sandwich und machte eine schwungvolle Handbewegung. «Ich kenne euer wahres Ich. Verlaßt euch nur auf mich.»

Das Mittelmeer lag still und unbewegt unter einer strahlenden, fast weißen Sonne. Der Himmel war getüpfelt mit kleinen, flaumigen Wölkchen, die zwischen Frankreich und Nordafrika auf ihrer Bahn innezuhalten schienen. Fern am Horizont, kaum sichtbar, glitt eine weiße Jacht dahin, ohne einen Zentimeter vom Fleck zu kommen. Vor diesem gemalten Prospekt wirbelte Michael Macks mit Frack und Zylinder über die Bühne wie eine Windhose, steppte sich und das Publikum in einen Zustand der Ekstase.

Tatiana beugte sich vor, um den Tänzer, der nun die Spitze seines Spazierstocks auf den Boden gestemmt hatte und darum herum steppte wie um eine lebende Partnerin, besser sehen zu können. Falls das Musical eine Handlung hatte, hatte sie diese nicht mitbekommen, aber es nahm sie vollauf in Anspruch, dieses Wunder an Energie und Rhythmus zu beobachten. Macks ließ die Absätze gegeneinanderklicken, trommelte auf die Bretter, sprang, drehte sich und steppte weiter, verpaßte keinen einzigen Takt und bewegte seine Füße so geschwind, daß es aussah, als hätte er wenigstens sechs davon. Als die Nummer vorbei war und er die Bühne verließ, stieg Enttäuschung in Tatiana auf. Der Rest des ersten Akts von *Dance* war läppisch und uninteressant, und wenn Ruth sie nicht ab und zu mit dem Ellbogen in die Rippen gestoßen hätte, wäre sie wahrscheinlich eingeschlafen.

Abgesehen von Macks war der beste Teil der Vorstellung die Pause, in der sie mit Ruth und Dan lässig durch das Foyer schlenderte, sich in den goldgerahmten Spiegeln betrachtete und verzweifelt gegen einen Lachanfall ankämpfte. Diesmal hatte Dan sich selbst übertroffen. Ruth steckte in einem ärmellosen schwarzen Wollfutteral und hatte eine gewaltige Hornbrille auf. In der Hochstimmung der Vorbereitungen hatte Dan sie kurzerhand überredet, sich die Haare von ihm schneiden zu lassen. Obgleich sie es eine Ewigkeit gebürstet hatte, ringelte es sich in Pudellöckchen um ihren Kopf und gab ihr – dachte Tatiana und mußte erneut kichern – eine gewisse Ähnlichkeit mit einem Topfschwamm. Dan selbst hatte sein jungenhaftes Gesicht mit einem angeklebten Schnurrbart älter gemacht und trug einen zu großen Anzug aus Rohseide und eine gepunktete Fliege und wirkte in dieser Montur wie Edward R. Murrow an einem schlechten Tag.

Sie selbst erkannte sich kaum wieder. Ihr volles kastanienfarbenes Haar endete in einer strengen Innenrolle, und an den Schläfen ringelten sich einige Strähnen kokett nach vorn. Mit den Worten, ihr Gesicht sei ohnehin ein Kunstwerk, hatte Dan nur sehr wenig Make-up benutzt, ein bißchen Rouge, um die Wangenknochen zu betonen, ein blasses Lippenrot, das den natürlichen Konturen ihres Munds folgte, bräunlich getönte Wimperntusche, die ihre Augen in veilchenblaue Seen hinter einem Vorhang seidener Wimpern verwandelte. Ihr Kleid – für 10,95 Dollar in dem berühmten Okkasionen-Untergeschoß bei Filene gekauft – war ein echter Fund, ein Designermodell aus schwarzem Crêpe, das um Mieder und Hüften wie angegossen saß und unten ein klein wenig weiter wurde, ein dezenter, aber zugleich provozierender Effekt. In letzter Minute hatte Dan aus den Tiefen einer der Kostümkisten im Adams House die Accessoires gefischt, die allem die Krone aufsetzten, ein paar ellbogenlange Glacéhandschuhe, die sich wie eine zweite Haut um Tatianas Hände und Arme schmiegten.

Die Wirkung war so verblüffend, daß Tatiana zweimal hinschauen mußte, sobald sie an einem Spiegel vorbeikam. Das schöne, mondäne Geschöpf, das aus dem Glas zurückstarrte, konnte unmöglich die achtzehnjährige Tatiana Ward sein. Sicher würde die Illusion, die Dan so sorgsam geschaffen hatte, jeden Moment in sich zusammenstürzen, und sie würde sich so erblikken, wie sie wirklich aussah, in dem vertrauten moosgrünen

Pullover mit dem Loch am Ellbogen, das Haar achtlos zu einem Pferdeschwanz gebunden, die Füße in knöchelhohen schwarzen Turnschuhen mit offenen Schnürsenkeln.

Das Sonderbare war, daß jedermann ihre Erscheinung als real zu empfinden schien, selbst Dan, der jedesmal, wenn er in ihre Richtung blickte, seine Augenbrauen zustimmend hochzog und seine Groucho-Marx-Faxen machte. Und das war erst der Anfang. Während sie mit den beiden anderen durch das Foyer spazierte, wurde sie sich plötzlich bewußt, daß fast alle anwesenden Männer ihr interessiert mit den Blicken folgten. Stockkonservative Bostoner musterten sie hungrig und verstohlen über die Schultern ihrer Gattinnen hinweg, und sie wurde von widerstreitenden Regungen heimgesucht, Stolz, Verwirrung, Belustigung und auch ein klein wenig Verachtung, weil alle so leicht auf die alberne Verkleidung hereinzufallen schienen. Es war irgendwie berauschend, aber es ging ihr auch auf den Wecker, und gegen Ende der Pause floh sie einfach auf die Damentoilette und wünschte, sie hätte es abgelehnt, sich bei der Schauspielerparty einzuschleichen.

«Ich glaube, wir kennen uns noch nicht.» Ein älterer Herr in grauem Anzug, mit funkelnden und maliziös blickenden Augen, beugte sich über sie. Sie sah das Gesicht des Mannes, von dem *Time* und andere Magazine wieder und wieder Fotos gebracht hatten, wie in einer grausamen Nahaufnahme: bleich, pockennarbig, mit dicken und feuchten Lippen, als hätte er gerade in einen reifen Pfirsich gebissen. Die Krönung des Ganzen war die berühmte rosarote Knopfnase, die dem *New Yorker* als Angelpunkt vieler Karikaturen gedient hatte und die so gar nicht zu allem anderen passen wollte, die eher wie nachträglich hinzugefügt wirkte.

Tatiana hatte ihn sofort erkannt und sich fast an ihrem Appetithäppchen verschluckt. Es war Fred Lewis, der berühmteste Produzent des Broadway, und er redete tatsächlich mit *ihr.* Großer Gott, was sollte sie sagen? Das pappige Weißbrot klebte an ihrem Gaumen, sie versuchte etwas zu sagen, brachte aber kein

Wort hervor, nur ein kleines keuchendes Geräusch, das sie vor Verlegenheit puterrot anlaufen ließ.

Lewis betrachtete sie mit amüsierter Nachsicht und schien sich diebisch über die Reaktion zu freuen, die er ausgelöst hatte. «Kann ich Ihnen etwas zu trinken holen?» Tatiana nickte und kam sich vor wie eine blöde Gans. Was um Himmels willen war mit ihr los? Sie war Berühmtheiten gewohnt. Markova hatte ihre Windeln gewechselt, Nijinskaja hatte ihr ihren ersten Teddybären geschenkt, sie hatte auf Serge Lifars Schoß gesessen. Ihre Mutter war wahrscheinlich die berühmteste Tänzerin seit Anna Pawlowa. Lewis kam mit einem Glas Wasser zurück, das sie in einem Zug austrank.

«Sie sollten vorsichtig sein mit dem Zeug», warnte Lewis. «Es ist gefährlich, so früh am Abend nüchtern zu werden, wenn Sie wissen, was ich meine.» Er zwinkerte, und sie lächelte wissend, obgleich sie keine Ahnung hatte, wovon er redete. «Wissen Sie… Sie sind eine ausgesprochen attraktive junge Dame», sagte er mit einem Kennerblick auf die Kurven, die sich unter dem engen Kleid abzeichneten.

«Danke», brachte Tatiana hervor.

«Wie heißen Sie?» Er schenkte ein Glas Champagner ein und reichte es ihr wie selbstverständlich.

«Tatiana Ward.»

«Noch nie in einem Musical aufgetreten, nicht wahr?»

«Nein, streng genommen nicht, aber…»

«Na ja», redete Lewis weiter, als wollte er gar keine Antwort hören, «ich habe einen guten Blick, und ich will Ihnen was sagen, meine liebe Miss Ward: Sie haben den Körper einer geborenen Tänzerin.» Tatiana öffnete den Mund, um etwas zu entgegnen, aber er hob ungeduldig die Hand. «Erzählen Sie mir jetzt bloß nicht, Sie können nicht tanzen, denn das weiß ich bereits. Aber mit ein bißchen Hilfe, ein bißchen Unterricht, ein paar kleinen Änderungen an gewissen Stellen könnten Sie am Broadway auftreten.» Er zog eine kleine weiße Karteikarte aus der Tasche, schraubte einen goldenen Füllhalter auf, kritzelte etwas auf die Karte und drückte sie ihr in die Hand. «Da, kommen Sie morgen in meinem Hotel vorbei, dann können wir alles besprechen.»

Lewis drehte sich um, schritt zu den Leuten, die die Kristallschale mit Punsch umstanden, und wurde sofort von einer großen blonden Frau mit einer Silberfuchsstola in Beschlag genommen. Tatiana blickte auf die Karte in ihrer Hand und wußte nicht, ob sie lachen oder weinen sollte. Dreizehn Jahre Ballettunterricht, vierzigtausend *pliés*, ungezählte Sehnenzerrungen, seit dem Alter von fünf Jahren jeden Tag um vier Uhr morgens aufgestanden, und Mr. Fred Lewis hatte nach einem Blick auf sie gemeint, daß er sie mit ein paar Unterrichtsstunden vielleicht, nur *vielleicht*, zu einer zweitklassigen Revuetänzerin machen könnte. Tatiana las die Karte, kicherte und platzte dann los.

«Hören Sie», sagte eine Stimme hinter ihr. «Bei dem Herrn sollten Sie vorsichtig sein.» Tatiana drehte sich um und sah einen knapp dreißigjährigen Mann mit einem Glas Champagner in einer Hand und einem Zahnstocher mit Bacon und einer Wasserkastanie in der anderen am kalten Buffet stehen. Er sah gut aus, ganz und gar nicht wie ein Stadtmensch: blondes Haar, muskulöse Arme, eine gewölbte Brust, kräftige Hände und zwei intelligent wirkende blaue Augen, die sie mit einer Mischung aus Neugier und Belustigung beobachteten. Er trug zwar ein weißes Dinnerjackett mit schwarzer Fliege, sah aber aus wie jemand, der sich in einem Holzfällerhemd viel wohler fühlen würde. Tatiana dachte zuerst, er müsse Sportler sein – aber für Football war er zu leicht, für Basketball zu klein, und irgendwie schien er nicht der Mann zu sein, der den Sinn seines Lebens darin sah, Bälle in Tore zu befördern.

«Lewis ist der lüsterne alte Mann, wie er im Buche steht.» Er schob sich Bacon und Wasserkastanie in den Mund, warf den Zahnstocher achtlos neben einen mit Gänseleberpastete beladenen Schwan aus Eis und musterte Tatiana von oben bis unten. «Sie sehen zwar aus, als ob Sie wüßten, wo es langgeht, doch ich dachte, ich sollte Ihnen auf alle Fälle sagen, daß er eine Besetzungscouch hat.»

«Eine was?»

«Sie wissen schon. Eine Couch, auf der er jedes Mädchen ausprobiert, ehe er es in seinen Musicals auftreten läßt.» Tatiana war aufrichtig schockiert, und er mußte es in ihrem Gesicht gelesen haben, denn er änderte sofort den Ton. «Entschuldigung, ich wollte Sie nicht verletzen.»

«Das haben Sie nicht, nicht im geringsten.» Schließlich war sie eine moderne und aufgeklärte Person. Sie hatte den *Kinsey-Report* gelesen. Wie konnte er es wagen, so zu reden, als wäre sie eine prüde Gans aus dem Mittelwesten? Ihre Ohren begannen zu glühen, und die spürte ärgerlich, daß sie rot wurde. «Danke für die Warnung», sagte sie spitz, «aber ich kann allein auf mich aufpassen.» Sie wandte sich ab und ging, war sich aber zu ihrem Ärger bewußt, daß er nicht aufgehört hatte zu lächeln.

«Gratuliere, Tats», bemerkte Dan, ehe er sich eine neue Ladung Krabbensalat in den Mund schob. Sein Schnurrbart war bedrohlich nach unten gerutscht, er hatte seine Fliege verloren und war, wenn Tatianas Vermutung stimmte, auf dem besten Weg, sich zu betrinken. Er machte ein paarmal sein Groucho-Marx-Gesicht, kaute an den Krabben unf feixte vielsagend. «Wie *machst* du das bloß?»

«Machen ... was?»

«Ich meine, hier stehe ich, die große Hoffnung des Theaters von morgen, und sterbe vor Lampenfieber bei dem Gedanken, ein paar Fixsterne des Broadway kennenzulernen, und alle sehen an mir vorbei.» Er zog eine hilflose Grimasse. «Nein, schlimmer noch, ich bin gar nicht existent, unsichtbar, ungefähr so anziehend wie die Beulenpest, während du nur das gewagteste Kleid diesseits des Charles River anzuziehen brauchst, um nicht nur Fred Lewis, sondern auch noch Michael Macks in deine Fänge zu locken.»

«Was soll das heißen, Michael Macks?»

«Der Bursche, mit dem du neben dem Eisschwan geflirtet hast.»

«*Das* war Michael Macks?»

«Jede Wette.»

«Aber er hat auf der Bühne ganz anders ausgesehen.»

«Das liegt an der Maske.» Dan schob sich wieder einen Löffel Krabbensalat in den Mund. «Außerdem kann man kaum verlangen, daß er mit seinen Stepschuhen zur Party kommt.»

Tatiana bedauerte auf einmal furchtbar, so unhöflich gewesen zu sein. «Du kannst dir nicht vorstellen, wie ich mit ihm geredet habe.»

«Vergiß es. Er denkt wahrscheinlich, du seist eine Nachwuchstänzerin, die auf den Durchbruch wartet und eifersüchtig auf alle ist, die es schon geschafft haben. Berühmte Leute erleben so was dauernd.»

«Aber ich möchte nicht, daß er denkt, ich sei nur deshalb unhöflich gewesen, weil er berühmt ist!» Tatiana war entsetzt.

«Sehr schön», sagte Dan und feixte. «Dann geh einfach hin und entschuldige dich. Sag ihm einfach... Ja, sag ihm, sein Erfolg habe nichts damit zu tun, daß du ihn unausstehlich findest.»

Tatiana holte tief Luft, ging zum Buffet zurück und tippte Michael Macks auf die Schulter. «Entschuldigen Sie bitte.» Er drehte sich um, erblickte sie und fing an zu strahlen. «Ich fürchte, ich war eben sehr unhöflich zu Ihnen, und ich wollte nur sagen... Das heißt...» Sie suchte nach den richtigen Worten. Verflixt, wie konnte jemand, dessen Englischkenntnisse genügten, um die Aufnahmeprüfung des Radcliffe College zu bestehen, plötzlich anfangen zu reden wie eine Lappländerin? «Sie sind wirklich ein großartiger Tänzer.» Was für ein zusammenhangloser Quatsch. Er dachte sicher, sie sei nicht ganz richtig im Kopf.

«Danke.» Er sah sie ein wenig belustigt an, aber sie konnte ihm keinen Vorwurf daraus machen. Sie mußte lächerlich klingen.

«Und was ich Sie fragen wollte, wenn es Ihnen nichts ausmacht... Haben Sie jemals Unterricht in klassischem Tanz gehabt?»

«Wie kommen Sie darauf?»

«Na ja, Sie haben eine bestimmte Art zu springen – zum Beispiel in der langen Nummer am Strand –, die etwas Leichtes hat, etwas Schwebendes, wenn Sie wissen, was ich meine. Man sieht das normalerweise nur bei großen Ballettänzern.» Oh, was war heute bloß mit ihr los? Jetzt hatte sie angedeutet, daß er kein großer Tänzer war. Sie sollte es sein lassen, ihren Mantel nehmen und sich aus dem Staub machen, ehe sie sich noch mehr blamierte.

Doch wenn Michael Macks den Ausrutscher bemerkt haben sollte, ignorierte er ihn ritterlich. «Wie kommt es, daß Sie soviel von Ballett verstehen?» Er stellte sein Glas auf den Tisch und musterte sie mit kühlem Ernst, als hätte sie seine professionelle Neugier erregt.

«Ich bin Tänzerin.»

«Sie scherzen.»

«Nein, wirklich nicht. Ich habe zwei Sommer beim San Francisco Ballet getanzt und gehe im Mai zur School of American Ballet, um bei Balanchine zu studieren.»

«Eine klassische Tänzerin in *dieser* Aufmachung?» Er fing plötzlich an zu grinsen. «Darf ich fragen, wie alt Sie sind?»

«Achtzehn.»

«O nein. Achtzehn. Eine Ballettänzerin.» Er lachte aus vollem Hals. «Bitte nicht.»

«Was ist damit nicht in Ordnung?» Sie hatte etwas dagegen, ausgelacht zu werden, und sah ihn streng an.

«Entschuldigen Sie», keuchte Macks, immer noch lachend. «Es tut mir wirklich leid, aber ich scheine heute eine Pechsträhne zu haben. Sehen Sie, ich beobachte Sie seit fast einer Stunde, weil Sie das hübscheste Mädchen sind, das ich seit langer Zeit gesehen habe, und nun höre ich, daß Sie Tänzerin sind. Das Schicksal scheint es nicht gut mit mir zu meinen.»

«Warum ist es nicht in Ordnung, eine Tänzerin zu sein?» fragte Tatiana verletzt.

«Ich habe geschworen, privat einen großen Bogen um Tänzerinnen zu machen.»

«Warum?»

«Das ist eine lange Geschichte. Sagen wir einfach, ich habe das fortgeschrittene Alter erreicht, in dem gewisse Personen einen als Ehekandidaten betrachten. Meine Eltern waren beide Tänzer, und es hat nicht allzu gut geklappt, und deshalb versuche ich, es anders zu machen. Aber es spielt keine große Rolle, weil Sie ohnehin viel zu jung für mich sind.»

«Das bin ich *nicht*», sagte Tatiana wütend. Sie konnte es nicht ausstehen, wie ein Kind behandelt zu werden.

«Doch, das sind Sie. Und dieses Zeug sollten Sie nicht einmal anrühren», bemerkte er und nahm ihr das Champagnerglas aus der Hand. «Wenn Sie auf dem Weg nach Hause einen Unfall haben, geht es uns allen an den Kragen.»

«Ich habe nicht davon getrunken. Ich habe nur das Glas in der Hand gehalten, damit ich nicht fehl am Platze wirke.»

Michael lächelte breit und gab ihr das Glas zurück. «Das ist die vernünftigste Bemerkung, die ich heute abend gehört habe. Sie haben recht. Wer hier nicht wie ein Verdurstender trinkt oder wenigstens so tut, wirkt entschieden fehl am Platze.»

«Also wirklich», sagte Dan ein wenig neidisch, als sie in den Bus gestiegen waren und die lange Rückfahrt zum Harvard Square antraten, «ihr beide scheint euch ja gut verstanden zu haben. Worüber habt ihr eigentlich die ganze Zeit geredet?»

«Ach, über dies und das», antwortete Tatiana müde und lehnte den Kopf an das ehemals grüne Lederpolster. Sie schaute hinaus zum Charles River, einem schwarzen Wasserstreifen, gesäumt von vereinzelten Scheinwerferlichtern. Es war lange nach Mitternacht; sie überschlug schnell, wieviel Zeit ihr noch zum Schlafen bleiben würde, ehe sie zum Frühkurs mußte. Bestenfalls zwei Stunden.

«Was soll das heißen, ‹dies und das›», bohrte Dan. «Du hast stundenlang neben ihm gestanden, und ihr habt euch offensichtlich sehr angeregt unterhalten. Er muß doch *irgend etwas* gesagt haben, das hängengeblieben ist?»

«Hm... Ja, wir haben über Marius Petipa diskutiert.» Dan starrte sie mit einem leeren Ausdruck an, der fast komisch war, aber er war schon zu lange in Harvard, um zuzugeben, daß er den Namen nicht kannte. «Weißt du», streute Tatiana Salz in die Wunde, «der große französische Choreograph, der unter anderem den *Grand pas des Wilis* in der *Giselle* schuf. Und dann hat er lang und breit davon erzählt, daß er demnächst zum Eisfischen nach New Hampshire will.»

«Klingt schrecklich langweilig», sagte Ruth gähnend.

«Er weiß enorm viel über Ballett», fuhr Tatiana fort.

«Er brauchte wahrscheinlich einen Vorwand, um dir in den Ausschnitt zu gucken», erklärte Dan. «Der übliche Trick des Intellektuellen, der bei einer Frau landen will. Ich kenne die Sorte, weil ich selbst dazugehöre. Wahrscheinlich wird er dich morgen anrufen und zum Essen einladen.»

«Das bezweifle ich. Er hat gesagt, daß ich nicht sein Typ bin.» Tatiana wurde sich plötzlich bewußt, daß sie sich sehr freuen würde, wenn Michael Macks sie anriefe.

Aber er tat es natürlich nicht. Einige Wochen später fand sie in ihrem Postfach am Empfangstresen der Cabot Hall eine Ansichtskarte aus New Hampshire, auf der er ihr mitteilte, daß viele Fische anbissen. Danach hörte sie nichts mehr von Michael Macks, und gegen Ende des Frühjahrssemesters, mit vier mündlichen Examen, drei zwanzigseitigen Referaten und einer Leistungsprüfung in Chemie vor sich, hatte sie es beinahe geschafft, zu vergessen, daß jemand dieses Namens existierte.

12
New York

Ecke 38th Street und Broadway brach sich das Sonnenlicht in den Fenstern der School of American Ballet und verwandelte sie in eine Reihe goldener Rechtecke, die Fußgänger blendeten und Busfahrer veranlaßten, im Vorbeifahren für einen Sekundenbruchteil die Augen zuzukneifen. Das 1933 von George Balanchine und Lincoln Kirstein gegründete Institut war in den letzten zwei Jahrzehnten die berühmteste Ballettschule der Welt geworden, bildete über neunzig Prozent der Nachwuchstänzer des New York City Ballet aus und schickte seine Absolventen zu allen wichtigen Truppen Europas und Amerikas. Die SAB prägte ihre Studenten fürs Leben, fast so wie Harvard oder Oxford. Niemand sprang höher, bewegte sich leichter und geschmeidiger als Tänzer, die unter Balanchines Leitung ausgebildet worden waren. Und keine Tanzeleven der Welt trainierten härter, um Ballett mühelos erscheinen zu lassen.

Die drei Trainingsräume der im ersten Stock des Gebäudes untergebrachten Schule waren an diesem Julimorgen bereits heiß wie Backöfen. Die dreiunddreißig Studenten der Fortgeschrittenenklasse rangen nach Luft, während ihre schwitzenden Finger von der Stange abglitten und Schweißperlen an ihren Beinen hinunterliefen. Die hohen Spiegel vervielfachten ihre Qual; in einem bestimmten Winkel gesehen, schien sie ins Unendliche zu reichen. *Pliés, tendus, frappés* – unter den kritischen Blicken Felia Dubrowskas absolvierten sie gehorsam die Aufwärmübungen, obgleich das Thermometer 35 Grad anzeigte und immer noch stieg. Gestern hatte ein Mädchen aus West Virginia bei den Adagioschritten einen Schwächeanfall erlitten und war mit einem lauten Plumps, der einige zu einem törichten hysterischen Lachen veranlaßte, auf den Boden gekippt. Kurz danach war sie natürlich wieder aufgestanden und hatte weitergetanzt. Madame Dubrowska hatte ihr angeboten, einen Arzt kommen zu lassen, aber sie hatte jede Hilfe abgelehnt und war bei dem Vorschlag, den Rest des Tages freizubekommen, sogar in Tränen ausgebrochen. Dieses Jahr waren 413 Studentinnen und Studenten an der School of American Ballet eingeschrieben, und Mr. Balanchine würde höchstens fünf oder sechs von ihnen für das begehrte Praktikum beim New York City Ballet auswählen. In Anbetracht dieser geringen Chance konnte man sich einfach nicht den Ruf leisten, kränklich oder nicht ausdauernd genug zu sein.

Tatiana atmete tief ein und versuchte, sich auf die hellblaue Wand zu konzentrieren und sich vorzustellen, sie sei ein kühler Bach irgendwo hoch droben in den Bergen. Ihre Mutter hatte ihr vor Jahren den Trick beigebracht, die Gedanken auf etwas anderes zu lenken, den Körper nicht mehr zu spüren, wenn er schmerzte. Tatiana hatte schon als kleines Kind Geschichten von Tänzern gehört, die trotz allem weitermachten, mit Sehnenzerrungen, ausgerenkten Schultern, ja, mit gebrochenen Beinen auftraten, und das kam ihr nun zupaß. Während die anderen unter der Hitze litten, löste sie sich einfach davon und strahlte eine Aura kühler Distanziertheit aus, die Madame Dubrowska zufrieden bemerkte.

«Särr guttt», sagte Felia Dubrowska mit ihrem starken russischen Akzent. Ihr auffällig geschminktes Gesicht wirkte müde, fast abgenutzt, als hätte sie alles erdenkliche Leid der Welt durchgemacht. Tatiana dachte einen Moment lang an die Ungerechtigkeit des Balletts: Große Tänzer alterten unterschiedlich schnell. Einige waren schon mit fünfunddreißig am Ende, manche konnten noch bis Mitte sechzig auftreten. Dubrowska war wahrscheinlich die beste Lehrerin, die sie jemals gehabt hatte, natürlich mit Ausnahme ihrer Mutter, aber ihr Körper ließ sie allmählich im Stich. Die berühmten Beine, die einst für Nijinskaja und Balanchine getanzt hatten, hatten viel von ihrer Kraft und Elastizität verloren. Wie viele Jahre blieben ihr, Tatiana, noch, ehe ihr das gleiche widerfuhr? Lieber nicht daran denken. Lieber die Wand anschauen und sich kühles blaues Wasser vorstellen.

Dubrowska berührte Tatiana leicht an den Schultern, um ihr zu sagen, sie möge sie ein wenig senken. Tatiana reagierte sofort und wurde wieder mit einem Lächeln belohnt. «Guttt», sagte die Lehrerin. «Ausgezeichnet.»

Nach dem Unterricht drängten die Studentinnen sich in einen kleinen Umkleideraum, zogen ihre identischen weißen Röcke, rosa Trikots und rosa Spitzenschuhe aus, um zu duschen, und schlüpften dann in ihre Straßenkleidung. Sie unterhielten sich über die neueste Schlankheitsdiät und über Fachärzte für Fußleiden, die angeblich wahre Wunder vollbrachten, doch Tatiana spürte die Spannung hinter den munteren Bemerkungen. Die Mädchen waren untereinander freundlich, halfen sich gegenseitig mit Kämmen und Haarnadeln aus, und einige von ihnen verabredeten sich zum Lunch, aber jede von ihnen wußte, daß die anderen sie aufmerksam beobachteten und alles registrierten. Tatiana stopfte ihre Sachen in ihre Büchertasche und eilte, unsicher und hochgestimmt zugleich, aus dem Gebäude. Einerseits liebte sie die SAB mehr als jede andere Schule, die sie je besucht hatte, doch andererseits hegte sie Zweifel, ob sie den Ansprüchen auf die Dauer gewachsen sein würde.

Es war Sonnabend, und heute hatte sie endlich einen freien Nachmittag. Sie schlenderte den Broadway hinauf und versuchte, die Hitze zu ignorieren, die vom Asphalt zurückgeworfen wurde und Autos und Fußgänger in flirrenden Wellen umgab. Plakate an den Kiosken forderten sie auf, Rüstungsanleihen zu kaufen, und die Schlagzeilen drehten sich um den Koreakrieg: Siege, Leid der Zivilbevölkerung, ganze Städte evakuiert.

Tatiana blieb stehen, wischte sich die Stirn ab und überflog einen der Artikel. Sonderbar, wie sehr man den Kontakt zur Wirklichkeit verlieren konnte. Die Vereinigten Staaten führten einen Krieg, und sie dachte nur daran, daß man ihr befohlen hatte, mindestens zwölf Pfund abzunehmen. Sie war unmißverständlich darauf hingewiesen worden, daß Mr. Balanchine ausgemergelte Tänzerinnen bevorzugte. Tatiana seufzte und dachte an die alten Daguerreotypien im Schlafzimmer ihrer Mutter: Sie zeigten dralle, fast mollige Ballerinen vom Marinskij-Theater in ihren altmodischen Tutus, und einige von ihnen hatten sogar einen kleinen Bauch. Zu schade, daß sich der Geschmack so grundlegend geändert hatte.

Der Mildred T. Walker Club an der oberen West Side war eine Mischung aus gutbürgerlichem Hotel und Nonnenkloster, ein einzigartig häßlicher Ort mit dahinwelkenden Topfpalmen im Foyer, zerkratzten Möbeln, die von einem Trödelmarkt in Brooklyn zu stammen schienen, und Zimmern, deren Fenster offenbar möglichst wenig Licht hereinlassen sollten. Die Hausordnung des Walker war drakonisch: Rauchen verboten, Alkohol verboten, Kochen in den Zimmern verboten, Haustiere verboten, Betten jeden Morgen selbst machen, Zimmer alle zwei Tage selbst putzen, Lampen um zehn Uhr abends löschen. Am lustigsten fand Tatiana die Regeln, die sich mit Herren befaßten.

Als sie nun ins Walker zurückkam, hockte Beth, eine ihrer drei Zimmerkameradinnen, auf dem rechten Bett und lackierte ihre Zehennägel zu dem ohrenbetäubenden Plärren ihres Kofferradios. Wer sie sah, wußte sofort, daß sie keine Tänzerin sein konnte. Beth, deren Eltern aus Ungarn eingewandert waren, war klein und rundlich und sah schon jetzt aus wie eine Mutter von sechs Kindern (so viele wollte sie nämlich, wie sie Tatiana gestern anvertraut hatte, zur Welt bringen). Sie besuchte eine Sekretärinnenschule, um ihren Lebensunterhalt zu verdienen, bis sie einen Mann fand, und dachte offensichtlich nicht im Traum daran, jemals eine Schlankheitskur zu machen.

«Rat mal, wer dich sprechen wollte?» sagte sie mit ihrem unverfälschten Bronx-Akzent, während sie den Nagel ihres großen Zehs mit einer zweiten Lackschicht versah. Sie beugte sich ein wenig zurück und bewunderte ihr Werk.

«Meine Mutter?»

«Nein, nicht am Telefon. Höchstpersönlich.»

Tatiana überlegte, ob es in New York jemanden geben konnte, der sich die Mühe machen würde, sie zu besuchen, aber ihr fiel niemand ein. Ihre Freunde von Harvard waren weit fort: Ruth nahm gerade an einer botanischen Exkursion teil, und Dan arbeitete in Hollywood bei einem Onkel, der etwas mit Film zu tun hatte. Winn und Drew waren in Südfrankreich, und ihre Mutter hatte ihr erst vor zwei Tagen geschrieben, daß sie den Rest des Sommers in Ostkanada mit dem kürzlich gegründeten National Ballet arbeiten würde.

«Ich gebe es auf», sagte sie und ließ sich auf das Bett gegenüber fallen. «Wer war es?»

Beth pustete auf ihre Zehennägel und lächelte strahlend. «Ein Mann, und was für einer! Ich hab ihn unten im Foyer gesehen und wär fast umgefallen. Du mußt mir unbedingt dein Geheimnis verraten!»

«Ein Mann?» Tatiana war entgeistert. Winn und Drew hatten ein paar Freunde, die in der Wall Street arbeiteten, aber sie konnte sich kaum vorstellen, daß einer von *ihnen* zum Walker kam, um ihr ihre Aufwartung zu machen. «Hat er seinen Namen gesagt?»

«Nein, Schatz.»

«Und wie sah er aus?»

Beth hielt mit dem Lackpinsel in der Luft inne, mümmelte auf ihrem Kaugummi und schien angestrengt nachzudenken. «Also, er war ziemlich groß, aber nicht zu groß, wenn du verstehst, was ich meine... Blond... Welche Farbe seine Augen hatten, weiß ich nicht mehr, aber er hatte einen todschicken weißen Anzug an. Bestimmt sündhaft teuer. Kräftig gebaut. Könnte ein Ringer sein. Kennst du einen?» Tatiana schüttelte den Kopf. «Dann ist es eben ein geheimnisvoller Unbekannter, aber du wirst nicht lange zu warten brauchen, er hat nämlich gesagt, daß er es gegen drei noch mal versuchen will.»

Tatiana blickte auf ihre Uhr und sah, daß es kurz vor halb zwei war. «Hat dieser Mensch gesagt, was er wollte?»

Beth schraubte den Lackpinsel in die Flasche zurück und strich sich mit einer molligen Hand ihr schwarzes dauergewelltes Haar aus der feuchten Stirn. «Hör mal», antwortete sie mit einem wissenden Lächeln. «Warum hätte er das *mir* erzählen sollen?»

Eine halbe Stunde später stand Tatiana mit einem Frotteetuch um ihren nassen Kopf vor dem Schrank, den sie mit den drei anderen teilte, und überlegte, was sie anziehen sollte. Wenn es irgendein Freund von ihrer Mutter oder von Winn war, mußte sie sich landfein machen, aber bei dieser schrecklichen Hitze hätte sie am liebsten nur Shorts und ein Oberteil angezogen. Schließlich schloß sie einen Kompromiß und wählte ein leichtes, hellgrünes und so gut wie ärmelloses Sommerkleid, ebenfalls ein Geschenk von Winn.

Als um Viertel nach drei der Summer im Korridor ertönte, eilte sie zu dem altersschwachen Fahrstuhl und fragte sich, während der Messingkäfig klappernd und bebend nach unten glitt, zum soundsovielten Male, wer wohl auf sie warten mochte. Der Fahrstuhl hielt mit einem Ruck, und die Tür öffnete sich scheppernd. Neben einer abgestorbenen Topfpalme stand Michael Macks in einem frischgebügelten weißen Anzug, der ihn wie einen Besucher von einem kühleren, angenehmeren Planeten aussehen ließ.

«Willkommen in unserer sittenlosen Metropole», sagte Michael lächelnd. «Ich wollte nur sehen, ob ich Sie vom Pfad der Tugend abbringen kann, indem ich Sie zu einem Teller kaltem Borschtsch einlade. Er ist drüben bei Lonnie ganz ausgezeichnet.»

«Hauptsache, er ist kalt», sagte Tatiana. «Nur was den Pfad der Tugend betrifft, fürchte ich, es ist zu spät. Ich bin schon fast zwei Wochen hier.»

«Aber Sie können Boston noch nicht abgelegt haben», entgegnete er. «ich kenne die Symptome. Harte Arbeit, früh aufstehen: Ihr Mädchen vom Ballett seid Puritanerinnen in Tutus. Im Ernst, gehen wir zu Lonnie? Ich weiß, wir kennen uns nicht sehr gut, aber ich bin im Grunde ganz harmlos.»

«Wie haben Sie erfahren, daß ich in New York bin?»

«Sie haben damals beiläufig bemerkt, daß Sie im Sommer zur SAB gehen würden, und ich habe ein gutes Gedächtnis für Details, besonders wenn sie mit hübschen Gesichtern verbunden sind. Ab Juni ist es hier offen gesagt ziemlich langweilig. Alle gutaussehenden Mädchen verschwinden, um irgendwo Sommertheater zu spielen. Überlegen Sie immer noch, ob Sie mir trauen können? Lassen Sie sich überreden.» Er warf seinen Hut auf die Topfpalme und fing plötzlich leise an zu singen:

Let me show you Manhattan
From bottom to top
Every horse in Central Park
Every Irish cop!

Er steppte los, wirbelte herum und hätte um ein Haar einen großen, sandgefüllten Standascher aus Messing umgestoßen. «Wie gefällt es Ihnen? Ich habe es mit siebzehn Jahren selbst geschrieben, für ein Musical, das ich *Fifth Avenue Follies* nannte. Möchten Sie den Chor hören?»

«Sind Sie immer so albern? Ich kann mich nicht erinnern, daß Sie in Boston so waren.»

«In Boston habe ich auf seriös gemacht», antwortete Michael grinsend und angelte seinen Hut von der Palme. «Aber ansonsten ist Albernsein mein Beruf. Ich tanze alberne Tänze in albernen Musicals und finde es großartig. Wenn Sie übrigens nicht mit zu Lonnie kommen wollen, werde ich hier so lange im Foyer herumtanzen, bis Sie nachgeben.»

«Die Dame an der Rezeption würde es nicht überleben.»

«Dann haben Sie Mitleid mit dem alten Drachen und trinken Sie ein Gläschen mit dem Besitzer der schnellsten Füße diesseits des Hudson.»

Tatiana erwiderte sein Lächeln. «Wie könnte ich dem berühmten Michael Macks einen Korb geben!»

«Nein, Sie können es nicht», sagte er. «Kein Mädchen kann es. Ein Klicken mit den Absätzen, und sie schmelzen dahin wie Butter. Ich habe den Trick von Fred Astaire übernommen.»

Lonnie's Restaurant in der 43rd Street West war mit dem Broadway identisch und wurde oft in einem Atemzug mit dem Showgeschäft genannt. Die Tische standen dicht nebeneinander, es war groß und laut und so verqualmt, daß man keine drei Meter weit sehen konnte. Seit mehr als vierzig Jahren war es *das* In-Lokal, wo Schauspieler, Regisseure, Produzenten, Librettisten und Kritiker sich trafen, um sich zu amüsieren, zu tratschen, Abschlüsse zu machen und natürlich vor allem zu essen. Tatiana warf einen Blick auf die Karikaturen, die jeden freien Zentimeter an den Wänden bedeckten – Ethel Merman, Fred Lewis, Irving Berlin –, und schaute dann zu den anderen Tischen, an denen Stars aus Fleisch und Blut saßen: Yul Brynner, der noch vor einer Stunde im St. James den König von Siam gespielt hatte, verzehrte in aller Ruhe Kartoffelpuffer; Mary Martin, die eben von der soundsovielten Aufführung von *South Pacific* hergekommen war, tat sich an einem großen Stück Erdbeertorte gütlich – und war die Frau dort hinten an der Theke die Dramatikerin Anita Loos oder nur eine gelungene Imitation?

«Amüsierst du dich?» fragte Michael freundlich und schenkte ihr Kaffee nach. Er kam gerade von der Abendvorstellung von *Dance*, wirkte aber wie üblich kein bißchen erschöpft, sondern tatendurstig und energiegeladen. Sein Haar war zerzaust und seine Krawatte saß schief. Vor ihm stand ein großes Glas deutsches Bier mit einer verlockenden Schaumkrone. Lonnie's Restaurant war sein zweites Zuhause, hatte er vorgestern abend erklärt. «Ja, es ist herrlich.» Tatiana lächelte glücklich und trank einen Schluck von dem starken, duftenden Kaffee, ehe sie sich nach weiteren Berühmtheiten umschaute. Herrlich war noch untertrieben. Unter dem Vorwand, sie möglichst schnell vom rechten Weg abzubringen, hatte Michael sie in der letzten Woche überallhin mitgenommen, nach Greenwich Village zu Spaghetti bei Rocco, ins Sung Sing Theater in Chinatown, zu einer Theaterparty für Fred Lewis – mit gemalten Kulissen, die Cannes darstellten, einem Gipsbrunnen, der Rosé-Champagner spie, und dem Orchester Freddy Martin, das zu diesem Zweck vom Dachgarten des Waldorf Astoria herbeigeeilt war.

Tatiana betrachtete Michael, der durstig sein Bier leerte, und spürte Stolz und Verwirrung zugleich. Er sah einfach lächerlich gut aus; sogar seine Augen, die sie beim erstenmal nicht weiter beachtet hatte, hatten etwas Besonderes, nämlich die Fähigkeit, je nachdem, was er trug, die Farbe zu ändern. Sein Sinn für Humor war grenzenlos. Sie hatte in den vergangenen sieben Tagen wahrscheinlich mehr gelacht als vorher in ihrem ganzen Leben. Wie oft lernte man einen Mann kennen, der besser aussah als Leslie Howard, lustiger war als Mickey Roonie und tanzen konnte wie Fred Astaire?

Oh, Michael war ein Schatz, aber die Frage lautete: Was fand er an *ihr*? Seit jenem ersten Mal, als er sie angeblich in New York begrüßen wollte, war er regelmäßig im Foyer des Walker erschienen, mit einer Beharrlichkeit, die selbst die adlergesichtige Dame an der Rezeption veranlaßte, ihr wissend zuzulächeln. Tatiana atmete tief ein und versuchte, alle ihre Erfahrungen mit Männern heraufzubeschwören, die eingestandenermaßen nicht sehr umfassend waren. War Michael ernsthaft an ihr interessiert, oder war sie nur eine vorübergehende Laune? Er war so... Sie suchte frustriert nach dem richtigen Wort... So verdammt *nett*. Die Jungen von Harvard, mit denen sie ausgegangen war, würden inzwischen längst ihre King-Kong-Nummer abziehen, sie in dunklen Hauseingängen befummeln, sie bedrängen, zumindest aber sie küssen wollen – und er hatte sie nicht einmal mit dem kleinen Finger angerührt. Statt dessen hatte er ihr Dinge gezeigt, die sie sonst nie gesehen hätte, sie unbarmherzig damit aufgezogen, daß sie viel zu jung für ihn sei, und sie im Morgengrauen zum Walker zurückgebracht, wo sie dann die vielsagenden Blicke von Beth, Nan und Suzy, die überzeugt waren, daß sie ein Verhältnis hatte, über sich ergehen lassen mußte.

Ein Verhältnis? Pustekuchen. Für ihn war sie nichts als ein Kind. Tatiana trank ihren Kaffee so konzentriert, daß sie ihn kaum schmeckte. Meinetwegen, dachte sie. Sie amüsierte sich großartig, während sie New York von dieser Seite kennenlernte. Nachdem sie jahrelang jeden Morgen um vier aufgestanden war, um zum Tanzunterricht zu gehen, wurde es Zeit, daß sie ein bißchen über die Stränge schlug. Wenn sie einen Funken Verstand hatte, sollte sie sich freuen, daß Michaels Interesse für sie wahrscheinlich nur vorübergehend war. All das Nachtleben strengte sie auf die Dauer so an, daß sie kaum noch die Stufen zur SAB hinaufwanken, geschweige denn zwölf Kurse pro Woche tanzen konnte.

«Sag mal», unterbrach Michael ihren Gedankengang. «War da eben ein Messer in deiner Tasse? Falls ja, glaube ich, es hat deine Zunge erwischt. Einen Penny für deine Gedanken. Nein, in Anbetracht dessen, was für ein Gesicht du machst, sollte ich das Angebot vielleicht erhöhen.»

«Ich dachte gerade, wie gern ich ein bißchen Sahne im Kaffee hätte», log Tatiana. Er schien auch noch hellsehen zu können. «Aber ich muß für die Schule abnehmen.»

«Ach ja, das Ballett.» Michael feixte. «Das Reich der Dürren und Flachbusigen, der Damen ohne Hintern. Hast du noch nie daran gedacht, daß du zu sehr Frau sein könntest, um Mr. Balanchines Skelett-Ideal zu entsprechen?»

«Manchmal redest du, als ob du Ballett nicht ausstehen kannst, und dann schwärmst du davon.»

«Ich gebe zu, ich habe persönliche Motive. Wahrscheinlich weil ich nie das hatte, was man braucht, um ein zweiter Nijinsky zu werden», bemerkte er. Er wirkte auf einmal sehr ernst, und es war merkwürdig, ihn so zu sehen, wie einen Schauspieler, der seine Maske abgenommen hat. Dann trank er schnell sein Glas aus und lächelte sie an wie jemand, der nur daran denkt, seine Partnerin gut zu unterhalten. «Wie wär's mit ein bißchen Cool zum Nachtisch? Er ist kürzlich aus dem Bebop geboren worden.»

«Fein.» Sie hatte keine Ahnung, wovon er sprach, aber das spielte keine Rolle. Sie würde überallhin mitgehen.

«Trink deinen Kaffee aus, und wir fahren ins Village. Da unten ist eine Kneipe, die Black Cat Café heißt – ich habe dort vor dem Krieg gekellnert. Der beste Cool der Stadt. Wir werden viel Spaß haben, wenn ich den Türsteher überzeugen kann, daß du trotz deiner achtzehn Jahre schon volljährig bist. Wenn wir ihm versprechen, daß du nur Limonade trinken wirst, jagt er uns vielleicht nicht davon.»

Tatiana lächelte forsch und wünschte, er würde nicht immerfort auf ihr Alter zu sprechen kommen. Wenn sie doch zehn Jahre älter wäre! Dann würde er vielleicht… Ihr schossen tausend lächerliche Möglichkeiten durch den Kopf, und keine von ihnen befriedigte sie.

Zwei Tage später standen die beiden im Foyer des City Center nach Karten an. Das Center, Heim des New York City Ballet, war eine maurische Phantasie aus giftgrünen und blauen Kacheln, korinthischen Säulen aus rosarotem Marmor und winzigen gemeißelten Lilien. Tatiana blickte wieder auf die Plakate: Heute abend war die Premiere von Jerome Robbins' *The Cage*, und anschließend gab es den *Pas de trois* und den *Zauberladen*. Morgen gab es *Das Duell*, *Caprice brillant*, *Orpheus* und *Cake Walk*, und am Sonntag wurden *Der verlorene Sohn* und *Feuervogel* aufgeführt, zwei von Tatianas Lieblingsballetten. Sie lächelte vor sich hin, fuhr sich mit der Zunge über die Lippen und schmeckte die Namen, als wären es erlesene Delikatessen.

«Na, was soll es sein, Tats?» fragte Michael.

Tatiana entschied sich sofort für *The Cage*. Wie konnte man mit Robbins' Choreographie und Strawinskys Musik schiefliegen? Zumal Nora Kaye die Hauptrolle tanzte.

«Bitte zwei Karten für heute abend», sagte Michael, schob das Geld unter der Glasscheibe durch und bekam dafür zwei farbige Pappstreifen.

«Michail!» Die Stimme, die den russischen Namen gerufen hatte, klang gebieterisch. Tatiana drehte sich um und sah niemand anderen als George Balanchine, den Gründer und künstlerischen Leiter des New York City Ballet, durch das Foyer kommen. «Michail Maximow!»

«O nein», sagte Michael leise und drehte sich um, als suchte er einen Winkel, wo er sich verstecken konnte.

«Was ist los?»

«Mein Inkognito.»

«Wovon redest du?»

Zu Tatianas Erstaunen trat Balanchine zu Michael, ergriff seine Hand und schüttelte sie freundschaftlich. «Wie geht es Ihrer Mutter?»

«Sehr gut, Mr. Balanchine.»

«Wie ich höre, hat sie wieder geheiratet, einen gutsituierten Italiener.» Balanchine war sichtlich bester Laune. «Anja hat es schon immer verstanden, den richtigen Partner zu finden.» Er strich sein schütteres graues Haar zurück und musterte Michael wohlwollend. «Ich habe mir neulich *Quetzal* angesehen. Ihr Vater ist in Hochform. Richten Sie ihm doch gelegentlich aus, daß wir zur Abwechslung mal etwas gemeinsam machen sollten, statt um Zuschauer zu konkurrieren.» Er schien Tatiana erst jetzt zu bemerken. «Oh, guten Tag, Miss Ward.»

«Guten Tag, Mr. Balanchine.» Tatiana hatte den Eindruck, ihre Zunge klebe am Gaumen. Mit Balanchine zu reden war ungefähr so, als redete man mit einem Gott. Egal wieviel Mühe sie sich gab, sie konnte ihre Befangenheit nicht überwinden.

«Geht beim Unterricht alles gut?»

«Ja, Mr. Balanchine.»

«Ein sehr begabtes Mädchen», erläuterte er, zu Michael gewandt. «Schlägt ganz nach der Mutter. Aber das wissen Sie natürlich, nicht wahr? *Doswidanja!*» Balanchine nickte, machte eine knappe, altmodische Verbeugung und eilte, betretenes und verblüfftes Schweigen hinterlassend, in den Zuschauerraum.

«Natascha Ladanowa.»

«Sergej Maximow.»

«Ich kann es nicht glauben.»

«Ich auch nicht.»

Tatiana und Michael saßen in der Automatencafeteria, aßen muffigen Zitronenkuchen von Papptellern und tranken Milch aus der Flasche – wenn sie nicht gerade Tränen lachten.

«Unser Geheimnis ist verraten.»

«Die Maske ist runter.»

«Du bist nicht nur Tänzerin, sondern auch noch die Tochter

einer Tänzerin. Ich stehe unter einem unglücklichen Stern. Ich bin ein verdammter Pechvogel!»

«Warum hast du es mir nicht gesagt?»

«Warum hast *du* es mir nicht gesagt?»

«Du hast deinen Namen geändert.»

«Du auch.»

«Nein, mein Vater hieß Ward. Mädchen tragen immer den Namen ihres Vaters.»

«Mit einem russischen Namen kann man heutzutage nur noch Geld verdienen, wenn man Atomgeheimnisse verkauft oder Seiltänzer ist.»

«Von Michail Maximow zu Michael Macks. Nicht sehr phantasievoll, wenn du mich fragst. Warum hast du dir nicht einen anderen Namen zugelegt, einen passenderen?» sagte Tatiana kichernd. «Zum Beispiel Harry Silberfuß?»

«Ich wollte die Initialen behalten.»

«Warum?»

«Ich hatte eine Menge Frotteetücher mit Monogramm.»

Tatiana verschluckte sich an ihrer Milch. «Du bist ein Clown.»

«Und du bist das Bild einer mondänen jungen New Yorkerin, vor allem mit Krümeln am Kinn.»

«Sag mal», fuhr Tatiana fort. «Glaubst du, unsere Eltern haben jemals zusammen getanzt?» Sie tauschten die nächste halbe Stunde Erinnerungen aus, und Michael kam zu dem Ergebnis, daß es mehr als wahrscheinlich sei.

«Möchtest du noch einen Kaffee?»

«Nein, danke.» Tatiana hatte es sich auf dem modernen dänischen Sofa in seinem Wohnzimmer gemütlich gemacht. Sie waren die letzten drei Nächte in seine Wohnung im Village gegangen, um dort zu warten, bis das Walker am Morgen geöffnet wurde.

Tatiana ließ sich auf ein großes, mit grünem Cordsamt bezogenes Kissen sinken und spielte ein bißchen Sherlock Holmes. Sehr interessant, was man alles über einen Mann erfuhr, wenn man die Wohnung sah, in der er lebte. Eine ganze Wand war beispielsweise mit Bildern von Fred Astaire geschmückt, den Michael mit dreizehn Jahren kennengelernt hatte und wie einen Gott verehrte. An den anderen hingen Souvenirs aus der Zeit, als er mit der Truppe seines Vaters durch die Welt gereist war, eine Decke aus Brasilien, ein breitkrempiger Hut aus dem australischen Busch, ein Maßkrug aus Bayern. Die Fenster hatten keine Vorhänge oder Gardinen, weil Michael Licht und Luft liebte, und auf dem Fußboden lagen keine Teppiche, weil er gern in den frühen Morgenstunden trainierte, mit Rücksicht auf die Nachbarn allerdings ohne Stepschuhe.

Tatiana aß einen winzigen Kartoffelchip und betrachtete ein gerahmtes Foto seiner Mutter, das sie im Alter von ungefähr sechzehn Jahren zeigte. Die künftige Madame Maximow posierte in einem rüschenbesetzten Samtkleid: ein Mädchen mit einem runden Gesicht, dessen blondes Haar zu einem Zopfkranz geflochten war, sicher eine typisch russische Frisur. Von Michaels Vater gab es kein einziges Bild, weil die beiden sich, wie er ihr umständlich erklärt hatte, nicht gut verstanden.

Sie leckte das Salz von ihren Fingern und trank ihren Kaffee aus, während Michael sich an dem automatischen Plattenwechsler zu schaffen machte, einer brandneuen Erfindung, die ihren eigenen Willen hatte. Das Gerät hielt inne, knackte bedrohlich, aber dann fiel eine Schallplatte auf den Plattenteller, und die klagenden Töne eines Saxophons füllten das Zimmer.

«Tats.» Michael setzte sich neben sie aufs Sofa. «Ich habe nachgedacht.»

«Worüber?»

«Ich habe darüber nachgedacht, wie schön du bist.» Er wirkte einen Moment ganz ernst, aber dann lächelte er breit und verdarb die Wirkung. «Nicht viele Frauen sehen gut aus, wenn sie den Mund voll Kartoffelchips haben.»

«Michael!» Warum mußte er sie immerfort aufziehen? Sie wandte sich verletzt ab.

Er trank langsam von seinem Scotch und fuhr ohne Erbarmen fort. «Ein Jammer, daß du noch ein Kind bist, noch nicht ganz trocken hinter den Ohren. Du bist zu klein, du bist tabu, und zu allem Überfluß bist du eine Tänzerin. Wenn du ein Fisch wärst, müßte ich dich ins Wasser zurückwerfen.»

«Michael, hör endlich auf!» Sie war im Begriff, einen Wutanfall zu bekommen, aber das wäre kindisch gewesen. Es war grausam von ihm, sie ständig daran zu erinnern, daß sie so jung war – als ob es ihre Schuld wäre. Was erwartete er eigentlich von ihr? Sollte sie eine Zauberpille suchen, von der sie Falten und graue Haare bekommen würde? Sie stand so hastig auf, daß die Schale mit den Chips umkippte und einen Teil ihres Inhalts über das Sofa verstreute. Ihre Handtasche vom Beistelltisch nehmend, lief sie zur Tür.

«Wohin gehst du?» rief Michael ihr verwirrt nach.

«Nach Hause. Mir reicht's.»

«Tats, was ist los? Habe ich etwas getan?»

«Ja.» Sie starrte zornig auf die Holzdielen und traute sich nicht aufzublicken. In ihren Augen brannten Tränen. Er hatte recht – sie war eine unreife Göre. Einer älteren Frau wäre wahrscheinlich eine geschickte Wendung eingefallen, die impulsive Geste rückgängig zu machen, aber sie war wieder einmal drauf und dran, sich unsterblich zu blamieren.

«Was habe ich getan?» begehrte Michael.

«Es geht nicht darum, was du tust. Es geht darum, was du *nicht* tust.»

«Und das wäre?»

«Du nimmst mich nicht ernst, verdammt noch mal», schrie sie und stampfte mit dem Fuß. «Du hast mich *nie* ernst genommen, keinen Augenblick lang.» Zu ihrem Entsetzen warf er den Kopf zurück und fing an zu lachen.

«Hör auf. Hör auf, mich auszulachen. Ich bin vielleicht erst achtzehn, aber ich bin zufällig ein menschliches Wesen.»

«Oh, Tats!» Michael bemühte sich tapfer, sein Lachen zu unterdrücken, und schaffte es. «Du hast alles in den falschen Hals bekommen.» Er streckte die Hand aus, ergriff sie am Arm, zog sie neben sich aufs Sofa und sah sie ernst an. «Du hast es nicht gemerkt, nicht wahr?»

«Was soll ich nicht gemerkt haben?»

Statt zu antworten, beugte er sich zu ihr, nahm sie in die Arme und küßte sie. Seine Lippen waren warm und fest, erkundeten die ihren zunächst zärtlich und dann mit einer Beharrlichkeit, die sie innerlich aufwühlte. Dies war ganz anders als die Küsse, die sie mit den Jungen von Harvard getauscht hatte. Sie entkrampfte sich, ließ sich näher an ihn ziehen, ließ ihren Mund von seiner Zunge in Besitz nehmen. Ihr Körper fühlte sich plötzlich schwerelos an, ohne Substanz. Hinter ihnen spielte das Jazzsaxophon seine Blues-Melodie weiter. Als die Platte zu Ende war, ließ Michael sie langsam, wie widerstrebend los und lehnte sich zurück. «Ich sollte dich jetzt zurückbringen, Tats», sagte er unvermittelt.

«Warum?» Sie war verwirrt und enttäuscht. Sie wollte ihn weiterküssen.

«Weil...» sagte Michael und gab ihr einen Kuß auf die Stirn. «Weil ich dich viel *zu* ernst nehme.»

13

New York, 5. Juli 1951

Liebe Mama!
Hoffentlich ist es dort oben in Toronto kühler als hier. Gestern bin ich bei Lord & Taylor vorbeigegangen und habe gesehen, daß sie in einem Schaufenster einen künstlichen Schneesturm aus Reisflocken und gläsernen Eiszapfen wüten lassen, als Werbung für die Winterpelze – Du siehst, wie verzweifelt wir in New York das Ende der Hitzewelle herbeisehnen.

Der Unterricht an der SAB gefällt mir großartig, obgleich es in den Trainingsräumen so heiß ist, daß man auf den Spiegeln Eier braten könnte, wenn sie waagerecht angebracht wären. Felia Dubrowska ist eine geniale Lehrerin, genau wie Du gesagt hast – sie weiß herrliche Geschichten von St. Petersburg und der alten Kaiserlichen Schule zu erzählen, so daß ich mich fast wie zu Hause fühle.

Aber die beste Neuigkeit ist, daß ich einen *fabelhaften* Mann kennengelernt habe! Er heißt Michael Macks und ist ebenfalls Tänzer – allerdings nicht beim Ballett. Er ist sehr berühmt und tritt als Steptänzer in Broadway-Musicals auf, und er ist unglaublich lustig und witzig und attraktiv. Er zeigt mir seit ein paar Wochen die Stadt, und wir haben in Manhattan einfach alles gesehen, vom Metropolitan

Museum bis zu Ethel Merman. Und vor ein paar Tagen habe ich zufällig herausbekommen, daß er in Wirklichkeit Michail heißt und der Sohn von niemand anderem als Sergej Maximow ist, dem Gründer des Manhattan Ballet! Kannst du das fassen? Manchmal bin ich überzeugt, daß die Welt des Tanzes aus höchstens dreihundert Leuten besteht. Michael hat mit mir um fünf Dollar gewettet, daß Du und sein Vater irgendwann in grauer Vorzeit in Rußland zusammen getanzt haben müßt, und ich bin die Wette nur deshalb eingegangen, weil Du nie ein Wort davon erwähnt hast, daß Du schon mal mit Maximow zusammen gearbeitet hast.

Gewinne ich die Wette, oder verliere ich sie? Gib mir bitte postwendend Bescheid, und mach dir keine Sorgen um mich, denn erstens hat Mme. Dubrowska mir unmißverständlich gesagt, daß ich diesen Sommer ihre beste Studentin bin, und zweitens amüsiere ich mich so gut wie noch nie in meinem Leben.

Tausend Küsse,
Deine Tatiana.

Natascha las den Brief dreimal und versuchte sich einzureden, daß sie ihn mißverstanden hatte. Dann ging sie hastig ins Bad und ließ dampfendes Wasser in die altmodische Wanne mit den Klauenfüßen laufen. Was sie empfand, war schlicht Panik, als habe ihr Leben, das seit Jahren in einer geregelten Bahn verlaufen war, urplötzlich eine drohende Wendung genommen – wie bei einem Tänzer, der einen falschen Schritt macht und durch eine offene Luke im Bühnenboden stürzt.

Sie stieg in den duftenden Schaum und bemühte sich angestrengt, sich keine Sorgen zu machen. Sie hätte damit rechnen sollen, daß ihre Tochter Sergejs Sohn begegnete, wenn sie nach New York ging. Die Welt des Tanzes war in der Tat sehr klein. Zwei Leute, die zu ihr gehörten, mußten sich früher oder später über den Weg laufen.

Was war also mit ihr los? Warum hatte sie das Gefühl, das

Leben habe ihr persönlich einen grausamen Streich gespielt? *Bosche moj!* Wahrscheinlich interessierte Tatiana sich gar nicht ernsthaft für diesen Michael Macks. Alles sprach dafür, daß er ihr nur deshalb imponierte, weil er offenbar ein Star war, daß es nicht mehr als eine sommerliche Liebelei war, die spätestens im September vorbei sein würde. Zwei junge Leute, die sich für Tanz interessierten, lernten sich kennen, verlebten ein paar schöne Abende miteinander und gingen dann wieder getrennte Wege. Was konnte natürlicher sein? Tatiana hatte letztes Jahr ein halbes Dutzend Verehrer gehabt, und warum sollte dieser anders sein als die verflossenen?

Aber angenommen...

Sie wollte nichts annehmen. Sie drehte den Heißwasserhahn auf und ließ Wasser zulaufen, bis die Haut an ihren Beinen krebsrot wurde. *Sergejs Sohn und Tatiana.* Der Gedanke war noch genauso schmerzhaft wie vorhin, wie eine Hutnadel, die in ihren Schädel stach. Sie schloß die Augen, legte den Kopf an das Gummikissen, das die Hoteldirektion ihr so fürsorglich beschafft hatte, und zwang sich, Dinge heraufzubeschwören, die zu vergessen sie sich neunzehn Jahre lang bemüht hatte.

Es war erstaunlich schwierig. Sie gab es auf, rutschte ein Stück höher, versuchte es wieder. Bilder der Vergangenheit zogen wie ein zusammenhangloser Film an ihrem inneren Auge vorbei, London vor dem Krieg, Trey in seiner ledernen Fliegerjacke, das schöne alte Haus in Belgravia. Das Jahr 1933 war... ja, wie ein Fisch, schlüpfrig und schwer festzuhalten, denn jedesmal, wenn sie es greifen wollte, schien es von ihr fortzuschwimmen. Sie atmete tief ein und zwang sich zu einer objektiveren Betrachtungsweise. Wenn sie bereit war, die Sache nüchtern zu sehen, konnte sie sich an den Daten orientieren, die sie schwarz auf weiß hatte. Tatiana war am 26. Dezember zur Welt gekommen, am zweiten Weihnachtsfeiertag, als alle Ärzte in England Urlaub hatten und die Krankenhäuser unterbesetzt waren. Also mußte die Empfängnis... Natascha zählte die Monate an den Fingern zurück... ja, es mußte gegen Ende März gewesen sein. Sie und

Sergej hatten sich vorher getrennt, am letzten Februar oder spätestens in der ersten Märzwoche. Und dann hatte sie ihre Periode bekommen. Jetzt erinnerte sie sich genau daran, sah die Zeichen und war unendlich erleichtert, daß die Geschichte sich *nicht* wiederholt hatte.

Wie hatte sie einen solchen Unsinn ernsthaft erwägen können! Sie nahm einen Waschlappen und rubbelte sich kräftig ab, als wollte sie die letzten Überreste des Verdachts tilgen. Kein böser Zufall konnte es fügen, daß man durch einen Seitensprung mit demselben Mann zweimal schwanger wurde! So etwas passierte nur in Liebesromanen und Boulevardstücken. Winn und Tatiana, beide Sergejs Töchter? Lächerlich. Die Chance mußte ungefähr eins zu einer Million betragen.

Aber Trey war unfähig gewesen, ein Kind zu zeugen. Ich wußte es damals ebensogut wie er, und wir ignorierten es beide geflissentlich ... Quatsch. Wie konnte sie so etwas auch nur denken? *Selbstverständlich* war Trey der Vater von Tatiana. Sie kam sich einen Augenblick lang schuldig vor, als hätte sie sein Andenken besudelt. Er war so gütig gewesen, so freundlich. Er hatte sein Leben lang so gut wie kein böses Wort zu ihr gesagt. Er hatte sich all den Behandlungen in der Schweiz unterzogen, und obgleich er vielleicht nie ein großer Liebhaber gewesen war, hatte er in den letzten vier oder fünf Jahren ihrer Ehe gewiß die *Fähigkeit* gehabt, sie zu schwängern. Außerdem war Tatiana ganz offensichtlich eine Ward. Die Leute sagten immer wieder, wie sehr sie Treys Tante Faith ähnelte – das gleiche Haar, der gleiche Knochenbau, sogar die gleiche Art, am kleinen Finger zu kauen, wenn sie ein schwieriges Problem wälzte.

Aber sie hatte Sergejs Augen.

Das war wahrscheinlich das Dümmste, was sie die letzten zwanzig Jahre gedacht hatte! Natascha stieg aus der Wanne, nahm ein Badetuch und trocknete sich mit schnellen, kraftvollen Bewegungen ab. Tatiana hatte ihre eigenen Augen; sie war *nicht* Sergejs Tochter.

Die siamesischen Tempel ragten geheimnisvoll vor dem von der untergehenden Sonne blutrot gefärbten Himmel auf. Schwerelos und massiv zugleich, schienen sie in Flammen zu stehen, als wäre jeder einzelne Stein ein Fragment einer fernen spirituellen Feuersbrunst. Sie wurden eingerahmt von den Pfeilern des königlichen Palastes, rotgolden, heidnisch, exotisch, vor allem aber sinnlich – eine passende Kulisse für eine Liebesgeschichte, die keine richtige Liebesgeschichte ist, dachte Natascha, für ein Werben, das nie die rechten Worte findet.

Es war faszinierend, wie sehr die Dekoration von Rogers' und Hammersteins *Der König und ich* sie an die Bühnenbilder erinnerte, die sie vor so vielen Jahren im Marinskij gesehen hatte. Aus wirtschaftlichen und ästhetischen Gründen hatten die meisten ernsthaften Ballette neuerdings keine richtigen Kulissen mehr, sondern wurden vor farbigen Prospekten getanzt. All der Pomp, der Glanz, die wunderbare Welt der Theaterillusion schien in populäre Shows und Broadway-Musicals verbannt zu sein. Natascha dachte an den Abend, an dem sie mit Sergej in *Der Korsar* getanzt hatte: die Drehbühne mit orientalischen Gärten, richtige Segelboote, die so aufgehängt waren, daß sie die Wellen aus blauem Tuch berührten, die Mengen von Sand und die Palmen aus Gips. Matilda Kschessinskaja hätte sich in Hammersteins Bühnensiam zu Hause gefühlt – obgleich sie es sicher ein wenig alarmierend gefunden hätte, im Reifrockkostüm mit Yul Brynner zu tanzen.

«Amüsierst du dich, Mama?» flüsterte Tatiana.

Natascha nickte lächelnd. Es war sehr nett von Michael gewesen, ihnen so kurzfristig Eintrittskarten zu beschaffen, denn normalerweise waren höchstens Stehplätze für das Musical zu bekommen, das erst seit März lief. Natascha dachte an das Essen vorhin. Tatiana war so stolz gewesen, so begierig, daß sie Michael sympathisch fand. Nicht, daß es schwierig gewesen war. Er war ein netter Junge, in Wahrheit natürlich ein Mann, aber sie sah ihn unwillkürlich als Jungen – höflich, amüsant, aufmerksam und ganz das Gegenteil von seinem Vater. Sie hatte insgeheim den Verdacht, daß er sich geschworen hatte, Sergej so wenig wie möglich zu ähneln. All das warf natürlich ein sehr ernstes Problem auf.

Auf der Bühne wurde nun ein Kurzballett nach Motiven von *Onkel Toms Hütte* getanzt, das Jerome Robbins sehr hübsch choreographiert hatte, mit einigen spektakulären Effekten, zum Beispiel in der Szene, in der Eliza den Fluß überquert. Normalerweise hätte Natascha interessiert zugeschaut, aber nun ertappte sie sich dabei, wie sie das Programm auf ihrem Schoß nervös auf und zu klappte. Sie machte sich schreckliche Sorgen. Sie hatte den Aufenthalt in Kanada aus einem einzigen Grund abgekürzt: Sie wollte sofort nach New York und ihrer Tochter – natürlich so diplomatisch wie möglich – empfehlen, sich nicht zu sehr mit Michael einzulassen. Sie hatte sich ein Essen unter vier Augen vorgestellt, bei dem sie ein paar subtile, mütterliche Fragen stellen und ausloten würde, wie ernst diese Beziehung war, und dann, hatte sie gedacht, würde sie Tatiana die auf der Hand liegenden Gründe nennen, warum es eine schlechte Idee war.

Ein guter Plan, doch wie sich herausstellte, funktionierte er absolut nicht. Natascha warf einen Seitenblick auf Tatiana, die den Mund ein wenig geöffnet hatte und mit glänzenden Augen zur Bühne schaute. Sie schien restlos in dem Geschehen auf den Brettern aufzugehen. Wer hätte gedacht, daß sie sich in weniger als zwei Monaten so verändern würde? Als sie Boston verlassen hatte, war sie ein Mädchen gewesen, schüchtern, ihrer selbst nicht recht sicher, eisern arbeitend, mit einer Vorliebe für Jeans und weite Pullover. Nun in einem dünnen, ärmellosen Leinenkleid, das Haar in einer schicken Innenrolle endend, war sie offensichtlich eine junge Frau, und zwar eine verliebte junge Frau, und der Gedanke, ihr Ratschläge zu erteilen, erschien Natascha plötzlich ein bißchen absurd.

Was sollte sie denn sagen? *Entschuldige bitte, Liebes, aber ich habe die erste Maschine hierher genommen, um dir zu beichten, daß ich meinen Mann vor neunzehn Jahren betrogen habe und eine Affäre mit dem Vater deines Verehrers hatte. Es besteht also eine winzige – nur eine ganz winzige – Möglichkeit, daß er dein Halbbruder ist?*

Lächerlich. Absolut undenkbar. Wie konnte sie dieses Thema auch nur zur Sprache bringen, wo sie selbst so viele Zweifel hatte? Und welche anderen Einwände könnte sie gegen Michael vorbringen?

Eben hatte Yul Brynner etwas von einem Rätsel gesungen. Er sprach Natascha aus der Seele.

Tatiana nahm einen Schluck von ihrem Daiquiri und lächelte nachsichtig. «Willst du mir sagen, daß Michaels Vater ein Schürzenjäger war, Mama? Das weiß ich bereits. Mein Gott, Maximow ist *berühmt* für seine Scheidungen und Ehen. Ungefähr alle vier Jahre ein neues blutjunges Ding, nicht wahr? Alles Ballerinen – und einige davon jünger als Michael.»

«Seine Mutter war Anja Belinskaja. Wir waren zusammen auf der Kaiserlichen Ballettschule. Ein sehr schönes Mädchen, aber…»

«Aber sie wurde zur Alkoholikerin.»

«Du weißt es?»

«Michael hat mir alles erzählt. Wie seine Mutter ihn im Stich ließ, als er sechs Jahre alt war, wie sie sich betrank und seinen Vater mit allen möglichen Gegenständen bewarf. Die ganze schreckliche Geschichte.» Es war Nataschas zweiter Tag in New York, und sie und Tatiana aßen bei Talan, einem russischen Restaurant in der 57th Street West, das nach Museumsbesuchen und Einkäufen immer ihre private Zuflucht gewesen war. Das Gespräch lief genauso, wie sie befürchtet hatte: schlecht. Nicht daß Tatiana böse geworden war – weit davon entfernt. Sie reagierte vernünftig und verständig auf etwas, das sie nur als Einmischung in ihr Privatleben empfinden konnte, und, nun ja, Natascha bewunderte sie fast für ihre Geduld. Sie versuchte sich vorzustellen, wie sie wohl reagiert hätte, wenn Tante Marja ihr geraten hätte, sich nicht mit Sergej einzulassen. Sie vermutete, sie hätte nicht halb soviel Nachsicht gezeigt wie Tatiana.

«Michael und ich haben keine Geheimnisse voreinander.»

«Sicher, aber trotzdem…» Natascha hielt inne und suchte nach Worten. «Du mußt an deine Karriere denken», fuhr sie nicht sehr überzeugend fort. «Von deinem Studium ganz zu schweigen.»

Tatiana kaufte es ihr nicht ab, keine Sekunde lang. «Mama!» Ihre Stimme war freundlich und zugleich gereizt. «Was redest du da? New York ist der Nabel der Welt, was Ballett betrifft. Wenn ich beschließe, im September zu bleiben, kann ich hier in einem Monat mehr für meine Karriere tun als in Boston in einem ganzen Jahr.» Sie langte über den Tisch und ergriff in einer Aufwallung von Zärtlichkeit die Hand ihrer Mutter. «Du hast mir oft erzählt, wie du in Wien ohne Arbeit gesessen hast und kein Engagement finden konntest. Ich weiß, daß du überzeugt bist, Tänzerinnen müßten noch etwas anderes können als tanzen. Keine Sorge. Ich habe bereits mit einer Professorin vom Barnard College geredet, und sie hat mir versprochen, daß ich im Herbst aufgenommen werde, falls ich beschließe, nicht wieder zum Radcliffe zu gehen. Wenn ich mir also ein Bein breche oder total versage, werde ich weich landen.»

«Du bist viel zu jung, um dich ernsthaft an jemanden zu binden. Ich habe nichts gegen Michael. Er ist charmant und sieht sehr gut aus. Ich verstehe, warum ...»

Tatiana lächelte und hob mit gespielter Verzweiflung die Hände. «Mama, entschuldige bitte. Zu jung? Nur interessehalber – wie alt warst du, als du dich zum erstenmal richtig verliebtest?»

Natascha lächelte wider Willen. «Sechzehn.»

«Uralt, nicht wahr? Und wer war es?»

«Ein Großfürst», log Natascha schnell.

«Habt ihr es gemacht?»

«Was?»

«Du weißt schon... Hast du mit ihm geschlafen?»

«Hm... ja.» Großer Gott, die jüngere Generation war sehr direkt. Natascha spürte, wie sie errötete.

«Und wie war es?»

«Tatiana, wenn du glaubst, ich würde dir jetzt von meinem Intimleben erzählen, hast du dich geirrt.»

«Ich war nur neugierig», sagte Tatiana und lächelte ein bißchen verzagt. «Siehst du, Michael und ich haben es nämlich noch nicht gemacht, und ich wollte nur wissen, was mir bevorsteht.»

«Ich bin sicher, es gibt Bücher darüber.» Ihre Antwort war so prüde, daß sie über sich selbst staunen mußte.

«Es klingt wie eine schwierige Operation.» Tatiana seufzte und trank wieder von ihrem Daiquiri. «Ich brauche kein Schaubild mit Kaulquappen, die sich zu einem Ei hinschlängeln. Ich möchte nur wissen, wie es ist, wenn man jemanden wirklich *liebt*.»

«Dann liebst du ihn?» Natascha fröstelte plötzlich.

«Mehr, als du dir vorstellen kannst», antwortete Tatiana ernst. Sie stellte ihr Glas ab und lächelte herzlich. «Aber du brauchst keine Angst davor zu haben, daß du vorzeitig Großmutter wirst. Bei dem Tempo, das Michael anschlägt, werde ich alt und grau sein, ehe wir überhaupt loslegen.»

Natascha lächelte gequält. Zwischen Tatiana und Michael schien sich sehr viel mehr abzuspielen, als sie befürchtet hatte. Der Gedanke war kalt und hart wie die Eiswürfel in ihrem Glas und ließ sie erschauern.

«Ich möchte bitte Sergej Maximow sprechen.» Natascha stand ganz hinten im Restaurant in einer Telefonzelle, die so klein war, daß sie sich wie in einem Käfig vorkam. Die dünnen Holzwände waren mit krakeligen Figuren bedeckt, als hätte man ein paar geistig zurückgebliebene Kinder mit Füllhaltern hier eingesperrt. Die Luft war entsetzlich stickig, aber sie hatte die Tür zugemacht – nicht weil sie fürchtete, man könnte sie hören, sondern weil sie es als Aufforderung sah, ihre Emotionen in sich einzuschließen, nichts aus sich herauszulassen.

«Wer ist da?»

«Natascha Ladanowa.» Sie hörte ein erstauntes Tuscheln. Natascha hatte dem Manhattan Ballet im Laufe der Jahre eine Reihe ihrer besten Tänzer geschickt, aber sie hatte sich nie persönlich an einen der Verantwortlichen gewandt. «Einen Moment bitte, Miss Ladanowa.» Das Gesumm verstummte, dann knackte es im Hörer.

«Hallo.»

«Hallo. Sergej?»

«Nein, ich bin der Sekretär von Mr. Maximow. Einen Moment bitte.» Sie wartete und betrachtete das Telefon. Die kleinen Löcher in der Drehscheibe waren wie Augen, die sie anstarrten. Sie spürte den Wunsch einzuhängen, die Sache zu vergessen. Womöglich war es ein schwerer Fehler, sich in Tatianas Leben einzumischen. Wenn sie dahinterkam, würde sie ihr nie verzeihen.

«Miss Ladanowa?»

«Ja?»

«Ich verbinde Sie jetzt mit Mr. Maximow.»

Im Hörer knisterte und rauschte es, als tobte ein Gewitter in der Leitung. Dann läutete es wieder.

«Hallo, Natascha?» Es war seine Stimme, unverkennbar trotz der vielen Jahre, die inzwischen vergangen waren. Natascha machte den Mund auf, um etwas zu sagen, aber kein Wort kam heraus. Sie fühlte sich plötzlich krank vor Heimweh nach den alten Zeiten. «Hallo, bist du noch da?»

«Ja», brachte sie hervor. «Wie geht es dir?»

«Danke. Was kann ich für dich tun?» Seine Stimme war kühl und geschäftsmäßig. Sie wurde sich bewußt, daß sie etwas anderes erwartet hatte, vielleicht eine herzliche Begrüßung, zumindest aber einen kleinen Hinweis, der ihr sagte, er sei sich im klaren, daß neunzehn Jahre vergangen waren, seit sie das letztemal miteinander geredet hatten. Aber sein Ton war unpersönlich, fast barsch. Sie versuchte erfolglos, sich nicht getroffen zu fühlen. Schließlich war sie diejenige, die ihm den Laufpaß gegeben hatte. Er hatte es ihr zweifellos übelgenommen, und es war ihm nicht gegeben zu verzeihen.

«Ich muß mit dir reden.»

«Ich bin im Moment sehr beschäftigt. Können wir es kurz machen?»

«Es geht um unsere Kinder.» Ein langes Schweigen trat ein, und sie meinte hören zu können, wie er an dem Wort *unsere* kaute.

«Wenn du Michail meinst, solltest du wissen, daß ich jede Verantwortung für das, was er tut, ablehne», sagte er endlich. «Wir haben offen gesagt kaum Kontakt miteinander.»

«Weißt du, daß er eng mit Tatiana befreundet ist?»

«Mit wem?»

«Tatiana, meiner jüngeren Tochter.»

«Der Apfel fällt nicht weit vom Stamm, nicht?» Sergej war belustigt. «Na ja, ich hoffe um seinetwillen, daß sie nicht so kompliziert ist wie ihre Mutter.»

«Es ist nicht lustig. Ich möchte, daß du deinen Sohn dazu bringst, sie nicht mehr zu sehen.»

«Hast du Angst, er könnte ihr ein Kind machen?»

«Weißt du, Sergej, du warst früher mal ganz witzig, aber das Leben in Amerika hat dich vulgär gemacht.» Sie wurde langsam zornig.

«Und du hast dich offensichtlich in eine von diesen zickigen Ex-Ballerinen verwandelt, die...»

«Sergej, ich habe nicht angerufen, um mich beleidigen zu lassen.»

«Warum zum Teufel *hast* du eigentlich angerufen, Natascha?»

«Das habe ich dir eben gesagt. Ich möchte, daß du Michael bittest, den Kontakt zu Tatiana abzubrechen.»

«Michail lebt sein eigenes Leben.»

«Du verstehst nicht.»

«Hör zu, Natascha, ich bin ein sehr beschäftigter Mann. Ich habe wirklich keine Zeit für eines deiner Marathongespräche über junge Liebe oder was auch immer, also...»

«Sergej, halt dieses eine Mal bitte den Mund und hör zu. Es besteht die Möglichkeit, daß Tatiana deine Tochter ist.»

«Was?»

«Du hast mich gehört.»

«Wie groß ist diese Möglichkeit?»

«Klein, verschwindend gering, praktisch nicht existent, aber es könnte trotzdem sein.» Er sagte eine lange Zeit nichts.

«Ich werde sehen, was ich tun kann», antwortete er endlich.

«Danke.» Die Leitung wurde unterbrochen. Natascha stand

einen Moment wie vor den Kopf geschlagen mit dem Hörer am Ohr da. Sie war wütend, durcheinander, verärgert, den Tränen nahe. Ein dreiminütiges Gespräch mit Sergej, und sie zitterte wie eine Sechzehnjährige, die von ihrem Schwarm versetzt worden war. Sie würde ihn nie wieder anrufen, nicht in zwanzig Jahren, nie wieder. Sie ging langsam zu ihrem Tisch zurück, setzte sich und steckte sich eine Zigarette an. Sie hatte sich das Rauchen nach Treys Tod angewöhnt, um Trost zu finden. Gewöhnlich beruhigte es ihre Nerven, aber diesmal bereitete es ihr keinen Genuß.

Carmen LaGuerra war Sergej Maximows neueste Obsession. Die dünne, hochbusige Ballerina, die sich so anmutig bewegte wie ein Schilfrohr im Wind, war erst siebzehn Jahre alt. Sie war aus Mexico City nach New York gekommen und sprach nur wenige Worte Englisch, was in Sergejs Augen überhaupt kein Nachteil war. Auf der Bühne war Carmen mit ihrem langen schwarzen Haar und ihren winzigen Füßen ein Engel; im Bett war sie leidenschaftlich und unersättlich wie ein Kind. Sergej hatte sich im Laufe der Zeit angewöhnt, mit seinen Tänzern und seinen Geliebten nur das Notwendigste zu reden, und Carmens Unfähigkeit, ihm mit seiner Choreographie oder ihrer Beziehung in den Ohren zu liegen, war ein enormes Plus. Mit ihr als Werkzeug hatte er in den letzten neun Monaten einen großartigen Zyklus von Balletten geschaffen, die auf aztekischen Mythen beruhten, darunter auch *Quetzal*, das sämtliche Kritiker als sein Meisterwerk bezeichneten. Um die Wahrheit zu sagen, war Sergej so glücklich mit ihr, daß er seit einiger Zeit erwog, sie zu seiner vierten Frau zu machen, eine Tatsache, die Michael nicht entging, während er in den Kulissen des Sarner-Theaters stand und beobachtete, wie sein Vater mit Carmen probte.

Sergej trat neben Carmen, demonstrierte die Schritte und berührte sie wieder und wieder, um sie zu korrigieren. Er sah immer noch blendend aus, schlank, grauhaarig, ein Mann, der starke Beine und muskulöse Arme mit einem etwas altmodischen europäischen Charme verband, den siebzehnjährige Mädchen sicher unwiderstehlich fanden. Und eines mußte man ihm lassen: Er war ein genialer Choreograph. Ohne ein Wort zu Carmen zu sagen, die ihn wahrscheinlich ohnehin nicht verstanden hätte, schaffte er es in den fünf oder zehn Minuten, die Michael ihm zusah, auf irgendeine Weise, ihr ein Gefühl für die Rolle zu geben, die er schuf, sie durch eine geheime Osmose in sie einfließen zu lassen.

Dennoch hatte die Probe etwas, das Michaels Unbehagen, ja Zorn erregte. Auf den ersten Blick tat sein Vater nichts weiter, als ein neues Ballett mit der jungen Ballerina durchzugehen, doch unterschwellig passierte noch etwas anderes: Zwischen dem Mann und der Frau wurden sinnliche Ströme erzeugt, und Michael hatte unwillkürlich das Gefühl, er sei ein Voyeur und hätte versehentlich die Tür zum Schlafzimmer seines Vaters geöffnet.

Die Probe dauerte noch zehn Minuten, und dann machte Sergej dem Pianisten ein Zeichen aufzuhören, gab Carmen einen Klaps auf den Po und schickte sie von der Bühne.

«Michail, *priwjet*!» Er wischte sich mit einem Taschentuch die Stirn ab und schlug seinem Sohn kumpelhaft auf die Schulter. Oder war es nur eine gezwungene väterliche Geste? «Ich freue mich, daß du es einrichten konntest.» Michael lächelte befangen und wünschte wie schon so oft, er könnte wenigstens ein bißchen Vertrautheit empfinden. Zwischen ihnen schien immer eine Kluft zu bestehen, als spielten sie die Rollen von Vater und Sohn – und noch dazu ziemlich schlecht. Als Michael klein gewesen war, hatte Sergej ein paar Jahre lang gehofft, er würde später einmal in seine Fußstapfen treten und Balletttänzer werden. Er hatte ihn immer wieder angetrieben, und Michael hatte sich hartnäckig gewehrt, trotzdem hatte es ein Band zwischen ihnen gegeben. Seit zwölf Jahren, seit der Scheidung seiner Eltern, war jenes Band verschwunden, als hätte es niemals existiert. Michael hatte die Partei seiner Mutter ergriffen, was Sergej ihm nie vergeben würde; er hatte das Ballett aufgegeben, er hatte einen anderen Namen angenommen, sich dem Broadway zugewandt und war praktisch all das geworden, was sein Vater verabscheute und ablehnte. Selbst jetzt, während Sergej vor ihm stand und unverbindlich lächelte, konnte er jene unausgesprochene Mißbilligung spüren.

«Könntest du für ein paar Minuten mit in mein Büro kommen?» fragte Sergej freundlich.

«Sicher, Dad.»

Michael wußte, daß es wahrscheinlich nur Voreingenommenheit war, aber er hatte die Büros seines Vaters nie sehr gemocht. Sie enthielten für seinen Geschmack zu viele Trophäen aus Sergejs glorreicher Vergangenheit. Er empfand die vielen signierten und mit Widmungen versehenen Fotos von Berühmtheiten wie Diaghilew, Fouchier und Anna Pawlowa, besonders aber die Anerkennungsschreiben von Kultusministern so unterschiedlicher Länder wie Ungarn und Argentinien als peinlich, und er haßte das Bild von ihm selbst, das in einem silbernen Rahmen auf dem Schreibtisch seines Vaters stand: der elfjährige Michail Maximow, das Wunderkind, posierte in weißem Hemd und schwarzem Trikot vor einem dunklen Samtvorhang. Das Bild erinnerte Michael daran, daß er, zumindest in den Augen seines Vaters, den verhängnisvollen Fehler gemacht hatte, auf eine ernsthafte Karriere zu verzichten.

Die seltenen Male, die Michael seinen Vater besuchte, unterhielten sie sich gewöhnlich kurz, vielleicht eine Viertelstunde, über Unverbindliches, doch heute morgen sollte es anders kommen. Sergej ging zur Kaffeemaschine, tat einige Löffel gemahlenen Kaffee in den Filter, füllte Wasser ein und setzte das Gerät in Gang.

«Sahne?»

«Ja, bitte.»

Sergej nahm zwei alte russische Teegläser in Silbergeflechtständern aus dem Sideboard. Solange Michael zurückdenken konnte, hatte sein Vater Pappbecher und Tassen aus billigem Porzellan gehaßt. Seine Liebe zu schönen Dingen gehörte zu seinen sympathischen Zügen.

«Zucker?»

«Nein, danke.»

Sergej wartete, bis der Kaffee durchgelaufen war, füllte die Gläser, reichte Michael eine kleine Flasche mit Sahne und setzte sich an den Schreibtisch. Ein unbehagliches Schweigen trat ein.

«Wie geht es deiner Mutter?» fragte Sergej endlich.

«Sehr gut.» Es war eine rituelle Frage. Sergej stellte sie jedesmal, wenn sie sich sahen, und Michael antwortete immer nur mit diesen beiden Worten: *sehr gut*. Selbst wenn seine Mutter krank wäre oder Schwierigkeiten hätte oder, was Gott verhüten möge, im Sterben läge, würde er «sehr gut» sagen, denn er hatte vor mehr als zehn Jahren beschlossen, nie wieder den Vermittler zu spielen.

«Wie gefällt dir dein neuer Stiefvater, dieser Signor Soundso, der die schnellen Sportwagen fabriziert?»

«Signor Marconetti? Ich habe ihn nur einmal gesehen, letzten Sommer in Neapel, aber er scheint ein ganz patenter Bursche zu sein. Soweit ich weiß, hat sein Werk den Krieg so gut wie unbeschadet überstanden. Er war sogar eine Art Held, denn er hat bei den Partisanen gegen Mussolini gekämpft.»

«Hm.»

Michael merkte, daß sein Vater gar nicht zuhörte. Das war nichts Neues. Sie hatten im Laufe der Jahre ungezählte einseitige Unterhaltungen geführt. Man konnte Sergej Maximow sein Herz ausschütten, nur um anschließend festzustellen, daß er die ganze Zeit über ein neues Ballett nachgedacht hatte. Früher, als Junge, hatte es Michael wütend gemacht, daß sein Vater offenbar so selten etwas von dem aufnahm, was er sagte, aber später hatte er allmählich mehr Mitleid als Zorn empfunden. Ein Mensch, der sich auf diese Weise selbst von allem menschlichen Kontakt abschnitt, mußte furchtbar einsam sein. Bei der letzten Scheidung hatte Sergejs damalige Frau, die britische Ballerina Lydia Winters, Journalisten gesagt, sie verlasse Sergej Maximow, weil er niemals weine. In den Zeitungen hatte sich die Begründung ausnehmend töricht gelesen, aber Michael hatte sofort begriffen.

«Und wie geht es dir?» fragte Sergej plötzlich. Die Frage klang überraschenderweise nicht wie eine leere Floskel.

«Danke, ich kann nicht klagen.»

«Lockt *Dance* immer noch die Touristen aus dem Mittelwesten an?»

«Hm.» Warum bin ich bei allen Leuten schlagfertig und witzig, nur nicht bei meinem Vater? dachte Michael. Da saß er und antwortete einsilbig wie ein trotziger Teenager. Er sollte sich zusammenreißen und herzlicher sein. «Übrigens, Hollywood hat seine Fühler nach Lewis ausgestreckt. Du kannst es in den Branchenzeitschriften nachlesen, wenn du willst. Galaxy hat sich eine Option auf *Dance* geben lassen, was natürlich noch lange nicht heißt, daß sie es tatsächlich verfilmen werden.»

«Sehr interessant», sagte Sergej in einem Ton, dem man nur entnehmen konnte, daß er sich kein bißchen dafür interessierte. Michael drängte den Ärger zurück, der in ihm aufstieg. Er hätte daran denken sollen, daß sein Vater Hollywood haßte. Mitte der dreißiger Jahre, kurz nach dem Zerfall des Ballet de la Cité, hatte Busby Berkeley ihn aufgefordert, nach Amerika zu kommen und die Tanzszenen für einen Film mit dem Titel *Follies of 1935* zu choreographieren. Das Drehbuch sah unter anderem vor, daß zwei ausgewachsene Elefantenbullen einen Wiener Walzer tanzen sollten. Sergej, der gerade versuchte, das Manhattan Ballet ins Leben zu rufen, hatte unbedingt Geld gebraucht und den Auftrag samt Elefantennummer und allem anderen übernommen, aber er ließ sich nicht gern daran erinnern.

«Wie ich höre, bist du neuerdings oft mit Natascha Ladanowas jüngster Tochter zusammen», sagte Sergej unvermittelt.

«Wer hat dir das erzählt?» Michael war verblüfft. Er konnte sich nicht erinnern, daß sein Vater jemals das geringste Interesse dafür gezeigt hatte, mit wem er zusammen war und mit wem nicht.

«Sagen wir, ich habe meine Quellen.» Sergej lächelte freundlich, trank einen Schluck Kaffee und räusperte sich. «Weißt du», fuhr er immer noch lächelnd fort, «ich fürchte, sie ist vielleicht nicht ganz das richtige Mädchen für dich.»

«Warum nicht?»

«Zwischen uns Männern... Es könnte da ein kleines Problem geben.»

«Was für ein Problem? Tatiana ist großartig. Hübsch und intelligent. Eine sehr gute Tänzerin.» Michael stand auf. «Das ist doch keine Neuauflage von Gretchen Schmidt, Dad?» Gretchen Schmidt war eine junge deutsche Ballerina gewesen, die Ende der dreißiger Jahre unter dem zugkräftigeren Künstlernamen Irina Preboda beim Manhattan Ballet getanzt hatte. Michael, der mit sechzehn Jahren in Sergejs Ballett *Die Chinesin* mit ihr als Partnerin sein Bühnendebüt gegeben hatte, hatte sich in Gretchen verliebt und, nachdem er sich unsterblich zum Narren gemacht hatte, feststellen müssen, daß sie mit seinem Vater schlief.

«Nicht unbedingt.»

«Was soll das heißen, ‹nicht unbedingt›? Verdammt, Dad, gibt es keine einzige Tänzerin in New York, mit der du nicht im Bett gewesen bist. Aber daß du mit Tats geschlafen hast, nehme ich dir nicht ab. Es ist unmöglich. Sie ist zu unschuldig, um jemals mit dir und deinesgleichen verkehrt zu haben.»

«Beruhige dich, Michail. Ich habe keine Affäre mit deiner Freundin gehabt.»

«Entschuldige bitte.» Michael setzte sich verlegen wieder hin. «Es tut mir leid, daß ich die Beherrschung verloren habe.»

«Wie klappt es denn zwischen euch?»

«Was meinst du damit?»

«Hast du schon mit ihr geschlafen?»

«Was für eine blöde Frage! Ich meine, hast du mich hierherbestellt, weil du wissen willst, wie Tatiana Ward im Bett ist?» Michael spürte, wie er wieder zornig wurde. «Nein, noch nicht, wenn du es unbedingt wissen willst. Nicht alle betrachten Frauen auf deine Art.»

«Es ist wirklich faszinierend, daß die Söhne von Libertins oft schrecklich prüde sind.» Sergej lehnte sich zurück und verschränkte nachdenklich die Hände hinter dem Kopf. «Mein lieber Michail, ich finde, du solltest zur Abwechslung mal ein paar französische Romane lesen. Laclos, Flaubert, Maupassant – sie könnten dich mit einer der größten Freuden des Lebens bekannt machen.»

«Ich brauche keine Lektüreliste, Dad.»

«Ich würde sagen, du verpaßt einiges, wenn Tatiana auch nur ein bißchen Ähnlichkeit mit ihrer Mutter hat.»

«Ihrer Mutter? Was hat ihre Mutter damit zu tun?»

«Ich fürchte, alles.» Sergej lächelte mokant. «Siehst du, Natascha und ich hatten vor Jahren... Wie soll ich es ausdrücken? Ja, eine kurze Begegnung. Wir hatten schon vorher ein Verhältnis gehabt, während des ersten Weltkriegs in Paris, aber die Begegnung, von der ich spreche, war mehr ein Wiedersehen von alten Freunden, und ihr Ergebnis könnte möglicherweise Nataschas jüngste Tochter gewesen sein.»

«Willst du mir sagen, daß Tatiana meine Schwester ist?»

«Möglicherweise.»

«Was zum Teufel heißt das, ‹möglicherweise›? Ist sie es, oder ist sie es nicht?»

«Bei diesen Dingen kann man nie hundertprozentig sicher sein. Trotzdem dürftest du jetzt einsehen, daß es eine gute Idee wäre, das Mädchen nicht mehr zu sehen. In Anbetracht deiner hoffnungslosen Treue könnte es zu jener größten aller menschlichen Katastrophen führen, nämlich zur Ehe – auf die ich mich selbst leider allzuoft eingelassen habe. Außerdem müßte man an die Kinder denken, an die möglichen genetischen Auswirkungen und all das.»

«Du glaubst, Tatiana *könnte* vielleicht deine Tochter sein, und deshalb möchtest du, daß ich sie nicht mehr sehe?» Michael war so wütend, daß es ihm schwerfiel zu reden. «Wenn ich den Töchtern all der Frauen aus dem Weg gehen sollte, mit denen du geschlafen hast, könnte ich mich gleich ins Kloster begeben.»

«Michail, ich habe versucht, freundlich zu sein, aber genug ist genug. Ich verbiete dir, dieses Mädchen zu sehen!»

«Und wenn ich mich weigere?»

«Ich hasse es, dir zu drohen, aber dann könnte es unangenehm werden. Vielleicht juristische Schritte, wenn du sie zu heiraten versuchst.»

«Ich will dir etwas sagen, Vater. Als ich in dieses Büro kam, hatte ich nicht die Absicht, Tatiana Ward zu heiraten...»

«Es freut mich, das zu hören.»

«Doch je länger ich dich reden höre, desto deutlicher sehe ich, was für ein großartiger Mensch sie ist. Ich habe dich und Mutter erlebt, und ich hatte die Nase voll davon, nichtssagende, leere und unaufrichtige Beziehungen zu beobachten. Wenn du mehr an deine eigene Ehe gedacht hättest, würdest du dir keine Sorgen um meine zu machen brauchen. Du kannst mir drohen, soviel du willst, ich werde Tatiana nicht aufgeben.»

«Ich warne dich, wenn du sie heiratest...»

«Warnen, wovor denn? Daß du mich enterben wirst – du mit deiner Truppe, die kaum genug einnimmt, um die Theatermiete zu bezahlen? Spiel bitte nicht den empörten russischen Vater, die Rolle steht dir nicht.»

«Du bist dickköpfig, undankbar und verantwortungslos, und das bist du schon immer gewesen.» Sergejs Gesicht war rot angelaufen, und die Adern in seinem Hals traten alarmierend hervor. Er machte eine Geste, als ob er Michael schlagen wollte, überlegte es sich aber anders. «Heirate dieses Mädchen, und es ist der Tropfen, der das Faß zum Überlaufen bringt.»

«Ach, wirklich? Ich will dir etwas sagen, Dad. Wenn Tatiana mich haben will, werde ich sie zu meiner Frau machen.»

Vater und Sohn fixierten einander voll Zorn und Bitterkeit. Einen Augenblick lang sah es aus, als würden sie sich prügeln, dann wurde Sergejs Miene wieder kühl und distanziert. Es war ein unheimlicher Anblick, als sei plötzlich ein Fremder in seine Haut geschlüpft. «Nun ja, wenn du so dazu stehst, solltest du jetzt besser gehen», sagte er unverbindlich. Er nickte Michael zu wie einem Bekannten, den man von weitem in einer überfüllten Bahnhofshalle erblickt, höflich und innerlich gleichgültig. «Grüß deine Mutter, wenn du sie siehst.»

Tatiana schaute auf das graurosa Wasser, das die Fähre nach Staten Island aufwühlte. Es war früh am Morgen und immer noch stickig – einer jener Morgen nach einer schlaflosen Nacht, wenn die Stadt an einen Ballon voll heißer Luft erinnert, der an seinen Masten zerrt, um aufzusteigen. Vom Wasser her kam eine warme Brise, die Tatianas weiten weißen Rock bauschte. Sie drehte sich zu Michael und schüttelte bekümmert den Kopf. «Ich bin mir nicht sicher, ob Heiraten das richtige wäre, jedenfalls nicht im Moment», sagte sie.

Sie sah die Enttäuschung in seinem Gesicht und wünschte, sie könnte etwas tun, um sie zu lindern, aber sie wußte, daß sie unweigerlich bald ja sagen würde, wenn sie erst einmal anfing, etwas anderes als nein zu sagen. Es tat weh, dem Mann, den sie liebte, einen Korb zu geben, zumal sie ihn möglicherweise verlieren konnte, wenn sie ihn jetzt abwies. Tatiana schluckte den Schmerz hinunter und preßte die Lippen aufeinander, um zu verhindern, daß sie spontan alles zurücknahm. Seit jenem Lunch mit ihrer Mutter hatte sie versucht, ihr Leben objektiv zu betrachten, und war widerstrebend zu dem Schluß gekommen, daß Natascha recht haben könnte. So ungern sie es zugab, aber vielleicht war sie wirklich zu jung, um sich zu binden. Das Dumme war, daß man es schwer im voraus wissen konnte. Wenn sie Michael heiratete, konnte sie vielleicht weiter tanzen, aber andererseits... Sie hatte auf einmal vor Augen, wie sie auf Knien in der Küche herumrutschte und den Fußboden scheuerte, während irgendwo im Hintergrund ein Baby schrie. Kein sehr romantisches Bild, aber es war besser, die Dinge realistisch zu betrachten, *bevor* man heiratete, und nicht erst, wenn es zu spät war.

«Warum nicht?» Michael hielt inne, als fehlten ihm die Worte. «Etwa, weil wir...» Er verstummte abrupt.

«Weil wir was?»

«Weil du mich nicht liebst?»

«Natürlich liebe ich dich, Michael.» Sie war im Begriff, sich an ihn zu schmiegen, beherrschte sich aber. «Nur...» Sie wollte ihm auf keinen Fall etwas von dem Küchenfußboden und dem Baby sagen, das wäre grausam, doch sie mußte ihm irgendwie begreiflich machen, daß sie Angst davor hatte, ihr Talent zu vergeuden. In der School of American Ballet wußte jeder, daß Mädchen, die heirateten, in den allermeisten Fällen nicht mehr lange bei der Truppe blieben.

«Warum dann?»

«Ich muß an meine Karriere denken.» Sie wußte, daß es abgedroschen und gefühllos klang, aber sie mußte ihm die Wahrheit sagen. «Ich bin verrückt nach dir, seit ich dich das erste Mal gesehen habe, das weißt du – aber es ist nun mal eine Tatsache, daß ich nie glücklich sein könnte, wenn ich das Tanzen aufgäbe. Ich würde uns beide unglücklich machen.»

«Tats, ich verlange doch gar nicht, daß du das Tanzen aufgibst. Wenn ich jemand bräuchte, der für mich kocht und meine Socken stopft, würde ich mir eine Haushälterin nehmen.» Michael sah erleichtert aus, als hätte er etwas viel Schlimmeres befürchtet. «Hör zu, ich verdiene gerade einen Haufen Geld mit *Dance*, und mit den Filmrechten und allem anderen ist noch eine Menge mehr möglich. Ich hoffe, du hältst mich nicht für einen Materialisten, aber wir werden es nicht nötig haben, in einer Dachkammer zu darben, und brauchen nicht mal in meine Wohnung zu ziehen. Wir können es uns leisten, in einem sehr schönen Viertel zu wohnen, vielleicht an der East Side gleich beim Central Park. Und was die Hausarbeit und all das betrifft, brauchst du keinen Finger krumm zu machen, und wenn dich der Gedanke an Kinder stört, können wir so lange wie nötig warten – obgleich ich offen gesagt gern ein Kind mit dir haben möchte.»

Tatiana fühlte sich wie von einer Riesenlast befreit. Auf einmal war der Morgen klar und schön, war Michael vollkommen, schien die Welt wieder in Ordnung zu sein. Die Brise strich durch ihr dünnes Baumwollkleid, und ihr war einen Moment lang, als sei sie ein Papierdrachen, begierig darauf, in den Himmel zu fliegen. «Ich kann es kaum glauben», sagte sie und lächelte ihn an. Wie töricht sie gewesen war, an ihm zu zweifeln. Er war etwas Besonderes, und sie hatte ihn so furchtbar lieb; selbstverständlich würde er einsehen, daß sie mehr brauchte als ein Heim und eine Familie, um auf die Dauer glücklich zu sein.

«Was kannst du kaum glauben?»

«Daß du wirklich verstehst. Männer sind angeblich anders. Sie wollen einen ständig bevormunden, du weißt schon, so wie Simon Legree.»

Michael feixte. «Ich hatte ehrlich gesagt daran gedacht, dir ein Leben als bessere Sklavin zu bieten, aber dann fiel mir ein, daß es dich nicht sehr reizen würde.» Sie lachten beide, und die Spannung löste sich auf. «Im Ernst, Tats...» Er faßte sie um die Taille. «Ich weiß, wie wichtig das Tanzen für dich ist, und ich verspreche dir, daß ich alles tun werde, was ich kann, damit du eine anerkannte Tänzerin wirst.» Er beugte sich nach unten und küßte sie hinters Ohr. «Wir werden ein besonderes Ehepaar sein.»

«Ein besonderes Ehepaar.» Sie wiederholte die Worte, und sie gefielen ihr.

«Ich möchte nicht eine Ehe wie meine Eltern führen.» Michael dachte bitter daran zurück, wie seine betrunkene Mutter seinen Vater angeschrien hatte, er habe ihr Leben ruiniert. «Ich weiß nicht, wie ich es sagen soll, ohne wie die Präambel zur Verfassung zu klingen, aber ich möchte, daß wir eine Beziehung haben, die auf Gleichheit und gegenseitigem Respekt beruht.»

«Gleichheit, Freiheit und das Streben nach Glück.» Ihr Ton war fröhlich, aber er spürte, daß sie es nicht im Scherz sagte.

«Ja, so ähnlich.» Er zog sie an sich. «Nun?» sagte er und bemühte sich, mit fester Stimme zu reden. «Wie wäre es also? Sagst du ja, oder zwingst du mich, zur Fremdenlegion zu gehen?»

«Ja.» Mit einer kindlich vertrauensvollen Geste, die plötzlich seinen Beschützerinstinkt weckte, schob Tatiana den Arm unter seinen. Sie war ein erstaunliches Mädchen, so stark und zugleich so verletzlich. Er würde dafür sorgen, daß sie ein glückliches Leben hatte, und – fügte er wie einen Nachgedanken hinzu – er würde seinen Vater soweit wie möglich von ihr fernhalten.

So kam es, daß Tatiana und Michael im Herbst 1951, an einem kühlen Tag Anfang Oktober, in der Memorial Church in Cambridge getraut wurden. Seine Eltern fehlten bei der Zeremonie. Anja, die zu krank war, um die weite Reise von Italien zu machen, hatte Riesenmengen von Blumen geschickt und ihnen ein antikes silbernes Besteckservice für zwölf Personen nebst Platztellern zur Hochzeit geschenkt. Sergej hatte nicht auf die Einladung reagiert.

Der Deckenventilator summte leise über Tatianas Kopf, und seine Holzflügel hoben sich wie eine grünliche Scheibe von dem weißen Putz ab. An einem der Sparren hing bäuchlings ein kleiner Gecko und verspeiste die letzten Mücken. Draußen war es feucht und warm wie in einem Treibhaus. Längs der Veranda standen große Tontöpfe mit blühendem rotem Jasmin, und wenn Michael und Tatiana durch die Fliegengitterfenster vor dem Doppelbett geschaut hätten, hätten sie Tortola und St. Thomas gesehen. Zwei der schönsten karibischen Inseln ragten wie große grüne Lilien in Gottes ureigenem Garten aus dem unendlichen azurblauen Wasser. Hinter ihnen blies der Passat einige Wölkchen zum Festland hinüber.

Doch Tatiana und Michael waren zu sehr miteinander beschäftigt, um etwas von alldem zu bemerken. Die Inseln waren berühmt für die mannigfaltigen Möglichkeiten, die sie Wasserskiläufern, Schwimmern, Anglern, Wanderern, Tennisspielern und Segelfans boten, doch was das betraf, hätten die beiden ebensogut in New York bleiben können. Sie waren nun schon drei Tage hier und hatten das Bett noch nicht einmal lange genug verlassen, um sich am Strand einen Sonnenbrand zu holen.

«Glücklich, Tats?» Michael lächelte ihr genießerisch zu, und sie erwiderte sein Lächeln. Sie war inzwischen so benommen von dem vielen Sex, daß sie den Verdacht hegte, ihr Intelligenzquotient nähme jedesmal, wenn sie sich liebten, um zehn Punkte ab. Michael gähnte, gab ihr einen Kuß auf die Schulter und ließ seine Lippen zu ihrem Hals wandern. Tatiana seufzte. Kleine Schauer durchliefen sie wie winzige Wellen, erfaßten ihren Rükken und ließen ihre Knie kaum merklich zittern.

«Nicht schon wieder», sagte sie kichernd und tat so, als wollte sie ihn fortstoßen.

«Und warum nicht, meine liebe Mrs. Macks?»

«Weil...»

«Weil?»

«Weil ich fürchte, wir könnten sterben – du weißt schon, an all diesen Ausschweifungen.»

«Tod, wo ist dein Stachel?» Michael lächelte breit. Er griff nach ihren Brüsten und ließ den Finger sanft um eine der Knospen kreisen. «Ist er hier? Hm, nein, ich glaube nicht. Vielleicht *dort*?»

«Michael!»

«Oder hier, oder vielleicht sogar *hier*?»

Tatiana küßte ihn auf den Mund, legte die Beine um ihn und zog ihn näher. Sein Körper war schwer und warm, umhüllte sie auf eine Weise, die ihr ein grenzenloses Gefühl der Geborgenheit gab. Er fing an, langsam ihren Nacken und ihre Schultern zu massieren. Sie überließ ihm ihr Fleisch, ließ es unter seinen Händen zerfließen. Bilder tauchten empor. Sie schloß die Augen und stellte sich unwillkürlich vor, sie tanzte auf dem Ozean, der draußen vor den Fenstern lag. Einen Moment lang war sie leichter als Wasser, leichter als das Sonnenlicht selbst, und tanzte schnell und schwerelos wie der Wind über den Delphinen und Walen dahin. Dann küßte Michael ihre Brüste, reizte die Warzen behutsam mit der Zunge, und sie kehrte, wieder fest mit der Erde verankert, zu ihm zurück.

Ihr – oder wenigstens einem Teil ihres Verstandes – wurde wieder bewußt, wie atemberaubend es war. In den Büchern, die sie gelesen hatte, wurde der Liebesakt jedesmal als Verlust des eigenen Ichs beschrieben. D. H. Lawrence hatte Sex als etwas Dunkles, Primitives und Verzehrendes dargestellt. Flaubert hatte sie gewarnt, Leidenschaft würde zerstörerisch sein. Selbst Hemingway, ihr Lieblingsschriftsteller, hatte ihr weisgemacht, sie würde auf irgendeine geheimnisvolle Weise in Michael verschwinden, die Gewalt seiner Männlichkeit würde sie überwältigen und zeitweise vernichten.

Aber es war ganz anders gewesen. Statt sich in Michael zu verlieren, hatte sie sich überraschenderweise in ihm gefunden, nicht nur einmal, sondern wieder und wieder. Jedesmal, wenn sie sich liebten, schwebte sie einen Moment lang in ihren ureigenen Raum, um dann zurückzukehren und ein Stück von sich mitzubringen, das sie vorher nicht gekannt hatte; jedesmal tauchte sie mit dem Gefühl, sich und auch ihn gründlicher zu kennen, wieder empor.

Während sie einander nun liebten, fragte sie sich wieder, warum nie jemand die Wahrheit geschrieben hatte? Warum hatte keiner der großen Dichter je gesagt, daß der Akt der Liebe freundlich sein konnte? Daß Sex so genußvoll und berauschend und unendlich sein konnte wie ein warmer Sommertag? Daß das Bett nicht immer eine Arena war, auf der Männer und Frauen im Dunkeln um Macht und Herrschaft kämpften. Warum hatte sie in all den Jahren, die sie Bücher gelesen hatte, nie von einer glücklichen und erfüllten Ehe gelesen?

Michael lächelte und zog sie so dicht an sich, daß seine Wimpern ihre Wangen streiften. Tatiana schaute zur Decke und spürte die Krümmung seiner Schulter an ihrer Brust, das Gewicht und die Kraft seiner Beine. Wir sind wie der Ventilator, dachte sie, unsere Körper drehen sich in diesem Bett und können nicht aufhören.

Sie seufzte glücklich. Der echte Ventilator über ihr zerschnitt das Licht in huschende Rauten, die wie Tänzerschatten über die weißgekalkten Wände flohen. Sie dachte kurz an New York, wie schön es sein würde, wieder in der School of American Ballet zu tanzen – in dem Wissen, daß Michael auf sie wartete, wenn sie abends heimkam.

«Tatiana.»

«Ja, Madame?» Tatiana stand an der Stange. Es war erst Anfang November, aber das Wetter war bereits kalt und regnerisch geworden. Wieder einmal war an der SAB die «Grippesaison» angebrochen, die Zeit, in der Tänzer mitten bei der Probe zusammenbrachen oder sich in letzter Minute krank meldeten.

«Wir brauchen ein Mädchen für *Billy the Kid*. Glauben Sie, Sie könnten heute abend einspringen?»

«O ja, Madame. Vielen Dank.» Tatiana war freudig erregt, dann auf einmal ängstlich und verwirrt. Eleven der Schule wurden so gut wie nie aufgefordert, bei Produktionen des New York City Ballet einzuspringen. Es mußte ein Notfall sein. Trotzdem, welch großartige Chance, Mr. Balanchine zu zeigen, was sie vor einem richtigen Publikum leisten konnte.

Felia Dubrowska lächelte und nickte Tatiana zu, während sie die Enden eines langen, lachsfarbenen Chiffonschals in den Gürtel schob. Sie hatte die Angewohnheit, stets mit irgendeinem wallenden Kleidungsstück zum Unterricht zu erscheinen. «Vielleicht sollten Sie gleich jetzt in die Stadt zur Kostümprobe», sagte sie beiläufig. «Die Probe ist in drei Stunden.»

Vierzig Minuten später stand Tatiana in einem großen, hohen Loft auf einem Schemel, während drei Frauen mit Stecknadeln im Mund um sie herum knieten und fieberhaft Säume absteckten. Mit wenigen hurtigen Bewegungen wurde aus einer meterlangen Bahn hellblauen Kattuns ein Kostüm geschaffen. Das lange, taillierte Kleid schmeichelte ihren natürlichen Linien und ließ ihr zugleich uneingeschränkte Bewegungsfreiheit. Die Kostümschneiderinnen, die unter der berühmten Designerin Barbara Karinska arbeiteten, gehörten zu den besten der Welt. Nur wenige große französische Modeschöpfer hatten gleich gute Näherinnen, und ihre Geschwindigkeit war legendär. Viel zu aufgeregt, das Wunder zu würdigen, das an ihr geschah, trat Tatiana von einem Fuß auf den anderen. In wenigen Stunden würde sie auf der Bühne des City Center tanzen – zugegeben, nur eine kleine Rolle, aber nichtsdestoweniger eine Rolle. Der Gedanke machte sie abwechselnd freudig erregt und nervös. Wenn sie nun danebentrat und über ihre eigenen Füße stolperte? Wenn sie im falschen Augenblick auf die Bühne lief? Wenn sie beim Anblick des Publikums zur Salzsäule erstarrte?

«Passen Sie auf, daß es nicht schmutzig wird, Honey», sagte eine der Schneiderinnen, ehe sie einen Faden abbiß und das Kostüm mit offensichtlicher Befriedigung betrachtete.

«Und hängen Sie es danach bitte auf einen Bügel», bat eine kleine Rothaarige, während sie nach einem weiteren Knopf suchte.

«Mr. Balanchine gibt jedes Jahr Tausende von Dollars dafür aus, damit ihr Mädels von der Truppe auf der Bühne gut ausseht», bemerkte eine Dritte.

Ihr Mädels von der Truppe? Langsam dämmerte ihr die Wahrheit. «Sie meinen...» begann sie ungläubig. «Sie meinen, ich werde einfach so als Volontärin aufgenommen, ohne daß es mir ein Mensch gesagt hat?»

Die drei Frauen lachten, und eine von ihnen tippte Tatiana ans Knie, um ihr zu verstehen zu geben, daß sie von dem Schemel hinuntersteigen konnte.

«Sie scheint tatsächlich überrascht zu sein.»

«Als ob sie einen Fisch verschluckt hätte.»

«In die Truppe aufgenommen, und sie hat es nicht mal gewußt.»

Einen Freudenschrei ausstoßend, sprang Tatiana vom Schemel und rannte barfuß aus dem Atelier.

Mit einem dezenten kleinen Knall, als ließen die Mitglieder des New Amsterdam Athletic Club verstohlen Kaugummiblasen zerplatzen, prallten die Bälle von den spiegelglatten Wänden der Squash-Courts. Männer in weißen Shorts und Tennishemden saßen vor einer Cola oder einem Glas Bier an kleinen Tischen. Frauen waren im New Amsterdam nicht zugelassen, aber Tatiana war nicht in der Stimmung, die Vorschrift ernst zu nehmen. Wenn sie einen Funken Verstand gehabt hätte, hätte sie im Club angerufen, statt auf diese Weise hineinzuplatzen, aber sie wollte Michael die Neuigkeit persönlich überbringen und sein Gesicht sehen. Sie warf einen Blick auf die Uhr und lief den Korridor hinunter. Sie hatte nur noch anderthalb Stunden, ehe sie sich im City Center melden mußte.

Knapp fünf Minuten später fand sie sich in der absurden Situation, von einem belustigten Sportwart, der sie in einem fort kopfschüttelnd anguckte, zum Eingang zurückgebracht zu werden.

«Ihr Mann ist nicht hier, Lady.»

«Könnten Sie nicht noch einmal nachsehen? Bitte.»

«Ich finde, Sie haben genug für uns beide nachgesehen.»

Tatiana nahm einen Zehndollar-Schein aus dem Portemonnaie und schob ihn in seine Hand. «Es ist wichtig.»

Der Mann faltete den Schein zusammen und steckte ihn in die Tasche seines Uniformrocks. «Na ja, wenn Ihnen soviel daran liegt, kann ich es ja noch mal probieren. Wie war doch gleich der Name?»

«Macks. Michael Macks.»

Als Michael wenige Minuten später erschien, hatte er bereits seinen Anzug an, aber sein Haar war noch naß vom Duschen. Er strahlte sie an, nahm sie in die Arme und gab ihr einen schnellen Kuß.

«Hallo, Tats, ich höre, du hast die Festung gestürmt.»

«Ich mußte dich sehen. Ich habe eine fabelhafte Neuigkeit.»

«Ich auch.» Er zog ein Blatt Papier aus der Tasche und schwenkte es triumphierend hin und her. «Halt dich fest. Lewis hat es mir heute nachmittag gegeben. Es war wie eine Bombe aus heiterem Himmel.»

Tatiana nahm ihm das Blatt aus der Hand und sah, daß es ein Telegramm war. Ein Produzent namens Glass bestätigte die mündliche Absprache, daß er von seiner Option auf Fred Lewis' Musical *Dance* Gebrauch machen würde. Eine bange Ahnung beschlich sie. Sie reichte Michael das Telegramm langsam zurück und suchte nach den richtigen Worten. Sie mußte etwas fragen, aber sie war nicht sicher, ob sie die Antwort hören wollte. Sie dachte an die leere Bühne des City Center, die auf sie wartete, an ihr Kostüm, das in der Garderobe für sie an einem Bügel hing.

«Was bedeutet das?» Ihre Stimme war schwach, fast tonlos, aber Michael schien es nicht zu bemerken. Er küßte sie freudig und steppte ausgelassen um einen Hydranten herum. «Es bedeutet dreierlei, meine geliebte Tatiana», sagte er, sie in die Arme nehmend und über den Bürgersteig schwenkend. «Erstens, wir sind reich! Zweitens, wir sind Glückspilze! Und drittens, wir sind auf dem Weg nach Hollywood!»

«Warte, Michael, warte.» Sie blieb stehen, so daß er widerstrebend das gleiche tat. «Ich muß dir *auch* etwas sagen.» Sie dachte daran, daß sie es sich als freudige Überraschung ausgemalt hatte, und hätte am liebsten vor Enttäuschung geweint. «Ich bin in die Truppe aufgenommen worden.»

«In die Truppe?» Er wiederholte es, als verstünde er nicht,

oder vielleicht, dachte sie mit einer Spur von Bitterkeit, als wollte er es nicht verstehen.

«Ich tanze heute abend in *Billy the Kid.*»

«Tats, das ist wunderbar.» Seiner Stimme fehlte jede Begeisterung.

«Und nun?»

«Was nun?»

«Was werden wir tun?»

«Inwiefern?»

«Insofern, als du nach Hollywood gehst, während alles darauf hinweist, daß ich hier in New York bleibe.»

«Das kann nicht dein Ernst sein.»

«Was soll das heißen, es kann nicht mein Ernst sein?»

«Aber es ist nur eine kleine Rolle im Corps de ballet... Du willst doch nicht sagen, daß du *deshalb* in New York bleiben wirst!»

«‹Nur eine kleine Rolle!› Michael, es ist meine Chance. Weißt du, wie viele Tänzerinnen leichten Herzens ihre Großmutter umbringen würden, wenn sie dafür beim New York City Ballet tanzen könnten? Sicher, es ist eine kleine Rolle, aber es ist ein Anfang. Ich kann einfach nicht nein sagen.»

«Tats, hör zu. Arnold Glass will mich mit *Dance* zu einem Star machen. Du weißt, wie sehr ich mir immer gewünscht habe, zum Film zu gehen, und jetzt habe ich die Gelegenheit. Du kannst nicht erwarten, daß ich sie verpasse, nur weil Balanchine oder irgend jemand anders endlich bemerkt hat, daß es dich gibt.»

«Wer sagt denn, daß du sie verpassen sollst? Geh nach Hollywood, wenn du möchtest, aber erwarte bitte nicht von mir, daß ich mitkomme.» Sie hörte den Zorn in ihrer Stimme, aber sie war unfähig aufzuhören. Wie konnte sie so mit Michael streiten, mit Michael, dem Mann, den sie liebte!

«Das kann nicht dein Ernst sein.»

«Du hast recht, ich habe es nicht so gemeint.» Sie sah ihn kläglich an. «Entschuldige, ich habe die Beherrschung verloren. Aber was sollen wir tun?»

«Ich weiß nicht.» Er knüllte das Telegramm zusammen und steckte es wieder in die Tasche. «Es ist eine unmögliche Wahl.»

«Vielleicht könntest du zur Westküste gehen, und ich bleibe hier in unserer Wohnung, und wir könnten uns am Wochenende irgendwo auf halber Strecke sehen, vielleicht in Chicago.»

«Tats, du bist meine Frau. Verheiratete Leute leben nicht dreitausend Meilen voneinander entfernt, jedenfalls nicht, wenn sie verheiratet bleiben möchten. Außerdem denk an deinen Terminkalender. Du wirst nicht mal am *Wochenende* frei haben.»

«Das stimmt», sagte sie bedrückt.

«Ich könnte Glass natürlich telegrafieren und ihm sagen, daß ich nicht komme.»

«Nein, Michael. Du hast dir doch gewünscht, zum Film zu gehen, seit du zwölf Jahre alt warst und Fred Astaire kennenlerntest. Was glaubst du, wie ich mir vorkommen würde, wenn ich wüßte, daß ich diejenige bin, die dich daran gehindert hat?»

«Ungefähr so mies wie ich, wenn ich dich zwänge, das Tanzen aufzugeben.»

Sie standen im Regen und sahen einander schweigend an, während ihnen langsam die ganze Tragweite des Problems aufging, das sich unversehens erhoben hatte. «Komm, Schatz», sagte Michael endlich und legte den Arm um sie. «Laß uns eine Kleinigkeit essen und versuchen, eine Lösung zu finden.»

An diesem Abend tanzte Tatiana zum erstenmal als Mitglied des New York City Ballet, aber ihr Glück wurde durch das Wissen getrübt, daß weder sie noch Michael einen Ausweg aus dem Dilemma wußten, das Arnold Glass mit seinem Telegramm heraufbeschworen hatte.

Eine Woche später flog Tatiana mit einer Frühmaschine nach Boston, um mit ihrer Mutter zu sprechen. Sie hätte natürlich telefonieren können, aber dafür war die Sache zu ernst. Michael und sie waren in einem Zustand, der sich am besten als eine Mischung aus Depression und Lähmung bezeichnen ließe. Sie hatten geredet, geredet und noch mehr geredet, bis sie beide wie ausgebrannt gewesen waren, aber sie hatten sich trotzdem nicht um das offensichtliche Fazit herumdrücken können, daß Michaels Zukunft an der Westküste lag, während Tatiana nur in New York auf eine Karriere hoffen konnte. Obgleich Tatiana wußte, daß es kindisch war, sehnte sie sich nach Nataschas Trost und Zuspruch. Mama war so vernünftig und ausgeglichen. Sie konnte bestimmt helfen, diese schwierige Situation in die richtige Perspektive zu rücken.

«Möchtest du meine ehrliche Meinung hören?» sagte Natascha. Sie hatten beide dicke Tweedmäntel und Stiefel an und stapften über den Harvard Yard. Tatiana blickte auf Nataschas rosige Wangen und ihre wachen schwarzen Augen und mußte wieder einmal denken, daß sie mehr wie Schwestern aussahen als wie Mutter und Tochter. Der Gedanke hob ihre Lebensgeister ein wenig. Wenn ihre Mutter bisher alles so gut gemeistert hatte, würde sie es doch auch können.

«Ja, Mama. Deine ehrliche Meinung.»

«Sag mir zuerst ganz offen, wie du zu Michael stehst.»

«Ich liebe ihn... mehr, als ich jemals einen Menschen außer dir und Winn geliebt habe. Es klingt vielleicht verrückt, aber ich glaube nicht mal, daß ich *fähig* wäre, einen anderen Mann als Michael zu lieben. Kannst du das verstehen?» Natascha nickte. «Du wärst überrascht, wenn du wüßtest, wie gut ich es verstehe.» Sie gingen weiter durch den Schnee. Der Winter war nach Harvard gekommen. Die Ahornbäume vor der Sever Hall waren kahl, die Fahrradständer mit nassen Blättern übersät. Über allem hing ein leichter Dunst, der die Fahrräder wie in einen Schleier hüllte, die Umrisse der Widener-Bibliothek verschwimmen ließ und der Memorial Church etwas Unwirkliches verlieh. Tatiana versuchte, nicht zu der Kirche zu blicken, denn sie weckte allzu schmerzhafte Erinnerungen an den Tag ihrer Hochzeit. Wie war es nur möglich, daß sich in dieser kurzen Zeitspanne alles so heillos verheddert hatte?

«Tats», fuhr Natascha nach einer langen Pause fort. «Ich muß wissen, wovor du mehr Angst hast: Michael zu verlieren oder deine Karriere zu verlieren?»

«Ich weiß es nicht. Ich nehme an, vor beidem gleich viel. Ich möchte mit keinem anderen als Michael zusammen leben, und ich möchte nichts anderes tun als tanzen. Es ist wie eine von diesen vertrackten Fragen, die sie einem zu Beginn des Philosophieseminars stellen: ‹Wenn Sie auf einem sinkenden Schiff wären und könnten im Rettungsboot nur Ihre Mutter oder Ihre Frau mitnehmen, aber nicht beide – für wen würden Sie sich entscheiden?› Wie soll man eine solche Entscheidung treffen?»

«Du weißt wirklich nicht, was an erster Stelle kommt, Michael oder das Tanzen?»

«Nein.»

«Dann will ich dir meine aufrichtige Meinung sagen. Ich habe einmal jemanden geliebt, und es ging schief. Ich hatte nicht das Glück, mit ihm verheiratet zu sein, und er liebte mich nicht so sehr wie ich ihn... Es war übrigens eine sehr böse Erfahrung für mich. Ich glaube, wenn ich dir die ganze Geschichte erzählte, würdest du sagen, daß ich mich seinetwegen gründlich zum Narren gemacht habe. Nachdem wir uns getrennt hatten, gab ich mehr oder weniger alles auf, was man Liebe nennen könnte oder zumindest Leidenschaft. Damals beschloß ich, meine Karriere zu meinem Lebensinhalt zu machen, und sie hat mir viel Befriedigung verschafft, Befriedigung und vielleicht auch Glück, aber es war ein hoher Preis. Ich habe deinen Vater natürlich geliebt, aber das war nicht das gleiche. Er war ein guter und freundlicher Mann, und er unterstützte mich uneingeschränkt bei meiner beruflichen Laufbahn, aber ein bestimmter Teil von mir blieb immer leer – als hätte ich etwas Kostbares verloren.»

Natascha nahm ein wenig Schnee von einem herunterhängenden Zweig und starrte einen Moment gedankenverloren auf ihre Handfläche. «Du bist eine außerordentlich begabte Tänzerin», sagte sie endlich. «Und ich weiß, daß du eine der besten und berühmtesten werden kannst, wenn du weiter so hart arbeitest wie bisher. Als deine Lehrerin würde ich dir übrigens spontan raten, eben das zu tun. Aber als deine Mutter muß ich dir gestehen, daß ich immer einsam gewesen bin. Ich habe meine Entscheidung früher oft bereut. Es mag sehr edel sein, das Privatleben für die Kunst zu opfern; vielleicht ist es aber auch das

Dümmste, was man tun kann. Ich glaube, ich versuche dir zu sagen, daß du letzten Endes ganz allein beantworten mußt, was du eher aufgeben würdest.»

«Mama, ich möchte nichts von beidem aufgeben!»

«Man kann nicht alles haben, Tats.»

«Warum nicht?»

«Ich weiß es nicht. Ich weiß nur, daß es unmöglich ist.»

Tatiana schüttelte kläglich den Kopf. «Je mehr ich darüber nachdenke, um so mehr wird mir klar, daß ich Michael nicht allein an die Westküste gehen lassen kann, aber gleichzeitig weiß ich, daß ich mir vorkommen werde, als hätte ich kein eigenes Leben mehr, wenn ich ihm folge.» Sie trat zornig nach einer kleinen Schneewehe und hatte das Gefühl, in einer schrecklichen Zwickmühle zu stecken. «Warum zwingt einen das Leben zu unmöglichen Entscheidungen?»

Natascha legte ihrer Tochter den Arm um die Schultern. «Ich weiß es nicht, Liebes, ich kann dir nur eines sagen. Was du auch beschließen wirst, ich halte zu dir.»

Als Tatiana zwei Tage später von der Vorstellung zurückkam, saß Michael vor drei großen Rosensträußen am Eßzimmertisch und sah endlich wieder glücklich aus.

«Ich habe die Lösung, Tats!» Er zog sie auf seine Knie und küßte sie. «Mein Gott, ich kann gar nicht glauben, wie blind wir waren. Sie hat die ganze Zeit auf der Hand gelegen, und wir waren nur zu blöd, um sie zu sehen. Hör zu, ich habe Glass einfach angerufen und gefragt, ob es nicht möglich wäre, den Beginn der Dreharbeiten bis zur Theaterpause zu verschieben. Wie sich herausstellte, arbeitet er gerade an einem anderen Film, der sich länger hinzieht, als er dachte, und hätte nichts dagegen einzuwenden. Du könntest dir also Urlaub von der Truppe geben lassen und für ein halbes Jahr oder höchstens acht Monate nach Hollywood mitkommen. Wir machen den Film und kehren dann nach New York zurück.»

«Aber wenn es länger als ein halbes Jahr dauert?» Tatiana wollte gern glauben, daß Michael tatsächlich eine Lösung gefunden hatte, aber ihr Verstand machte nicht mit. «Und wenn es Jahre dauert?»

«Unmöglich. Glass hat fest zugesagt, daß bis dahin alles fertig sein wird und wir sofort anfangen können zu drehen. Er schätzt übrigens, daß wir alles in allem mit fünf Monaten auskommen müßten.»

«Michael... Seit ich das City Ballet kenne, haben vielleicht fünfzehn Tänzer unbezahlten Urlaub genommen. Und nur ein einziger von ihnen kehrte für eine neue Saison zurück.»

«Ein halbes Jahr, Tats. Das ist alles, worum ich dich bitte. Das muß unsere Ehe dir doch wert sein.» Er küßte sie leicht auf die Lippen. «Sag ja. Bitte.» Und da sie müde und entmutigt war und keinen anderen Ausweg sah, erklärte sie sich bereit, für ein halbes Jahr nach Kalifornien zu gehen.

14
Malibu, 1954

Der Pazifik lag unbewegt und sah schmutziggrau aus wie eine Öllache. Es war einer von jenen feuchten kalifornischen Wintermorgen, an denen die Luft am Meer zu gleichen Teilen aus Salz, Smog und Sandpartikeln zu bestehen schien, und draußen auf dem Sonnendeck aus Redwood war es empfindlich kühl, aber es machte Tatiana nichts aus. Sie saß mit einem Kaschmirplaid in einem bequemen schwarzen Segeltuchsessel und war damit beschäftigt, ihrer Mutter einen Brief zu schreiben. Vielleicht sollte man sagen, daß sie lediglich *versuchte*, ihrer Mutter zu schreiben, denn sie fing seit gut zwei Stunden immer wieder neu an und knüllte einen Bogen nach dem anderen zusammen.

«Meine liebe Mama», begann der neueste Entwurf. «Entschuldige, daß ich so lange nicht geschrieben habe, aber wie Du weißt, nimmt ein neugeborenes Baby einen total in Anspruch. Alysa ist ein Schatz, gesund, dick und dauernd hungrig. Ich lege ein paar neue Fotos bei, damit du siehst, wie sehr sie in den letzten paar Wochen gewachsen ist...»

Tatiana nahm ihren Füllhalter und strich wütend alles aus, lehnte sich zurück und trank einen Schluck Cola mit Rum. War das vielleicht der angemessene Ton, um ihrer Mutter zu schreiben? Was sie geschrieben hatte, stimmte. Alysa *war* ein entzückendes Baby, da gab es keinen Zweifel, und hatte mit ihrem dunklen Haar und ihren dunklen Augen eine geradezu unheimliche Ähnlichkeit mit ihrer Großmutter. Doch abgesehen davon klang der ganze Brief falsch. Er war kalt, förmlich und, schlimmer noch, eine einzige Lüge. Nun ja, nicht unbedingt eine Lüge – nur daß alles Wichtige fehlte.

Tatiana griff wieder zu ihrem Glas und wartete ungeduldig auf das jähe Gefühl der Befriedigung, das unweigerlich in ihrem Magen einsetzte, wenn sie einen Drink nahm. Draußen am Strand wehte nun ein leichter Wind den Sand auf und bewegte das Wasser. Sie sah die ersten kleinen Schaumkronen und dachte, daß die Surfer mit ihren hölzernen Kombiwagen bald kommen würden, wenn dieses Wetter anhielt, um den ganzen Tag lang wie lebensfrohe junge Robben auf den Wellenkämmen dahinzuschießen. Ein Jammer, daß sie nicht so war wie sie, ganz Körper und kein Verstand. Balanchine hatte immer gesagt, Tänzerinnen sollten genausowenig denken wie Blumen.

Tatiana nahm auf gut Glück einen der zusammengeknüllten Bogen, glättete ihn und las ihn sich frustriert und verzweifelt selbst laut vor: «Liebe Mama! Rate mal, was für eine Neuigkeit ich habe! Arnold Glass hat Michael endlich einen Film gegeben, den er selbst choreographieren kann! Er heißt *Rebel Yell* und ist so etwas wie eine Rock 'n' Roll-Version von *Vom Winde verweht*, wenn Du dir darunter etwas vorstellen kannst. Die Hauptrolle spielt niemand anders als Bobby Fender, der umwerfende Junge aus Tulsa, nach dem alle Teenager verrückt sind!»

Jedesmal, wenn in einem einzigen Absatz drei Sätze mit einem Ausrufezeichen endeten, stimmte etwas nicht. Ein sicheres Zeichen, daß man die Dinge verschwieg, die einem auf dem Herzen lagen. Mama war nicht dumm. Wenn sie solch einen Brief bekam, würde sie die nächste Maschine nehmen und noch am gleichen Abend vor der Haustür stehen. Tatiana stützte das Kinn in die Hände und blickte ratlos aufs Meer hinaus. Das Problem war, daß ihr ein ehrlicher Brief vorschwebte, der den falschen immer wieder in die Quere kam, ein Brief, der so verzweifelt und unglücklich war, daß sie es nicht wagte, weiter an ihn zu denken, geschweige denn, ihn zu schreiben.

«Meine liebe Mama», lautete dieser ungeschriebene Brief.

«Ich habe eine wunderhübsche, gesunde, vier Wochen alte Tochter, die ich so sehr liebe, wie ich in meinem Leben noch nie jemanden geliebt habe, aber ich bin furchtbar deprimiert. Ich habe das Gefühl, ich wäre nicht mehr ich selbst, aber ich weiß nicht, woran es liegt. Mein Körper fühlt sich an, als wäre er aus Blei; das Leben, das ich führe, kommt mir absurd vor, und am meisten Angst macht mir, daß ich ununterbrochen sauer auf Michael bin. Ich brauche dir wohl nicht eigens zu sagen, woran es liegt. Der Grund ist, daß ich nicht tanze. Aber darüber haben wir hundertmal gesprochen.

Es gibt hier unten ein paar ganz passable Lehrer, zum Beispiel Eugene Loring, Gower Champion und Albertina Rasch, aber keine professionelle Truppe, die diese Bezeichnung verdiente, es sei denn, man zählt San Francisco mit, aber das ist für mich zu weit entfernt. Also sitze ich hier und verliere langsam den Verstand, weil ich nichts leisten kann. Wie Du weißt, wollten wir ursprünglich nur ein halbes Jahr in Kalifornien bleiben, aber daraus sind nun schon mehr als zwei Jahre geworden, und ein Ende ist immer noch nicht in Sicht. Mir ist natürlich klar, daß es nicht Michaels Schuld ist. Er konnte nichts dafür, daß die Dreharbeiten zu jenem ersten Film eine Ewigkeit dauerten, und ich dachte immer nur an das Baby. Obgleich ich all das weiß, habe ich das Gefühl, er habe seinen Teil der Abmachung nicht erfüllt. Seit Alysas Geburt werde ich von dem Gedanken verfolgt, daß ich ihn verlassen und nach New York zurückkehren und wieder beim City Ballet tanzen sollte, aber ich liebe ihn so sehr. Wie ist es nur möglich, daß man einen Mann liebt und gleichzeitig erwägt, ihn zu verlassen? Klingt das nicht komplett verrückt?

Ich lese immer wieder, daß ich nur die klassischen Symptome jener Depression habe, die viele Frauen nach der Geburt eines Kindes durchmachen, aber das hilft mir ungefähr so, als versuchte man Krebs zu behandeln, indem man ihm einen anderen Namen gibt. Es ist erst neun Uhr morgens, und ich sitze schon vor einem Glas Rum, was mir gar nicht ähnlich sieht. Bitte, Mama, hilf mir. Ich habe so furchtbare Angst…»

Tatiana legte den Füllfederhalter hin und schaute hinaus auf die graue Dünung, die den Horizont in Schwingungen zu versetzen schien. Dann stand sie ruckartig auf, sammelte die zusammengeknüllten Entwürfe ein und warf sie über das Geländer. Der Wind erfaßte die unvollendeten Briefe und trieb sie wie weiße Nelken über den Strand. Wenn sie ihrer Mutter nicht die Wahrheit schreiben konnte, würde sie ihr gar nicht schreiben.

Es war höchste Zeit, mit dem Grübeln aufzuhören und etwas Konkretes zu unternehmen. Sie schüttete den Rest ihres Drinks hinter den Briefen her, ging ins Haus und nahm das Branchenfernsprechbuch vom Regal. Es gab so viele Ärzte in Los Angeles, Urologen, Internisten, Dermatologen – wie um alles in der Welt suchte man jemanden heraus, der einem seine fachmännische Meinung sagte? Ein Name, der ganz oben in der zweiten Spalte stand, fiel ihr ins Auge: Dr. Vernon DeWitt, ein praktischer Arzt mit einer schicken Adresse in Beverly Hills. Sie erinnerte sich vage, vor einigen Wochen etwas über ihn in der Zeitung gelesen zu haben. Er war der Arzt, der Judy Garland oder eine andere Berühmtheit wegen nervöser Erschöpfung behandelt hatte. Wenn sie nicht an nervöser Erschöpfung litt, wer dann? Sie griff impulsiv zum Hörer, wählte Dr. DeWitts Nummer und ließ sich einen Termin geben.

«Haben Sie schon einmal etwas von Benzedrin gehört, Mrs. Macks?» fragte Dr. DeWitt.

«Nein.» Tatiana versuchte tief einzuatmen, aber die Luft schien in ihren Lungen steckenzubleiben. Oberflächlich betrachtet wirkte sie damenhaft, gelassen und selbstsicher in ihrem blaßgelben untaillierten Leinenkleid, die Knöchel zurückhaltend gekreuzt, die Hände im Schoß gefaltet. Ihr Mund war dezent geschminkt, das Haar modisch gelockt, ihre ausgezeichnet sitzenden Nylonstrümpfe hatten keine Laufmaschen, doch hinter der ansprechenden Fassade herrschte eine seelische Pein, die ihr so zusetzte, daß sie nur mit knapper Not verhindern konnte, loszuheulen wie ein kleines Mädchen.

«Benzedrin gehört zu einer neuen Gruppe von Medikamenten, mit denen man bei depressiven Zuständen ganz erstaunliche

Resultate erzielt hat. Man könnte sie als eines der Wunder unserer Zeit bezeichnen.» Dr. DeWitt lächelte auf eine Weise, die man als gütig und beruhigend qualifizieren konnte. Alles an seiner Praxis wirkte wohltuend und beruhigend, von den nichtssagenden Drucken an den Wänden bis hin zu dem hellbeigen Teppich. Am beruhigendsten war Dr. DeWitt selbst, ein schlanker Herr mit grauen Augen, der so gar nicht wie der beliebte Modearzt aus Beverly Hills wirkte, eher wie ein kleiner Landarzt.

«Ich habe noch nie davon gehört... Wie heißt es doch gleich?»

«Benzedrin.» Dr. DeWitt zog einen goldenen Füller aus der Tasche und schraubte die Kappe ab. «Ich werde Ihnen ein Rezept geben, damit Sie über den Berg kommen. Sie nehmen es nur so lange, bis Sie fühlen, daß es Ihnen wieder bessergeht.»

«Was wird es mit mir machen?»

«Ich will Sie nicht mit langen wissenschaftlichen Erklärungen langweilen. Vielleicht läßt es sich am einfachsten so ausdrücken: Es wird dafür sorgen, daß Sie sich wieder gut fühlen. Sie werden mehr Energie haben und wacher und aufmerksamer sein. Und Sie werden sich höchstwahrscheinlich keine Sorgen mehr machen und keine Angstzustände mehr bekommen. Es gibt jedoch einige geringfügige Nebenwirkungen, zum Beispiel Schlafstörungen.» Dr. DeWitt griff nach einem anderen Rezeptformular. «Deshalb verschreibe ich Ihnen gleichzeitig ein leichtes Beruhigungsmittel, das Sie nur dann einzunehmen brauchen, wenn Sie Schwierigkeiten beim Schlafen haben.»

«Vielen Dank.»

«Das ist nur eine vorübergehende Maßnahme, verstehen Sie?»

«Danke, Doktor. Ja, ich verstehe.»

Tatiana ging in den supermodernen Drugstore an der Ecke gegenüber von der Praxis und kaufte die Medikamente, eine kleine Flasche mit weißen Tabletten, die wie Aspirin aussahen, und eine andere mit glänzend roten Pillen wie Lutschdragees. Sie steckte die Flaschen in ihre Handtasche, fuhr nach Hause, mixte sich eine Cola mit Rum, extrastark, und nahm drei von den weißen Tabletten. Dann suchte sie die Nummer der Palms

Academy heraus und meldete sich für den «Meisterkurs in klassischem Tanz» an.

Die Palms Academy war in einem eleganten Hochhaus aus Stahl, Beton und Glas an der Agua Dulce Avenue untergebracht. Sie war seit fast vierzig Jahren *die* Tanzschule in Los Angeles, ob für Ballett, Steptanz, akrobatischen Tanz, spanische Tänze, Zigeunertanz, orientalischen Tanz, Gesellschaftstanz, modernen Tanz oder eine Kombination aller acht. Die junge Theda Bara hatte 1918 die Palms besucht, um die sinnlichen Verrenkungen zu lernen, die ihren Film *Salome* dann zu einem landesweiten Skandal machten. Hier hatte Shirley Temple ihr erstes Paar Stepschuhe angezogen, und hier hatte Betty Grable gelernt, ihre Beine, die ihr später viele Millionen Dollar einbringen sollten, effektvoll in die Luft zu werfen. Vivien Leigh hatte in der Palms die Grundlagen des klassischen Tanzes gelernt, und Agnes de Mille, die *Oklahoma* und auch *Carousel* choreographiert hatte, war vorher Lehrerin an der Palms Academy gewesen.

Die Übungsräume waren in den fröhlichen und knalligen Farben gehalten, die man wohl nur in Südkalifornien findet: Grellorange, Pazifikblau, Zitronengelb. Die Wände von Studio C, wo Tatiana zusammen mit acht anderen Elevinnen der Meisterklasse an der Stange stand und Aufwärmübungen machte, wiesen ein intensives Flamingo-Pink auf, bei dessen bloßem Anblick ihr schummrig zu werden drohte. Sie schloß die Augen und konzentrierte sich auf ihren Körper, der unglaublich schlecht in Form war, schlaffe Beinmuskeln, ein wabbeliger Bauch, Brüste wie zu stark aufgeblasene Ballons. Nachdem sie all diese Monate buchstäblich nichts an sich getan hatte, war es ein Wunder, daß sie noch die Knie beugen konnte. Aber es spielte keine Rolle. Energie durchpulste sie und belebte ihren Rücken und ihre Arme wie eine kraftvolle Massage.

Dr. DeWitt war ein Genie. Die Tabletten, die er ihr verschrieben hatte, hatten praktisch über Nacht alles geändert. Tatiana führte schnell einige *pliés* aus und segnete dabei die moderne Medizin. Wer hätte sich je träumen lassen, daß ein halbes Dutzend kleine weiße Tabletten, regelmäßig eingenommen, eine solche Wirkung haben könnten? Sie hatten sie in diesen wenigen Wochen in ihr früheres Ich zurückverwandelt. Sie war heilfroh, in den fünfziger Jahren zu leben, einer Zeit, in der Leiden einfach passé war.

Tatiana öffnete die Augen und sah sich um. Überall standen schöne junge Frauen in hautengen, glänzenden, farbenfrohen Trikots, gesunde und sonnengebräunte Blonde, Rothaarige mit milchweißem Teint, mexikanische Mädchen mit vollen Brüsten und langem, pechschwarzem Haar. Keine mageren, flachbrüstigen Balanchine-Geschöpfe. Verglichen mit dem New York City Ballet und seinen schäbigen Trainingssachen, seinen Hungerkuren und seinem endlosen Üben war die Palms Academy ein kleines Paradies. Wie schaffte Hollywood es bloß, so viele attraktive und vor Gesundheit strotzende menschliche Wesen anzulocken?

Sie betrachtete die anderen Studentinnen mit unverhohlenem Vergnügen. All diese vollkommenen Körper – starke Beine, gerade Rücken, wohlgeformte Arme. Wie schade, daß keine von ihnen wirklich tanzen konnte. Aber es war trotzdem ein Genuß, sie anzusehen.

Eines der Mädchen lächelte ihr schüchtern zu, und Tatiana lächelte zurück. Sie faßte ein halbes Dutzend positive Entschlüsse auf einmal. Sie würde das Beste aus Los Angeles machen, statt sich dauernd gegen alles hier zu wehren; sie würde Michael eine bessere Frau sein und Alysa eine bessere Mutter. Jetzt, wo sie sich besser fühlte, begriff sie, daß man weder eine Truppe noch ein Publikum oder ein Theater oder Kritiker brauchte, wenn man eine wirkliche Tänzerin war. Man brauchte nicht einmal Balanchine. Man konnte seine Kunst wie ein tanzender Derwisch für sich allein ausüben.

Tatiana begann eine Adagiosequenz und summte dabei leise vor sich hin. Nach dem Unterricht würde sie vielleicht zum Studio fahren und Michael bei den Dreharbeiten von *Rebel Yell* besuchen. Sie drehten diese Woche eine Ballszene, eine von diesen spektakulären Hollywood-Nummern mit zweihundert

Komparsen und so vielen Scheinwerfern, daß man praktisch Spiegeleier auf der Bühne braten konnte.

Im Ballsaal des Landhauses in Georgia schrieb man das Jahr 1862. Südstaatenschöne mit Reifröcken und langen weißen Handschuhen wiegten sich mit schneidigen Offizieren in Konföderiertengrau unter Kristallkandelabern im Walzertakt. Der Sezessionskrieg tobte, der Süden gewann, und alles war eine Illusion: die Juwelen (Straß), die Tänzer (Komparsen), sogar der Ballsaal selbst, der aus Dekorationsstücken einer anderen Produktion bestand und in aller Eile in einem großen Tonstudio hinten auf dem Gelände von Galaxy Productions aufgebaut worden war.

Dennoch war der Ball ein Augenschmaus, perfekt choreographierte fließende Bewegungen mit komplizierten Schrittfolgen. Die Kamera schwenkte im Takt der Musik und schien jede Nuance einzufangen.

«Was meinst du, Tats?» flüsterte Michael besorgt.

«Es ist großartig», flüsterte Tatiana begeistert zurück. «Du hast dich selbst übertroffen.» Kaum vorstellbar, wie zornig sie noch vor wenigen Wochen auf ihn gewesen war – sie hatte kaum ein Gespräch mit ihm führen können, ohne zu drohen, daß sie ihn verlassen würde. Nun wurde ihr bewußt, daß sie zuviel über ihre eigene Karriere nachgedacht hatte, um an seiner teilzunehmen und sich über seinen Erfolg zu freuen. Es war ein Mordsspaß, all diese Lichter und Kostüme, wie ein immerwährender Karneval.

Michael runzelte die Stirn. «Ich mache mich auf einen schrecklichen Flop gefaßt.» Er hatte seit Wochen vorgeschlagen, das Drehbuch zu ändern, aber Arnold Glass wollte nichts davon wissen, und bei Galaxy Productions hatte Arnold das Sagen.

«Nein, das glaube ich nicht. Ich finde es große Klasse.» Tatiana lächelte und lehnte sich auf ihrem Klappsessel zurück. Sie wünschte, Michael wäre in bezug auf *Rebel Yell* optimistischer. Erst jetzt, wo sie ein Kindermädchen für Alysa eingestellt hatte und jeden Tag zu den Dreharbeiten kam, um ihm seinen Lunch zu bringen, verstand sie wirklich, unter welchem Druck er unablässig stand. Trotzdem fand sie, daß er zu kritisch mit seiner Arbeit war. Die Choreographie war begnadet, das sah jeder.

Sie langte in ihre Handtasche, holte eine der weißen Tabletten heraus und schob sie sich verstohlen in den Mund. Ein schwaches Aroma von Geranien breitete sich auf ihrer Zunge aus. Wie viele von den Dingern hatte sie seit heute morgen geschluckt? Vier? Fünf? Sie versuchte zu zählen, gab aber schnell auf. Warum sollte sie sich Sorgen machen? Sie nahm entschieden mehr, als Dr. DeWitt ihr verordnet hatte, aber es schien ihr nicht zu schaden, im Gegenteil.

Während die Musik einschmeichelnd spielte, passierte die ganze Geschichte des Walzertanzes von Gardel bis Nijinskaja in ihrem Kopf Revue. Ihr Verstand arbeitete neuerdings so klar und schnell, strömte dahin wie ein nicht endender Fluß, und sie war körperlich in Hochform. Gestern hatte sie sich für zwei weitere Kurse der Palms Academy eingeschrieben, und sie würde gern noch einen vierten hinzufügen. Sie schien keine Ruhe mehr zu brauchen und auch kein Essen mehr. Das einzig Lästige war, daß ihr Mund wie ausgedörrt zu sein schien, daß sie abgenommen hatte und immer noch nicht gut schlief, aber all das war ein geringer Preis dafür, daß sie sich so wunderbar fühlte.

Michael blickte weiter düster vor sich hin und fing wieder an, nervös auf die Lehne zu tippen. Er hatte mit der Verfilmung von *Dance* seinen Durchbruch gehabt und sogar die Aufmerksamkeit wichtiger Leute wie Gene Kelly erregt, aber selbst zu choreographieren, war etwas ganz anderes. Er hatte Arnold Glass monatelang in den Ohren gelegen, ihm einen eigenen Film zu geben, und Glass hatte ihn monatelang hingehalten. Erst als Michaels zweiter Film Kasseneinnahmen von neun Millionen Dollar – eine Million mehr als *Mississippi-Melodie* – erzielt hatte, war Glass endlich weich geworden und hatte ihm das Drehbuch von *Rebel Yell* gegeben. Kein Wunder, daß er das Gefühl hatte, seine gesamte Karriere hinge davon ab.

Hinter den Kulissen bereitete Bobby Fender sich auf seinen großen Auftritt vor. Tatiana reckte den Hals, um nichts davon zu verpassen. Bisher hatte sie Fender noch nicht in Fleisch und Blut gesehen, obgleich sie ihn wie Zigtausende anderer Amerikaner vor einem halben Jahr in der Ed-Sullivan-Show bewundert hatte, bei der die Kamera züchtig oberhalb seiner Gürtellinie verharrt hatte. Sie erinnerte sich an ein hübsches, schmollendes Gesicht, eine rauchige Stimme und einen Körper, der sich so zu der Musik bewegte, daß man unwillkürlich meinte, ein kleines Stück außerhalb des Aufnahmewinkels müßten andere, interessantere Dinge vorgehen. Den Fanzeitschriften zufolge war Fender *noch* umwerfender und skandalöser als Elvis.

Der Walzer schwoll zu einem Crescendo an. Fender kam die breite, geschwungene Treppe herunter, tänzelte in der Uniform eines Südstaatenleutnants, mit gegürtetem Degen, die Mütze in der Hand, aus voller Kehle singend, von einer Stufe zur anderen. Irgend etwas stimmte nicht, stimmte ganz und gar nicht. Seine Stimme war krächzend; seine Bewegungen waren lächerlich.

Michael hatte recht. Was für ein Idiot hatte dieses Drehbuch geschrieben? Fender machte weiter, aber es wurde noch schlimmer. Es lag auf der Hand, daß er Bluejeans tragen und einen Fernfahrer spielen mußte und nicht auf und ab stolzieren wie Fred Astaire. Beim nächsten Schritt verfehlte Fender die Stufe, strauchelte, langte törichterweise nach seinem Degen und fiel laut fluchend den Rest der Treppe hinunter.

«Schnitt!» schrie Michael.

Tatiana kicherte und hielt sich schnell die Hand vor den Mund. Es war eine Todsünde, bei Dreharbeiten über jemanden zu lachen!

«Kurze Pause», rief Michael. «Du hast recht, Tats. Lach nur», sagte er zu ihr gewandt. «Es ist ein verdammter Scheißfilm. Ich habe ihm seit Wochen gesagt, daß wir einen Rock-and-Roll-Star engagiert haben, aber dieser Idiot scheint taub zu sein. Ist dir klar, was aus meiner Karriere wird, wenn ich ihn so drehe, wie er geschrieben ist? Die Leute werden vor Lachen kreischen, und der Verleih wird ihn nach drei Tagen zurückziehen. Die Kritiker werden ihn in der Luft zerreißen, und ich werde wahrscheinlich drüben bei Warner landen und die dritte Folge von *Das Ungeheuer aus der schwarzen Lagune* drehen.»

«So schlimm kann es nicht werden.»

«Ich habe Glass seit Wochen gesagt, daß es von A bis Z Mist ist. Seit *Wochen.*» Michael nahm die Tüte mit den Sandwiches und drehte der Kamera angewidert den Rücken zu. «Komm, laß uns essen, und ich werde mir etwas einfallen lassen, damit diese Geschichte nicht der größte Reinfall seit *Gier* wird.»

«Ich habe eine Entscheidung getroffen, Tats.» Sie saßen in der Galaxy-Kantine und aßen versalzenen Kartoffelsalat, Krautsalat und die Roastbeef-Sandwiches, die Tatiana von zu Hause mitgebracht hatte. Das heißt, Michael aß, denn Tatiana tat nur so, um ihm Gesellschaft zu leisten, und brachte kaum einen Bissen hinunter. «Verdammt, ich habe vom ersten Augenblick an gewußt, daß dieser Bürgerkriegsquatsch nichts für Fender ist, aber ich habe erst jetzt den Mut gefunden, etwas dagegen zu tun.»

«Und das wäre?»

«Das ganze Mistding noch mal drehen.»

«Du machst Witze.»

«Tats, ich könnte ein besseres Skript schreiben, selbst wenn ich halb betrunken wäre.»

«Aber Glass hat das Drehbuch genehmigt. Wenn du auch nur eine Zeile änderst, wird er dich vernichten.»

«Soll er. Ich bin zu dem Schluß gekommen, daß ich lieber tot wäre, als den größten Flop des Jahres zu drehen. Zum Teufel mit diesen Glitzerdekorationen. Ich werde Fender live filmen.» Es war keine neue Idee – Michael hatte seit Wochen davon geredet –, aber nun glühte er vor Begeisterung, als er sich vorbeugte. «Ich nehme einfach die Wirklichkeit, Tats, Straßen, dunkle Häusergänge – die Welt, in die Fender wirklich gehört.»

«Aber solch ein Musical hat noch nie jemand gemacht.»

«Und einen Rock 'n' Roll-Film hat auch noch nie jemand gemacht. Es ist etwas ganz Neues.»

«Und der Ton? Man wird Verkehrslärm hören, Wind und was weiß ich.»

«Wir synchronisieren das Ganze nach.»

«Michael, du bist ein Genie!»

Er strahlte. «So was hört man gern von seiner Frau. Ich fürchtete schon, du würdest etwas dagegen haben.»

«Warum?»

«Weil es einen Haufen zusätzliche Arbeit bedeutet, und ich bin in letzter Zeit ohnehin wenig zu Hause gewesen, ganz zu schweigen davon, daß du selbst nicht allzu gut in Form warst. Ich mache mir Sorgen um dich, Tats. Ich sage vielleicht nicht genug, aber ich mache mir Sorgen.»

Tatiane lächelte und schob sich eine Strähne aus der Stirn. «Mir geht es sehr gut und Alysa auch. Mach dir über uns keine Gedanken. Wenn du dich in der Stadt herumtreibst und versuchst, Fender zu filmen, gehen wir...» Sie überlegte angestrengt, was sie und ihre kleine Tochter wohl Tag für Tag machen sollten. «Ja, dann gehen wir einfach an den Strand und lassen uns bräunen», schloß sie fröhlich.

Michael verteilte etwas Senf auf sein Roastbeef-Sandwich, verschlang es heißhungrig und nahm dann ein zweites. «Glass wird mich wahrscheinlich feuern, wenn er die Rohfassung sieht», bemerkte er, als er das Sandwich aus dem Wachspapier wickelte.

«Gut! Dann können wir wieder nach New York gehen, und ich bringe uns drei mit meinem Tanzen durch.» Früher hätte sie es mit Bitterkeit gesagt, aber jetzt schien alles an ihr abzugleiten. Die Vernunft sagte ihr dunkel, daß dies keineswegs gut war, aber sie war so hochgestimmt, daß sie gar nicht daran dachte, etwas dagegen zu tun.

«Wieviel würdest du verdienen?»

«Ungefähr zweihundertdreißig Dollar.»

«In der Woche?»

«Nein, im Monat.»

Michael vergaß abzubeißen. «Heißt das, ich werde auf Roastbeef verzichten müssen?»

«Wir können sehr gut von Erdnußbutter und Marmelade leben.» Tatiana dachte lächelnd daran, wie lange es her war, seit sie und Michael einen dieser lustigen verbalen Schlagabtausche gehabt hatten.

Abermals dankte sie Dr. DeWitt stumm dafür, sie von diesen scheußlichen Depressionen erlöst zu haben.

«Da wir gerade von der Ostküste reden», sagte Michael, nachdem er den letzten Bissen mit einem Schluck Kaffee hinuntergespült hatte. «Wann kommt Ruths Maschine an?»

«Um Viertel vor drei. Dan hat mir angeboten, mit mir und Alysa zum Flughafen zu fahren, um sie abzuholen.»

«Ich wünschte, Dan produzierte diesen Film, und nicht Glass», überlegte Michael laut. «Er hat wenigstens Grips im Kopf.»

«Dan hat doch in seinem ganzen Leben noch keinen Film gemacht.»

Michael schmunzelte. «Im Fall von *Rebel Yell* könnte das ein großes Plus sein.»

Beton, Glas, Smog, Auspuffgase; Beton, Glas, Smog: Dan und Tatiana warteten im International Airport auf die Maschine aus Boston. Das Hauptabfertigungsgebäude erbebte, als wieder ein metallener Riese die Piste entlangrollte und die verschmutzte Luft mit seinen Propellern zu sichtbaren kleinen Strudeln wirbelte. Von allen häßlichen Flecken auf dem Gesicht des Planeten mußte dies der häßlichste sein, aber all das berührte Tatiana nicht. Sie war wie eingesponnen in einen Kokon des Wohlbehagens, entspannt und zufrieden, als schlenderte sie am Strand entlang oder säße daheim in ihrem Wohnzimmer.

Fenster zitterten, und Metallaschenbecher klapperten – Tatiana hielt sich die Ohren zu, um den Flugzeuglärm nicht zu hören, überlegte es sich dann aber anders und nahm Alysas Köpfchen zwischen beide Hände. Zu Ehren ihrer ersten Begegnung mit Ruth war Alysa heute ganz in Rosa: eine rosa Mütze, ein rosa Rüschenkleid und winzige, mit Rosenknospen bestickte rosa Stiefelchen. Ihre Haut war makellos und weiß wie Milch, ihre Wimpern lang, seidig und dicht. Sie war heute genau drei Monate und einen Tag alt.

«Die Maschine...» Dan redete weiter, aber der Rest des Satzes wurde vom Krach eines startenden Flugzeuges übertönt. Seit er vor zwei Jahren nach Hollywood gekommen war, um für seinen Onkel bei MGM zu arbeiten, trug Dan anstelle der Anzüge von Brooks Brothers vorzugsweise weiße Sportsakkos, als wollte er es Montgomery Clift gleichtun. Die Verwandlung hatte Tatiana früher gestört, ja beunruhigt, doch inzwischen amüsierte sie sich darüber.

Dan legte die Hände schalltrichterförmig an den Mund. «Die Maschine müßte jede Minute landen», rief er ermutigend.

«Sehr gut», rief Tatiana zurück. Sie nahm Alysa auf den anderen Arm und spürte, wie der Lärm an allen Fibern ihres Leibes zerrte. Ihre Hände waren unter dem warmen Babykörper kalt und zitterten unkontrollierbar. Wie merkwürdig, wo sie doch nicht besonders nervös war. Beim nächsten Besuch mußte sie Dr. DeWitt fragen, ob das auch zu den Nebenwirkungen des Medikaments gehörte.

Sie warteten eine Viertelstunde, eine halbe Stunde. Alysa wachte auf, quäkte hungrig, und Tatiana gab ihr die Flasche und ging dann mit ihr auf die Damentoilette, um die Windeln zu wechseln. Um Viertel nach fünf – mit zweieinhalb Stunden Verspätung – landete die Maschine endlich, und die Passagiere, die die Treppe herunterkamen, machten gar nicht den Eindruck von Leuten, die mehrere hundert Dollar bezahlt hatten, um schnell über den Kontinent befördert zu werden. Sie wirkten eher wie Gestrandete.

«Hallo, hallo!» In einem grauen Rock, senfgelben Strumpfhosen und einem grauen Wollmantel, der für eine Nordpolexpedition geschneidert schien, kam Ruth mit schnellen Schritten in die Ankunftshalle geeilt. Sie umarmte Tatiana und Dan und küßte sie auf die Wangen. «Großer Gott, Tats!» rief sie dann aus und trat einen Schritt zurück, um sie besser betrachten zu können. «Was hat Hollywood dir angetan? Du siehst ja aus wie Frankensteins Braut!»

«Mir geht es sehr gut», sagte Tatiana. «Es könnte nicht besser sein.» Sie hielt Alysa zur Begutachtung hoch. «Da, was sagst du dazu?» Alysa quiekte vor Wonne, hoch in der Luft zu schweben, und streckte ihre dicken Babyarme aus. Ruth schmolz sofort dahin.

«Oh, diese süßen kleinen Fingerchen, sie ist entzückend.»

«Sonderbar, daß vernünftige Erwachsene in Gegenwart kleiner Kinder einen Gehirnschaden bekommen», bemerkte Dan feixend.

«Halt den Mund, du herzloses Ungeheuer. Du hast die zukünftige Meisterschülerin der Radcliffe-Klasse von 1976 vor dir.»

Ruth gab Dan ihren Koffer und ignorierte ihn, als er so tat, als zöge ihn die Last zu Boden. «Im Ernst, Tats», fuhr sie fort. «Was ist los? Du siehst furchtbar aus. Verprügelt Michael dich nachts mit dem Gummischlauch?»

«Moment mal.» Tatiana hob abwehrend die Hand. «Ist dies ein freudiges Wiedersehen oder ein Verhör?»

«Beides. Dan, du Trottel, warum hast du nicht besser auf sie aufgepaßt?»

«Wir sind nicht mehr in Harvard, Ruthie. Unsere Tatiana ist jetzt eine verheiratete Frau.» Dan machte sein altes Groucho-Marx-Gesicht und zuckte heftig mit den Augenbrauen, aber es war ein schwacher Abklatsch von damals. «Ich habe nicht die Absicht, mich von einem eifersüchtigen Ehemann erschießen zu lassen, und außerdem habe ich zuviel um die Ohren.»

«Das nennst du eine Entschuldigung?»

«Es stimmt», sagte Tatiana. «Dan hat es beinahe geschafft, drei Filme zu produzieren, wenn...»

«Wenn sie nicht im letzten Augenblick durchgefallen wären», ergänzte Dan mit einem schwachen Lächeln. «Du hast ja keine Ahnung, was hier unten los ist, Ruthie. Das Fernsehen und Joe McCarthy trachten nach unserem Leben. Hier herrscht die Panik. Sieh dir nur MGM an. Bis vor kurzem machten sie noch zehn oder elf Musicals im Jahr, darunter Kassenknüller wie *Du sollst mein Glücksstern sein*, und jetzt haben sie drei Millionen Schulden, und überall rollen Köpfe. Es ist wie damals in den zwanziger Jahren, als der Tonfilm aufkam, nur noch schlimmer.

Die Studios probieren jeden neuen Firlefanz aus, den irgendein Verrückter erfindet, 3D und Cinerama und was weiß ich, aber der Flimmerkasten macht uns immer mehr Zuschauer abspenstig.»

Ruth stemmte die Hände in die Hüften und schüttelte den Kopf. «Woran liegt es bloß, an der Sonne oder woran? Bist du blind geworden? Guck dir Tats an, und sag mir bitte, was du siehst.»

«Ich finde, sie sieht großartig aus.»

«Großartig? Sie hat mindestens zehn Pfund abgenommen. Habt ihr Tomaten auf den Augen, du und Michael?»

«Ich fühle mich ausgezeichnet», protestierte Tatiana. «So gut wie noch nie.»

«Im Ernst?»

«Ja, wirklich.»

«Na ja», sagte Ruth zweifelnd. «Wenn du unbedingt wie eine Bohnenstange aussehen willst, geht mich das wohl nichts an. Solange du dabei glücklich bist.»

«Das bin ich.»

«Richtig glücklich?»

Tatiana lachte ein hohes, schrilles Lachen, das wie zerbrechendes Glas klang. «Glücklicher, als du dir vorstellen kannst.»

«Sehr schön», sagte Ruth. «Ich brauche nämlich jede moralische Unterstützung, die ich kriegen kann. Wie ich gehört habe, ist Professor Arnold eine Kreuzung zwischen Stalin, Hitler und einer Venusfliegenfalle.»

«Wer ist Professor Arnold?» fragte Dan.

«Der Leiter des Fachbereichs Botanik an der Universität Kalifornien.»

«Ruth hat morgen um zehn ein Vorstellungsgespräch bei ihm», ergänzte Tatiana, «und sie scheint vor Angst durchzudrehen.»

«Dir würde es genauso gehen», stöhnte Ruth. «Der Kerl hat elf Bücher und rund dreitausend Aufsätze geschrieben und einen Nobelpreis bekommen. Man sagt, er sei launisch, habe statt Blut

Chlorophyll in den Adern und halte Studentinnen für schlimmer als Blattläuse.»

«Keine Angst, Ruth, wir werden dir den Daumen halten.»

«Schierling», seufzte Ruth pathetisch. «Gebt mir Schierling.» Dann fing sie plötzlich an zu lächeln. «Oder, besser noch, das entzückende Baby da drüben.»

15

Der Frühling 1954 war von kristallener Schönheit und brachte strahlendes Wetter und wunderbar reine Farben, so daß Tatiana später das Gefühl hatte, damals wie durch ein Vergrößerungsglas geschaut zu haben. Nachdem sie jahrelang geglaubt hatte, in Kalifornien gäbe es keine richtigen Jahreszeiten, war sie sich nun zum erstenmal einer ganzen Reihe subtiler Änderungen bewußt, als das unfruchtbare Bergland um Los Angeles das winterliche Grün ablegte und in sommerliche Brauntöne getaucht wurde. Am Strand von Malibu erschienen Vögel, die sie zuvor nicht bemerkt hatte, an den Freeways blühten nie gesehene Blumen, und der Himmel verlor sein dunstiges Grau und nahm eine ätherische Klarheit an.

Alles, was so schwer gewesen war, wurde unversehens ganz leicht. Es war eine Zeit, in der sie immer nur ja sagte, zu Michael, wenn er spät von den Dreharbeiten am neuen *Rebel Yell* heimkam und zum Essen in ein Restaurant wollte, zu Alysa, die all ihre Zuwendung und Aufmerksamkeit brauchte, zu Ruth, die sich für den Doktorandenkurs an der Universität eingeschrieben hatte und jemanden brauchte, bei dem sie sich ausweinen oder beklagen konnte, und zu den neuen Freunden, die urplötzlich aus dem Nichts aufgetaucht waren. Bisher hatte sie es einfach nicht geschafft, interessante Leute kennenzulernen, aber nun traf sie überall welche, in der Palms Academy, bei Galaxy, sogar in Malibu am Strand, gescheite und gebildete Leute, meist Paare, deren Vornamen man als zusammengehörige Einheiten sprechen konnte: Laurina-und-Ted, Margot-und-Mark, Vince-und-Vanessa. Abends, wenn Michael noch arbeitete und Alysa von Mrs. Lowrey ins Bett gebracht und bewacht wurde, stieg Tatiana oft spontan in ihren Wagen und raste, die warme Luft genießend, mit aufgeklapptem Verdeck die Freeways entlang. Bei Vanessa fand sie immer ein paar Leute, die um den niedrigen Redwood-Tisch am Boden saßen, billigen Rotwein tranken und leidenschaftlich diskutierten, während im Hintergrund die neueste Jazzmusik klimperte. Vanessa, ein üppiges blondes Mädchen aus Arizona, das immer wie eine Squaw gekleidet war und schweren Hopi-Schmuck trug, begrüßte sie mit einem freundlichen Nicken und schenkte ihr ein Glas ein. Tatiana blieb oft bis zum Morgengrauen und ließ sich vom Klang der Stimmen berauschen. Wenn der Himmel sich dann rötlich färbte, fuhr sie auf den verlassenen Schnellstraßen zurück nach Malibu, nahm ein paar Beruhigungstabletten und schlief bis zum Mittag.

Zu den mitternächtlichen Diskussionen kamen alle möglichen Leute, verkannte Dichter, arbeitslose Musiker, Automechaniker, aber die meisten Anwesenden arbeiteten beim Film, und während Tatiana ihnen lauschte, wurde sie sich bewußt, daß Hollywood ein politisches Wespennest war. Drehbuchautoren und Schauspieler kamen auf schwarze Listen, Verträge wurden annulliert, Produktionen torpediert. Auf den ersten Blick schien es in den Studios, wo Streifen wie *Brigadoon, Ein neuer Stern am Himmel* und *Schwere Jungen, leichte Mädchen* gedreht wurden, ganz normal zuzugehen, aber hinter den Kulissen herrschte nackte Angst.

Tatiana wunderte sich immer wieder, warum sich scheinbar alle mit dieser Angst abfanden und nichts dagegen taten, und versuchte, den Grund herauszufinden, aber sie kam zu keinem Ergebnis. Derjenige, der für all dies verantwortlich war, mußte offensichtlich verrückt sein, aber kein Mensch, nicht einmal diejenigen, die sich privat am lautesten beklagten, schien bereit zu sein, es öffentlich zu sagen. Nachdem sie einige Wochen lang erfolglos versucht hatte, Vince oder Vanessa oder Margot um eine Erklärung für das sonderbare Phänomen zu bitten, gab sie es auf. Unter anderen Umständen hätte sie vielleicht Petitionen unterschrieben, sogar vor aller Augen gegen die himmelschreienden Ungerechtigkeiten protestiert und demonstriert, doch sie fühlte sich letztlich zu sehr von allem abgekoppelt, um sich für irgend etwas zu engagieren. Ideen schossen ihr durch den Kopf, versetzten sie momentan in Begeisterung und verpufften dann, ohne eine Spur zu hinterlassen. Sie, die früher so sehr an allem teilgenommen hatte, achtete nun kaum noch darauf, was von einem Tag zum anderen ringsum geschah.

Manchmal machte sie sich Sorgen, weil ihr nichts wichtig genug erschien, um in Rage zu geraten, aber alles in allem war ihr Leben jetzt unbeschwert, angenehm und genauso, wie es sein sollte.

«Oh!» rief Michael eines Morgens beim Frühstück aus. «Da, sieh dir das an!»

«Was denn?»

Er breitete die *Los Angeles Times* auf dem Küchentisch aus. «Das New York City Ballet kommt zu einem Gastspiel. Soll ich Karten besorgen?»

Tatiana hielt mit dem Buttermesser über dem Toast inne. Ein merkwürdiges Gefühl überkam sie, das sie nicht recht festmachen konnte.

«Wer tanzt?»

«Tanaquil CeClerq, Patricia Wilde, Maria Tallchief, Nicholas Magallanes, Jacques d'Amboise, André Eglevsky – die übliche Besetzung. Aber hier ist eine Neue, Blanche Bender.»

«Blanche Bender, das kann doch nicht wahr sein!» Sie zog die Zeitung zu sich herüber, las und erbleichte.

«Was ist denn?»

«Ich habe Blanche in der SAB kennengelernt. Sie war in dem Kurs unter mir, und jetzt tanzt sie mit Tallchief und Eglevsky den *Pas de trois*.» Tatiana legte die Zeitung auf den Tisch zurück und starrte auf den Toast, die nicht angerührten Spiegeleier und den Bacon, der langsam auf ihrem Teller kalt wurde. Dann riß sie sich zusammen und griff wieder zum Buttermesser. Warum um alles auf der Welt war sie auf einmal so sauer? Es würde wunderbar sein, Balanchines neue Ballette zu sehen. Sie beschloß spontan, vor der Aufführung hinter die Bühne zu gehen und zu allen *merde* zu sagen, ihnen vielleicht sogar ein entsprechendes Geschenk zu machen, etwas total Absurdes wie ein Dutzend Fliegenklatschen oder eine in roten Samt gewickelte Dose Ajax. *Merde*-Geschenke gehörten nicht unbedingt zur Tradition des City Ballet, aber Tänzer pflegten sie zu besonderen Anlässen auszutauschen – je unpassender und verrückter das Geschenk, um so mehr Glück brachte es angeblich.

Als Michael zum Studio gefahren war, nahm Tatiana einen Notizblock und Bleistift und notierte einige Einfälle.

«Tatiana, Schatz!»

«Tatiana, wo hast du dich die ganze Zeit versteckt?»

«Hi, Tats, was treibst du so?»

Die Garderobe des Greek Theater war übersät mit Coca- und Limonadeflaschen, Zigarettenkippen, künstlichen Wimpern und offenen Schminktiegeln. Während Tatiana mit ihrem Geschenk unter dem Arm an den kleinen Tischen vorbeiging, wurde sie begrüßt, umarmt, geküßt, wie eine heimgekehrte verlorene Tochter im Schoß der Truppe willkommen geheißen.

«Was hast du da in dem Paket?»

«Ja, Tats, welche *merde* hast du für uns?»

Tatiana strahlte, löste die silbernen und goldenen Schleifen und packte eine große Dose Erdnüsse mit Schokoladeüberzug aus. Die Tänzerinnen und Tänzer des Corps de ballet verstummten jäh und starrten sie entsetzt an. Sehr gut! Sie glaubten, es wäre ein richtiges Geschenk, was nach dem alten Bühnenaberglauben an einem Premierenabend garantiert Unglück brachte.

«Steht nicht so herum, nehmt euch doch ein paar.»

Pauline, eine jüngere Tänzerin, nahm die Dose mit sichtlichem Widerwillen und schraubte den Deckel auf. Mit einem lauten Zisch schnellte eine riesige grüne Schlange heraus und hüpfte, von Schreckensschreien und lautem Gelächter begleitet, durch den Raum.

«*Merde!* Hals- und Beinbruch!» Während sie mit den alten Freunden lachte, stellte sie sich einen Moment lang vor, sie wäre tatsächlich zur Truppe zurückgekehrt, und dann sah sie Blanche Bender, ein zierliches junges Ding, in königlicher Haltung vor einem der hohen Spiegel stehen – so, wie eine wahre Tänzerin stehen sollte, mit nach außen gerichteten Zehen und eingezogenem Becken. Tatiana fühlte einen eifersüchtigen Stich, schämte sich aber sofort. Wie konnte sie Blanche ihren Erfolg neiden?

«Hals- und Beinbruch, Blanche», rief sie.

Blanche, die in der Schule immer sehr schüchtern gewesen war, errötete vor Freude über die Auszeichnung, als erste beim Namen genannt zu werden.

Als Tatiana dann neben Michael saß und den *Pas de trois* sah, rang sie vor Nervosität die Hände, bis sie schmerzten. In der Pause ging sie auf die Damentoilette, schraubte eine ihrer kleinen Flaschen auf und schluckte mehrere Tabletten auf einmal. Als sie vom Waschbecken aufblickte, sah sie ihr Gesicht im Spiegel, ihre Wangen, die fahl und schlaff waren, die Augen, die voll Schmerz und Neid blickten. Es war eine grausame Offenbarung. Sie betrachtete sich mit wachsendem Abscheu. Was zum Teufel tat sie sich eigentlich an? Wenn sie heute schon so schlecht aussah, wie würde sie dann in zehn Jahren aussehen? Blanche Bender machte etwas aus ihrem Leben, während sie, Tatiana, einfach Pillen schluckte, um die Tatsache zu verdrängen, daß sie hier bei lebendigem Leib verrottete.

Sie hielt sich am Waschbecken fest und zwang sich, in ihre Augen zu sehen. Wie durch ein Wunder hatte sie sich so erblickt, wie sie war, und sie wollte es nicht vergessen. Sie nahm die Tabletten aus ihrer Abendtasche, ging in eine der Kabinen, schüttete den Inhalt der Flaschen in das WC-Becken und betätigte die Spülung. Dann steckte sie den Zeigefinger in den Hals und würgte so lange, bis sie die Dosis erbrach, die sie eben genommen hatte. Vorhin, als sie Blanche Bender tanzen gesehen hatte, war ihr klargeworden, wer sie in Wahrheit war: nicht irgendein

Luxusweibchen aus Hollywood, das Pillen nahm und sich die Langeweile mit Tanzunterricht vertrieb, sondern eine ernsthafte Tänzerin, die sich im Alter an mehr erinnern wollte als an die eine kurze Saison beim New York City Ballet.

«Ich gehe!»

«Das kannst du nicht, Tats.»

«Es hat keinen Sinn, Michael.» Sie warf noch ein Kleid in den Koffer, legte einen Wintermantel darauf und drückte den Deckel mit Gewalt zu. «Ich gehe zurück nach New York, und versuch bitte nicht, mich davon abzubringen. Es hätte keinen Zweck.»

«Und Alysa?» Michael starrte sie fassungslos an. Wahrscheinlich glaubte er immer noch nicht, daß es ihr diesmal wirklich ernst war.

«Ich kann sie nicht gleich mitnehmen, aber ich werde sie nachkommen lassen, sobald ich eine Wohnung gefunden habe.»

«Tats, bitte. Laß uns darüber sprechen.»

«Das haben wir oft genug getan. Weißt du denn nicht mehr, daß es ursprünglich nur für ein halbes Jahr war? Ich war damals einverstanden mit sechs Monaten, aber sie sind lange um.» Tatiana holte einen anderen Koffer vom Regal oben im Wandschrank und fing an, ihre Schuhe aufs Geratewohl hineinzuwerfen. «Michael, Gott weiß, wie gern ich bei dir bleiben würde, aber ich kann es nicht. Ich habe wieder und wieder versucht, mich an das Leben hier unten zu gewöhnen, aber es macht mich kaputt. Ich habe sogar versucht, mich mit Tabletten zu betäuben, damit ich den Schmerz nicht fühle, aber es klappt einfach nicht. Das Tanzen *fehlt* mir. Es fehlt mir so sehr, daß alles andere vergiftet ist.» Sie war den Tränen nahe, zwang sich aber, sie zu unterdrücken, weil sie wußte, daß sie schwach werden könnte, falls sie jetzt weinte. «Wenn dir soviel an mir liegt, kannst du ja mitkommen. Nichts wäre mir lieber, und vielleicht wäre das die beste Lösung.»

«Tats, du weißt, daß es nicht geht. Ich bin mitten bei den Dreharbeiten. Aber vielleicht danach...»

«Danach wirst du mitten bei etwas anderem sein.» Sie hob die

Hand, um seinem Einwand zuvorzukommen. «Ich kenne dich. Ich weiß, was das Filmen für dich bedeutet. Wir müssen einfach der Tatsache ins Auge sehen, daß deine Arbeit dir mehr bedeutet als ich – und umgekehrt. Das ist nicht sehr romantisch, aber es ist die Wahrheit.» Sie sah sich in dem vertrauten Schlafzimmer um, blickte auf ihre Bücher, die an der Tür aufgestapelt waren, auf die Blusen, die sie zum Einpacken über eine Stuhllehne geworfen hatte. Ihr ganzes Leben schien in Scherben vor ihr zu liegen. «Ich nehme an, wir werden uns früher oder später scheiden lassen.»

Michael packte sie an den Schultern. «Rede bitte nicht so, Tats. Bitte. Es erinnert mich zu sehr an meine Eltern.»

«Was soll ich sonst sagen?»

«Sag, daß du mir eine Chance geben wirst, meinen Teil der Abmachung einzuhalten. Meinetwegen, ich weiß, daß ich die Schuld habe, ich weiß, daß ich dich viel länger festgehalten habe, als ich verantworten kann, aber gib mir nur noch einen Monat, um *Rebel Yell* zu Ende zu drehen und zu schneiden, und ich schwöre dir, daß ich dann mit dir nach New York gehen werde.»

«Ein Monat?»

«Ich schwöre es.»

«Ich würde dir gern glauben, aber ich habe das alles schon einmal gehört, Michael.» Tatiana setzte sich müde auf das Bett. «Ich weiß wirklich nicht.»

«Bitte.»

«Ich nehme an, ich könnte versuchen, Balanchine vorzutanzen, solange er noch hier ist. Dann würde ich wissen, ob es eine Chance gibt, daß er mich wieder in die Truppe aufnimmt. Wenn er ja sagt, gehe ich auf jeden Fall.»

«Aber du wirst den einen Monat warten?»

Tatiana zuckte mit den Schultern und versuchte zu lächeln. Sie hatte das Gefühl, gewonnen und gleichzeitig verloren zu haben. «Ein Monat, ja ... Aber keinen Tag länger.» Sie konnte nicht mit Worten ausdrücken, wie sehr sie sich wünschte, daß er mit ihr käme, aber sie wußte, daß sie ihn diesmal wirklich verlassen würde, wenn er in Hollywood blieb.

Eine Woche später, um acht Uhr morgens, sah Balanchine Tatiana auf der Bühne des Greek Theater tanzen. Danach teilte er ihr mit, daß er sie gern wieder bei der Truppe haben würde.

«Willkommen daheim, Tats.» Ada Wilzer nahm Tatiana so ungestüm in die Arme, daß sie beinahe ihren Drink verschüttete. Ada, Mitglied des Corps de ballet, war eine kleine, überschlanke Person mit feuerrotem Haar und einer langen, schmalen Nase, die ihrem Gesicht etwas Vogelhaftes gab. «Ich habe gehört, daß Balanchine dich wieder nimmt. Großartig.» Es war vier Uhr nachmittags, und die Abschiedsparty für die Tänzer des New York City Ballet lief auf vollen Touren. Tatiana stand auf dem rutschfesten, transportablen Tanzboden über dem Swimmingpool und trank Sekt, der so süß war, daß ihr fast übel wurde. Die rotgelb gestreifte Markise des gemieteten Zelts flatterte wie ein aufgespießter Schmetterling. Der berüchtigte Wind von Santa Anna blies den Smog in Richtung Meer und brachte glutheiße Luft mit sich, die in die Lungen zu beißen schien. Zu schade, daß ich nicht im Pool bin, statt über ihm herumzustehen, dachte sie. Sie hatte seit ein paar Tagen eine leichte Halsentzündung, und heute morgen hatte sie beim Aufwachen Kopfschmerzen gehabt, alles nicht ernst genug, um sie von der Teilnahme an der Party abzuhalten, aber doch lästig.

Blanche Bender, die schüchtern neben den beiden gestanden hatte, trat plötzlich zu ihnen. «Wir haben dich alle vermißt», sagte sie leise und errötete über ihre Offenheit. Tatiana schien es unbegreiflich, daß irgend jemand sie vermißt hatte, aber offensichtlich war es so. Seit sie bei der Party erschienen war, waren die Kollegen nacheinander zu ihr gekommen und hatten gesagt, wie sehr sie sich über ihre Rückkehr freuten. Sie bekam plötzlich einen Hustenanfall. Sie hielt sich schnell die Hand vor den Mund und murmelte eine Entschuldigung.

«Oh», sagte Blanche. «Das klingt aber nicht gut.»

«Nur eine kleine Sommergrippe.» Tatiana mußte wieder husten. «Entschuldigung. Es hat sich seit Tagen angebahnt.»

«Das ist das Blöde mit all eurem Sonnenschein hier», bemerkte Ada ironisch. «Du brauchst dringend eine gute Dosis von unserem Winter in Manhattan, um dich abzuhärten und wieder in Form zu kommen. Schnee und Hagel und das süße Geräusch einer zischenden Dampfheizung im Schlafzimmer.»

Sie scherzten noch drei oder vier Minuten über das Wetter, und dann gingen Blanche und Ada, um neues Eis für ihre Drinks zu holen. Tatiana trank noch einen Schluck Sekt und massierte sich kurz den Nacken. Verdammt, ihr tat alles weh, und ihr Hals war entschieden geschwollen, ganz zu schweigen von den sonderbaren jagenden Schmerzen unter dem Kreuz und in den Beinen. Was für ein Zeitpunkt, eine Grippe zu bekommen, und das Schlimmste war, daß sie Alysa wahrscheinlich anstecken würde, was die Abreise nach New York noch traumatischer machte, als es ohnehin schon sein würde. Aber es spielte keine Rolle. Sie hatte ihr Flugticket bereits, und sie würde auf jeden Fall fliegen. Wenn Alysa krank würde, dann würde sie sie einfach in eine Wolldecke packen und mitnehmen, und was Michael betraf... Nein, sie hatte sich geschworen, heute nachmittag nicht an Michael zu denken. Ihr war es egel, wenn *Rebel Yell* der Fertigstellung nicht näher war als vor einer Woche. Wenn der Monat um war, würde sie gehen.

Sie nippte wieder von dem süßen Getränk und wandte ihre Aufmerksamkeit den Leuten zu, die sich um das kalte Buffet scharten. Eines mußte man den Veranstaltern der Party lassen: Sie verstanden es, die richtige Portion von Berühmtheiten beizumischen. Drüben an der Austernbar sah sie Gene Kelly, Balanchine und Cyd Charisse in ein angeregtes Gespräch vertieft. Nun, es war bei näherem Nachdenken nicht weiter überraschend. Das Gastspiel des New York City Ballet war wahrscheinlich das größte kulturelle Ereignis, das Los Angeles in den letzten zehn Jahren erlebt hatte. Einundvierzig neue Ballette waren zum erstenmal an der Westküste aufgeführt worden, und nach jeder Vorstellung hatte es stehende Ovationen gegeben. Die Filmwelt spielte verrückt, Trikots waren der letzte Schrei, und Schauspielerinnen, die noch nie im Leben einen Schritt getanzt hatten, meldeten sich zu Dutzenden bei der Palms Academy zu Kursen an. Man redete von längeren Opern- und Ballettgastspielen am Greek Theater, sogar von einem festen Ensemble.

Es war nicht ohne eine gewisse Ironie, daß der ernsthafte Tanz ausgerechnet in dem Moment nach Los Angeles kam, in dem sie die Stadt verließ. Tatiana fischte eine mit Sekt vollgesogene Erdbeere aus ihrem Glas und aß sie langsam, während sie über die Idee einer festen Truppe nachdachte. Alles rings um sie herum schien sich auf einmal zu verlangsamen wie eine Schallplatte, die sich zu Ende dreht. Ihre Arme fühlten sich bleischwer an, und auf ihrer Zunge war ein unangenehmes Kribbeln. Es mußte an der Hitze liegen – daran und an dem Sekt. Sie trank gewöhnlich nicht soviel, aber er hatte ihre entzündete Kehle betäubt. Wieder einmal war die Therapie schlimmer als die Krankheit. Oh, sie hatte Gott sei Dank reichlich Zeit, nüchtern zu werden, ehe sie nach Hause fuhr.

Tatiana schlenderte zum Buffet und versuchte, sich auf die Gerichte zu konzentrieren, die in der Tat sehr verlockend aussahen, ganze Fasanen, wilder Reis, Maiskolben in Butter und Estragon, silberne Platten mit winzigen Sandwiches. Blanche stand auf der anderen Seite der Terrasse und redete mit Pauline. Wenn sie eine Kleinigkeit gegessen hatte, würde sie zu ihnen gehen. Es war ein herrliches Fest, fast wie Thanksgiving und Weihnachten in einem. Das war mit das Beste an der Truppe: Sie glich einer großen Familie. Es hatte keinen Sinn, in einer Ecke zu stehen und zu schmollen und sich all den Spaß entgehen zu lassen, nur weil man ein bißchen Kopfschmerzen hatte. Außer daß... Na ja, wenn sie genauer überlegte, schmollte sie gar nicht, aber ihre Beine waren auf einmal wie Pudding.

Sie machte einen Schritt, und der Boden unter ihren Füßen fing an zu zittern. Schon dieser eine Schritt löste ein sonderbares Gefühl aus, als tanzte sie auf einer stark abschüssigen Bühne. Ihre Arme und Beine waren schwer, und ihr Hals tat weh, als triebe ihr jemand tausend kleine Nadeln in den Nakken. Die Palmen im Garten begannen einen Hulatanz zu tanzen, vervielfachten und teilten sich vor ihren Augen. Sie brauchte eine Weile, um sich klar zu werden, daß sie wahrscheinlich alles doppelt sah.

Großer Gott, sie hatte einen Sonnenstich oder einen Hitzekoller oder Gott weiß was. Sie versuchte sich daran zu erinnern, was man in einem solchen Fall tun sollte. Sich hinsetzen? Den Kopf zwischen die Knie stecken? Sie blickte sich verzweifelt nach einer Sitzgelegenheit um, sah aber keine. Im Haus gab es natürlich genug Sessel, aber sie war jetzt zu benommen, um einen Fuß vor den anderen zu setzen.

«Haben Sie etwas?»

«Wie bitte?» Sie schreckte aus ihren Gedanken und sah, daß der weißbeschürzte Kellner hinter dem Buffet sie besorgt musterte. Er war jung und blond, sicher ein Surfer oder ein Nachwuchsschauspieler ohne Engagement, der seinen Lebensunterhalt damit verdiente, auf Schickeriapartys Roastbeef zu schneiden. «Nein, danke, alles in Ordnung», antwortete sie schwach, und noch während sie die Worte aussprach, schien alles zu Leim zu werden. Sie sackte wie im Zeitlupentempo vor und fühlte, wie sie zentimeterweise in ein klebriges Nichts sank.

«Es ist die Hitze», murmelte sie, zu dem erschrockenen Kellner gewandt. Das letzte, was sie im Gedächtnis behielt, war ihre unsichere Geste zu dem Tisch hin. Sie wollte sich festhalten, aber sie griff ins Leere.

Das Telefon klingelte. Natascha tastete danach und hätte um ein Haar die Nachttischlampe umgestoßen. *Bosche moj!* Wer konnte um diese Zeit anrufen? Es mußte kurz vor drei Uhr morgens sein.

«Priwjet.» Natascha, aus ihrem tiefen Schlaf hochgeschreckt, wußte nicht, in welcher Sprache sie sich melden sollte – Russisch, Französisch, Englisch, in ihren Träumen bildeten alle drei längst ein unentwirrbares Knäuel. «Hallo.» Sie knipste die Lampe an und setzte sich auf.

«Mutter, ich bin's, Michael.»

«Michael!» Natascha war augenblicklich hellwach. «Was ist passiert? Ist Alysa krank?»

«Nein, es geht um Tats. Sie ist im Krankenhaus. Sie war auf einer Party und hatte anscheinend einen Schwächeanfall.» Er verschwieg etwas, sie hörte es an seiner Stimme. Ein schwaches, kaltes Prickeln der Angst lief ihren Rücken hinunter. Sie zog sich die Decke um die Schultern und drückte den Hörer fester ans Ohr.

«Weiß man, was es ist?»

«Sie sind noch nicht ganz sicher, aber sie haben eine Lumbalpunktion gemacht, und...»

«Und?»

«Es sind zu viele Lymphozyten in ihrer Rückenmarksflüssigkeit.»

«Michael, was bedeutet das, sprich um Himmels willen nicht in Rätseln. Was ist die Diagnose?»

«Im Moment können sie nur vermuten, daß es... daß es Polio ist.»

«Polio.» Natascha umklammerte den Hörer und wünschte, Michael würde ihr sagen, daß alles ein geschmackloser schlechter Witz sei. 1954 gab es wohl kein gefürchteteres Wort als Polio. Kinderlähmung. Bei der Epidemie im letzten Sommer waren allein in den Vereinigten Staaten über 30000 Fälle registriert worden. Man mußte nicht für die Poliohilfe arbeiten, um zu wissen, daß Tausende von Opfern ihr Leben lang verkrüppelt blieben. Wie konnte Tatiana Polio haben, ihre Tatiana, deren ganzes Leben Bewegung und Tanz gewesen war? Es war undenkbar – Natascha hätte am liebsten mit der Faust auf den Nachttisch geschlagen und das ganze Universum herausgefordert. Statt dessen atmete sie tief ein und versuchte um Michaels willen, alle Furcht aus ihrer Stimme zu verbannen. «Wie schlimm ist es, Michael?»

Am anderen Ende der Leitung war ein langes Schweigen, das ihr mehr sagte als alle Worte. «Sie liegt im Cedars of Lebanon», sagte Michael endlich. «Es ist ein sehr gutes Krankenhaus. Sie hat ein Einzelzimmer und die besten Ärzte, die man für Geld bekommen kann. Im Moment hat sie Schwierigkeiten beim Atmen, und sie haben sie an die Eiserne Lunge angeschlossen.»

Dies war ein Alptraum. Sie mußte träumen. Sie würde jeden Moment aufwachen und merken, daß alles wieder war wie vorher. «Ehe sie nicht wieder bei Bewußtsein ist, kann man nicht sagen, ob sie...» Er hielt inne und suchte nach Worten. «Ich will dir keine Angst machen, Mutter, aber ich glaube, du solltest so schnell wie möglich herkommen.»

«Natürlich», sagte Natascha. «Natürlich. Ich nehme die Frühmaschine.» Als sie aufgelegt hatte, starrte sie auf das Telefon und versuchte sich begreiflich zu machen, daß ihre Tochter in eben diesem Augenblick in einer großen Maschine lag, die für sie atmete. Sie sah plötzlich vor sich, wie die kleine Tatiana mit fünf oder sechs Jahren mit ihren fliegenden kastanienbraunen Zöpfen über den Boston Common, die schönen Parkanlagen im Stadtzentrum tollte, sie erinnerte sich an Tatianas stämmige Beinchen, die den Kiesweg entlangliefen, an ihr Lachen, sogar an das hübsche blaue Kleid, das sie an jenem Tag getragen hatte, eines ihrer Lieblingskleider, mit weißen Spitzen besetzt, das Tante Faith ihr genäht hatte. An jenem Nachmittag hatte sie gesehen, daß ihre Tochter die geborene Tänzerin war – alles an ihrem Körper hatte es ihr gesagt. Sie drehte den Kopf aus dem Lichtkegel, vergrub den Kopf im Kissen und weinte um ihre Tochter, um sich selbst, um all die Ungerechtigkeit des Lebens, die so schmerzte und so sinnlos war.

Nach einer Weile richtete sie sich auf, wischte sich die Augen trocken und griff zum Hörer, um Winn und Drew anzurufen und ihnen Bescheid zu geben.

«Bitte, Mrs. Ward, ehe Sie hineingehen und Ihre Tochter sehen, sollten Sie sich vielleicht auf eine... hm, schwierige Begegnung gefaßt machen.» Dr. Kean rückte seine Brille zurecht und räusperte sich. Er war ein kleiner, vielleicht fünfzigjähriger Mann mit Halbglatze, der eine beruhigend wirkende betriebsame Tüchtigkeit ausstrahlte. «Wie Sie wissen, befindet sie sich im Moment in einer Beatmungszelle.»

Natascha griff nach Michaels Hand und versuchte sich vorzustellen, wie Tatiana aussehen würde, aber sie konnte absolut kein

Bild von ihr heraufbeschwören. «Sie meinen, sie ist in einer Eisernen Lunge.»

«Genau», sagte Dr. Kean sachlich. «Wenn Verwandte einen Patienten zum erstenmal in diesem Gerät sehen, bekommen sie manchmal einen Schock. Sie müssen verstehen, daß es ihr in Wahrheit recht gut geht, jedenfalls in Anbetracht der Umstände, und deshalb besteht kein Grund für eine übermäßige emotionale Reaktion. Ich will natürlich nicht andeuten, daß Sie zu Hysterie neigen, aber wir hatten ehrlich gesagt schon einige diesbezügliche Probleme, die einen solchen Hinweis für geraten erscheinen lassen.»

«Ist diese Eiserne Lunge ...» Ihre Stimme bebte, doch entschlossen, selbst das Schlimmste zu erfahren, redete Natascha weiter. «Ist sie eine ständige Vorkehrung?»

«Das ist in diesem Stadium schwer zu sagen. Wenn Sie mich jetzt bitte entschuldigen würden ...» Er wandte sich zum Gehen, doch Natascha legte ihm leicht die Hand auf den Arm, um ihn aufzuhalten.

«Herr Doktor, ich muß mehr darüber wissen, was ihr fehlt.»

«Sie ist im akuten Stadium der spinalen Kinderlähmung oder Poliomyelitis, Mrs. Ward. Das ist die ganze Wahrheit.» Sie konnte sehen, daß er es eilig hatte, woanders hinzukommen. Er mußte sich zweifellos um andere Patienten kümmern, aber sie *mußte* begreifen, was mit Tatiana geschah.

«Was ist die Ursache? Wie hat sie es bekommen? Wird sie ihr Leben lang ein Krüppel sein? Bitte, Herr Doktor, ich muß die Wahrheit wissen. Sie brauchen mich nicht zu schonen.»

Dr. Kean sah auf seine Uhr. «Mrs. Ward, ich würde Ihnen gern den Gefallen tun, aber ich habe jetzt beim besten Willen keine Zeit für einen Vortrag über Kinderlähmung. Ich muß in einer Viertelstunde operieren.»

«Bitte.»

Der Arzt seufzte, zuckte dann die Achseln. «Gut, ich will versuchen, es kurz und nicht zu grausam zu machen. Polio, meist Kinderlähmung genannt, wird von einem Virus verursacht, das die Nervenzellen angreift, die die Muskelbewegungen kontrollieren. Die Muskeln selbst werden von der Krankheit nicht betroffen, bekommen aber nicht mehr die nötigen Nervenreize, um zu reagieren. Können Sie mir folgen?»

«Ja.» Natascha nickte und gab sich Mühe, alles aufzunehmen.

«Gut. Das Wichtigste, was Sie im Augenblick wissen müssen, ist folgendes. Die akute Lähmungsphase dauert gewöhnlich achtundvierzig Stunden bis eine Woche. Danach kann es eine stete Besserung geben, die zwei Monate bis ein Jahr oder noch länger dauert.» Er sah auf seine Uhr.

«Heißt das, daß die Lähmung völlig verschwinden kann?» Natascha hatte plötzlich das Gefühl, er habe ihr eine Rettungsleine zugeworfen. Der Wechsel von Verzweiflung zu neuer Hoffnung war so abrupt, daß ihr zu schwindeln begann.

Dr. Kean hob warnend die Hand. «Ich möchte keine unbegründeten Hoffnungen wecken, Mrs. Ward. Das Ergebnis läßt sich beim besten Willen nicht voraussagen. Alles hängt davon ab, ob die Nervenzellen abgetötet oder nur geschädigt sind. Wie ich bereits andeutete, kann es nach dem Beginn der Lähmung Wochen oder sogar Monate dauern, bis wir das Ausmaß des Schadens erkennen.» Er räusperte sich erneut. «Ihr Verhalten kann jetzt eine ungeheure Hilfe für Ihre Tochter sein. Patienten bekommen manchmal schwere Angstzustände, wenn sie merken, daß ihre Gliedmaßen ihnen nicht mehr gehorchen. Machen Sie ihr bitte Mut, falls Sie dabeisein sollten, wenn sie wieder zu Bewußtsein kommt. Aber jetzt muß ich wirklich gehen und mich auf die Operation vorbereiten.»

«Ja, natürlich. Vielen Dank.» Er hatte ihr unverblümt gesagt, daß sie ihre eigenen Ängste unterdrücken müßte, wenn sie irgendeine Hilfe für Tatiana sein wollte. Sie dachte an all die Dinge, die ihr in ihrem Leben angst gemacht hatten, an plündernde Menschenmassen, bewaffnete Bolschewiken, Einsamkeit, doch all das war nichts im Vergleich zu dem, was Tatiana jetzt durchmachte. In diesem Moment faßte sie einen Entschluß: Sie würde sich von nun an zwingen, zu glauben, daß Tatiana wieder vollständig genesen würde. Die Lähmung würde vorübergehen; die Krankheit war nichts anderes als ein unangenehmes Zwischenspiel; Tatiana würde nicht nur wieder gehen, sondern auch wieder tanzen. Sie würde es fest glauben, und sie würde dafür sorgen, daß Tatiana es glaubte.

Mit diesem Entschluß gewappnet war Natascha imstande, die Schutzmaske umzubinden, die eine Schwester ihr gab, in das Krankenzimmer zu gehen und nicht mit der Wimper zu zucken, als sie Tatiana in der großen Metallröhre liegen sah, aus der nur ihr Kopf herausragte. Tatianas Haar klebte ihr an der Stirn. Natascha strich es zärtlich zur Seite und beugte sich zu ihr hinunter.

«Du wirst gesund werden», sagte sie laut und fest. Es war nicht weiter wichtig, ob Tatiana sie hörte. Natascha zog den Mantel aus, setzte sich auf einen Klappstuhl aus Metall und legte die Handtasche in ihren Schoß. Die nächsten zehn Minuten sprach sie mit Tatiana und versicherte ihr, daß alles wieder in Ordnung kommen würde, und dann kam die Schwester und gab ihr ein Zeichen, daß es Zeit sei zu gehen.

Tatiana erinnerte sich ganz genau, daß sie auf einer Party für das City Ballet gewesen war. Mr. Balanchine war dagewesen, Blanche Bender und eine Menge anderer Leute. Aber wo war sie jetzt? Mühsam öffnete sie die Augen, doch alles ringsum war verschwommen. Wie merkwürdig, in einer Welt aus Nebel zu erwachen, die Welt zu sehen, als ob sie unter Wasser wäre, umgeben von Farbtupfen, die wie Fische um sie herumschwammen... Merkwürdig und ein bißchen beängstigend.

Die Farbflecken schrumpften langsam und nahmen allmählich feste Umrisse an. Sie bemerkte ein summendes Geräusch, einen sonderbaren Geruch von Medizin, einen eigenartigen, schweren Druck auf der Brust. Dann konnte sie sehen, daß die Farbtupfen Mama und Michael waren, die sich über sie beugten, aber irgend etwas stimmte nicht. Sie sahen beide so schrecklich besorgt aus. Sie versuchte zu reden, aber die Worte blieben in ihrer Kehle stecken. Alles schmerzte, ihr Kopf, ihr Nacken, sogar ihre Fußsohlen. Einen Moment lang bemühte sie sich, die Hand nach Michael auszustrecken, aber sie konnte die Arme nicht heben. Sie gab den Kampf auf und fiel dankbar an einen Ort zurück, wo der Schmerz sie nicht finden konnte.

«Sie hat die Augen geöffnet! Ich schwöre bei Gott, sie hat mich erkannt.»

«Was hat sie gesagt?»

«Ich glaube ...» Michaels Stimme brach, und er mußte noch einmal anfangen. «Ich glaube, sie hat versucht, uns zu sagen, daß es ihr gutgeht.»

Obgleich ihnen beiden klar war, daß es unlogisch war, empfanden Natascha und Michael von jener Stunde an mehr Zuversicht. Tatiana würde gesund werden. Sicher, sie war noch bewußtlos und hatte nach wie vor Atemprobleme, aber sie war kurz zu sich gekommen, und es würde nur eine Frage der Zeit sein, daß sie vollkommen erwachte. Sie sagten sich, daß sie jung, kräftig und körperlich gut in Form sei, und Dr. Kean bestätigte ihren Eindruck. Es gebe sogar Anzeichen, eröffnete er ihnen, daß Tatianas Fall nicht so ernst sei, wie er zunächst befürchtet habe, obgleich man vorläufig noch nichts Sicheres sagen könne.

An diesem Nachmittag ging Natascha zur Krankenhausbuchhandlung und kaufte sich drei Krimis von Agatha Christie; Michael rief seinen Telefonauftragsdienst an, sagte der Dame, wo er zu erreichen war, machte einen Spaziergang und kam mit zwei Bechern Kaffee, einigen labbrigen Sandwiches und der *Los Angeles Times* zurück. Erstaunlich, daß die Welt in den letzten beiden Tagen nicht zum Stillstand gekommen war: In Marokko war eine Heuschreckenplage ausgebrochen, das Mithrasheiligtum in London war immer noch nicht restlos freigelegt, Arnold Palmer hatte die US-Meisterschaft der Golfamateure gewonnen, und Haile Selassie machte einen Staatsbesuch in Bonn. Er entdeckte sogar einen kurzen Bericht über Bobby Fender. Wildgewordene Fans hatten dem Sänger bei seinem letzten Auftritt in Tulsa so heftig zugesetzt, daß er um Polizeischutz bitten mußte. Natascha war ein wenig enttäuscht, als Michael ihr sagte, daß es höchstwahrscheinlich nur ein Publicitygag sei. Jetzt, wo es ihrer Tochter etwas besser ging, hatte sie genug Energie übrig, um sich über eine Welt zu freuen, in der junge Mädchen sich in Orten mit exotischen Namen wie Tulsa, Oklahoma, attraktiven jungen Sängern zu Füßen warfen.

Am nächsten Tag kam Tatiana ganz zu Bewußtsein, und die Lähmung, die den größten Teil ihres Körpers ergriffen hatte, ließ nach. Zweiundsiebzig Stunden später wurde sie mit Natascha und Michael an ihrer Seite aus der Eisernen Lunge genommen und in ein Einzelzimmer verlegt, das, wie eine der Schwestern scherzend meinte, mit seinen zahllosen Blumensträußen aussah wie ein Blumengeschäft. Als Natascha und Michael alles getan hatten, damit sie bequem in dem neuen Bett lag, lasen sie ihr eine Stunde lang ihre Post vor. Tatiana, die bei dem Gedanken, sich nie wieder richtig bewegen zu können, tausend Qualen litt, schien in den Blumen und Briefen ein wenig Trost zu finden. Wie sich zeigte, hatten nicht nur ihre Lehrer und Bekannten von der Palms Academy an sie gedacht, sondern auch fast alle Tänzer des New York City Ballet vom jüngsten Mitglied des Corps bis hin zu Balanchine selbst. Sie alle hatten einen Kartengruß oder Blumen geschickt.

Am anderen Ende der Stadt lief Arnold Glass, Chef der Galaxy Studios, in seinem Büro auf und ab und überlegte – um genau zu sein, überlegte er eigentlich kaum, nein, er wütete stumm vor sich hin. Er war außer sich vor Zorn. Er hegte geradezu Mordgedanken.

Er setzte sich an seinen Mahagonischreibtisch und ballte die Hände zu Fäusten, um nicht etwas Dummes und Voreiliges zu tun, wie beispielsweise die Sprechanlage aus dem Fenster zu schleudern. Er hatte eben den Rohschnitt von *Rebel Yell* gesehen, und es war ... Es gab keine Worte dafür, was für ein *Mist* es war. Glass riß eine Schublade auf, nahm eine Flasche Alka-Seltzer heraus und schüttete eine Tablette in ein Glas mit eingraviertem Monogramm. Er goß ein wenig Wasser hinzu und trank fluchend die sprudelnde Mischung.

Michael Macks hatte ihn reingelegt. Vor kaum zehn Minuten hatte er sich ansehen dürfen, wie Bobby Fender in einem Holzfällerhemd wie der letzte Penner durch die Stadt schlurfte. Bobby Fender – dem er, Glass, 100000 Dollar von seinem hart erarbeiteten Geld gezahlt hatte – lief durch die Straßen von Los Angeles und sang einem Haufen kreischender Teenager irgendeinen Unsinn vor. Macks war nicht vom Originalskript abgewichen, er hatte es gar nicht erst benutzt – es sei denn, man berücksichtigte die eine übergeschnappte Traumsequenz, die zuvor als Höhepunkt des Films geplant war. Wo waren die Bürgerkriegsszenen, die Rhett-Butler-Zitate, die wunderbare Liebesgeschichte? Das Ganze war von A bis Z eine Katastrophe. Als ob das Fernsehen nicht als Problem reichte, war dieser rotznasige Anfänger losgezogen und hatte ein Musical gedreht, das ihn höchstens an diese gottverdammten italienischen Filme erinnerte, in denen Halbstarke mit fettigem Haar und T-Shirts Spaghetti herunterschlangen und Fahrräder klauten.

Macks hatte einen Vertrag mit Galaxy, einen guten, hieb- und stichfesten Vertrag ohne Schlupflöcher, und er sollte machen, daß er herkam, sich auf seine vier Buchstaben setzte und diesen Schlamassel gratis ausbügelte, oder er, Glass, würde den ganzen Film zu Spielblättchen für Mandolinen zerhacken, als Verlust von der Steuer absetzen und Macks auf Schadenersatz verklagen. Galaxy hatte noch nie einen Film ohne seine ausdrückliche Genehmigung an den Verleih ausgeliefert und würde es auch nie tun. Wenn Macks sich weigerte, die Anordnung zu befolgen, würde seine Karriere vorbei sein, aus, Ende. Er konnte seinetwegen als Tellerwäscher sein Geld verdienen. Glass persönlich würde dafür sorgen, daß er auf die schwarze Liste aller Studios in Hollywood kam.

Das Blöde war, daß eine schwarze Liste noch viel zu gut für diesen Kerl war. Es mußte etwas anderes geben. Glass hatte eine fabelhafte Idee. *Rebel Yell* war ein Totalverlust, also könnte er ihn doch einfach freigeben, wie er war, und kein einziges Bild ändern? Ganz Hollywood würde sich über Macks totlachen. Seine Karriere wäre ruiniert, seine Glaubwürdigkeit für alle Zeiten verspielt, und mit ein wenig Glück würde dieser Fender ihn sogar verklagen.

Glass drückte die Taste der Sprechanlage, lehnte sich zurück und dachte, daß er eigentlich ein wahres Genie sei. Es war ein fabelhafter Plan, einer der besten, die er in seiner zwanzigjährigen Praxis gehabt hatte, und das Schönste daran war, daß alles vollkommen legal war. Natürlich würde es einige Zeit dauern, um alles vorzubereiten, ein oder zwei Monate, um die Verleihmodalitäten zu regeln. Man könnte ebensogut den alten Trick benutzen und ihn in möglichst vielen Kinos zugleich uraufführen, ehe es sich herumsprach. Arnold Glass lächelte vor sich hin und trank den Rest Alka-Seltzer in einem Zug aus. Mit ein paar schnellen Manövern könnte Galaxy sogar noch einen kleinen Profit herausschlagen. Hübsch, wirklich sehr hübsch. Die Filmindustrie erinnerte ihn immer an ein Schlachtfeld, wo nur die Stärksten überlebten. Macks wußte es nicht, aber Glass hatte ihn im Visier und brannte darauf abzudrücken.

Fünf Wochen waren vergangen. Tatiana saß in ihrem Krankenhauszimmer in einem Rollstuhl, las eine Illustrierte und gab sich Mühe, kein Selbstmitleid zu empfinden. Sie hatte in jeder Beziehung Glück gehabt, obgleich das Wort «Glück» auf einmal einen bitteren Nachgeschmack hatte. Vorhin war Dr. Kean bei ihr gewesen und hatte sich vielleicht zum viertenmal in dieser Woche mit den Worten entfernt, er freue sich über die Fortschritte, die sie mache. Die Lähmung, die ihren ganzen Körper erfaßt hatte, verschwand allmählich. Sie konnte sich von der Taille aufwärts praktisch wieder so bewegen wie früher, und wenn sie die Beine in Spezialschienen schnallte, konnte sie sogar ein wenig gehen – sofern man das unsichere Torkeln durchs Zimmer und das ständige Tasten nach Halt als Gehen bezeichnen wollte. Heute morgen hatte Dr. Kean sie ausdrücklich mit seinen anderen Poliopatienten verglichen und gesagt, das Tempo ihres Genesungsprozesses sei ein kleines Wunder, was sie wahrscheinlich dazu veranlassen sollte, dem lieben Gott dankbar zu sein. Aber der Arzt konnte gut Dankbarkeit und Geduld predigen; schließlich war er nicht derjenige, der im Rollstuhl saß.

«Hallo, Tats.» Die Tür hatte sich plötzlich geöffnet, und Michael kam, sein Sportsakko lässig über die Schulter geworfen, ins Zimmer. Er trug eine neue dunkelbraune Hose und sah heute besonders gut aus, gesund und braungebrannt. Natürlich sah er gut aus, er konnte schließlich an den Strand gehen, wann er wollte, er konnte Auto fahren und einen Schaufensterbummel machen. Tatiana spürte einen eifersüchtigen Stich, schämte sich aber sofort dafür. «Kann ich etwas für dich tun?» fragte Michael freundlich und setzte sich auf den Bettrand.

«Ja, wenn du mir ein Glas Wasser einschenken würdest.»

Er nahm die schwere Metallkanne, die sie immer noch nicht selbst heben konnte, und schenkte etwas Wasser in einen Pappbecher. Es schmeckte süßlich und roch nach Chlor. Tatiana trank langsam und spürte ein angenehmes kaltes Gefühl in der Kehle. «Solltest du jetzt nicht im Studio sein?» Sie wußte, daß es keine sehr diplomatische Bemerkung war, aber sie hatte den Wunsch, allein zu sein. Wenn sie in letzter Zeit mit Michael zusammen war, hatte sie unweigerlich den Eindruck, daß er sie bemitleidete, und Mitleid machte sie zornig. Sie sah es so oft – in den Augen von Ärzten und Schwestern, in den Augen der anderen Patienten. In diesem verdammten Krankenhaus schienen alle zu wissen, daß sie früher Tänzerin gewesen war. Sie sollte wahrscheinlich dankbar sein, daß ihr Fall soviel Interesse weckte. Wahrscheinlich bekam sie deshalb eine bessere Pflege. Was war eigentlich mit ihr los? Man las in einem fort Geschichten über Leute, die ihre körperlichen Handikaps mit der Geduld von Heiligen ertrugen, doch sie empfand nur Groll und abgrundtiefe Niedergeschlagenheit, wenn sie über ihre Lage nachdachte.

«Ich werde *Rebel Yell* erst dann fertigstellen, wenn du wieder auf den Beinen bist.» Michael nahm den Pappbecher, drückte ihn zusammen und warf ihn in den Papierkorb an der Tür.

«Auf den Beinen. Ein guter Witz.» Sie wußte, daß es bitter klang, aber sie konnte einfach nichts dafür.

«Tats, Dr. Kean sagt, du hättest alle Aussichten ...»

«Michael, behandle mich bitte nicht wie ein kleines Kind. Ich sitze hier im Rollstuhl, stimmt's? Ich werde vielleicht mein Leben lang darin sitzen. Finden wir uns damit ab.»

Michael nahm ihre Hände und küßte sie zärtlich. Sein blauer Pullover ließ seine Augen wie Tupfen vom Sommerhimmel wirken, und es lag soviel Leidenschaft in ihnen. Verschwendete Leidenschaft. Sie wollte nicht mehr, daß er sie berührte, vielleicht würde sie es nie wieder wollen. Ihr Körper mochte im Moment noch einigermaßen normal aussehen, aber in ein paar Monaten würden die Beinmuskeln anfangen zu schrumpfen. Die Broschüre des Gesundheitsamtes, die Natascha ihr auf ihre Bitte aus der Krankenhausbücherei gebracht hatte, beschrieb es ganz eindeutig. Sie würde nicht zulassen, daß er ihren Verfall miterlebte. Sie liebte Michael immer noch, aber ihr Körper hatte sich in etwas Fremdes verwandelt, und sie konnte es kaum ertragen, daran zu denken.

«Tats!» Michael beugte sich näher zu ihr, und sie wich ein bißchen zurück, da sie ihn nicht verletzen wollte – aber sie war einfach nicht imstande, ein anderes menschliches Gesicht so nahe dem ihren zu ertragen. «Ich möchte dir etwas sagen, aber ich konnte noch nie sehr gut mit Worten umgehen und weiß nicht, wie ich anfangen soll.» Michael verstummte und spielte einen Moment mit ihren Fingern. «Ich will es kurz machen... Ich möchte dir einfach sagen, daß ich dich sehr liebe.»

«Ich weiß, Michael.» Einen Augenblick lang fiel alle Bitterkeit von ihr ab, und sie spürte eine große Zuneigung. Dann kam ihr der Verdacht, er habe es nur aus Mitleid gesagt. Sie wollte den Gedanken verdrängen, aber er setzte sich schwer und widerwärtig wie eine unverdauliche Pille in ihrer Magengrube fest.

«Mein Vater hat meine Mutter damals für seine Arbeit geopfert», sagte Michael ernst. «Seine Karriere kam immer an erster Stelle, vor ihrem Glück, vor meinem, vor allem. Ich bin die letzten paar Jahre ein bißchen so geworden wie er, und das macht mir angst.»

«Michael...» All das kam zu spät, es war umsonst. Er hätte es Jahre vorher sagen sollen, vor Alysas Geburt. Er hätte an sie denken sollen, als es noch etwas genützt hätte.

«Nein.» Er legte ihr sanft einen Finger auf die Lippen. «Laß mich ausreden, ich möchte alles sagen. Ich habe dich vernachlässigt, und ich habe Alysa vernachlässigt. Und wofür? Für ein paar Filme? Für den Versuch, Bobby Fender dahin zu bringen, daß er seinen rechten Fuß vom linken unterscheiden kann? Nun, von heute an ist dein Glück das Allerwichtigste für mich. Zum Teufel mit Glass, zum Teufel mit ganz Hollywood, was das betrifft. Für mich kommst du an erster Stelle, und alles andere ist nur Beiwerk. Es ist mein Ernst. Wenn du immer noch nach New York zurückwillst, fliegen wir, sobald es dir wieder so gut geht, daß du reisen kannst.» Er beugte sich nach unten und küßte sie. Er hatte Tränen in den Augen. Tatiana hatte den Wunsch, ebenfalls zu weinen, aber sie kam sich innerlich trocken und leer vor. Nach New York zurück. Warum? Dort gab es nichts mehr für sie zu tun, nicht dort und nirgendwo anders.

Als Michael gegangen war, griff sie erleichtert die Illustrierte wieder auf und las weiter. Eigentlich sollte sie heute nachmittag mit dem Gehgerät üben, aber der Anblick der anderen Patienten im Korridor deprimierte sie. Wie sie gelesen hatte, war es noch gar nicht so lange her, daß Poliopatienten monatelang in Gips gekommen oder auf Rahmen geschnallt worden waren, um Mißwuchs zu verhindern und den Heilungsprozeß der Wirbelsäule zu unterstützen, doch seit Schwester Kenny, die legendäre australische Krankenschwester, die physikalische Therapie revolutioniert hatte, legten die Krankenhäuser viel Wert auf Bewegung. Ich sollte wohl dankbar sein, daß man mich nicht auf eine dieser Folterliegen geschnallt hat, dachte sie; ich sollte mich freuen, daß Dr. Kean mir Gehübungen mit diesem lächerlichen Metallding verordnet hat. Aber es war schwer, sich über irgend etwas zu freuen, besonders wenn man jede Nacht von *fouettés* und *grand jetés* träumte.

Eine Woche später wurde sie aus dem Krankenhaus entlassen. Es war ein schöner sonniger Nachmittag, und auf der Fahrt nach Malibu versuchten Natascha und Michael, sie in ein belangloses und munteres Gespräch zu ziehen, doch sie saß, von Kopf bis Fuß in eine rosa Wolldecke gehüllt, still auf dem Beifahrersitz und antwortete einsilbig.

«Willkommen daheim», bemerkte Michael mit gezwungener Fröhlichkeit, als sie in die Zufahrt bogen. Er machte die Wagentür auf, half ihr hinaus, nahm sie auf die Arme und wollte sie ins Haus tragen.

«Bitte nicht.»

«Was?»

«Stell mich bitte hin. Ich möchte selbst ins Haus gehen und mich nicht wie ein Wäschesack tragen lassen.»

«Tats, bist du sicher...»

«O ja.»

Michael machte den Mund auf, um noch etwas zu sagen, überlegte es sich jedoch anders. Natascha, die hinter ihm stand, reichte Tatiana die beiden oben zusätzlich abgepolsterten Metallkrücken. Tatiana drückte sie in die Achselhöhlen und fing an, über die Veranda zu humpeln. Michael und Natascha wechselten einen besorgten Blick, als sie neben sie traten. Sie streckte den Arm aus, stieß die Tür auf und stemmte sich über die Schwelle. Alles schien gut zu gehen, aber dann taumelte sie plötzlich und krachte zu Boden. Michael und Natascha liefen hinterher und knieten sich zu ihr. Das Ende der einen Krücke steckte zwischen den Speichen von Alysas Dreirad.

«Alles in Ordnung?»

«O ja, absolut. Alles in bester Ordnung. Der Krüppel kommt heim und fliegt als erstes auf die Fresse.» Sie versuchte aufzustehen, verlor den Halt und sank wieder, mit einem Arm den Kaffeetisch streifend, zu Boden. «Verdammt. Ich kann nicht mehr.» Sie ergriff eine Krücke und schleuderte sie mit aller Kraft durch den Raum. Eine Schale mit Goldfischen sprang in tausend Scherben, der Inhalt ergoß sich auf den Teppich, und die rotgoldenen Tiere zappelten hilflos an der Luft. Tatiana betrachtete sie und die Scherben, und ihr Gesicht wurde plötzlich aschfahl. «Es tut mir leid», sagte sie, die anderen verzagt anblickend. «Das war wirklich nicht richtig. Entschuldigt bitte. Ich weiß nicht, was in mich gefahren ist.»

«Tatiana!» Natascha war in das Gästezimmer getreten und machte die Tür hinter sich zu. «Ich muß mit dir reden.»

«Ich bin müde, Mama.»

«Ich habe volles Verständnis, aber ich muß morgen zurück nach Boston, und ich möchte dir etwas sagen, bevor ich gehe.» Natascha zündete sich eine Zigarette an, inhalierte den Rauch und warf das Streichholz in einen Aschenbecher. «Du benimmst dich ehrlich gesagt wie ein verzogenes Gör.»

«Mama...»

«Sei bitte still und hör zu. Gott weiß, wie schwer es für mich ist, dir dies nach all dem zu sagen, was du durchgemacht hast, aber wir haben einander immer die Wahrheit gesagt, und dies ist nicht der Moment, damit aufzuhören. Du bist ungerecht zu Michael – von mir ganz zu schweigen. Oh, ich weiß, du hast mehr als genug Grund, dich zu bemitleiden. Das Leben hat dir einen üblen Streich gespielt, nicht wahr? Aber das Leben spielt vielen Menschen üble Streiche. Die Frage ist: Hast du den Mumm, es durchzustehen, oder gedenkst du die nächsten vierzig Jahre herumzusitzen und den hilflosen Krüppel zu spielen?»

«Ich habe keine andere *Wahl* als herumzusitzen!»

«Unsinn.» Natascha drückte mit einer entschlossenen, heftigen Bewegung ihre Zigarette aus. «Alle Physiotherapeuten, mit denen wir gesprochen haben, haben dir gesagt, daß du eine gute Chance hast, deinen Zustand zu bessern, wenn du dir Mühe gibst. Außerdem habe ich nicht mein halbes Leben Ballettunterricht gegeben, ohne etwas über den menschlichen Körper zu lernen. Du weißt ebensogut wie ich, daß Muskeln absterben, wenn sie nicht gebraucht werden. Und du gebrauchst deine Muskeln nicht, Tatiana. Du läßt deine Beine verkümmern, und wenn das geschehen ist, bist du wirklich ein Krüppel.»

«Was soll ich denn deiner Meinung nach tun, Mama?»

«Schnall als erstes diese Schienen ab.» Natascha zeigte auf Tatianas Beine.

«Das kann nicht dein Ernst sein. Soll ich vielleicht auf allen vieren durchs Haus kriechen?»

«Wenn es sein muß, ja. Kriechen und dann gehen und dann laufen und zuletzt tanzen, verdammt noch mal.»

«Wie kannst du so etwas sagen?»

«Ich kann es sagen, weil ich glaube ... nein, weil ich *weiß*, daß es möglich ist.» Sie rückte näher zu ihrer Tochter und legte ihr den Arm um die Schultern. «Tats, ich wünschte bei Gott, all das wäre dir erspart geblieben, aber ich weiß, daß du es besiegen kannst. Ich liebe dich, und Michael liebt dich. Wende dich nicht ab von uns, um dich in deinem Schneckenhaus zu verkriechen. Kämpfe dagegen an!»

Allein im Gästezimmer verbrachte Tatiana in dieser Nacht lange Zeit damit, in ihr Innerstes zu schauen, und was sie dort sah, gefiel ihr nicht. Natascha hatte recht: Sie hatte sich in den letzten Wochen langsam in einen Abgrund von Selbstmitleid und Verzweiflung gleiten lassen. Sie war ohne jeden Grund unwirsch zu Michael gewesen, sie hatte sich nicht genug um Alysa gekümmert, sie war stolz und abweisend gewesen, wenn jemand versucht hatte, ihr zu helfen. Die Veränderung in ihrem Wesen beunruhigte und erschreckte sie. Was wollte sie aus sich machen? Eine reizbare Dauerkranke? Einen Menschen, der allen ringsum das Leben zur Hölle machte? Sie malte sich aus, wie sie mit vierzig Jahren nörgelnd und klagend an Krücken herumstapfte und alle mit ihren Geschichten von ihrer großen Vergangenheit als Tänzerin zu Tode langweilte. Es war ein häßliches Bild, bei dem ihr Tränen in die Augen traten, aber sie tat nichts, um es zu vertreiben. Sie entdeckte, daß irgendein perverser Teil von ihr *gern* krank war und das Mitleid und die Aufmerksamkeit anderer genoß, ein Teil, der sich vor Selbständigkeit fürchtete und froh war, von nun an für immer umsorgt zu werden.

Eine Stunde verging, dann noch eine. Das Zimmer wurde langsam kühl und füllte sich mit dem Geräusch des Meeres. Gegen Mitternacht faßte Tatiana einen Entschluß: Sie mußte anfangen, die Verantwortung für ihr eigenes Leben zu übernehmen. Sie mußte sich auf das stützen, was ihr von ihrer Kraft und Energie geblieben war, und hoffen, daß sie mit der Barmherzigkeit Gottes – oder wer auch immer diese verrückte Welt regieren mochte – eines Tages fähig sein würde, ihre Schwäche zu überwinden, nicht nur die körperliche Schwäche, sondern auch die psychische, die nur sie allein sehen konnte.

Sie schnallte die Beinschienen los und ließ sie auf den Boden fallen. Dann schwang sie die Beine über den Bettrand und versuchte, ohne Hilfsmittel einige Schritte zu machen. Sie fiel schon nach dem ersten hin und knallte mit dem Kinn an die Frisierkommode. Kein ermutigender Beginn. Sie hatte gewußt, daß ihre Beine schwach waren, aber die Schienen hatten ihr eine gewisse Sicherheit gegeben. Warum tat sie sich das an? Wäre es nicht besser, aufzuhören, sich wieder hinzulegen, zu schlafen und es morgen früh, wenn sie ausgeruht war, noch einmal zu probieren?

Nein. Das kam nicht in Frage. Es wäre töricht, jetzt aufzuhören, wo sie gerade erst angefangen hatte. Sich die Tränen aus den Augen wischend, bemühte sie sich aufzustehen, aber ihre Beine waren schlaff und gehorchten ihr nicht. Sie versuchte es noch einmal, mit dem gleichen Ergebnis. Die obere Hälfte ihres Körpers war vollkommen in Ordnung, aber die untere hatte nicht genug Kraft, um ihr Gewicht länger als einen mißlungenen Liegestütz lang zu tragen.

Sie drehte sich auf den Rücken und ruhte tief atmend eine Minute aus. Sie kam sich vor wie eine Schildkröte, hilflos, lächerlich. Die Angst kehrte zurück, und eine boshafte Stimme in ihr flüsterte: Du wirst nie wieder gehen können... Es ist absurd, es zu versuchen... Du solltest dich ins Bett legen und die ganze Sache vergessen.

Unsinn. Sie würde nicht aufgeben. Für jedes Problem gab es irgendeine Lösung – man mußte sie nur finden. Sie stemmte sich in eine sitzende Haltung und musterte ihre Beine. Als sie noch täglich getanzt hatte, waren sie glatt und muskulös gewesen, aber jetzt waren sie dünn und wächsern, die Waden waren geschrumpft, die Haut um die Knöchel etwas bläulich und von vielen kleinen Adern durchzogen. Es hatte keinen Sinn, sich vorzumachen, daß sie mit ein paar Stunden üben wieder auf diesen Zahnstochern gehen könnte.

Sie seufzte tief und lehnte sich an die Kommode. So ungern sie es eingestand: Sie war offensichtlich nicht in der Lage, es allein zu schaffen. Na gut, in dem Fall war es höchste Zeit, der Realität ins Auge zu sehen und sich um *wirkliche* Hilfe zu bemühen. Aber was für Hilfe? Sie dachte an June Riley, die Physiotherapeutin im Cedars of Lebanon, die in den letzten Wochen mit ihr gearbeitet hatte, ein nettes Mädchen, sehr freundlich, aber zu nachgiebig. Wie sie nun sah, hatte das Problem auch darin gelegen, daß June sie nicht energisch genug angefaßt hatte. Das hatte übrigens niemand getan, nicht einmal Dr. Kean. Sie war der Krankenhausliebling gewesen, die arme Tänzerin, allzu früh von einem grausamen Schicksalsschlag getroffen. Sie hatte sich an dem Mitleid gelabt, sich selbst leid getan, keinen Augenblick lang gesehen, wie gefährlich es war, sich hätscheln zu lassen. Gott sei Dank, daß Mama den Mut gehabt hatte, ihr zu sagen, wie es um sie stand.

Sie kroch zu den Schienen, schnallte sie wieder an, zog sich an der Bettkante hoch und richtete sich auf. Sie nahm die Krücken, schob die Enden in die Achselhöhlen und humpelte zum Fenster. Die Wellen brachen sich in einem endlosen Silberstreifen auf dem Sand. Wieviel Kraft in der Natur war – und in allem, was lebte. Es kam darauf an, diese Kraft für sich zu nutzen, sie zu lenken und zu seiner eigenen zu machen.

Tatiana hielt sich am Fensterbrett fest und starrte einen Moment lang auf den vollen Mond. Eine Fledermaus huschte vibrierend, leicht und schnell wie ein schwarzer Papierfetzen über die Silhouette des Nachbarhauses. Voll Neid auf die Mühelosigkeit, mit der sich das Tier bewegte, sah sie ihm einen Augenblick nach. Dann begann sie sorgsam, fast so, als reihte sie Bauklötze in einer exakten Linie auf, Pläne zu machen. Sie würde möglichst oft und lange die Beinschienen ablegen; sie würde sich irgendwie ans Wasser schleppen und jeden Tag schwimmen; sie würde alles über Kinderlähmung lesen, was jemals geschrieben worden war; sie würde den besten Physiotherapeuten nehmen, den es gab – selbst dann, wenn sie sich das Geld von Natascha leihen mußte; sie würde niemals sitzen, wenn sie stehen konnte, und nie stehen, wenn sie laufen konnte. Und was Michael betraf, würde sie alles tun, um ihre Frustration nicht an ihm auszulassen.

Es war eine lange Liste von Entschlüssen, und sie brauchte eine ganze Weile, um sie sich alle vor Augen zu führen. Als sie fertig war, warf sie noch einen Blick aus dem Fenster und drehte sich dann um und ging wieder zu Bett. Sie hatte sich schon zu lange im Dunkeln verloren, vielleicht schon, ehe sie krank geworden war, aber sie würde es schaffen, und wenn sie auf Händen und Knien kriechen mußte. Tatiana lächelte vor sich hin, denn sie kam sich ein bißchen albern und theatralisch vor, aber es war ihr absolut ernst. Morgen früh würde sie Michael von ihren Plänen erzählen und Dr. Kean anrufen und einen Termin mit ihm vereinbaren, sie würde… Ihre Gedanken verloren sich in einem Labyrinth von Vorsätzen. Ehe sie einschlief, nahm sie als letztes das regelmäßige, beruhigende Rauschen der Brandung wahr.

16

Auf einem Regal in Dr. Keans Sprechzimmer schwebten zwei antike Holzenten gelassen einem silbergerahmten Foto entgegen, auf dem der Doktor persönlich einen Seebarsch von rekordverdächtiger Größe hochhielt. Tatiana setzte sich in einen Lehnstuhl, dessen glänzender grüner Lederbezug von Nägeln mit blitzenden Messingknöpfen gesäumt war, und vertrieb sich die Zeit, indem sie die Diplome an der Wand las. Sehr eindrucksvoll: Harvard und Johns Hopkins.

«Sie möchten also, daß ich Ihnen einen anderen Physiotherapeuten empfehle?» Dr. Kean zog ein kleines schwarzes Notizbuch aus der Tasche seines zerknitterten alten Leinenanzugs. Seine Krawatte wies Spuren seines Mittagessens auf, als sollte sie jedermann mitteilen, daß er ein zu beschäftigter Mann sei, um sich mit konventionellem Firlefanz wie Servietten abzugeben. Er blätterte in dem Büchlein, hielt inne und sah sie über seine Brillengläser hinweg an. «Ich nehme an, Schwester Riley hat Ihre Erwartungen aus irgendeinem Grund nicht erfüllt.»

«June ist sehr tüchtig, aber sie ist einfach zu nett.» Tatiana strich ihre weiße Hose glatt, die von den Schienen ein wenig ausgebeult wurde, aber wenigstens verhinderte, daß man schon von weitem sah, was mit ihr los war. Zu schade, daß lange Röcke unmodern waren. Sie hatte letzte Woche festgestellt, daß sie sich um so besser fühlte, je weniger Aufmerksamkeit sie in der Öffentlichkeit erregte. Polio war eine Krankheit, die wie ein

Magnet Mitleid anzuziehen schien. Jetzt verstand sie, warum Präsident Roosevelt nie erlaubt hatte, daß man ihn mit seinen Schienen fotografierte. Nicht nur, weil er an sein Image als Regierungschef denken mußte, sondern zweifellos auch, weil er sich nicht als Krüppel sehen wollte.

«June ist zu nett?»

«Ja, Doktor. Sie ist ehrlich gesagt nicht hart genug zu mir. Wenn ich darüber klage, daß meine Gelenke weh tun, bricht sie die Übungen ab und läßt mich den Rest der Stunde ausruhen. Wenn ich hinfalle, hilft sie mir auf, ehe ich weiß, wie mir geschieht. Sie wissen ja, ich bin Tänzerin, das heißt, ich war es wenigstens.» Tatiana spürte einen schmerzhaften Stich, als ihr bewußt wurde, daß sie in der Vergangenheit von ihrer Karriere sprach, aber sie riß sich zusammen und redete weiter. «Meine Mutter war meine wichtigste Lehrerin, und sie kannte kein Erbarmen, wenn es um körperliche Disziplin ging. Mit fünf Jahren wollte ich einmal mit meinem Können angeben und stürzte hin, und sie befahl mir, aufzustehen und weiterzutanzen. Ich weinte und schrie und trommelte mit den Fäusten auf den Boden. Ich bekam einen richtigen Wutanfall, aber sie stand nur da und befahl mir gelassen, ich solle aufstehen und weitermachen. Ihre eiserne Strenge führte letztlich dazu, daß ich Sequenzen tanzen konnte, an die andere Mädchen sich nicht trauten. Ich lernte, daß man seinen Körper bis an die Grenzen der Belastbarkeit treiben muß, wenn man es zu etwas bringen will, und ich lernte, wie wichtig ein Lehrer ist, der nicht lockerläßt, und wie befriedigend es letzten Endes ist, wenn man von jemandem gezwungen wird, sein Bestes zu geben. Ich will natürlich nicht sagen, daß June Riley keine gute Therapeutin ist. Ich nehme an, für manche Leute ist sie ideal. Aber für mich ist sie einfach nicht das richtige.» Tatiana lächelte. «Wissen Sie, ich bin nämlich faul. Wenn man mir etwas durchgehen läßt, nutze ich das automatisch aus. Vor ein paar Tagen ist mir klargeworden, daß June einfach nicht genug Rückgrat hat, um mit mir fertig zu werden. Wenn ich wieder lernen will zu laufen, brauche ich eher einen Feldwebel, der mich rücksichtslos schleift.»

Dr. Kean blickte auf sein Adressenverzeichnis. «Der beste Physiotherapeut, den ich kenne, ist eine Frau namens Kate Hanlon. Sie hat bei Schwester Kenny in Minneapolis gelernt und hat mehr Erfahrung in der Rehabilitation von Poliopatienten als irgend jemand anders an der Westküste. Leider gibt es nicht viele Patienten, die sie mögen.»

«Ich will sie nicht *mögen*, Doktor.»

Dr. Kean nickte. «In diesem Fall gebe ich Ihnen ihre Nummer.» Er räusperte sich. «Darf ich hinzufügen, daß ich dies für einen ausgezeichneten Entschluß von Ihnen halte?» Tatiana öffnete den Mund, um zu antworten, aber er kam ihr zuvor. «Keine Angst, ich werde keine mitleidige Bemerkung machen oder Ihnen gratulieren. Ich habe Sie offen gesagt anfangs für eine verwöhnte Primadonna gehalten, Mrs. Macks. Ich habe erwachsene Männer gesehen, die nur ihre Daumen und Zeigefinger bewegen können. Ich habe mit sechsjährigen Kindern gearbeitet, die den Rest ihres Lebens in Beatmungsgeräten stecken werden. Und deshalb habe ich die ganze Zeit über, da Sie meine Patientin waren, das Gefühl gehabt, Sie hätten keine Ahnung, was für ein Glück Sie hatten, so gelinde davonzukommen. Mein Gott, Mrs. Macks, Sie können aufrecht sitzen. Sie können schlucken, und wenn Sie ein paar einfache Vorrichtungen in Ihrem Wagen anbringen lassen, können Sie sogar allein zum Supermarkt fahren und einkaufen. Sie haben einen Mann, der Sie liebt, und eine gesunde Tochter – was können Sie sich um Himmels willen mehr wünschen?»

«Ich möchte wieder *tanzen*.»

«Sie scheinen eisern zu sein», sagte Dr. Kean mit einem anerkennenden Nicken. «Wirklich eisern. Seltsam, daß ich es damals keine Sekunde lang vermutet habe. Hm … Hier ist die Nummer von Kate Hanlon.» Er reichte Tatiana einen Zettel. Während sie sich hochstemmte, stand er auf und reichte ihr die Hand. «Ich freue mich, daß ich ein so schlechter Menschenkenner bin. Kate Hanlon ist ein wahrer Dragoner. Ich wünsche Ihnen viel Glück mit ihr.»

«Sind Sie Mrs. Macks?»

«Ja.» Tatiana betrachtete die koboldhafte kleine Frau auf der Veranda und fragte sich, was sie wohl verkaufen wollte. Wahrscheinlich Zeitschriftenabonnements – oder aber sie sammelte für irgendeinen wohltätigen Zweck. Sie hatte eine zitronengelbe Hemdbluse an, die in schreiendem Gegensatz zu dem Haar stand, dessen Farbe man nur karottenrot nennen konnte. Vielleicht war sie eine neue Nachbarin. Das war einer der Nachteile hier in Malibu: Die Leute kamen und gingen so schnell, daß man nie jemanden richtig kennenlernte. «Kann ich etwas für Sie tun?»

«Die Frage ist eher, ob ich etwas für Sie tun kann.»

«Wie bitte...»

«Ich bin Kate Hanlon.»

«Aber das ist unmöglich, das heißt... Ich meine...» Tatiana war im Begriff zu sagen, daß sie jemand größeren erwartet hatte, und unterdrückte die Worte im letzten Moment. Sie errötete bis an die Haarwurzeln.

«Sie dachten wohl, ich sähe so aus wie eine von diesen überzeugten Jungfern, die unter uns so häufig sind», sagte Kate Hanlon freundlich. «Sie kennen sicher den Typ – stämmig, unscheinbar, tüchtig und lieblos angezogen, mit einem großen Bizeps und einem leichten Damenbart. Damit kann ich leider nicht dienen. Lassen Sie mal Ihre Beine sehen.» Sie langte nach Tatianas Bademantel, zog ihn mit einer selbstverständlichen Geste vorn auseinander und betrachtete die blitzenden Edelstahlschienen. «Hmmm», machte sie mißbilligend.

Diese Frau würde sie doch nicht auf den Eingangsstufen untersuchen! Tatiana betrachtete sie verwirrt und belustigt zugleich. Kate Hanlon war das genaue Gegenteil von dem, was sie nach Dr. Keans Andeutung vermutet hatte. Ein Dragoner? Kaum. Wenn man Audrey Hepburn nahm und ihren Kopf in Henna tauchte, hatte man Kate Hanlon. Sie sah aus, als würde eine gute Brise sie auf der Stelle umpusten.

«Wie alt sind Sie?» fragte Kate und ließ den Zipfel des Bademantels los.

«Einundzwanzig.»

«Jung und gesund wie ein Pferd, möchte ich wetten. Andere Leiden?»

«Leiden?»

«Allergien, Zuckerkrankheit, etwas dergleichen?»

«Nein.»

«Glücklich verheiratet?»

Tatiana dachte schuldbewußt an Michael, der immer noch allein schlief. «Ja, mehr oder weniger.»

«Gut. Dann werde ich Sie in drei Monaten wieder zum Gehen bringen.»

«Wie bitte?»

«Ich sagte, ich werde Sie in drei Monaten zum Gehen bringen. Glauben Sie mir etwa nicht?»

«Aber Dr. Kean hat gesagt...»

«Hören Sie nicht darauf, was die Ärzte sagen. Das ist Regel Nummer eins, Mrs. Macks. Und gucken Sie bitte nicht so entsetzt. Schwester Kenny pflegte das auch zu tun, ich meine, die Leute zu schockieren. Ich weiß noch, wie man einmal ein kleines Mädchen zu ihr brachte, das nur noch den linken großen Zeh bewegen konnte, und sie sagte: ‹In einem halben Jahr wird sie häkeln können.› Und so war es, bei Gott. Eine positive Einstellung, das ist das Geheimnis.»

«Eine positive Einstellung?»

«Sie sind nicht krank, merken Sie sich das. Ihre Muskeln sind nur faul.»

«Faul, Schwester Hanlon?» Tatiana wußte, daß sie wie ein Papagei klingen mußte, aber alles ging so schnell, daß ihr zu schwindeln drohte.

«Ja, faul, und sagen Sie bitte nicht Schwester zu mir. Es beschwört nur den Gedanken an Krankheit herauf. Wir werden hier keine Schwestern haben... keines von diesen schrecklichen weißen Häubchen... kein Krankenzimmer... und keine Ärzte, sofern wir es vermeiden können.»

«Was soll ich dann zu Ihnen sagen?»

«Nennen Sie mich einfach Kate, und ich sage... Ihr Vorname

ist doch russisch, nicht wahr? Er klang so merkwürdig, ich habe ihn mir nicht merken können.»

«Tatiana.»

«Viel zu lang. Stellen Sie sich vor, ich rufe: ‹Tatiana, machen Sie das Bein gerade!› Wenn ich damit fertig bin, sind Sie längst hingefallen.»

«Meine Freunde nennen mich Tats.»

«Gut, dann tue ich das auch. Also Tats. Aber denken Sie bitte daran, ich bin *nicht* Ihre Freundin. Ich bin Ihre Peitsche, Ihr Gewissen, Ihr Trainer, und ehe dies vorbei ist, werden Sie mich hassen. Haben Sie kapiert?»

«Ich glaube, ja.»

«Gut. Wie wäre es, wenn Sie mich ins Haus bäten?»

«O ja, natürlich. Bitte.» Tatiana trat zur Seite, und Kate Hanlon eilte mit forschen kleinen Schritten, die alles ringsum vibrieren zu lassen schienen, ins Wohnzimmer.

«Wo ist das Zimmer?» fragte sie und warf ihre Handtasche auf das Sofa. Dann erblickte sie Alysa in ihrem Laufstall, ging zu ihr und kraulte sie unterm Kinn. «Niedliches Kind.»

«Danke.»

Alysa strahlte die fremde Dame an und streckte die Hand aus, um ihr eine Gummiente zu geben. Kate nahm sie, behielt sie einen Moment in der Hand und gab sie der Kleinen zurück. «Beten Sie darum, daß sie nie Kinderlähmung bekommt, und beten Sie, daß man bald einen Impfstoff findet. Haben Sie schon mal ein Kind in ihrem Alter in einer Eisernen Lunge gesehen? Nein, sicher nicht. Hm, beten Sie darum, daß Ihnen der Anblick erspart bleibt. Übrigens, sind Sie religiös?»

«Nicht wirklich.»

«Schade, es hilft manchmal, aber ich bin es ehrlich gesagt auch nicht.» Kate stemmte die Hände in die Hüften und schüttelte den Kopf. «Ich schätze, wenn es wirklich einen Gott gäbe, würde er die Welt besser einrichten. Ich täte es jedenfalls. Nun … Wo ist das Zimmer?»

«Welches Zimmer?»

«Das Zimmer, wo wir arbeiten werden.»

«Ich dachte, das heißt...» Tatiana verhaspelte sich rettungslos. Diese kleine Person hatte etwas an sich, das ihr den Atem raubte. Sie sprach keineswegs laut, aber ihre Stimme war so gebieterisch, daß man das Gefühl hatte, man müsse jedesmal salutieren, wenn sie eine Frage stellte. Aber sie hatte sich ja einen Feldwebel gewünscht, nicht wahr? Und nach allem, was sie in den letzten fünf Minuten erlebt hatte, schien sie genau das bekommen zu haben. «Könnten wir nicht im Wohnzimmer arbeiten?»

«Unmöglich. Wir brauchen unser eigenes Zimmer, Tats. Wo Ihr Mann oder Ihre Freunde, Ihre Mutter oder sonst jemand nichts drin zu suchen haben.»

«Ja, wenn das so ist. Ich denke, wir können im Gästezimmer arbeiten.»

«Hat es einen unmittelbaren Zugang zum Bad? Mit Badewanne?»

«Ja.»

«Gut, gehen wir.»

Tatiana wurde allmählich ein bißchen gereizt. Konnte diese Frau kein einziges Mal bitte sagen? Und wozu um alles auf der Welt brauchte sie eine Badewanne? Gefolgt von Kate, humpelte sie an ihren Krücken durch die Diele und war dankbar, daß das Gästezimmer gerade geputzt worden war.

«Beeilen Sie sich ein bißchen.»

Das war zuviel. Wirklich. Tatiana blieb stehen und drehte sich um. «Ich gehe so schnell, wie ich unter diesen Umständen kann.»

«Unsinn. Sie müssen die Dinger rhythmisch schwingen. Sie werden sie bald nicht mehr brauchen, aber solange Sie auf sie angewiesen sind, können Sie sie ebensogut richtig benutzen. Los, machen Sie. Eins zwei, eins zwei.» Tatiana gehorchte stumm vor sich hin fluchend und merkte zu ihrem Ärger, daß sie tatsächlich viel schneller vorankam.

Sie betraten das Zimmer, das behaglich und kühl war. Durch die Bambusjalousien fiel gedämpftes Licht, und der dunkelgrüne Teppich fühlte sich herrlich weich unter ihren Füßen an. Sie setzte sich auf das Bett, während Kate hin und her ging wie ein Auktionator, der die Möbel für eine Versteigerung schätzte.

«Lassen Sie es blau streichen», sagte sie schließlich.

«Was soll ich blau streichen lassen?»

«Das Zimmer.»

Tatiana starrte sie verständnislos an. «Warum?»

Kate machte den obersten Knopf ihrer Bluse auf und krempelte die Ärmel hoch. «Darf ich offen sein, Tats? Wir würden viel besser miteinander auskommen, wenn Sie einfach das täten, was ich sage, aber da heute der erste Tag ist, werde ich es erklären. Blau ist eine positive Farbe. Sie beruhigt. Ihre Muskeln sind im Moment verkrampft, und unsere erste Aufgabe ist es, sie zu lockern. Man kann kein Blut ins Gewebe bringen, das sich zusammengeringelt hat wie Korkenzieher.»

«Wollen Sie mir weismachen, daß die Farbe des Zimmers dazu beitragen wird, Blut in meine Muskeln zu bringen?»

«So ist es.»

«Das ist das Verrückteste, was ich je gehört habe.»

«Schwester Kenny hat ihre Lernschwestern in blaue Uniformen gesteckt und alle Räume ihres Behandlungszentrums in Minneapolis blau streichen lassen.»

«Ich werde es tun», sagte Tantiana schwach.

«Gut, und werfen Sie bei der Gelegenheit gleich diese Matratze weg. Ich möchte, daß Sie auf einem Brett mit einer höchstens sechs bis acht Zentimeter dicken Auflage schlafen. Zum Beispiel eine von den Matten, die man beim Bodenturnen benutzt.»

«Sonst noch etwas?»

«Stellen Sie alle Möbel hinaus, und lassen Sie nur das Bett drin, nehmen Sie die Jalousien ab, damit ein bißchen Sonne in diese Höhle kommt, und sagen Sie Ihrem Mann, daß er den Teppich herausreißen soll.» Kate trat mit den Schuhspitzen nach dem Flor. «Er ist viel zu weich und wird Sie jedesmal, wenn Sie darauf zu gehen versuchen, aus dem Tritt bringen.»

Tatiana mußte sich Mühe geben, nicht aus der Haut zu fahren. «Wünschen Sie sonst noch etwas von mir?» Sie fragte sich, wie

Michael wohl reagieren würde, wenn sie ihm sagte, daß sie von nun an auf einer Turnmatte schlafen wollte.

«Ja. Sie könnten ins Badezimmer gehen und möglichst heißes Wasser einlaufen lassen, während ich das Salz aus dem Wagen hole. Und wenn Sie schon mal dabei sind, ziehen Sie gleich Ihren Badeanzug an.»

Eine Viertelstunde später lag Tatiana in unerträglich heißem Salzwasser, und Kate bewegte ihre Beine behutsam vor und zurück. Zuerst hatte sie gedacht, sie würde sich Verbrennungen holen, aber nun mußte sie zugeben, daß es sie entspannte, in der Lösung zu schwimmen, die ihr Gewicht wegen des hohen Salzgehalts von selbst trug. Kate arbeitete wortlos und tat Dinge, die keinen Sinn zu ergeben schienen, aber auch nicht schmerzten. Tatiana fragte sich kurz, ob dieser rothaarige Dynamo überhaupt wußte, was er tat, sah aber ein, daß dieser Gedanke gleichbedeutend mit einem Zweifel war, und Zweifeln war nicht erlaubt. Eine positive Einstellung. Tatiana betrachtete ihre weißen und dünnen Beine, die wie zwei Albino-Aale unter der öligen Oberfläche schimmerten. War es Einbildung, oder nahm die fahle, bläuliche Haut tatsächlich ein gesundes Rosa an?

«Und jetzt raus aus dem Wasser», sagte Kate unvermittelt. Sie hüllte Tatiana in ein Badetuch und reichte ihr die Krücken. Im Schlafzimmer stand ein schmaler Klapptisch zwischen dem Bett und der Kommode. Die Platte war dünn gepolstert und mit braunem Leder bezogen, und er sah aus wie einer der Tische, auf denen sie in ihrer kurzen Saison beim New York City Ballet massiert worden war. Kate, die sich als überraschend kräftig erwies, half ihr, sich so auf den Tisch zu legen, daß ihre Beine über den Rand baumelten.

Kate strich sich feuchte Strähnen aus der Stirn und nahm Tatianas rechten Oberschenkel in beide Hände. Ihre Hände waren fest und warm und schienen eine eigene Energie zu verströmen. Tatiana kam es einen Moment lang vor, als liefe ein starker Strom von Kates Fingern in ihre brachliegenden Muskeln. Wahrscheinlich bildete sie es sich nur ein, aber das Auflegen von Händen spielte immerhin in vielen Religionen eine Rolle. Vielleicht gab es *tatsächlich* Menschen, deren Berührung heilen konnte?

«Dies ist Ihr Quadriceps, der vierköpfige Oberschenkelmuskel», sagte Kate in bestimmtem Ton. «Er dient unter anderem dazu, Ihr Knie zu strecken. Stellen Sie sich jetzt vor, Sie machten das Bein gerade.»

«Ich würde Ihnen ja gern gehorchen», antwortete Tatiana, «aber wie Sie sehen, sind meine Beine schlaff wie Nudeln.» Sie versuchte, einen Scherz daraus zu machen, aber er kam ihr nicht glatt von den Lippen. Was würde sie nicht dafür geben, ihr Bein geradmachen zu können.

«Ich habe nicht gesagt, Sie sollten es *tun*. Ich sagte, stellen Sie sich vor, Sie täten es. Konzentrieren Sie sich auf den Muskel.» Kate fing an, das Bein zu massieren. «Denken Sie: *Mein Bein wird gleich gerade.*»

«Mein Bein wird gleich gerade», sagte Tatiana gehorsam. Kate nahm ihre Ferse und hob den Fuß so an, daß das kraftlose Bein eine gerade Linie bildete.

«Gut, und jetzt noch mal.»

Tatiana gehorchte.

«Und noch mal.»

Sie wiederholten die Übung über eine Stunde, zuerst mit dem einen Bein, dann mit dem anderen. Gegen drei Uhr war Tatiana vollkommen erschöpft und entmutigt. Was für einen Sinn hatte es, ihre Beine anzuheben und loszulassen? Sie waren abgestorben, tot. Sie sollte einsehen, daß sie nur Kates Zeit verschwendete. Sie schluckte den Kloß in ihrer Kehle hinunter und versuchte, die Enttäuschung beiseite zu drängen. Sie hatte sich ausgemalt, die Therapie würde ein Wunder bewirken. Sie hatte geträumt, sie würde tanzen und laufen können und die Stufen hinunterhüpfen, um Michael zu begrüßen, statt an ihren Krücken zu humpeln. Jetzt sah sie, wie dumm es gewesen war, so etwas zu hoffen.

«Nun», sagte sie so tapfer wie möglich, während Kate ihre Ärmel hinunterkrempelte und ihre Strickjacke von der Stuhllehne nahm. «Ich nehme an, das war's.»

Kate stemmte die Hände in die Hüften. «Wovon reden Sie?» fragte sie scharf.

«Es ist hoffnungslos.»

«Wollen Sie mir etwa sagen, Sie hätten erwartet, daß schon beim ersten Mal was passiert?»

«Äh, ja, das heißt... Ich weiß nicht.»

«Merken Sie sich eines: Die physikalische Therapie erfordert viel Zeit, Mut und Ausdauer. Besitzen Sie die oder nicht?»

«Äh...»

«Wenn Sie keine Hitze ertragen können, raus aus der Küche.»

«Einen Moment.» Tatiana war aufgebracht. Was für ein Recht hatte diese Frau, so mit ihr zu reden? Sie bezahlte Kate Hanlon als Physiotherapeutin und nicht dafür, daß sie sich wie ein Sklaventreiber aufführte.

«Außerdem irren Sie sich. Es *ist* etwas passiert.»

«Wie bitte?» Tatiana war so überrascht, daß ihr Zorn im Nu verflog. «Wovon reden Sie?»

«Von Ihrem Bein. Haben Sie es nicht gefühlt?»

«Was denn?»

«Den Impuls in Ihrem rechten Quadriceps, das leichte, ganz schnelle Zucken, als ob ein Pferd eine Fliege von seinem Rücken verscheuchen will.»

«O mein Gott.» Tatiana wußte nicht, ob sie vor Freude lachen oder vor Erleichterung weinen sollte. «Das bedeutet, daß ich vielleicht wieder laufen kann.»

«Selbstverständlich. Ich habe es Ihnen ja vor anderthalb Stunden schon gesagt. Ich möchte, daß Ihr Mann diese Übungen mit Ihnen wiederholt, wenn er nach Hause kommt. Mindestens tausendmal mit jedem Bein, dann mindestens zwei Stunden ausruhen, dann wieder tausendmal mit jedem Bein.»

«Zweitausendmal!» Michael hatte daran gedacht, noch einmal zum Studio zu fahren, weil sich die Arbeit an *Rebel Yell* wider Erwarten in die Länge zog.

«Nein, in Wirklichkeit viertausendmal. Zweitausendmal mit jedem Bein – und denken Sie daran, das ist das *Minimum*. Verstehen Sie?»

Tatiana nickte. «Es ist wie Ballett.»

«Wie was?»

«Wie Ballett. Man macht wieder und wieder das gleiche, vielleicht eine Million *pliés* oder sogar zwei Millionen. Niemand zählt mit. Man trainiert seine Muskeln und wiederholt dieselben Übungen wieder und wieder, bis es jeden normalen Menschen verrückt machen würde, und dann kapieren die Muskeln eines Tages plötzlich, und dann übt man nicht mehr, sondern tanzt.»

«Hm.» Kate schlüpfte in die Strickjacke und knöpfte sie mit beängstigender Schnelligkeit zu. «Ich habe noch nie gehört, daß man es so ausdrückt, aber Sie scheinen begriffen zu haben, worauf es ankommt. Ich komme morgen früh um neun wieder. Sorgen Sie dafür, daß das Zimmer bis dahin gestrichen ist.»

Tatiana lächelte und salutierte scherzhaft. «Jawohl, Hauptmann.»

Kate gestattete sich ein leichtes Lächeln, das erste, das Tatiana an ihr gesehen hatte. «Das ist die richtige Einstellung», sagte sie. «So gefällt's mir.»

«Noch eine Frage, bitte.» Tatiana stand auf, griff nach ihren Krücken und begleitete Kate zur Tür. «Haben Sie das alles von Schwester Kenny gelernt, oder improvisieren Sie bei der Arbeit?»

«Ich tue das, was hilft», antwortete Kate knapp. «Schwester Kenny hat immer gesagt, das Wichtigste sei, die Augen offen zu halten und den Verstand zu gebrauchen, den der liebe Gott einem gegeben hat. Ich glaube, das war ein sehr vernünftiger Ratschlag, wenn man mal vom lieben Gott absieht.»

Nach den ersten tausend Übungen fuhr Michael an jenem Abend zu einem Heimwerkermarkt und kaufte zwei Eimer himmelblaue Farbe und einen Tischlerhammer mit Nagelheber zum Herausziehen der Teppichstifte. Tatiana saß bis vier Uhr morgens im Gästezimmer, trank ein paar Bier und leistete ihm Gesellschaft, während er die Wände und die Decke strich und bald fast so himmelblau war wie das Zimmer ringsum. Sie lachten, redeten und machten Witze über Kate.

«Ich finde, wir sollten ihr einen Spitznamen geben», schlug Michael vor. Seine Augen waren vor Müdigkeit trübe, und die blaue Farbe auf seiner Nasenspitze gab ihm etwas Clownhaftes.

Tatiana lächelte. «Was schwebt dir vor?»

Michael hielt mit erhobenem Pinsel inne, und Farbe tropfte auf seinen Arm. «Wie wäre es mit ‹Die Widerspenstige› – wie Kate in *Der Widerspenstigen Zähmung*?»

«Die Widerspenstige?» Tatiana kicherte. «Sehr gut, aber wenn sie es mitbekommt, können wir uns auf etwas gefaßt machen.»

«Sie würde uns eine Strafarbeit aufgeben – jeden Tag achttausend Wiederholungen.»

«Oder eine halbe Million.» Tatiana lachte und trank einen Schluck Bier und kam sich vor wie in alten Zeiten. Sie hatten in den letzten Jahren so wenig miteinander gescherzt. Michael stieg von der Leiter, schob sie durchs Zimmer und begann die letzte Wand schwungvoll zu bearbeiten. Mit dem Anstrich würde er bei einer Gesellenprüfung durchfallen, aber das Zimmer wurde unzweifelhaft blau.

Tatiana trank nachdenklich ihr Bier und sah zu, wie er sich gefährlich weit vorbeugte, um hinter die Leiste zu kommen, die wenige Zentimeter unter der Decke entlanglief. Die Bereitwilligkeit, mit der er ihr half, bewegte sie zutiefst. Was für ein gutaussehender Mann er war, breitschultrig und selbst in den abgetragenen Jeans und dem farbbespritzten T-Shirt ungeheuer attraktiv. Zum ersten Mal seit Monaten fühlte sie sich wieder körperlich zu ihm hingezogen – Kate hätte es zweifellos ein schnelles leichtes Zucken genannt.

Das Zimmer sah aus wie ein Stück Pazifik: blaue Wände, blaue Leisten und Rahmen, eine blaue Tagesdecke auf dem Bett. Auch draußen war alles blau, ein kobaltfarbener Himmel mit bläulich durchscheinenden Wölkchen über einem Ozean aus Aquamarin und Türkis. Während Kate die heißen Packungen von ihrem linken Bein nahm, lehnte Tatiana sich zurück und genoß den Anblick. Alles war so beruhigend, fast ätherisch, die Hitze von den Rheumawollepackungen, die klassische Musik aus dem Lautsprecher. Kates Berührungen waren leicht und zart, beinahe liebkosend. Erstaunlich, wenn man bedachte, daß *zart* wohl das letzte Adjektiv war, mit dem man Kate charakterisieren würde.

«Strecken Sie das Bein.» Kate fuhr mit dem Zeigefinger den Muskel entlang, zeichnete eine unsichtbare Karte auf Tatianas Haut. Tatiana schloß gehorsam die Augen und konzentrierte sich auf ihre Knie. Erinnerungen wurden plötzlich in ihr wach: wie sie als kleines Mädchen mit Murmeln spielte, nach einem Ball trat, sich im Trainingsraum ihrer Mutter in Cambridge ganz langsam zu einem *plié* beugte. Ihr Bein schien zu beben, und alle möglichen Impulse durchliefen es, aber eine Bewegung war nicht zu erkennen. Aber schon das Gefühl, unterhalb der Taille am Leben zu sein, war ein großer Fortschritt. Kate mochte in den vergangenen sechs Wochen keine Wunder bewirkt haben, doch nun konnte Tatiana wenigstens hoffen.

«Sie geben sich nicht genug Mühe», sagte Kate unvermittelt.

«Tut mir leid», murmelte Tatiana, obgleich es ihr gar nicht leid tat. Kate war unfair. Sie *gab* sich Mühe, aber wie konnte man Stunde um Stunde und Tag für Tag seine ganze Aufmerksamkeit auf diese Schinderei richten?

«Hören Sie.» Kate ließ ihr Bein abrupt fallen. «Entweder Sie machen richtig mit, oder Sie können sich eine andere Therapeutin suchen.»

«Wie bitte?» Tatiana war entsetzt.

«Sie haben gehört, was ich gesagt habe.» Kate langte nach ihrer Strickjacke, immer ein Zeichen dafür, daß sie gehen wollte. Aber das war unmöglich, die Sitzung war erst in einer Dreiviertelstunde zu Ende. Tatiana war sauer, dann entsetzt. Es konnte nicht Kates Ernst sein; sie konnte nicht auf einmal beschließen, sie im Stich zu lassen, nicht in diesem Stadium!

«Kate, bitte, ich werde mir mehr Mühe geben.»

«Ich brauche keine Versprechen, ich will Taten sehen.» Ihre Augen blitzten wütend. «Sie glauben, es liegt an Ihren Beinen, oder?»

«Ja, natürlich glaube ich das.» Was sollte es sonst sein?

«Total falsch. Es sind nicht Ihre Beine noch Ihre Nerven oder Muskeln oder irgend etwas anderes an Ihrem Körper. Was Ihnen fehlt, ist Willenskraft.»

«Willenskraft?» Tatiana fühlte sich verletzt, zu Unrecht beschuldigt, unterschätzt. Sie hatte die Übungen jeden Tag einige tausendmal wiederholt, sie hatte das Unmögliche versucht, und jetzt sagte Kate ihr ins Gesicht, daß es nicht genug sei.

«Sie haben nicht genug Willenskraft, um eine Fliege totzuschlagen.» Kate verschränkte die Arme. «Ich weiß, wovon ich rede. Ich habe im Krieg als Schwester gearbeitet, hauptsächlich in der Normandie. Ich habe gesehen, wie junge kräftige Männer mit geringfügigen Verwundungen einfach aufgaben und starben und wie andere, die so kaputtgeschossen waren, daß man sie nicht ansehen mochte, dem Tod von der Schippe sprangen. Soweit ich sehen konnte, lag der einzige Unterschied darin, daß manche von diesen Soldaten genügend Lebenswillen hatten und andere nicht. Das Problem bei Ihnen ist, daß Sie nicht den *Willen* haben, wieder zu gehen.»

«Das stimmt nicht.»

«Doch.»

«Wie wollen Sie das wissen?» Tatiana war blaß vor Zorn. «Sie können sich nicht einmal vorstellen, wie es ist, in meiner Lage zu sein. Ich war Tänzerin, können Sie das verstehen? Tanzen war mein Leben. Und jetzt bin ich wegen eines verdammten Pechs, wegen eines verfluchten Virus, das kein Mensch je gesehen hat, zu einem Stück Holz geworden.» Sie wußte, sie verlor die Beherrschung, aber sie konnte nichts dafür. All der Schmerz und die Frustration der letzten Monate brachen sich Bahn. «Sie haben den Nerv, einfach dazustehen, auf Ihren beiden gesunden Beinen, und mir zu sagen, daß ich mir keine Mühe gebe. Was wissen Sie denn von Willenskraft? Was wissen Sie davon, wie es ist, ein Krüppel zu sein?»

«Machen Sie das linke Bein gerade.»

«Scheren Sie sich zum Teufel.»

«Ich sagte, machen Sie das linke Bein gerade.»

Wütend befahl Tatiana ihrem Muskel, sich zu bewegen, und

ihr linkes Bein zuckte plötzlich vor. «Es hat sich bewegt», sagte sie leise, fast ehrfürchtig.

«Noch einmal.» Kate zog die Strickjacke wieder aus und warf sie aufs Bett. «Sofort, solange Sie noch wissen, wie es geht.»

Zu ihrem namenlosen Staunen schaffte Tatiana es. Ihr linkes Bein bewegte sich wieder, wurde zwar nicht ganz gerade, aber es bewegte sich knapp zehn Zentimeter. «Es geht!» Jetzt weinte sie vor Freude und Glück; es war wie nach einer Premiere, bei der sie das schwierigste Ballett ihres Lebens getanzt hatte.

Kate umarmte sie triumphierend. «Sie sind seit Tagen kurz davor gewesen, Tats.»

Tatiana schämte sich ihrer Tränen, war überglücklich, daß ihr Bein sich bewegt hatte, und staunte darüber, daß Kate sie umarmte. «Sie wollten mich wütend machen, nicht wahr?»

«Klar. Ich wußte, daß ich Sie nur dann zwingen konnte, das Bein zu bewegen, wenn ich Sie wirklich in Zorn brachte.»

«Danke.»

«Bei mir müssen Sie sich nicht bedanken.» Kate zeigte auf Tatianas rechtes Bein. «Jetzt machen Sie das andere gerade.» Tatiana versuchte es, aber nichts geschah. «Ich schlage vor, wir machen Schluß für heute, da wir unser Ziel vorerst erreicht haben», sagte Kate. «Nachher machen Sie die Übung dreitausendmal mit jedem Bein!»

Die nächsten vier Wochen erlebte Tatiana staunend und dankbar, wie langsam wieder Leben in ihre Beine zurückkehrte. Zuerst konnte sie nur die unbeholfensten Bewegungen machen, aber Kate ließ nicht locker. Sie prüfte jeden Tag mit einem Zentimeterband, wie sehr der Muskel gewachsen war, sie machte zusätzliche kalte und heiße Packungen, um Blutkreislauf und Muskeltonus zu verbessern, sie schmeichelte, kommandierte und drängte, bis Tatiana nicht mehr wußte, ob sie sie für ihre Ausdauer und Hingabe bewundern oder für ihre Besessenheit hassen sollte.

Kurz nachdem Tatiana eines Morgens zum erstenmal beide Beine geradegemacht hatte, kam sie zum Beispiel mit zwei kleinen Eisenscheiben, an denen schwarze Lederriemen hingen, zur Sitzung.

«Was ist das?» Tatiana beugte sich neugierig vor.

«Gewichte.»

«Was wollen Sie damit?»

«Sie an ihre Knöchel schnallen.» Kate kniete sich hin und fing an, eben das zu tun.

«Soll das ein Witz sein? Kaum schaffe ich es, meine Beine gerade zu machen, da kommen Sie und wollen *Gewichte* daranhängen.»

«Lasten sind gut für die Muskeln, so wie Widerstände gut für den Charakter sind.»

«Ist das Ihre Philosophie?»

«Da können Sie Gift drauf nehmen. Machen Sie jetzt die Beine gerade.»

Tatiana probierte es, aber mit den Gewichten war es viel schwerer. Mit einem leisen Fluch versuchte sie, die Eisen abzuschütteln. Aber Kate wußte wie üblich genau, was sie tat. Nachdem Tatiana ein paar Wochen mit den Gewichten gearbeitet hatte, waren ihre Beine so stark, daß sie einige Sekunden lang ohne fremde Hilfe stehen konnte, und nach drei Monaten machte sie mit Michael an einer Seite und Kate an der anderen ihre ersten linkischen, schlurfenden Schritte.

Einige Tage später fuhr Michael morgens zum Galaxy-Gelände, um die Arbeit an *Rebel Yell* wiederaufzunehmen. Er war seit Tatianas Erkrankung mehrmals im Studio gewesen, aber immer nur kurz, um Kleinigkeiten zu erledigen. Glass hatte ihm großmütig ein halbes Jahr unbezahlten Urlaub gegeben, und da die eigentlichen Dreharbeiten beendet waren und der Film nur noch zu Ende montiert werden mußte, schien keine Eile zu bestehen, zumal Glass kaum nennenswerten Druck auf ihn ausgeübt hatte, das Projekt fertigzustellen.

Zwei Stunden später wurde draußen vor dem Haus eine Wagentür so heftig zugeschlagen, daß Tatiana zusammenzuckte. Sie ging zum Fenster und sah Michaels roten Thunderbird in der

Einfahrt stehen. Warum kam er so früh nach Hause? Ein Blick auf sein Gesicht genügte, um zu wissen, daß der Grund, was immer es auch sein mochte, nichts Erfreuliches war.

«Dieser Mistkerl!» Michael warf sein Sakko auf den Küchentisch, riß den Kühlschrank auf und holte ein Bier heraus.

«Was ist denn los?»

«Was los ist? Glass liefert *Rebel Yell* im Rohschnitt an den Verleih aus.»

«Das kann nicht dein Ernst sein.»

«Ich wünschte, du hättest recht.» Michael öffnete die Flasche und kippte in einem Zug den halben Inhalt hinunter. Tatiana erinnerte sich nicht, ihn jemals so zornig erlebt zu haben. «Es ist Sabotage, das ist es. Absichtliche Sabotage. Du hättest sein Grinsen sehen sollen, als er mir sagte, er hätte schon alles mit dem Verleih geregelt.»

Tatiana konnte es immer noch nicht glauben. «Aber du mußt doch noch einen Teil des Tons nachsynchronisieren.»

«Genau. Und ich muß ihn auch noch zu Ende montieren! Ich habe Glass gesagt, daß die Schneidearbeiten erst zu ungefähr achtzig Prozent fertig sind, aber er sagte dem Sinne nach: ‹Wie schade, ich liefere ihn trotzdem aus.›»

«Das kann er dir nicht antun.»

«O doch, er kann. Ich habe vorhin drei Filmanwälte angerufen, und sie haben alle das gleiche gesagt: Glass kann mit dem Ding machen, was er will. Er hat jedes Recht, ich keines.» Michael trank den Rest Bier, warf die Flasche in den Mülleimer und setzte sich gegenüber von ihr an den Küchentisch. «Ich verstehe nur nicht, *warum* er alles tut, um einen von seinen eigenen Filmen zu ruinieren.»

«Vielleicht weil du sein Drehbuch nicht befolgt hast.»

«Sein Drehbuch war Mist, Tats.»

«Das weiß ich genausogut wie du. Aber weiß Glass es auch?»

«Wahrscheinlich hast du recht. Wahrscheinlich bildet er sich immer noch ein, dieser Unsinn wäre das größte Meisterwerk seit *Vom Winde verweht* geworden.» Er stand auf, ging zum Kühlschrank und nahm noch ein Bier heraus. «Du bist dir doch darüber klar, was das bedeutet, nicht wahr? Ich werde ein rotes Tuch für alle Finanzleute in Hollywood. Kein Produzent wird mich mehr mit der Feuerzange anfassen. Wenn dies mein zehnter Film wäre oder auch nur mein zweiter, würden sie mir vielleicht noch eine Chance geben. Aber wenn man seinen ersten Job vermasselt, kann man hier seine Sachen packen.»

«Du kannst immer noch als Schauspieler arbeiten, oder?»

Er schüttelte den Kopf. «Du hast es nicht kapiert, Tats. Sobald *Rebel Yell* herausgekommen ist, kann ich mich glücklich schätzen, wenn sie mir eine kleine Szene mit Lassie geben.»

«Sie gehen also wieder zur Ostküste», sagte Kate, die auf Händen und Knien auf dem Boden herumrutschte und mit Kreide eine Reihe von Fußabdrücken aufmalte.

«Meinem Mann ist eine Rolle in einem Musical angeboten worden.» Tatiana stand am Fenster und dachte daran, daß sie bald wieder über den Sand gehen könnte. Wenn ihr jemand vor einem Jahr gesagt hätte, ein zehnminütiger Spaziergang am Strand würde ihr eines Tages wie das höchste Glück erscheinen, hätte sie ihn ausgelacht. Eine der positiven Erfahrungen der letzten Monate war die Tatsache, daß sie nun die kleinen Dinge des Lebens zu würdigen wußte.

«Ich gehe nie zu Musicals», bemerkte Kate, richtete sich auf und klopfte sich den Kreidestaub von den Händen. «Nichts als Zeitverschwendung, wenn Sie mich fragen. Ihr Mann wird natürlich dafür bezahlt, das ist etwas anderes.»

«Wissen Sie, Kate, Sie haben mir nie gesagt, was für ein Hobby Sie haben.»

«Das hier ist mein Hobby», antwortete Kate. «Versuchen Sie, sich auf die Markierungen zu stellen.» Tatiana schwankte ein wenig, aber es gelang ihr, einen Fuß auf die erste Markierung zu setzen, doch die zweite verfehlte sie. «Nein, nicht so. Wenn Sie nicht genau in dem gemalten Fußabdruck auftreten, aktivieren Sie die falschen Muskeln.»

«Übrigens, Kate», sagte Tatiana nach einem zweiten, erfolgreicheren Versuch, «ich habe Sie schon seit langem etwas fragen wollen.»

«Neugierde ist ein Laster.»

«Ich wollte nur wissen, ob Sie verheiratet sind.»

«Meine Güte, heute werden Sie aber persönlich. Was interessiert es Sie, ob ich verheiratet bin oder nicht?»

Tatiana hob vorsichtig einen Fuß und schaute, vor Konzentration unwillkürlich die Stirn runzelnd, auf die Kreidemarkierungen hinunter. «Ich frage deshalb, weil es mir selbst immer sehr schwer gefallen ist, erfolgreich zu arbeiten und gleichzeitig eine gute Ehe zu führen. Wie eine Jongliernummer... man nimmt dem einen etwas weg, um es dem anderen zu geben. Ich würde gerne wissen, wie Sie es wohl schaffen, das heißt, falls Sie verheiratet sind.»

«Nun, vielleicht befriedigt es Ihre Neugier, wenn ich Ihnen sage, daß ich es nicht bin, es nie war und es auch nie sein werde. Ich lebe bei meiner verwitweten Schwester und ihrer Tochter. Man muß im Leben ab und zu eine Wahl treffen, wie Katharine Hepburn gesagt hat.»

«Katharine Hepburn?»

«Die einzige Schauspielerin in dieser Stadt, die kein Blech redet, wenn sie den Mund aufmacht. Hören Sie um Gottes willen auf, die Kreide zu verschmieren, sonst muß ich alles noch mal zeichnen. Übrigens, es wird langsam Zeit, daß Sie sich ein Fahrrad kaufen.»

«Ein Fahrrad! Ich kann noch nicht mal richtig gehen.»

Kate schnaubte hörbar. «Das ist das Problem bei Ihnen – Sie können anscheinend nicht vorausdenken. Es ist Zeit, daß Sie wieder ein bißchen Rhythmus in Ihren Körper bekommen, es sei denn natürlich, Sie wollen den Rest Ihres Lebens herumtorkeln wie der Glöckner von Notre Dame.»

«Wissen Sie», sagte Tatiana plötzlich ein bißchen wehmütig. «Sie werden mir fehlen, wenn wir hier wegziehen.» Sie sah Kate an, die in ihrem rosa Rock und der gestärkten Bluse kerzengerade neben dem Übungstisch stand, und auf einmal wurde ihr bewußt, daß sie diese streitbare, nie zufriedenzustellende Frau in vieler Hinsicht bewundern gelernt hatte. Sie liebte sie nicht – selbst einem Heiligen wäre es schwergefallen, Kate zu lieben –, aber sie bewunderte ihre Hingabe und ihre eiserne Entschlossenheit.

«Hören Sie auf mit dem Unsinn», sagte Kate scharf. «Sie brauchen mich nicht mehr. Sie brauchen nur noch ein bißchen Kraft in den Beinen.»

«Ich möchte Ihnen danken.»

«Wofür?»

Tatiana sah sie erstaunt an. «Daß Sie mir geholfen haben, wieder zu gehen, wofür denn sonst.»

«Das ist mein Job.» Kate wandte sich abrupt um, kniete sich hin und zog die Markierungen nach. Zuckten ihre Lippen ein klein wenig, ehe sie den Kopf beugte, war sie gerührt, oder bildete Tatiana es sich nur ein?

Eine Woche später zog die rätselhafte kleine Frau zum letztenmal ihre Strickjacke an, nahm ihre Handtasche und verließ Tatianas Leben ebenso rasch, wie sie es betreten hatte, nachdem sie ihr eine ganze Reihe sauber getippter Anweisungen überreicht hatte, die von Schwimmen, zweimal täglich *bei jedem Wetter* (mit roter Tinte doppelt unterstrichen), und Dauerlauf bis zu einem Pensum von Kniebeugen und Liegestützen reichten, das einem Olympioniken den Mut genommen hätte.

Alysa döste daumenlutschend in ihrem Gitterbettchen vor sich hin, als Michael und Tatiana die letzten Bücher einpackten. Es war ein klarer, warmer Dezembertag, und Tatiana bereute fast, daß sie Kalifornien verlassen würden. Es war ein wenig traurig, den Sand und den Klatschmohn gegen Frost und Schneepflüge einzutauschen.

Sie richtete sich auf, wischte sich den Schweiß von der Stirn und nahm einen Stapel von Nachschlagewerken in Angriff. Sie konnte nun bis zu zwanzig Minuten hintereinander ohne Krücken oder fremde Hilfe stehen, sie konnte zum Tor gehen und die Briefe aus dem Kasten holen, sie konnte sogar Alysas Kinderwagen ungefähr hundert Meter weit schieben, ehe sie sich hinsetzen mußte. Mit Michael verstand sie sich besser als vorher, obgleich sie sich noch nicht überwinden konnte, wieder mit ihm zu schlafen. Das Leben hatte wieder einen Anschein von Normalität – obwohl es kaum das war, wovon sie träumte. Sie bemühte sich zwar, den Gedanken beiseite zu schieben, aber es bestand kein Zweifel, daß die Rehabilitation sich verlangsamt hatte, seit Kate gegangen war. Mit diesen und anderen nicht sehr aufbauenden Gedanken beschäftigt – Dingen, die Kate umgehend zu einem zehnminütigen Vortrag über positives Denken veranlaßt hätten –, stand sie einen Augenblick da und starrte in den leeren Umzugskarton.

Unten am Strand liefen fünf oder sechs Surfer in knielangen Badehosen in die Wellen, ließen sich von den Kämmen zurücktragen und schrien fröhlich auf, wenn sie in der Brandung das Gleichgewicht verloren und von ihren Brettern plumpsten. Wie herrlich es sein mußte, so zu leben wie sie, ohne jeden größeren Ehrgeiz, vermutlich auch, ohne einen Gedanken an das Morgen zu verschwenden. Oder war das nur eine romantische Illusion von ihr? Sicher hatten alle Leute Probleme, sogar Surfer.

Sie holte tief Luft und packte weiter. Sich auszumalen, was geschehen würde, wenn sich der Zustand ihrer Beine nicht weiter besserte, war entschieden destruktiv. Es würde Monate dauern, ehe sie sicher sein konnte, und bis dahin... na ja, bis dahin konnte sie ebensogut so weitermachen wie in den letzten Wochen, und was ihre Rückkehr nach New York betraf, so hatten sie kaum eine andere Wahl, jedenfalls nicht jetzt, da Michael sich mit Glass überworfen hatte.

Tatiana schnürte den Karton zu, beschriftete ihn und begann mit dem nächsten. Wo um alles in der Welt kamen all die Bücher her? Vielleicht vermehrten sich die Biester im Dunkeln, ungefähr so wie weiße Mäuse. Um Gottes willen, wie sollten all die Kisten und Kartons bloß in die neue Wohnung Ecke 93rd Street und Central Park West passen? Sie trank einen Schluck kalten Kaffee und schaute müde auf den Berg Sachen hinunter, die noch eingepackt werden mußten. Bei diesem Tempo würden sie frühestens Ende nächsten Jahres in New York eintreffen.

«Tats, Michael? Ist jemand da?» Ruth stand auf dem Sonnendeck und klopfte aufgeregt an die gläserne Schiebetür. Michael öffnete und ließ sie herein. «Mein Gott», sagte sie atemlos, als sie im Zimmer stand. «Ich habe seit Stunden versucht, euch anzurufen. Habt ihr es schon gehört?»

Michael sah Tatiana an. Ihr Fernseher war eingepackt, die Radios auch, das Telefon war abgeschaltet, die Zeitung schon seit einigen Tagen abbestellt. «Was denn?» Nicht wissend, ob sie sich auf etwas Gutes oder Schlechtes, vielleicht auf einen Überraschungsangriff der Sowjets, gefaßt machen sollte, stellte Tatiana schnell ihre Tasse hin. Die meisten Neuigkeiten waren dieses Jahr Katastrophenmeldungen.

«*Rebel Yell* läuft an!»

«Das wissen wir», sagte Michael. «Es ist für uns nichts Neues, und wir möchten offen gesagt möglichst wenig davon hören.» Er lächelte schwach. «Es ist sogar der Grund, weshalb wir zurückgehen.»

«Ihr wollt nichts davon hören? Das glaube ich nicht.» Ruth sah sich im Wohnzimmer um. «Wo ist der Fernseher?»

«Da in der großen Kiste. Warum?»

«Holt ihn raus und schließt ihn an.»

«Wie bitte?»

«Unten in Los Angeles toben Straßenkämpfe, mein Lieber.»

«Straßenkämpfe?»

Ruth ging zu der Pappkiste und machte sich daran, sie zu öffnen. «Tausende, ich sage *Tausende* von hysterischen Teenagern stürmen die Kinokassen, um Bobby Fender zu sehen!» Ruth warf die Holzwolle in eine Ecke und zog den Apparat in die Mitte des Zimmers. «Wo ist hier eine Steckdose? Los, Michael, steh nicht dumm rum. Du hast den Hit des Jahres gedreht! *Den* Kassenerfolg von 1954. Du wirst es nicht *glauben*, wenn du die Berichte aus Hollywood hörst und die Aufnahmen siehst, die sie vor dem Kino gemacht haben. Es sieht aus wie die Französische Revolution.»

17

Die Spiegel hinter der Stange reflektierten die zitronengelb gestrichenen Wände von Studio B und verwandelten sie in eine Reihe glänzender, sonnenbeschienener Rechtecke. Die Klimaanlage der Palms Academy konnte zum Glück nichts dagegen ausrichten, daß die Luft heute morgen etwas Frühlinghaftes hatte, etwas Stärkendes und wohltuend Warmes, das den Sommer ahnen ließ.

Tatiana atmete tief ein und versank zusammen mit etwa zwanzig anderen Elevinnen langsam in einen *grand plié*. Als die anderen Mädchen versuchten, sich mit einem Anschein von Grazie wieder aufzurichten, konnte sie ein leises kollektives Stöhnen hören. Das Mädchen vor ihr, eine Blonde in einem seegrünen Trikot, hatte eine neue Position für ihre Füße entwickelt und schnellte empor, ohne zu ahnen, wie sonderbar die Figur sich bei ihr ausnahm. Tatiana wischte sich den Schweiß von der Stirn und dachte wieder einmal, daß Anfängerkurse zumindest einen Vorteil hatten – die schier unfaßliche Ahnungslosigkeit der anderen Teilnehmerinnen. Sie hatte einige Tage gebraucht, um sich daran zu gewöhnen, wie unbefangen die meisten von ihnen den traditionellen Ballettpositionen Gewalt antaten, aber nun fand sie ihren Mangel an Präzision beruhigend. Wenn man versuchte, zwei unberechenbare Beine wieder unter Kontrolle zu bekommen, tat man das wohl am besten vor Zeugen, die nicht fähig waren, die fünfte Position von der dritten zu unterscheiden.

Die nächsten fünf Minuten führte Tatiana einen langsamen *plié* nach dem anderen aus und machte dann zusammen mit dem Rest der Klasse eine Reihe von einfachen *battements*. Wer auch nur eine leise Ahnung von professionellem Tanz besaß, der hätte sicher mit den Achseln gezuckt, doch für Tatiana war jedes Beugen der Knie, jedes schnelle Aufrichten ein kleiner Triumph. Noch vor einem Monat hatten ihre Beine jedesmal wie Gelee gezittert, wenn sie Schritte zu machen versuchte, die über einen Schiebewalzer hinausgingen. Eigentlich war sie erst in den beiden letzten Wochen wieder eine Tänzerin geworden, wenn auch eine blutige Anfängerin.

Leider ließ ihre Ausdauer noch eine Menge zu wünschen übrig. Der Kurs dauerte nur eine halbe Stunde, aber sie mußte sich schon nach zwanzig Minuten auf den Boden setzen und ausruhen. Die Lehrerin und die anderen Teilnehmerinnen, die ihr Problem kannten, betrachteten sie mitfühlend und verständnisvoll, aber sie versuchte, das Mitleid möglichst an sich abgleiten zu lassen. Ein Jammer, daß Kate nicht hier war, um sie herunterzuputzen. Sie stützte das Kinn in die Hand und fühlte sich, während sie auf den versiegelten Boden starrte, so erschöpft, als könnte sie jeden Moment in Ohnmacht fallen. Alles tat ihr weh, und das Trikot klebte unangenehm an ihrem schweißgebadeten Körper.

Die Musik hörte kurze Zeit auf und wurde von dem munteren Geplapper der Kursteilnehmerinnen abgelöst, die ihre Sachen einsammelten und nacheinander den Raum verließen. Nur Tatiana blieb zurück. Sie saß noch ungefähr zehn Minuten da und sammelte ihre Kräfte. Dann stand sie auf und machte eine Viertelstunde lang einfache Übungen an der Stange: Sie nahm den linken Fuß in die linke Hand und versuchte, ihn in einem anmutigen Bogen über den Kopf zu heben; sie legte einen Knöchel auf die Stange und beugte sich über das Bein, bis die Sehnen schmerzhaft spannten. Sie schloß einen Moment die Augen und stellte sich vor, daß ihre Muskeln immer noch einem Gewirr von Knoten glichen, um die Knoten dann, wie Kate ihr beigebracht hatte, einen nach dem anderen zu lösen.

Dans Wohnung befand sich im Erdgeschoß eines weißgetünchten, pseudospanischen Hauses samt Patio mit einem gekachelten Brunnen, drei mickrigen Palmen und einem Swimming-pool. An diesem Pool saßen die drei – Dan, Michael und Tatiana – an einem besonders warmen Nachmittag Ende Mai bei kaltem Bier und Kartoffelchips und lasen Drehbücher. Überall lagen schwarzbraune Schnellhefter mit Filmskripten herum, auf der Erde, auf einem freien Segeltuchsessel und auf dem wackeligen Spieltisch, den Dan zu diesem Zweck aus seinem Wohnzimmer geholt hatte. Erst vier Monate vorher, wenige Tage nach dem sensationellen Uraufführungserfolg von *Rebel Yell*, hatten Dan und Michael ihre eigene Produktionsfirma gegründet, ein Kleinunternehmen, das D & M hieß und im Moment aus einem winzigen Büro am Sunset Boulevard, zwei Telefonen und einer Halbtagssekretärin bestand. Nach der Zahl der Skripte, die ihnen zugeschickt worden waren, hätte man allerdings meinen können, sie seien MGM.

Nun ja, eigentlich war das keine Überraschung. Tatiana legte das Drehbuch, in dem sie gerade gelesen hatte, hin und nahm ein anderes. Alles Krampf, dachte sie zum soundsovielten Mal. Alle großen Studios gingen auf Nummer sicher, indem sie auf Erfolgsromane wie *Meuterei auf der Bounty* und *Verdammt in alle Ewigkeit* zurückgriffen und sie in Filmskripte verwandeln ließen, statt Originalstoffe zu suchen, oder seichte Broadway-Hits wie *Die Jungfrau auf dem Dach* verfilmten. Was Musicals betraf, bemühte man sich noch weniger um Originalskripts. Abgesehen von wenigen Ausnahmen waren die Leute nicht einmal bereit, ein Musical überhaupt in Erwägung zu ziehen, das nicht zuvor erfolgreich am Broadway aufgeführt worden war. Sobald Dan und Michael erzählt hatten, daß sie *neue* Musicals suchten, waren sie daher mit einer Flut von Projekten überschwemmt worden und hatten so viele Anrufe von Agenten und Autoren bekommen, daß sie aus dem Büro flüchten mußten, um die bereits eingegangenen Skripte prüfen zu können.

Tatiana nahm sich eine Handvoll Kartoffelchips und knabberte sie langsam. In den letzten Monaten hatte sie Geschichten gelesen, die in jeder erdenklichen Zeit und an jedem erdenklichen Ort spielten, von kostspieligen Kostümdramen, die Marie Antoinette auf dem Gang zur Guillotine begleiteten, bis hin zu Rührstücken über streikende Fabrikarbeiter, darunter viele erstklassige, geistreiche und intelligente Drehbücher, die sie den Verdacht hegen ließen, wenigstens die Hälfte der guten amerikanischen Nachwuchsautoren schreibe für den Papierkorb, aber – und hier lag das Problem – keines der Skripte eignete sich hundertprozentig für den ersten Film von D&M. Sie legte das Drehbuch hin und griff nach einem anderen Schnellhefter, auf dem der nicht sehr originelle Titel *Song of Love* stand.

«Es ist nicht zu fassen.» Dan suchte nach dem Flaschenöffner, machte ein neues Bier auf und lehnte sich mit einer verzweifelten Grimasse zurück. «Da sitzen wir mit genügend Drehbüchern, um die *Queen Mary* zu beladen, und finden trotzdem keine Story.»

«Kommt Zeit, kommt Rat», brummte der in seine Lektüre vertiefte Michael.

«Wirklich? Sehr gut. Darauf hätte ich auch kommen können.» Dan trank einen Schluck Bier und feixte. «Schließlich riskieren wir ja bloß alles, was wir auf dieser Welt besitzen, unser berufliches Ansehen und unseren letzten Pfennig. Ganz zu schweigen von den Riesensummen, die wir der Bank schulden. Und natürlich unseren privaten Geldgebern, die demnächst über uns herfallen und Hackfleisch aus uns machen werden. Die kleinen schwulen Monster aus *Plötzlich im letzten Sommer* werden sich dagegen wie harmlose Pfadfinder ausnehmen.»

«Du übertreibst.» Tatiana lächelte ihm zu. Er sah heute, mit seiner karierten Badehose, der Sonnenbrille auf der Nasenspitze und den Gummisandalen an den Füßen, besonders lustig aus. Es war nicht leicht, Dans Sorgen ernst zu nehmen, wenn er einen wieder mal an einen pummeligen Teddybären auf Urlaub erinnerte.

«Natürlich übertreibe ich», fuhr Dan fort und langte nach den Chips. «Darin besteht mein Charme. Was ist schon ein Produzent, der nicht übertreibt? Die Wahrheit ist etwas für Leute ohne

Phantasie, wie Oscar Wilde einmal gesagt hat.» Er seufzte mitleiderregend. «Wißt ihr, wovon ich nachts träume? Ich träume von einem einfachen Film – er könnte vielleicht *Hula Hoop* heißen oder einen ähnlich geistreichen Titel haben. Ein richtig schöner amerikanischer Schinken, in dem Bobby Fender mit nymphomanischen Teenagern tanzt, die hinreißende Popos haben. Die Story kann man getrost vergessen – aber wir verdienen mit dem Ding Millionen!»

«Fender hat mit Glass für zwei Filme unterschrieben», gab Michael zu bedenken. «Aber Bobby hat immerhin versprochen, daß er anschließend mit uns arbeiten wird, falls D & M die Startschwierigkeiten überwindet.»

«In meinen dunklen Stunden male ich mir aus, was wir heute in einem Jahr machen», sagte Dan und hob die Flasche an die Lippen. «Du fällst vor Fred Lewis auf die Knie und flehst ihn an, daß er dir den Rückzieher aus seinem Musical vergeben möge, Tats und Alysa stehen an einer Straßenecke und verkaufen Bleistifte, und ich sitze im Schuldturm.»

«Bankrotteure kommen nicht mehr in den Schuldturm.»

«Hör auf, mit Fakten abzulenken.»

«Übrigens», unterbrach Tatiana, «ich will euch ja nicht bei eurem erbaulichen Gespräch stören, aber ich glaube, ich habe hier was.» Sie hielt das Drehbuch hoch, das sie gerade überflogen hatte. «Wir wollen doch etwas machen, das nicht viel kostet, ja? Etwas mit einer guten Rolle für Michael, mit jeder Menge Tanznummern, ein paar netten Originalsongs und einer Story, die nicht allzu einfältig ist. Also, das hier könnte es vielleicht sein. Es heißt *Song of Love*». Michael und Dan stöhnten wie aus einem Mund. «Ich weiß, aber den Titel kann man leicht ändern. Der springende Punkt ist eine Romanze zwischen einem Tingeltangeltänzer und einer Opernsängerin.»

«Oper», sagte Michael und rollte die Augen gen Himmel. «Das kann nicht dein Ernst sein. Weißt du denn nicht, wie die meisten Amerikaner reagieren, wenn sie Opernmusik hören? Entweder sie halten sich die Ohren zu, oder sie rufen die Polizei an und sagen, nebenan werde jemand ermordet. Wenn die Heldin wenigstens Jazzsängerin wäre, so eine Art Billie Holiday, wäre die Idee vielleicht nicht übel.»

«Aber es ist ein Film über Klassenunterschiede. Wenn du sie zu einer Jazzsängerin machst, fällt alles in sich zusammen.»

«Wie wär's mit einer Ballettänzerin?» Dan stand so hastig auf, daß sein Stuhl bedrohlich wackelte.

«Wie bitte?» Michael starrte ihn begriffsstutzig an.

«Ich sagte, wie wäre es, wenn man die Heldin zu einer Ballett-tänzerin machte.»

«Wirklich lustig», sagte Tatiana. «Er meint uns, Michael. Der Steptänzer und die Ballerina, nicht wahr? Ein bißchen geschmacklos, wenn du mich fragst, besonders in Anbetracht der Umstände.»

«Stimmt», sagte Dan. Er schritt zur Ecke des Swimmingpools und kam wieder zurück. «Genau. Du hast den Nagel auf den Kopf getroffen. Ich rede *tatsächlich* von euch beiden, aber es soll kein schlechter Witz sein. Meine Güte, ich kann nicht fassen, daß wir nicht gleich darauf gekommen sind. Es ist die ideale Story: zwei Tänzer aus verschiedenen Welten.»

«Ist das dein Ernst?»

«Darauf kannst du Gift nehmen.»

«Hmmm.» Michael nahm Tatiana das Skript aus der Hand und blätterte es mit wachsender Begeisterung durch. «Ich glaube, ich sehe, worauf du hinauswillst. Viele Möglichkeiten für Tanznummern und jede Menge Gelegenheit für Komik, wenn er versucht, ihr ein bißchen Steptanz beizubringen – oder wenn sie versucht, ihn zu ein paar *pliés* zu verführen. Natürlich müßten wir diesen Autor dazu bringen... wie heißt er übrigens?»

«Er ist eine Frau, und sie heißt Karlyle, Agnes Karlyle», sagte Tatiana.

«Wir müssen dieser Agnes Karlyle sagen, daß wir das Skript nur dann nehmen, wenn sie es ein bißchen umschreibt. Sie muß die Operngeschichte rausnehmen und durch Ballett ersetzen. Ja, dann könnte es hinhauen.»

«Vor allem könnte Tats die Tänzerin spielen», bemerkte Dan

leichthin. «Das würde uns die Gage für eine von diesen überkandidelten Schauspielerinnen ersparen, die nicht den Unterschied zwischen einer *arabesque* und einem Albatros kennen.»

«Dan!» Tatiana war mehr als ärgerlich. «Verschone mich. Ich kann Witze über viele Dinge verkraften, aber nicht übers Tanzen.»

«Wirklich, Dan», bekräftigte Michael, «sei so gut und halt den Mund.»

«Sag mir einen vernünftigen Grund, warum wir Tats nicht für die Rolle in Erwägung ziehen sollten.»

«Zum Beispiel weil meine Beine noch nicht richtig funktionieren», antwortete Tatiana. «Ich hätte nicht gedacht, daß ich dich extra darauf hinweisen müßte.»

«Ich dachte, du besuchst wieder einen Kurs in der Palms Academy.»

«Stimmt, ich mache einen Kurs – aber was soll das schon heißen. Ich kann die Grundpositionen wieder einnehmen, ich kann mich sogar auf Spitze stellen, aber es gibt einen kleinen Haken. Ich kann nur zehn Minuten oder höchstens eine Viertelstunde tanzen, ehe mir weich in den Knien wird und ich hinfalle. Aber selbst wenn ich tanzen könnte, was vielleicht möglich wäre, falls irgendein Wunder geschieht, Michael könnte ja mit mir nach Lourdes fahren – dann bin ich immer noch keine Schauspielerin. Ich habe noch nie eine Rolle gespielt, es sei denn, du zählst dieses Musical, zu dem du mich in meinem zweiten Semester überredet hast. Du erinnerst dich vielleicht, daß ich die Hälfte von meinem Text vergessen hatte und um ein Haar von der Bühne gefallen wäre. Was mich betrifft, scheide ich also aus zwei guten Gründen aus: keine Beine, kein Talent. Das ist die ganze unerfreuliche Wahrheit, und ich wäre dir dankbar, wenn du sie mir nicht noch mal unter die Nase reibst, solange ich noch empfindlich darauf reagiere.»

«Du brauchst nicht zu spielen, Tats.» Dan schob seine Sonnenbrille hoch und ging wieder zum Pool, wo er begeistert mit den Armen herumfuchtelte. «Die Arbeit vor der Kamera ist nicht mit der Bühne zu vergleichen. Es gibt kein Publikum, bei dem man ankommen muß. Du brauchst nur eines zu tun – dich vor die Kamera stellen und du selbst sein, und außerdem sagt mir mein sechster Sinn, daß du auf der Leinwand einfach umwerfend aussehen wirst. So umwerfend, daß der Mann auf der Straße selbst dann einen Dollar fünfzig ausgeben würde, wenn du ein Spatzenhirn und das schauspielerische Talent einer Schaufensterpuppe hättest. Hör zu, ich habe schon lange darüber nachgedacht, aber bis jetzt hat sich nie eine Gelegenheit ergeben, es dir zu sagen. Du wärst bestimmt große Klasse, Tats. Es ist mein Ernst. Dein Gesicht ist wie geschaffen für Cinemascope.»

Tatiana seufzte und nahm eine Handvoll Kartoffelchips. Seit sie zusammen in Harvard gewesen waren, hatte Dan sich alle paar Tage für irgend etwas Verrücktes begeistert, und sie wußte, wie schwer es war, ihn wieder zur Vernunft zu bringen, wenn er sich etwas in den Kopf gesetzt hatte. «Die Beine, Dan. Du vergißt die Beine.»

«Nein, im Gegenteil. Das ist doch der Vorteil... Es ist nicht weiter wichtig, daß du nicht länger als eine Viertelstunde gut tanzen kannst!»

«Dan, jetzt reicht es aber», sagte Michael böse. «Laß sie endlich in Ruhe!»

«Nein, warte.» Tatiana hob die Hand. «Das interessiert mich. Was soll das heißen, es ist nicht weiter wichtig?»

«Filme werden doch aus Schnipseln zusammengesetzt», erklärte Dan und schob sich die Sonnenbrille in die Stirn. «Das weißt du natürlich, aber ihr scheint beide nicht zu kapieren, was es bedeutet. Nehmen wir mal an, Tats fängt an zu tanzen und fällt dann flach auf den Bauch. Kein Problem. Man nimmt nur die Filmmeter bis zu dem Punkt, wenn sie fällt, und wirft den Rest weg. Was macht es schon, wenn sie nur eine Viertelstunde richtig gut ist? Kannst du mir vielleicht sagen, wieviel Einstellungen länger als eine Viertelstunde dauern oder auch nur länger als drei Minuten?»

«Dan, wenn du nicht endlich aufhörst, schmeiße ich dich in den Pool. Tats hat genug Schwierigkeiten, ohne daß du ihr solche hirnrissigen Flausen in den Kopf setzt. Sie würde die Belastungen einer wichtigen Rolle überhaupt nicht verkraften können.»

«Ich denke, das kann nur ich entscheiden», sagte Tatiana. Sie wandten sich beide zu ihr, und Michael beugte sich besorgt vor.

«Tats, laß dich bitte in nichts reinziehen. Ich weiß, wie gern du wieder tanzen möchtest, aber das, was Dan vorhat, ist absurd.»

«Stimmt es, daß man die schlechten Teile wegschneiden könnte, wenn ich in einem Film tanze?»

«Theoretisch ja, aber Dan hat dir *nicht* gesagt, daß du zwölf Stunden am Tag unter heißen Scheinwerfern arbeiten müßtest.»

Tatiana saß regungslos da und versuchte, all das zu verarbeiten, was sie eben gehört hatte. Nie, nicht einmal in ihren wildesten Träumen, hatte sie sich vorgestellt, auf der Leinwand zu erscheinen. Aber es wäre einen Versuch wert. Wirklich. Wenn sie es täte, würde sie mit Michael zusammen arbeiten; sie würde wieder tanzen, allerdings nicht beim City Ballet, aber was für eine Chance hätte sie, jemals wieder auf der Bühne aufzutreten? Wo sonst als im Film konnte sie nur zehn oder fünfzehn Minuten zur Zeit tanzen und trotzdem von Hunderten, nein *Millionen* von Menschen gesehen werden? Aber die eigentliche Frage lautete, ob sie stark genug war, die Belastung auszuhalten. Sie konnte schlecht aussteigen, wenn der Film zur Hälfte abgedreht war. Michael würde es ihr nie verzeihen, und sie würde es sich noch viel weniger verzeihen, wenn sie seine erste Chance zunichte machte, etwas zu drehen, was ihm wirklich am Herzen lag. Einen Moment lang wog sie alles, was dagegen sprach, gegen die Möglichkeit ab, wieder ernsthaft tanzen zu können. *Kämpfe dagegen*, hatte Mama gesagt. Nun, wenn es kein Kampf gegen die Kinderlähmung war, in einem Film zu tanzen, was dann? Welchen Sinn hatten all die Sitzungen mit Kate gehabt, all die heißen Packungen, die endlosen Übungen – all diese Gewichte, die Kniebeugen, die Radfahrten bei strömendem Regen, der langweilige Anfängerkurs in der Academy? Sie hatte monatelang gekämpft, um wieder auf Spitze stehen und tanzen zu können. Wofür? Damit sie Alysa nachmittags etwas vorhüpfte oder zu

Weihnachten eine Vorstellung für den Familienkreis geben konnte? Irgendwann mußte sie den Sprung in die Realität wagen, und gab es dafür eine bessere Gelegenheit als in einem Film, wo sie den Sprung nur zu wiederholen brauchte, wenn sie eine Bauchlandung machte?

«Michael», sagte sie leise, «laß es mich versuchen.» Dan stieß einen Freudenschrei aus. «Ich möchte es versuchen, und ich schwöre dir, daß ich aus dem Studio verschwinde, sobald ich merke, daß ich es nicht schaffe. Ich werde so schnell verschwinden, daß du kaum merkst, daß ich dagewesen bin.»

«Bist du sicher?»

«O ja.»

Michael atmete tief ein und lehnte sich zurück. «Ich habe dir zu oft im Weg gestanden und werde es nicht noch einmal tun. Ich mache mir offen gesagt Sorgen um deine physische Widerstandskraft, und ich fürchte, du könntest einen Rückschlag bekommen, wenn es nicht klappt, aber wenn du es wirklich versuchen willst und wenn wir das Drehbuchproblem lösen, dann gehört die Rolle dir.» Tatiana hätte sich am liebsten in seine Arme geworfen und ihn geküßt, aber sie begnügte sich damit, seine Hand zu drücken. Sie war neuerdings so scheu, wenn sie mit ihm zusammen war, so weit von ihm entfernt, aber vielleicht würde das auch bald besser werden.

«Danke, Michael.»

«Du brauchst dich nicht zu bedanken, Schatz. Du verdienst weiß Gott jede Chance, diese Geschichte hinter dich zu bringen.» Er wandte sich zu Dan. «Da es deine Idee war, kümmerst du dich am besten auch um die Probeaufnahmen. Ich weiß, daß Tats auf der Leinwand großartig aussehen wird – sie sieht überall großartig aus –, aber wir müssen ganz sicher sein, ehe wir die Rolle für sie umschreiben lassen.»

Dan griente von einem Ohr zum anderen und salutierte scherzhaft. «*Oui, mon capitaine*, ich werde es für morgen gegen Mittag arrangieren, nein, sagen wir für Mittwoch. Ich möchte genug Zeit haben, um einen richtigen Friseur und einen guten Visagisten und einen erstklassigen Kameramann zu besorgen.

Schade, daß Gregg Toland nicht mehr unter den Lebenden weilt, aber bei Warner ist ein Bursche namens Todd Richter, den wir sicher für einen Tag ausleihen können. Das erinnert mich, daß wir uns einen Namen für sie überlegen müssen, wenn die Sache klappt. Tatiana Macks klingt wie eine Marke russischer Kartoffelchips.»

Die nächste halbe Stunde saßen sie am Pool und versuchten, sich einen Namen für Tatiana einfallen zu lassen. Als sie und Michael sich von Dan verabschiedeten, war sie inoffiziell auf Tatiana Trey getauft worden.

«Drehen Sie den Kopf bitte etwas nach rechts, Miss Trey», sagte Todd Richter. «Ich brauche eine Aufnahme bei einem anderen Beleuchtungswinkel.» Sie wandte gehorsam den Kopf, während Richters Assistent ihr eine Art Zollstock vor das Gesicht hielt und eine Reihe von Zahlen rief. Obgleich sie Michael viele Male bei der Arbeit zugeschaut hatte, war ihr nie aufgegangen, wie anstrengend es für einen Schauspieler sein mußte, endlos unter heißen Scheinwerfern zu stehen und nichts zu tun, während andere Leute den Geräuschpegel einstellten, Schatten aufspürten und vertrieben und sich an Kostümen und Requisiten zu schaffen machten.

Vorsichtig hob sie ein Bein und kratzte sich mit dem Spitzenschuh das Knie des anderen. Ihre Beine zitterten jetzt schon, aber sie versuchte es zu ignorieren. Wenn sie eine andere Position einnahm, würden sie wahrscheinlich die Beleuchtung neu einstellen müssen, und dem fühlte sie sich momentan noch nicht gewachsen. Ob sie hinfallen würde, wenn sie zu tanzen versuchte? Sie gab sich Mühe, nicht weiter an diese Möglichkeit zu denken, aber der Gedanke ließ sie nicht los. Michael hatte ihr wieder und wieder versichert, daß man die Aufnahmen schlimmstenfalls wiederholen könnte.

Es würde merkwürdig sein, vor Kameras aufzutreten statt vor Menschen, soviel wußte sie bereits. Es fehlte etwas, etwas, das sie nicht genau benennen konnte. Sie fühlte es bereits – eine Art Leere anstelle einer Energiequelle. Dies waren natürlich nur

Probeaufnahmen, aber sie mußte sich nach Möglichkeit einreden, daß dort im Schatten ein riesiges Publikum saß und alles beobachtete, was sie tat.

«Bitte Ruhe, fertig zur Aufnahme», rief Michael und setzte sich auf seinen Klappsessel. Es wurde mucksmäuschenstill. Ein anderer Assistent trat vor sie und schlug zwei kleine Brettchen gegeneinander, so daß sie unwillkürlich zusammenzuckte.

«Wenn du soweit bist, können wir, Tats.»

Tatiana blickte auf die Kabelschlangen, die Scheinwerfer, die Kameras, die sie wie Zyklopen anglotzten. Sie sollte ein paar Sätze über ein imaginäres Telegramm sagen, in dem ihr mitgeteilt worden war, daß ihr Geliebter – der Steptänzer – im Kampf vermißt war, und dann eine kurze Sequenz aus einem Ballett tanzen, dessen Wahl man ihr überlassen hatte.

«Ich habe das mit Johnny erst heute morgen erfahren», fing sie an. Sie hörte den Klang ihrer Stimme, hörte, wie sie die Worte monoton aufsagte, ohne jede innere Überzeugung. Sie versuchte, ein bißchen Gefühl hineinzulegen, aber es war unmöglich, in diesem schrecklichen Scheinwerferlicht etwas zu fühlen. Sie kam sich zunehmend lächerlich vor, als sie die Sätze zu Ende sprach, und dann begann sie, eine Sequenz der Prinzessin aus *The Hundred Kisses* zu tanzen, eine hübsche Kombination von Charaktertanz und rein virtuosen Schritten, die ihr plötzlich vollkommen unpassend vorkam. Mitten bei einer ziemlich komplizierten Schrittfolge geschah das Schlimmste: Sie stürzte hin und schrammte sich das Knie auf. Sie lag einen Moment auf dem kalten Beton und war den Tränen nahe. Sie hätte es besser wissen sollen. Sie hätte sich den Versuch sparen können. Ihre Beine waren hin – wie lasche Makkaroni.

«Steh auf, Tats», rief Michael. «Wir versuchen es noch mal.» Tatiana biß sich auf die Unterlippe, rappelte sich hoch und wandte sich wieder zur Kamera. Die Aufnahmeleute sahen sie mitfühlend an. «Was steht ihr da rum und guckt Löcher in die Luft», schrie Michael. «Los, weiter.»

Drei Takes und zwei Stunden später war die Szene immer noch nicht im Kasten. Verdammte Filmerei. Vor einer Kamera zu tanzen war ungefähr so, als würde man mitten beim Liebesakt mit einem Eimer kaltem Wasser begossen. Jedesmal, wenn sie anfing, den Rhythmus zu spüren, war es Zeit, aufzuhören und von vorn anzufangen. Sie war wenigstens nicht wieder hingefallen, aber ihre Beine taten unerträglich weh. Beim vierten Take beschloß sie, etwas ganz anderes zu machen. Sie schloß die Augen und stellte sich vor, wie es wäre, ein Telegramm zu bekommen, in dem stand, daß Michael gestorben war – nicht nur Michael, auch Alysa, ihre Mutter, Winn und alle, die sie je gekannt und lieb gehabt hatte. Ein schreckliches Gefühl kroch in ihr hoch, eine Mischung aus Einsamkeit, Unglauben und abgrundtiefem Kummer. Sie öffnete die Augen und murmelte etwas in die Kamera, das sie gar nicht richtig hörte, so sehr konzentrierte sie sich auf den Schmerz. Einer plötzlichen Eingebung folgend, tanzte sie dann eine Sequenz der Wahnsinnsszene aus *Giselle*, jenen tragischen Moment, in dem Giselle erfährt, daß der Mann, den sie liebt, mit einer anderen verlobt ist, und sich ersticht. Durch irgendein Wunder tanzte sie gut anderthalb Minuten, ehe sie einen Schritt verpaßte.

«Schnitt», rief Michael. «So ist es besser, aber du mußt versuchen, länger auszuhalten, ehe du» – er sah sie betreten an – «ehe du stolperst.»

«Es hat keinen Zweck, nicht wahr?» Eine bittere Enttäuschung überkam sie, und ihr Mund war wie ausgedörrt.

«Das habe ich nicht gesagt. Aber wenn du mir keine längere Einstellung geben kannst, werde ich nicht genug Material haben, aus dem ich etwas machen kann. Die Aufnahmen dürfen nicht zu kurz sein, verstehst du?»

«Ganz ehrlich, Michael – möchtest du, daß ich aufhöre?»

«Nur wenn du es möchtest.»

«Ich werde nicht aufgeben, bis du mir sagst, daß es zwecklos ist.»

«Hör zu, es ist nicht zwecklos. Das eben war eine gute Szene. Laß uns noch eine Einstellung machen, und leg diesmal etwas mehr Schmalz in den Teil, in dem du sagst, wie sehr du den Burschen geliebt hast.»

«Mehr Schmalz?»

«Genau – und fang nicht so schnell danach an zu tanzen. Du mußt den Zuschauern genug Zeit geben, damit sie ihre Taschentücher rausholen können.»

Einer der Visagisten näherte sich im Laufschritt und tupfte ihr den Schweiß von der Stirn. Ihr Kinn und ihre Nase wurde neu geschminkt. Jemand gab ihr ein Glas kaltes Wasser. Sie machten noch sechs Takes, und danach war Tatiana so zerschlagen, daß sie sich nur mit Mühe umziehen konnte und, nachdem sie mit Michael nach Hause gefahren war, auf dem Wohnzimmersofa einschlief.

«Das muß jemand anders sein.»

«Nein, das bist du Tats!»

«Aber ich sehe so ...»

«Großartig aus», ergänzte Michael breit lächelnd. «Und das sage ich in meiner Eigenschaft als Regisseur, nicht als Ehemann.»

«Großartig? Sie sieht aus wie ein *Engel.*» Dan gab ihr in dem dunklen Vorführraum einen Klaps auf die Schulter und drehte sich dann um und legte die Hände trichterförmig an den Mund. «Bitte noch mal laufen lassen», rief er dem Jungen am Projektionsapparat zu.

Der Junge nickte, der Apparat fing wieder an zu summen, und in dem Lichtstrahl wirbelten tausend winzige Staubpartikel. Noch einmal erschien Tatiana fünf Minuten lang lebensgroß auf der Leinwand. Ihre raffiniert geschminkte und mit Spezialfiltern fotografierte Haut war so glatt wie die von Alysa, ihre Lippen glänzten, ihre Augen waren von einem unwirklichen Veilchenblau. Die Kamera hatte es geschafft, all die Dinge, die sie immer als Makel betrachtet hatte, in Vorzüge zu verwandeln. Ihre leicht vorstehenden Zähne gaben ihr auf einmal etwas Schmollendes und Verführerisches; ihr Kinn, das ihr unten ein wenig zu rund vorgekommen war, fing die Schatten so ein, daß es vollkommen oval wirkte; die tatarisch anmutenden Wangenknochen gaben ihr ein edles, klares Profil; das Haar war eine kastanienfarbene

Fülle, das die Scheinwerfer mit goldenen Glanzlichtern geschmückt hatte.

Die größte Überraschung war jedoch ihr Körper. Sie hatte immer geglaubt, sie habe die Erscheinung einer Tänzerin: lange Beine, starke Knochen, zu sehnige Arme, etwas zu klein geratene Brüste, einen dünnen, beinahe mageren Rumpf – aber die Kamera war offensichtlich anderer Meinung. Sie schien auf der Leinwand urplötzlich zugenommen zu haben. Ihre Brüste wirkten runder, nicht groß, aber voll und fraulich. Sie hatte genau die richtige Größe, und ihre Arme waren zart. Aber mehr noch, durch irgendeinen kinematographischen Zauber war es Michael gelungen, sie in eine Schauspielerin zu verwandeln. Die Sätze, die sie in Nahaufnahme gemurmelt hatte, wirkten nun wie die von Herzen kommenden Worte einer Frau, der man das Liebste geraubt hatte. Die mit starker Hintergrundbeleuchtung aufgenommene Wahnsinnsszene aus *Giselle* war packend und ätherisch zugleich. Während sie sich auf der Leinwand betrachtete, wurde ihr bewußt, daß Michael die Szene aus vier verschiedenen Takes montiert und alles Linkische oder Unstimmige eliminiert hatte. Wer die schwerelose Schönheit dieser jungen Frau betrachtete, würde nie auf die Idee kommen, daß sie Polio gehabt hatte. Ihre Beine wirkten kräftig und gesund und zögerten keinen Sekundenbruchteil in ihren Bewegungen.

Tatianas Staunen ließ auch beim zweiten Betrachten nicht nach. Michael war ein Genie. Wie um alles in der Welt hatte er es geschafft, sie so zu verwandeln? Der Unterschied zwischen der Tatiana, die sie kannte, und der Frau, die sie eben gesehen hatte, war beinahe beängstigend. Sie sah die Probeaufnahmen noch dreimal und konnte es immer noch nicht recht fassen.

Anschließend gingen sie alle in ein chinesisches Restaurant, um zu feiern, und Dan hielt eine kurze Ansprache. Tatiana, verkündete er, gehöre zu jenen seltenen Geschöpfen, die die Kamera liebe. Jedes Studio in Hollywood gebe jährlich Hunderttausende von Dollars aus, um das Land nach solchen Leuten abzukämmen, und D&M solle sich besser vorsehen und ihr einen Neunundneunzig-Jahres-Vertrag offerieren, ehe MGM

Wind von der Sache bekomme. Es war alles sehr schmeichelhaft, aber Tatiana konnte sich nicht des Eindrucks erwehren, daß er von einer anderen sprach. Als sie und Michael dann zu Hause waren, bat sie ihn, die Wahrheit zu sagen.

«Habe ich eine Chance, den Film zu machen, oder nicht?» Sie saßen im Wohnzimmer auf dem Sofa, und Tatiana schmiegte sich zärtlich, aber nicht begehrend an ihn. Sie empfand diese Art des Zusammenseins als beglückend, denn obwohl sie seit ihrer Krankheit einige Male miteinander geschlafen hatten, war sinnliches Verlangen nicht wieder zu einem wesentlichen Bestandteil ihres Lebens geworden. Sie legte den Kopf an seine Schulter. «Sag mir bitte deine aufrichtige Meinung.»

«Du bist unglaublich fotogen – damit hatte Dan recht, aber...»

«Aber was? Los, keine falsche Rücksicht.»

«Du bist hingefallen, Tats. Du hast falsche Schritte gemacht. Ich sage es nicht gern, der Himmel weiß, wie ungern ich es sage – aber wir hatten keine einzige einwandfreie Einstellung.»

Es fiel ihr schwer, den Schmerz aus ihrer Stimme zu verbannen, aber sie schaffte es: «Michael, ich möchte diese Rolle.»

«Das weiß ich, aber vielleicht solltest du noch mal darüber nachdenken. Ich fürchte, du mutest dir zuviel zu. Es ist kaum ein Jahr her, seit du krank warst.»

«Sag mir nur eines. Wenn ich bis zum Beginn der Dreharbeiten jeden Tag übe und trainiere, wenn ich dann richtig in Form bin, ich meine, so gut in Form, daß ich mindestens eine Viertelstunde fehlerfrei tanzen kann, darf ich es dann versuchen?»

«Tats, du weißt, ich würde meine rechte Hand dafür hergeben, den Film mit dir zu machen.»

Sie schwiegen einen langen Augenblick und lauschten dem Geräusch der Wellen, die sich unten vor dem Haus brachen. «Ich muß die Sache realistisch sehen», sagte Tatiana endlich. «Ich weiß, daß du mehr als Hoffnungen brauchst, um einen Film zu planen. Deshalb möchte ich gern, daß du etwas für mich tust.»

«Was denn?»

«Sieh dich auf alle Fälle nach jemand anderem um, falls ich es nicht schaffen sollte. Blanche Bender wäre eine gute Wahl, falls du sie von New York fortlocken kannst. Aber laß noch niemanden für die Rolle unterschreiben ... noch nicht.»

Als Michael zu Bett gegangen war, setzte Tatiana sich an ihren Sekretär, holte die Liste mit Übungen heraus, die Kate ihr gegeben hatte, und las sie aufmerksam durch. Zu ihrer Erleichterung sah sie, daß sie einige Anweisungen befolgt hatte: Sie hatte mit den Gewichten an den Beinen gearbeitet, sie hatte Malibu mit dem Fahrrad unsicher gemacht, sie hatte Ballettunterricht in der Palms Academy genommen, bis es ihr zum Hals heraushing. Doch um ehrlich zu sein, hatte sie eine Reihe von Dingen ignoriert. Zum Beispiel das Schwimmen: Das Meer war ihr die meiste Zeit zu kalt, und sie haßte das Salz auf der Haut. Na ja, sie würde sich damit abfinden müssen. Das heißt, sie konnte sich gleich morgen früh bei einem Sportverein oder einem Country Club anmelden, oder sie konnte einfach über die Straße gehen und eine der Nachbarinnen bitten, ob sie ihren Swimming-pool benutzen dürfe, und wenn das Chlor in ihren Augen brannte oder ihr Haar grün färbte, würde sie sich eben auch damit abfinden müssen. Sie konnte sich notfalls eine Taucherbrille und eine Perücke kaufen, aber von nun an würde sie mindestens eine Stunde täglich schwimmen, genau wie Kate befohlen hatte.

Tatiana ging die Liste noch einmal durch und mußte über Kates Handschrift lächeln. Die Buchstaben waren exakt aufgereiht wie Soldaten, jedes O perfekt gerundet, jeder T-Strich im richtigen Winkel gezogen. Sie dachte daran, wie Kate an jenem ersten Tag in ihrer knallgelben Hemdbluse ins Haus eingedrungen war und das Kommando übernommen hatte. Sie fragte sich, was sie jetzt wohl tat. Wahrscheinlich folterte sie einen anderen Patienten in die Gesundheit zurück.

Jeden Tag Dauerlauf, befahl die Liste, *bei jedem Wetter*. Tatiana hatte Gewissensbisse. Laufen war etwas, das sie auf den Tod nicht leiden konnte. Es war so langweilig, so stupide, ohne jene Schwierigkeitsgrade, die das Tanzen zu einer Herausforderung machten. Aber wenn Kate laufen sagte, würde sie eben laufen.

Tatiana brachte den Wecker zum Schweigen, kletterte aus dem Bett und zog alte Jeans und ein Sweatshirt an, das ihr bis unter die Knie reichte. Sie schlüpfte in ehemals weiße Tennisschuhe und lief in die Küche, um rasch zu frühstücken, ehe sie an den Strand ging. Es war Ebbe, und sie würde am Wasser entlanglaufen können und alle Möwen weit und breit aufscheuchen. Nicht gerade eine verlockende Aussicht, aber viel besser, als auf dem harten Bürgersteig zu laufen und sich die Knie zu ruinieren.

«Du hast einen freien Tag verdient», bemerkte Michael, als er zum Kühlschrank ging. Er hatte sich heute landfein gemacht: ein Seidenhemd und ein Sportsakko.

«Geht nicht», nuschelte sie und hätte sich beinahe an ihrer Milch verschluckt.

Michael lächelte. «Ich habe mir gedacht, daß du das sagen würdest, und mir deshalb einen Plan zurechtgelegt.»

«Wirklich?» Tatiana griff nach einer Scheibe Toast und hörte nur halb zu. Seit sie soviel trainierte, hatte sie immerfort Hunger. Nur gut, daß sie von Natur aus schlank war. In ihren Trainingssachen kam sie sich neuerdings vor wie eine Mischung aus Jersey Joe Walcott und Rocky Marciano. Warum kam niemand auf die Idee, hübschere Sportkleidung zu entwerfen, zum Beispiel seidene Overalls oder knallrote Tennisschuhe mit goldenen Schnürbändern? Sie wandte ihre Aufmerksamkeit wieder Michael zu, der durchtrieben lächelnd über seine Kaffeetasse gebeugt dasaß. «Und was für ein Plan ist das?»

Er stand hastig auf. «Halt dich fest.»

«Wieso?»

«Du wirst gleich entführt.» Er sauste zu ihr und faßte sie um die Taille.

«Michael, laß das.» Tatiana mußte lachen, und der Bissen Toast blieb ihr im Halse stecken. Sie würgte. «Michael, was hast du vor?»

«Ich schleppe dich in mein Lager.» Er hob sie hoch und trug sie ins Wohnzimmer. Sie lachte immer noch und trat heftig um sich.

«Michael, laß mich runter.»

«Einen Moment noch», sagte er fröhlich und stieß die Haustür auf. «Bitte. Tu mir den Gefallen.» Er schritt über die Einfahrt und setzte sie rasch auf den Beifahrersitz des Thunderbird. «Versuch nicht wegzulaufen», warnte er sie mit gespieltem Ernst, ehe er um den Wagen herumging und sich ans Steuer setzte.

«Hör zu, Michael, wohin bringst du mich?»

«Zu MGM.»

«Du spinnst.»

»O nein.» Er ließ den Motor an, fuhr die Einfahrt hinunter und bog auf die Straße. «Ich habe Arthur Freed überredet, uns für heute morgen einzuladen, damit wir bei den Dreharbeiten für sein neues Musical zusehen können, du weißt ja, *Vorwiegend heiter*, Cyd Charisse spielt die weibliche Hauptrolle. Ich möchte natürlich, daß du sie siehst.» Er lächelte wieder, und sie war so sprachlos, daß sie ihn nur verblüfft ansehen konnte. «In etwa zehn Sekunden wird dir einfallen, daß du im Begriff bist, in deinem grauen Trainingsanzug und mit schmutzigen Tennisschuhen eine der berühmtesten Tänzerinnen Hollywoods kennenzulernen, aber was die Klamotten betrifft, habe ich vorgesorgt. Du siehst, ich bin ein sehr fürsorglicher Gatte. Hinter dem Sitz liegt ein großer Plastikbeutel mit deinem blauen Kleid, einem Paar Strümpfen, dem Strumpfhalter, den ich dir zum Valentinstag geschenkt habe, und Pumps.» Er schmunzelte. «Der einzige Haken ist, daß du die Kluft zwischen dieser Abfahrt und dem Studio anziehen mußt, ohne den Verkehr auf dem Freeway ins Stocken zu bringen.»

Cyd Charisse lag neben den Seilen eines Boxrings und trat rhythmisch in die Luft, während Tatiana hinter den Kameras stand und sie fasziniert beobachtete. Soweit sie es mitbekommen hatte, ging es in *Vorwiegend heiter* um drei Kumpel von der Armee, die sich zehn Jahre nach dem Krieg verabredet hatten. Keine sehr aufregende Story, aber mit Cyd Charisse und Gene Kelly war der Kassenerfolg so gut wie sicher.

Cyd Charisse war einfach atemberaubend. Sie trug ein wadenlanges, plissiertes grünes Kleid und schien überall zugleich zu sein. Sie sang Boxstatistiken, ahmte Gewichtheber nach und ließ ihr Becken auf komische Weise kreisen. Tatiana verglich sie unwillkürlich mit den Ballettänzerinnen, die sie kannte, und dachte, wie anders ihr Körper war, stärker, größere Brüste, prachtvolle Beine. Alles an ihr war sexy, aber Tatiana konnte sehen, daß sie ihren Körper perfekt unter Kontrolle hatte.

Die Scheinwerfer brannten unbarmherzig auf sie herunter, und dort, wo sie stand, mußte es an die fünfundvierzig Grad sein, aber sie schien nichts davon zu spüren und wiederholte wieder und wieder die gleichen Sequenzen, ohne das geringste Zeichen, daß es sie anödete, und schuf jedesmal die Illusion, daß sie die Schritte wie durch ein Wunder soeben selbst erfunden hatte und zum erstenmal tanzte.

Sie hatte Zähigkeit und Ausdauer. Tatiana sah zu, wie sie sich, nun ganz schlaff und locker, von zwei Tänzern in Boxerkostümen hin- und herwerfen ließ. Plötzlich erwachte sie wieder zum Leben und führte eine Reihe komplizierter Schritte aus, die in atemberaubenden Pirouetten endeten. Wenn sie es auf einer Bühne getan hätte, hätte das Publikum vor Begeisterung gerast, aber alles, was sie hier zur Belohnung bekam, waren ein Glas Wasser und der Befehl, wieder von vorn anzufangen. *Vorwiegend heiter* wurde in Cinemascope gedreht, einer Technik, die noch kein Jahr alt war, und offensichtlich hatte mit einer der drei Kameras etwas nicht geklappt. Tatiana versuchte sich vorzustellen, wie sie reagieren würde, wenn sie eine glänzende Darbietung hingelegt hätte, nur um dann zu hören, daß sie alles wegen irgendeines technischen Problems wiederholen müsse: Wahrscheinlich würde sie eines von den Gewichten nehmen und in die Kamera schleudern.

Charisse schien es jedoch ganz normal zu finden. Sie ging gelassen zum Boxring zurück, legte sich auf den Rücken und fing wieder an zu treten. Sie bewegte die Beine mit der Präzision von Sägeblättern. Großartig, absolut bewundernswert. Tatiana schaute über zwei Stunden wie gebannt zu.

«Michael, ich muß ein paar Filme sehen.»

«Was für Filme?» Sie fuhren langsam, mit offenem Verdeck, vom MGM-Studio zurück und genossen die Sonne. Tatiana blickte zu den Autos, die wie blaue und rote Schatten auf der Überholspur vorbeihuschten. Genau das passierte, wenn man versuchte, sich zu schnell zu bewegen – man verlor an Kontur und Schärfe. All ihr Training im letzten Monat war gut und schön gewesen, aber jetzt wurde ihr klar, daß sie das Wesentliche vor lauter Hektik nicht mitbekommen hatte: Kraft und Ausdauer waren nichts wert, wenn man keinen individuellen Stil hatte.

«Ich möchte alle Filme sehen, die Cyd Charisse je gemacht hat.»

«Ich wußte gar nicht, daß du ein Fan von ihr bist.»

Tatiana lächelte. «Ich bin es erst heute geworden, genauer gesagt, erst vor ungefähr einer Stunde, als mir plötzlich aufging, daß ich keine Ahnung habe, wie eine Tänzerin es eigentlich schafft, vor der Kamera gut auszusehen.»

«Deshalb willst du die Filme von Cyd Charisse sehen?»

«Genau.»

«Nicht nur, weil du Langeweile hast?»

«O nein. Ich will sie vorwärts und rückwärts und in Zeitlupe sehen. Diese Frau ist ein Genie. Wenn ich sie lange genug betrachte, wird vielleicht etwas auf mich abfärben.»

Am nächsten Tag kam Michael mit Kopien von *Vorhang auf!*, *Du sollst mein Glücksstern sein*, *Du bist so leicht zu lieben* und *Brigadoon* nach Hause, und Tatiana fing an, Cyd Charisse eingehend zu beobachten. Dieses Studium änderte ihre ganze Einstellung zum Tanz.

Cyd Charisse tanzte, aber diesmal tanzte Tatiana mit ihr. Charisse balancierte Gene Kellys Hut auf der Spitze eines grünen Schuhs mit einem unmöglich hohen Absatz – ein Rätsel, wie man damit laufen konnte, geschweige denn tanzen. Sie atmete Zigarettenqualm durch die Nase aus, hob und senkte die Schultern und bog sich mit unregelmäßigen, eckigen Bewegungen zurück. In dem schwach beleuchteten Vorführraum imitierte Tatiana alles, was sie auf der Leinwand sah, wiegte sich hin und her, balancierte und tanzte.

Sie drückte den Knopf am Projektionsapparat, um den Film anzuhalten, knipste die Lampe an und ließ sich erschöpft auf das weichgepolsterte Sofa sinken. Sie hatte sich die letzte Woche so gut wie ausschließlich auf *Du sollst mein Glücksstern sein* konzentriert und wieder und wieder die Sequenz mit dem «Broadway Rhythm Ballet» laufen lassen, um dahinterzukommen, mit welchen Mitteln Charisse es schaffte, ihrem Tanzen diese Kraft zu verleihen.

Sie nahm eine Flasche Orangensaft aus der Kühlbox, öffnete sie, bog den Kopf zurück und ließ die süße Flüssigkeit in ihre Kehle laufen. Sie verbrachte nun so viel Zeit im Studio, daß Michael ihr geholfen hatte, den Vorführraum wie ein zweites Zuhause einzurichten – kalte Getränke, Kissen, sogar eine Kochplatte, falls sie eine Dosensuppe warmmachen wollte, aber sie war zu sehr mit Tanzen beschäftigt, um groß ans Essen zu denken.

Filmtanz unterschied sich unendlich von Ballett. Zum Beispiel Cyd Charisses letzte Nummer in dem Film, bei der sie und Gene Kelly vor einem purpurnen und rosa Himmel etwas tanzten, das man einen phantasievollen Pas de deux nennen konnte. Oberflächlich betrachtet glich es durchaus einem traditionellen Pas de deux, doch je mehr Tatiana ihn analysierte, um so deutlicher sah sie, daß alles eine Einheit bilden mußte, Kostüme, Filmschnitte, Musik und Bewegung. Wenn man nur ein einziges Element fortnahm, fiel alles in sich zusammen. Der fünfzehn Meter lange Schleier, den Charisse in der Nummer trug, war ein vorzügliches Beispiel. Mal hob er sich wie Engelflügel von ihren Schultern, und dann glich er wieder einer schwerelosen Rauchwolke, einem Kokon, einer Falle. Ohne diesen Schleier wäre die Bedeutung der Szene dahin.

Interessant, dachte Tatiana, während sie die leere Flasche in den Papierkorb warf, sehr interessant. Sie beugte sich vor, schaltete den Projektor wieder an und stand auf. Wenn es darauf ankam, würde sie natürlich ganz anders tanzen als Cyd Charisse. In *Song of Love* – das nunmehr den Titel *Frisco!* erhalten hatte – ging es um eine Ballettänzerin, nicht um einen Vamp. Der Trick war, einen ureigenen Stil zu entwickeln, indem sie das, was sie von Balanchine gelernt hatte, mit dem kombinierte, was sie von Charisse lernen konnte. Tatiana lächelte vor sich hin, weil sie daran denken mußte, wie entsetzt die meisten klassischen Tänzer wären, diese beiden Vorbilder zu vermischen.

Cyd Charisse lief nun barfuß, den Fünfzehn-Meter-Schleier hinter sich her ziehend, über die Leinwand. Tatiana schloß kurz die Augen und stellte sich vor, sie wäre Isadora Duncan mit einem Schuß Tanaquil LeClercq. Dann hob sie graziös die Arme und eilte mit schwebenden Schritten durch den Vorführraum.

«Tanz!» rief Michael. «Ja, gut. Jetzt leg die Hand aufs Geländer. Weiter gehen, weiter. Denk daran, daß du Energie ausstrahlen mußt. Immer in Bewegung bleiben. Gut, sehr gut.» Tatiana tanzte über die Golden Gate Bridge. Hinter ihr ragte San Francisco in den azurblauen Himmel, der vom rotgoldenen Schein der untergehenden Sonne in unwirkliches Licht getaucht wurde, eine Filmkulisse, wie man auf den ersten Blick meinen konnte, aber es war alles real, jede Straße, jedes Geschäft, der Fährturm und das Cable Car. Tatiana machte einige *jetés*, und ihr mattrosa Chiffonrock bauschte sich im Luftzug. Im Sucher sah sie aus wie eine Wolke, schwebend und schwerelos, ein Farbtupfer, der mit den orangefarbenen Brückenpfeilern kollidierte.

Sie hatte monatelang geschwommen, sie war Fahrrad gefahren und hatte trainiert, bis die Muskeln ihres Körpers nicht mehr mitzumachen drohten. Sie hatte Gewichte an ihre Beine gebunden und sich damit durchs Haus geschleppt, sie war kilometerweit den Strand entlanggelaufen, sie hatte jeden Tag zwei Stunden in der Palms Academy getanzt, sie hatte Kniebeugen gemacht, bis ihr vor Erschöpfung übel wurde. Sie hatte jeden Film gesehen, in dem Cyd Charisse jemals aufgetreten war, sogar einige herausgeschnittene Teile von *Die Harvey-Mädchen*, die Michael praktisch von MGM gestohlen hatte, und sie hatte natürlich auch alle Musicals gesehen, die sie für Geld und gute Worte bekommen konnte, und nun zahlte sich all das aus.

«Tanzen!» rief Michael, und sie tanzte, ohne ein einziges Mal aus dem Takt zu kommen. Sie war natürlich noch nicht wieder vollständig gesund – sie würde es niemals sein –, aber sie hatte die Kraft und Ausdauer, so lange zu tanzen, wie die Kamera lief, und vor allem wußte sie jetzt genau, was sie tat. Das Filmen war nun wie ein Teil von ihr; sie wußte, wie sie in den Augen der Zuschauer aussehen würde, wenn sie tanzte; sie konnte sich vorstellen, wie die Cutterin die Sequenz schneiden würde, wie sich der Tonstreifen anhören würde, sie hatte sogar eine recht genaue Vorstellung, was für Farbkorrekturen sie vornehmen würden, damit ihr Kostüm möglichst gut zur Geltung kam.

Es spielte keine Rolle, daß sie sich zwischen den einzelnen Takes vor Erschöpfung keuchend auf den Bürgersteig setzte und ein paar kostbare Augenblicke der Ruhe herausschindete. Das Publikum würde nicht den Schmerz und die Mühsal sehen – nur die Schönheit.

Fünf Monate später saßen Michael und Tatiana auf harten Schemeln vor einer Schneidemaschine und montierten *Frisco!* Das Studio, das sie gemietet hatten, war ein stickiger, fensterloser Raum, in dem man bei jedem Schritt gegen irgendwelche Apparate und Utensilien trat, aber keiner von ihnen achtete groß auf die ungemütliche Umgebung. Ihre uneingeschränkte Aufmerksamkeit galt dem Film, der vor ihren Augen entstand.

«Ich fand die letzte Aufnahme von mir besser», bemerkte Tatiana und trank einen Schluck von dem längst kalt gewordenen Kaffee. «Im Ernst.»

«Vergiß es, Tats. Das Licht war nicht gut.» Michael fuhr sich mit der Hand durchs Haar, nahm ihr die Tasse aus der Hand und trank ebenfalls.

«Was meinst du damit? Ich fand es gut, wie die Sonne mein Gesicht bescheint. Sie taucht es in Gold. Das klassische Happy-End.»

«Zu symbolisch.»

«Laß es trotzdem noch mal durchlaufen. Vielleicht überlegst du es dir anders.»

Michael drückte die Rücklauftaste des Moviola, und Tatiana bewegte sich, auf einem kleinen Zelluloidquadrat gefangen, rückwärts. Sie montierten heute die letzte Szene von *Frisco!*, das heißt, sie versuchten es wenigstens. Sie hatten bis jetzt ein halbes Dutzend Schlußsequenzen, und keine schien hundertprozentig richtig zu sein. Tatiana strich sich eine Haarsträhne aus den Augen und konzentrierte sich auf das winzige Bild. Sie und Michael hockten nun schon seit Wochen in diesem dunklen Studio und schnitten *Frisco!* immer wieder neu, und inzwischen waren sie beide so weit, daß sie vor Frustration schreien könnten. Zuerst hatten sie praktisch bei jedem Bild eine entgegengesetzte Meinung gehabt, aber dann hatte sich allmählich eine harmonische Partnerschaft entwickelt. Tatiana hatte entdeckt, daß sie so etwas wie einen sechsten Sinn für Rhythmus und Tempo hatte, und Michael war genial, was die Story, die Beleuchtung und die optischen Effekte betraf. Eines Morgens hatten sie dann festgestellt, daß sie eine gemeinsame Vision des Films hatten, daß sie, wie die Filmemacher in Hollywood es ausdrückten, «synchron tickten». Nun schufen sie einen Film, mit dem sie beide zufrieden waren.

«Schneide die andere Aufnahme hinein», schlug sie vor. «Vielleicht ist es dann besser.»

Michael ersetzte einen Filmstreifen durch einen anderen und ließ die Maschine wieder vorlaufen. Ein Bild um das andere war in Sonne getaucht. Eine winzige Tatiana tanzte vor einer goldenen Brücke, und die Farbe ihres Kostüms hob sich blitzend von den Trägern ab, um dann einen Augenblick lang vollkommen mit dem Sonnenuntergang zu verschmelzen. «Das ist es!» jubelte sie und hätte um ein Haar die Kaffeetasse umgestoßen.

Michael kniff die Augen zusammen und betrachtete die Sequenz noch einmal kritisch, ehe er übers ganze Gesicht lächelte. «Ich glaube, du hast recht.» Er ließ die Szene noch einmal zurücklaufen, betrachtete sie dann erneut. «Ja, ganz sicher. So muß es sein und nicht anders.» Er faßte sie mit beiden Händen an der Taille und hob sie hoch. «Wir haben es geschafft!»

Tatiana zog seinen Kopf impulsiv zu sich und gab ihm einen Kuß. Er erwiderte ihn, zuerst zärtlich, dann mit wachsender Leidenschaft. Tatiana fühlte, wie etwas in ihr zerbrach, als sei plötzlich eine Schranke gefallen. Eine Flut von Emotionen erfaßte sie, Erleichterung, daß der Film fertig war, ein Glücksgefühl, daß sie so gute Arbeit geleistet hatten, vor allem aber ganz einfach die Freude, zu wissen, daß sie wieder eine Tänzerin war.

In dieser Nacht zog sie vom Gästezimmer zurück in das große Schlafzimmer, und sie und Michael liebten sich wieder mit all der Leidenschaft wie einst. Er hielt sie an sich gedrückt, küßte sie und liebkoste ihr Haar. Nach einer Weile schlug er die Decke zurück und streichelte ihre Beine, ließ die Hände von den Knöcheln zu den Knien wandern, von den Knien zu den Schenkeln. Es war wie ein lautloser Segen, wie eine stumme Versicherung, daß sie so war wie früher, daß er sie schön fand.

«Liebste!» flüsterte er, als er ihren Körper an seinen zog. Er drang in sie ein, und sie bewegten sich zueinander, am Anfang ein bißchen linkisch, dann mit zunehmender Begierde, mit jenem Feuer, das die Ehe manchmal als Überraschung bereithält.

Einige Monate später wurde *Frisco!* in der Fassung, die Michael und Tatiana Meter für Meter gemeinsam erarbeitet hatten, in Grauman's Chinese Theater in Los Angeles uraufgeführt. Am nächsten Tag brachte die *Los Angeles Times* folgende Kritik:

> *Frisco!* gehört zu den Filmen, bei denen man am liebsten aufspringen und in den Gängen tanzen würde. Bei dieser Produktion von Daniel Dobbs – übrigens seiner ersten – zeichnet Michael Macks für Regie und Choreographie verantwortlich, die Musik ist von Ryan Larkin und das Drehbuch von Agnes Karlyle. *Frisco!* ist die Geschichte eines Steptänzers, einer Ballerina und ihrer gemeinsamen Liebe zu San Francisco – und es ist eines der besten für die Leinwand geschriebenen Musicals, die wir in den letzten Jahren gesehen haben.
>
> Michael Macks ist eine ganze Reihe von Risiken eingegangen, die sich offenbar alle gelohnt haben, besonders sein kühner Entschluß, den gesamten Film an Originalschauplätzen zu drehen: in den Straßen von San Francisco, in echten

Restaurants, im Foyer des St. Francis Hotel und, besonders gewagt und beeindruckend, von einem Cable Car aus, das einen der berühmten Hügel der Stadt hinunterzusausen scheint!

Macks, der offensichtlich bei Gene Kelly und Bob Fosse in die Lehre gegangen ist, läßt seine Tänzer so in die Kamera hineintanzen, daß der Zuschauer dreidimensional sieht, ohne die lästige Pappbrille tragen zu müssen...

Die Story des Films ist wie bei den meisten guten Musicals nicht weiter der Rede wert. Sagen wir einfach, daß sie Macks und seiner Partnerin (und Ehefrau) Tatiana Trey mehr als genug Gelegenheit bietet, uns mit all der Eleganz zu verzaubern, die wir auf der Leinwand vermißt haben, seit Ginger Rogers aufhörte, mit Fred Astaire zu tanzen.

Macks, seit *Dance* ein Liebling aller Musical-Fans, ist auch hier in Hochform, aber Filmneuling Tatiana Trey stiehlt ihm die Schau, denn sie schenkt uns eine Mischung, die man in Hollywood nur noch selten findet: außergewöhnliche Schönheit, darstellerisches Können und so viel Talent, daß wir uns unwillkürlich fragen, wo sie sich so lange versteckt gehalten hat!

Miss Trey, Tochter der großen Ballerina Natascha Ladanowa und vor einigen Jahren Mitglied des New York City Ballet, verleiht ihren Tanznummern eine Kraft, eine schiere physische Energie, die sich nicht mit Worten beschreiben läßt. Nachdem ich Tatiana Trey in *Frisco!* erlebt habe, werde ich mir jeden Film ansehen, den sie in Zukunft machen wird – selbst wenn es eine Musicalversion von *Frankensteins Braut* sein sollte!

Wahre Stars werden uns nicht oft geschenkt.

18
Sorrent, Italien, 1958

Das Hotel Celeste war berühmt für seine ungewöhnliche Bauweise. Es stand am Rand des Steilufers und hing, ein Traum von blumengeschmückten Brüstungen und rot gefliesten Balkonen mit Zwergorangenbäumen, wie ein Wespennest mehrere Dutzend Meter über dem Golf von Neapel. Tatiana trat an das Balkongeländer und schaute zum Strand hinunter, wo Alysa unter den wachsamen Blicken eines italienischen Kindermädchens stillvergnügt im Sand spielte. Sie war aus dieser Höhe gesehen kaum mehr als ein kleiner rosiger Tupfen, der zwischen dem Wasser und dem Fuß der Klippen hin und her lief, und der noch kleinere rote Fleck daneben war zweifellos ihr Micky-Maus-Eimer.

«Wirklich eine herrliche Aussicht», sagte Grace Lyons höflich, «aber sie macht mich offen gesagt ein bißchen nervös.» Sie lachte wie um Entschuldigung heischend: «Ich habe Höhenangst, und deshalb steige ich auch nur sehr ungern in ein Flugzeug. Wenn ich Sie nicht so bewunderte, hätten mich keine zehn Pferde in die Maschine nach Europa gekriegt.»

«Ich bin sehr geschmeichelt.» Wie schön, daß die Reporterin zu menschlichen Regungen fähig war. Als sie vor einer halben Stunde gekommen war, hatte sie sogleich eine beunruhigende Betriebsamkeit entfaltet. Grace, eine kleine und quirlige Frau in einem dunkelblauen Schneiderkostüm, hatte sich mit einem festen Händedruck vorgestellt, in einem der Korbsessel Platz genommen, eine Frage nach der anderen abgeschossen und die Antworten mit erstaunlicher Geschwindigkeit in einer wie gestochen wirkenden winzigen Schrift in ihrem Notizblock notiert.

Tatiana hatte in den vergangenen vier Jahren eine Menge über die Presse gelernt, vieles davon auf eine unangenehme Art. Die meisten Journalisten waren fair und berichteten einigermaßen zutreffend, aber nicht alle. Sie bekam immer noch eine Gänsehaut, wenn sie daran dachte, wie sie einem Reporter einmal erzählt hatte, daß Dan und sie auf dem College befreundet gewesen waren. Der Mann hatte sich auf die Bemerkung gestürzt und sie zu einer glühenden Liebesaffäre aufgebauscht, und sein Bericht war dann mit Fotomontagen erschienen, auf denen Dan und sie einander verlangend in die Augen sahen. Es war, um nicht mehr zu sagen, einigermaßen peinlich gewesen, ihr Gesicht jedesmal, wenn sie mit Alysa in den Supermarkt ging und Milch kaufte, unter der Schlagzeile TATIANA TREYS WAHRE VERGANGENHEIT an der Kasse prangen zu sehen.

Nach *Kyra*, dem zweiten Film von D&M, war es noch schwieriger geworden. *Kyra* war weitgehend ihre Schöpfung gewesen. Der Film schilderte in Anlehnung an das Schicksal ihrer Mutter das Leben einer russischen Ballerina, die sich in einen Großfürsten verliebte und dann bei dem Versuch starb, ihn vor den Bolschewiken zu retten. Natascha, die nach Kalifornien gekommen war, um sich die Dreharbeiten anzusehen, hatte sich königlich darüber amüsiert, wie Michael und Tatiana versuchten, ihre Vergangenheit auferstehen zu lassen. Sie fand die Komparsen – die alle nur Ukrainisch sprachen – komisch, und beim Anblick des falschen St. Petersburg in den Hügeln von Hollywood hatte sie sich vor Lachen gebogen. Die Zuschauer hatten den Unterschied jedoch nicht bemerkt. *Kyra* hatte alle Kassenrekorde gebrochen, und Tatiana war über Nacht von einem Nachwuchsstar zu einer gefeierten Diva geworden. Nach der OscarNominierung war es dann undenkbar gewesen, in den Supermarkt zu gehen und Milch zu kaufen. Obgleich nicht sie, sondern Ingrid Bergman die Auszeichnung bekam – ausgerechnet für ihre Rolle in *Anastasia*, denn es war ein großes Jahr für Filme über die russische Vergangenheit –, war ihr Gesicht so bekannt geworden, daß sie von Neugierigen und Bewunderern verfolgt und belagert wurde, wann immer sie aus dem Haus ging. Selbst hier in Italien schienen alle von Tatiana Trey gehört zu haben, was sie aufrichtig bedauerte. Michael, der alle seine Filme mit Ausnahme von *Kyra* an Originalschauplätzen drehte, arbeitete im Moment an *Give my Love to Napoli*, und jedesmal, wenn Tatiana durch die engen Gassen an der Piazza Marigliano ging oder gar tanzte, gab es einen Menschenauflauf, so daß die Polizei die Straßen absperren mußte. Sonst hätte jede Szene wie eine Parade oder ein Triumphmarsch ausgesehen.

Tatiana wandte sich um und sah, daß Grace sich über ihre Notizen beugte und sie aufmerksam las. Ein gutes Zeichen. Die meisten Reporter waren nicht so gewissenhaft, aber *World* war ja auch nicht irgendeine Zeitschrift. Tatiana seufzte und überließ sich einem Anflug von Selbstmitleid. Zum Glück wohnte Michaels Mutter nur eine Stunde von hier entfernt auf einem schloßartigen Landsitz aus dem 18. Jahrhundert voller unschätzbarer Antiquitäten, der von einer hohen Mauer umgeben war, so daß sie dort barfuß, mit einem alten Tuch um den Kopf, mit Alysa im Garten herumtoben und vergessen konnte, daß es eine Tatiana Trey gab, aber es wäre trotzdem schön, in einem Straßencafé zu sitzen und ein Glas *latte caldo* zu trinken, ohne nach jedem Schluck von einem Dutzend lauten und fröhlichen *Sorrentini* um ein Autogramm gebeten zu werden.

Der Wind wehte von der Stadt her und brachte den Geruch von Staub, Rauch und Sommerblumen mit. Es herrschte eine wohltuende trockene Hitze, weich und schmeichelnd wie eine Daunendecke. Tatiana ließ sich von ihr einhüllen und gab sich weiter ihren Gedanken hin, die heute aus irgendeinem Grund sehr privater Natur waren. Das Selbstmitleid verflüchtigte sich langsam, und sie mußte über sich lächeln. Schließlich mußte sie doch zugeben, daß sie den Ruhm oft sehr genoß. So schade es sein mochte, kaum noch eine Privatsphäre zu haben, so wohltuend war die Gewißheit, daß sie ein größeres Publikum hatte als irgendeine Tänzerin in der Geschichte des Balletts, und es ließ sich nicht leugnen, daß man als Star Möglichkeiten hatte, von denen andere Menschen nur träumen konnten. Zum Beispiel *Kyra* und *Frisco!* – wenn diese beiden Filme nicht so erfolgreich gewesen wären, würden sie und Michael jetzt wahrscheinlich nicht mehr zusammen arbeiten. Wie viele andere Paare bekamen eine Chance, gemeinsam etwas zu schaffen, das beiden Beteiligten soviel bedeutete?

«Es klingt fast zu schön, um wahr zu sein», bemerkte Grace Lyons. Überrascht, daß jemand anders ihre Gedanken aussprach, öffnete Tatiana die Augen. Grace, die wieder zu ihrem Bleistift gegriffen hatte, schenkte ihr ein kurzes, beinahe neidisches Lächeln. «Geld, Ruhm, eine glückliche Ehe, eine hübsche kleine Tochter, eine befriedigende Karriere.» Sie blickte auf ihre Notizen. «Sie spenden sogar für wohltätige Zwecke, Bürgerrechte, Poliokranke, Cedars of Lebanon Hospital, und ihre Hobbies sind so unglaublich gesund und normal, Kochen, Schwimmen, Fischen mit Ihrem Mann. Miss Trey, ich fürchte, all das wird keine sehr aufregende Story ergeben. Ja, wenn Sie kurz vor der sechsten Scheidung stünden, Alkoholikerin wären oder Affären mit gutaussehenden Jünglingen hätten...» Tatiana lächelte so liebenswürdig sie konnte und atmete tief ein. «Hören Sie», fuhr Grace fort und beugte sich vertraulich vor. «Gibt es denn keinen einzigen Skandal in Ihrem Leben, Miss Trey?»

«Hm... auf Anhieb fällt mir keiner ein», erwiderte Tatiana achselzuckend. «Tut mir leid.» Sie wußte in der Tat nichts Skandalöses aus ihrem Leben zu berichten, sie hatte höchstens ihr kleines Geheimnis, war aber nicht bereit, es mit Grace Lyons zu teilen – sie würde es selbst Michael erst in einigen Wochen sagen. Sie lächelte vor sich hin und fragte sich, wie die Reporterin wohl reagieren würde, wenn sie ihr die Neuigkeit mitteilte. Wahrscheinlich recht gleichmütig. Es war nicht gerade auflagensteigernd.

«Aber Sie haben Frauen gespielt, die zu großer Leidenschaft fähig waren», fuhr Grace fort. «Ich denke zum Beispiel an die Szene, in der Kyra an den Wachen vorbeischleicht, um eine letzte Nacht mit dem Großfürsten zu verbringen. Sehr erotisch – es war ein Wunder, daß es die Zensur passiert hat –, und zugleich ungeheuer romantisch. Ich habe mindestens eine halbe Stunde geweint, und ich war sicher nicht die einzige. Wie kann eine verheiratete Frau ohne nennenswerte Vergangenheit eine solche Leidenschaft glaubhaft machen?»

«Ich habe viel Phantasie.» Tatiana lächelte und mußte an Michael denken. Grace hatte offensichtlich recht beschränkte Vorstellungen von den Möglichkeiten der Ehe.

Das Interview dauerte noch ungefähr zehn Minuten, und dann klappte Grace den Notizblock zu, gab Tatiana die Hand und versprach, ihr ein Vorausexemplar zu schicken. Tatianas Bild würde auf der Umschlagseite der Zeitschrift sein, vielleicht auch das von Michael oder eine Aufnahme von den beiden – es hing davon ab, wie die Fotos ausfielen.

Als sie fort war, ging Tatiana zum Schrank und nahm einen dezenten schwarzen Badeanzug, einen Strohhut und einen viel zu großen Bademantel heraus. Zehn Minuten später war sie unten am Strand, half Alysa dabei, eine große Sandburg zu bauen, und ignorierte die Blicke der Sonnenanbeter ringsum, die zum Glück alle zu höflich waren, um sie und ihre kleine Tochter zu stören.

Give my Love to Napoli war ein recht schwieriges Projekt. Sie drehten auch die nächsten drei Wochen meist in Neapel selbst, und dann ließen Tatiana und Michael Alysa bei ihrer Großmutter und fuhren nach Capri, wo insgesamt vier Tage lang gedreht werden sollte. D&M Inc. hatte sich in den vergangenen Jahren von einer kleinen unabhängigen Produktionsgesellschaft mit einem Kameramann und einer Handvoll Techniker zu einem internationalen Unternehmen mit Hunderten von Angestellten entwickelt, und der Transport der Crew warf logistische Probleme auf, die nur mit einem gecharterten Dampfer gelöst werden konnten. Michaels Stiefvater, der eine große Summe in den Film investiert hatte, verfügte zwar über ausgezeichnete lokale Verbindungen, aber die organisatorischen Aufgaben blieben schwierig. Sie hatten rund zweihundert Komparsen engagieren müssen, außerdem fünf Übersetzer, drei Außenaufnahmescouts, zwei Spezialisten für Public Relations und einen Transportkoordinator, der letztlich nur die Aufgabe hatte, dafür zu sorgen, daß niemand vom Troß zurückblieb.

Am Ende des vierten Tages auf Capri waren Michael und Tatiana völlig erschöpft. Die Aufnahme der Szene in der Blauen Grotte war von Anfang bis Ende eine einzige Katastrophe gewesen. Zum einen hatte es sich als annähernd unmöglich erwiesen, die Grotte zu filmen und gleichzeitig richtig zu sehen, weil die Beleuchtung, die für den Farbfilm nötig war, den unheimlichen phosphoreszierenden Effekt des Wassers zunichte machte. Als Michael dieses Problem mit dem – nach Tatianas Meinung großartigen – Vorschlag gelöst hatte, die ganze Szene als Schattenspiel zu drehen, war plötzlich ein Wind aufgekommen und hatte die Fahrt durch den schmalen Durchlaß in einen Wasserslalom verwandelt, bei dem ganze Bootsladungen von Darstellern gründlich durchnäßt und Hunderte von Filmmetern verdorben wurden. Zu allem Unglück war auch noch eine der teuren Kameras ins Wasser gefallen – man konnte sie schnell wieder bergen, doch ob sie jemals wieder zu verwenden sein würde, stand auf einem anderen Blatt.

Schließlich waren wie durch ein Wunder alle Einstellungen im Kasten, und Tatiana und Michael kehrten nachmittags zerschlagen, aber zufrieden nach Sorrent zurück. Sie wollten abends zu Michaels Mutter nach Palazzo fahren, um Alysa abzuholen und mit Anja und Giuseppe Marconetti, ihrem italienischen Mann, eines jener legendären Bankette feiern, bei denen italienische Köstlichkeiten mit russischem Kaviar und Wodka kombiniert wurden.

Sie atmeten erleichtert auf, als sie nach der Dampferfahrt in der sengenden Sonne endlich wieder im Hotel waren. Das Zimmer war angenehm kühl, die Bodenkacheln waren sauber gescheuert, in den Vasen standen frische Blumen, die Fenster waren geöffnet, damit die leichte Brise vom Wasser hereinkam. Tatiana warf ihren Strohhut aufs Bett und sah zu ihrer Erleichterung, daß der Zimmerservice diesmal alles richtig gemacht hatte. Dort auf der Kommode stand, ihren Anweisungen entsprechend, ein silberner Eiskübel mit einer Flasche Weißwein von den Hängen des Vesuvs, dem die Neapolitaner den Namen Lacrima Christi gegeben hatten, was zweifellos recht sentimental war, aber sie hatte mit ihrem Anruf von Capri dafür sorgen wollen, daß an diesem speziellen Nachmittag alles zusammenpaßte.

«Wie wäre es mit einem Glas Wein, Michael?»

Michael entdeckte die Flasche und machte große Augen. «Was ist denn das? Gibt es einen Grund zu feiern?»

«Könnte man sagen.» Tatiana nahm den versilberten Korkenzieher, machte die Flasche auf, schenkte zwei Gläser ein und reichte ihm eines davon. Draußen auf dem Balkon summte eine Hummel, deren durchscheinende Flügel wie Edelsteine in der Sonne flirrten, um einen der Zwergorangenbäume herum. Tatiana trat hinaus und betrachtete sie eine Weile, um sich dann in einen Korbsessel zu setzen und über den Golf zu schauen. Sie hatte Michael etwas zu sagen, wußte jedoch nicht recht, wie sie anfangen sollte. Andererseits hatte sie es aber auch nicht besonders eilig.

«Ich scheine einen Blackout zu haben», bemerkte Michael, zog einen Schemel her und setzte sich rittlings darauf. «Aber unser Hochzeitstag ist doch erst im Oktober, nicht?»

«Ja», sagte Tatiana und fing an zu lächeln.

«Also», sagte er, «raus damit.»

«Womit?»

«Du kannst mich nicht täuschen. Wenn du auf einmal aussiehst wie die Katze aus *Alice im Wunderland*, ist etwas im Busch. Nun, was ist es? Los, mach es nicht so spannend, ich werde es schon verkraften können. Du glaubst, die Szene in der Blauen Grotte hat immer noch nicht hingehauen, und möchtest, daß ich alle Mann wieder nach Capri zitiere und noch einen Tag im Wasser drehe, ja?»

Sie schüttelte den Kopf.

«Du hast beschlossen, ein launischer Superstar zu werden, und willst mir mitteilen, daß du dir einen Agenten nehmen wirst, mehr Geld von D&M haben möchtest und dir einen versilberten Rolls Royce zulegen willst.»

«Nein. Das ist es auch nicht.»

«Was ist es dann?»

Tatiana trank genießerisch von ihrem Wein und sah mit schelmisch funkelnden Augen zu ihm auf. «Es hat geklappt.»

«Wie bitte?»

«Überleg mal. Worum haben wir uns die letzten drei Jahre bemüht?» Sie mußte in eine andere Richtung blicken, um nicht über sein verwirrtes Gesicht zu lachen. «Los, denk gut nach. Du kannst es erraten. Es fängt mit B an und hört mit Ypsilon auf, hat Schuhgröße eins und macht in die Windeln...» Michael begann zu strahlen.

«Du bist schwanger!»

«Getroffen.»

«O Tats, das ist großartig, das ist wunderbar.» Er nahm sie überglücklich in die Arme, und der Tisch mit den Gläsern wakkelte bedrohlich. Sie hatten sich so lange ein zweites Kind gewünscht. Eine oder zwei Minuten saßen sie einfach da und hielten einander umschlungen, ohne daß ein weiteres Wort nötig war. Dann nahm er sie an der Hand und führte sie zurück ins Zimmer. Die Sonne warf getüpfelte Schatten auf die weiße Bettdecke, und die Tüllvorhänge bauschten sich in der Brise. Tatiana spürte, wie sich ein Gefühl des Friedens in ihr ausbreitete, eine unendliche Zufriedenheit, die sie ganz benommen machte. Sie setzte sich auf das Bett, zog sich das leichte Baumwollkleid über den Kopf und schaute zu Michael. Er war nackt, und seine Hüften waren noch genauso schmal wie damals, seine Schultern genauso glatt und kraftvoll. Sie freute sich, noch ein Kind mit ihm zu haben, etwas in sich zu tragen, das ihnen beiden gehörte. Sie fuhr mit dem Zeigefinger die Linie entlang, die den braungebrannten Oberkörper von der weißen Haut trennte, fühlte die straffen Muskeln, atmete seinen frischen Duft ein. Es war erstaunlich, wie sehr sie ihn immer wieder begehrte. Sie hatten natürlich ihre Krisen gehabt, wie jedes Ehepaar, doch anders als so viele von ihren Freunden schienen sie all das überwunden zu haben. Ein Vers von Shakespeare fiel ihr ein, aus einer Passage, die sie vor langer Zeit an einem kalten Wintertag in Cambridge auswendig gelernt hatte, und sie münzte ihn im Geiste auf Michael um: Alter läßt ihn nicht welken, Gewohnheit tut seiner Vielfalt keinen Abbruch; wo andere Männer übersättigen, macht er immer wieder hungrig…

Sie lehnte sich an das Kopfkissen und zog ihn zu sich und dachte eine lange Weile nichts. Als der Hunger gestillt war und sie friedlich nebeneinander lagen, legte er die Hand leicht auf ihren Bauch, und so schliefen sie beide ein, Schulter an Schulter, im Gleichklang atmend, bis die Schatten vom Balkon her länger wurden und die Hummel, nachdem sie alle Blüten aufgesucht hatte, davonflog. Als sie erwachten, mußten sie sich beeilen, um nicht allzu spät zum Essen bei Michaels Mutter zu erscheinen.

Alysa stand breitbeinig in der marmorbelegten Eingangshalle der Villa Marconetti und stemmte ihre kleinen Fäuste in die Hüften. «Mama, ich *will* aber nicht mitkommen!»

«Alysa, bitte, es ist schon spät, und Daddy und ich müssen wieder zurück nach Sorrent.»

«Aber es ist so schön hier. Großvater hat gesagt, er will morgen mit mir in den Zirkus.»

«In den Zirkus?» Tatiana wandte sich zu Giuseppe Marconetti. «Wovon redet sie?»

Marconetti lächelte verlegen und fuhr sich mit der Hand über seine Halbglatze, als wolle er sie polieren. «Ich fürchte, ich habe das alte römische Amphitheater Zirkus genannt, als ich ihr davon erzählt habe.»

«Da gibt es Elefanten», sagte Alysa aufgeregt. «Und Clowns.»

«Nein, Schatz, da gibt es keine Elefanten», erläuterte Tatiana zärtlich. «Es ist nur ein Haufen von alten Steinen, eine Ruine.»

Alysas Gesichtchen wurde traurig, hellte sich aber schnell wieder auf. «Dann kann Großvater ja mit mir zum Strand fahren.»

Tatiana drehte sich zu Michael. «Sie möchte wirklich hierbleiben.»

«Hm», machte Michael und zog sein Sakko und seine Autohandschuhe an. «Warum nicht? Wir müssen noch die letzten Kleinigkeiten erledigen, und es besteht kein Grund, weshalb wir nicht übermorgen wiederkommen könnten, um sie zu holen. Natürlich nur, wenn sie dich nicht zu sehr anstrengt, Giuseppe?»

«Im Gegenteil», sagte Marconetti. «Ich habe lange nicht mehr so viel Spaß gehabt. Ich würde mich freuen, wenn Alysa noch zwei Tage bliebe!» Er lächelte der Kleinen zu, und sie strahlte zurück und schob die Hand in seine.

«Wir scheinen hier eine gefährliche Konkurrenz zu haben, Tats», meinte Michael, ehe er sich nach unten beugte und seiner Tochter einen Abschiedskuß gab. «Sei bitte brav und tu, was Großmutter und Großvater dir sagen.»

«Ja, Daddy.» Alysa schlag die Arme um seinen Hals, drückte das Gesicht an seine Wange und lief dann zu Tatiana. Als sie hinausgegangen waren, nahm Giuseppe Marconetti die Kleine auf den Arm und ging mit ihr auf die Terrasse, um zu winken. So kam es, daß Alysa, anders als geplant, die Nacht des 26. Juli nicht im Hotel Celeste verbrachte, sondern in einem kleinen Raum neben dem Zimmer ihrer Großeltern in Palazzo dei Cesari friedlich schlummerte.

«Tats!»

«Hmmm?»

«Wach auf.» Michaels Stimme war laut und besorgt.

«Hmmm?»

«Ich sagte, wach auf.» Er schüttelte sie an den Schultern, aber es war so schwer, die Augen zu öffnen. In ihrer Kehle war ein Stechen, und auf ihrer Brust schien ein Haufen Ziegelsteine zu lasten. Michael trug sie ins Badezimmer und bespritzte ihr Gesicht mit kaltem Wasser. Plötzlich war sie hellwach und hustete und spuckte und ärgerte sich über ihn, und dann – als sie den Rauch erblickte, der bläulich und dick wie Nebel war – wurde sie von Entsetzen gepackt.

«Ich glaube, es brennt.» Seine Stimme klang gelassen, aber sie konnte fühlen, welche Kraft es ihn kostete, keine Panik zu zeigen. Er trat zur Badewanne und drehte den Hahn ganz auf, und sie sah, daß seine Hand zitterte. Kaltes Wasser schoß in einem dicken Strahl heraus, der sich kurz danach in ein spärliches Rinnsal verwandelte.

«Was sollen wir tun?» Tatiana bemühte sich, ihre Angst beiseite zu drängen, da sie wußte, wie wichtig es war, Ruhe zu bewahren. Gott sei Dank, daß Alysa bei ihrer Großmutter war. Gott sei Dank, daß Michael rechtzeitig aufgewacht war. Ihr schwirrte der Kopf, sie überlegte und verwarf ein Dutzend Möglichkeiten zu entkommen. Sie dachte einen Moment an den Balkon, an die herrliche Aussicht, die er bot: keine Feuerleiter, kein Halt für Hände und Füße, nichts als eine überhängende Felsklippe vierzig oder fünfzig Meter über dem Strand. Und der Fahrstuhl – ein verschnörkelter Messingkäfig in einem fünf Stockwerke hohen Schacht aus nacktem Stein, der sich unverzüglich in einen Kaminzug verwandeln würde. Gab es überhaupt eine Treppe? Einen anderen Fluchtweg? Sie fluchte stumm. Warum war sie nicht so klug gewesen, rechtzeitig nachzusehen?

«Wir werden hier rauskommen, das verspreche ich dir.» Michael nahm zwei Badetücher, tauchte sie in das kalte Wasser und gab ihr eines, damit sie es sich über Kopf und Gesicht legte. Der Qualm wurde jede Minute dichter, und jetzt hörte sie ein fernes, dumpfes Tosen. Michael nahm ihre Hand und zog sie behutsam auf den Boden. «Wir müssen uns möglichst weit unten halten, Tats. In der Army haben sie uns eingebleut, daß heiße Luft und Rauch nach oben steigen und daß es darauf ankommt, darunter zu bleiben.» Er gab ihr schnell einen Kuß. «Angst?»

«Dumme Frage.»

«Ich auch.» Er umarmte sie kurz, und sie spürte, daß sein Herz hämmerte. Sie krochen auf Händen und Knien über den Schlafzimmerteppich zur Tür, und Michael hielt die Hand an das Holz, um zu fühlen, ob es auf der anderen Seite heiß war. «Kühl», sagte er. Tatiana war so erleichtert, daß sie nur deshalb nicht in Tränen ausbrach, weil sie fürchtete, es könnte Michael aus der Fassung bringen. Sie waren Gott sei Dank nicht in ihrem

Zimmer gefangen. Wieder dachte sie schaudernd an den schwindelerregenden Abgrund, der den Balkon vom Strand trennte.

Michael drückte die Klinke herunter, faßte die Tür vorsichtig unten an, öffnete sie einen Spalt weit und riß sie dann ganz auf. Plötzlich waren sie in dem verqualmten Korridor. Es war ein sonderbares Gefühl, über den weichen Läufer zu kriechen und durch den dicken blaugrauen Schleier zu den goldgerahmten Gemälden hochzustarren. Tatiana blickte den Korridor entlang und sah, daß links vom Fahrstuhl eine Treppe war – wie konnte sie ihr bloß entgangen sein? Ein Schwindel überkam sie, eine Mischung von Triumph und Erleichterung. Was für eine spannende Geschichte sie Alysa erzählten konnte: Wie Mama und Papa gerade noch rechtzeitig vor dem Feuer fliehen konnten. Michael schlug einige kostbare Augenblicke lang laut an die anderen Türen, um Gäste zu alarmieren, die unter Umständen noch schliefen, doch niemand reagierte.

«Beeil dich, Tats», drängte er, aber es war eine überflüssige Mahnung. Sie kroch bereits mit ihm weiter, fühlte den Teppich und die beruhigend kühlen Fliesen unter ihren Händen. Die Treppe führte acht oder zehn Stufen nach unten und bog dann nach rechts. Michael und Tatiana erreichten den Absatz und hielten jäh inne. Vor ihnen war eine massive geschnitzte Doppeltür.

«Bleib hier, Tats.» Michael trat langsam einen Schritt vor und stieß eine Türhälfte auf, und plötzlich standen sie vor einem Inferno. Das Treppenhaus war eine einzige Feuersbrunst, die Flammen züngelten das Geländer hoch, und die Hitze war so glühend, daß Tatiana meinte, die Haut in ihrem Gesicht würde versengt. «Verdammt», sagte Michael und zog die Tür zu. «Wir sind abgeschnitten.»

«Was sollen wir machen?» In ihrer Stimme lag nun schiere Panik, aber sie konnte es nicht ändern. Wenn die Treppe brannte und der Fahrstuhl nicht mehr funktionierte, was sollten sie dann tun?

«Komm.» Er nahm ihre Hand. «Wir gehen ins Zimmer zurück und knoten ein paar Laken zusammen. Vielleicht können wir uns auf den Balkon unter unserem hinunterlassen.» Er zog sie die Stufen hinauf, aber der Korridor war kein sicherer Ort mehr. Die Flammen hatten ihn erreicht, schwärzten die Ölgemälde, verwandelten den Läufer in eine schwelende Bahn.

Die Hitze versengte ihre Augenbrauen und stach unerträglich in ihren Lungen. Hustend kämpften sie sich auf allen vieren zurück ins Zimmer und machten die Tür hinter sich zu. Tatiana sah Michael an, und ihre Furcht drohte in Panik umzuschlagen. Sein Gesicht war rußverschmiert, und sein Hemd hatte überall kleine Löcher von den glühenden Aschepartikeln. Sein linker Arm wies eine häßliche Verbrennung auf – er mußte Glut gestreift haben.

«Michael, werden wir sterben?»

Er packte sie und schüttelte sie heftig. «Nein, das werden wir nicht. Tats, hörst du mich? Wir werden nicht sterben. Geh bitte zum Bett und fang an, die Laken zusammenzuknoten.» Sie arbeiteten fieberhaft, banden die Laken aneinander und versuchten die ganze Zeit, den Rauch zu ignorieren, der unter der Tür ins Zimmer quoll. Wieviel Zeit blieb ihnen noch? Tatiana versuchte, nicht an die Zeitungsartikel zu denken, in denen sie gelesen hatte, daß die meisten Leute bei solchen Unglücken nicht verbrannt, sondern den giftigen Dämpfen zum Opfer gefallen waren, die sie eingeatmet hatten. Sie versuchte nicht daran zu denken, wie die Gemälde im Korridor jetzt schmolzen und verglühten, welche erbarmungslose Hitze sich auf der anderen Seite der Tür anstaute.

«So.» Michael nahm das improvisierte Seil. «Das müßte genügen.» Er rannte auf den Balkon hinaus, band es an einen Geländerpfosten und ließ das andere Ende hinunter. «Verdammt, es ist zu kurz.» Er eilte wieder ins Zimmer. «Was haben wir sonst noch?»

«Unsere Sachen.» Sie holte ihre Kleider aus dem Schrank, Baumwolle, Chiffon, eine langärmelige Bluse, Michaels Hosen, eine Wollstola, die sie in Capri auf dem Markt gekauft hatte. Michael trug alles hinaus, band einige Teile zusammen und verknotete das Ganze mit den Laken.

Er warf das Seil wieder über den Balkon. Jetzt konnten sie Sirenen hören. Vielleicht würde man sie retten, oder man würde vielleicht das Feuer unter Kontrolle bekommen und löschen. Tatiana sah unwillkürlich lange, wasserspeiende Schläuche vor sich, Schläuche und zurückweichende Flammen.

«Es ist immer noch zu kurz. Aber wir haben keine andere Wahl.» Michael half ihr über die Brüstung und drückte ihr das Seil in die Hand. Tatiana warf einen Blick in die schauerliche Tiefe, schaute dann entschlossen geradeaus und fing an, sich an den Laken und Decken und Kleidungsstücken nach unten zu lassen. Das glatte Leinen rutschte zwischen ihren Händen hindurch. Einmal verloren ihre Hände ganz den Halt, und sie glitt der gähnenden Leere entgegen, aber sie packte so fest zu, wie sie konnte, und bekam das Notseil wieder richtig zu fassen. Das Gewicht ihres Körpers schien ihr die Arme aus den Gelenken zu reißen, und sie bekam einen Krampf in den Händen. Das Seil schwang wie ein Riesenpendel hin und her. Dann hatte sie plötzlich das Ende erreicht, ihre Beine strampelten ins Leere, und es gab nichts mehr, woran sie sich festhalten konnte.

«Loslassen!» schrie Michael. Sein Gesicht war ein unglaublich winziger Kreis über ihr. «Laß dich fallen. Es sind nur noch ein oder zwei Meter.» Tatiana schloß die Augen und ließ das Seil – in Wirklichkeit eine von Michaels Hosen – los. Einen scheußlichen Moment lang fiel sie durch leeren Raum, einen nicht endenden Schacht reiner, grenzenloser Angst, und spürte nur, wie ihr das Herz hoch oben in der Kehle pochte, und dann landete sie hart auf dem gefliesten Boden des Stockwerks unter ihrem Zimmer.

«Alles okay?» Michael beugte sich über das Geländer, sein Rumpf und Kopf zeichneten sich plötzlich vor einem rotzuckenden Schein ab. Die Flammen mußten das Zimmer erreicht haben, mußten in dieser Minute am Bett und an ihren restlichen Kleidungsstücken züngeln.

«Ja, um Gottes willen, beeil dich.» Sie beobachtete, wie er über das Geländer stieg und nach unten zu hangeln begann. Es war furchtbar, ihn dort oben hin und her pendeln zu sehen, zu wissen, daß er, wenn er einen einzigen falschen Griff tat, wenn einer der Knoten sich löste, wenn ein Lakenstreifen riß, in den schwarzen Abgrund stürzen würde. Sie stand auf und verzog vor Schmerzen das Gesicht. Sie hatte sich offensichtlich den Knöchel verstaucht. Nun, daran konnte sie später denken, nicht jetzt. Sie hatte viel schlimmere Dinge ignoriert und weitergetanzt. Sie stellte sich auf Zehenspitzen und langte nach dem Seilende, um es festzuhalten, aber sie war nicht groß genug. Michael hangelte noch einen halben oder einen Meter weiter, bis er am Aufschlag des Hosenbeins hing, mit dem das Seil endete. Sie griff nach seinem Fuß, zog ihn ein Stück zu sich, fort von dem Abgrund. Er fiel auf sie, und ihr war, als verlöre sie unter dem Aufprall das Bewußtsein, und sie lagen einen Moment lang benommen auf den Fliesen.

«Los, wir müssen weiter.» Michael stand zuerst auf und half ihr hoch. Die Tür zum Vorraum war verschlossen. Michael trat die Glasfüllung ein, und sie wurden in eine dickte Rauchwolke gehüllt, Würgend und keuchend wichen sie zurück.

«Hier ist es auch nicht besser.» Er blickte sie an, und zum erstenmal sah sie Verzweiflung in seinem Gesicht.

«Es muß besser sein.»

«Tats, es hat keinen Sinn, uns weiter etwas vorzumachen.» Er ließ sich müde und erschöpft an das Geländer sinken. «Das Feuer muß unten im Erdgeschoß angefangen haben.»

«Michael, hör zu, hier sind auch Laken. Wir könnten sie zusammenbinden und ein neues Seil machen.»

«Wir haben nicht genug Zeit, Tats.» Noch ehe er ausgeredet hatte, hörte sie, wie oben Balken krachten. Ein Funkenregen fiel, einem roten Wasserfall gleich, plötzlich in die Schwärze hinter dem Balkon. «Wir haben nur eine Chance. Wir müssen noch mal versuchen, über die Treppe nach unten zu kommen.» Sie starrten auf den Rauch, der aus dem geborstenen Fenster quoll.

«Wir werden ersticken», sagte Tatiana düster.

«Vielleicht», antwortete er, «vielleicht aber auch nicht. Wenn auch dieser Korridor voll Rauch ist, gibt es keine Hoffnung. Andererseits besteht aber die Möglichkeit, daß das Feuer sich einen Weg durch die Decke von einem der Nachbarzimmer gebahnt hat und daß der Qualm nach oben dringt. Dann können wir den Korridor schaffen.»

«Wir haben keine andere Wahl, nicht wahr?»

Michael legte den Arm um sie und zog sie an sich. «Nein», sagte er leise. «Entweder wir versuchen, durch den Korridor zur Treppe zu kommen, oder wir bleiben hier draußen und...» Er konnte den Satz nicht beenden, doch sein Gesicht sagte alles, was sie wissen mußte. Tatiana dachte einen Augenblick lang an das Kind, das sie in sich trug, und dann packte sie ein wildes Verlangen, um jeden Preis zu überleben.

«Los, worauf warten wir noch?» Sie bemühte sich um einen forschen Tonfall, aber ihre Stimme bebte. Michael drückte ihre Hand.

«O Tats, wie mutig du bist... Hör zu, sobald wir im Zimmer sind, werden wir nichts mehr sehen können. Ich werde versuchen, in einer geraden Linie vom Balkon zur Korridortür zu kommen, und wir können nur hoffen, daß diese Suite den gleichen Grundriß hat wie unsere. Nimm meine Hand und halt den Atem an. Am besten wäre es, wenn du auch die Augen zumachst, aber laß um Gottes willen nicht meine Hand los. Hast du verstanden?» Tatiana nickte. «Gut, los.»

Er stieß die Balkontür auf, umklammerte ihre Hand und zog sie mit sich in den Rauch hinein. Tatiana schloß die Augen und hielt die Luft an, aber sie konnte es trotzdem riechen. Der scharfe, widerlich ölige Geruch des schwelenden Teppichs füllte ihre Nase und stach in ihre Lungen. Hinter Michael her taumelnd, floh sie durch das Zimmer, und dann riß er plötzlich die Tür auf, zog sie hinaus in den Korridor, und dort war wunderbarerweise kein Rauch mehr – das heißt, nur noch so wenig, daß sie atmen konnten, ohne zu würgen. Tatiana war unsäglich erleichtert, hätte am liebsten hysterisch gelacht.

«Alles in Ordnung, Tats», rief Michael. Er zog sie an sich und nahm sie in die Arme. «Wir kommen hier raus.» Es war ein intensiver, flüchtiger Augenblick des Triumphs, denn während er noch diese Worte sagte, ertönte ein lauter Knall, und eine Flammensäule schoß aus dem Fahrstuhlschacht und hüllte das andere

Ende des Korridors in Orangerot. Das Treppenhaus verwandelte sich sofort in einen Kamin und sog die kühlere Luft von unten mit einem unheimlichen, stöhnenden Ton hoch. «O Gott.» Sein Gesicht wurde trotz der Hitze bleich. «O nein.»

Sie standen einen Moment unbeweglich da, gefangen zwischen dem rauchgefüllten Zimmer und dem brennenden Korridor, und wußten beide, daß sie sich nirgends mehr hinwenden konnten. Tatiana blickte ihren Mann an, und all die Liebe, die sie jemals für ihn empfunden hatte, stieg in einer einzigen jähen Welle in ihr hoch. In diesem Moment ertönte wieder ein Knall, wie von einer Explosion, und das Hotel schien in seinen Grundfesten zu erbeben. Putzfladen regneten von der Decke, und aus den Flammen erhob sich ein gräßliches, brüllendes Tosen. Tatiana warf sich in namenlosem Grauen in Michaels Arme, im gleichen Moment gab der Boden unter ihnen nach.

Palazzo dei Cesari, ungefähr fünfzig Kilometer von Neapel entfernt, war ein kleiner Marktflecken mit einer illustren Geschichte. Zuerst eine Bastion der Römer, dann der Normannen, nannte es einen Trajansbogen, ein verfallenes Amphitheater und einen königlichen Landsitz sein eigen, der durch verschiedene Launen des Schicksals nunmehr Giuseppe Marconetti und seiner russischen Gräfin gehörte. Mit dem Garten, in dem Mimosen und Kamelien dufteten, und den majestätischen Zedern war der an einen Hang oberhalb einer Biegung des Volturno geschmiegte Palast wie ein kleines irdisches Paradies, doch Natascha und Winn sahen kaum etwas von all der Schönheit, als sie die lange, gewundene Zufahrt entlangfuhren. Von Kummer überwältigt und von dem langen Transatlantikflug erschöpft, saßen sie stumm, jede in ihrer eigenen Trauer gefangen, in dem kleinen Fiat, den sie in Neapel gemietet hatten.

Die tragische Neuigkeit hatte beide denkbar unvorbereitet getroffen. Natascha hatte es in den Abendnachrichten gehört, und Winn war bei einer Dinnerparty von einer flüchtigen Bekannten darauf angesprochen worden. Sie waren heute als erstes in Sorrent gewesen und hatten die verkohlten Überreste des Hotels

Celeste gesehen, ein Skelett aus schwarzen Balken, das sich aberwitzig über den Rand des Steilufers neigte. In der Asche lagen Kränze und Blumensträuße, zum Gedenken an die zwanzig Menschen, die in den Flammen ums Leben gekommen waren. An eine Beerdigung im üblichen Sinn war nicht zu denken. Man hatte nur zwölf Tote geborgen, und Michael und Tatiana gehörten nicht dazu. Als Natascha und Winn den Schauplatz des Unglücks verließen, suchten freiwillige Helfer immer noch in der Asche, doch es konnte Tage oder sogar Wochen dauern, bis sie etwas fanden, das man identifizieren konnte. Die Erinnerung an jenen Anblick machte jede normale Unterhaltung unmöglich.

Das Schweigen lastete bleiern auf ihnen. Nach einer Weile, die ihnen wie Stunden vorkam, erblickten sie endlich den von Feigen- und Aprikosenbäumen umgebenen Palazzo aus gelbem Sandstein. Winn hielt vor der Eingangsterrasse und zog die Handbremse an.

«Wir sind da, Mama.»

«Ja, wir sind da.» Natascha sah Winn an, die ein teures Chanel-Kostüm und eine Perlenkette trug. Sie hatte ihr blondes Haar sorgsam mit einem Schildpattkamm festgesteckt: die solide, zuverlässige Winn, die ihr Leben lang eine brave, pflichtbewußte Tochter gewesen war, und ihr Herz sehnte sich plötzlich schmerzhaft nach Tatianas Leidenschaft und Unberechenbarkeit. Sie waren einander so ähnlich gewesen, sie und ihre jüngste Tochter. Warum hätte es nicht Winn sein können, wenn sie schon eine von ihnen verlieren mußte? Das war ein furchtbarer Gedanke; der Schock mußte ihr den Verstand geraubt haben. Sie schämte sich und nahm impulsiv Winns Hand.

«O Mama.» Winns Augen waren voller Tränen, ihr Gesicht glich auf einmal einem Gefäß, das sich wünschte, mit Liebe gefüllt zu werden. Natascha fiel ein, daß sie vielleicht eifersüchtig auf Tatiana gewesen war und nun ebenfalls von Gewissensbissen gequält wurde. Wenn der eigene Kummer so grenzenlos war, fiel es manchmal schwer, sich daran zu erinnern, daß auch andere Menschen Trost brauchten.

Sie stiegen aus und gingen Arm in Arm die Stufen hinauf,

schritten zwischen Zitronenbäumen in Terrakottatöpfen und Statuen, die überzeugend echt wirkten – Anja würde natürlich nur das Beste um sich dulden –, über die breite Terrasse. Natascha dachte an das alte Haus am Sutton Place, an den silbernen Samowar und die Orientteppiche, die Gräfin Belinskaja aus St. Petersburg mitgebracht hatte. Anja war in Reichtum hineingeboren worden, und es war in gewisser Weise beruhigend, zu wissen, daß sie nach den jahrelangen Entbehrungen mit Sergej endlich einen Mann gefunden hatte, der ihr geben konnte, was sie brauchte. Angeblich hatte sie ihn in einem teuren Schweizer Sanatorium kennengelernt, nicht unbedingt der Ort, an dem sie, Natascha, nach einem Ehemann Ausschau gehalten hätte, aber für Anja war es offenbar ein Rettungsanker gewesen, und diese Ehe schien ein Glücksfall zu sein. Natascha blieb kurz stehen und überlegte, was für Autos dieser Signor Marconetti eigentlich baute. Wahrscheinlich hatte Tatiana es in einem ihrer Briefe erwähnt, aber sie hatte sich damals mehr für Einzelheiten über Anja interessiert. Sie war ausgesprochen erstaunt gewesen, von ihrer Tochter zu hören, daß Anja eine fürsorgliche und liebevolle Großmutter war. Sie war sogar ein bißchen eifersüchtig gewesen, daß Alysa so gut mit ihr auszukommen schien.

«Natascha.» Eine merkwürdige Erscheinung hatte sich am anderen Ende der Terrasse erhoben und kam ihnen entgegen. Auf den ersten Blick sah sie aus wie ein junges Mädchen, ein weißes Spitzenkleid, weiße Schuhe, weiße Netzstrümpfe, sogar ein weißer Spitzensonnenschirm, aber als sie näherkam, sah man, daß es keineswegs ein junges Mädchen war, sondern eine ältere Dame. Das Gesicht unter dem Sonnenschirm war ein Zeugnis des Verfalls, dünn und ausgemergelt, fast vogelhaft, mit einem schlaffen Kinn und fahler, pergamentartiger Haut.

Natascha betrachtete sie sprachlos. Es mußte Anja sein. Aber es war unmöglich. Anja war genauso alt wie sie, dreiundsechzig, doch diese Frau sah aus wie achtzig, keinen Tag jünger. «Natascha, *priwjet*!» Die Frau umarmte sie steif und hielt sie ein paar Zentimeter von sich entfernt, als sie zwei Küsse in die Nähe ihrer Wangen hauchte. Ihre Knochen waren dünn wie Hühnchenknochen, und sie roch nach Puder, Wein und teurem französischem Parfüm. Natascha betrachtete das graue Haar, das zu dem gleichen Zopfkranz geflochten war, den Anja vor fast einem halben Jahrhundert getragen hatte, die porzellanblauen Augen, die ihr aus einem von Zeit und Schmerz gezeichneten Gesicht entgegenblickten. Es gab nur einen Menschen, der je solche Augen gehabt hatte.

«Anja.» Natascha erwiderte die Umarmung mit aufrichtiger Wärme und vergaß momentan, daß sie jemals Rivalinnen gewesen waren, dachte nur noch, daß sie dieselbe Schule besucht hatten und nun einen unsäglichen Kummer teilten. Ihre Augen wurden feucht, und sie hatte das irrationale Gefühl, einen vor langer Zeit verlorenen Menschen wiederzufinden. Barmherziger Gott, könnte sie doch Tatiana eines Tages wieder so umarmen, wie sie jetzt Anja umarmte.

«Wer hätte gedacht, daß wir uns nach fünfundzwanzig Jahren unter diesen schrecklichen Umständen wiedersehen würden», sagte Anja, einen Schritt zurücktretend, auf russisch. Sie schüttelte traurig den Kopf. «Ich nehme an, du hast erwartet, mich in Schwarz zu sehen wie eine italienische Witwe. Aber wie du siehst, glaube ich nicht mehr an solche Symbole.» Anja zeigte auf ihr Kleid. «Weiß ist die Farbe des unendlichen Lichts, das uns alle vereint, des Lichts, das deine Tatiana und mein Michael nun gemeinsam betreten haben. Ein großer Yogi namens Mahesch Ananda hat mich gelehrt, daß der Tod nur die Tür zu einem anderen Leben ist.» Sie seufzte, zog ein weißes Spitzentaschentuch aus dem Ärmel und tupfte sich die Augen. «Wir sind nichts als Gäste auf dieser Erde, Natascha. Nichts als Gäste.»

Natascha war einen Moment abgestoßen von dem salbungsvollen Ton und von der moralischen Überlegenheit, die Anjas Bemerkungen beinhalteten. Warum um Himmels willen stand Anja immerfort unter dem Zwang, mit ihr zu konkurrieren, warum mußte sie sogar versuchen, auf eine erhabenere Weise zu trauern? Sie war jedoch zu sehr mit ihrem eigenen Kummer beschäftigt, um sich lange zu ärgern. Vielleicht waren diese weiße Ausstaffierung und der mystische Unfug nur Anjas Art, sich gegen den Schmerz über den Tod ihres einzigen Sohnes zu wappnen. Der Gedanke, daß Anja in Wahrheit genauso litt wie sie, bewegte sie zutiefst, und ihr Herz wandte sich dieser verblühten Frau zu, die einmal so schön gewesen war, eine so begnadete Tänzerin. Wie furchtbar, alt zu werden und zu wissen, daß man nie wieder ein Kind haben würde, das einen tröstete.

«Entschuldige bitte, entschuldigt.» Anja wechselte ins Englische. «Ich bin eine schlechte Gastgeberin. Sie –» sie wandte sich an Winn – «müssen Nataschas älteste Tochter sein.» Es entstand ein kurzes, betretenes Schweigen, denn sie mußten alle drei denken, daß Winn nun auch ihre einzige Tochter war. «Ich glaube, wir haben uns vor vielen Jahren in London gesehen, als Sie noch ein kleines Mädchen waren, aber ich fürchte, ich erinnere mich nicht mehr an Ihren Namen.»

«Winn… Winn Compton», sagte Winn. «Mein Mann, Drew Compton, hat ein paarmal geschäftlich mit Ihrem Mann zu tun gehabt. Sie wissen sicher, daß meine Schwester eine Menge Geld angelegt hatte, und Drew hat das meiste davon verwaltet.» Winn brachte es fertig, ohne mit der Wimper zu zucken, von Tatiana zu sprechen, und Natascha war ihr dankbar dafür. Wenn es je eine Zeit gegeben hatte, wo Winns trockene Vernunft angebracht schien, dann jetzt.

«Compton, natürlich.» Anja lächelte ein leeres Lächeln. «Wie konnte ich es nur vergessen. Kommen Sie doch herein, Sie müssen meinen Mann kennenlernen, Mrs. Compton. Er hat Ihre Schwester sehr gern gehabt.» Sie schob das Taschentuch in den Ärmel zurück und ging ihnen voran in die Halle, wo Giuseppe Marconetti darauf wartete, sie willkommen zu heißen. Er war ein distinguierter Herr um die Siebzig, mit Halbglatze, der Natascha mit seinem unaufdringlichen Mitgefühl und Verständnis schon nach wenigen Augenblicken für sich einnahm. Er erzählte leise, wie sehr er Tatiana gemocht hatte, wie glücklich sie und Michael gewesen waren und wie untröstlich er gewesen war, als er von ihrem tragischen Ende erfuhr.

«Eine Tragödie, Signora. Diese Jugend, dieses Talent… verschwendet.»

«Danke.» Natascha setzte sich, unfähig zu sprechen, neben Winn. Jede Bemerkung über Tatiana, und sei sie noch so gut gemeint, war wie eine neue Wunde. In diesem Zimmer zu sitzen, vielleicht auf demselben Sofa, auf dem Tatiana gesessen hatte, war so schmerzvoll, daß sie am liebsten das Gesicht in beiden Händen geborgen und wie ein kleines Kind geweint hätte. Sie fragte sich in ihrem Kummer, ob sie jemals wieder ein ganzer Mensch sein, jemals wieder so etwas wie Glück empfinden würde. Der Mensch überwand die schlimmsten Tragödien, es geschah immer wieder, aber wie schaffte man das? Vergaß man einfach diejenigen, die man geliebt hatte, oder zwang man sich, so zu leben, als wäre nichts passiert?

«... dann weiß Alysa also noch nichts?»

Natascha sah auf und wurde sich bewußt, daß sie etwas Wichtiges überhört hatte. Winn sprach mit Marconetti in ihrer gelassenen, sachlichen Art, die zumindest den Vorteil hatte, den Emotionen anderer einen Dämpfer aufzusetzen. «Es wird ein schrecklicher Schock für sie sein, sie ist noch so jung.» Marconetti trank einen Schluck Soda aus einem schweren Kristallglas und räusperte sich. «Alysa ist heute mit Lucia, ihrem Kindermädchen, am Strand. Wir hielten es für das beste, wenn sie bei ihrer Ankunft nicht hier wäre, damit wir uns allein über ihre Zukunft unterhalten können.»

«Bitte!» Anja stieß wie eine zänkische alte Ballettmeisterin mit der Spitze ihres Sonnenschirms auf die Marmorplatte. «Darüber können wir nach dem Essen reden.»

Worüber konnten sie nach dem Essen reden? Natascha wurde sich plötzlich bewußt, daß etwas im Gange war, von dem sie nichts mitbekommen hatte, weil sie zu durcheinander war. Was konnte es bloß sein? Vielleicht wollte Anja das Sorgerecht für Alysa haben. Nun, in dem Fall brauchte sie es doch nur zu sagen, und man könnte sich wie normale menschliche Wesen darüber unterhalten. Die Situation war schmerzhaft genug und brauchte nicht durch zusätzliche Spannungen noch zugespitzt zu werden.

Anja stand ruckartig auf und nickte den anderen zu, ihr in das

Speisezimmer zu folgen. Es lag auf der Hand, daß sie ihren Mann bei all ihrer Zerbrechlichkeit fest an der Kandare hatte, aber ihre Mutter, Gräfin Belinskaja, war ja genauso gewesen: äußerlich sanft wie ein Lamm, aber darunter hart wie Eisen.

Viele Köstlichkeiten wurden aufgetragen, aber das Essen verlief in einer beklommenen Atmosphäre. Marconetti starrte die meiste Zeit still auf seinen Teller hinunter, und Anja leerte ein Glas Wein nach dem anderen. Natascha und Winn hatten beide keinen großen Appetit, und alle schienen erleichtert aufzuatmen, als die Diener endlich Obst und Kaffee servierten. Nachdem sie einige Trauben und Birnen gegessen und den Espresso getrunken hatten, schlug Anja mit einem bedeutungsvollen Unterton vor, Natascha und Winn sollten sich nun am besten mit ihr in ihren Salon zurückziehen. Sie wolle ihnen etwas zeigen, das sie ganz bestimmt interessieren würde.

Zu Nataschas Überraschung stellte sich das geheimnisvolle Etwas als ein Gruppenbild der Eleven der Kaiserlichen Ballettschule heraus, das im Spätsommer 1915 vom offiziellen Fotografen des Marinskij-Theaters aufgenommen worden war. Sie beugte sich über den gerahmten Abzug, fing an, die Gesichter einzuordnen, und spürte, wie sie dabei von einer schmerzlichen Sehnsucht gepackt wurde.

«Oh, da ist ja Madame Laurier! Ich hatte ganz vergessen, wie groß sie war! Und Katyrina Gorina ... die gute alte Katja. Übrigens, Anja, hast du gewußt, daß sie geweint hat, als du vom Unterricht suspendiert wurdest?» Natascha schüttelte traurig den Kopf, weil sie daran denken mußte, wie viele der hoffnungsvollen jungen Menschen auf dem Bild inzwischen tot waren, Opfer der Revolution, der Emigration oder des Alters. Mit ihnen war eine ganze Epoche des Balletts zu Ende gegangen. Sie wußte, daß sie unnötig düsteren Gedanken nachhing. Einige von den Mädchen lebten noch, ein paar von ihnen gaben vielleicht noch Unterricht oder leiteten eine eigene Schule, aber sie mußte trotzdem daran denken, wie schnell die Jahre vergangen waren und welchen Zoll sie gefordert hatten.

Anja seufzte, als fühlte sie mit ihr, und setzte sich in einen kleinen Sessel mit Petit-Point-Bezug. «Ich hatte wirklich gehofft, dies nicht tun zu müssen», sagte sie mit einem leichten Achselzucken. «Aber, wie die Italiener sagen, *che sera, sera*.»

«Wovon sprichst du?» Natascha legte das Foto widerstrebend hin. Irgendwo ganz hinten in ihrem Kopf ging ein Alarm los. *Jetzt kommt es*, dachte sie, *sie hat es schon den ganzen Morgen in petto gehabt*. Sie schaute sich in dem kleinen Salon um, der an ein Antikenkabinett erinnerte: eine griechische Amphore mit tanzenden Jünglingen, ein römischer Marmorfaun, der zur Melodie einer zerbrochenen Flöte tanzte, und – welch Widerspruch zu all dem Klassischen ringsum – ein großes gerahmtes Bild der auf Spitze erstarrten Anja. Eine Stimme in ihr sagte, daß dies vielleicht ein guter Zeitpunkt wäre, einfach aufzustehen und in den Park zu gehen. Sie war nicht in der Verfassung, sich zu streiten, vor allem nicht mit Anja. Andererseits mußte sie natürlich an Alysa denken. Wenn es eine Auseinandersetzung über ihre Zukunft geben sollte, war es wahrscheinlich besser, sie möglichst schnell hinter sich zu bringen.

Anja atmete tief ein und tastete unbehaglich nach dem Schmuckstück an ihrem Hals. Ihre Wangen waren jetzt hektisch gerötet, vielleicht von all dem Wein, und sie blickte ein bißchen glasig. «Als erstes ...» Sie hüstelte und fing noch einmal an. «Als erstes möchte ich dir sagen, daß ich dir verzeihe, Natascha.»

«Mir verzeihen? Aber wofür?» Nataschas Besorgnis verwandelte sich in Gereiztheit. Sah Anja denn nicht, daß dies kein Moment für ihre intriganten Spiele war?

«Ich habe immer gedacht, du seist der Grund für all meine Probleme, das heißt, wenigstens für die meisten, für das Trinken, das Streiten – ich war immer schrecklich eifersüchtig auf dich.» Anja zog die obere Schublade einer Kommode auf und nahm einen großen braunen Umschlag heraus. «Jetzt kann ich all das zugeben, weil mir nichts mehr daran liegt, aber damals war ich oft außer mir vor Wut. Gott steh mit bei, aber ich glaube, wenn ich gekonnt hätte, hätte ich dich umgebracht. Aber dann fand ich heraus, daß er mit allem schlief, was einen

Rock anhatte, und sah die Dinge allmählich in der richtigen Perspektive.»

«Anja, von wem sprichst du?»

«Von Sergej natürlich, von wem denn sonst. Du hattest doch eine Affäre mit ihm, nicht wahr? Ich meine nicht euer Verhältnis in Paris. Das ist überall bekannt. Nein, ich meine 1933 in London.»

Winn stand auf. «Vielleicht sollte ich gehen.»

«Nein», sagte Natascha. «Bleib bitte. Du bist alt genug, um es zu hören. Anja sagt die Wahrheit. Ich hatte etwas mit ihrem Mann, aber ich verstehe nicht, warum sie sich nach mehr als einem Vierteljahrhundert ausgerechnet diesen Augenblick aussucht, um es zur Sprache zu bringen.»

«Darum.» Anja gab Natascha den Umschlag. «Das ist einen Tag vor dem Hotelbrand gekommen, ich habe es für Tatiana angenommen. Sie und Michail haben ihre Post hierher schicken lassen, weil die Leute im Hotel chronisch unzuverlässig waren und ein paarmal etwas verlegten. Als sie tot waren, habe ich es geöffnet, weil ich dachte, es könnte etwas Wichtiges sein. Bitte, Natascha, lies. Aber mach dich auf etwas gefaßt.»

Natascha zog den kleinen Metallbügel hoch, öffnete den Umschlag und holte einige bedruckte Blätter heraus. Es war das Fahnenexemplar eines Artikels von *World* für die Nummer, die in zwei Wochen erscheinen würde. Sie suchte die erste Seite und las den Titel: DAS GLÜCKLICHSTE PAAR IN HOLLYWOOD: MANN UND FRAU ODER BRUDER UND SCHWESTER?

«O mein Gott.»

«Lies es.»

Natascha überflog den Artikel, eine raffinierte Mischung von Fakten, Halbwahrheiten und Andeutungen, ein Machwerk, auf das Macchiavelli persönlich stolz gewesen wäre. Es stand alles darin, ihre Affäre mit Sergej, sein Widerstand gegen Michaels Heirat. Die Reporterin, eine gewisse Grace Lyons, die Tatiana offensichtlich erst vor wenigen Wochen interviewt hatte, hatte es fertiggebracht, sie auf eine Weise zu zitieren, die sie hinhaltend und, schlimmer noch, richtiggehend verlogen erscheinen ließ:

Frage: Gibt es denn keinen einzigen Skandal in Ihrem Leben, Miss Trey?
Antwort: Hm... auf Anhieb fällt mir keiner ein. Tut mir leid.

Bleich vor Empörung wandte Natascha sich zu Anja. «Tatiana hat es nicht gewußt. Michael und ich haben ausführlich darüber gesprochen, ehe sie heirateten, und wir kamen beide zu dem Schluß, daß es ihr nur weh tun würde, wenn sie es wüßte. Das gehörte der Vergangenheit an, niemand konnte etwas daran ändern, und ich sagte Michael – genau, wie ich es jetzt dir sage –, daß er und Tatiana aller Wahrscheinlichkeit nach überhaupt nicht miteinander verwandt seien.»

«Beruhige dich, Natascha.» Anja nahm den Artikel wieder an sich und hielt die Blätter zwischen zwei Fingern, als handelte es sich um eine tote Ratte. «Es ist nur ein Vorausexemplar, und Giuseppe und ich haben bereits Schritte unternommen, um Sorge zu tragen, daß dieser Schmutz nicht erscheint.»

«Was für Schritte?»

«Giuseppe hat sehr gute Beziehungen in New York. Du wärst überrascht, wenn du wüßtest, was man alles erreichen kann, wenn man eine Verleumdungsklage androht – besonders in Verbindung mit einigen Millionen Dollar Schadenersatz.»

«Ihr habt ihr Schweigen erkauft?» Natascha war so erleichtert, daß sie sich wieder setzen mußte.

«Sagen wir einfach, ich habe unseren New Yorker Anwalt gestern veranlaßt, den Chefredakteur von *World* anzurufen, einen gewissen Mr. Kirchner, und dieser Herr gab sofort klein bei und sagte zu, daß sie in Anbetracht der tragischen Ereignisse selbstverständlich nicht die Absicht hätten, dieses widerliche Geschreibsel zu veröffentlichen. Tatiana Trey und Michael Macks scheinen jetzt, wo sie tot sind, so etwas wie ein Denkmal zu sein, und kein Verleger, der seine fünf Sinne beisammen hat, würde es wagen, sie mit Schmutz zu bewerfen. Interessanterweise hat die Dame, diese Grace Lyons, anscheinend auch jede Lust verloren, mit ihrer Geschichte zu einer anderen Illustrierten zu gehen.»

«Woher hat diese… diese Person –» Natascha spie das Wort förmlich aus – «die Information bekommen?»

«Ich dachte, das sei mehr oder weniger offensichtlich.» Anja steckte den Artikel wieder in den Umschlag und drückte den Metallbügel mit einer heftigen Bewegung nach unten. «Du hast es ihr nicht erzählt. Ich bin sicher, daß Michael es ihr auch nicht erzählt hat, und deshalb bleibt meiner Ansicht nach nur mein geschätzter Ex-Gatte.»

«Selbst Sergej wäre nicht zu einer solchen Gemeinheit fähig.»

«Vielleicht nicht bewußt. Aber Giuseppe hat in New York angerufen und ein paar Erkundigungen eingezogen. Diese Miss Lyons scheint eine sehr attraktive junge Dame zu sein, ungefähr so tugendhaft wie Agrippina und Lukrezia Borgia zusammen. Ich kann mir sehr gut vorstellen, daß Sergej in einem seiner dostojewskijhaften Augenblicke nach dem Beischlaf die tragische Geschichte erzählt hat, warum er Michail nicht mehr als seinen Sohn betrachtet.»

«Dieser Schuft.»

«Da sind wir ausnahmsweise einer Meinung.» Anja legte den Umschlag in die Schublade zurück und schloß sie mit einem Knall.

«Aber warum hat sie es getan? Warum sollte jemand Michael und Tatiana etwas Böses tun wollen?»

«Geldgier, Neid, der brennende Wunsch, sich einen Namen zu machen, es gibt alle möglichen Gründe. Die Frage ist jetzt, was wir mit unserer Enkelin tun sollen? Es besteht die Möglichkeit, daß eines Tages alles herauskommt, und ich denke, wir möchten beide nicht, daß Alysa mit der Publicity groß wird, unter der die Töchter des Ödipus gelitten haben. Wie du dich erinnern wirst, hatten Antigone und Ismene beide kein erfreuliches Los.»

«Falls Sergej versucht, das Sorgerecht für Alysa zu bekommen, werde ich ihn töten, das schwöre ich.»

«Ich glaube nicht, daß wir uns in der Hinsicht große Sorgen machen müssen. Sergej hat nie etwas für Kinder übrig gehabt, und soweit ich weiß, hat er sich bislang geweigert, von Alysas

Existenz Notiz zu nehmen. Giuseppe und ich würden sie dagegen sehr gern bei uns behalten und großziehen – wir beten sie beide an. Aber leider geht es uns beiden gesundheitlich nicht sehr gut.» Sie lächelte bitter. «Ich habe meine Leber vor einigen Jahren endgültig mit Cognac ruiniert, und Giuseppe hat ein schwaches Herz. Es wäre ein Wunder, wenn wir es noch fünf Jahre machten. Du scheinst dagegen sehr gut in Form zu sein. Ich könnte fast schwören, daß du in irgendeinem Wandschrank ein Bildnis wie Dorian Grey hängen hast – du hast mindestens fünfzehn Jahre länger getanzt, als irgend jemand tanzen sollte, und das Erstaunlichste ist, daß du immer noch gut aussiehst. Hast du dem Teufel vielleicht deine Seele verschrieben, und er garantiert dir immerwährende Schönheit?»

«Anja, ich bitte dich.»

«Pardon, diese Art von Humor ist mir anscheinend in die Wiege gelegt worden. Die Wahrheit ist, daß ich Alysa mögliches Leid ersparen möchte, und so ungern ich es zugebe ... Du bist die einzige, die die Voraussetzungen dafür mitbringt, sich um sie zu kümmern. Gott weiß, wie gern ich sie hierbehalten würde, und unter anderen Umständen würde ich bis zum Letzten um sie kämpfen, aber du hast ja schon immer all die Dinge bekommen, die ich haben wollte.»

«Entschuldigt bitte», sagte Winn. «Aber ich habe eine andere Idee.« Natascha und Anja, die ganz vergessen hatten, daß sie mit ihnen im Zimmer war, starrten sie überrascht an. «Ich möchte Alysa großziehen.» Winn begegnete ihren verständnislosen Blicken, ohne mit der Wimper zu zucken. «Es wäre die beste Lösung», sagte sie geradeheraus. «Drew und ich wollen schon seit Jahren ein Kind haben, aber wir scheinen aus irgendeinem Grund keines bekommen zu können. Einige Ärzte behaupten, ich hätte die Schuld, weil meine Eileiter wahrscheinlich blockiert sind oder was auch immer, und andere sagen, Drew habe zu wenig Samenfäden im Sperma, aber keiner ist ganz sicher. Tut mir leid, wenn ich euch mit diesen Einzelheiten in Verlegenheit bringe, aber der springende Punkt ist, daß Alysa ideal für uns wäre. Erstens sind Drew und ich viel jünger als ihr beide, und zweitens haben wir dieses große Haus in Cambridge, in dem wir uns ganz verloren vorkommen.» Winns Gesicht nahm einen weichen, zärtlichen Ausdruck an, den Natascha noch nie bei ihr gesehen hatte. «Ich liebe Kinder. Ich liebe sie wirklich, und Drew auch. Wir haben uns beide ein Baby gewünscht, seit wir geheiratet haben. Es ist kein Entschluß aus heiterem Himmel. Wir haben ausführlich darüber gesprochen, als wir die Nachricht von dem Feuer gehört hatten. Wir sind sogar zu dem Ergebnis gekommen, daß wir Alysa gern adoptieren und ihr unseren Namen geben würden, wenn ihr keine Einwände habt.» Winn verschränkte die Arme und preßte die Lippen aufeinander. «Mir ist natürlich klar, daß ich sie so gut wie gar nicht kenne, denn ich habe sie immer nur dann gesehen, wenn sie und Tatiana zu Weihnachten nach Boston kamen, aber ich weiß, daß sie ein entzückendes Kind ist, und... Ja, ihr könnt euch einfach nicht *vorstellen*, wie glücklich Drew und ich wären, wenn wir sie bei uns hätten. Nun, was sagt ihr?»

Ein langes Schweigen trat ein. Natascha wußte nicht, was sie antworten sollte. Noch nie in ihrem Leben hatte ihre älteste Tochter so leidenschaftlich, ja inbrünstig gesprochen. Sie betrachtete sie mit neuem Respekt. Es ergab einen Sinn, es war vollkommen logisch. Winn war im richtigen Alter, Mutter zu sein, und es wäre gut für Alysa, mit zwei Elternteilen groß zu werden wie jedes normale Kind.

«Ich finde, die Idee ist nicht übel», sagte Anja endlich. «Aber ich würde nur unter einer Bedingung zustimmen.»

«Und die wäre?»

Anja richtete sich theatralisch auf. «Ihr müßt eines versprechen. Alysa darf niemals, ich sage niemals, erfahren, daß Sergej Maximow ihr Großvater ist!»

«In Anbetracht der Umstände finde ich das ganz richtig», stimmte Natascha zu. «Alysa hat Sergej nie gesehen. Sie ist ihm vollkommen gleichgültig, und je weniger sie mit ihm zu tun hat, desto geringer ist die Möglichkeit, daß irgendein Zeitungsmensch Informationen aus ihm herauslockt. Eigentlich müßte es nicht weiter schwierig sein. Kaum ein Mensch weiß, daß Sergej der Vater von Michael ist – wie Anja zweifellos weiß, hat das Studio vor Jahren eine Biographie für Michael erdichtet, nach der er der Sohn einer russischen Prinzessin und eines britischen Kriegshelden ist, der 1943 in einem japanischen Gefangenenlager ums Leben kam. Das war natürlich nichts als ein Publicitymanöver, aber bisher hat noch kein Mensch die Geschichte in Frage gestellt, außer dieser Grace Lyons. Ich habe keine Ahnung, *wie* sie das Verwandtschaftsverhältnis herausbekommen hat, aber ich bin sicher, daß wir gegebenenfalls wieder etwas tun können, um zu verhindern, daß so etwas nochmal geschieht.»

«O ja», bekräftigte Anja grimmig. «Das können wir in der Tat.» Sie wandte sich zu Winn und fixierte sie mit ihren kalten blauen Augen. «Dann sind Sie einverstanden? Sie versprechen, meine Enkelin von diesem Menschen fernzuhalten?»

«Nun», sagte Winn. «Eigentlich bin ich mehr für hundertprozentige Aufrichtigkeit. Ich kann mich nicht gut verstellen und die Wahrheit vor anderen Leuten verbergen. Ich bin eine verdammt schlechte Lügnerin, wie Mama Ihnen bestätigen wird. Doch nach alldem, was ich eben gehört habe, meine ich, daß dies ein Sonderfall ist. Maximow scheint ein recht unangenehmer Zeitgenosse zu sein, um nicht mehr zu sagen, und er könnte Alysa, wie Sie sagen, in Zukunft gefährlich werden. Unter diesen Umständen kann ich also in meinem und Drews Namen versprechen, daß wir uns nie mit ihm in Verbindung setzen werden.» Sie reichte Anja die Hand.

«Ehrenwort?» Anja strich sich eine Haarsträhne aus der Stirn und musterte Winn mit einem Blick, der ausdrücken sollte, daß sie immer noch nicht restlos überzeugt war.

«Auf Winns Wort kann man sich verlassen», sagte Natascha. «Ein Versprechen von ihr ist Gold wert. Los, Anja, nimm ihre Hand. Du kannst uns glauben, daß Alysa nie erfährt, wer ihr wahrer Großvater ist, es sei denn, Sergej sagt es ihr selbst.»

Sieben Monate später, im Frühling 1959, unterschrieben Drew und Winn die Adoptionsurkunde, und Alysa Macks wurde zu Alysa Compton.

Drittes Buch

Alysa

19

Boston, 1972

Quetzal veränderte Alysas Leben. Sie saß gelangweilt und ein bißchen ungeduldig im Parkett, wartete, daß endlich der Vorhang aufging, und fragte sich, ob das Ballett ihr gefallen würde oder nicht, und dann stieg aus dem Orchestergraben plötzlich eine wilde und aufreizende lateinamerikanische Musik, die ganz und gar nicht passend schien, und die Bühne war voll von Tänzern mit Federn im Haar. Darauf entstand eine jähe, abgrundtiefe Stille, während derer sich die Zuschauer an dem Regenbogen von Rot, Blau, Grün und Gold der exotisch-prachtvollen Kostüme berauschten. Der einsetzende Tanz war ganz Feuer und Leidenschaft. Alysa konnte kaum glauben, daß all dies von einem Sterblichen geschaffen worden war.

Alysa beugte sich gebannt vor und versetzte sich in die Tänzer auf der Bühne. Sie stellte sich in einem Gewand aus Federn vor, als einen exotischen Vogel, schwerelos, nicht länger der Erde verhaftet. Vor ihr entfaltete sich die Handlung: eine religiöse Zeremonie, eine Liebesaffäre, die abschließende tragische Opferung der Aztekenprinzessin auf einem steinernen Altar, mit Blumen im Haar, der böse Priester, der mit einem Steinmesser in der Hand neben ihr stehend einen monotonen Gesang anstimmte, sich dann nach unten beugte, um in dem Moment, in dem der Vorhang fiel, ihr Herz zu nehmen.

Sie hatte Tränen in den Augen und klatschte so heftig, daß ihre

Hände schmerzten. Maximow war ein Genie, ein unfaßliches Genie. Seit Jahren hatte Nana ihr erzählt, seine Arbeiten seien seicht, trivial, nicht das Eintrittsgeld wert, und seit Jahren hatte sie sich aus Loyalität zu ihr standhaft geweigert, das Manhattan Ballet zu sehen. Aber Nana hatte sich geirrt. Kaum zu glauben. Wie konnte Nana, die alles über Ballett wußte, die Genialität dieses Mannes verkannt haben? Vielleicht hatte sie *Quetzal* nicht gesehen. Nein, sie mußte es gesehen haben, sie mußte das hier gesehen haben, die schlangenhaften Windungen, mit denen das Corps de ballet den Quetzalcoatl heraufbeschwor, den Gott in Gestalt eines Schlangenvogels, und den atemberaubenden Pas de deux im zweiten Akt, bei dem Alysas Mund vor Erregung trokken geworden war. Nana mußte es gesehen haben, und sie hatte es aus irgendeinem Grund abgelehnt, aber aus welchem?

Alysa hatte keine Ahnung. Sie wußte nur, daß sie den Wunsch hatte, beim Manhattan Ballet zu tanzen – nein, es war mehr als ein Wunsch, es war ein unbezwingliches Bedürfnis. Ehe die Vorstellung vorbei war, dachte sie bereits darüber nach, wie sie es bewerkstelligen konnte, Maximow vorzutanzen.

Das große gelbe Haus in der Salem Street in Cambridge hatte seit Generationen den Comptons gehört, seit jener Zeit, als Pfarrer Elija Compton sich 1692 von dem berühmten puritanischen Prediger Cotton Mather getrennt hatte, um eine Reederei zu gründen und den Grundstock für das Familienvermögen zu legen. Mit seinen später angebauten Flügeln spiegelte das Haus die Geschichte der Baukunst im kolonialen Amerika und besaß neben dem längsten weißen Lattenzaun der Stadt und einem hübschen Garten nach französischer Manier zahlreiche Türmchen, schindelgedeckte Kuppeln und Erkerfenster. Wie jeden Frühling erblühte der Garten in einer Pracht von Geißblatt, Flieder und Narzissen, alle liebevoll von Tante Winn gepflanzt, die fürs Leben gern im Garten arbeitete und kniend ihre Beete pflegte.

Der Blumenduft stieg zum ersten Stock hinauf, drang durch das Fenster von Alysas Schlafzimmer und erfüllte die Luft mit einem süßen, lieblichen Aroma, das gar nicht zu den herumliegenden Jeans, schmutzigen Schuhen und leeren Frischkäseschachteln paßte. Alysa, die gerade dabei war, einen Brief an Sergej Maximow zu schreiben, seufzte verzagt, strich sich das lange dunkle Haar aus dem Gesicht, trank ihr Tab aus und warf die leere Büchse in die Richtung, wo der Papierkorb stehen mußte. Sie landete scheppernd in der Nähe des Wandschranks und rollte zu einem Haufen abgenutzter Spitzenschuhe, deren schmuddelige, verblichene Schleifen von endlosen anstrengenden Lektionen zeugten.

Die Tab-Dose war nur eine von sechs, die wie rotsilberne Ostereier im Zimmer verteilt waren. Alysa mochte viele Tugenden haben, doch Ordnungsliebe gehörte nicht dazu, und man mußte Tante Winn zugute halten, daß sie sich schon vor langer Zeit damit abgefunden hatte und nicht mehr versuchte, sie zu ändern. Bis auf ihr Zimmer war das Haus ein einziges Schmuckstück, es gab viele Antiquitäten, darunter kostbare chinesische Vasen, die Walfangschiffe in den vierziger Jahren des letzten Jahrhunderts aus dem Reich der Mitte mitgebracht hatten, pflanzengefärbte Orientteppiche, auf deren blassen Blau- und Rosatönen jeder Fußtritt zu sehen war. Die intarsierten Beistelltische waren hochglanzpoliert, die Kaminböcke aus Messing schimmerten, die Dielen waren so blank gebohnert, daß man ein Gefühl wie beim Schlittschuhlaufen hatte, wenn man von der Diele ins Eßzimmer ging.

Oben in Alysas Zimmer galten jedoch andere Regeln. Schon mit vier Jahren, als Tante Winn und Onkel Drew sie in die Salem Street gebracht hatten, hatte sie ihr eigenes Zimmer bekommen, in dem sie alles herumliegen lassen durfte, wie sie wollte. Der Tod ihrer Eltern hatte ihr einen furchtbaren Schock versetzt, und sie war ihren Adoptiveltern immer dankbar gewesen, daß sie ihr von Anfang an ein eigenes kleines Reich zugestanden hatten.

Im Laufe der Jahre hatte sich eine Routine entwickelt, die Alysa ein Höchstmaß an Privatsphäre ließ, ohne daß bei ihr ein Chaos entstand. Etwa einmal die Woche kam Mary, das irische Hausmädchen, das seit über zwanzig Jahren bei den Comptons arbeitete, um das Bett frisch zu beziehen, den Müll – Tab-Dosen, Yoghurtbecher (Alysa lebte praktisch von Tab und Yoghurt) – zu beseitigen und die Karteikarten aufzusammeln, die Alysa überall herumliegen ließ, als würde ein Baum sein herbstliches Laub verstreuen, wie Mary sich ausdrückte. Alysa hatte schon früh bemerkt, daß weder Mary noch Tante Winn diese Karten lasen, auf denen sie Ideen für Ballette – sie träumte davon, eines Tages zu choreographieren – und ihre geheimsten Gedanken notierte. Sie respektierte Mary dafür, noch mehr aber Tante Winn, zumal viele ihrer Freundinnen immer wieder erzählten, daß ihre Eltern ihnen keinen Freiraum ließen.

Alysa biß sich auf die Lippe und las, was sie bis jetzt geschrieben hatte:

> Cambridge, 13. Mai 1972
>
> Sehr geehrter Mr. Maximow!
>
> Ich habe letzten Freitag Ihr Ballett *Quetzal* gesehen, und dabei ist mir klargeworden, daß Sie der Choreograph sind, für den ich arbeiten möchte. Sie sind ein Genie! Ich bin erst achtzehn, aber ich habe zwölf Jahre bei Natascha Ladanowa gelernt, meiner Großmutter. Ich bin bereits mit dem National Ballet of Canada in Toronto aufgetreten...

Alysa blickte auf und mußte an die Klosterschule in Toronto denken, die sie zwei Jahre lang besucht hatte, an die schwarzgekleideten Nonnen, die zum Frühstück Spiegeleier verzehrt hatten, während die Schülerinnen kalten Haferschleim bekamen, an das lange Baumwollhemd, das sie beim Baden tragen mußte, damit sie ihre eigene Blöße nicht sah, an das hohe schmiedeeiserne Gitter mit den messerscharfen Spitzen, auf denen sich wohl jeder Junge aufgespießt hätte beim Versuch, den Schülerinnen einen Besuch abzustatten... Sie war angeblich nach Toronto gegangen, um Französisch zu lernen, in Wahrheit wollte sie jedoch beim National Ballet tanzen, das Nana mitgegründet hatte. Nana selbst hatte sie dorthin geschickt, weil sie das Tanzen ihren Worten zufolge unter einem neuen Blickwinkel sehen müsse, und Nana hatte auch darauf bestanden, daß sie letzten Sommer nach Stuttgart ging, um bei Cranko zu studieren. Nana, ihre Großmutter, ihre Lehrerin und ihr großes Vorbild, der Mensch, den sie auf der Welt am meisten liebte und achtete, hatte noch gestern, als sie das Thema schüchtern zur Sprache brachte, sehr unmißverständlich erklärt, Maximows *Quetzal* sei genauso vulgär und kitschig wie die billigen Kalender in zweitrangigen mexikanischen Restaurants.

Der Gedanke an Nanas Ablehnung machte diesen Brief nicht leichter. Alysa ließ den Bogen auf das Bett flattern, stützte das Kinn in die Hände und schaute sich in ihrem Zimmer um. Wie konnte sie Maximow bloß überreden, sie vortanzen zu lassen? Wie konnte sie glaubhaft machen, daß sie nur für das Ballett lebte, daß sie vom Tanz besessen war? Ihr erstes Spielzeug war eine Ballerinapuppe gewesen, ihr erstes Vergnügen hatte darin bestanden, Nana beim Unterricht zuzusehen. Der erste Film, an den sie sich einigermaßen deutlich erinnerte, war *Kyra*. Er war eines späten Abends, als sie eigentlich längst hätte schlafen sollen, im Fernsehen gezeigt worden. Sie mußte damals fünf oder sechs Jahre alt gewesen sein, und sie sah noch genau vor sich, wie ihre Mutter über eine Bühne schwebte, die – aber das erfuhr sie erst viel später – die Bühne des Marinskij-Theaters in St. Petersburg darstellen sollte. Es war ein aufwühlendes, schreckliches und zugleich wunderbares Erlebnis gewesen, ihre angebetete Mutter, an die sie sich mit soviel Liebe und Schmerz erinnerte, plötzlich ins Leben zurückkehren zu sehen, und sie hatte noch Wochen später Angstträume davon gehabt. Aber das Bild ihrer tanzenden Mutter hatte sie nicht mehr losgelassen, und schon am nächsten Tag war sie zu Nana gegangen und hatte sie gebeten, ihr Unterricht zu geben, sie hatte ihren Dickkopf aufgesetzt und nicht lockergelassen – sie war erst fünf gewesen und hatte ohne den Schatten eines Zweifels gewußt, was sie später in ihrem Leben tun wollte.

Wie konnte sie all das in dem Brief an Maximow zum Ausdruck bringen, ohne überspannt oder anmaßend zu klingen? Sie schaute sich wieder im Zimmer um, sah zu der Turnmatte, auf der sie ihre Yogaübungen machte, zu dem Poster mit Goldie Hawn, ihrer Lieblingskomikerin, zu dem echten Degas, der früher ihrer Mutter und davor ihrer Großmutter gehört hatte. Es gab so vieles in ihrem Leben, das sie nicht in dem Brief erwähnen konnte. An der einen Wand hing ihr Degen, der sie an die Monate erinnerte, in denen sie Fechtunterricht genommen hatte, um gelenkiger und reaktionsschneller zu werden – sie hatte aufgehört, als ihr klargeworden war, daß sie die falschen Muskeln trainierte; vor der Stereoanlage lagen ihre Schlittschuhe. Ob Maximow es wissenswert finden würde, daß sie Geschwindigkeit und Bewegung liebte, oder gehörte das zu den selbstverständlichen Dingen, die man in einem solchen Brief besser nicht erwähnte?

Und ihr Leben außerhalb des Balletts, ihr Privatleben? Sie schaute auf ihr Schwarzes Brett, das mit Erinnerungen, Notizen und Karikaturen vollgepinnt war. Sie liebte Menschen, fand schnell Freunde und behielt sie. Da war ein kurzer Brief, in dem Vicki Wright, die sie seit der dritten Klasse kannte, sie zu einer Party einlud; ein Brief von Marie DuBois aus Toronto, mit der sie immer noch regelmäßig korrespondierte; eine Ansichtskarte von Eric Schwartz, dem Tänzer aus Stuttgart, mit dem sie letzten Sommer ein Verhältnis gehabt hatte – der nette, rücksichtsvolle Eric, der sie mit liebevoller Geduld von ihrer Jungfernschaft erlöst hatte. Würde es Maximow interessieren, daß das Ballett in ihrem Leben an erster Stelle stand, obgleich sie durchaus eine Schwäche für Männer hatte? Würde er wissen wollen, daß sie gesellig und kooperativ war und Teamgeist hatte, oder würde er sich nur dafür interessieren, wie viele *fouettés* sie ausführen konnte, ehe sie auf den Bauch fiel?

Alysa nahm den Brief und betrachtete die Kleckse, die Krakel, die durchgestrichenen Sätze. Ihr Englischprofessor an der Universität Boston, wo sie im ersten Semester studierte, hatte erst letzte Woche bemerkt, daß sie schrieb, als wollte sie vor den Worten davonlaufen. «Davontanzen» wäre das richtige Wort gewesen. Alysa schüttelte den Kopf, während sie ihr Geschreibsel musterte. Sie hatte nie viel Geduld mit dem geschriebenen Wort gehabt. Ihr Leben war schnell und rhythmisch. Sie nahm Informationen nicht so sehr mit den Augen auf wie mit den Ohren und dem Körper: Sie hörte Jim Morrison, und gleichzeitig entfaltete sich in ihrem Geist ein Rock-Ballett; sie spürte, wie ihr ganzes Rückgrat bei der Musik einer Tin-Band aus Jamaika vibrierte; sie hörte Mendelssohn und fühlte, wie ihre Füße zuckten und Balanchines *Mittsommernachtstraum* tanzten. Sicher ein sehr nützliches Talent für eine Tänzerin, aber wenn diese Tänzerin den wichtigsten Brief ihres Lebens zu schreiben versuchte, nützte es gar nichts.

Sie knüllte den Bogen zusammen und warf ihn zu der Tab-Dose in die Ecke. Sie sollte sich besser damit abfinden: Sie konnte Maximow nicht schreiben. Sie mußte zu ihm.

Alysa trat zu ihrer Kommode und fing an, zwischen den Karteikarten, zerknautschten Trikots und durcheinanderliegenden Socken zu suchen. Heute war Sonntag, die Banken waren geschlossen, und sie wollte morgen früh den ersten Bus nehmen – vor allem deshalb, weil der Gedanke, einfach in Maximows Büro zu spazieren und einen Termin zum Vortanzen zu verlangen, so beängstigend war, daß sie es niemals wagen würde, wenn sie die Sache auch nur um einen einzigen Tag aufschob. Das wußte sie. Endlich fand sie ein bißchen Geld, rund dreißig Dollar, genug für die einfache Fahrt nach New York, aber für die Rückfahrt reichte es nicht. Sie traf schnell einen Entschluß: Sie würde trotzdem fahren, einen Rucksack mit ihren Jeans mitnehmen und am Busbahnhof abgeben, während sie zu Maximow ging, und nach Boston zurück würde sie einfach trampen. Schade, daß sie Nana nicht einfach bitten konnte, in New York anzurufen und einen Termin für sie zu vereinbaren, aber das kam offensichtlich nicht in Frage.

Sie tat das Geld in ihr Portemonnaie, ging zum Wandschrank, öffnete alle drei Türen und begann eine längere Suche nach dem grünen Kostüm, das Tante Winn ihr damals für Stuttgart gekauft hatte. Grün stand ihr ausgezeichnet, was ihr persönlich einigermaßen gleichgültig war, aber es konnte nie schaden, einen guten Eindruck zu machen. Entschlossen und optimistisch suchte sie weiter, bis sie wie durch ein Wunder alles Nötige beisammen hatte – außer dem Kostüm noch eine weiße Bluse und Strumpfhosen ohne Laufmaschen.

Zehn Minuten später trat Mary, das Hausmädchen der Comptons, in die Küche und gewahrte einen noch nie dagewesenen Anblick: Alysa bügelte ihren Rock.

«*Wen* möchten Sie sprechen?» Die Empfangsdame im Foyer des Manhattan Ballet betrachtete das schlanke, dunkelhaarige Mädchen mit leichtem Mißtrauen. Seit über zehn Jahren saß sie nun schon an diesem Platz und entschied, wer durch die Tür gehen durfte und wer nicht, eine Aufgabe, die sie mit der Hingabe eines Drachens erledigte, der einen Goldschatz bewacht.

«Mr. Maximow.» Das Mädchen zupfte nervös am Saum seiner grünen Kostümjacke und hob den Kopf. Die Augen waren von einem tiefen Blau, klar blickende, intelligent wirkende Augen mit unglaublich langen Wimpern über einer niedlichen kleinen Stupsnase und einem entschieden trotzigen Mund.

«Haben Sie einen Termin vereinbart?»

«Nein, noch nicht.»

Die Dame an der Rezeption seufzte und legte ihren Kugelschreiber hin. «Es tut mir leid, aber die halbe Stadt möchte Mr. Maximow sprechen, und ohne einen Termin ... Nun, offen gesagt hätten Sie eine bessere Chance, *Jesus Christ Superstar* ohne Eintrittskarte zu sehen.»

«Aber ich bin Tänzerin, und ich bewundere seine Arbeit und möchte ihm vortanzen.»

Die Rezeptionistin lachte. «Eines muß man Ihnen zugute halten – feige sind Sie nicht. Aber auch nicht sehr vernünftig. Haben Sie eine Ahnung, wie viele Tänzerinnen Mr. Maximow vortanzen wollen?»

«Sind es so viele?» Das Mädchen machte ein niedergeschlagenes Gesicht. «Ich meine, kommen viele einfach so her?»

«Ich muß jeden Tag zwei oder drei abwimmeln.»

«Oh.» Das Mädchen blickte todtraurig drein. Sie konnte höchstens achtzehn sein. Sie stand einen Augenblick da und runzelte nachdenklich die Stirn. «Würde es einen Unterschied machen, wenn ich sagte, daß Natascha Ladanowa mich geschickt hat?» sagte sie endlich leise.

«Natascha Ladanowa?» Die Dame am Empfang war plötzlich hellwach. «Mein Gott, Ladanowa hat uns niemanden mehr geschickt, seit ich hier arbeite. Soweit ich weiß, unterrichtet sie gar nicht mehr.» Sie sah das Mädchen an, betrachtete die schlanken Arme, die kleinen Brüste, die schmalen Hüften, die Beine, die gut durchtrainiert zu sein schienen – alles Merkmale einer guten Ballettänzerin. «Woher kennen Sie Natascha Ladanowa?»

«Sie ist meine Großmutter.»

«Wollen Sie mich auf den Arm nehmen?»

«Nein, es stimmt.» Das Mädchen lächelte, und sein ganzes Gesicht leuchtete auf. «Ich wollte Sie nicht erschrecken.»

«Erschrecken?» Die Rezeptionistin langte nach ihrem Kaffee und hätte um ein Haar die Tasse umgestoßen. «Ich hätte fast einen Herzanfall gehabt.»

«Könnten Sie Mr. Maximow Bescheid sagen, daß ich hier bin?»

«Hm, unter diesen Umständen vielleicht, aber...» Das Fräulein hielt mit der Hand über dem Hörer inne. «Stimmt es auch *wirklich*? Ich meine, wenn ich Mr. Maximow anrufe und ihm sage, daß Natascha Ladanowas Enkelin hier ist, und wenn sich dann herausstellt, daß Sie irgendeine dumme Göre aus New Jersey sind, wird er mich umbringen.» Sie verzog das Gesicht. «Wenn Mr. Maximow wütend wird, kann man es mit der Angst bekommen.»

«Aber ich bin wirklich die Enkelin von Natascha Ladanowa.»

«Na gut, nehmen Sie bitte dort Platz.» Die Rezeptionistin zeigte auf eine Bank mit Chrombeinen und Teakholzlehnen, deren Polster mit schwarzem Leder bezogen waren. «Ich lasse ihn ausrufen. Übrigens, wie heißen Sie?»

«Alysa Compton.»

«Gut, Alysa Compton ... Mr. Maximow ist gerade bei einer

Choreographie-Besprechung, und die letzte Kollegin, die ihn dabei störte, konnte sofort ihre Sachen packen. Wenn Sie sich also etwas gedulden würden.»

«Natürlich.» Alysa ging zu der Bank und wollte gerade den Lotussitz einnehmen, aber dann fiel ihr ein, daß sie ja einen Rock anhatte, und sie begnügte sich damit, die Beine übereinanderzuschlagen. Blöd, daß sie sich nicht einfach auf den Boden legen und ein paar Yogaübungen machen konnte, doch nach den Blikken zu urteilen, mit denen das Fräulein sie in kurzen Abständen bedachte, empfahl es sich wohl, hier so dezent und gesittet aufzutreten wie die Königin von England. Sie sah sich mit wachsender Nervosität im Foyer um und fragte sich, durch welche Tür Maximow wohl kommen würde. Die silbergrau gestrichenen Wände waren von großen, chromgerahmten Plakaten bedeckt. Die meisten Gesichter erkannte sie: Pawlowa, Diaghilew, Nijinsky, Carmen LaGuerra, Lydia Winters...

«Sie sind also die Enkelin von Natascha Ladanowa?» sagte eine scharfe Stimme mit einem ausländischen Akzent.

Alysa fuhr zusammen. Vor ihr stand, die Hände an den Hüften, Sergej Maximow. Er wirkte anders als auf den Fotos, die sie von ihm gesehen hatte, sein Gesicht war magerer, die Züge ausgeprägter, die Kinnpartie kantiger, der ganze Körper straff wie ein gespannter Draht. Er trug einen schwarzen Rollkragenpulli und schwarze Hosen und hatte etwas von einem sprungbereiten Panther.

«Ja, Sir.» Alysa wußte nicht, ob sie aufstehen oder sitzen bleiben sollte. Vielleicht sollte sie ihm die Hand reichen – oder würde er das als aufdringlich empfinden? Sie bemühte sich um ein freundliches Lächeln, doch es gefror ihr auf den Lippen. Warum um alles auf der Welt starrte er sie so eigenartig an?

«Und wer bin ich?»

«Mr. Maximow natürlich.» Was für eine Frage. Selbstverständlich war er Sergej Maximow. Es gab in den Vereinigten Staaten und wahrscheinlich auf der ganzen Welt wohl keinen einzigen Tänzer, der ihn nicht auf den ersten Blick erkannt hätte.

«Und das ist alles?»

«Alles?» Alysa war plötzlich, als hätte sie einen Teil der Unterhaltung verpaßt.

«Los, raus damit.» Er musterte sie von oben bis unten. «Es muß mehr sein.»

«Hm, äh...» Alysa überlegte blitzschnell. «Sie und Balanchine sind die berühmtesten Choreographen dieses Jahrhunderts, aber Ihre Arbeiten sind weniger abstrakt und dramatischer als seine. Sie sind der Choreograph von *Quetzal*, meinem Lieblingsballett, und Sie...»

«Das reicht.» Maximow hob die Hand. «Natascha hat Sie also geschickt, um mir vorzutanzen, ja?»

«Nein, Sir.»

«Wie bitte?»

«Mr. Maximow.» Alysa atmete tief ein. «Ich muß Ihnen etwas gestehen. Ich *bin* Natascha Ladanowas Enkelin, und ich bin sogar ihre Schülerin, die einzige, die sie im Moment hat, da sie sich mehr oder weniger vom Tanz zurückgezogen hat. Sie hat mir alles beigebracht, was ich über Ballett weiß. Sie ist eine wunderbare Lehrerin, vielleicht die beste der Welt, aber sie hat mich nicht zu Ihnen geschickt, weil... weil sie Ihre Arbeit nicht mag.»

Die Spur eines Lächelns huschte über sein Gesicht. «So, sie mag meine Arbeit nicht, ist das so?»

Alysa wertete das Lächeln als Ermutigung und fuhr atemlos fort. «Aber ich finde, daß Sie die aufregendsten Ballette in Amerika machen. Ich bewundere Sie, und bewundern ist noch schwach ausgedrückt: Ich würde mein rechtes Bein dafür hergeben, für Sie zu tanzen, obgleich Sie kaum Verwendung für eine einbeinige Tänzerin haben dürften, wenn man darüber nachdenkt.» Sie wußte, daß sie anfing, lächerlich zu klingen, aber sie redete stur weiter. «Aber meine Großmutter hat aus irgendeinem Grund sogar etwas dagegen, daß ich das Manhattan Ballet in ihrer Gegenwart erwähne. Ich glaube, sie bewundert nur Balanchine, oder es hängt damit zusammen, daß meine Mutter einmal beim City Ballet getanzt hat. Ich bin ohne ihr Wissen hierhergekommen, weil ich hoffte, ich könnte Ihnen vortanzen. Ich dachte, wenn Sie mich in Ihre Truppe aufnähmen, würde sie vielleicht ihre Meinung ändern.»

«Sie in meine Truppe aufnehmen, so mir nichts dir nichts!» Maximow schnippte mit den Fingern. «Glauben Sie, es sei ein ausreichender Grund, daß sie Natascha Ladanowas Enkelin sind? Wie kommen Sie darauf, zu glauben, daß ein paar Erbanlagen Sie dafür qualifizieren, beim Manhattan Ballet zu tanzen?»

«Ich bin gut», sagte Alysa mit Nachdruck. «Wirklich.»

«Wenn Sie so gut sind, mit wem haben Sie dann schon getanzt? Ich habe noch nie etwas von Ihnen gehört.»

«Ich habe beim Corps des National Ballet of Canada getanzt, als ich in Toronto zur Schule ging, und dieses Jahr tanze ich beim Boston Ballet. Außerdem habe ich einen Sommer in Stuttgart bei Cranko gelernt. Ich habe in *Carmen* und *Der Widerspenstigen Zähmung* getanzt.»

«Irgendwelche Solorollen?»

«Nein, nur Corps.»

«Nur Corps.» Maximow blickte zur Decke. «Ich brauche weiß Gott nicht noch mehr Hupfen für mein Corps. Ich habe erst letzte Woche drei von diesen Küken gefeuert und ihnen gesagt, sie könnten ja zu Mr. Balanchine gehen und die Brosamen unter seinem Tisch aufpicken, falls er sie haben will.» Er wandte sich zu der Rezeptionistin. «Wenn heute morgen noch mehr Enkelinnen von Natascha Ladanowa hereinspazieren, sagen Sie ihnen gefälligst, sie sollen sich zum Teufel scheren. Haben Sie kapiert?»

«Ja, Mr. Maximow.» Die Frau schien auf ihrem Stuhl ganz klein zu werden und hätte sich sichtlich am liebsten in einem Mauseloch verkrochen.

«Mr. Maximow.» Alysa stand auf. «Ich weiß nicht, wie ich Sie dazu bringen soll, mich vortanzen zu lassen, aber ich glaube, es wird Ihnen leid tun, wenn Sie ablehnen. Ich habe die letzten zwölf Jahre bei meiner Großmutter studiert, ich habe alles gelernt, was sie mir beibringen konnte, und es gibt wohl niemanden, der mir mehr beibringen könnte – nicht einmal Sie.» Ihre Augen blitzten, und ihre Wangen färbten sich rot. Sie war jetzt nicht nur hübsch, sondern schön, und ihre Schönheit wurde von der Tatsache unterstrichen, daß sie sich ihrer offensichtlich nicht bewußt war. «Angenommen, irgendwann käme eine wirklich gute Tänzerin unangemeldet in Ihr Büro spaziert, und sie entginge Ihnen, weil Sie ihr nicht einmal die Chance geben wollten, Ihnen zu zeigen, was sie kann. Glauben Sie mir, Mr. Maximow, Sie würden es bereuen.»

«Oh», sagte Maximow mit neu erwachtem Interesse. «Sie sind also genauso ein kleiner Hitzkopf wie Ihre Großmutter früher war. Vielleicht fällt der Apfel *doch* nicht weit vom Stamm.» Er schien eine Weile zu überlegen, und Alysa hielt den Atem an. «Ich bin Russe, und wir Russen gehen gern Risiken ein. Was würde ich dafür bekommen, wenn ich Sie für mich tanzen ließe?»

«Sie würden technische Präzision sehen», sagte Alysa. «Hingabe, *duscha*.»

«Aha, *duscha*... Natascha scheint Ihnen auch Russisch beigebracht zu haben.» Er blickte auf seine Uhr und drehte sich dann zu der Dame am Empfang. «Wieviel Zeit habe ich bis zum nächsten Termin?»

«Eine Stunde, Mr. Maximow.»

Maximow betrachtete Alysa einen Moment mit einem sonderbaren Ausdruck, der ihr ganz und gar nicht gefiel. Sie hatte diesen Ausdruck schon vorher gesehen, meist im Gesicht junger Männer. «Ziehen Sie diese lächerlichen Pumps aus und ziehen Sie Spitzenschuhe an. Wenn Sie in fünf Minuten soweit sind, können Sie mir meinetwegen vortanzen.»

Alysa wollte ihm danken, aber er hob ungeduldig die Hand. «Weiß der Himmel, warum ich das tue. Ich werde wohl langsam senil.» Er blickte wieder auf die Uhr. «Sie können sich ... sagen wir, eine Viertelstunde eintanzen, und dann sehen wir uns in dem kleinen Trainingsraum. Sie werden genau siebeneinhalb Minuten haben, um mir zu zeigen, was Sie können. Geben Sie sich also Mühe.»

«Ist das die Musik, zu der Sie tanzen wollen?» Maximow drehte die Schallplatte um, las das Etikett und zog die Augenbrauen hoch. «*Mohammad Akbar spielt Thumri*. Thumri?»

«Es ist ein Raga, Mr. Maximow.» Alysa verschränkte die Arme vor ihrem langen weißen Hemd und versuchte Sicherheit auszustrahlen, obgleich ihr ganz und gar nicht so war. Daheim in Cambridge hatte sie die Idee, einmal nach einer völlig anderen Musik vorzutanzen, sehr gut gefunden, aber hier, vor Maximow, schwand ihre Sicherheit.

«Was glauben Sie, was ich hier leite?» Maximow schwenkte die Platte mit einer theatralischen Geste hin und her. «Eine Schule für Hippie-Tänzer mit einem Fernosttick? Konnten Sie sich nicht Tschaikowsky aussuchen? Und etwas aus *Schwanensee* tanzen wie die letzten fünfhundert Mädchen, die sich für diese Truppe beworben haben?»

«Wenn ich vielleicht erklären dürfte, Mr. Maximow.»

«Wie? Meinetwegen.»

«Dieses Stück beruht auf einem erotisch-religiösen Gedicht einer Inderin, die Mitte des fünfzehnten Jahrhunderts lebte.» Alysa registrierte, daß er bei dem Wort *erotisch* interessiert die Augen zusammenkniff, und fuhr ermutigt fort. «Es ist ein Liebeslied für Schiwa, den Gott des Tanzes, und schildert, wie Schiwa das Universum mit seinem Tanz erschuf – die Sterne sind die Funken, die er mit seinem Haar schlug, die Erde entstand aus der Berührung mit dem Saum seines Gewands und so weiter.»

«Und Sie wollen ein Ballett aus diesem Brimborium machen?»

Alysa biß sich auf die Lippe und versuchte ihren Zorn zu zügeln. «Ja, Sir.»

«Und darf man fragen, wer diesen indischen Käse choreographiert hat? Irgendein Hare Krischna nach einer Hirnoperation?»

«Ich habe es choreographiert, Mr. Maximow.»

«Wie bitte?» Maximow musterte sie halb verblüfft und halb spöttisch.

«Ich habe den Tanz choreographiert, nachdem ich *Quetzal* gesehen hatte. Es war ein so wundervolles Ballett, genial und absolut atemberaubend. Ich dachte, der Mann, der es geschaffen hat, würde ein Mädchen, das mit einem konventionellen Stück zu ihm käme, kaum eines Blickes würdigen... Ich dachte...» Sie merkte, wie sie errötete, und kam ins Stammeln, wurde verlegen und zugleich wütend. «Ihnen tanzen doch so viele Mädchen vor, und ich dachte, Sie würden mich mehr beachten, wenn ich etwas Originelles tanzte, und...»

Maximows Gesicht lief rot an, seine Lippen zuckten, und dann lachte er zu Alysas Ärger laut los. «*Bosche moj!* Balanchine wird zittern, wenn er hört, daß er eine solche Konkurrenz hat. Ein Kind, noch nicht trocken hinter den Ohren, und kommt mit einem eigenen Ballett an. O ja, Sie sind Nataschas Enkelin, kein Zweifel.»

Alysa nahm ihm mit Zornestränen in den Augen die Platte aus der Hand. «In Ordnung», sagte sie, «ich gehe. Ich gehe, und Sie können so tun, als ob ich nie hiergewesen wäre. Vergessen Sie es.»

Maximow hielt ihren Arm fest. «Zuviel Temperament. Sie sollten lernen, daß es sich auszahlt, geduldig zu sein, wenn man etwas von jemandem haben will.» Er faßte sie väterlich unter das Kinn. «Los, tanzen Sie Ihr kleines Gedicht.» Er legte die Platte auf und drückte auf die Taste des Plattenspielers.

«Sie meinen, ich soll trotzdem vortanzen?»

«Braucht die Dame vielleicht eine schriftliche Aufforderung? Hören Sie auf zu diskutieren, und zeigen Sie mir, was Sie können, das heißt, falls Sie überhaupt etwas können. Und machen Sie nicht so ein Gesicht, als hätten Sie eben einen Schlag auf den Schädel bekommen. Ein hübsches Mädchen wie Sie sollte lächeln.»

Alysa ging zur Mitte des Raums, nahm die Grundstellung ein und gab sich verzweifelte Mühe zu lächeln, obgleich ihr viel mehr nach Zähneknirschen war. War Maximow immer so schwierig, oder hatte sie nur einen seiner schlechten Tage erwischt?

Einige Sekunden später ertönten die ersten Klänge des Raga und füllten den Raum, bis die Spiegel zu den flirrenden Tönen der Sitar zu vibrieren schienen. Alysa begann zu tanzen, zuerst nervös, dann mit wachsender Sicherheit. Einen Arm nach oben gestreckt, den anderen angewinkelt, tauchte sie als Schiwa langsam aus der Leere empor, schritt mit rhythmischen Pausen auf Spitze. Alle Bewegungen waren klassisch oder klassisch inspiriert, aber der Geist war fremdartig und exotisch. Sie war einen Augenblick lang wie eine Blume, anmutig und sinnlich, in den Beinen die Kraft und Spannung von Stengeln, die zum Licht strebten. Während der Raga dann zu einem Crescendo anschwoll, schoß sie durch den Raum und drehte sich in einer Serie schwindelerregender Pirouetten. Ein, zwei Minuten tanzte sie wie eine Besessene – Schiwa pflanzte die Sonne, die Sterne, die Planeten, tränkte das Universum mit Energie, wie ein Gärtner Samen aussät. Zuletzt führte sie einen *grand jeté* aus und sank dann mit ausgestreckten Armen auf ein Knie nieder.

«War es das?» sagte Maximow. Alysa nickte atemlos. Er hob den Tonarm ab, und die Sitar verstummte mit einem zirpenden Mißton. Ein kurzes Schweigen trat ein. «Wissen Sie», sagte Maximow endlich, «ich fürchte, als Choreographin werden Sie am Hungertuch nagen. Das Stück, das Sie da eben getanzt haben, war von A bis Z ein zweiter Aufguß von Massines *Les Presages* und Fokines *Feuervogel* und als Schmiermittel ein bißchen *Schwanensee*. Das *grand allegro* roch förmlich nach der Königin der Wilis. Ich nehme an, die Idee ist ganz originell, aber wenn Sie schöpferisch tätig sein wollen, brauchen Sie mehr als ein gutes Gedächtnis, nämlich Talent. Das Tanzen war in Anbetracht der Umstände ganz gut.» Er runzelte die Stirn. «Ich brauche wirklich kein neues Mädchen für das Corps, aber wer weiß? Vielleicht setzen wir uns mit Ihnen in Verbindung.»

Alysa richtete sich auf. Sie war verletzt, enttäuscht, beleidigt. Die Botschaft war unmißverständlich: Bemühen Sie sich nicht weiter, wir lassen gegebenenfalls von uns hören. Wir setzen uns mit Ihnen in Verbindung – daß ich nicht lache. Sie ging zum Plattenspieler, nahm die Platte, steckte sie in die Hülle zurück und schritt mit gesenktem Kopf zur Tür, sie wagte nicht, ihn anzusehen. «Tut mir leid, daß ich Ihre Zeit verschwendet habe», murmelte sie, ehe sie aus dem Trainingsraum floh. In der Garderobe zog sie hastig das grüne Kostüm über das Tanzhemd und kümmerte sich nicht um den seltsamen Anblick, den sie bot.

«Sie sollen Ihre Telefonnummer dalassen», rief die Rezeptionistin, als sie durchs Foyer ging.

«Vergessen Sie es.» Alysa warf einen letzten Blick auf die silbergrauen Wände, die Pflanzen, die Poster mit den berühmten Tänzern. «Sie werden sie nicht brauchen. Ich bin durchgefallen.»

Draußen regnete es, es war kalt geworden, und nach Boston zurück zu trampen, war alles andere als ein Vergnügen. Alysa stand über eine Stunde mit hochgerecktem Daumen am Highway, während Autos an ihr vorbeisausten, deren Insassen zu ängstlich oder zu abgebrüht waren, um etwas anderes zu tun als sie neugierig anzustarren. Als sie schon vor Kälte zu zittern begann, wurde sie endlich von einem Lastwagen gerettet. Die Fahrt nach Norden kam ihr trotz vieler Becher heißen Kaffees und einer nichtssagenden Unterhaltung mit dem Fahrer endlos vor, und die Alysa, die spätabends endlich zu Tode erschöpft die Salem Street hinaufmarschierte, war das genaue Gegenteil des Mädchens, das sich am Morgen voll Zuversicht auf den Weg gemacht hatte.

Ungefähr zehn Stunden später schlief Alysa zusammengerollt unter mehreren Wolldecken und erholte sich immer noch von den Nachwirkungen der Reise, als es laut und vernehmlich klopfte.

«Alysa!» rief Tante Winns Stimme.

«Hmm?» Alysa öffnete schläfrig die Augen und sah ihre Adoptivmutter in einem Tweedrock und einem blauen Kaschmirpulli in der Türöffnung stehen. Sie hatte eine matt schimmernde einreihige Perlenkette – wie aufgereihte Seifenblasen, dachte Alysa unwillkürlich – um den Hals. Wie spät war es denn? Die kleine Uhr auf dem Nachttisch, die sie letztes Jahr in Stuttgart gekauft hatte, zeigte Viertel nach zehn. Großer Gott, sie hatte ihre Morgenlektion bei Nana verschlafen, den ersten Kurs an der Uni verpaßt und war im Begriff, zu spät zum Training des Boston Ballet zu kommen. Sie sprang aus dem Bett, zog sich hastig das Nachthemd über den Kopf und fing an, irgendwelche Sachen von dem Haufen auf dem Sessel anzuziehen, Jeans, ein kariertes Hemd – verknautscht, aber sauber – und Tennisschuhe. Ach ja, Socken. Sie brauchte Socken. Irgendwo mußten doch welche liegen!

«Da ist ein Anruf für dich», bemerkte Tante Winn.

«Wie bitte?» Alysa drehte sich überrascht um und sah, daß sie immer noch in der Tür stand, aber Tante Winn war nun mal so, geduldig, gut organisiert und immer adrett, daß Alysa manchmal den Verdacht hatte, sie würde ihre Sachen morgens ein zweites Mal bügeln, ehe sie sie anzog. «Für mich?»

«Ja. Aus New York.»

«New York?» Alysa starrte sie entgeistert an. Wer konnte sie um diese Zeit aus New York anrufen? Dann begriff sie. Mit einem Tennisschuh am Fuß und dem anderen in der Hand sauste sie die Treppe hinunter.

«Hallo.»

«Hallo, ist dort Alysa Compton?» Die Stimme klang irgendwie bekannt, freundlich und ein bißchen offiziell. Alysa umklammerte den Hörer und versuchte, nicht das Unmögliche zu hoffen, schaffte es aber nicht recht.

«Ja, ich bin's. Alysa Compton.»

«Die Tänzerin?»

«Ja.»

«Oh, Miss Compton, Sie waren nicht leicht zu finden. Ich wünschte, Sie wären gestern nicht davongelaufen, ohne Ihre Nummer dazulassen. In Boston und Umgebung gibt es dreiundzwanzig Comptons, und Sie sind die zwölfte, die ich heute morgen anrufe, aber lassen wir das, ich habe Sie endlich aufgetrieben, und alles andere ist unwichtig. Hier spricht Betty Clay vom Manhattan Ballet. Mr. Maximow hat mich gebeten, Sie anzurufen und zu fragen, ob Sie noch daran interessiert sind, zur Truppe zu kommen.»

«Interessiert ...! O ja. Mein Gott, natürlich!» Alysa machte einen Luftsprung, schleuderte den Tennisschuh in eine Ecke und hätte um ein Haar eine kostbare chinesische Vase getroffen. «Ja, ich bin interessiert. Danke.»

«Mr. Maximow hat mich beauftragt, Ihnen ausdrücklich zu sagen, daß Sie nur als Volontärin aufgenommen werden können, was bedeutet, daß Sie zusammen mit der Truppe trainieren, aber erst dann auftreten werden, wenn er sie besser kennt. Sie würden selbstverständlich das Repertoire einstudieren und zusammen mit den anderen üben.»

«Ich verstehe.» Sie würde alles tun, um mit Maximow zu arbeiten, all ihre irdischen Besitztümer hergeben, auf einem Zeh stehen, bis sie blau anlief. Sie hatte ihm als Tänzerin so gut gefallen, daß er sie in die Truppe aufnehmen wollte. Der Gedanke machte sie benommen vor Freude. Eine Sekunde lang sah sie sich schon in der Rolle der Aztekenprinzessin in *Quetzal*. Na ja, ein bißchen Größenwahn versüßt das Leben. Sie könnte wahrscheinlich von Glück sagen, wenn Maximow sie im Hintergrund als Teil der lebenden Kulissen herumstehen ließ.

«Mr. Maximow möchte, daß Sie nächsten Montagmorgen kommen, wenn das nicht zu kurzfristig ist.»

«Nein, das geht sehr gut. Ich werde dasein.»

«Sagen wir, um neun Uhr. Ich lasse den Vertrag bis dahin ausfertigen, und dann können Sie gleich unterschreiben und um halb zehn beim Training sein.»

«Neun Uhr. Ja. Vielen Dank, Miss Clay. Ich werde dasein.» Alysa legte auf und setzte sich auf die Treppe – vor allem, um keine Purzelbäume auf Tante Winns Orientteppichen zu schlagen und womöglich doch noch eine Vase zu zerdeppern. Sie hatte noch fünf, nein, knapp sechs Tage Zeit, um sich an der Uni zu exmatrikulieren, beim Boston Ballet zu kündigen, ihre Koffer zu packen, nach New York zu fahren und sich eine Wohnung zu suchen, ganz zu schweigen davon, daß sie Tante Winn und Nana überreden mußte, sie gehen zu lassen. Ihr schwirrte der Kopf vor tausend Plänen, aber sie war überglücklich und fühlte sich voller Energie.

«Nein. Das ist mein letztes Wort. Ich dulde nicht, daß du nach New York gehst.» Tante Winns sonst so friedfertiges Gesicht war gerötet, und sie lief, was Alysa noch nie erlebt hatte, tatsächlich im Zimmer auf und ab.

«Für mich gilt das gleiche», sagte Natascha. Sie zündete sich eine Zigarette an und lehnte sich in ihrem Sessel zurück, als wollte sie locker und entspannt aussehen, aber die nervöse Art, wie sie mit der Spitze des einen Schuhs auf den Boden tippte, sagte Alysa, daß sie es ganz und gar nicht war. Nana war so leicht zu durchschauen, und im Augenblick war sie vollkommen außer Fassung.

«Was habt ihr bloß gegen New York?» Alysa konnte es einfach nicht glauben. Sie hatte die Chance ihres Lebens, und die beiden Menschen, die sie am meisten auf der Welt liebte, taten so, als hätte sie gedroht, davonzulaufen und sich bei der Fremdenlegion zu melden oder so ähnlich.

«Es ist zu gefährlich», sagte Natascha. «Mädchen in deinem Alter werden zu oft überfallen.»

«New York ist schmutzig und ungesund», fiel Tante Winn ein. «Überall auf den Straßen liegt Müll herum. Penner, Luftverschmutzung. Ganz davon zu schweigen, daß die Kriminalitätsquote unglaublich ist, wie deine Großmutter eben gesagt hat. Vergewaltigungen, Morde, furchtbare Dinge.»

«Du verwechselst es anscheinend mit Vietnam.»

«Du hast hier ein schönes Zuhause. Freunde. Ein sicheres Leben. Ich kann mir nicht vorstellen, warum du all das aufgeben willst.»

«Tante Winn», sagte Alysa und gab sich alle Mühe, geduldig zu sein. «Laß es mich noch mal erklären. Ich möchte nach New York, um mit Maximow zu arbeiten. Sicher, viele Leute choreographieren gut, aber das, was Maximow macht, ist genau das, was ich ... worauf ich hundertprozentig reagiere. Es ist dramatisch und nicht abstrakt, es ist originär, wundervoll anzusehen und phantastisch zu tanzen. Ich weiß, vielleicht verstehst du all das nicht, aber Nana müßte es verstehen. Maximow könnte mich zu der Tänzerin machen, die ich sein möchte. Ich begreife nicht, wie du auch nur daran denken kannst, von mir zu verlangen, daß ich eine solche Chance ausschlagen soll.»

Winn verschränkte die Arme. «Er ist ein unmöglicher Mensch.»

«Was meinst du mit unmöglich?»

«Nun, erstens ist er ich weiß nicht wie oft verheiratet gewesen», antwortete Natascha für ihre Tochter und drückte nervös die Zigarette aus. «Und zweitens steht er in dem Ruf, daß er alle seine Tänzerinnen verführt, falls du das noch nicht gehört haben solltest.»

«Nana, ich bin achtzehn Jahre alt. Ich bin keine Jungfrau mehr. Ich kann selbst auf mich aufpassen.»

«Du bist keine Jungfrau mehr?» Die Augenbrauen ihrer Adoptivmutter schossen in die Höhe.

«Bitte, Winn», sagte Natascha. «Laß mich das machen. Hör zu, Alysa. Ich weiß, daß du unter normalen Umständen selbst auf dich aufpassen kannst, aber Maximow ist alles andere als normal. Ich habe ihn persönlich gekannt, und ich kann dir sagen, daß er ein hinterhältiger und schwieriger Mensch ist, der dir das Leben zur Hölle machen würde.»

«Nana, er weiß kaum, daß es mich gibt! Die Möglichkeit, daß er mich bemerkt oder sogar behelligt, ist gleich Null.»

Natascha und Winn wechselten einen sonderbaren Blick. «Darauf würde ich mich nicht verlassen», sagte Natascha. «Du bist immerhin meine Enkelin, und du kannst wetten, daß Sergej sehr wohl weiß, wer du bist.»

«Hört bitte zu, ihr beide.» Alysa blickte mit wachsendem Ärger über die unerwartete Opposition von einer zur anderen. «Ich weiß nicht, was hier los ist, aber wir sind immer offen zueinander gewesen, nicht wahr? Wenn es also irgendeinen konkreten Grund gibt, weshalb ihr wollt, daß ich nicht bei Maximow tanze, sagt ihn mir bitte. Ich meine, ist Maximow vielleicht ein Dealer? Oder ein Waffenschieber? Für mich ist er ein Genie. Oh, sicher, er mag verdammt schwierig sein, aber er ist trotzdem ein Genie. Und wie viele Genies gibt es auf der Welt? Ich begreife einfach nicht, was ihr gegen ihn habt.»

«Wir haben dir unsere Einwände schon gesagt», entgegnete Winn hastig.

Natascha schloß einen Moment die Augen und holte tief Luft. «Hör zu, *solnyschko*, wenn du mit einem Genie arbeiten willst, geh meinetwegen zu Cranko. Oder ich spreche mit Balanchine, wenn es unbedingt New York sein muß.»

«Onkel Drew und ich könnten dich auch nach London schikken», bot Winn an. «Oder nach Paris oder von mir aus nach Kopenhagen, was immer du willst.»

«Das ist sehr großzügig, vielen Dank, aber ich gehe nach New York.» Alysas Gesicht hatte einen entschlossenen Ausdruck bekommen, den sie beide nur zu gut kannten.

«Alysa, du bist unvernünftig», sagte Winn.

«Ich habe eher den Eindruck, daß ihr unvernünftig seid. Ich bekomme das Angebot meines Lebens, und ihr tut so, als wäre ich im Begriff, einen Raubüberfall zu begehen.»

«Falls du es vergessen haben solltest... du kannst erst mit einundzwanzig über das Geld deiner Eltern verfügen.»

«Was soll das heißen, Tante Winn? Würdest du dich bitte etwas klarer ausdrücken?»

Winn blickte verlegen drein, aber sie fuhr fort. «Es heißt, daß Onkel Drew und ich nicht verpflichtet sind, diese... diese Marotte zu unterstützen», sagte sie barsch.

«Willst du damit sagen, daß ihr mir kein Geld geben werdet, wenn ich nach New York gehe?»

«Alysa, bitte!» Natascha beugte sich besorgt vor. «Sei nicht so dickköpfig», sagte sie eindringlich. «Hör auf uns. Ich schwöre, wir wollen nur dein Bestes.»

«Das glaube ich nicht. Ich glaube nicht mal, daß *ihr* es seid, die mir das sagen.» Alysa stand auf, ging zum Kamin und legte einen Augenblick lang, ihnen den Rücken kehrend, ihr heißes Gesicht an den Sims. Als sie sich umdrehte, um sie wieder anzusehen, waren ihre Lippen fest aufeinandergepreßt. «Ich habe euch beide sehr lieb, und ich hasse es, gegen euren Willen zu handeln, aber ich muß euch sagen, daß ich in ein paar Tagen fahren werde, ob es euch paßt oder nicht. Ich bin achtzehn, und ihr könnt juristisch nichts tun, um mich zu halten, und wenn ihr mir nichts für meinen Unterhalt geben wollt, werde ich eben selbst Geld verdienen. Viele Tänzer leben von der Hand in den Mund. Ich finde sicher eine Wohngemeinschaft und vielleicht auch einen Teilzeitjob, obgleich das Tanzen dann viel schwieriger sein wird. Aber ich werde durchkommen, ich werde genug zu essen haben. Ich werde euch sogar schreiben, es sei denn, ihr führt euch auf wie die letzten Viktorianer und sagt mir, daß ich von nun an für euch gestorben bin. Und wenn Maximow mir in ein paar Jahren eine große Rolle gibt, werde ich euch Karten schicken...» Ihre Augen glänzten feucht, aber sie drängte die Tränen zurück. «Und dann könnt ihr kommen und mich sehen, wenn ihr wollt. Ich gehe und arbeite mit Maximow, ob es euch gefällt oder nicht.»

Ein langes Schweigen entstand. Natascha sah Winn an. Winn sah Natascha an, und dann blickten sie beide auf Alysa. Einen Moment lang hing etwas wie ein reinigendes Gewitter in der Luft, das alles ändern würde, aber der Moment verstrich.

Natascha schüttelte seufzend den Kopf. «Deine Tante und dein Onkel und ich werden uns darüber unterhalten müssen.» Sie stand langsam auf und sah, wie Alysa mit einem Stich der Reue empfand, auf einmal viel älter aus. Sie hatte den Impuls nachzugeben, Nana in die Arme zu nehmen und ihr zu sagen, sie würde doch nicht gehen, aber sie unterdrückte ihn eisern.

Die nächsten zwei Stunden saßen Nana und Winn im verschlossenen Schlafzimmer, und hinter der massiven Eichentür fielen und sanken ihre Stimmen wie das Gesumm eines Bienenschwarms. Schließlich verließ Nana mit niedergeschlagener Miene das Haus. Als Drew heimkam, fand erneut eine Konferenz statt, und dann fuhren die beiden fort, ohne etwas zu sagen – sicher zu Nana, um ein Gipfeltreffen abzuhalten. Alysa konzentrierte sich derweil darauf, ihre Sachen zu packen. Sie mochten beschließen, was sie wollten, sie würde in knapp einer Woche gehen, und es würde schwer genug sein, in der Zeit alle ihre Sachen zu finden und sie, wovor ihr am meisten grauste, in zwei mittelgroßen Koffern zu verstauen.

«Versprochen ist versprochen», erklärte Winn fest.

«Selbst wenn die Person, der man es versprochen hat, schon tot ist?»

«Dann gerade.»

Natascha schüttelte den Kopf. «Da bin ich nicht so sicher. Aber ich bin offen gesagt in vielen Dingen sehr unsicher geworden.» Sie drehte eine halb gerauchte Zigarette zwischen den Fingern hin und her und betrachtete sinnend das glühende Ende. «Was für eine Zwickmühle.»

«Ganz meine Meinung», bemerkte Drew aus einem Sessel am Kamin. «Eine Zwickmühle ersten Ranges, ein Problem, das kaum zu lösen ist. Eine moralische Hypothek, die ohne Warnung gekündigt wird, wenn ihr versteht, was ich meine.»

Winn stand auf. Ihre Wangen waren hochrot. «Nenn es, wie du willst, ich habe es Anja jedenfalls in die Hand versprochen. Ich habe ihr mein *Ehrenwort* gegeben, Alysa würde nie erfahren, daß dieser schreckliche Mensch ihr Großvater ist. Mein Ehrenwort.»

«Könnte Maximow sich nicht geändert haben?» Drew knöpfte seine Anzugjacke auf, knöpfte sie dann wieder zu, als wüßte er nicht, was er mit den Händen tun sollte. «Könnte er nicht ein verantwortungsbewußtes menschliches Wesen geworden sein?»

«Ich kann dir nur mit einem alten russischen Sprichwort antworten», entgegnete Natascha. «Sergej wird erst dann verantwortungsbewußt, wenn die Krabben anfangen zu pfeifen.»

«Dann müssen wir sie daran hindern, nach New York zu gehen.» Winn schritt vom Kamin zum Fenster, vom Fenster zum Sofa. Nataschas Wohnzimmer schien plötzlich zu klein für alle ihre Ängste. «Sie darf einfach keinen Kontakt mit Maximow haben. Er ist ein böser Mensch.»

«Winn, du mußt eine der letzten auf Erden sein, die die Menschen in Gut und Böse unterteilt.» Natascha drückte ihre Zigarette aus. «Außerdem ... Wie sollen wir sie deiner Meinung nach aufhalten? Sie in ihrem Zimmer einsperren? Sie anbinden? Du weißt doch, was für einen Dickkopf sie hat. Wenn wir versuchen, sie zu hindern, wird sie trotzdem gehen und uns wahrscheinlich nie verzeihen, daß wir ihr ihre Karriere verbauen wollten.»

«Ich liebe dieses Kind», sagte Winn aufgebracht. «Ich möchte, daß sie ein sauberes und anständiges und normales Leben führt, und ... verdammt!» Sie ließ sich in einen Ohrensessel fallen. «Wir hätten sie gar nicht erst belügen dürfen, aber wie sollen wir jetzt, wo wir angefangen haben, damit aufhören? Was wird sie von uns denken, wenn wir es ihr sagen? Was ist, wenn sie uns dafür haßt? Ich könnte es zur Not vor meinem Gewissen verantworten, mein Versprechen an Anja zu brechen, aber ich könnte es nicht ertragen, wenn Alysa mich haßte. Ich weiß, daß ich nicht ihre richtige Mutter bin, aber sie war für mich immer mein, mein ...» Ihre Stimme brach, und sie fing an zu weinen, nicht leise, sondern in heftigen, krampfartigen Schluchzern, die sie am ganzen Leib erbeben ließen, und wischte sich die Tränen mit der Hand ab.

Natascha und Drew waren erschrocken, sprachlos. Winn weinte – ein unfaßlicher Anblick. Natascha dachte schuldbewußt, wie fassungslos Winn erst wäre, wenn sie erführe, daß *sie* ganz gewiß Sergejs Tochter sei. Gott sei Dank, daß sie es geschafft hatte, Winn wenigstens das zu ersparen; Gott sei Dank, daß man manche Geheimnisse für immer begraben konnte.

Drew ging zu seiner Frau und legte ihr den Arm um die Schultern. «Bitte, Liebes», sagte er. «Es wird sich schon irgendwie einrenken.»

«Nein.» Winn schüttelte den Kopf. «Es wird sich *nicht* einrenken. Ich werde ihre Liebe und Achtung verlieren.» Sie hörte auf zu weinen, richtete sich kerzengerade auf und sah die beiden anderen fest an. «Ich will euch etwas sagen: Dieses Kind ist das Wichtigste in meinem Leben. Vielleicht zeige ich es nicht sehr, aber sie bedeutet mir alles. Lest ihr denn keine Zeitung? Wißt ihr nicht, was diese jungen Leute heutzutage alles machen? Viele gehen einfach von zu Hause fort und kommen nie zurück. Es gibt einen Song von den Beatles, er ist schon ein paar Jahre alt. Ich bin wahrlich kein Rock 'n' Roll-Fan, aber er ist mir zu Herzen gegangen. Er heißt ‹She's Leaving Home›. Nun, wenn Alysa wie das Mädchen in dem Song für immer geht, weiß ich nicht, was ich tue. Ich nehme an, ich bin viel zu rational, um vor Kummer zu sterben oder dahinzusiechen oder so, aber es wird mir furchtbar weh tun – so sehr, daß ich es kaum ertragen kann, daran zu denken. Und der Schmerz wird nicht nachlassen.»

«Beruhige dich», sagte Natascha. «Wir dürfen nicht in Panik geraten.» Sie runzelte die Stirn und schien angestrengt zu überlegen. «Laßt uns diese Sache zu Ende denken.»

«Was gibt es da noch groß zu denken?» sagte Winn grimmig und umklammerte die Lehnen ihres Ohrensessels. «Wir haben ein Problem, bei dem wir nur den kürzeren ziehen können, egal was wir tun, und wir sollten uns damit abfinden.»

«Da bin ich nicht so sicher.»

«Du meinst, du hast eine Idee?» In Winns Augen trat ein Hoffnungsschimmer.

«Vielleicht.»

«Hm», machte Drew. «Du willst es doch nicht für dich behalten, Mutter. Sag schon.»

«Der Schlüssel des Ganzen ist Sergej.»

«Du meinst, er ist das Problem.»

«Ja und nein. Er ist zweifellos das Problem, aber er ist auch die Lösung.»

«Mama!» sagte Winn ungeduldig. «Dies ist nicht der rechte Moment für russischen Tiefsinn. Was meinst du damit, daß Maximow die Lösung ist?»

«Nun, zunächst einmal folgendes», sagte Natascha, den linken Daumen abspreizend. «Wenn er ihr eröffnen wollte, daß er ihr Großvater ist, hätte er es schon getan, als sie vorgetanzt hat. Ich weiß, wie sein Verstand funktioniert, und ich nehme mit Sicherheit an, daß er zugesehen hat, ohne ein Wort zu sagen. Es ist ihm wahrscheinlich vollkommen gleichgültig, daß sie seine Enkelin ist. Sergej pflegt Verwandtschaft zu ignorieren, es sei denn, derjenige, mit dem er verwandt ist, könnte ihm beruflich nützen. Bedenkt doch nur die Tatsachen: Er hat vierzehn Jahre lang nicht den geringsten Versuch unternommen, sich mit Alysa in Verbindung zu setzen. Und wenn ihr noch mehr Beweise braucht, nehmt all seine ehemaligen Frauen, die er übersieht, als ob es sie nie gegeben hätte. Verwandtschaftliche Gefühle sind ihm total fremd.»

«Und zweitens?» drängte Winn.

«Zweitens», antwortete Natascha und hob den Zeigefinger, «zweitens ist Sergej berühmt dafür, daß er seine Tänzer behandelt, als wäre er Nero und sie eine Schar christlicher Sklaven, die sich weigern, dem Jupiter zu opfern. Er brüllt sie an, er kritisiert sie öffentlich, er läßt sie trainieren, bis sie vor Erschöpfung umfallen, und alles im Namen der Kunst. Wenn ich bedenke, was für ein Temperament unsere Alysa hat, kann ich mir kaum vorstellen, daß sie so etwas länger als eine oder höchstens zwei Wochen aushält.»

«Du glaubst, sie würde nicht bei ihm bleiben, wenn wir sie gehen ließen?» Winns Stimme war sachlich, aber sie hatte einen begierigen Unterton, der Natascha nicht entging.

«Ich denke, es besteht eine gute Chance.» Natascha zuckte mit den Schultern. «Ich kann natürlich nicht garantieren, daß er sie mit seinem Verhalten fortekeln wird, aber ich kann euch aus meiner eigenen Erfahrung sagen, daß es sehr, sehr schwer ist, seine Schikanen zu verkraften.»

«Wenn sie die Truppe von sich aus verließe, bräuchten wir ihr nichts über ihn zu sagen», bemerkte Drew. «Wir wären aus dem Schneider.»

«Genau.» Natascha setzte sich wieder hin, steckte sich eine neue Zigarette an und machte nachdenklich einen Zug. «Wir könnten es also riskieren, sie nach New York gehen zu lassen. Wir könnten es darauf ankommen lassen.»

«Vielleicht ja», konzedierte Winn, «aber es ist einigermaßen riskant.»

«Es mag doch noch eine andere Möglichkeit geben», meinte Drew unbehaglich, «mit weniger Haken und Ösen.» Er lächelte Natascha schwach zu. «Nicht, daß es ein schlechter Einfall wäre, Mutter, aber ich als Banker würde kein Darlehen darauf geben.»

«Na schön.» Natascha knüllte die leere Zigarettenschachtel zusammen und warf sie in den Papierkorb. «Versuchen wir, uns einen besseren Plan zurechtzulegen.» Das taten sie die nächste Dreiviertelstunde und kamen immer wieder zu dem Ergebnis, daß es das einzig Vernünftige wäre, Alysa nach New York gehen zu lassen und zu hoffen, Sergej würde ihr die Arbeit in der Truppe gründlich verleiden.

Alysa hatte seit über einer Stunde ihre Sachen sortiert und in einen Haufen mit sauberen Kleidungsstücken, einen mit halb sauberen und einen mit unbedingt zu waschenden unterteilt. Der dritte Haufen war leider viel größer als die beiden anderen, und sie betrachtete ihn einen Moment lang ärgerlich. Sie würde das meiste mit der Hand waschen müssen, wenn sie nicht wollte, daß alles zu Größe drei einlief. Sie ging ins Badezimmer, holte dann ein Trikot nach dem anderen und wusch es in warmem Wasser, wrang es aus und hängte es zum Trocknen über die Tür und die Wände der Duschkabine. Die tropfnassen Sachen brachten Farbe ins Bad: Blau, Rot, Grün, Naturweiß. Sie hatte gerade mit einem schwarzen Trikot angefangen, als sie den Wagen ihrer Adoptiveltern die Einfahrt hochkommen hörte.

Sie trocknete sich hastig die Hände ab und lief hinunter, um sie zu begrüßen. Sie standen in der Diele und zogen ihre Mäntel aus, und Onkel Drew sagte etwas mit leiser, beruhigender Stimme. Tante Winn blickte auf, und ihre Augen waren gerötet, als ob sie geweint hätte. Warum mußten sie es auf diese Weise aufnehmen? Warum konnten sie nicht vernünftig reagieren! Alysa empfand Mitleid, Schuld und ein wenig Unmut.

«Nun, wie lautet das Urteil?»

Onkel Drew räusperte sich. «Wir kommen gerade von deiner Großmutter, und...» Er zögerte.

«Und?»

«Nun, Liebes», sagte er und zupfte wie immer, wenn er nervös war, an seiner Krawatte. «Wir haben dich alle sehr lieb, und deshalb sind wir zu dem Ergebnis gekommen, daß es in Anbetracht der Umstände wohl am besten wäre, wenn...»

«Drew, um Himmels willen», unterbrach Winn ihn. «Geh nicht wie die Katze um den heißen Brei. Sag ihr einfach, die Antwort lautet ja.»

«Ja?» Alysa konnte es kaum fassen. «Ihr meint, ihr gebt mir das Geld, um in New York zu leben?»

«Also, Liebes», sagte Onkel Drew und räusperte sich erneut verlegen. «Wir können dich wohl schlecht im Central Park schlafen lassen, nicht wahr?»

«Wir möchten, daß du in einer sicheren Nachbarschaft wohnst.» Winn lächelte tapfer. «Eine hübsche Wohnung in einem netten Viertel, in einem Haus mit Portier und Sicherheitssystemen.»

«Oh, Tante Winn, Onkel Drew... Danke!» Alysa lief zu ihnen und umarmte sie, so erleichtert, daß sie nichts mehr sagen konnte.

«Und wir möchten, daß Mary mit dir geht», fuhr Tante Winn fort. «Da du jemanden brauchst, der hinter dir herräumt, und sie hat eine Schwester in der Bronx und würde ohnehin gern dort sein, und, o Liebling.» Sie nahm Alysa in die Arme. «Du wirst uns schrecklich fehlen.»

«Ihr mir auch.»

«So.» Onkel Drew tätschelte zuerst Alysa, dann Winn mit sichtlicher Verlegenheit die Schulter. «Wenn diese rührende Szene zu Ende ist, gehen wir am besten in die Küche, machen uns etwas zu essen und rechnen aus, wieviel diese junge Dame brauchen wird, um sich genug Yoghurt und Tanzschuhe kaufen zu können.»

Am nächsten Montag stand Alysa um neun Uhr im Büro des Manhattan Ballet in der Fiftyseventh Street, unterschrieb ihren Vertrag und wurde der Truppe offiziell als neues Mitglied vorgestellt.

20
New York, 1973

Eins und zwei, eins und zwei.» Maximow klatschte in die Hände, und hundertdrei rechte Beine schnellten zu präzisen *tendus* vor und kehrten in die zweite Position zurück, fünfzigmal, hundertmal, hundertfünfzigmal. In dem großen, ringsum verspiegelten Trainingsraum des Manhattan Ballet bewegten sich hundertdrei Tänzer mit durchgedrücktem Kreuz und starr geradeaus blickend. *«En arrière»*, rief Sergej, und die Beine schnellten nach hinten. *«A la seconde»* – und jedes Bein wurde hundertfünfzigmal graziös zur Seite gestreckt.

«Nein», schrie Sergej, um die Musik zu übertönen. «Nein, nein, nein! Wie oft soll ich es noch sagen? Leicht, leicht.» Er war heute morgen ganz in Weiß: weiße Schuhe, weiße Hosen, weißes Seidenhemd, weißes Halstuch, aber seine blauen Augen blickten scharf und gnadenlos wie immer. Sie sahen alles, jedes Zaudern, jedes Innehalten, jede Bewegung, die nicht genauso ausfiel, wie er wollte.

Alysa, die an einer der sieben mobilen Stangen stand, dachte unwillkürlich, was für einen fabelhaften Kasernenhofschleifer er abgegeben hätte. Sie malte sich einen Moment lang aus, wie er in Khaki vor seinen unglücklichen Rekruten stand und «Los, ihr Scheißkerle, runter in den Dreck mit euch!» brüllte. Und die Tänzer warfen sich hin, robbten durch den Schlamm, krochen unter dem Stacheldraht durch, während MG-Garben über ihre Köpfe hinwegpfiffen.

Kein schlechtes Bild. Wenn einen jemand dazu bringen konnte, durch Maschinengewehrfeuer zu laufen, dann war es Maximow. Sie war in den letzten anderthalb Jahren allmählich zu dem Schluß gekommen, daß er der Truppe nicht etwa Unterricht gab, um sie zu trainieren, nein, er wollte den Tänzerinnen und Tänzern alle Überreste ihrer eigenen Persönlichkeit austreiben, ihr Ego durch seines ersetzen. Wenn man zum Manhattan Ballet kam, lernte man schnell, daß man nicht *mit* Maximow arbeitete, sondern Maximow *wurde*, wenn auch nur ein sehr kleiner Teil von ihm – ein Anhängsel, etwas, das er nach Belieben manipulieren oder ignorieren konnte.

Er mochte unmenschlich sein, aber die Ergebnisse waren spektakulär. Alysa holte tief Luft und begann gehorsam die nächste Reihe von Übungen. Sie hatte zwar ein paarmal innerlich rebelliert, aber sie wußte, daß sie noch nie so gut getanzt hatte wie jetzt, und weil Maximow ihr das gab, weil er sie zu der Künstlerin machte, die sie immer hatte werden wollen, war sie wie seine übrigen Tänzer bereit, beinahe alles zu erdulden.

«Leicht, *légèrement!*» Maximows Stimme hatte einen Unterton, den Alysa als bedrohlich empfand. Wenn er anfing, die Anweisungen in zwei Sprachen zu rufen, konnten sie sich auf etwas gefaßt machen. Sie nahm all ihre Energie zusammen und versuchte, sich leichter zu bewegen, doch je mehr Mühe sie sich gab, um so deutlicher spürte sie, daß die Last ihres Körpers gegen sie arbeitete. Sie zwang sich, regelmäßiger und tiefer zu atmen, schloß die Augen und versuchte zu vergessen, was ihr heute morgen noch alles bevorstand, die endlosen *jetés*, die vielen Dutzend anstrengenden *grands battements*, bei denen sie immer das Gefühl hatte, ihr Herz könnte jeden Moment bersten. Statt dessen dachte sie an leichte Dinge, an Wolken, Watte, Staubkörnchen, die in einem Sonnenstrahl tanzten.

«Stop, aufhören.» Maximow hob die Hand, und die Musik verstummte augenblicklich. Er sah sich im Raum um, und seine Augen blitzten vor Ärger. «Wißt ihr denn nicht, was das Wort *leicht* bedeutet? Wenn ihr Zirkuselefanten sein möchtet, geht gefälligst zu Barnum and Bailey. Wenn ihr Tänzer sein möchtet, hebt eure Beine hoch. Ist das zuviel verlangt?» Er zeigte unvermittelt auf Alysa. «Sie da drüben, kommen Sie her!»

Alysa sank das Herz. O nein, nicht schon wieder. In den letzten sechs Monaten, seit Maximow sie für wichtigere Nebenrollen eingesetzt hatte, hatte er sie beim Unterricht häufig vor allen anderen unbarmherzig zur Schnecke gemacht. Heute mußte sie offensichtlich wieder dran glauben. Sie bemühte sich, keine Miene zu verziehen, als sie zu ihm ging, aber in ihrem Nacken spürte sie ein furchtsames Kribbeln. Bei Maximow konnte man nie wissen, was kam.

Maximow stemmte die Hände in die Hüften und musterte sie von oben bis unten. «Ein Gang wie eine Kuh», sagte er vernehmlich. Alysa biß sich wütend auf die Lippe und versuchte, anmutiger zu gehen. «Seht sie euch an, ein Pinguin watschelt zur Futterstelle.» Maximow imitierte – wie sie zugeben mußte, sehr gut – einen Pinguin: Brust vor, Füße dicht zusammen, die Arme wie unnütze Flügel flappend. Die anderen lachten unbehaglich.

Alysa versuchte ihren Ärger zu zügeln, und schaffte es auch diesmal nicht. «Das stimmt nicht, Mr. Maximow», protestierte sie. Sie war verletzt, und das Lachen ringsum demütigte sie.

Maximow zog eine Augenbraue hoch. «Oh, eine Schülerin, die dem Lehrer erklärt, was in der Klasse passiert, ja? Dann entschuldige ich mich. Die Ballettmeister der Kaiserlichen Schule hätten Sie dafür nach Sibirien geschickt, aber hier im Paradies der Demokratie unterrichtet der Schüler den Lehrer, nicht wahr?» Seine Stimme war gelassen und sarkastisch, sehr kalt. Diesmal lachte niemand.

Warum macht er das mit mir? Alysa stand da und sah ihn ratlos an, konnte nicht glauben, daß jemand absichtlich so grausam war. Er hatte sie schon oft vor den anderen kritisiert, aber heute schien er es darauf anzulegen, sie zum Weinen zu bringen. Wenn er es sich anders überlegt hatte und sie nicht mehr bei der Truppe haben wollte, warum entließ er sie dann nicht einfach?

Maximow machte eine spöttische Verbeugung. «Ob die große Primaballerina assoluta vielleicht die Güte hätte, etwas für uns zu tanzen?»

Alysa preßte die Lippen aufeinander. Das war schlicht gemein. Jedermann wußte, daß die letzte Primaballerina assoluta keine andere als Matilda Kschessinskaja gewesen war. Mit dieser Bezeichnung wollte Maximow ihr zu verstehen geben, daß sie eine arrogante Person sei, und das war unfair. Sie war mehr als bereit, sich etwas beibringen zu lassen, wenn er es wenigstens auf eine halbwegs zivilisierte Weise tat. Aber sie wollte verdammt sein, wenn sie ihm die Genugtuung verschaffte, vor den Augen der anderen zu Kreuze zu kriechen. Sie würde für ihn tanzen, und dann … dann würde sie einfach den Raum verlassen, vielleicht für immer. Sie hatte die Nase voll von diesem Sadisten. Sollte er sich jemand anderen aussuchen. Alles hatte seine Grenzen, und irgendwann erreichte jeder den Punkt, an dem er nicht noch mehr einstecken konnte, nicht mal von einem Genie.

«Spielen Sie bitte den *pas seul* der Aztekenprinzessin aus *Quetzal*», rief Alysa dem überraschten Pianisten zu. Sie wußte, daß es anmaßend war, aber sie machte sich nichts mehr daraus.

«Ich bitte um Übungen und bekomme ein Solo.» Maximow zuckte übertrieben mit den Schultern. «Aber bitte.» Er winkte zum Flügel hin. «Spielen Sie den *Quetzal* für Mademoiselle, wenn sie es unbedingt will.»

Während die verfremdeten lateinamerikanischen Rhythmen den Trainingsraum füllten, biß Alysa die Zähne zusammen und fing an zu tanzen. Offiziell durfte sie die Rolle der Aztekenprinzessin noch nicht beherrschen, da Maximow sie ihr nicht persönlich beigebracht hatte, aber sie hatte sie wie alle anderen von der Truppe wenigstens ein dutzendmal auf der Bühne gesehen. Maximow hatte oft gesagt, der Trick bestünde darin, sich vorzustellen, man sei eine Schlange und ein Vogel zugleich. Sie tanzte den *pas seul* und konzentrierte sich darauf, ihre Beine geschmeidig zu machen, ihren Körper schwerelos. Zornig stellte sie sich vor, sie wäre eine geflügelte Schlange und stürze sich auf Maximow.

Es funktionierte. Der Zorn elektrisierte ihren Körper und gab ihr die Kraft, in einem mühelosen Sprung nach dem anderen meterweite Bögen zu überspannen. Fünf Minuten lang tanzte sie nur für sich, vergaß, daß Maximow im Raum war, vergaß, daß sie von der ganzen Truppe beobachtet wurde. Als sie schließlich innehielt, bekam sie einen furchtbaren Schreck – als wäre sie in eiskaltem Wasser gelandet.

«Gut», bemerkte Maximow. «Wirklich sehr ordentlich.» Er strahlte sie an, lächelte über das ganze Gesicht. Sie traute ihren Augen nicht. «Meine Herrschaften», sagte Maximow, zu den anderen gewandt. «Sie haben soeben gesehen, wie die Aztekenprinzessin getanzt werden *sollte*. Vielleicht fehlte noch die letzte technische Brillanz, aber selbst Pawlowa hätte es nicht mit mehr Ausdruck machen können.» Er wandte sich wieder zu Alysa. «Ich danke Ihnen, meine Liebe. Sie können jetzt an Ihren Platz zurückgehen.»

Alysa schritt wieder zur Stange und war so verwirrt, daß sie keinen klaren Gedanken fassen konnte. Offensichtlich hatte sie diesmal etwas richtig gemacht. Jedesmal, wenn sie den Rest der Stunde aufblickte, nickte Maximow ihr ermutigend zu. Es war beängstigend, fast so, als bekäme man von einem Tiger eine Einladung zum Lunch.

In den achtzehn Monaten, die sie nun schon in New York war, lief ihr Leben nach einem mehr oder weniger festen Schema ab. Morgens Unterricht und Training, nachmittags Proben, abends Vorstellungen, und zwischendurch gerade genug Zeit, um zu essen, zu schlafen und Schleifen auf ihre Spitzenschuhe zu nähen. Montags hatte die Truppe jedoch frei, so daß es den Tänzern sonntags abends immer so vorkam, als hätten sie Urlaub. Nach der Vorstellung gaben sie oft Parties in ihren winzigen Apartments, gingen spät essen und besuchten eine Nachtvorstellung im Kino, alles in dem köstlichen Wissen, daß sie den nächsten Morgen schlafen konnten, solange sie wollten. Am Sonntag, nachdem Alysa beim Training die Aztekenprinzessin getanzt hatte, saß sie noch lange nach Mitternacht in dem Apartment ihres Freundes David Harper auf der zwölf Zentimeter dicken Schaumgummimatratze, die David sein Bett nannte, aß Pizza und sah eine Übertragung des Kirow-Balletts.

David steckte sich eine Zigarette an und ließ den Qualm aus der Nase an ihrem Gesicht vorbeiströmen. Er war ein guter Tänzer, vernachlässigte seine Gesundheit aber auf eine Weise, die ihr unbegreiflich war. Heute abend hatte er beispielsweise schon eine halbe Schachtel Camel geraucht. Alysa hustete diskret, wedelte den Rauch aus ihrem Gesicht und nahm sich vor, noch etwas Vitamin E zu nehmen, wenn sie wieder zu Hause war.

Auf dem winzigen Bildschirm führten zwei hervorragende Tänzer einen Pas de deux in einem Garten Eden aus Pappmaché aus, anmutig, leicht und ein klein wenig exaltiert. Schade, daß sie die Fernsehzeitschrift verlegt hatten und nicht nachsehen konnten, wer es war.

«Möchtest du noch ein Bier?» fragte David und sprang hoch wie ein Basketballspieler, der im Begriff ist, den Ball in den Korb zu werfen.

«Gerne.» Alysa lächelte. Von all den Tänzern, die sie beim Manhattan Ballet kannte, war er der einzige, der sich wie ein Sportler bewegte – natürlich nur, wenn er nicht auf der Bühne stand. Wenn er tanzte, war er atemberaubend elegant und konnte enorme Sprünge ausführen, nach denen er leicht wie eine Katze auf den Ballen landete, aber irgend etwas an ihm ließ vermuten, daß er glücklicher wäre, wenn er mit einem Surfbrett unter dem Arm den Strand hinunter zur Brandung laufen durfte.

David kam mit zwei Dosen Bier aus der Kochnische zurück, und sie tranken sie schweigend, gemütlich nebeneinander sitzend, bis das Ballett vorbei war und der Nachspann über den Bildschirm flimmerte. Alysa las die Namen der Mitwirkenden und streckte dann den Fuß aus und schaltete das Gerät mit dem großen Zeh ab.

«Sauber», bemerkte David, legte den Arm um sie und zog sie an sich. Alysa ließ den Kopf an seine Schulter sinken und fragte sich, ob es wieder soweit war. Sie und David hatten in den letzten Monaten angefangen, miteinander zu schlafen, und es machte ihr Spaß, aber im Grunde waren sie eher Kumpel, die in ihrer spärlich bemessenen freien Zeit oft zusammen waren und nicht an eine ernsthafte Bindung dachten. Abgesehen von der

Tatsache, daß David manchmal mit ihr ins Bett ging, war er genau wie ihre anderen Freunde vom Manhattan Ballet ein Mensch, der für den Tanz lebte, jemand, mit dem man über Sehnenzerrungen und Weizenkeimdiät reden konnte, ohne daß er dabei einschlief.

Sein Körper war warm und verströmte einen angenehmen Geruch von harter Arbeit. Sie hatten heute abend Maximows romantische Phantasie *Baba Yaga* getanzt, ein Ballett mit prachtvollen Bühnenbildern und Kostümen, bei dem der größte Teil der Truppe mitwirkte.

«Müde?» fragte er freundlich.

«Ja.» Alysa gähnte und mußte dann lächeln. «Meine Beine fühlen sich an wie durch die Wäschemangel gedreht.»

«Was macht der Knöchel?»

«Okay. Kein Problem.» Sie hatte sich vor ungefähr einer Woche mitten bei einer Vorstellung den rechten Knöchel verstaucht, nicht ernsthaft, aber fühlbar genug, um zusammenzuzucken. David hatte es natürlich bemerkt – und erinnerte sich daran.

«Eine Fußmassage gefällig?»

«O ja.» Alysa legte die Beine nebeneinander und lehnte sich an die weichen Cordpolster. Sie mußte sich irgendwann für seine Nettigkeit revanchieren; vielleicht sollte sie ihn, da er sich von Pizza zu ernähren schien, einmal in ein gutes Restaurant einladen.

Er nahm ihren Fuß und fing an, den Spann zu massieren, und Alysa fühlte, wie die Muskeln sich allmählich entspannten und locker wurden. Er zog behutsam an ihren Zehen und ließ sie ruckartig wieder los, preßte die Daumen vorsichtig in die Ferse, drückte und knetete und zog, bis die Spannung nachließ und verschwand. Dann legte er den rechten Fuß aufs Bett zurück und begann mit dem linken. «Übrigens», sagte er unvermittelt, «man munkelt eine Menge über dich und Maximow.»

«Was?» Alysa richtete sich kerzengerade auf, so daß ihr Fuß seinen Händen entglitt. «Wer?»

David legte ihr die Hand auf den Arm. «Ich wollte dich nicht erschrecken, aber ich dachte, du wolltest es wissen. In der Truppe sagen alle, Maximow sei unheimlich wild auf dich.»

«Was für ein Quatsch.» Alysa setzte sich auf ihre Unterschenkel, und ihre Augen blitzten empört. «Du redest, als ob ich ein Verhältnis mit ihm hätte. Mein Gott, ich weiß, daß er einen unmöglichen Ruf hat, aber er ist an die Achtzig, und außerdem *mag* er mich nicht mal. Du hast doch selbst gesehen, wie er mich beim Training runterputzt.»

«Das ist es ja, weshalb die Leute reden, die Art und Weise, wie er dich dauernd aufs Korn nimmt. Den einen Augenblick erzählt er uns, du hättest zwei linke Füße, und dann sagt er, du seist die Reinkarnation von Anna Pawlowa. Es ist fast schon unheimlich.»

«Meinetwegen, du hast recht, es ist ein bißchen seltsam.» Sie zuckte hilflos die Achseln, und ihr Ärger wich der sonderbaren Verwirrung, die sie jedesmal ergriff, wenn sie herauszufinden versuchte, warum Maximow ihr soviel Aufmerksamkeit schenkte. «Ich verstehe es auch nicht, aber ich schwöre dir, daß ich nichts tue, um es zu provozieren.»

«Wie ist er sonst zu dir, ich meine, abgesehen vom Training?»

«Das ist das Merkwürdige. Er redet mit allen, mit Toni und Chrissie und den anderen von der Truppe, aber ich habe den Eindruck, daß ich von dem Moment an nicht mehr für ihn vorhanden bin, in dem ich die Spitzenschuhe ausziehe. Ich habe ihn ein paarmal vor dem Haus getroffen, und da hat er kaum gegrüßt.»

David sog seine Wangen ein und betrachtete sie mit einem besorgten Ausdruck. «Ich weiß nicht, Alysa ... Ich meine, ich an deiner Stelle würde etwas dagegen tun.»

Alysa breitete die Hände aus und sah einen Augenblick genauso aus wie ihre Großmutter. Die Geste war reine slawische Resignation. «Was denn? Die Truppe verlassen? Er ist oft ausgesprochen gemein zu mir, aber Tatsache ist, daß ich jetzt hundertmal besser tanze als bei meiner Ankunft in New York, vielleicht tausendmal besser.»

«Er hat es jedenfalls aus irgendeinem Grund auf dich abgesehen.»

«Ja, aber aus *welchem*?»

«Da bin ich überfragt», antwortete David. «Du bist tatsächlich eine der begabtesten Tänzerinnen der Truppe. Das heißt, ich will aufrichtig sein: Du bist ein bißchen unausgeglichen, du hast gute und schlechte Tage, aber selbst an deinen schlechten Tagen bist du kaum schlechter als die anderen, soweit ich sehen kann. Aber die Art, wie er sich auf dich kapriziert, sorgt immer wieder dafür, daß die Leute über euch tratschen.»

«Laß sie tratschen.» Alysa langte nach der Pizzaschachtel, machte sie auf, brach ein Stück von der Kruste ab und schob es in den Mund. «Maximow ist zur Zeit der einzige Mensch, der mir in meiner Entwicklung als Tänzerin etwas geben kann. Wenn ich mich dafür mit seiner Überspanntheit abfinden muß, dann bitte.» Sie rollte von der Schaumgummimatratze, stemmte die Hände in die Hüften und schaute sich, als inspiziere sie eine unsichtbare Balletttruppe, grimmig in dem Apartment um. *«En arrière»*, rief sie, «leicht, oder seid ihr Zirkuselefanten?»

David ließ sich lachend nach hinten fallen. «Sehr gut. Du siehst genauso aus wie er!»

«Wirklich?» Alysa plumpste wieder auf das Bett.

«Ja, vor allem die Augenpartie. Es war richtig gespenstisch, so als wäre er tatsächlich hier im Zimmer gewesen.»

Am Dienstagmorgen um neun eilte Alysa durch das Foyer des Manhattan Ballet, und Betty Clay winkte sie zur Rezeption.

«Mr. Maximow möchte Sie sprechen», teilte sie ihr mit.

«Oh... Wann denn?»

«Gleich jetzt, in seinem Büro.»

«Was will er?»

Betty zuckte mit den Schultern. «Ich habe keine Ahnung, aber ich würde mich an Ihrer Stelle beeilen. Das letzte Mädchen, das ihn warten ließ, endete bei einer Volkstanzgruppe in Columbus, Ohio.»

Zehn Sekunden später stand Alysa auf der Schwelle von Maximows Allerheiligstem und schaute über den blauen Teppich hinweg zu seinem Schreibtisch aus Nußholz mit den Ausmaßen eines Güterwagens. Dahinter, in einem makellosen blauen Seidenhemd, saß Maximow in kerzengerader Haltung und trank Tee aus einem Glas mit silbergeflochtenem Ständer.

«Sie wollten mich sprechen, Sir?»

«Ach ja, Alysa, kommen Sie herein.» Er stellte das Teeglas hin. «Setzen Sie sich.»

«Danke.» Alysa nahm auf einem Armstuhl Platz, und ihre Gedanken rasten. Es gab nur zwei Möglichkeiten. Entweder würde Maximow ihr mitteilen, daß er sie von nun an auch in Hauptrollen einsetzen würde, oder er würde sie aus der Truppe entlassen. Daß sie nicht wußte, welches von beidem sie erwartete, war typisch für die sonderbare Konfusion, die sie immer wieder ergriff, wenn sie mit ihm arbeitete. War er sauer auf sie? War er zufrieden? Sie musterte sein Gesicht, aber sie hätte genausogut aus dem Fenster sehen können.

Maximow räusperte sich. «Ich habe Sie die letzten Monate beobachtet und bin gestern zu einem Entschluß gekommen.»

Entlassung. Alysa konnte es in ihren Knochen fühlen. Sie wappnete sich mit dem Gedanken, daß es nicht das Ende der Welt sein würde. Nana konnte ihr helfen, zu einer anderen Truppe zu kommen. Sie konnte New York verlassen und nach Europa gehen, vielleicht nach Paris.

«Hm.» Maximow beugte sich vor.

«Ja, Sir?»

«Sie könnten ein bißchen Interesse zeigen. Sie könnten zum Beispiel fragen: ‹Zu welchem Entschluß ist das alte Monster gekommen?›» Alysa spürte, daß sie wie eine dumme Gans errötete. «Ha, Sie sehen, ich weiß genau, was Sie hinter meinem Rücken über mich sagen. Maximow, der Tyrann. Mr. M., M. wie Monster. Ich bin kein Dummkopf.»

«Mr. Maximow, niemand würde jemals ...»

«Verschonen Sie mich. Wollen Sie meinen Entschluß nun hören oder nicht?»

«Ja.» Sie schluckte.

«Warum sehen Sie mich so an? Lächeln Sie, meine kleine Alysa. Aus dieser Wolke fallen Fische, wie mein Onkel Gregor zu sagen pflegte.» Er rieb sich vergnügt die Hände. «Kennen Sie die Geschichte von Tristan und Isolde?»

Alysa überlegte fieberhaft. «Meinen Sie die Oper von Wagner?»

«Nein, das Ballett von Maximow. Nicht Massine oder Ashton oder Charrat, sondern Maximow. Ich arbeite an einer neuen Version, um das Talent einer meiner vielversprechendsten Tänzerinnen zu zeigen. Erraten Sie, wer das ist?»

«Chrissie Peters?»

«Nein. Noch mal.»

«Toni Weld?» Toni hatte die Titelrolle in *Baba Yaga* getanzt, so daß es ganz natürlich wäre, wenn Maximow größere Dinge mit ihr vorhätte. Aber er würde doch nicht sie, Alysa, zu sich kommen lassen, um ihr zu sagen, daß er ein Ballett für Toni schrieb?

«Sie scheinen sehr wenig Phantasie zu haben.» Er beugte sich plötzlich vor und zeigte mit dem Finger auf sie. «Ich schaffe dieses Ballett für Sie. Sie werden auf der Bühne der Met, im Lincoln Center, die Isolde tanzen.»

Alysa sah ihn an und war nicht fähig, ein Wort hervorzubringen. Wenn sie recht gehört hatte, schuf er ein wichtiges Ballett, um ihr ihre erste Hauptrolle zu geben.

«Nun, was ist? Gefällt Ihnen die Idee nicht?»

«Mr. Maximow, ich danke Ihnen. Ich danke Ihnen sehr. Ich weiß nicht, was ich sagen soll.» Sie war aufgeregt, schüchtern wie ein Kind, das ein atemberaubendes Weihnachtsgeschenk bekommen hat, und natürlich verblüfft, daß Maximow sich, nachdem er sie wochenlang getriezt hatte, unversehens in den Weihnachtsmann verwandelte. «Ich hatte keine Ahnung, daß Sie mich für so gut halten.»

Maximow zuckte die Achseln. «Wenn Sie gemerkt hätten, daß ich Sie gut finde, hätten Sie nicht mehr richtig gearbeitet und wären faul geworden. Und jetzt werden Sie doppelt so hart trainieren und proben müssen, verstehen Sie? Keine nächtlichen Parties, keine Liebhaber, und Sie sollten aufhören, soviel Tab in sich hineinzuschütten. Koffein ist schlecht für den Körper.»

«Ja, natürlich.» Gab es *irgend etwas*, das er nicht über sie wußte?

Maximow stand auf, kam um den Schreibtisch herum und blieb mit den Händen an den Hüften vor ihr stehen. «Ich erwarte nicht, daß Sie nur etwas Anständiges leisten. Ich erwarte, daß Sie sich selbst übertreffen. Haben Sie begriffen?»

«Ja, Sir.»

«Die Kritiker werden im Parkett sitzen wie Katzen, die auf eine Gelegenheit lauern, über die Maus herzufallen, aber meine kleine Alysa wird wunderbar tanzen, wie ein Engel, nicht wahr?» Er faßte sie unter das Kinn und hob ihren Kopf so an, daß sie ihm in die Augen sehen mußte. «Dies ist eine Chance, die man nicht verpassen darf.» Dann beugte er sich unvermittelt nach unten und küßte sie auf den Mund. Seine Lippen waren wie altes Leder. Alysa hielt den Atem an und versuchte, nicht mit der Wimper zu zucken, sagte sich, daß er Russe sei und daß Russen einander in einem fort küßten, versuchte sich einzureden, daß er nichts von ihr wollte, daß der Kuß nichts weiter bedeutete. Zu ihrer unendlichen Erleichterung ließ er sie dann los und trat zurück. «Das wäre also abgemacht?»

«Ja, Mr. Maximow.» Sie legte die Hände hinter den Rücken, ballte sie zu Fäusten und erwiderte seinen Blick. Innerlich zitterte sie vor Freude, Verwirrung und hundert anderen Emotionen, aber sie würde es ihn nicht merken lassen.

«Gut, kommen Sie also morgen in das kleine Studio, statt zu den anderen zum Training zu gehen, und dann werde ich anfangen, Ihnen und Ron die Rollen beizubringen.»

«Ron?»

«Ron Dieter, der den Tristan tanzen wird. Ich würde es gern selbst tun, aber ich bin viel zu alt dafür.» Einen Moment lang schien ihn ein Feuer zu ergreifen, eine Flamme der alten Begierde, und Alysa hatte ganz entschieden den Eindruck, daß sie die Isolde nur nach einer ganzen Reihe von Vorleistungen hätte tanzen können, wenn all dies zehn oder fünfzehn Jahre früher geschehen wäre. Dann war Maximow auf einmal wieder ganz geschäftsmäßig und redete über Termine und Kostüme und die vielen anderen Dinge, die mit der Produktion eines neuen Balletts einhergingen.

Die Choreographie von *Tristan und Isolde* nahm etwa doppelt soviel Zeit in Anspruch wie die Arbeit an anderen neuen Werken, denn zum einen wurden sie mitten bei den Vorbereitungen von den Weihnachtsaufführungen des *Nußknackers* unterbrochen, und zum anderen feilte Maximow wie besessen an jedem Detail herum. Später sollte Alysa die Stunden, die sie mit ihm gearbeitet hatte, als die kreativsten und zugleich frustrierendsten ihrer Laufbahn betrachten. Tag für Tag führte er ihr und Ron die Schritte des neuen Balletts vor, er tanzte sie nicht, denn dafür war er zu alt, aber er demonstrierte sie wie in Zeitlupe, und dann kommandierte, bat und kritisierte er, bis sie nicht mehr wußte, ob sie vor Verzweiflung schreien oder ihm danken sollte, daß er sie zwang, ihr Bestes zu geben.

Es stellte sich schnell heraus, daß Maximow nur mit dem Besten zufrieden war. Er ließ von Anfang an keinen Zweifel, daß es keine Entschuldigung dafür gab, sich beim Tanzen gehenzulassen, auch nicht bei den Proben. Die Isolde, die er geschaffen hatte, war ein wunderschönes Geschöpf, gequält und getrieben von Leidenschaften, die sie kaum begreifen, geschweige denn beherrschen konnte, und wenn Alysa sich ein einziges Mal gleichgültig bewegte, wenn ihr Tanz je an Feuer fehlen ließ oder lax wurde, griff er sofort ein.

«Tanzen Sie nicht wie eine Anfängerin», schrie er und lief durch den Raum. «Sie sind mit dem König verheiratet und haben ein ehebrecherisches Verhältnis mit seinem besten Freund. Tanzen Sie, als wüßten Sie, was das bedeutet! Ihr Mann steht im Begriff, Sie zur Strafe zu den Aussätzigen zu stecken. Den Aussätzigen.» Er verzerrte das Gesicht zu einer Grimasse, humpelte, verwandelte sich in einen Krüppel. «Die Aussätzigen werden Sie überall berühren, hier» – er tippte auf ihre Brust – «und da» – er tippte an ihre Wange. Sie zuckte zusammen, und er trat befriedigt zurück. «Gut, und jetzt tanzen Sie, als wüßten Sie, was Grauen ist, als wüßten Sie, wie es ist, seinen Geliebten so sehr zu lieben, daß Sie lieber einen Aussätzigen umarmen würden, als zu Ihrem Mann zurückzugehen.»

Alysa tanzte für ihn, tanzte wieder und wieder, bis sie sicher war, unter der Anspannung zu zerbrechen, und dann, in dem Augenblick, in dem sie wußte, daß sie es keine Minute länger ertragen würde, fing er plötzlich an, sie zu loben.

«Sie sind eine begnadete Tänzerin», sagte er. «Eine der besten Schülerinnen, die ich je hatte. Sie werden eine neue Fonteyn werden, wenn Sie so weitermachen, eine neue Ladanowa. So ist es richtig, wunderbar, perfekt. Tanzen Sie es noch einmal, für mich, mein Engel.» Vor Freude und Stolz glühend, tanzte Alysa weiter, bis sie vor Erschöpfung umzufallen drohte.

«Weißt du», sagte sie eines Abends beim Essen zu David, «ich habe so ein merkwürdiges Gefühl bei Maximow. Wenn er mich anschreit, würde ich am liebsten die Spitzenschuhe ausziehen und sie ihm auf den Schädel hauen, und wenn er sagt, daß ich gut bin, würde ich am liebsten niederknien und ihn anbeten. Irgendwie hasse und liebe ich ihn gleichzeitig.»

«Es ist das alte Spiel mit dem guten und dem bösen Bullen», entgegnete David und legte ihr freundlich den Arm um die Schultern. «Erst kommt der böse Bulle und droht einem, und dann kommt der gute und redet einem lieb zu, und ehe man sich's versieht, gesteht man alles, was sie wollen. Wenn du mehr Fernsehkrimis sähest, würdest du diese Tricks kennen.»

In den nächsten Tagen sprach Alysa mit einigen anderen Mitgliedern der Truppe und stellte erleichtert fest, daß es allen so zu gehen schien: Sie liebten ihn und verabscheuten ihn zugleich, sie verehrten ihn und verachteten ihn, und niemand, nicht einmal Betty Clay, die schon viele Jahre für ihn arbeitete, gab auch nur vor, ihn zu verstehen.

Ende Januar, zwei Wochen vor der Uraufführung von *Tristan und Isolde*, flog Alysa am Sonntag mit der Spätmaschine nach Boston, um ihren Geburtstag zu feiern. Es würde eine Feier im kleinsten Kreis sein, nur mit Onkel Drew, Tante Winn und Natascha, doch nach der wochenlangen intensiven Arbeit mit Maximow hatte sie das dringende Bedürfnis nach Entspannung und Ruhe. Sie verbrachte den ganzen Montag mit belanglosen Dingen, die nichts mit Ballett zu tun hatten, sie fuhr mit dem Rad über den Harvard Square, sie schliff die Kufen ihrer Schlittschuhe, sie ging sogar zu Brigham's und vertilgte eine doppelte Portion Erdbeereis mit Schokoladestreuseln.

Am Abend aßen sie gebratene Ente, verzehrten dann die Geburtstagstorte und tranken Kaffee, bis es Zeit war, Alysa zum Flughafen zu bringen, damit sie nicht das letzte Flugzeug nach New York verpaßte. Am nächsten Morgen um Punkt neun war wieder Probe für *Tristan und Isolde*, und abends mußte sie in *Quetzal* die wichtige Nebenrolle der Blumenjungfrau tanzen – die Aztekenprinzessin war Chrissie Peters.

«Du scheinst ein sehr anstrengendes Leben zu führen», bemerkte Tante Winn und nahm sich ein zweites Stück von der Geburtstagstorte. «Ich für mein Teil werde nie verstehen, weshalb du es auf dich genommen hast. Aber was das betrifft, habe ich auch nie verstanden, warum irgend jemand überhaupt Tänzer werden will, all diese Arbeit, diese Hungerkuren, und spätestens mit fünfunddreißig wird man hinausgeworfen und hat keinen richtigen Beruf, nichts, womit man Geld verdienen könnte. Du wirst dir natürlich nie Geldsorgen machen müssen, Schatz», fügte sie schnell hinzu, «aber ich finde wirklich, du solltest etwas mehr an dich denken.»

«Deine Tante hofft immer noch, daß du beschließen wirst, nach Cambridge zurückzukommen und Kaffeekränzchen zu organisieren», sagte Natascha lächelnd. «Während ich meine, daß eine Saison beim Royal Ballet angebrachter wäre. Im nächsten Herbst Gastauftritte mit Nurejew, eine Galavorstellung in Anwesenheit der Queen, eine schöne Wohnung mit Blick auf die Themse statt auf die Typen, die harmlose Passanten im Central

Park ausrauben, Spitzenschuhe direkt von Freed – und alles finanziert von deinem armen alten Onkel Drew.»

Alysa feixte. «Sehr gut ausgedacht, Nana, aber wenn du versuchst, mich von New York fortzulocken, tut es mir leid. Es gefällt mir dort sehr, und es würde mir auch gefallen, wenn ich nicht drauf und dran wäre, mich in Isolde zu verwandeln. Ihr wißt ja, in vierzehn Tagen ist es soweit, und ihr könnt euch nicht vorstellen, wie sehr wir mit dem Pensum im Rückstand sind.»

Nataschas Lächeln schwand wie Farbe, die in Wasser aufgelöst wird. Sie biß sich auf die Lippe und verzog die papierdünne Haut auf ihrer Stirn zu einem besorgten Runzeln. «Ich weiß, Maximow gibt dir eine große Chance. Wir freuen uns natürlich alle für dich, aber...»

«Aber was, Großmutter?»

«Aber ich mache mir offen gesagt Sorgen.»

«Worüber?»

«Über deine seelische und körperliche Gesundheit, über die Art, wie Maximow dich zu fordern scheint. Er ist nicht vernünftig, Alysa, es ist nicht ... normal. Ballett muß nicht so sein. Es ist eine Kunst und kein erbarmungsloser Initiationsritus.» Natascha klopfte ungeduldig mit dem Schuh auf den Teppich. «Niemand würde leugnen, daß Maximow ein brillanter Choreograph ist, aber er hat einen sadistischen Zug, und ich habe den Eindruck, daß du ihn mehr zu spüren bekommst als gut für dich ist.»

«Nana, Maximow ist seit Jahren ein Schreckgespenst für dich!»

«Ich habe meine Gründe. Ich weiß, daß ich manchmal wie eine törichte alte Frau klinge, die ihre Nase in Dinge steckt, die sie nichts angehen, aber du bist eine wunderbare und sensible Tänzerin und hast in deinem großen Zeh mehr Talent als die meisten in ihrem ganzen Körper. Ich kenne dich. Du hast es nicht nötig, angetrieben zu werden; du treibst dich selbst an – du hast es getan, seit du ein kleines Mädchen warst. Ein Blick oder ein Wort von mir genügte, und du hast gearbeitet, bis du nicht mehr konntest. Die Isolde scheint eine großartige Rolle zu sein, aber mir gefällt es nicht, wie Maximow dich drangsaliert. Ich weiß aus eigener Erfahrung, daß er keine Ahnung hat, wann man besser aufhören sollte. Das Wort *genug* gehört nicht zu seinem Wortschatz.»

«Er drangsaliert alle, Nana.»

«Aber dich ein bißchen mehr, stimmt's?»

«Na ja, es stimmt. Wenn ich ganz ehrlich sein soll, muß ich gestehen, daß mit ihm sehr schwer zu arbeiten ist, genauso schwer, wie du sagst. Aber ich bin nicht zimperlich, ich kann eine Menge verkraften.» Alysa zuckte mit den Schultern und rührte ihren Kaffee um. «Die Frage lautet eher, ob die anderen von der Truppe es verkraften können. Du hast absolut recht, das Wort *genug* gehört nicht zu seinem Wortschatz. Er ist mit nichts zufrieden: Sie mußten zum Beispiel fünfmal einen neuen Schnitt für mein Kostüm machen. Fünfmal, kannst du dir das vorstellen? Es fließt einfach nicht so, wie er will, und die Gewandmeisterin verliert noch den Verstand. Und wenn er nicht bald aufhört, die Bühnenarbeiter zu schikanieren, werden sie bestimmt streiken. Das sogenannte Bühnenbild ist nichts als ein blauer Prospekt, der blau beleuchtet wird. Ganz einfach, nicht? Aber Maximow will kein x-beliebiges Blau. Es muß das gleiche Blau sein wie das im Marinskij-Theater vor dreitausend Jahren.»

«Dreitausend Jahre sind ein bißchen übertrieben, meine Liebe.» Natascha lächelte unbehaglich, als beschäftigte sie etwas ganz anderes, aber was es auch sein mochte, sie gab es nicht preis. Sie nahm eine Zigarette aus einer kleinen silbernen Dose auf dem Beistelltisch neben sich, zündete sie an und lehnte sich in ihrem Sessel zurück. «Ich habe im Marinskij getanzt, wie du dich vielleicht erinnerst, und ich bin noch kein Fossil.»

«Meinetwegen.» Alysa lächelte. «Dann also nicht dreitausend Jahre, aber du verstehst, was ich meine. Er läßt die armen Burschen den Prospekt ein dutzendmal neu streichen, vielleicht zwei dutzendmal, und dann läuft er herum und schreit die Beleuchter an, bis man sich fragt, wann ihm der erste einen Scheinwerfer auf den Kopf wirft.»

«Im Bankgeschäft würde man es mit dieser Haltung nicht weit bringen», bemerkte Drew milde.

«Ich fürchte, du irrst dich», antwortete Alysa schmunzelnd. «Maximow könnte einen sehr erfolgreichen Banker abgeben. Er würde alle mit Zahlungsbefehlen heimsuchen und ihr Hab und Gut pfänden lassen, Witwen, Waisen, Leprakranke, alle – und dann würde er ihnen Beileidskarten schicken.»

«Ich glaube, wir haben heute abend genug über diesen Herrn geredet», sagte Natascha und wechselte einen Blick mit Winn. Dann beugte sie sich aufmerksam vor, und in ihren Augen war ein Funkeln, das Alysa stutzig machte: Was mochte in ihrem Kopf vorgehen? Aber Nana war manchmal so, mit rätselhaften Dingen beschäftigt, als hörte sie ein Radioprogramm, das niemand außer ihr empfangen konnte. «Warum packst du jetzt nicht deine Geschenke aus?»

Bei der Erwähnung der Geschenke änderte sich die Stimmung schlagartig, und auf einmal herrschte wieder eine unbeschwerte und festliche Atmosphäre. Die in glänzendes Gold- und Silberpapier gewickelten, mit roten Schleifen verschnürten Gaben lagen auf einem niedrigen Tisch. Dankbar betrachtete Alysa die Päckchen. Bestimmt hatte Tante Winn sie verpackt, denn Nana hätte ihr nur formlos eine Einkaufstüte voller herrlicher, teurer Überraschungen in die Arme gedrückt. Tante Winn dagegen gab sich so viel Mühe mit Geschenken, als wäre jedes einzelne ein kleines Kunstwerk.

«Los», drängte Natascha mit einem sonderbar erleichterten Gesicht. «Willst du nicht wissen, was du alles bekommen hast?» Sie zog an ihrer Zigarette und lächelte, und Farbe kehrte in ihr Gesicht zurück und ließ sie wie ein aufgeregtes kleines Kind aussehen. Nana liebte Geschenke, auch die von anderen Leuten.

21

New York, 1974

Alysa sollte eigentlich eine Kleinigkeit essen, aber sie war viel zu aufgeregt. In knapp drei Stunden würde sie auf der Bühne der Metropolitan Opera stehen und die Isolde tanzen. Ihre Füße klopften auf den Parkettboden, ihre Finger tippten auf das Tischtuch, ihr ganzer Körper vibrierte vor Nervosität und gespannter Erwartung. Sie würde großartig tanzen, nein, mehr als das: Sie würde die Rolle so gestalten, daß nicht einmal Maximow etwas auszusetzen fand.

Mary hatte drei kleine, in Butter sautierte Seezungenfilets auf eine Heizplatte gestellt, daneben einen Salat und ein Glas gut gekühlten Pouilly Fumé, doch was Alysa betraf, hätte sie ihr ebensogut einen Bund Stroh und ein paar Kuchen aus Sand servieren können. Ihr Kopf war wie ein Bienenstock, in dem alle möglichen Gedanken hin und her summten, an Positionen, die sie so lange trainiert hatte, bis sie fast instinktiv geworden waren, an ihre Hände und Arme, die sie auf hunderterlei Art anmutig und kompliziert bewegte, an Isolde mit dem Liebestrank, an die verhängnisvolle Leidenschaft zu Tristan, an Isolde, die sich dem besten Freund ihres Mannes wider jede Vernunft, ohne einen Funken gesunden Selbsterhaltungstrieb hingab.

Alysa stützte das Kinn in die Hände und ließ die große Liebesszene an ihrem inneren Auge vorbeiziehen, jeden einzelnen Schritt – ein äußerst schwieriger Teil, so erotisch, daß schon jetzt, wo sie nur daran dachte, ein Prickeln ihre Haut überlief, und doch uneingeschränkt in der klassischen Tradition. Was für eine Mischung: Sexualität und Ballett, Kultur und Leidenschaft. Nur Maximow hatte sie so erregend verbinden können.

Die Seezungenfilets wurden kalt, die Butter gerann und bildete blaßgelbe Ringe um die Erbsen. Alysa warf einen Blick auf ihren Teller und sah ein, daß sie etwas zu sich nehmen mußte. Mit drei Dosen Tab und einem Löffel Frischkäse im Magen konnte man nicht auf die Bühne treten und eine Hauptrolle tanzen. Sie nahm die Gabel, löste ein Stückchen von einem Filet ab, schob es in den Mund und kaute pflichtschuldigst. Das Licht der Spätwintersonne fiel durch die Fenster vor ihr und warf feine Schatten auf ihre Arme und Hände. Bei jeder Bewegung bewegten sich die Schatten mit, liefen über ihre Haut, tanzten Tarantella, Tango, Hokeypokey. Wenn man die Dinge mit dem richtigen Auge betrachtete, sah man überall Tanz, als wäre er so elementar und allgegenwärtig wie die Luft, die man atmete.

Du liebe Güte, jetzt wurde sie auch noch tiefsinnig. Sie nahm den Salat in Angriff, pickte die Zutaten heraus, die sie am liebsten mochte: Champignons, Gurken, Zwergtomaten. Zwanzig Stockwerke weiter unten im Park waren die Bäume mit Neuschnee überzogen, die Wolkenkratzer Manhattans leuchteten im Schein der untergehenden Sonne, ihre Fenster waren wie geschmolzenes Gold. Diese Wohnung war im Grunde ein unverschämter Luxus, drei Schlafzimmer mit Bad, ein kleines Einliegerapartment für Dienstboten, ein Wohnzimmer groß wie eine Kegelbahn – aber sie mußte zugeben, daß die Aussicht atemberaubend war.

Alysa nahm noch ein wenig von den Seezungenfilets und versuchte, sich auf den Sonnenuntergang zu konzentrieren, aber ihre Gedanken schweiften unweigerlich zu dem heutigen Abend. Plötzlich wurde ihr klar, daß sie gefährlich nervös wurde. Die Rolle der Isolde war schwierig und anspruchsvoll, gespickt mit komplizierten Sequenzen, *cabrioles* und *grands jetés*; wenn sie ihr nun nicht gewachsen war? Wenn Maximow einen Fehler gemacht hatte, als er ihr den Part anvertraute? Sie bemühte sich, den letzten Bissen Fisch hinunterzuschlucken, aber bei dem Gedanken an die Kritiker, die Schulter an Schulter im Parkett sitzen und nur auf einen Fehler warten würden, war ihr Mund plötzlich wie ausgedörrt.

Das war lächerlich. Jeder Tänzer hatte vor einem großen Debüt Lampenfieber; man hörte immer wieder von Mädchen, die in letzter Minute zurückscheuten und mit sanfter Gewalt auf die Bühne gestoßen werden mußten. Sie schloß die Augen, holte zehnmal hintereinander tief Luft und atmete, wie Nana es ihr beigebracht hatte, langsam durch den Mund aus. Es würde klappen. Sie konnte die Isolde im Schlaf tanzen. Maximow wußte, was er tat. Als sie die Augen wieder aufmachte, ging es ihr schon besser, aber es hatte keinen Sinn, ein Risiko einzugehen. Sie schob den Teller von sich, stand auf, ging ins Badezimmer und musterte den Inhalt des Medizinschranks: Aspirin, Zahnseide, Mundwasser, Zahnpasta und zahllose kleine Flaschen mit Vitamintabletten, wie nach einer Mini-Explosion im Drugstore alle bunt durcheinander stehend. Alysa betrachtete die Kollektion und kam zu dem Schluß, daß sie jetzt Kalzium für ihre Muskeln, Niacin für die Nerven und eine gute Dosis Vitamin-B-Komplex gegen allgemeinen Stress nötig hatte.

Sie öffnete die Verschlüsse, schüttete Kapseln und Pillen in allen Regenbogenfarben in ihre linke Handfläche, schluckte sie auf einmal hinunter und versuchte, den etwas bitteren Nachgeschmack zu ignorieren. Dann drehte sie den Warmwasserhahn auf, zog ihr T-Shirt und ihre Jeans aus und warf sie in den Wäschekorb. Dampfschwaden stiegen aus der mattrosa Duschkabine und überzogen den Spiegel mit winzigen silbernen Wasserperlen. Sie zog ihren Slip aus, nahm ein Badelaken, wischte einen Teil des Spiegels ab und musterte ihren Körper.

Ihre Haut war glatt und rein, rings um die Brustwarzen rosig, überall sonst elfenbeinfarben. Die Feuchtigkeit hatte ihr dunkles Haar ein wenig gewellt, einige vorwitzige krause Strähnen rahmten ihr Gesicht ein, und der Rest fiel in einer dichten Masse auf Schultern und Busen. Sie betrachtete sich rasch von oben bis unten, suchte nach einem Makel, fragte sich, wie dieser oder jener Teil vollkommener gemacht werden könnte, prüfte jede

Rundung, nicht eitel und selbstzufrieden, sondern mehr mit dem aufmerksamen, analytischen Blick eines Architekten, der sichergehen will, daß nicht in letzter Minute etwas Wichtiges übersehen wird. Manchmal fand sie, daß sie die falschen Gene mitbekommen hatte. Sie hatte die Zerbrechlichkeit ihrer Großmutter Anja, aber nicht die blonden Haare, die ihr etwas Puppenhaftes gegeben hätten; ihr dunkles Haar hatte sie von Nana, aber ohne die natürlichen Wellen. Sie hatte nicht die vollkommene Schönheit ihrer Mutter geerbt, sie wirkte eher wie ein niedlicher Kobold, aber sie hatte wenigstens den Trost, zu wissen, daß sie enorm gelenkig war und nach all diesen harten Probenwochen so gut in Form, daß sie jeden Partner, mit dem Maximow sie beglücken konnte, in Grund und Boden tanzen würde. Sie spannte die Beinmuskeln und dachte daran, wieviel Kraft dazu gehörte, daß Isolde leicht und hilflos wirkte. Einigermaßen zufrieden mit sich selbst, wandte sie sich dann von ihrem Bild ab und ließ den Spiegel wieder beschlagen.

Sie duschte schnell, machte eine halbe Stunde Lockerungsübungen, eilte ins Schlafzimmer und warf ihre Sachen in eine blau-weiße Sporttasche. Das Kostüm wartete im Theater – weißer Tüll, mit eng anliegendem Mieder, damit ihre Wespentaille zur Geltung kam, und ein perlmuttfarbenes Trikot, damit die Zuschauer ihre Beine bei der abschließenden Serie von Pirouetten als zwei zarte Linien wahrnahmen.

Sie blieb kurz vor dem goldgerahmten Degas stehen, der schon in Cambridge über ihrem Bett gehangen hatte. Das Gemälde war ein Geschenk von Nana und hatte früher angeblich einem russischen Großfürsten gehört. Vor einem nicht genau zu definierenden Hintergrund, vielleicht nur eine breite Bahn blauen Samts, bückten sich zwei Tänzerinnen mit einer fast unnatürlichen Grazie und banden die Schleifen ihrer Schuhe. Alysa spannte ihre Bauchmuskeln und spürte die Kraft in ihren Schenkeln. Sie nahm ihre Schuhe, behielt sie einen Augenblick in der Hand und genoß den Kontakt mit dem kühlen Satin. Sie würde heute abend gut tanzen, so gut, daß Nana stolz auf sie sein konnte. Sie würde sein wie die beiden Tänzerinnen auf dem Bild, uneingeschränkt auf ihre Kunst konzentriert, gegen jede Regung von Angst gefeit. Sie holte ihren Mantel aus dem Wandschrank, nahm die Tasche und ging, die ersten Takte der Ouvertüre vor sich hin pfeifend, zur Tür.

Sie war schon in der Diele, als das Telefon klingelte. Zunächst dachte sie daran, nicht abzunehmen, aber man konnte nie wissen. Vielleicht rief Maximow an, um ihr schnell noch ein paar Anweisungen zu geben, vielleicht war es die Met, die ihr eine Programmänderung mitteilen wollte, vielleicht wollte Nana ihr Hals- und Beinbruch wünschen.

«Hallo.»

«Hallo, Alysa, ich bin's, Betty. Gott sei Dank, daß ich Sie noch erwische. Könnten sie auf dem Weg zur Met kurz im Atelier vorbeikommen? Es hat sich ein kleines Problem ergeben.»

«Was für ein Problem?» Alysa stellte sich eine Million Dinge vor: einen Streik, eine Überschwemmung, Ron von einer U-Bahn überrollt. Nun, wenn Ron einen Unfall gehabt hätte, würde sie eben mit seinem Ersatzmann tanzen. Der einzige, der die Uraufführung platzen lassen konnte, war Maximow selbst.

«Mr. Maximow hat Ihr Kostüm wieder ändern lassen.»

«Soll das ein Witz sein?» Sie war erleichtert und zugleich verärgert. Wahrscheinlich gab es keine andere Tänzerin in New York, der man für ein einziges Ballett so viele Anproben zugemutet hatte. Aber wer mit Maximow arbeitete, mußte sich an solche Dinge gewöhnen. Es war ausgesprochen lästig, aber es war kein Unglück.

Betty seufzte. «Ich wünschte, es wäre einer. Aber nein, er hat eben angerufen und gesagt, daß die Träger einen Zentimeter schmaler gemacht werden sollen und daß er noch einen Rock zusätzlich wünscht. Janet ist natürlich völlig aufgelöst.» Janet war die leidgeprüfte Gewandmeisterin des Manhattan Ballet. «Sie möchte, daß Sie schnell zur Anprobe ins Atelier kommen.»

«Können wir es nicht im Lincoln Center machen?»

«Sie sagt, wenn sie hinfahren und Sie in letzter Minute zusammennähen muß, springt sie aus dem Fenster. Es ist natürlich nicht ihr Ernst. Aber sie möchte ihre gute alte Singer bei der

Hand haben, falls es Probleme geben sollte. Ich weiß noch, daß Maximow ihr vor Jahren den gleichen Streich spielte, kurz bevor Carmen LaGuerra die Maria in *Cortez* tanzen sollte. Janet stichelte an ihrem Kostüm herum, während sie in den Kulissen stand und auf ihren Einsatz wartete, und ehe das Ballett vorbei war, hatte das Kostüm angefangen, ihr vom Leib zu fallen. Mr. Maximow tobte vor Wut.»

«Sie brauchen nichts mehr zu sagen.» Alysa blickte auf ihre Uhr und sah, daß es erst Viertel vor sechs war. «Ich komme sofort.»

«Beeilen Sie sich bitte», drängte Betty. «Jenny steht mit den Nadeln im Mund neben mir, und wenn sie nicht in einer Viertelstunde da sind, hat sie sie bestimmt verschluckt.»

Eine halbe Stunde später stand Alysa barfuß in einem Durcheinander von Spulen und Fäden, während Janet neben ihr kniete und hektisch den Saum des zusätzlichen Unterrocks abheftete. Sie machte noch einen Stich, biß den Faden ab und trat zurück, um das Ergebnis zu begutachten. Sie war eine große, vollbusige und breithüftige Frau Anfang Fünfzig und hatte das Talent, eine Stoffbahn zu nehmen, sie um eine Tänzerin zu drapieren und wie durch ein Wunder in ein Kostüm zu verwandeln, eine Fertigkeit, die sie angeblich von der seligen Coco Chanel gelernt hatte. Gewöhnlich erledigte sie die Änderungen, die Maximow in letzter Minute anordnete, gelassen und souverän, aber heute abend wirkte sie gequält. Sie prüfte die Wirkung des zusätzlichen Rocks und seufzte kopfschüttelnd. «Na ja, er ist sicher nicht zufrieden, aber in einer halben Stunde bringe ich einfach nichts Besseres zustande. Ziehen Sie das Ding jetzt bitte aus, und lassen Sie mich mit der Maschine darübergehen, ehe ich vollkommen durchdrehe.»

Alysa zog sich das Kostüm über den Kopf und gab es ihr. «Wie spät ist es?»

«Zwanzig nach sechs. Stehen Sie bitte nicht so da, sonst werde ich den verdammten Fummel am Saum zusammennähen. Ziehen Sie sich an, gehen Sie zu Betty raus, und unterhalten Sie sich mit ihr. Ich bringe Ihnen das Ding dann vorsichtig eingepackt wie ein Säugling in einer schönen bunten Plastiktüte.»

Alysa zog ihre Jeans an und suchte unter weißen Tüllhaufen nach ihrem Pulli. «Wissen Sie, Janet, Sie sind ein echter Kumpel, all das im letzten Moment zu tun.»

«Kumpel, ha ha. Haben Sie eine Ahnung, was Maximow mit mir machen würde, wenn ich sagte, es sei zu spät, um noch etwas zu ändern?» Janet blinzelte und strich sich eine graue Strähne aus der Stirn. Ihre Augen waren rot unterlaufen. «Jetzt aber raus mit Ihnen.»

Alysa ging ins Foyer. Betty saß am Empfangstresen und las *Dame, König, As, Spion*. «Na, wie steht es?» sagte sie. «Hat Janet die Kurve gekriegt?»

«Mehr oder weniger.» Alysa setzte sich auf eine der Bänke. «Machen Sie eigentlich nie Feierabend?»

«Nicht bei Premieren.» Betty wandte sich wieder ihrem Buch zu, und Alysa saß einige Minuten gelangweilt und ungeduldig da und wünschte, Janet würde schnell mit dem Kostüm kommen, damit sie zum Lincoln Center fahren und mit den Aufwärmübungen anfangen konnte. Die Minuten tröpfelten dahin. Sie schlug die Beine übereinander, stellte sie wieder nebeneinander, schlug sie dann wieder übereinander. Es war sonderbar, hier zu sitzen wie ein Mädchen, das aufs Vortanzen wartete. Sie dachte daran, wie sie zum erstenmal hier gewesen war, welchen Eindruck all die berühmten Tänzer an den Wänden auf sie gemacht hatten.

Pawlowa. Eine der Größten. Sie beugte sich auf dem Bild über ihr linkes Bein, und ihr Rock war eine huschende weiße Wolke; der tiefe Rückenausschnitt des Kostüms war mit Federn besetzt, und an ihrem Rücken flatterten kleine weiße Schwingen. Ein reizendes Kostüm, dachte Alysa, aber ein bißchen abgedroschen. Was Janet sich wohl ausgedacht hätte, wenn sie aufgefordert worden wäre, etwas für Pawlowa zu entwerfen. Daneben hing ein Bild von Diaghilew, einem massigen, etwas aufgedunsenen Herrn mit einer weißen Strähne im Haar, wie ein Blitz, der durch die Schwärze fährt. Als nächstes kam Nijinsky im *Spectre de la rose*, kokett und ein bißchen feminin, aber mit baumstarken Beinen. An der Wand gegenüber stemmte Carmen LaGuerra im exotischen Federkostüm der Aztekenprinzessin die Hände in die Hüften, und daneben erkannte sie Lydia Winters, die kühle Schönheit der vierziger Jahre, so unnahbar und vollkommen, daß man schwören könnte, ihre Arme seien aus Alabaster. Alysa stellte gerade Vermutungen an, was Winters und Maximow zueinander hingezogen haben mochte, als Janet mit dem Kostüm erschien.

«Da ist es», sagte Janet atemlos und hielt ihr die Plastiktüte hin. «Machen Sie es um Gottes willen nicht kraus. Ich werde um sieben im Lincoln Center sein, um Ihnen beim Umziehen zu helfen, aber ich möchte, daß Sie es selbst mitnehmen, falls ich in der Rush-hour steckenbleibe. Ich habe schon Alpträume gehabt, daß Sie in Ihren Trainingssachen als Isolde auf die Bühne müssen.»

Alysa schwor feierlich, über das Kostüm zu wachen wie über ihr eigenes Kind, zog ihren Mantel an, legte die Tüte über den Arm, lief zum Fahrstuhl und sprang hinein, als die Türen sich bereits schlossen. Drinnen stand ein großgewachsener Herr, der eine Zigarre paffte. Alysa erinnerte sich, daß er einer von den Versicherungsmaklern aus dem obersten Stock war.

«Ein Sauwetter», bemerkte er freundlich. «Schneeregen.»

Alysa beherrschte sich, um nicht an dem Zigarrenqualm zu würgen. Das hatte ihr gerade noch gefehlt. «Wirklich?» Sie blickte auf die Uhr und rechnete schnell aus, wie lange sie zum Lincoln Center brauchen würde. «Wie ist der Verkehr?»

«Alles Stop and go», sagte der Mann, als die Fahrstuhltüren aufglitten. Er ging hinaus, ließ eine verqualmte Kabine zurück. Schlechtes Wetter und Rush-hour, na fabelhaft. Alysa fragte sich besorgt, ob sie ein Taxi bekommen würde.

Es regnete nicht mehr, aber das Pflaster war mit einer dünnen, wäßrigen Schneeschicht bedeckt. Auf der anderen Straßenseite stiegen zwei Leute aus einem Taxi. «Taxi!» schrie Alysa, aber der Fahrer schien sie nicht zu hören. Da die Ampel jeden Moment auf Grün springen konnte, gab es nur eine Möglichkeit. Sie klemmte die Tüte unter den Arm und rannte los. «Taxi!» schrie sie und fuchtelte mit ihrer freien Hand. «Taxi!»

Plötzlich rutschte sie aus und landete auf allen vieren im Schneematsch. Sie lag einen Sekundenbruchteil wie benommen da und hielt die Luft an. Zum Glück schien es kein schlimmer Sturz gewesen zu sein, obgleich ihre eine Handfläche aufgeschrammt war. Sie stand auf, untersuchte schnell das Kostüm und stellte erleichtert fest, daß es unversehrt war. Nichts passiert. Das Taxi war natürlich fort, aber jeden Moment mußten andere vorbeikommen.

Alysa trat zurück auf den Bordstein, und ein jäher Schmerz durchfuhr ihren rechten Knöchel. Sie setzte den Fuß noch einmal auf, ganz behutsam. Wieder der Schmerz. Eisiges Entsetzen kroch in ihr hoch. Das war unmöglich, absurd. Sie konnte sich nicht den Knöchel verstaucht haben, nicht ausgerechnet heute abend. In dem Knöchel pochte es unablässig, als habe ein kleines Tier angefangen, in ihrem Stiefel zu nagen. Alysa verlagerte das Gewicht auf den anderen Fuß. Lachhaft. Ihr war nichts passiert, gar nichts. Ein leeres Taxi bog um die Ecke, und sie winkte es zu sich her. Die Zähne zusammenbeißend machte sie die paar Schritte zu dem Wagen und stieg ein.

Das Lincoln Center füllte sich bereits mit Gästen in Abendkleidung, aber Alysa hatte andere Sorgen, als an die neugierige Menge zu denken. Sie schüttete das soundsovielte Cola ins Waschbecken und tat das Eis aus dem Glas in den Plastikbeutel um ihren rechten Knöchel. Es war schon sieben, und sie sollte längst oben im Trainingsraum sein, um sich einzutanzen, aber statt dessen hockte sie in der zugesperrten Garderobe, beugte sich über ihren Fuß und versuchte sich einzureden, daß es nur eine geringfügige Verletzung war. Als sie den Plastikbeutel ein wenig anhob, sah sie, daß die Haut darunter bläulich war. Der Knöchel selbst war leicht geschwollen, als hätte der Knochen plötzlich eine neue Schicht angesetzt. Gott sei Dank war es keine von diesen schlimmen Verstauchungen, bei denen der ganze Fuß wie ein Luftballon anschwoll und man wochenlang an Krücken gehen mußte. Sie hatte es einmal erlebt, in ihrem ersten Monat in Kanada, und wahrscheinlich hatte sie davon einen schwachen Knöchel zurückbehalten. Ein Fußarzt hatte ihr später gesagt, wenn man sich die Sehnen einmal zu sehr zerrt, würden sie angegriffen bleiben wie alte Gummibänder, die ihre ursprüngliche Elastizität eingebüßt hätten.

Ein morbider Gedanke. Wie um ihre Angst zu vertreiben, schüttelte sie heftig den Kopf. Es war nichts weiter als eine kleine, unbedeutende Verstauchung. Sie brauchte nur dafür zu sorgen, daß die Schwellung ein bißchen zurückging, und dann würde sie alles festpflastern und genauso tanzen können wie sonst. Der Trick bestand einfach darin, Verletzungen nicht allzu sehr zu beachten. Sie hob den Kopf und schaute sich in dem kleinen Raum nach etwas um, worauf sie ihre Aufmerksamkeit lenken konnte. Die Blumen beispielsweise. Die Sträuße standen dicht an dicht wie beim Floristen. Sie war gerührt, daß so viele Leute an sie gedacht hatten. Nelken und Tulpen, Geschenke von Mitgliedern der Truppe, zierten Krüge, Becher und leere Tab-Dosen; Toni und Chrissie hatten ein halbes Dutzend Kalla gebracht, Onkel Drew und Tante Winn hatten einen großen Strauß purpurrote und gelbe Iris geschickt, von David waren die Veilchen, von Nana die entzückenden rosaroten Rosen, praktisch noch Knospen. Sie atmete tief ein und genoß den vielfältigen Duft.

Ihr Knöchel pochte. Sie versuchte ihn zu ignorieren, aber der Schmerz meldete sich rhythmisch und beharrlich wie ein Telefon, wenn man nicht abnehmen will. Es war eine schlimme Verstauchung.

Nein, es war nicht weiter schlimm. Es durfte einfach nicht weiter schlimm sein, denn sonst würde sie heute abend nicht ihr großes Debüt tanzen. Grimmig betrachtete sie den Knöchel. Sie würde die Isolde tanzen, ganz sicher, unbedingt, ohne Frage. *Aber wenn sie nicht konnte? Wenn sie auf die Bühne trat und die Vorstellung wie ein lahmendes Pferd absolvierte?* Die Frage bohrte unablässig. Falls der leiseste begründete Zweifel bestand, mußte sie es entsprechend dem Reglement und dem gesunden

Menschenverstand unverzüglich jemandem mitteilen, damit die Zweitbesetzung benachrichtigt werden konnte. Zweitbesetzung. Es war zum Lachen. Chrissie Peters, die die Isolde ebenfalls einstudiert hatte, konnte in keiner Hinsicht als *Zweite* gelten. Sie war die bekannteste Tänzerin der Truppe. Alysa mochte sie, aber sie hatte eine solche Chance kaum nötig. Maximow hatte sein neues Ballett auf sie, Alysa, zugeschnitten.

Beim Gedanken an Maximow begann ihre Entschlossenheit zu wanken. Wenn sie heute abend schlecht tanzte, würde er... Das heißt, kein Mensch konnte im voraus wissen, was er tun würde, aber es würde ganz bestimmt nicht angenehm sein. Sie beugte sich nach unten, nahm den Plastikbeutel ab und beklopfte ihren Knöchel und versuchte, ihm ihren Willen aufzuzwingen. Irgendwo weit fort spielte eine Geige ein paar Walzertakte. Es klopfte. Alysa fuhr hoch und dachte, es könnte Maximow sein.

«Alysa.» Rons Stimme. «Hast du dich schon geschminkt?»

«Nein.»

«Dann beeil dich», sagte er besorgt. «In einer knappen Stunde ist es soweit.»

Sie sagte irgend etwas – sie wußte kaum, was –, und er entfernte sich. Vermutlich versprach sie, sofort mit dem Schminken anzufangen. Jetzt konnte sie hören, wie die Musiker sich einspielten, eine reine Kakophonie. Sie hielt sich die Ohren zu und bedachte die Möglichkeiten, die sie hatte: Sie konnte das Ballett in ihrem jetzigen Zustand tanzen und hoffen, daß ihr Knöchel mitmachte; sie konnte sagen, daß sie ihn verstaucht hatte, und Chrissie die Rolle tanzen lassen; sie konnte...

Sie überlegte, ob sie noch eine andere Möglichkeit hatte, aber ihr fiel nichts ein, das auch nur entfernt in Frage kam. Was für eine dumme Gans sie gewesen war. *Warum* war sie zu dem Taxi gerannt? Sie hatte gewußt, daß das Pflaster vom Schneematsch rutschig war. In ihrer Phantasie drehte sie die Uhr zurück, wartete auf Grün und ging ganz normal, mit festen Schritten über die Straße.

Es klopfte wieder. «Wer ist da?»

«Ich soll etwas für Miss Compton abgeben.» Sie schob den Plastikbeutel hastig in eine Ecke, humpelte zur Tür und machte auf. Ein Junge in einer blauen Uniform stand mit einer großen rosa Schachtel vor ihr. Sie starrte ihn verwirrt an. «Äh», machte er ungeduldig. «Wollen Sie es nun haben oder nicht, das heißt, wenn Sie Miss Compton sind?»

«Ja, sicher, vielen Dank.» Sie griff in die Tasche, fand ein paar Dollarscheine und drückte sie ihm in die Hand. Der Junge strahlte.

«Viel Glück, Miss.»

«Es bringt Unglück, wenn man einer Tänzerin vor einer Vorstellung Glück wünscht», fuhr sie ihn an, bereute es aber sofort. Sein Lächeln erstarb, und er machte auf dem Absatz kehrt und stapfte wortlos fort.

Sie setzte sich wieder aufs Sofa, nahm den Eisbeutel, legte den Fuß auf ein Kissen und versuchte, sich einzureden, daß es schon viel besser aussah als vor ein paar Minuten. Die mit breiten Satinschleifen geschmückte Schachtel war groß und unhandlich. Sie zupfte probeweise an einem Schleifenende und fragte sich, was um alles in der Welt wohl in der Schachtel sein mochte. Auf einmal, wie auf ein unsichtbares Zeichen, begann die Schachtel zu zittern. Sie ließ sie erschrocken auf den Boden fallen, wo sie weiter vibrierte. Was zum Teufel war das? Eine Bombe? Oh, fabelhaft, genau das, was sie brauchte, die Krönung des Ganzen. Die Schachtel zitterte und hüpfte, traf aber keine Anstalten zu explodieren. Sie beugte sich hinunter, löste vorsichtig die Schleifen und hob den Deckel ab. Drinnen sprangen zehn oder zwölf batteriegetriebene Plastikfrösche hin und her und übereinander und zappelten wie toll.

Alysa mußte wider Willen lachen. Kein Zweifel, von wem das war. Als die Frösche aufhörten zu zappeln, schob sie sie zur Seite und fand einen goldenen und rosa Umschlag, auf dessen Verschlußklappe ein Frosch gezeichnet war, der einen *grand jeté* ausführte. Sie zog eine Karte heraus:

Liebe Alysa!
Heute abend wirst du von einer Kaulquappe zum Frosch. Spring in eine große Zukunft, und vergiß nicht, den Kritikern zuzulächeln. *Merde*, mein Schatz.

Deine Nana.

Sie las die Karte einmal, dann noch einmal. Es war typisch Großmutter. Sie stellte sich vor, wie Nana stolz im Zuschauerraum saß und darauf wartete, daß der Vorhang hochging. In gewisser Hinsicht war es genauso Nanas Debüt wie ihres. Sie war ihre letzte und beste Schülerin. Nana hatte sie praktisch großgezogen mit Geschichten von Tänzerinnen, die trotz gebrochener Rippen und ausgekugelter Schultern auftraten. Sie hatte ihr von Tatianas übermenschlichem Kampf gegen die Kinderlähmung erzählt – von der Polio wieder auf Spitze. *Tanz durch den Schmerz*, hatte Nana immer gesagt. Aber wieviel Schmerz war zuviel? Wie wußte man, wann die Verletzung so ernsthaft war, daß man, wenn man trotzdem tanzte, den Leuten schadete, die auf einen angewiesen waren?

Sie nahm einen der Frösche, ein absurdes Gebilde aus Gummi und Plastik, aus der Schachtel und betrachtete ihn. Das Geschenk war eine Botschaft der Liebe, ein Vertrauensbeweis. Alysa dachte an den Degas in ihrem Schlafzimmer, an die Familientradition, ihre Großmutter, die beim Kaiserlichen Ballett in St. Petersburg getanzt hatte, ihre Mutter, die bei Balanchine gearbeitet hatte, zwei Generationen, die nur für ihre Kunst gelebt hatten. Welcher Teil der Tradition war sie selbst? Ein Schwächling, der aufgab, sobald es hart auf hart ging? Was hätte Nana getan, wenn sie sich wenige Stunden vor ihrem Debüt den Knöchel verstaucht hätte? Sie hätte getanzt, nichts anderes. Kein Zweifel: Wenn sie noch gehen konnte, würde sie tanzen.

Von ihren Gefühlen für Nana und ihren eigenen Zweifeln heimgesucht, saß sie noch viele Minuten lang auf dem Sofa. Konnte sie heute abend auftreten oder nicht? Konnte sie die Isolde so tanzen, wie sie getanzt werden mußte, oder würde der Knöchel mitten beim Ballett streiken? Zuletzt sah sie ein, daß sie es nicht im voraus wissen konnte. Sie konnte mit dem Fuß einigermaßen gehen, das hatte sie ausprobiert, und wenn er richtig verpflastert war, würde sie auch damit tanzen können, vorausgesetzt, sie ignorierte die Schmerzen. Es bestand sogar eine gute, nein, eine sehr gute Chance, daß kein Mensch etwas von der Verletzung merken würde. Das Handikap könnte sogar in gewisser Beziehung von Vorteil sein. Nicht daß sie es je herbeigewünscht hätte, aber die Isolde war eine Figur am Rande eines tragischen Abgrunds, eine jener großen, leidenden Heldinnen, die das Ballett so liebte. Wenn sie, Alysa, einen Teil der Schmerzen in ihr Tanzen lenkte, könnte sie etwas Herausragendes leisten, obgleich die Belastung sie womöglich für den Rest der Spielzeit außer Gefecht setzen würde. Andererseits ... andererseits gab es eine lange Liste sehr unangenehmer Möglichkeiten.

Alysa schwankte eine oder zwei Minuten und faßte dann einen Entschluß. Chrissie Peters würde ihn nicht bekommen, den Anruf in letzter Minute. Maximow hatte ein großes Ballett geschaffen, ein Vehikel für ihre Begabung, und sie würde es, komme was wolle, Verstauchung hin, Verstauchung her, heute abend auf der Bühne der Metropolitan Opera tanzen.

Sie preßte die Lippen aufeinander, ging zum Schminktisch, holte eine Rolle Pflaster aus der Schublade und fing an, ihren Knöchel zu umwickeln, drückte die ganze Schwellung zu einer festen, glatten Oberfläche zusammen, die sich nicht unter dem Trikot abzeichnen würde. Stirnrunzelnd betrachtete sie das Ergebnis, zog noch einen Pflasterstreifen herum, stand auf und machte zur Probe ein paar Schritte. Gut. Ausgezeichnet. Jetzt, wo sie den Knöchel richtig verarztet hatte, waren die Schmerzen nur noch minimal. Sie zog die Spitzenschuhe an und stellte sich vorsichtig auf Spitze. Nur ein winziges Reißen. Sie hätte vor Erleichterung weinen können.

Sie setzte sich vor den Spiegel und fing an, das Make-up aufzutragen, zeichnete dunkle Linien auf die Lider, schminkte Lippen und Wangen rot. Sie öffnete eine Puderdose und puderte sich mit kurzen, energischen Bewegungen die Stirn. Sie würde heute abend für Nana tanzen. Für Nana, die sie liebte.

Zehn Minuten später stand sie oben im Trainingsraum und machte ohne ein Zeichen, daß sie verletzt war, ihre Aufwärmübungen, und eine Dreiviertelstunde danach hatte sie ihr Kostüm an und wartete auf ihren Auftritt.

Der elastische Trainingsboden auf der Bühne der Met war entfernt worden, und man hatte die Holzdielen darunter mit einer speziellen Kunstharzmischung bestrichen, damit die Tänzer nicht ausrutschten. Alysa hielt sich an der mobilen Stange fest, führte eine Reihe *pliés* aus und versuchte, ihren Geist von allem zu leeren. Sie war jetzt nur noch Isolde, die schöne, vom Verhängnis bedrohte Königin, die vor allem zwei starke, unverletzte Knöchel hatte. Die Illusion war schwer aufrechtzuerhalten, aber sie hatte Erfahrung darin, Illusionen aufrechtzuerhalten. Laß deine Phantasie an der richtigen Stelle arbeiten, hatte Nana immer gesagt, und du kannst alles tanzen, unter allen Umständen. Sie beugte die Knie, die Arme, ließ sich in ihren Körper hineinsinken, flüchtete ohne zu denken in Muskeln, Haut, Knochen, all die Teile ihres Körpers, die nichts mit ihrem Verstand zu tun hatten.

Die Bühnenarbeiter rannten hin und her, um letzte Anweisungen auszuführen, und das Chaos ringsum wurde immer schlimmer. Hinter dem schweren Vorhang begannen die Zuschauer ihre Plätze einzunehmen. Eine Winde quietschte, und ein letztes Kulissenteil verschwand, ließ die Bühne fast so nackt zurück, als sollte eine Probe stattfinden und keine Vorstellung. Jemand befestigte eine blaue Scheibe auf einem der Scheinwerfer, und alles wurde in künstliches Mondlicht getaucht. Blauer Prospekt, blaue Schatten: die Farbe weckte ein unheimliches Gefühl in ihr. Sie streckte sich über ihr rechtes Bein, konzentrierte sich auf einen kleinen Muskel in der Kniekehle. Als sie den Kopf wieder hob, waren die Arbeiter fort. Ron, der in den Kulissen auf der anderen Seite stand, sah sie in seine Richtung blicken und lächelte ermutigend.

Der Vorhang ging langsam in die Höhe, und Alysa wurde zu ihrem Schrecken bewußt, daß sie gar nicht gehört hatte, wie die

Ouvertüre gespielt worden war. Die Bühne trat nackt und roh wie ein Kistenboden aus dem Schatten. Alysa nahm die Ausgangsposition ein und versuchte, nicht auf das plötzlich einsetzende flaue Gefühl in ihrer Magengrube zu achten. Sie atmete ein paarmal tief durch und zwang sich, so zu tun, als stünde sie in Nanas Übungsraum daheim in Cambridge. Sie litt keine Ängste, hatte keine Verletzung, keinerlei Probleme. Sie würde gleich für ein paar alte Freunde tanzen, ein nettes kleines Stück, nichts von Belang.

Der Trick funktionierte. Aus dem Orchestergraben stieg Musik und wob einen Zauber um sie herum. Sie reckte sich kerzengerade in die Höhe und öffnete die Augen. Sie spürte eine große Kraft, als vibrierten alle Sehnen ihres Körpers im Gleichklang. Der Scheinwerferkegel erfaßte sie, fing sie in einem Kreis aus Rosa und Gold. Auf der anderen Seite trat Ron auf die Bühne – Tristan wartete auf seine Isolde. Alysa atmete noch einmal tief durch und begann zu tanzen.

Sie hatte nicht mehr als fünf Schritte getan, als sie den Schmerz spürte, zuerst nur ein leichtes Ziehen, aber es wurde stärker. Sie hörte keinen Moment auf zu lächeln und tanzte weiter, ohne einen Takt zu verpassen. Sie hatte damit gerechnet, daß ihr Knöchel schmerzen würde, sobald sie anfing, ihn zu belasten. Sie drängte den Schmerz zurück und führte eine perfekte *arabesque* aus, ohne die kleinste Unsicherheit. Der Knöchel pochte unangenehm, wurde allmählich taub. Alysa wurde zu ihrer Erleichterung bewußt, daß sie nun imstande sein könnte, ihn zu vergessen – wenigstens für die Dauer des Balletts.

Und sie vergaß ihn tatsächlich, fünf, zehn, fünfzehn Minuten lang. Die schwebenden Klänge der Musik füllten das Theater, die Bühne, und jede einzelne Note war vertraut und beruhigend. Sie hatte monatelang zu dieser Musik geprobt, hatte Stunden hintereinander zu ihr getanzt und sie so sehr verinnerlicht, daß sie sie nachts in ihren Träumen hörte. Sie konzentrierte sich auf ihre Sprünge und näherte sich Ron in kleinen, zögernden Bögen, zuerst innerlich schwankend und unsicher, scheu wie ein Rehkitz. Aber ihre Leidenschaft wuchs, ihre Bewegungen wurden kraftvoller, beseelt von Verlangen, noch gezügelt von Scham, doch schon gezeichnet von der Obsession, die über sie kommen würde.

Der Pas de deux, in dem sie und Ron ihre Liebe ausdrückten, knisterte vor Erotik, und sie fühlte, wie sich die winzigen Härchen auf ihren Armen aufrichteten. Sie spürte, daß die Zuschauer gebannt waren, spürte die Faszination, die ihr aus dem Publikum entgegenströmte. Ron spürte es ebenfalls. Eine kleine Ewigkeit tanzten sie in vollendeter Harmonie und erweckten all die Leidenschaft des tragischen Paars zum Leben.

Dann geschah es plötzlich ohne jede Warnung. Mitten bei einem ganz normalen *jeté* gab ihr Knöchel nach, und sie stolperte. Der Schmerz war schneidend, so furchtbar, daß sie um ein Haar aufgeschrien hätte. Sie riß sich zusammen, fand sofort das Gleichgewicht wieder und tanzte weiter, aber irgend etwas war absolut nicht in Ordnung. Jedesmal, wenn sie den rechten Fuß belastete, schoß Feuer ihr Bein hoch.

«Was ist los?» flüsterte Ron.

«Nichts.» Eine glatte Lüge. Der Knöchel war eine einzige Qual. Alysa schaute zu dem Meer von weißen Gesichtern, die ihr aufmerksam zugewandt waren. Die Gewißheit, daß Nana und Winn dort irgendwo im Parkett saßen, hätte beruhigend sein sollen, war es aber nicht. Sie biß sich auf die Lippe, um nicht zu schreien, ging auf Ron zu und bemühte sich verzweifelt, den rechten Fuß nicht auffallend zu schonen. Das Ballett dauerte noch zehn Minuten, und sie mußte sie irgendwie überstehen. Mit einer übermenschlichen Willensanstrengung zwang sie sich, weiter zu tanzen, aber die Anmut war fort. Der Schmerz war ein Tyrann, der ihre Aufmerksamkeit forderte, ein glühender Schürhaken, eine Handvoll Nadeln in ihrer Haut, ein erbarmungsloser Schraubstock, der seinen Druck ins Unerträgliche steigerte.

Die Zähne zusammenbeißend, sprang sie, verpaßte keinen einzigen Schritt, zwang den verletzten Fuß, die vertrauten Positionen einzunehmen, und wußte im selben Augenblick, daß sie bestenfalls wie eine begabte Elevin tanzte, nicht wie eine ausgewachsene Tänzerin, sondern mechanisch, ohne Gefühl.

«Lehn dich mehr an mich», flüsterte Ron. Alysa verlagerte dankbar etwas mehr von ihrem Gewicht auf ihn, und dabei blickte sie über seine Schulter hinweg in die Kulissen und sah Maximow, der sie starr vor Zorn beobachtete.

«Mama, ist etwas?» flüsterte Winn. Natascha hatte sich vorgebeugt und umklammerte die Kante ihres Sitzes, als ob sie einen Anfall hätte. Winn, die praktisch Veranlagte, dachte sofort an all die Dinge, die sie beim Erste-Hilfe-Kurs gelernt hatte, obgleich ihr fast im selben Moment bewußt wurde, daß das absurd war. Das hatte man von all den Sammlungen für das Rote Kreuz – beim kleinsten Anlaß an Mund-zu-Mund-Beatmung denken! Mama hatte eine eiserne Konstitution, und der Gedanke, daß Alysas Debüt sie zu sehr mitnahm, war lächerlich. Erst letzten Herbst hatte sie zu einem Ahornbaum laufen und ihre Mutter anflehen müssen herunterzusteigen, bevor sie sich ein Bein brach. Da hatte sie mit ihren neunundsiebzig Jahren wie ein Teenager in einer Astgabel gesessen und tote Zweige abgeschnitten. Aber trotzdem, sie sah nicht gut aus, ganz und gar nicht. Sie war sehr blaß und biß sich auf die Unterlippe, wie sie es immer tat, wenn sie außer Fassung war. «Mama!» Winn bemühte sich, die Stimme nur so sehr zu heben, daß Natascha sie hörte und die ringsum Sitzenden nicht gestört wurden. Sie fand immer, daß Leute, die im Kino oder im Konzert redeten, einem das halbe Vergnügen raubten, aber dies war ein Notfall. «Mama.» Daß Natascha sie nicht zu hören schien, war ein bißchen beunruhigend.

«Bosche moj!»

«Mama, was ist los?» Sie hatte ihre Mutter seit Jahren nicht mehr russisch fluchen hören, und es lief ihr kalt über den Rücken.

«Alysa. Siehst du es denn nicht?»

Winn schaute zur Bühne, auf Alysa, die dort herumsprang, wie Tänzer immer herumspringen, und in ihrem weißen Kleid und den weißen Strümpfen sehr niedlich aussah. Ballett hatte sie immer insgeheim gelangweilt – eine schreckliche Sache, wenn man die Tochter einer der berühmtesten Tänzerinnen der Welt war. Natürlich mochte sie die Musik, vorausgesetzt, es war ein klassisches Werk, aber was das Visuelle betraf, zog sie Opern vor, besonders die Inszenierungen, die man in Italien zu sehen bekam, zum Beispiel in der Arena von Verona, mit üppigen Bühnenbildern und lebenden Pferden und Kamelen beim Triumphmarsch in *Aida*. Vermutlich hätte sie mehr an Ballett gefunden, wenn ihre ganze Familie nicht so viel damit zu tun gehabt hätte, doch so, wie die Dinge standen, kam sie sich jedesmal, wenn Mama sie zu einer Vorstellung mitnahm, ein bißchen ausgeschlossen und hoffnungslos unbegabt vor.

Sie betrachtete das Geschehen auf der Bühne und versuchte, sich an das wenige zu erinnern, was sie über Technik gelernt hatte. Soweit sie sehen konnte, ging alles recht gut, außer daß, nun ja, jetzt wo sie praktisch darauf gestoßen wurde, sah sie es. Außer daß Alysa ein bißchen unsicher wirkte. Die Musik wurde plötzlich drängend, und Alysa schien zu zögern, als wollte sie ihren rechten Fuß schonen, aber es ging so schnell vorbei, daß Winn es nicht bemerkt hätte, wenn sie nicht so aufmerksam hingeschaut hätte. Nun ja, was war daran so schlimm? Wenn sie auf Zehenspitzen herumhüpfen müßte, würde sie auch zögern. Es mußte schrecklich anstrengend sein, sich all die Schritte zu merken, anstrengend und verwirrend. Die Story war ganz interessant, sie hatte sogar einigermaßen Hand und Fuß, und der Jüngling, mit dem Alysa tanzte, war so attraktiv, wie man nur wünschen konnte.

«Ich finde, sie sieht ganz gut aus.»

«Sie ist verletzt, ich gebe dir Brief und Siegel.»

«Unsinn», sagte Winn grob. «Sie sieht kein bißchen verletzt aus.»

«Das ist es ja gerade. Sie tanzt schrecklich, wie eine Schülerin, und deshalb muß etwas nicht in Ordnung sein, aber sie ist so gut, daß du und alle anderen aus dieser Entfernung nicht sehen können, was für Schmerzen sie hat. Die Kritiker werden sie in der Luft zerreißen.» Natascha biß sich wieder auf die Lippe und beugte sich mit blassem, besorgtem Gesicht noch ein Stück weiter vor. Ihr Körper verkrampfte sich plötzlich, und ihre Finger zuckten. Winn blickte nach unten und sah die Füße ihrer Mutter kleine, verstohlene Bewegungen machen, als versuchten sie verzweifelt, anstelle von Alysa die Isolde zu tanzen.

Das Ballett bekam zwei Vorhänge, und nicht einmal die wurden sehr nachdrücklich gefordert, und dann klatschten die Zuschauer noch ein wenig auf gut Glück, als wüßten sie nicht recht, ob sie weiter applaudieren oder aufstehen und ins Foyer gehen und eine Zigarette rauchen sollten. Alysa stand tapfer neben Ron und verbeugte sich lächelnd, als der Vorhang aufging, fiel, wieder hochging und dann endgültig fiel. Die Reaktion war furchtbar. Maximows neues Ballett – das erste seit drei Jahren – hätte wenigstens ein Dutzend Vorhänge bekommen müssen. Die Leute hätten aufspringen und trampeln und die Bühne mit Blumen überschütten und sich heiser jubeln müssen.

Der goldfarbene Samt fiel und wirbelte eine kleine Staubwolke auf. Die Beleuchter löschten die Scheinwerfer, und die Bühnenarbeiter schwärmten aus, um die Dekoration für das nächste Werk aufzubauen. «Es tut mir leid.» Alysa wandte sich mit schmerzverzerrtem Gesicht, den Tränen nahe, zu Ron. «Ich habe es auch für dich verpatzt.»

«Hör auf.» Ron wischte sich den Schweiß von der Stirn und tätschelte mitfühlend ihren Arm. «Du hast in Anbetracht der Umstände eine große Leistung vollbracht. Du bist verletzt, das hätte jedem passieren können.»

Toni Weld trat mit Alysas Bademantel aus den Kulissen. Sie legte ihn behutsam um ihre Schultern. «Was macht der Knöchel?» fragte sie besorgt.

«Es könnte besser sein.»

«Wir haben alle mit dir gefühlt, als wir sahen, daß etwas nicht in Ordnung war.» Als Alysa über die Bühne humpelte, wiederholte sich die Szene. Kollegen traten zu ihr und fragten, wie es ihr ginge, boten ihr Hilfe an. Alysa hatte nicht gewußt, daß sie so viele Freunde in der Truppe hatte. Es gab kein Wort des Vorwurfs, nicht die leiseste Andeutung, daß es besser gewesen wäre, nicht weiterzutanzen. Fast fünf Minuten lang fühlte sie sich beschützt und geborgen, wie von einer großen Familie umsorgt, und dann sah sie Maximow, und alles stürzte zusammen.

Er wartete in ihrer Garderobe, ging zwischen dem Spiegel und dem Kleiderständer hin und her, und sein ausgeprägtes slawisches Gesicht war eine Maske des Zorns, aber es war nicht der Zorn, den er zeigte, wenn einer seiner Tänzer einen Schritt verpaßt hatte oder fünf Minuten zu spät zur Probe kam, sondern etwas Dunkles und Beängstigendes, das sie noch nie gesehen hatte.

«Was zum Teufel ist passiert?» brüllte er, sobald sie über die Schwelle getreten war. «Was haben Sie vorgehabt – mein Ballett sabotieren? Mein Gott, ich habe Ihnen die Isolde gegeben, die beste Rolle, die ich seit zwanzig Jahren geschaffen habe, und Sie tanzen sie, als gäben Sie einen Soloabend in Iowa.»

«Mr. Maximow, bitte...» Sie fing an, ihm von der Verstauchung zu erzählen, und wollte alle Schuld auf sich nehmen und ihn um Verzeihung bitten, aber er übertönte sie, ließ sie nicht zu Wort kommen, richtete drohend den Finger auf sie, machte ihr die wildesten Vorwürfe, rief und schrie mit einer Stimme, die ihre Knie in Pudding verwandelte und ihr beinahe übel werden ließ. Mit ihm reden? Ebensogut könnte sie versuchen, mit einem Vulkan oder einem Wirbelsturm zu reden.

«Wissen Sie, was man mit Ihnen machen würde, wenn Sie beim Kirow wären und eine solche Nummer abzögen?» Maximow lief durch den Raum, und Alysa trat zurück und fürchtete einen Augenblick, er würde sie schlagen. «Man würde Sie nach Sibirien schicken, wo Sie den Eskimos *pliés* beibringen könnten, das würde man tun.» Er erblickte etwas auf ihrem Schminktisch und stürzte sich wie ein Tiger darauf, so daß Lippenstifte und Augenbrauenstifte in alle Richtungen flogen. «Was ist das?» Es war eine kleine Plastikschachtel mit Vitaminpillen. Maximow machte den Deckel auf und schüttete den Inhalt auf den Tisch. «Drogen!» Er nahm ein paar von den Pillen und schleuderte sie auf den Boden. «Aha! Ich habe eine Rauschgiftsüchtige in meiner Truppe! Deshalb haben Sie vorhin wie eine lahme alte Kuh getanzt?» Er packte Alysa am Arm und wirbelte sie zu sich herum. «Was für ein Teufelszeug haben Sie geschluckt, ehe Sie heute abend herkamen?»

«Nichts», stammelte sie, entsetzt über die Beschuldigung. Er mußte von Sinnen sein. «Ich schwöre, ich habe noch nie im Leben Rauschgift genommen. Ich war verletzt, Mr. Maximow.» Sie zeigte auf ihren rechten Fuß. «Ich habe mir vor der Vorstellung den Knöchel verstaucht, aber es schien nicht weiter schlimm zu sein, und...»

«Sie haben sich *vor* der Vorstellung den Knöchel verstaucht? Sie haben mein Ballett absichtlich mit einer Verletzung getanzt? *Mein* Ballett?»

«Ich dachte, ich würde es schaffen.»

«Ach, Sie dachten? Eine Tänzerin hat nicht zu denken.» Er ließ Ihren Arm verächtlich los. «Sie sind ein Nichts, verstehen Sie das? Ein Nichts. Wenn Sie es auf russisch hören wollen – *nitschewo*, nichts, Leere. Sie sind nur ein Vehikel für meine Kunst, meine wundervolle Kunst, die Sie besudelt haben. *Ich* zeige Ihnen, welche Schritte Sie machen müssen, *ich* gebe Ihnen eine Form, *ich* entscheide, wann Sie weitermachen und wann nicht. Wenn Sie verletzt sind, sagen Sie es mir, und *ich* entscheide, ob Ihre Zweitbesetzung für Sie einspringen soll.»

«Ich bitte um Verzeihung.» Er hatte recht; sie hatte einen schrecklichen Fehler gemacht. Sie hätte Chrissie tanzen lassen sollen. Sie versuchte zu schlucken, aber ihre Kehle war vor Reue und Scham wie zugeschnürt.

«Verzeihung!» Maximows Faust sauste auf den Schminktisch, und die restlichen Pillen flogen in alle Richtungen. «Sie bitten um Verzeihung, und alles ist so wie vorher, ja? Sie haben wohl nicht alle Tassen im Schrank!»

«Mr. Maximow, ich habe mein Bestes getan.»

«Ihr Bestes war ein Haufen Scheiße. Es stank. Die Isolde hätte mich unsterblich machen können, und was werde ich statt dessen morgen bekommen? Drei Absätze in der *New York Times*: Maximow ist alt und ausgebrannt.» Er stieß wieder mit dem Zeigefinger nach ihr, als wollte er sie aufspießen. «Sie sind genau wie

Ihr Vater, ich hätte es wissen sollen. Es liegt im Blut. Sie werfen Ihr Talent fort wie ein Affe einen Diamanten und machen mich damit zum Narren. Sie sind genau wie er...»

«Bitte, Mr. Maximow, was soll das? Was hat mein Vater damit zu tun?» Alysa war konsterniert. Er redete wie jemand, der nicht ganz richtig im Kopf war. Er mußte den Verstand verloren haben, vielleicht ein Schlaganfall oder so etwas. Er redete wirr. Sie fragte sich, ob sie nicht Hilfe holen sollte.

«...ungehorsam, blind, dickköpfig», strömte es aus ihm hervor, «undankbar, egoistisch, verantwortungslos. Aber ich werde es nicht *dulden*, verstehen Sie? Ich werde es nicht noch mal mitmachen.»

«Wovon reden Sie, Mr. Maximow?»

«Von meinem Sohn Michail, den mir der Teufel geschickt hat, um mir meine Jugend zu vergällen, und von Ihnen, den derselbe Teufel geschickt hat, damit ich im Alter keinen ruhigen Schlaf finde. Der liebe Gott hat wirklich Sinn für Humor.» Maximow schüttelte seine Faust zur Decke hin. «Ich spucke auf ihn. Ich bin nicht Hiob!»

Alysa starrte ihn an, und ihre Gedanken bewegten sich im Kreis, immer in derselben Spur, wie eine Grammophonnadel auf einer defekten Schallplattenrille. Wenn Maximows Sohn ihr Vater war, war Maximow ihr Großvater, aber das war absurd, unmöglich. Sie mußte sich verhört haben.

«Sagten Sie, mein Vater sei Ihr Sohn?»

«Natürlich, Sie dumme Gans. Dachten Sie vielleicht, Sie hätten vorhin nur wegen Ihres Talents auf der Bühne gestanden und meinen Ruf ruiniert?»

Einige Sekunden lang konnte sie die Wahrheit nicht akzeptieren. Dann traf es sie mit voller Wucht wie eine Faust in die Magengrube, und schlagartig fügte sich alles zusammen. Sie erinnerte sich an seinen merkwürdigen Tick, sie beim Training aufs Korn zu nehmen, seine übertriebene Kritik, seine unvermittelten, peinlichen Lobgesänge. Jetzt war ihr klar, warum Nana und Tante Winn sich mit Händen und Füßen dagegen gesträubt hatten, daß sie nach New York ging: Sie wußten, daß sie das Familiengeheimnis irgendwann entdecken würde. Der Gedanke, daß Nana und Tante Winn sie belogen hatten, tat furchtbar weh. Sie kam sich betrogen vor, gründlich betrogen, als ob ihre ganze Vergangenheit oder das, was sie immer für ihre Vergangenheit gehalten hatte, ein Mythos gewesen war, ein Märchen, das sie sich ausgedacht hatten, um ein unartiges Kind zum Schlafen zu bringen. Sie alle hatten die Wahrheit all diese Jahre vor ihr geheimgehalten – warum in Gottes Namen?

Maximow schlug die Hände vors Gesicht, und seine Schultern zuckten. Vielleicht weinte er. Sie konnte es nicht sagen, und sie war zu fassungslos, um sich etwas daraus zu machen. Als er wieder aufblickte, war sein Gesicht kalt und ausdruckslos.

«Sie verlassen die Truppe. Noch heute abend.»

«Was?» Sie hatte den Schock noch lange nicht verkraftet, sie hatte nur einen Wunsch, sich setzen und nachdenken. Sie war total durcheinander, hatte jede Orientierung verloren, als hätte man sie entführt und ohne Warnung in einem fremden Land abgesetzt.

«Ich entlasse Sie mit sofortiger Wirkung aus dem Manhattan Ballet, weil Sie unter dem Einfluß von Drogen getanzt haben.»

Alysas Selbsterhaltungstrieb erwachte. Das konnte er nicht ernst meinen. Ein Wort von Rauschgift in Zusammenhang mit ihrem Namen, und sie würde nie wieder auf einer Bühne stehen. «Das können Sie mir nicht antun. Ich habe mir den Knöchel verstaucht. Haben Sie denn nicht verstanden? *Mein Knöchel war verstaucht.*»

«Halten Sie den Mund. Was denken Sie überhaupt, wer Sie sind – Anna Pawlowa?» Seine Stimme war eisig, und er akzentuierte jede einzelne Silbe. «Wissen Sie, wie viele Tänzerinnen ihren rechten Arm für die Rolle hergeben würden, die Sie heute abend in den Sand gesetzt haben? Das Leben ist ein grausames Geschäft, meine Liebe – Drogen, Knöchel, es läuft letzten Endes auf dasselbe hinaus. Sie haben mein Ballett versaut, und die Kritiker werden es zerreißen. Leider war Ihre Verletzung nicht offensichtlich, und deshalb brauchen wir eine einleuchtendere Erklärung. Ich habe einen Ruf zu bewahren. Sie haben meiner

Karriere geschadet, und um mich zu wehren, schade ich der Ihren, nur daß ich weit mächtiger bin. Verstehen Sie? Ein schlechter Handel für Sie, aber daran hätten Sie früher denken sollen.»

Das war zuviel. Alysas Entsetzen wurde von Zorn abgelöst. «Das können Sie mir nicht antun. Es ist... unfair und sadistisch.» Sie sah ihn mit blitzenden Augen an. «Es ist mies. Sie mögen vielleicht ein Genie sein, Mr. Maximow, aber Sie sind ein Schandfleck für die menschliche Rasse. Mein Großvater, wirklich? Ich hoffe bei Gott, daß Sie es nicht sind. Ich würde mich schämen, einen so niederträchtigen und egoistischen *twar* wie Sie in meiner Familie zu haben.»

«Oh, sie flucht auf russisch. Wie interessant.»

«Haben Sie keine Gefühle, keinen Anstand? Tänzer sind auch Menschen, und jeder Mensch kann mal einen Fehler machen. Wie können Sie mein ganzes Leben ruinieren, um Ihre eigene Haut zu retten? Was sind Sie denn? Kein Wunder, daß ich Sie nicht kennenlernen sollte.» Es war ihr gleich, *wer* er war, er hatte kein Recht, so etwas Schmutziges zu tun. «Sie kommen sich vor wie Caligula, aber Ihnen fehlt das Format. Und ich will Ihnen noch etwas sagen. Wenn Sie irgendwelche Gefühle hätten, ich meine, menschliche Gefühle, wären Ihre Ballette weit besser. Balanchine ist derjenige, der unsterblich sein wird, nicht Sie. Balanchine kann fühlen. Er hat *duscha*. Alles, was Sie haben, sind die abartigen Lüste eines impotenten alten Mannes, die Sie mit einem Haufen spektakulärer Technik verbrämen. Sie sind nichts als Fassade, Mr. Maximow.»

«Sehr interessant, meine Liebe.» Seine Stimme war nun gleichgültig und unpersönlich, als redete er mit einer Fremden. «Aber all das ist jetzt nicht von Belang.» Er zeigte ungeduldig auf den Schminktisch. «Packen Sie bitte Ihre Sachen, und liefern Sie das Kostüm ohne Knitterfalten bei Janet ab, damit sie es für Mademoiselle Peters ändern kann. Betty wird Ihnen einen Scheck über die Gage schicken, die Ihnen noch zusteht. Sie werden ihn in spätestens drei Tagen bekommen. Es ist Ihnen natürlich klar, daß Sie nicht im Studio vorbeikommen werden? Ja? Sehr gut. Leben Sie wohl.» Einen Augenblick hatte sie das unheimliche Gefühl, er sei im Begriff, automatisch die Hand auszustrecken, um sich zu verabschieden, aber er drehte sich um und ging, schnell die Tür hinter sich schließend, und in der Garderobe war alles still. Alysa stand allein, umgeben vom Duft der Blumen, von denen einige schon die Köpfe hängen ließen.

Zum Teufel mit ihm, zum Teufel mit ihnen allen. Sie riß sich das Kostüm vom Leib und warf es auf den Boden, schnürte die Schuhe auf und warf sie dazu. Sie zog das Trikot aus, knüllte es zusammen und stopfte es in den Papierkorb. Ihr wurde vage bewußt, daß sie sich wie ein trotziges kleines Kind benahm, aber es war ihr gleich. Sie hatte sich vor der Hälfte der Kritiker der Stadt gedemütigt, war von einem egozentrischen Verrückten angegriffen worden, der ihr Großvater zu sein behauptete, hatte erfahren, daß sie von ihrer eigenen Großmutter und Tante belogen worden war, und ihre ganze Karriere in Scherben gehen sehen. Wenn das nicht reichte, um einen Wutanfall zu bekommen, was dann?

Sie langte nach ihren Jeans, schlüpfte hinein und zuckte zusammen, als sie versehentlich Druck auf ihren Knöchel ausübte. In einer normaleren Verfassung hätte sie vielleicht vernünftig gehandelt und wäre sofort zu Nana gefahren, um sie um eine Erklärung zu bitten, aber sie war wie ausgebrannt, vollkommen fertig, mit den Nerven am Ende. Wenn sie jetzt mit Nana redete, würde sie Dinge sagen, die sie ewig bereuen würde. In einem solchen Zustand lief man besser fort und versteckte sich irgendwo, legte sich selbst auf Eis, bis man wieder ein rationales, zivilisiertes menschliches Wesen war.

Sie nahm ihren Pulli von der Kommode, schlüpfte hinein, zog die Stiefel an, griff nach ihrer Handtasche und humpelte hinaus. Die Pause war zu Ende, das nächste Ballett war in Gang, und sie begegnete nur einigen Mädchen vom Corps. Sie drängte sich an ihnen vorbei und ging zum Ausgang. Fünf Minuten später war sie in einem Taxi auf dem Weg zu einem kleinen Club im Village, in den sie manchmal mit David gegangen war, einem dunklen, verräucherten Schuppen, wo sie sich in aller Ruhe betrinken konnte.

22

Alysa zog den Stuhl ein paar Zentimeter näher zum Tisch, schob ihre Handtasche unter dem geschwollenen Knöchel zurecht, trank noch einen Schluck Bier und versuchte, Ordnung in ihre Gedanken zu bringen, eine Arbeit, die schwieriger war, als das schlampigste Zimmer aufzuräumen. Sie war außer sich – eine Untertreibung –, wütend auf Maximow, der sie in dieser unflätigen Weise angegriffen hatte, wütend auf Nana und Tante Winn, die sie getäuscht hatten, vor allem aber wütend auf sich selbst, weil sie nicht genug Grips gehabt hatte, Chrissie Peters tanzen zu lassen. Maximow war... ihr fiel kein Schimpfwort ein, das auf seine Niedertracht paßte, aber wenn sie nicht so töricht gewesen wäre, säße sie jetzt bei der Premierenfeier, statt hier zu hocken und zu wünschen, sie wäre tot. Na ja, nicht gerade tot, aber wenigstens unsichtbar oder weit fort in irgendeinem anderen Land.

Alysa trank weiter, gab sich ihrem Zorn und ihren Selbstvorwürfen hin, obgleich sie wußte, daß es ungesunde, unproduktive Regungen waren, aber sie konnte nicht dagegen sein. Wenn David so etwas passiert wäre, hätte er Maximow wahrscheinlich zu Boden geschlagen, aber er war ein Mann, und Männer konnten schlagen. Frauen hatten eine Neigung, mit ihrem Zorn dazusitzen und den Schmerz nach innen zu richten wie ein Stachelschwein, das sich auf die eigenen Stacheln hockt. Wie blöd das war. Nein, sie würde nicht so handeln. Leiden war nicht ihre

Art, es machte ihr keinen Spaß, und sie hatte nicht die Absicht, es länger als unbedingt nötig zu tun.

Sie trank das Glas aus, stellte es wieder hin und preßte die Lippen aufeinander. Was sie brauchte war Vergessen, eine kleine vorübergehende Taubheit, und das konnte sie hier ebensogut finden wie anderswo. Zigarettenqualm brannte in ihren Augen, und es war so schummrig, daß sie kaum etwas sehen konnte. Sie kniff die Augen zusammen und nahm Gestalten wahr, die sich rings um sie herum bewegten, einander streiften, bei ihrem Kontakt elektrische Ströme von Sexualität erzeugten. Auf einem rohgezimmerten Podium am anderen Ende des Clubs sang eine vierköpfige Band, drei Männer und eine Frau, einen Song über die totale Zerstörung. Wie passend.

«Hi», sagte jemand. Alysa wandte den Kopf und sah einen Jungen in einem zerrissenen T-Shirt und einem abgewetzten schwarzen Anzug an der Wand lehnen, das Becken leicht vorgeschoben, die Arme lose nach unten baumelnd, eine Zigarette im Mundwinkel. Er musterte sie von oben bis unten. «Wie ist das mit Ihrem Knöchel passiert?»

«Skiunfall.» Sie hatte nicht übel Lust, ihm zu sagen, er solle sein Glück woanders versuchen.

«Pech. Meine Cousine hat sich dabei mal das Bein gebrochen.» Er hatte dunkles Haar und mußte seiner Haarfarbe nach zu urteilen aus irgendeinem südlichen Land stammen, vermutlich Italien. Er holte eine Schachtel Marlboro aus der Tasche und hielt sie ihr mit einem unbefangenen Grinsen hin. «Möchten Sie?»

«Klar, danke.» Er wirkte ganz harmlos. Alysa nahm eine Zigarette und atmete den Rauch tief ein. Sie hustete, und ihr wurde plötzlich schummrig. Entschlossen zog sie noch einmal an dem verdammten Ding. Wenn sie sowieso nie wieder auf einer Bühne stehen würde, hatte es kaum Sinn, weiter den Gesundheitsapostel zu spielen. Sie ließ den Jungen ein paar Augenblicke lang plappern, während sie die Lage überdachte.

Er hieß Tony, sagte er, und fuhr tagsüber Waren aus und kam abends oft mit seinen Kumpeln ins Village, um einen draufzumachen. In seiner freien Zeit schrieb er manchmal Songs, und es gab Leute, die sich dafür interessierten, wichtige Typen oben in Manhattan, die Beziehungen hatten. Vielleicht würde er eines Tages groß rauskommen. Alysa ließ den nichtssagenden beruhigenden Small talk über sich ergehen. Zum Glück schien er keine Antwort zu erwarten. Er lächelte freundlich und berührte sie an der Schulter, um seiner letzten Bemerkung Nachdruck zu verleihen. Er sah gut aus, ungefährlich, höchstens ein bißchen ausgeflippt. Vor allem schien er keine Ahnung zu haben, daß sie unglücklich war. Vielleicht war er high, oder sie war für ihn einfach eines von den hübschen Mädchen, die nur darauf warteten, angemacht zu werden. Es stand jedenfalls fest, daß er höchstwahrscheinlich nichts oder nur sehr wenig von Ballett wußte. Seine Gesellschaft war geradeso, als träte sie in eine andere Welt, wo es keinen Sergej Maximow gab, wo man höchstens Rock 'n' Roll tanzte. Ja, Tony war entschieden ein Glücksfall. Mit dem Gefühl, durch einen blöden Zufall das Richtige gefunden zu haben, forderte sie ihn auf, an ihrem Tisch Platz zu nehmen.

Eine halbe Stunde später saßen sie vor ihrem zweiten Bier, und Tonys Hand war auf ihrem Knie und wanderte langsam den Schenkel hoch. Sie machte die Augen zu und stellte sich vor, wie er im Bett sein würde. Dies war vielleicht nicht die eleganteste Methode, mit seinen Problemen fertig zu werden, aber sie schien zu funktionieren. Die bösen Erinnerungen wichen zurück; Maximows Gesicht verblaßte, wurde abgelöst von Tonys Körper, der sich auf ihrem bewegte. Sie hatte irgendwo gelesen, daß man unangenehme Dinge am besten beim Sex vergessen könnte, bei anonymem Sex ohne Liebe, aber wollte sie sich wirklich von einem vollkommen Fremden abschleppen lassen? Sie war nicht unerfahren, aber sie war in ihren Beziehungen immer sehr vorsichtig gewesen: Eric, David – nicht gerade eine lange Liste von Liebhabern. Sie öffnete die Augen und schaute auf die wirbelnden Gestalten, die aufblitzenden Spots, die jungen Leute, die entschieden zuviel tranken. Theoretisch müßten sie alle einen Mordsspaß haben, aber mindestens die Hälfte sah deprimiert aus.

Tonys große und kräftige Hand lag auf ihrem Oberschenkel. Er nahm ihr Kinn in die andere Hand, hob ihr Gesicht zu seinem und küßte sie kurz, wie zur Probe. Sein Atem roch nach Bier und Zigarettenqualm. «Na, wie sieht's aus?» Er lächelte, nahm seine dunkle Brille ab, und sie sah, daß seine Pupillen ganz klein waren, aber die Augen blickten freundlich. Die Augen sagten, daß er high war und sich fabelhaft amüsierte und daß sie, Alysa, ein Teil von alldem war.

«Alles okay.» Sie würde ihm nichts erzählen; je weniger er wußte, um so leichter würde sie es vergessen können. Ihr wurde plötzlich klar, daß sie tatsächlich abtauchen wollte, vorübergehend ausklinken, ihre Erinnerungen auslöschen, wie man eine Kassette löscht.

«Noch ein Bier?» Tony ging zur Theke, holte zwei Gläser und stellte sie so heftig auf den Tisch, daß Schaum überschwappte. Alysa nahm einen großen Schluck, fühlte, wie das kalte Getränk ihre Kehle hinunterrann, wußte, daß es keine sehr gute Idee war, scherte sich aber nicht darum. Zwischendurch ließ sie sich von Tony küssen.

Die Zeit verging, sie ließ sich von ihr treiben, zwang sich, alles andere zu vergessen, taub dagegen zu werden. Vielleicht trank sie noch etwas mehr, lernte Tonys Freunde kennen – ja, letzteres bestimmt, denn als sie wieder darauf achtete, was ringsum geschah, saß sie zwischen Tony und einem Paar, Ross und Denise, auf dem Rücksitz eines Plymouth Jahrgang '67. Vorne erzählten Tonys beste Freunde, Marty und Pico, Witze und spielten mit dem Kassettenrecorder und ärgerten Ross und Denise, indem sie den Ton so laut drehten, daß ihnen allen jeden Moment das Trommelfell platzen konnte. Alysa hatte das Gefühl, sie hätte schon ziemlich lange in der alten Kiste gesessen, aber sie war sich nicht sicher. Sie wußte nur, daß sie und die anderen fünf irgendwann spät in der Nacht zu Picos Loft in der Bowery losgefahren waren und das Ziel dann aus den Augen verloren hatten.

Ross und Denise bewegten sich ein paar Zentimeter von ihr entfernt im Zeitlupentempo. Denises Gesicht war wie eine grelle

Maske, ihr Lippenrot abstoßend verschmiert. Die Straßenlaternen schwebten wie fliegende Untertassen, und der Schmerz war endlich aus der Nacht gewichen. Tony langte in ihren Pulli, nahm eine Brust in die Hand und küßte sie. Seine Finger kreisten um die Warze, reizten, liebkosten. Alysa seufzte und rückte näher zu ihm, und alles verschwamm mehr oder weniger.

Sie erinnerte sich jedoch, daß sie irgendwann später vor einem Laden auf dem Bordstein saß und Southern Comfort aus Picos Plastikbecher trank und Geld aus ihrem Portemonnaie holte. Sie war inzwischen ganz ausgelassen und lachte aus vollem Halse, weil sie gewonnen hatte. Es gab kein Familienerbteil von Schmerz und Lüge, mit dem sie zu Rande kommen mußte; Maximows Gesicht war fort; sie hatte nie getanzt, sich nie unsterblich blamiert. Sie war vor zehn Minuten geboren worden – weiter reichte ihre Erinnerung nicht zurück. Geldscheine flatterten auf die Straße, und sie machte sich nicht mal die Mühe, sich vorzubeugen und sie aufzuheben. Es war ja nur Geld, und sie hatte genug davon, einen Treuhänderfonds von ihren Eltern, einen Haufen Aktien von D & M, Inc., alles Geld der Welt und nichts, was sie damit anfangen konnte. Sie hatte nie kämpfen müssen wie die meisten Tänzer; sie hatte bereits alles, eine Wohnung im Herzen Manhattans, Privatstunden, wann immer sie wollte, Liebe und Zuspruch von Nana und Tante Winn, sogar ererbtes Talent – und *trotzdem* hatte sie alles verpatzt. Aber das spielte jetzt keine Rolle mehr. In den letzten zehn Minuten hatte sich ihr ganzes Leben wunderbarerweise aufgelöst und war fortgetragen worden, und sie war so sauber wie eine leere Bühne zurückgeblieben. Sie versuchte, es den anderen auf eine betrunkene, verworrene Weise verständlich zu machen, aber keiner von ihnen begriff ein Wort.

«Du bist irgendwo schrill, Puppe», sagte Tony wieder und wieder. Er wollte gar nichts von ihrem Geld wissen und versuchte hartnäckig, es ihr wiederzugeben, aber sie ließ nicht lokker und stopfte es ihm in die Taschen. Später, als sie nicht hinsah, tat er alles wieder in ihre Handtasche zurück. Alysa war gerührt über die Geste; er hätte an die vierzig Dollar haben können, aber er hatte keinen Cent annehmen wollen, nicht mal die paar Mäuse für neues Bier.

Sie fuhren weiter, und Alysa sank wieder in den Raum, in dem Zeit nichts bedeutete, in die alkoholgeschwängerte Leere, wo nichts erinnernswert war. Als sie in die Realität zurückkehrte, lag sie unter einer schmuddeligen indischen Decke auf einer Matratze in einer Ecke von Picos Loft. Tony versuchte, ihr den Pulli auszuziehen, und fuhr ihr mit den Händen über die Brüste, sie rutschte näher zu ihm, da ihr auf einmal kalt war. Die Decke war meilenweit über ihnen, voller Ruß und Moderflecke. Regelmäßig angeordnete, hohe Fabrikfenster ließen das trübe Licht von Straßenlampen herein. Eines von ihnen war geöffnet; Marty stand auf dem Sims und warf Bierdosen in den Gang zwischen ihrem und dem nächsten Haus.

«Ich bringe diese gottverdammten Ratten um», rief er. Er hatte eine Reggae-Frisur, und seine dunkle Haut glänzte wie geöltes Holz. Ross und Pico feuerten ihn an und reichten ihm mehr Dosen. Der Mond hing wie ein schmaler Zelluloidstreifen am Himmel. Im Hintergrund plärrte eine Stereoanlage.

«Ballett ist schon eine sehr merkwürdige Kunst», hörte Alysa sich sagen. Es war einigermaßen sonderbar, hier zu liegen und zu diskutieren, während ein Junge sich abmühte, einen auszuziehen, aber die Worte kamen wie von selbst. «Man muß verrückt sein, um sich damit abzugeben, nicht bei Verstand.» Sie streckte die Arme über den Kopf, damit Tony es leichter hatte. «Unter anderem zwingen sie einen, sich zu Tode zu hungern.» Sie blickte auf ihre Rippen, die wie ein Xylophon nach oben standen. «Maximow kann es nicht mager genug haben. Er möchte, daß seine Tänzerinnen aussehen, als ob sie fünf oder zehn Kilo Untergewicht hätten. Manchmal gehen die Mädchen dabei kaputt, bekommen Magersucht oder sterben sogar. Warum kann er uns nicht einfach in Ruhe lassen, uns verdammt noch mal wie Frauen aussehen lassen?» Sie begann zu weinen, aber ohne das kleinste Geräusch zu machen. Tony wischte ihr mit dem Ärmel ihres Pullis ungeschickt die Tränen ab.

«He, vergiß es.» Sein Gesicht war freundlich und besorgt. Sie legte den Kopf an seine Schulter und versuchte, ganz still zu liegen. Ihr Schädel fing an zu brummen, und ihr ganzer Körper kribbelte, als wären ihre Gliedmaßen eingeschlafen. Sie kam zu dem Schluß, daß sie stockbetrunken sein müsse. Wie verdammt blöd von ihr, sich von Pico überreden zu lassen, den Southern Comfort zu trinken.

Sie machte die Augen zu, fühlte Tonys Hände auf ihrem Körper, genoß die feste, stete Liebkosung seiner Finger, die langsame, unsichtbare Kreise um ihre Brustwarzen zogen. Es war fabelhaft. Sie konnte sich nicht erinnern, sich jemals so gefühlt zu haben, so intensiv und zugleich langsam. Er legte einen Moment den Mund auf ihre Lippen, leckte dann ihre Brüste, hielt inne, fuhr mit der Zunge um ihren Nabel und leckte ihren Bauch. Sie krümmte sich vor Lust und kicherte erregt. Tonys Mund machte tolle Sachen, fuhr leicht an der Innenseite ihrer Schenkel entlang, streifte ihre Klitoris, reizte und liebkoste, wanderte zu ihren Brüsten, verschloß ihre Lippen mit einem langen, gierigen Kuß, der ihr den Atem raubte. Ihre Sinne schärften sich auf eine köstliche Weise; Gerüche vermischten sich: der schwere, süße Duft seiner Haare, der moschusartige Geruch seiner Haut, die weiche Süße seiner Zunge, die mit ihrer verschmolz, und sie sah nur noch ein orangegetöntes, goldgetupftes Rot. Sie schwamm eine lange Zeit, die ihr wie Stunden vorkam, schwerelos und benommen vor Lust neben ihm.

«Ich habe das Gefühl, meine Knochen sind voll Luft», sagte sie.

«Was?»

«Ja, weißt du, wie ein Vogel.» Sie legte den Kopf wieder an seine Brust und sah auf die indische Decke, die sich in phantastischen Motiven faltete, Rehe, die über unfaßliche Blumen sprangen, wirbelnde blaugoldene Mandalas, die sich um ihre Knie wanden. Tony drehte sie behutsam um und schob ihr ein Kissen unter die Brust. Er nahm sie an den Hüften und zog ihr Gesäß zu sich, fuhr mit den Händen an ihrem Körper entlang, als wolle er sich jede einzelne Wölbung einprägen. Dann streifte er ihr langes Haar zur Seite und küßte ihren Nacken. Sie schrie vor Lust leise auf, als er sie weiter nach hinten zog, heiß in ihr Ohr atmete, jeden Muskel seines Körpers spannte. Er drang vorsichtig, die Brust an ihren Rücken gepreßt, in sie ein.

Sie machte die Augen zu, als er sie noch näher an sich zog und anfing, sie zwischen den Beinen zu berühren, sie in seinen Armen zu wiegen. Ihr Verstand leerte sich von allem, wurde wie ein unbeschriebenes Blatt Papier. Er bewegte sich, und sie bewegte sich mit ihm. Sein Körper war vierschrötig, stämmig, starkknochig, nicht wie der Körper eines Tänzers. Einen bitteren, nüchternen Augenblick lang fragte sie sich, warum sie dies tat, warum sie sich von einem Fremden nehmen ließ. Tony zog sie noch näher, und die Frage verschwand. Die Musik spielte weiter und weiter, und bald streckte sich vor ihr nur noch ein Tunnel von Klängen aus, der im Vergessen mündete.

Stunden später erwachte sie mit stechenden Kopfschmerzen, einem pelzigen Mund, und neben ihr lag Tony und schnarchte vernehmlich. Sie strampelte sich in eine sitzende Stellung, sah sich im Loft um und versuchte sich zu erinnern, wo sie war. Auf dem Fußboden lagen mehrere Leute herum, die sie absolut nicht kannte, und schliefen fest. Sie mußte etwas Falsches gemacht haben, irgendeinen Fehler, aber was? Sie zermarterte sich das Hirn.

Wer war bloß der Bursche neben ihr? Hatte sie mit ihm geschlafen, oder waren sie nur nackt ins Bett gekrochen und eingenickt? Sie schloß die Augen und versuchte, die Geschehnisse der letzten Nacht zu rekonstruieren – keine leichte Aufgabe, wenn man das Gefühl hatte, der Kopf könnte einem jeden Moment vom Rumpf fallen –, und allmählich fügten sich die Fetzen zusammen, der Jazzclub im Village, die Fahrt mit dem altersschwachen Plymouth, die Szene auf dem Bürgersteig vor dem Laden. Als sie den Punkt erreichte, wo Tony ihr den Pulli auszog, schlug sie die Hände vors Gesicht.

Oh, nein. Das war nicht möglich. Einen Moment lang wurde sie von Reue und Schuld überwältigt, aber dann sah sie die Kehrseite der Medaille. Sie war ausgeflippt – sie hatte sich verletzt, war gedemütigt worden, hatte sich betrunken und dem Erstbesten hingegeben, alles in allem eine ganz gesunde Reaktion. Sie verdiente einen Preis, vielleicht den für die Närrin der Woche. Welcher Teufel hatte sie geritten, das zu tun? Vielleicht war die russische Seite ihrer Persönlichkeit zutage gekommen, oder vielmehr die russischen Seiten, verbesserte sie sich. Schuld, Alkohol, Reue, die slawische Dreieinigkeit. Sie lächelte schwach und wischte sich eine Strähne aus den Augen. Im Licht des Morgens erschien nichts mehr so furchtbar oder hoffnungslos wie letzte Nacht. Jetzt war sie wenigstens sicher, daß sie *duscha* hatte. Im Moment konnte sie sich sogar als Opfer einer *duscha*-Vergiftung betrachten.

Ihr Magen fühlte sich flattrig an. Sie stand auf, ging mit unsicheren Schritten, einige zerbrochene Bierflaschen vermeidend, ins Badezimmer und duschte so heiß, wie es irgend ging, und wusch sich mit einem unappetitlichen Seifenrest, den sie aus der Seifenschale kratzen mußte, die Haare. Sie suchte einen Kugelschreiber, schrieb einen Gruß und ein paar Worte des Danks für den gelungenen Abend für Tony – es war das mindeste, was sie unter diesen Umständen tun konnte – und ging dann, ohne jemanden zu wecken, die schwere Tür leise hinter sich ins Schloß ziehend, hinaus.

Auf dem Heimweg kaufte sie ein paar Zeitungen. Die Kritiken von *Tristan und Isolde* waren grauenvoll, nahmen sie aber nicht so sehr mit, wie sie es gestern getan hätten. Sie las sie vom Anfang bis zum Ende und zuckte bei der Erwähnung ihrer höchst durchschnittlichen Interpretation der Rolle zusammen. Dann warf sie die Zeitungen in die nächste Mülltonne, nahm ein Taxi zur East Side und dachte, daß es nunmehr Zeit sei, ihr Leben wieder in den Griff zu bekommen, den Dingen ins Auge zu sehen und festzustellen, was verloren und was noch zu retten war.

«Alysa!» Kaum in der Diele, wurde sie von Tante Winn und Nana abgefangen, umarmt, unter Tränen geküßt. «Wir haben uns schreckliche Sorgen gemacht», stammelte Tante Winn und streichelte ihr Haar.

«Wir sind halb verrückt geworden vor Angst», sagte Natascha, umarmte sie noch einmal, küßte sie auf beide Wangen und hielt sie an sich gedrückt.

Alysa ließ die Welle von Liebe und Freude über sich hinwegschwemmen und war dankbar und verwirrt zugleich. Sie war so zornig auf sie gewesen, weil sie sie belogen hatten, aber nun, im unbarmherzigen Licht des frühen Morgens, wirkten ihre Gesichter durchsichtig und fragil wie altes Porzellan. Tante Winn war totenblaß und von Müdigkeit gezeichnet, und Nana hatte tiefe Schatten der Erschöpfung unter den Augen. Auf den Tischen im Wohnzimmer standen Tassen und volle Aschenbecher neben halbgegessenen Sandwiches, auf dem Fußboden lagen Illustrierte herum. Alysa wurde schuldbewußt klar, daß sie die ganze Nacht auf sie gewartet haben mußten. «Es tut mir leid», murmelte sie. «Es ist unverzeihlich, daß ich nicht angerufen habe.» Sie wußte, daß es schablonenhaft klang, aber es *tat* ihr leid. Das Problem war, daß ihr eine Begrüßungsansprache im Kopf herumging, eine kleine Rede, die sie seit gestern nacht einstudiert hatte. Zuerst war es eine zornige, mit vielen Vorwürfen gespickte Erklärung gewesen, doch im Laufe der Stunden hatte sie es abgemildert zu einer Bitte, endlich alles zu erfahren, ihr einfach zu sagen, was zum Teufel sie bewogen hatte, ihr so lange die Wahrheit zu verschweigen.

Sie löste sich aus Nanas Umarmung, humpelte zum Sofa und setzte sich schwer darauf, ihre Handtasche einfach auf den Fußboden fallen lassend. Eine Weile hing eine greifbare Stille im Raum, nur das Summen des Verkehrs zwanzig Stockwerke tiefer war zu hören, und die drei Frauen schienen den Atem anzuhalten. Wo anfangen, wo aufhören? Alysa blickte von Natascha zu Tante Winn, und jedes Verlangen nach Rache oder Genugtuung, das sie gehegt haben mochte, verflog von einer Sekunde zur anderen. Sie sahen so besorgt aus, so voller Mitgefühl, daß sie versucht war, die ganze Geschichte zu vergessen, aber das ging selbstverständlich nicht.

«Er hat es mir gesagt», platzte sie heraus, oder es war vielmehr so, daß die Worte ohne ihr Zutun von selbst herausplatzten wie ein Glas, das unerwartet in tausend Stücke zersprang. Sie wollte sie rückgängig machen, aber es war zu spät. Diplomatie war entschieden nicht ihre starke Seite.

Tante Winn zuckte zusammen. «Wer? Wer hat dir was gesagt?»

«Vergiß es, Winn, das Spiel ist aus.» Natascha zog sich ihre Strickjacke fester um die Schultern und setzte sich aufs Sofa. «Sergej hat es dir also erzählt?» Alysa nickte. Alle Farbe wich aus dem Gesicht ihrer Großmutter, es war auf einmal grenzenlos müde und bedrückt. «Ich habe es vermutet, als du nicht wiederkamst.» Sie blickte kurz weg, wie in einen Raum, in dem niemand sonst willkommen war. «Ich habe immer befürchtet, daß er es tun würde», sagte sie endlich. «Ich hätte es dir beinahe selbst gesagt, als du letztesmal zu Hause warst, aber deine Tante und dein Onkel überredeten mich, es nicht zu tun. Sie meinten, wir sollten es dir möglichst ersparen, und wir redeten uns irgendwie ein, daß es immer noch eine gute Chance gäbe.»

«Was ersparen, Nana?» Alysa hörte die Ungeduld in ihrer Stimme, den gereizten Unterton. Aber sie *war* ungeduldig. Diese Sache wurde langsam unheimlich wie ein böser Traum, in dem man eine Türklinke anfaßte und plötzlich eine lebende Schlange oder Ratte in der Hand hatte, wo nichts einen Sinn ergab oder das war, was es zu sein schien. Sie wollte von ihrer Tante und Großmutter endlich eine Erklärung, ohne jede Ausflüchte. «Was wolltet ihr mir ersparen? Die Tatsache, daß Maximow mein Großvater ist?»

«Das ist nicht alles.» Natascha holte eine Schachtel russischer Zigaretten aus der Tasche ihrer Strickjacke, zündete eine an und warf das Streichholz zum nächsten Aschenbecher, doch es landete meilenweit daneben. Sie atmete eine Qualmwolke aus. Die Augen hinter dem milchigen Schleier waren dunkel und groß, voll Schmerz. «War das alles, was er dir gesagt hat?»

«Ja.»

Natascha zog wieder nervös an der Zigarette. «Nun, ich bin nicht weiter überrascht. Er hatte schon immer die Gewohnheit, das Schwere anderen Leuten zu überlassen. Was Verantwortungsgefühl betrifft, war er immer ein Feigling.»

Sie stand unvermittelt auf, schritt durchs Zimmer und blieb, Alysa den Rücken zuwendend, stehen. «Ich denke, ich sollte als erstes ein Geständnis machen.» Sie drehte sich um, und in ihrem Gesicht war ein akutes Unbehagen, eine Pein, die Alysa noch nie an ihr gesehen hatte. «Weißt du, Alysa, was nun kommt, ist mir schrecklich unangenehm. Man erwartet immer, daß die Jüngeren den Älteren etwas beichten und nicht umgekehrt, und ich frage mich plötzlich, wie du über mich urteilen wirst.»

«Hm», machte Alysa. «Man kann nie im voraus sagen, wie ein anderer über einen urteilen wird, aber vielleicht tröstet es dich, zu wissen, daß ich mich nach dem, was gestern nacht passiert ist, nicht gerade auf einem moralischen Thron fühle. Ich verschone euch mit den Einzelheiten.»

Natascha sah sie erleichtert an. «Danke, Liebes.» Sie ging zum Sofa zurück, setzte sich, faltete die Hände im Schoß, machte den Mund auf, schloß ihn dann wieder und blickte Alysa hilflos an. «Ich kann es einfach nicht sagen. Alysa, versteh bitte, ich bin fast achtzig Jahre alt. Ich wurde in einem anderen Jahrhundert geboren, in einer anderen Welt, manchmal kommt es mir vor, als wäre es ein anderer Planet gewesen, und in meiner Zeit redete man einfach nicht mit seinen Enkelinnen über solche Dinge.»

«Mama», sagte Winn warnend. «Wenn du es ihr nicht sagst, muß ich es tun, und du weißt, daß ich kein Blatt vor den Mund nehme. Ich sage immer alles auf die grausamste Art und mache es dadurch noch schlimmer.»

Natascha lächelte schwach. «Deine Tante hat recht. Wenn sie es dir sagt, wird es noch fürchterlicher.» Sie atmete tief durch, richtete sich kerzengerade auf und sah für Alysa einen Moment lang aus wie eine Ballerina unmittelbar vor einem *grand jeté*. «Ich weiß nicht, wie ich es dir schonend beibringen soll, mein Kind, und deshalb werde ich es kurz machen. Sergej Maximow war mein Geliebter. Als ich mit deinem Großvater Trey Ward verheiratet war, hatten Sergej und ich ein Verhältnis, und es besteht die Möglichkeit – die entfernte Möglichkeit –, daß er nicht nur der Vater deines Vaters, sondern auch der Vater deiner Mutter ist.»

«Wie?» Alysa war so erschrocken, daß sie aufsprang und fast

den Sofatisch umgestoßen hätte. Tassen klirrten, Zeitschriften rutschten auf den Teppich, ein Wasserglas glitt zum Rand der Platte und wurde im letzten Moment von Tante Winn festgehalten.

«Bitte», flehte Natascha. «Setz dich wieder hin und laß mich ausreden, oder ich werde dies nie hinter mich bringen. Ich weiß, daß du außer Fassung bist, aber das ist noch nicht alles.»

«Noch nicht alles? Du sagst mir, daß meine Eltern wahrscheinlich Bruder und Schwester waren, und das soll noch nicht *alles* sein?»

«Alysa Compton, sprich bitte nicht in diesem Ton mit deiner Großmutter!»

«Laß sie, Winn. Sie hat das Recht, zornig zu sein, aber sie muß auch noch den Rest hören.» Natascha wandte sich zu Alysa. «Deine Mutter hat es nie erfahren. Ich schwöre dir, sie war vollkommen unschuldig. Aber dein Vater hat es gewußt, und Sergej hat es auch gewußt, und als dein Vater Sergej sagte, er wolle deine Mutter trotzdem heiraten, sagte Sergej, dann wäre es für immer aus zwischen ihnen. Leider hat er sein Versprechen nicht gehalten.»

Natascha drückte ihre Zigarette mit einer heftigen, ungezügelten Bewegung aus, und ihre Lippen bebten in längst überwunden geglaubtem Zorn. «Oh, er hat nie wieder mit Michael geredet, und er war so mies, daß er nicht einmal einen Glückwunsch schickte, als du geboren wurdest, aber ein paar Jahre später, als du noch ganz klein warst, hat er die ganze Geschichte einer Reporterin namens Grace Lyons erzählt, und sie hat sie zu dem gemeinsten und schmutzigsten Artikel verarbeitet, den ich je gelesen habe. Ich weiß bis zum heutigen Tag noch nicht, warum er es getan hat. Rachsucht, Bösartigkeit, schiere Dummheit – man kann nur raten.»

Natascha riß sich mit sichtlicher Mühe zusammen. «Entschuldige. Nach fast zwanzig Jahren regt mich all das immer noch so auf, daß ich kaum darüber reden kann, aber es ist wichtig, daß du alles erfährst. Deine Eltern standen damals im Mittelpunkt der öffentlichen Aufmerksamkeit, und es wäre ein schrecklicher

Skandal geworden, der sie womöglich beide ruiniert hätte. Der Artikel sollte gerade veröffentlicht werden, als sie starben. Deine Großmutter Anja erfuhr davon, bestach den Chefredakteur mit viel Geld, und der Bericht erschien nicht, aber sie hat es Sergej nie verziehen, und wir anderen ehrlich gesagt auch nicht. Wir wollten nie wieder etwas mit ihm zu tun haben, und wir wollten ihn aus deinem Leben heraushalten.» Natascha beugte sich vor und sah sie eindringlich, um Verständnis flehend an. «Alysa, du kannst dir nicht vorstellen, was für ein Leben du geführt hättest, wenn die Presse Wind von der Sache bekommen hätte. Das war 1958. Tatiana Trey und Michael Macks waren fast so berühmt wie Katherine Hepburn und Spencer Tracy. Man hätte dich begafft wie eine Mißgeburt auf dem Jahrmarkt. Wir mußten dich vor alldem schützen.»

Alysa setzte sich aufs Sofa und sah ihre Großmutter an. Sie brachte kein Wort hervor, wußte auch gar nicht, was sie sagen sollte.

«Wir hätten es dir sagen sollen, als du älter wurdest», fuhr Natascha gefaßter fort, «und glaub mir, wir bereuen alle, daß wir es nicht getan haben, aber bis dahin war es fast wie ein Verhaltensmuster geworden, die Wahrheit vor dir zu verbergen. Selbst als du nach New York gingst, um mit Sergej zu arbeiten, hofften wir, es würde nicht lange dauern. Wir wußten, was für einen Charakter er hat und wie dickköpfig du bist, und waren sicher, du würdest ihn höchstens eine Woche lang ertragen können. Also fuhren wir fort, uns etwas vorzumachen, und das Ergebnis von alldem war, daß wir dir nicht so vertrauten, wie du es verdientest, und dafür bitten wir dich um Verzeihung.»

«Wenn ihr es mir gesagt hättet, hätte ich verstanden, Nana.»

«Das weiß ich jetzt.» Natascha nahm zaghaft ihre Hand. «Ich glaube, wir hatten zuviel Angst davor, es dir zu sagen, weil wir fürchteten, du würdest einen Schock fürs Leben bekommen oder, schlimmer noch, nie wieder Vertrauen zu uns haben. Ich nehme an, wir haben letzten Endes deshalb versagt, weil wir das befürchteten, was alle Eltern und Großeltern befürchten – daß wir deine Liebe verlieren würden.»

Alysa war aufgewühlt. Sie hielt die Hand ihrer Großmutter und dachte an all das, was sie eben gehört hatte – zuviel, um es in so kurzer Zeit zu verarbeiten, zu verkraften, mehr als oberflächlich zu erfassen, aber eines stand fest: Was immer sie getan haben mochten, sie hatten es aus Liebe zu ihr getan.

Nataschas Augen füllten sich mit Tränen. «Kannst du uns verzeihen, Alysa? Wirst du uns wieder vertrauen können? Ich sage nicht, daß wir es verdienen, aber kannst du es trotzdem tun?»

«O Nana.» Alysa nahm ihre Großmutter impulsiv in die Arme und drückte sie an sich, und dann umarmte sie Tante Winn. «Wer weiß schon, was richtig ist und was falsch oder wer schuldig ist und wer nicht. Die Vergangenheit ist vorbei. Vielleicht hast du einen Fehler gemacht, vielleicht hast du nur das getan, was du unter den Umständen tun mußtest. Ich habe nicht das Recht und nicht einmal die Fähigkeit, über dich zu urteilen. Ich war eben sehr entsetzt, das stimmt, aber wenn du fragst, ob ich euch verzeihen kann, so erübrigt sich die Frage. Natürlich kann ich es, ich habe es längst getan.» Ihre Stimme bebte vor Rührung. «Ihr seid meine Familie, und ich habe euch lieb, und ihr könntet meine Liebe nie verlieren, nicht in tausend Jahren.» Und dann saßen die drei eine lange Zeit stumm da, sahen sich an und versuchten, ein wenig Ordnung in ihre aufgewühlten Gedanken zu bringen.

Den restlichen Tag verbrachten sie damit, zu einem Arzt zu fahren und Alysas Knöchel untersuchen zu lassen, verschiedene Freunde und Verwandte anzurufen und ihnen zu sagen, daß sie wohlbehalten nach Hause gekommen sei, und ein Dinner zu essen, das Tante Winn vom Feinkostgeschäft an der nächsten Ecke geholt hatte. Danach waren sie erschöpft, aber viel zu aufgeregt, um sich schlafen zu legen. Stundenlang – als der letzte Bissen längst gegessen war – saßen die drei Frauen am Küchentisch, tranken schwarzen Kaffee und füllten Lücken aus, trugen vergessene oder verdrängte Einzelheiten nach.

«Du denkst also ernsthaft daran, das Ballett aufzugeben.» Es war nach Mitternacht, und die Stadt draußen war still und bleiern geworden. Ihr Schweigen wurde von der Sirene eines Streifenwagens unterbrochen, der südwärts fuhr. Winn lehnte sich zurück, stellte ihre Tasse hin und lächelte zustimmend. «Ich bin froh, das zu hören. Um die Wahrheit zu sagen, habe ich nie begriffen, warum jemand all das freiwillig auf sich nimmt, was mit diesem Beruf verbunden ist.»

Alysa zuckte die Achseln. «Was bleibt mir jetzt anderes übrig? Die Welt des Balletts ist so verdammt klein, und jede Neuigkeit spricht sich herum wie der Blitz. Nach dem, was gestern abend passiert ist, gibt mir bestimmt keine gute Truppe noch eine wichtige Rolle, nicht, wenn sie alle wissen, daß Maximow mich hinausgeworfen hat, weil ich Rauschgift nehme.»

«Lächerlich», schnaubte Winn. «Ich wünschte, ich wäre dabeigewesen. Wenn ihr mich fragt, sollten wir diesen Menschen wegen Verleumdung und Rufschädigung verklagen, es wird höchste Zeit, daß ihm jemand das Handwerk legt.»

«Danke, aber ich glaube nicht, daß ich mich in der Branche beliebt machen würde, wenn ich Maximow verklage.»

Winn verschränkte die Arme. «Dann heuern wir eben ein paar von diesen Mafiaschlägern an, die sich auf Kniescheiben spezialisiert haben.»

«Um Gottes willen, was hast du für Ideen!» Alysa kicherte. «Du scheinst ja mit allen Wassern gewaschen zu sein.»

«Ich war mal ein großer Fan von Humphrey Bogart, und ich habe natürlich alle Filme mit James Cagney gesehen.»

«Dies *ist* der Tag der Enthüllungen.»

«Schatz», unterbrach Natascha. «Die Schuld liegt bei dir, um ganz ehrlich zu sein, wenigstens ein guter Teil der Schuld. Du hättest nicht mit einer so schwerwiegenden Verletzung tanzen dürfen, aber die Strafe, die Sergej dir zugedacht hat, ist maßlos und ungerechtfertigt. Ein solcher Fehler darf deine Karriere nicht beenden, und wenn du weiter tanzen möchtest, sehe ich keinen Grund, weshalb du es nicht tun solltest. Es gibt allein in den Vereinigten Staaten *Hunderte* von Truppen, und in Europa sicher noch mehr. Maximow ist nicht der Herr der Welt.»

Alysa schüttelte den Kopf. «Das weiß ich. Du hast recht,

jedenfalls theoretisch. Sicher, in Anbetracht deines Einflusses könnte ich wahrscheinlich irgendwo bei einer zweitrangigen Truppe unterkommen, aber was hätte das für einen Sinn? Du weißt doch, daß dieser Beruf einen nur dann befriedigt, wenn man mit großen Choreographen zusammenarbeitet und mit Partnern tanzt, die so gut sind wie man selbst, oder besser. Und all das finde ich eben nur in New York oder London oder zwei oder drei anderen Städten, es sei denn natürlich, ich ginge in die Sowjetunion.» Sie lächelte bekümmert. «Aber, trotz all der großartigen Geschichten, die du mir darüber erzählt hast, ich glaube nicht, daß ich die Winter dort verkraften könnte. Da ich also nicht den umgekehrten Weg gehen kann wie Baryschnikow, werde ich eben versuchen, meine Zwangspensionierung mit Anstand zu akzeptieren. Vielleicht kann ich kleinen Mädchen Ballettunterricht geben oder auf Wohltätigkeitsveranstaltungen auftreten oder so. Und wenn mich ein Anfall von Nostalgie überfällt, kann ich immer noch im Corps von irgendeinem Provinzballett beim *Nußknacker* mithüpfen, bei einer von den Truppen, die alles nehmen, was zwei Beine hat und auf Zehenspitzen stehen kann.»

«Meinst du damit, daß du immer noch tanzen würdest, wenn du eine Möglichkeit hättest, wieder nach oben zu kommen?»

«Oh, sicher, Nana. Wenn Balanchine oder Tetley mich haben wollte, würde ich die Spitzenschuhe so schnell anziehen, daß dir schwindeln würde, aber sie werden mich nicht haben wollen, jedenfalls nicht, wenn Maximow verbreitet hat, warum ich sein Ballett ruiniert habe. Nur Maximow könnte dafür sorgen, daß ich einigermaßen unbeschadet davonkomme, und wie wahrscheinlich *das* ist, wissen wir alle.» Sie strich sich eine Strähne aus den Augen und lächelte Natascha und Winn tapfer an, aber ihr Blick war verzagt. «Eher würde eine Katze sich mit einer dicken, leckeren Maus anfreunden, als daß mein Großvater Erbarmen oder auch nur ein gewisses Maß an Fairneß zeigte, wenn sein eigener Ruf auf dem Spiel steht. Es ist anscheinend nicht nur grenzenlose Egozentrik, sondern der größte Fall von Hybris seit Adam.» Sie stellte mit einer abschließenden Geste ihre Tasse hin.

«Das wäre es also. Morgen gehen wir die Stellenangebote durch, und ihr beide werdet mich beraten, was für eine neue Laufbahn ich einschlagen soll – etwas Angenehmes mit viel Urlaub, gutem Gehalt, Zuschuß zur Krankenversicherung und Anwartschaft auf Betriebsrente, damit ich im Alter etwas zusetzen kann.»

Winn stand schnell auf, reckte sich und gähnte. Die drei Frauen gerieten in Bewegung, räumten das Geschirr ab, rückten die Stühle zurecht, knipsten Lampen aus, richteten die Betten, putzten sich die Zähne, stellten die Hausschuhe so hin, daß sie sie morgen früh wiederfinden würden. Dann wurde die Wohnung still.

In der Küche war nur das Ticken der Uhr über dem Herd zu hören. Eine halbe Stunde später kam Natascha wieder herein, setzte sich an den Tisch und schaute lange aus dem Fenster. Sie mußte eine Entscheidung treffen, und das hielt sie wach. Der Minutenzeiger rückte unendlich langsam vorwärts. Eine Stunde verging, dann noch eine. Es wurde zunehmend kalt. Natascha verwünschte die Energiekrise, die die Hausverwaltung veranlaßt hatte, die Vorlauftemperatur der Heizungsanlage nachts so sehr abzusenken, daß man beinahe seinen Atem sehen konnte. In Alexejs Hütte in der Taiga war es wärmer gewesen als hier. Zumindest hatte sie den Eindruck, aber vielleicht lag es einfach daran, daß sie alt wurde. Sie holte sich eine Wolldecke vom Sofa und legte sie über die Knie. Sie saß noch etwas länger in der Küche und grübelte. Endlich faßte sie ihren Entschluß.

Winn wollte morgen mit Alysa in einen Fitnessclub, damit Alysa in die Sauna gehen und ihren Knöchel im heißen Whirlpool entspannen konnte. Sie hatte Natascha aufgefordert mitzukommen, aber sie würde unter einem Vorwand zu Hause bleiben. Wenn sie sicher war, daß sie die Wohnung für sich hatte, würde sie einen Anruf erledigen, einen sehr wichtigen Anruf. Sie blickte auf das Wandtelefon und atmete tief durch. Es würde nicht leicht sein. Sie ging hin, nahm den Hörer ab, berührte die Tasten, fühlte den kalten Kunststoff und dachte, wie sonderbar es doch sei, daß man nur ein paar Tasten drücken mußte, um Gespenster aus der Vergangenheit heraufzubeschwören. Sie setzte sich wieder hin und horchte auf die widerstreitenden Gefühle, die in ihr wach wurden. Schließlich knipste sie das Licht aus, ging auf Zehenspitzen ins Gästezimmer und legte sich unter die elektrische Wolldecke, aber es dauerte noch lange, bis sie endlich einschlief.

«Sergej?»

«Ja?»

«Ich bin's, Natascha.» Ein langes Schweigen am anderen Ende der Leitung, und sie begann sich zu fragen, ob er aufgelegt hatte. Vielleicht hatte sie das Knacken überhört? «Ich nehme an, du errätst den Grund meines Anrufs.»

«Wenn es um deine Enkelin geht...»

«Sie ist auch deine Enkelin, Sergej.»

«Natascha, sparen wir uns die Zeit und die Mühe. Ich habe keine Enkelin.» Seine Stimme hatte einen gereizten Unterton. Sie hörte ein Geräusch, als habe er unvermittelt begonnen, die Utensilien auf seinem Schreibtisch hin und her zu schieben. «Ich habe mich einzig und allein deshalb für Alysa Compton interessiert, weil sie in meiner Truppe getanzt hat, aus keinem anderen Grund. Meinetwegen kann sie Michails Tochter sein oder von Zigeunern abstammen oder vom Mond gefallen sein, es ist mir egal. Sie ist genauso behandelt worden wie alle anderen Tänzer, und jetzt, wo sie nicht mehr da ist, interessiert sie mich nicht mehr. Ich stelle gerade das Programm für nächsten Herbst zusammen, und meine Zeit ist knapp, gelinde gesagt. Wenn das also alles war, worüber du mit mir sprechen wolltest, können wir Schluß machen. Ich erwarte in einer Viertelstunde einen neuen Bühnenbildner, einen jungen Maler aus Tokio, und ich muß bis dahin lernen, wie man auf japanisch nein sagt.»

«Sergej, es ist mir gleich, mit wem du einen Termin hast. Hör gut zu... Ich wünsche, daß du Alysa voll rehabilitierst, falls du schon das Gerücht in die Welt gesetzt hast, daß sie Drogen nimmt. Außerdem wünsche ich, daß du sie wieder in die Truppe aufnimmst, damit alle sehen, daß du sie für unschuldig hältst – natürlich abgesehen davon, daß sie ihre Verletzung verschwiegen hat.»

«Willst du mich auf den Arm nehmen? Der erste April ist in sechs Wochen, meine Liebe.»

«Es ist mein Ernst. Mein tödlicher Ernst.» Sie zwang sich, in einem gleichmütigen Tonfall zu reden. Sergej war entschieden das aufreizendste menschliche Wesen, mit dem sie in ihrem Leben zu tun gehabt hatte, und das wollte in ihrem Alter etwas heißen.

«Wirklich?»

«O ja. Du bist der einzige, der dafür sorgen kann, daß sie ihre Karriere einigermaßen unbeschadet fortsetzt, und ich wünsche, daß du es tust.»

«Es ist also dein Ernst. In dem Fall werde ich dir im Ernst antworten: Es kommt überhaupt nicht in Frage. Es gibt keine Entschuldigung für die Art, wie sie die Uraufführung verpatzt hat. *Tristan und Isolde* ist ein grandioses Ballett, das vollkommenste, das ich seit Jahren choreographiert habe, und sie hat einen Flop daraus gemacht. Weißt du nicht, was es heißt, etwas zu schaffen, das ungeheures künstlerisches Potential hat, und dann zusehen zu müssen, wie es systematisch kaputtgemacht wird? Ich bin ein alter Mann und kann auf derartige Schocks verzichten. Es wäre besser gewesen, wenn sie auf der Bühne tot umgefallen wäre, statt mit einem verstauchten Knöchel zu tanzen. Zumindest hätten die Kritiker das verstanden.»

«Sergej!»

«Sie ist begabt, das leugne ich nicht. Aber wie unsere verehrte Madame Laurier immer sagte, Begabung ist ohne Disziplin nutzlos. Tut mir leid, Natascha, aber Alysa hat einfach nicht das, was dazugehört. Da du mich nur alle zwanzig Jahre einmal anrufst, wäre ich dir gern gefällig gewesen, aber ich leite hier eine Balletttruppe und keinen wohltätigen Verein für Teenager.»

«Du willst sie also nicht zurücknehmen, damit sie ihren guten Namen behält?»

Er seufzte vernehmlich. «Natascha, warum hast du bloß nie ein paar weibliche Tricks gelernt? Du bist die dickköpfigste Frau auf der nördlichen Halbkugel, wahrscheinlich auch auf der südlichen. Ich habe nein gesagt. Möchtest du es vielleicht auf russisch hören? *Njet.* Auf französisch? *Non.* Auf japanisch? Einen Moment.»

Natascha holte tief Luft. Sie meinte hören zu können, daß er im Begriff war aufzulegen, und nun hatte sie nur noch eine Möglichkeit. «Sergej», sagte sie, «was braucht das Manhattan Ballet deiner Ansicht nach mehr als alles andere auf der Welt?»

«Eine leichte Frage. Das, was alle Truppen am meisten brauchen – Geld.»

«Und woher bekommt ihr das Geld?»

«Einerseits von den Publikumseinnahmen, aber das reicht nicht mal für die Unkosten. Dann Spenden von wohlhabenden Mäzenen und Zuschüsse von der Regierung und von Privatstiftungen. Warum? Denkst du daran, uns dein Vermögen zu überschreiben? Sehr rührend, aber ich würde auch dann nein sagen. Ich weiß offen gesagt, daß dein Geld nicht mal für die Stromrechnung reichen würde, die wir dieses Jahr haben werden, es sei denn natürlich, du willst den Rest deiner Tage von der Wohlfahrt leben, und das könnte ich in Anbetracht dessen, wie lange wir uns nun schon kennen, einfach nicht zulassen.»

«Ich habe nicht vor, dir Geld zu geben. Ich möchte dir etwas viel Besseres anbieten.»

«Und was soll das sein?»

«Ich möchte persönlich mit dir darüber reden. Ich möchte, daß du sofort hierherkommst, in Alysas Wohnung. Aber keine Angst, ich werde allein sein.»

«Um Himmels willen, Natascha, du kannst doch nicht allen Ernstes erwarten, daß ich alles stehen und liegen lasse und komme, nur weil du etwas haben könntest, was mich interessiert. Ich habe dir doch gesagt, daß ich einen wichtigen Termin habe, und dieser Japaner kann jeden Moment hier sein.»

«Sergej, was waren die drei berühmtesten Ballette des neunzehnten Jahrhunderts?»

«Wieso? *Schwanensee*, *Der Nußknacker* und *Der Korsar* natürlich.»

«Und was geschah mit dem *Korsaren*?»

«Natascha, ich habe keine Zeit für so was.»

«Sergej, wenn du auflegst, komme ich auf der Stelle zu eurem Studio und kampiere so lange vor deiner Tür, bis du mich ausreden läßt, das schwöre ich dir.»

«Du würdest es fertigbringen, nicht wahr?»

«Du kannst darauf wetten, aber das ist nicht nötig. Benimm dich nur dieses eine Mal wie ein zivilisierter Mensch.»

«Du hast gefragt, was mit dem *Korsaren* passiert ist? Na gut, ich werde es dir sagen. Du könntest genausogut in der Bibliothek des Lincoln Center anrufen, aber ich sage es dir, um dich endlich loszuwerden. Wie du und alle anderen wissen, war er von 1880 bis 1917 im Repertoire des Kaiserlichen Balletts. Er war Petipas Meisterwerk. Wie du dich zweifellos erinnern wirst, sind wir beide darin zum erstenmal zusammen aufgetreten, ich glaube, es muß 1911 gewesen sein.»

«Der Pas de deux – natürlich erinnere ich mich. Vielleicht zu gut, aber lassen wir das. Erzähl weiter. Was geschah dann?»

«Ich habe keine Ahnung, worauf du hinaus willst, aber wie du weißt, ging *Der Korsar* während der Revolution verloren. Die Kostüme und Bühnenbilder verschwanden – soweit ich weiß, wurden sie einfach verheizt. Petipas Aufzeichnungen verschwanden, und praktisch alle, die etwas mit der Originalproduktion zu tun hatten, verhungerten oder kamen im Lager um, so wie unsere Madame Laurier, Gott hab sie selig. Ballette dieser Art waren einige Jahre lang verpönt. Du erinnerst dich natürlich, wie Lenin den *Korsaren* genannt hat?»

«Eine müßige Zurschaustellung und so weiter.»

«Eine müßige Zurschaustellung von aristokratischer Verschwendung und bourgeoiser Dekadenz.» Sergej schnaubte. «Eines der brillantesten Ballette aller Zeiten, von einem demagogischen Winkeladvokaten auf den Müll geworfen! Als sie wieder zur Vernunft kamen, wußte kein Mensch mehr genau, wie die Originalproduktion ausgesehen hatte. Man hat natürlich versucht, sie zu rekonstruieren, das letzte Mal übrigens ausgerechnet in Kuba, aber das Ergebnis war jedesmal eine Katastrophe.»

«Noch eine Frage. Wer hat die Rolle der Laurissa bei der Uraufführung getanzt?»

«Was hast du vor, Natascha? Möchtest du ein neues Ballettlexikon herausgeben? Du weißt so gut wie ich, daß es Maria Nikolajewna Rotschina war. Sie begründete mit der Rolle ihren Ruhm.»

«Angenommen, nur angenommen, Sergej ... Wenn die vollständigen Unterlagen des *Korsaren* noch existierten, die gesamte Choreographie Petipas, Skizzen der Bühnenbilder und Kostüme, eben alles, und Rotschinas Urenkelin wäre am Leben und könnte die Rolle tanzen. Was wäre es für eine Truppe wert, das Werk zu produzieren? Ich meine, finanziell gesehen. Wenn man das unglaubliche Aufsehen berücksichtigt, daß die Premiere hervorrufen würde, und die neuen Mäzene, die die Truppe bekommen würde? Wenn man berücksichtigt, daß der Leiter der Truppe praktisch die freie Auswahl unter allen möglichen Zuschüssen und Zuwendungen hätte?»

Am anderen Ende der Leitung war es still. Es *war* also möglich, Maximow sprachlos zu machen. Wie befriedigend. Zu schade, daß sie über sechzig Jahre gebraucht hatte, um herauszufinden, wie es ging, aber es tat trotzdem gut. «Komm hierher, Sergej. Sofort.» Sie nannte ihm die Adresse und spielte dann ihre letzte Karte aus. «Wenn du in einer Stunde nicht da bist, rufe ich Balanchine an. Verstanden?»

Sie legte auf und lehnte sich einen Moment zurück. Dann ging sie schnell in die Küche und bereitete ein Tablett mit Hors d'œuvres vor, schnitt eine Gurke in Scheiben und schüttete ein Glas eingelegte Champignons in eine silberne Schüssel. Sie nahm eine Flasche Wodka aus dem Barschrank und legte sie in das Gefrierfach. Sie zweifelte nicht im mindesten, daß Sergej kommen würde, und dem Mann einen Drink anzubieten war in Anbetracht dessen, daß sie ihn über vierzig Jahre nicht gesehen hatte, das wenigste, was sie tun konnte.

«Du hast den *Korsaren*?»

«Nimm doch auch einen Champignon, Sergej.» Natascha spießte einen eingelegten Pilz auf, aß ihn und tupfte sich die Lippen mit der Serviette ab. Jetzt, wo sie in einem Zimmer mit ihm war, wurde sie von den überraschendsten Empfindungen übermannt, die sich alle nicht so recht mit ihrem Alter vereinbaren ließen – Aufregung, Gereiztheit, Schüchternheit, Nervosität, sogar sexuelles Verlangen. Wenn eine Frau an die Achtzig war, sollte sie über diese närrischen Dinge hinweg sein, aber das war das Problem beim Altwerden. Der Körper ändert sich, aber innerlich blieb man mehr oder weniger gleich. In ihrem innersten Herzen war sie neunzehn oder zwanzig – höchstens dreißig. Um Zeit zu gewinnen, trank sie von ihrem Wodka und versuchte dann, Ordnung in ihre Gedanken zu bringen. Warum konnte er nicht dick geworden sein wie die anderen Männer, die sie kannte? Oder zusammengeschrumpft? Oder wenigstens glatzköpfig? Sie war darauf gefaßt gewesen, über sein Aussehen zu erschrecken. Schließlich hatte er sich all die Jahre in jeder Beziehung ausgelebt, all die Ehefrauen und, wenn man den Gerüchten glauben konnte, all die blutjungen Tänzerinnen, achtzehn Stunden täglich arbeiten, der legendäre Alkoholkonsum. Ganz davon zu schweigen, daß er Probleme mit dem Herzen hatte, jedenfalls der Presse zufolge. Aber da saß er, schlank, attraktiv, schneidig wie ein Offizier der Kavallerie des Zaren. Oh, sicher, er war alt, das war nicht zu bestreiten, sein Haar war grau, und er hatte mindestens so viele Falten wie sie – aber seine Augen waren immer noch die Augen, in die sie sich vor über sechzig Jahren verliebt hatte, blau, klar und überraschend jung, als habe sie nie etwas angerührt. Mit einem kleinen schmerzhaften Stich wurde ihr klar, daß sie, wenn sie ihn so sah, immer noch ein bißchen in ihn verliebt sein mußte. Aber es war zum Glück nur eine gedämpfte Regung, freundlich und sehnsüchtig, nur ganz entfernt mit der Leidenschaft verwandt, die sie einmal zerrissen hatte.

«Natascha, spann mich nicht noch mehr auf die Folter.» Sergej schenkte sich nach und leerte das Glas auf die russische Art in einem Zug. «Ich weiß, ich müßte dir jetzt mindestens zehn Minuten lang erzählen, wie gut du aussiehst – was übrigens die reine Wahrheit wäre –, und dann müßte ich vielleicht noch ein bißchen über das Wetter reden, aber ich muß es wissen. Hast du den *Korsaren*?»

«Ja.»

«Und?»

«Und was?»

«Was soll das heißen: ‹Und was?›» Er stand auf und schritt durch den Raum. «Du servierst mir eine Zeitbombe und sitzt da und ißt Champignons in Essig. Ich möchte wissen, woher du ihn hast, wie vollständig er ist, was du dafür haben willst. Und die Geschichte mit Rotschina. Da brauche ich auch eine nähere Erklärung.»

Natascha feixte und lachte dann auf. «Weißt du, Sergej, ich habe nie gewußt, daß man dich einfach dadurch unterkriegen kann, daß man nichts sagt. Ich habe mir immer zuviel Mühe gegeben, dir zu erklären, wie es in mir aussieht, und jetzt mache ich die interessante Entdeckung, daß das eine, was du nicht erträgst, Schweigen ist.»

«Natascha, was soll das? Du hältst mir den *Korsaren* hin wie einer hungrigen Katze einen Fisch. Was soll ich deiner Meinung nach machen? Dir zu Füßen fallen und Süßholz raspeln? Dazu sind meine Knie zu steif. Also raus damit. Woher hast du das berühmteste verlorengegangene Ballett aller Zeiten? Hast du mit Lenin gebumst?»

«Nicht ganz.» Sie nahm noch einen winzigen Schluck und lehnte sich in dem bequemen Sessel zurück. Einen Moment wanderten ihre Gedanken in ein anderes Zimmer, Tausende von Meilen entfernt, ein Zimmer in ihrem alten Haus an der Newa. «Einen Tag, ehe ich aus Rußland floh, bekam ich Besuch von Madame Laurier. Wie sie es geschafft hatte, nicht von den Aufrührern behelligt zu werden, war schon ein kleines Wunder. Ich glaube, sie nahm einer Frau einfach ein Transparent ab und tat so, als gehöre sie zu den Demonstranten. Soweit ich mich erinnere, kam sie jedenfalls gegen Mittag mit einem Paket Papieren unter dem Arm und bestand darauf, daß ich sie in Verwahrung nahm – Dokumente, die sie politisch belasteten.»

«Warum hat sie sie dir gegeben? Warum hat sie sie nicht einfach verbrannt, wenn sie so gefährlich waren?»

«Sie war eine sehr verantwortungsbewußte Frau. Die Papiere

waren mein rechtmäßiges Eigentum, und Madame Laurier war nicht der Mensch, der etwas vernichten konnte, das einer anderen gehörte. Außerdem waren sie sehr wertvoll, in künstlerischer Hinsicht. Du weißt ja, wie sie zum Ballett stand.»

«Ja, es war ihr Leben.»

«So ist es. Als ich mir jedenfalls ansehen konnte, was sie mir da gegeben hatte, war ich schon in Schweden. Stell dir meine Überraschung vor, als ich einen Brief von Maria Nikolajewna Rotschina an ihre liebe Freundin Madame Laurier las, in dem sie ihr mitteilte, sie habe ihre uneheliche Tochter Natascha ihrer ehemaligen Zofe, einer Frau namens Marja Ladanowa, anvertraut!»

«Natürlich!» Sergej sprang auf, und sein Stuhl kippte um. «Du warst Rotschinas *Tochter* und nicht bloß ihre Schülerin! Das erklärt, warum sie dich in die Kaiserliche Schule aufnahmen und warum Madame Laurier dir so früh, wie sie es eben vertreten konnte, die Rolle im *Korsaren* zuschanzte. Rotschinas Tochter! Und dein Vater... Es gab ein Gerücht, Rotschina hätte ein Kind vom Zaren.» Sergej betrachtete sie wie gebannt.

«Ich fürchte, ganz so romantisch ist es nicht. Mein Vater war offensichtlich ein General namens Scherbakow – er war natürlich verheiratet. Ich habe in einigen Geschichtsbüchern nachgeschlagen, konnte aber nur feststellen, daß er derjenige war, der den Kosaken 1905 den Befehl gab, das Feuer auf die Demonstranten in Odessa zu eröffnen, eine blutige Geschichte, nicht gerade ein Ruhmesblatt. Soweit ich weiß, hat er mich nie gesehen. Womöglich wußte er gar nichts von meiner Existenz.»

«Und der *Korsar*?»

«Ach ja.» Natascha lächelte ihn an. Er wirkte so begierig. Wie ein kleiner Junge, der es Weihnachten nicht abwarten kann, ins Wohnzimmer zu dürfen und den Baum zu sehen. «Meine Mutter war anscheinend eine vielversprechende junge Choreographin zu einer Zeit, als es nicht in Frage kam, daß Frauen sich mit Choreographie beschäftigten. Nachdem ich ihre Aufzeichnungen gelesen habe, bin ich sogar überzeugt, daß sie vielleicht genauso berühmt geworden wäre wie Petipa, wenn sie eine Chance gehabt hätte. Da es aber unmöglich war, tröstete sie sich damit,

Petipas Ballette in die Tanznotation zu transkribieren, die sie selbst entwickelt hatte. Da sie außerdem hervorragend zeichnen konnte, skizzierte sie auch viele Kostüme und Bühnenbilder. Ich habe also umfassende Dokumente von der *Tochter des Pharao* und *Schwanensee*, und umfangreiches Material für *Coppelia* und *Esmeralda* – und den gesamten *Korsaren*.»

«Hier? In dieser Wohnung?»

Natascha lachte. «Sergej, ich schleppe die Aufzeichnungen meiner Mutter nicht überall mit mir herum. *Der Korsar* ist bei mir zu Hause in Cambridge, sauber zwischen Mottenkugeln verpackt, damit die Mäuse ihn nicht zernagen. Was mich natürlich zum Anlaß dieses Treffens bringt: Du nimmst Alysa wieder in die Truppe auf, bringst die Gerüchte mit dem Rauschgift zum Schweigen, garantierst ihr die Rolle der Laurissa und bekommst dafür alle relevanten Unterlagen. Es kann dir nicht entgangen sein, daß sie Rotschinas Urenkelin ist. Stell dir das Aufsehen vor: Rotschinas Urenkelin in Rotschinas größter Rolle. Außerdem ist es kaum ein Gefallen, worum ich dich bitte. Du weißt so gut wie ich, daß Alysa eine ungewöhnlich begabte Tänzerin ist – vielleicht ist sie sogar besser, als du und ich jemals waren. Los, Sergej, ich kenne doch deinen Pygmalionkomplex. Wenn du wolltest, könntest du Alysa zu einer zweiten Pawlowa machen.»

Sergej legte einen Heringshappen auf einen Cracker und verzehrte ihn nachdenklich. «Du verstehst es zu feilschen.»

«Das ist einer der Vorteile, wenn man von einer russischen Bauerntochter großgezogen worden ist. Außerdem ist der Nutzen ganz und gar auf deiner Seite. Du bekommst nicht nur den *Korsaren*, sondern auch Alysa, die offen gesagt viel zu gut für dich ist.»

«Eines stört mich noch. Warum hast du so lange mit alldem gewartet? Warum bist du nicht mit dem *Korsaren* zu Diaghilew gegangen? Er hätte sich darauf gestürzt. Du hättest die Laurissa selbst tanzen können, als Rotschinas Tochter. Wie du selbst gesagt hast, wäre das Aufsehen enorm gewesen, damals wahrscheinlich noch größer als heute. Du hättest danach alles verlangen können, du hättest deine Ballette selbst in Auftrag geben können. Mein Gott, Natascha, du sagst mir, du hättest den *Korsaren* von Petipa, und du hast ihn fünfzig Jahre lang im Schrank versteckt? Wie soll ich das glauben?»

Natascha schüttelte den Kopf. «Ich weiß, daß es dir schwerfallen wird, den Grund zu glauben, aber ich hatte das Gefühl, ich müsse den Ruf meiner Mutter schützen. Es gab zwar Gerüchte, daß sie ein uneheliches Kind hätte, aber keinen einzigen Beweis. Wenn du in den biographischen Nachschlagewerken nachsiehst, findest du nur den Hinweis, daß sie ihre Karriere aus unbekannten Gründen auf dem Höhepunkt ihres Ruhms aufgab und ihr Leben als Tanzlehrerin in Archangelsk beschloß. Ich weiß aus ihren Briefen, daß sie mich über alles liebte, mich aber trotzdem lieber von einer anderen Frau großziehen ließ, als bekanntwerden zu lassen, daß sie ein illegitimes Kind zur Welt gebracht hatte.»

Sie stand unvermittelt auf, nahm eine Zigarette aus ihrer Handtasche, zündete sie mit unsicherer Hand an und rauchte einen Moment schweigend, an die Lektionen zurückdenkend, die Rotschina ihr vor so vielen Jahren in dem kleinen Übungsraum in Archangelsk gegeben hatte, das stundenlange Training, die schneidende Kälte, der Stolz, der in Rotschinas Augen aufglühte, wenn sie eine neue schwierige Sequenz gemeistert hatte. Dieser Ausdruck der Liebe und Anerkennung, dieses Strahlen war es gewesen, was sie von einem linkischen kleinen Mädchen in eine Tänzerin verwandelt hatte.

Widerstrebend kehrte sie in die Gegenwart zurück. «Ich habe im Alter von fünf bis sechzehn mit Rotschina gearbeitet, und sie hat nie die leiseste Andeutung gemacht, daß wir verwandt waren.» Sie beugte sich vor, wollte es ihm verständlich machen und wußte schon jetzt, daß er es nie begreifen würde. «Kannst du dir vorstellen, wie schwer es für sie gewesen sein muß, wieviel ihr daran gelegen haben muß, daß kein Mensch, nicht einmal ihre eigene Tochter, je die Wahrheit entdeckte? Ich weiß, die Zeiten haben sich inzwischen geändert, aber ich glaube nicht, daß meine Mutter sich mit ihnen geändert hätte. Ich habe den *Korsaren* im Schrank gelassen, weil ich wußte, daß ich ihn nicht zeigen könnte, ohne meine Mutter bloßzustellen. Es gab keine Möglichkeit, ihre Aufzeichnungen zu veröffentlichen, ohne die Wahrheit erklären zu müssen.»

«Aber jetzt bist du auf einmal dazu bereit?»

«Meine Mutter ist tot, und Alysa lebt, ich bin es leid, Geheimnisse zu hüten und sie mit ins Grab zu nehmen. Du gibst unserer Enkelin die Rolle der Laurissa, und ich werde mit allen Zeitungen reden, die du für nützlich hältst, mit *Time*, mit *People*, was weiß ich. Wenn du willst, kann ich Alysa vielleicht überreden, den Künstlernamen Rotschina anzunehmen. Ich kann es natürlich nicht versprechen, da die Entscheidung letztlich bei ihr liegt, aber ich würde sagen, es gibt eine sehr gute Chance, daß sie einverstanden ist.»

«Natascha, erinnere mich daran, nie wieder mit dir zu handeln.» Er streckte die Hand aus.

«Dann ist es abgemacht?»

«Abgemacht.» Er nahm die Flasche und füllte ihre Gläser. «Trinken wir darauf. Heute, nach fast sechzigjährigen Feindseligkeiten, schließen Natascha Ladanowa und Sergej Maximow einen Friedensvertrag. Auf uns.»

«Und unsere Enkelin.»

Sergej hielt mit dem Glas in der Luft inne. «Meinetwegen, wenn du willst, daß ich auf unsere Enkelin trinke, tue ich es. Erwarte aber nicht, daß ich nun die Rolle des Großvaters spiele. Ich bin zu alt und festgefahren, um jetzt noch anzufangen, Teddybären zu Weihnachten zu kaufen.»

«Alysa ist zu alt für Teddybären, Sergej. Gib ihr nur die Rolle der Laurissa, und wir sind quitt. Und, ja, du könntest vielleicht versuchen, etwas höflicher zu sein, wenn du mit ihr arbeitest, weil sie sich ganz bestimmt nicht mehr von dir anschreien läßt, und wenn sie den Kram hinschmeißt, ist die Sache hinfällig, und ich brauche meinen Teil des Vertrags nicht mehr zu erfüllen. In Ordnung?»

«Meinetwegen.»

«Dann auf Alysa.»

«Alysa Rotschina.» Sie stießen an und tranken. «Nun», sagte

Sergej, «das wäre also geregelt. Dieser japanische Bühnenbildner wartet bestimmt schon eine Ewigkeit, ich muß zurück ins Büro.» Er nahm seinen Mantel. «Schick Alysa bitte morgen gegen neun und bring mir die Unterlagen oder laß sie mir bringen, aber bitte so schnell es geht. Wenn der *Korsar* so ist, wie ich ihn in Erinnerung habe, wird es eine verdammt zeitraubende Produktion sein.»

Natascha dachte an all die Dinge, die sie ihn noch fragen wollte. Zeit und Blut hatten sie an diesen Mann gebunden; in gewisser Hinsicht hatte ihr ganzes Leben um ihn gekreist, doch am Ende kannte sie ihn kaum besser als damals, an jenem ersten Tag. Sie nahm an, daß sie nun Freunde waren, aber Freundschaft mit Sergej war sicher eine ähnlich riskante Angelegenheit wie die Liebe zu ihm.

«Auf Wiedersehen», sagte sie. Sie reichte ihm die Hand, und er hauchte einen Kuß darauf, wie die Männer es früher getan hatten. Was hatte ihn dazu veranlaßt? Zuneigung? Höflichkeit? War es nur eine Gewohnheit aus alten Tagen?

«Auf Wiedersehen, Natascha. *Doswidanja*.»

«*Doswidanja*, Sergej.» Er verließ den Raum und ging mit schnellen Schritten durch den Flur, ein älterer Herr in einem teuren Kaschmirmantel, der sich immer noch wie ein Tänzer bewegte, ein Teil ihres Lebens, ein Rätsel, das sie niemals lösen würde.

«*Doswidanja*, Sergej», rief sie noch einmal und winkte. Sergej drehte sich lächelnd um, und dann kam der Lift, die Türen glitten auf, und er war fort.

Epilog

Sieben Monate später, im Herbst 1974, präsentierte Sergej Maximow das größte Ballett seiner Laufbahn, eine Neuinterpretation von Marius Petipas *Der Korsar* mit Alysa Rotschina in der Rolle der Laurissa. Fast auf den Tag genau fünf Wochen danach bekam er bei einer Probe stechende Herzschmerzen und wurde schnellstmöglich zum Mount Sinai Hospital gebracht, wo er wenige Stunden später starb. Natascha trauerte um ihn, aber ihr Leben ging weiter. Sie wurde Zeuge, wie Alysa einen Triumph nach dem anderen feierte, sie hatte – drei Jahre später – das Vergnügen, an ihrer Hochzeit teilzunehmen (Alysa heiratete einen russischen Tänzer namens Petjor Sajtsew, der sich aus der Sowjetunion abgesetzt hatte), und im Frühsommer 1980 konnte sie zu ihrer großen Freude die Ururenkelin Maria Rotschinas auf dem Schoß wiegen. Wenn es jemandem eingefallen wäre, sie zu fragen, hätte sie gesagt, daß sie ein wunderbares Leben gehabt hatte.

Zeittafel

1738 Gründung der Kaiserlichen Ballettschule in St. Petersburg.
1832 Marie Taglioni, die den Spitzentanz populär machte, tritt in *Les Sylphides* auf.
1862 Marius Petipa wird Ballettmeister in St. Petersburg.
Petipas *Die Tochter des Pharao*.
1878 Großfürst Alexej wird geboren.
1880 Petipas *Der Korsar*.
1892 Iwanows *Nußknacker*.
1893 Tod Tschaikowskys.
1895 Natascha wird geboren.
Sergej wird geboren.
1900 Isadora Duncan tanzt in Paris barfuß.
1909 Diaghilew gründet seine Ballets Russes.
1910 Fokines *Scheherazade* und *Der Feuervogel*.
1911 Natascha kommt auf die Kaiserliche Ballettschule.
1912 Natascha wird in das Corps de ballet des Marinskij-Theaters aufgenommen.
1913 Nijinskys *Le Sacre du printemps*.
1916 Emile Fouchier gründet das Ballet de la Cité.
1917 Oktoberrevolution.
1920 Rolf de Maré gründet die Ballets Suédois.
1921 Natascha tanzt die Titelrolle in Cocteaus *Eurydike in der Hölle*.
Isadora Duncan gründet eine Tanzschule in Moskau.
1924 Balanchine verläßt Rußland.
1929 Börsenkrach in New York.
Balanchines *Der verlorene Sohn*.
Sergej Diaghilew stirbt in Venedig.
1930 In London wird die Camargo Society gegründet.
1931 Anna Pawlowa stirbt.
In London wird das Sadler's Wells Ballet gegründet.

1932 Gründung der Ballets Russes de Monte Carlo mit den «Kindballerinen» Baronova, Toumanova und Riabouchinska.
1933 Tudor kreiert *Les Rendezvous* für Markova und Idzikowsky.
Gründung des San Francisco Ballet.
1934 Tudor kreiert *The Planets* für das Ballet Rambert.
Balanchine kommt auf Einladung Lincoln Kirsteins in die Vereinigten Staaten und gründet die School of American Ballet.
1936 Gründung des Manhattan Ballet.
1939 Beginn des Zweiten Weltkriegs.
Natascha verläßt London.
Gründung des American Ballet Theatre in New York.
1941 Natascha zieht sich von der Bühne zurück und gründet die Ladanowa-Schule für klassisches Ballett.
1942 Michail Fokine stirbt.
1945 Gründung des Ballet des Champs-Elysées in Paris.
1946 Das Sadler's Wells Ballet geht zum Royal Opera House, Covent Garden.
1948 Gründung des New York City Ballet.
1950 Waclaw Nijinsky stirbt.
1951 Gründung des Canadian National Ballet.
Maximows *Quetzal*.
Fred Lewis' Musical *Dance* geht auf Tournee.
1956 Das Sadler's Wells Ballet wird zum Royal Ballet.
Der Film *Kyra* wird mit fünf Oscars ausgezeichnet.
1961 Nurejew setzt sich aus der Sowjetunion ab.
1963 Die Ford Foundation startet ein Siebeneinhalbmillionen-Dollar-Programm zur «Unterstützung des Balletts in den Vereinigten Staaten».
1964 Das New York City Ballet geht zum Lincoln Center.
1965 Balanchines *Don Quijote*.
1967 Gründung des Contemporary Dance Theatre in London.
1973 Baryschnikow setzt sich aus der Sowjetunion ab.
1974 Alysa debütiert in Maximows *Tristan und Isolde*.